Linda Verhaelen · Das Leben als Zumutung

LINDA VERHAELEN

Das Leben als Zumutung

ROMAN

GERD HAFFMANS
BEI ZWEITAUSENDEINS

1. Auflage, Oktober 2004
Erstausgabe

Umschlagbild von Jack Vettriano, »Cocktails und gebrochene Herzen«
Represented by Portland Gallery, London.
Vignetten von Linda Verhaelen.
Umschlag, Gestaltung und Produktion von Urs Jakob.
Satz: Fotosatz Reinhard Amann, Aichstetten.
Herstellung: Ebner & Spiegel, Ulm.
Printed in Germany.

Dieses Buch gibt es nur bei Zweitausendeins im Versand,
Postfach, D-60381 Frankfurt am Main, Telefon 069-4208000,
Fax 069-41 5003. Internet www.Zweitausendeins.de,
E-Mail info@Zweitausendeins.de.
Oder in den Zweitausendeins-Läden in Berlin, Düsseldorf, Essen, Frankfurt am Main, Freiburg, 2 x in Hamburg, in Hannover, Köln, Mannheim, München, Nürnberg und Stuttgart.

In der Schweiz über buch 2000,
Postfach 89, CH-8910 Affoltern a. A.
ISBN 3-86150-538-X

1. *Als ich 1979 in Düsseldorf ankam,*

waren die Spät-68er auf dem Marsch durch die Institutionen und wurden gleich am Werkstor von der eigenen Kleinbürgerlichkeit in Empfang genommen, vor der sie mit einer Konsequenz kapitulierten, als hätten sie die Begriffe ›Ausbeutung‹, ›Bourgeoisie‹ und ›Revolution‹ vorher in die Kloschüssel gekotzt und zehnmal hintereinander die Spülung betätigt.

Ich würgte noch an meiner letzten erotischen Pleite, da hatten die ehemaligen Revoluzzer brav ihren Magister oder ihr Diplom hingelegt oder sich gar bis zur Promotion gequält und fanden nichts dabei, in die Stiefel der Spießigkeit zu schlüpfen, die sie in den Schrebergärten ihrer Alten vorgefunden hatten. Von einer Minute auf die andere, wie mir schien, zauberten sie Karrierepläne aus dem Zylinder und präsentierten ein solides Konzept aus Bausparvertrag, selbstgenutzter Immobilie, Aktienfonds und Lebensversicherung, stellten am Wochenende weißlackierte Korbsessel auf die rosenumkränzte Terrasse und blickten mit dem Stolz derer, die es in unserer Gesellschaft geschafft haben, auf die Häupter ihrer Lieben.

Wer zweimal mit derselben pennt, gehört schon zum Establishment – waren das noch dieselben, die als besserverdienende Familienväter den Rasen vor der Villa mähten, auf dem ein bis zwei entzückende Schreihälse die Windeln vollschissen? Klar waren es dieselben. Wo wären sie sonst geblieben?

Gelegentlich konnte man an einem der gnadenlos aufstrebenden Assistenten der Hauptgeschäftsleitung, frisch gekürten Abteilungsleiter oder Direktionspostenanwärter noch blasse Spuren einstigen Widerstandsgeistes erkennen, sofern man ein Auge dafür hatte. Vielleicht trafen sie sich ein paar Jahre später heimlich in Wackersdorf, an der Startbahn West oder zu einer Großdemo gegen die NATO, aber nach dem Vermummungsverbot werden sie sich auch diesen Luxus von der Backe geschmiert haben.

Das waren die zwei, drei Typen, die ihre Haare ein bißchen länger trugen als die etablierten Alt-Götzen, die Vorstandsvorsitzenden, Hauptgeschäftsführer und Präsidenten, die in ihren ewig gleichen Anzügen mit den dezent gestreiften Oberhemden aussahen wie geklont und hauptsächlich damit beschäftigt waren, nicht vor Bedeutung zu kollabieren.

Manche der ehrgeizigen Jungtiere drehten anfangs noch ihre Zigaretten selbst, bis sie endlich schnallten, die gelben Finger harmonierten nicht mit der Steilfahrt ihrer Karriere. Auch der klapprige Deux-Cheveaux wurde für die flugs gezeugte Brut zu klein. Außerdem ließ sich das propere Eigenheim vor den Toren der Stadt mit einer Limousine schneller erreichen.

Waren es die Kinder Marx', die mit stoischer Miene und glatten Revers hinter den massiven Schreibtischen thronten und sich am Telefon gerne labern hörten, um anschließend auswendig gelernte Texte ins Diktaphon zu blasen? Waren es etwa verkleidete Dutschkes, die sich in den unzähligen Besprechungen und Konferenzen Kaffee saufend eine Hämorrhoidenzucht holten und derart bereichert in die weichen Polster des Firmen-Benz' sanken, um mit ihresgleichen beim Nobel-Italiener den Espresso zu nehmen? Wo waren die Roten geblieben? Die, denen ich fortan begegnete, wollten nicht entlarven, überzeugen, die Gesellschaft gerechter gestalten. Sie wollten nur eins: Kohle machen.

Je weiter sie oben landeten, desto ähnlicher wurden auch ihre Gepflogenheiten. Überm Schreibtisch moderne Kunst, unterm Schreibtisch träge Eier, und vor der gepanzerten Doppelwandtür die Palastwache – die forsche Sekretärin mit integriertem Dienstleistungsfaktor, die die Geistesblitze der zumeist männlichen Emporkömmlinge ergeben in ihre massive Kugelkopfschreibmaschine hackte, sofern sie schon eine hatte, und von den gedruckten Ergüssen zentnerweise Kopien zog, die später in alphabetisch gestaffelten Ordnern verwesten.

Es war eine Zeit, in der dem deutschen Normalo der Name Bill Gates etwa so unbekannt war wie der Hormonzyklus des Grottenmolchs. Es gab weder E-Mail noch SMS, kaum private Faxe, keine Chat-Rooms, keine Modems, keine Terminals in den Banken, keine Automaten in den Straßenbahnen, keine Handys, weder CDs noch Videogeräte in jedem Haushalt, und im Fernsehen gab es nur fünf bis sechs Kanäle. Für alles, was mit dem Telefon zu tun hatte, das grundsätzlich an einer Schnur hing, gab es nur eine einzige Institution, und das war die Post, und in den gelben Telefonhäuschen, die es an jeder Straßenecke gab, warf man noch Münzen ein und drehte eine Wählscheibe. Seltsamerweise vermißten wir aber nichts. Weder wollten wir mit dem Telefon fotografieren, noch brauchten wir unbedingt eine Mikrowelle, und um ein Diktiergerät zu benutzen, wollten wir auch nicht im Menü zwanzig Optionen abrufen, und erst recht nicht wollten wir dem Anrufbeantworter zum Geburtstag gratulieren.

Wir schrieben noch lange Briefe und konnten sicher sein, daß der nächste Briefkasten um die Ecke lag, wir warteten geduldig neben dem Radio auf den einzigen Song, den wir auf Kassette aufnahmen und mußten höllisch aufpassen, auf Stop zu drücken, bevor der Moderator ins Ende quatschte, was er immer machte, weil er wollte, daß wir die Platte kauften, und in den Diskos verkauften sie keine Pillen, sondern allenfalls Shit, und den auch nicht ungefragt. Kein Schwein hatte je den Ausdruck Piercing gehört, Tattoos hießen Tätowierungen und zierten nur Knackis und Brummifahrer, auch Fettabsaugen und Brustvergrößerungen waren unbekannt, man kannte kein Aids und hatte noch nichts von biologischen Waffen gehört, und die einzigen Muslime, die ich kannte, waren alt und verkauften lappige Fladenbrote und fremdartiges Gemüse, und ob sie dabei Kopftücher trugen oder nicht, interessierte kein Schwein.

In dem Verein, in dem ich landete, war das Denken gerade abgeschafft worden, falls überhaupt je einer gewagt hatte, die Birne einzuschalten, und damit das auch so blieb, gab es die schöne Einrichtung der Hierarchie: Ich bin der Boss und du das Arschloch. Andersherum: Du bist der Chefarsch und ich der Zähneknirscher. In diesem Verein wurde getreu dem Peter-Prinzip jeder so lange befördert, bis er das Niveau seiner Inkompetenz erreicht hatte. Demzufolge saßen die größten Idioten an der Spitze.

In München waren sie mir gar nicht so aufgefallen, die wichtigen Büro-Kastraten mit der perfekt eingemotteten Vergangenheit. Das mochte daran gelegen haben, daß ich fast nur in Schwabing herumgeturnt war, wohin sich das neue Spießertum nur selten verirrte. Aber das diskrete Ableben der Studentenrevolte war selbst mir nicht entgangen. Die Studenten, die in der letzten Zeit aus den Seminaren strömten, um in der Mensa das teuerste anstelle des billigsten Menüs zu wählen wie wir früher, sahen auf einmal alle aus wie Mitglieder des RCDS oder, noch schlimmer, einer schlagenden Verbindung.

Die roten Fahnen wehten nicht mehr. Und mit den

Polit-Barden und Kommunarden verschwanden die letzten Hippies und Alternativen von der Bildfläche, die Ausgeflippten, die kiffenden Tagträumer, die Gammler, die buntgekleideten, langmähnigen Prinzessinnen mit den faulen Zähnen, die würdevollen Schnorrer, die versoffenen Genies mit dem fertigen Manuskript in der Tasche, die Che Guevaras, die Lebenskünstler und Hare-Krishna-Tänzer in ihren orangeroten Gewändern, die mit der Trommel durch den Englischen Garten getanzt waren – wo steckten sie? Hatte es sie in Düsseldorf je gegeben?

Als ich zum erstenmal mit offenen Augen durch die Stadt ging, dachte ich, ich sei auf einem fremden Planeten gelandet. Es war, als hätte ich eine avantgardistische Theatervorführung besuchen wollen und mich statt dessen in einer Ausstellung von Gartenzwergen wiedergefunden. Zu besichtigen gab es: Banker, Immobilienmakler, Versicherungsangestellte, Geschäftsführer, die ersten Unternehmensberater und erstaunlich junge Vizepräsidenten, Metzgersgattinnen im Pelz und Schrotthändlersöhne, Antiquitätenhändlerinnen und Stahlbarone, und sie alle ließen sich in den feingemachten Nobelpuffs entlang der Königsallee mit einer blasierten Miene hofieren, als hätten sie angekündigt, den nächsten Rosenmontagszug zu finanzieren. Hier hatte sich die Generation Sonnenbank etabliert, die Generation Cartier, die Generation SL-Klasse, die mit leicht beleidigter Miene in den weißbeschirmten Cafés hockte und Champagner schlürfte. Die Generation Null.

Ich erlebte eine Art Kulturschock.

Ich hatte den exklusiv-modisch aufgepeppten, großbürgerlichen Mief kaum gerochen, da wußte ich, er stank mir. Ich war das Überbleibsel einer Zeit, die es nicht mehr gab. Angesichts der polierten Fassaden fühlte ich mich auf einmal zu alt für meine Träume. Hatte ich noch welche? Hatte ich je welche gehabt? Warum nervte mich eine reaktionäre, wenn nicht abwesende Gesinnung, wenn ich selbst keine hatte? Die linken Weltverbesserer, die sich mir in Schwabing hartnäckig auf die Fersen geheftet hatten, waren mir doch immer auf die Eier gegangen. Allerdings war das modisch-aromatisierte Macht-und-Mammon-Gewese zwischen den Großbanken und Bistros längs der Königsallee noch viel weniger mein Ding. Für mich hieß es ab sofort: Beende deine Jugend!

Schlagartig geriet meine Welt aus den Fugen. Ich verlor die Orientierung. Schon meine Optik stimmte nicht mehr. Mit ungestylten Haaren und vergammelten Jeans angeschickert herumzuhängen, war hier nicht angesagt. Das Straßenbild bestimmten andere: Ehrgeizige, die es zu etwas gebracht hatten und das unbedingt demonstrieren wollten, Industrielle und professionelle Erben, strategische Lebensarchitekten mit dem eingebauten Rechenstab im Gehirn, modisch Korrekte, reich Vermählte, Konsumgeier und Gourmets, hier und da schon ein paar Karrierefrauen in Jil-Sander-Kostümen mit extragroßer Handtasche aus feinem Leder, konservative Familiengründer, Terminkalenderspezialisten und Tilgungszinsprofis, Börsenspekulanten und Immobilienmakler mit Sonnenbank-Abo, ja, von denen wimmelte es geradezu.

Düsseldorf schlug mir auf den Magen.

In der Altstadt gab es ein paar Kneipen, die so aussahen, als beherbergten sie einige von den Leuten, die wie ich den Ausverkauf ihrer Träume ersäuften, aber es waren nur Makler und Versicherungsprofis, die kurz ihren verbalen Rotz mit Bier verdünnten, um am nächsten Morgen wieder den Dummen die Kohle aus den Rippen zu leiern. Und dann gab es noch die perversen Schuppen, wo sich die ersten Opfer des gerade beginnenden Jugendwahns von den ersten Konkursgeschädigten auf die schummrige Tanzfläche bitten ließen. Wie Geier taxierten sie den Schmuck der hühnergleich aufgereihten, reich geschiedenen Weiblichkeit, bevor sie zum antiquiert-kavalleresken Angriff ansetzten. Parallel zu diesen faszinierenden Örtlichkeiten, in denen ich mich fühlte wie auf meiner eigenen Beerdigung, kamen Läden in Mode, in denen sie mit weiß-rosa Neonlicht den letzten Pickel ausleuchteten und morgens um drei Wasser und Espresso servierten. Auch nicht meine Welt.

Für mich begann eine Zeit der Anpassung. Aber sie machte keinen Spaß. Das, was ich sah, machte mich nicht an. Weder erschien mir eine gehobene Position als Mittelpunkt meines Lebens erstrebenswert noch der Job einer Luxusvillen-Mutti, mich reizten weder Aktienfonds noch Geschäftsabschlüsse, und ein neuzeitlich aufgerüschtes Eheleben mit abendlichem Schampus vorm Kamin hätte mich gelangweilt bis zum Erbrechen.

Als ich in Düsseldorf ankam, wollte ich nicht länger bleiben als irgend nötig. Daß ich nach München zurückginge, war klar. Heute bin ich immer noch hier. Ich konnte mich einfach nie aufraffen zu gehen. Mein Motto lautete: Es gibt Schlimmeres. Und außerdem war ich bequem geworden. Man könnte sagen faul. Mein Lebenshunger hielt sich in Grenzen. Bitte keinen Stress! Abenteuer? Meinetwegen, aber nur, wenn ich dafür nicht in den Regen hinaus mußte. Ich war der Typ, der es gerade mal schaffte, den Mund aufzumachen, wenn eine gebratene Taube vorbeiflog. Party, Unterhaltung, Verabredung? Schön, aber bitte mit Rücktrittsversicherung. Hätte ja sein können, daß mir gerade ein Furz querlag. Die Sturm-und-Drangzeit war vorbei, und immer öfter wollte ich einfach nur meine Ruhe haben.

Zunächst beschloß ich, genug Kohle an Land zu ziehen, die mir einen Wein erlaubte, von dem mir nicht beim letzten Glas schlecht wurde. Ansonsten wollte ich mir ab und zu einen Kerl aufreißen, ohne mich weiter auf ihn einzulassen, denn vor allem stellte ich mir eine Aufgabe, und die lautete: Paß, verdammt noch mal, auf, daß du nicht wieder mit offenen Augen ins Unglück rennst! Ich war der Meinung, das Unglücklichsein könne man aussperren wie einen lästigen Versicherungsvertreter an der Tür. Und wie ließ sich Kummer am besten fernhalten? Indem man die Verursacher, also, die Kerle, erst gar nicht näher als notwendig an sich ranließ. Ganz einfach.

Kam auf einen Versuch an. Auf einen Selbstversuch sozusagen. Ich als Versuchskaninchen – warum nicht? Das Leben als Experiment. Toller Einfall. War ja ein aufregender Plan, sämtlichen Aufregungen von vornherein einen Riegel vorzuschieben! Damals fand ich mich clever. Heute würde man sagen: tough. Oder cool. Meine Birne hatte immer schon einen Webfehler. Dafür kann ich nichts. Er ist angeboren.

Die Vermeidung von Kummer war mein Hauptlebensziel. Nur keine großen Gefühle! Brennende Leidenschaft – Kitsch as Kitsch can. Dramatische Liebesszenen – gut für's Kino. Pathetische Treueschwüre – lächerlich. Hatte ich alles hinter mir. Kein Interesse an einem Remake. Ich hatte meine Erfahrungen gemacht, und die reichten mir. Die Frage war nur: Was machte man statt dessen?

2. *Nach einigen Wochen heftigen Besaufens*

meiner Lebenskrise (große Liebe am Ende, keine Kohle, keine Wohnung, Kreislauf im Arsch, Knick im Gemüt) raffte ich mich auf und gab in der WAZ ein Stellengesuch auf. Es kamen genau drei Zuschriften. Zwei davon konnte man vergessen. Die dritte kam aus Düsseldorf. Da suchten sie einen Dummen für ihr Lektorat. Ich klemmte mich eher lustlos als erwartungsvoll ans Telefon und kriegte sofort einen Vorstellungstermin. Sonderbar genug, denn Arbeitslose gab es damals schon reichlich. Der Job schien auf mich gewartet zu haben.

Ich kaufte mir ein Ticket und setzte mich in den Zug. An den Bahnhöfen der meisten Städte ging es noch beschaulich zu. Es gab mehrere Schalter mit kleinen, gläsernen Klappen, hinter denen angeödete Beamte aus ihrem dicken Fahrplan-Wälzer Auskünfte erteilten, auf die man sich noch verlassen konnte. Es gab weder Service-Points, noch Ticket-Terminals oder Shopping-Malls, sondern allenfalls ein Café und ein bürgerliches Restaurant, in dem man Wiener Schnitzel oder Rahmgulasch bekam, und einen Kiosk mit Zeitungen, Zigaretten und Kaugummis. Der Düsseldorfer Bahnhof machte da keine Ausnahme.

Vom trostlosen Hauptbahnhof ging es durch eine ebenso triste Gegend mit mehreren Daddelbuden und Sexshops, aus denen die Typen mit trübgewichstem Blick ins Tageslicht traten und mit gelben Fingern Zigaretten drehten. Neben einem weißgestrichenen Spaghettischuppen, der gerade wegen Überfüllung geschlossen hatte, lag ebenso einsam ein verwahrlostes Blumenlädchen, ein Lampengeschäft wie aus der Vorkriegszeit und ein Billigladen, der bei geöffneter Tür ausnahmslos Sonderposten anbot, jedes Teil zu einer Mark. Drinnen näselten die Weiberstimmen von ABBA – vielleicht war es auch nur eine schlechte Kopie oder die Anlage hatte einen Wasserschaden. Ein paar Stützeempfänger, die Langeweile hatten, strichen ziellos suchend zwischen den Regalen herum. Ein Stück weiter gab es einen türkischen Juwelier mit massenhaft Rotgold und Rubinen im Fenster, vor dem sich einige dunkelhaarige Gestalten in dunklen Anzügen anbrüllten. Den Juwelier gibt es heute noch.

Endlich fand ich die Straße, an der es nichts gab als die toten Fassaden von Banken, Verbänden, Ministerien und Versicherungen. Ein mehrstöckiges, verwittertes Gebäude mit vergitterten Fenstern, das garantiert unter Denkmalschutz stand, sah aus wie ein Knast. Ich prüfte die Hausnummer: Das war es.

Der Personalchef brütete über einem Schriftstück, als ich eintrat. Er hatte meine »etwas ausgefallene Annonce« beim Frühstück an einem Sonntagmorgen gelesen und spontan an das Lektorat gedacht, das nun schon seit Monaten verwaist sei, und ich sollte mal erzählen, warum ich denn ausgerechnet hier arbeiten wollte. Weil sich nichts Besseres geboten hat, du Ei, weshalb sonst? Die Stellen sind ja heute ziemlich dünn gesät, vor allem, wenn man wie ich keinen Studienabschluß vorzuweisen hat. Ich murmelte etwas von der Branche, die mich wahnsinnig fasziniere und daß ich immer schon unheimlich gerne gelesen hätte, vor allem auf englisch, ja, französisch ginge auch, zumindest würde ich verstehen, worum es ging, nur mit dem Sprechen würde es eventuell schwierig. »Zu sprechen brauchen Sie ja nicht«, meinte er, »Sie sollen ja lesen, nicht wahr?« Das fand ich praktisch und wie für mich geschaffen. Zur Not konnte ich noch Italienisch anbieten, vor allem in üblen Flüchen und Beleidigungen war ich ein As. Da fiel mir ein, ich wollte unbedingt bei der nächsten Gelegenheit eine LP von Lucio Battisti kaufen, ob die so was hatten in dem Kaff hier?

Der Typ meinte, an meiner Intelligenz hätte er keinen Zweifel, aber dafür an meiner Beständigkeit: »Sie wollen wirklich hier seßhaft werden und das ist nicht nur so eine Idee? Bisher waren Sie ja etwas sprunghaft, wenn ich mir Ihren Lebenslauf so betrachte. Und Düsseldorf kann sich mit München natürlich nicht messen ... eines Tages will der Zugvogel zurück.«

Seine Worte lösten ein so überwältigendes Heimweh aus, daß ich fast angefangen hätte zu flennen. Ich spielte mit dem Gedanken, mich auf der Stelle abzuseilen und an die nächste Autobahn zu stellen. Scheiß auf die Flocken, irgendwie würde ich schon zurechtkommen. Einmal noch den Englischen Garten sehen und die Enten am Kleinhesseloher See, den Karlsplatz und den Viktualienmarkt, die Staatsbibliothek und den Friedensengel, die Isar und den Eisbach, die Biergärten und die Maßkrüge, ja, vor allem die Maßkrüge, bestimmt gab's in Düsseldorf keine Maßkrüge. Einzig der Gedanke an meine besorgte Mutter hielt mich auf meinem Sitz.

»Nein, nein«, log ich, »ich will jetzt endlich wissen, wohin ich gehöre. Zehn Jahre München sind genug.«

»Ich will es mal mit Ihnen versuchen«, sagte er mit deutlichem Restzweifel, »aber enttäuschen Sie mich nicht.«

Einen Monat später war er von der Bildfläche verschwunden. Wahrscheinlich nach München abgetaucht.

Nach der Vertragsunterzeichnung stellte er mich meinem künftigen Boss vor, der gerade keine Zeit hatte: »Ich verlasse mich auf Sie und Ihre Menschenkenntnis, Schmitt. Hier ist der Teufel los. Wann können Sie denn anfangen? Vorgestern wäre uns am liebsten.«

Er schaute mich durch seine dicken Brillengläser geistesabwesend an und stürzte im Sinkflug zum Telefon, das ununterbrochen klingelte. Er hatte keinen Hals und leichte X-Beine, kaum noch Haare auf dem Kopf und spitz gefeilte Fingernägel. Seine Zähne brachten das Kunststück fertig, jeder für sich vereinzelt zu stehen, und wenn er lachte, schob sich seine Brille bis auf die speckige Stirn.

Seine Sekretärin hatte einen Braten im Rohr, blaue, stechende Knopfaugen und einen Mireille-Mathieu-Topfhaarschnitt, von dem ich nicht gedacht hätte, daß es den noch gab. Gekleidet war sie in dunkelgrau. Mireille Mathieu schob mich über den Gang in mein künftiges Arbeitszimmer: »Also, wir wollen keine Zeit verlieren, ich habe noch viel zu tun heute. Der Job hier, das ist ein Fulltimejob, damit Sie gleich Bescheid wissen. Überlegen Sie sich das gut, ob Sie das machen wollen oder können. Bei uns geht es immer rund, da bleibt keine Zeit für Privatgespräche oder ähnliches.«

»Um so besser«, sagte ich kühl. Wollte mir die aufgeblasene Kröte den Job vermiesen? Die sollte mal bald ihren Balg werfen und mich nicht weiter belästigen.

»Sie fangen schon um halb acht morgens an, montags um sieben. Wenn Sie das stört, lassen Sie die Finger lieber von vornherein davon. Frühes Aufstehen ist ja nicht jedermanns Sache.«

Sie meinte das persönlich. Das war wieder das Übel mit meiner unspießigen Optik. Dabei hatte ich mich extra mit einem lila Glockenrock und einem Rolli von C&A verkleidet. Ich leierte: »Ich steh' gerne früh auf. Macht mir gar nichts.«

Mißtrauisch beäugte sie meine pinkfarbenen Ballerinas und zog ein paar Schubladen auf und zu: »Das ist schon mal ein Teil des Archivs. Da ist monatelang nichts mehr dran gemacht worden. Das müßten Sie alles auf Vordermann bringen. Trauen Sie sich das überhaupt zu?«

»Klar«, sagte ich, »ich brauche 'ne Aufgabe, die mich richtig beansprucht.«

»Ja? Wieso denn?«

»Da vergißt man die Vergangenheit.«

»Haben Sie denn so viel zu vergessen?« fragte sie, neugierig die Knopfaugen aufreißend.

»Nicht mehr als andere auch.«

»Na ja, ich bin nicht mehr lange hier«, meinte sie, »ich könnte eigentlich sagen, nach mir die Sintflut. Aber dem Hopf mag ich das nicht antun, daß ich den auflaufen lasse. Wir hatten immer ein besonderes Vertrauensverhältnis, wissen Sie, das findet man ja nicht überall, nicht wahr?«

Die Schleimerei beeindruckte mich wenig. Wozu das Gesülze – Hauptsache, ich hatte den Vertrag in der Tasche. Ich sagte: »Also, am fünfzehnten dann um halb acht.«

»Sind Sie mit Herrn Schmitt denn schon einig?« fragte sie pikiert, »eigentlich hätte er ja unsere Unterredung erst mal abwarten sollen.«

»Logo. Ich habe doch schon unterschrieben. Ich bin pünktlich wie die Feuerwehr.«

»Ja, haben Sie denn überhaupt schon eine Wohnung?«

»Äh ...« Scheiße, darum hatte ich mich noch gar nicht gekümmert.

Herablassend sagte sie: »Sehen Sie mal am Samstag in die Rheinische Post, da steht immer was drin.« Noch nicht mal ein Dach über dem Kopf hat die bayrische Schlampe!

»Vielen Dank, das mache ich. Wie heißt das Blatt noch mal?«

»Die Zeitung heißt Rheinische Post. Das ist die größte Zeitung hier. Kennen Sie die etwa nicht?«

»Nee, ich hab' in München immer die Abendzeitung gekl... kauft.«

Sie warf mir einen strengen Blick zu und eierte dann wieder in ihr Büro zurück. Das hatte ihr noch gefehlt auf ihre alten Tage, daß sie jetzt so ein niveauloses Früchtchen einarbeiten mußte.

Auf dem Weg nach draußen hatte ich Gelegenheit, einen Blick auf ein paar meiner künftigen Kolleginnen zu werfen. Die meisten guckten bierernst aus der Wäsche und trugen die abartigsten Klamotten, die ich in den letzten zehn Jahren zu Gesicht bekommen hatte: anthrazitfarbene Faltenröcke, beige Hosenröcke, die vorne zwischen den Schenkeln obszöne Fältchen warfen, und dazu camelfarbene Pullover oder kobaltblaue Blusen mit Schulterpolstern, dick und eckig wie Briketts. Ob ich mir das antun wollte, so rumzulaufen? Graubraune Topffrisur, graugelbe Zahnkronen und dunkelgraue Klamotten, nett und höflich, brav, aber mitdenkend und schön dem Chef den Kaffee servieren. Abends den Mann ein bißchen fummeln lassen und den Bausparvertrag im Auge behalten. Morgens sich ein Mehrkornbrötchen mit Kirschmarmelade gründlich kauend einverleiben und ein Hobby vorweisen, mit dem man im Gespräch blieb, zum Beispiel Bridge, Kegeln, Radfahren, good old Tennis oder gar ein Pferd. Aber Vorsicht, mit eigenem Pferd sowie der Jagd oder dem Golfspielen pinkelte man bereits in die Reviere der Arrivierten, und wer will schon in seiner Freizeit dem eigenen Chef begegnen? Geschweige denn möchte der seinem Fußabtreter plötzlich auf gleicher Augenhöhe gegenüberstehen.

Das Vorstellungsgespräch war mir auf den Magen geschlagen, vor allem die Topfblume mit ihrer dicken

Plempe. Da konnte man wachen Verstandes Albträume kriegen. Ich mußte mich ablenken. Draußen suchte ich vergeblich eine vernünftige Kneipe. Dabei hatte ich nicht gerade an einen der versnobten Schuppen auf der Königsallee gedacht, in denen die Krawatten-Fuzzis talentlos den Edel-Macho gaben oder an den Nuttengrill vorm Hotel, wo ohne Designer-Sonnenbrille gar nichts lief, sondern an einen anständig abgedunkelten Laden, in dem man auch mal den Bauch heraus- und die Mundwinkel herabhängen lassen konnte – wer will schon immer schön sein. So was schien es in Düsseldorf nicht zu geben. Kurz vorm Bahnhof fand ich endlich einen wenig ansprechenden Imbiß, an dem ein paar gesellschaftliche Restposten an den Stehtischen klebten – das schien mir das Richtige.

»Alt oder Pils?«

»Pils.« Beim Alt sind die Gläser zu klein.

Die Wohnung kriegte ich nur, weil eine andere Mieterin im letzten Moment abgesprungen war, was mich nach der Besichtigung nicht wunderte, weil die Bude direkt an einer Eisenbahnbrücke lag. Anfangs hatte ich, vor allem nachts, das Gefühl, als hätten sie mich unter einen Eisenbahnwaggon geschnallt. Alle fünf bis zehn Minuten gab es ein schepperndes Gerumpel, daß einem die Ohropax aus den Ohren flogen. Außerdem mußten die Züge gelegentlich auf ihre Einfahrterlaubnis in den Hauptbahnhof warten, und zwar akkurat vor meinem Fenster, so daß die Insassen interessante Eindrücke meiner innenarchitektonischen Meisterwerke gewannen wie zum Beispiel einer braunrosa geblümten Ausziehcouch, einem rapide verfilzenden Flokati, der damals gerade aus der Mode gekommen war, einigen expressionistisch-wüsten Zeichnungen an den Wänden und mehreren schweren Kerzenleuchtern, bei denen es sich um exquisite Antiquitäten von Woolworth handelte.

Nach einigen Tagen hatte ich mich an die Bombeneinschläge von der Eisenbahnbrücke ebenso gewöhnt wie an das stumpfsinnige Glotzen der Reisenden. Die Küche entbehrte zwar jeder Einrichtung, so daß ich wieder auf die gute alte Kochplatte zurückgriff, aber dafür war das Badezimmer groß und hell und gut geeignet, um von draußen einzusteigen, weil dort fast den ganzen Abend das Fenster offenstand. Es war nämlich das einzig zu öffnende Fenster der ganzen Wohnung. Das im Wohnzimmer klemmte entweder oder fiel einem gleich samt Rahmen entgegen, und das in der Küche verfügte über keinen Griff. Als Entschädigung war der Flur so groß, daß man dort die Weltmeisterschaft in den lateinamerikanischen Tänzen hätte veranstalten können.

Unten im Haus gab es einen Waschsalon und daneben eine vorsintflutliche Kneipe mit einem verkommenen, alten Wirt hinterm Tresen, der kaum noch Zähne im Mund hatte und beim Reden ins frischgezapfte Bier spuckte. Auf der Nase hing eine riesige, eckige Brille, die er von Zeit zu Zeit nach nervösem Gezwinkere und Nasenzucken einhändig hochschob, die aber in der nächsten Sekunde schon wieder heruntterglitt. Seine Freundin war in meinem Alter, hübsch, schlank und schwarzhaarig. Daß sie mit dem alten Sack vögelte, ging mir nicht in den Kopf. Wenn schon so eine Schönheit mit einem unappetitlichen Labergreis rummachte, konnte ich mir meine Ansprüche direkt in die Haare schmieren. Sie verdarb hier die Preise.

Eines Tages sprach ich sie auf ihren Pupillenknick an: »Sag mal, ist dir der nicht zu alt?«

Sofort robbte sie sich vertraulich zu mir her: »Nee, wieso? Der sieht nur so alt aus, der ist erst achtundvierzig.«

»Ich hätte den auf siebzig geschätzt.«

»Jetzt übertreibst du aber. Wenn er seine Zähne einsetzt, sieht der gar nicht so schlecht aus.«

»Ich hab' den noch nie mit Zähnen gesehen.«

»Für wen auch. Was hier so rumhängt, da braucht man keine Zähne für.« Auch wieder wahr.

»Weißt du, was ich nicht verstehe«, sagte ich, »du siehst doch spitzenmäßig aus, was schlägst du deine Zeit mit so 'nem alten Sack tot?«

»Das kann ich dir genau sagen: Weil der sich umbringt für mich. Die Jungbullen tun doch nix für einen. Damals nach meiner Scheidung hatte ich echt die Krise, total abgebrannt war ich, mein Alter löhnte ja nicht. Na, und dann hing ich hier ab und wollte mich eigentlich nur noch unter die Erde saufen, und dann kam Hubert. Von dem kriege ich alles, was ich will. Kohle, Klamotten, Wohnen, Fressen, alles umsonst, und jeden Abend in der eigenen Kneipe sich zuschütten auf Kosten des Hauses – was willst du mehr?«

Wo sie recht hatte, hatte sie recht.

»Komm, ich schmeiß 'ne Runde«, sagte sie, »Hubert, bring noch mal zwei Piccolo, aber kalte.«

»Kommt sofort, Mäuschen«, spuckte der Alte und grinste gönnerhaft zu uns herüber. Die Dusche hatte der seit Wochen nicht mehr gesehen. Die anderen Gestalten in dem Laden sahen nicht viel anders aus. Ich überlegte, ob es irgendwo einen Kurs im Blindficken gab. Den wollte ich sofort belegen.

Dann kam eine blonde Dauerwelle mit dezentem Goldcollier überm beigefarbenen Cashmere-Twinset in den Laden und setzte sich mit hoheitsvoller Miene an einen Tisch, als säße sie im Ritz. Sie blickte mißbilligend um sich wie eine Frau Bankdirektor, als bemerke sie jetzt erst, wo sie versehentlich gelandet war. Die Dame weckte mein Interesse. Kaum hatte ich sie angequatscht, sprudelte es aus ihr heraus: »Ich habe das alles aufgebaut hier, mein Werk ist das, und jetzt läßt der das so verkommen mit seiner Schlampe, glauben Sie mal nicht, daß das hier immer so aussah! Das sieht man ja meilenweit, da fehlt die weibliche Hand, da fehlt der Geschmack, der Blick für's Detail, für's Schöne, für die Gemütlichkeit. Sehen Sie sich mal die Tischdecken an – überall Brandlöcher.«

»Belästigt Sie die Dame?« fragte mich der Zahnlose gestelzt. Ich winkte ab. Wurde doch gerade erst spannend. Bei seinem Anblick steigerte sich die Dauerwelle von null auf hundert: »Du alte Ratte, verpiß dich! Da schüttelt es einen ja, wenn man dich heute sieht. Daß du dich nicht schämst, wie du heute herumläufst. Mitleid könnte man kriegen mit dir. Ich unterhalte mich hier, mit wem ich will, ob es euch paßt oder nicht. Das ist immer noch mein Laden, du verkommenes Subjekt, du bringst jetzt der Dame hier und mir noch zwei Bier, aber 'n bißchen plötzlich.«

Mit sorgenvoller Miene verkrümelte sich der Mümmelgreis hinter seinen Tresen und sabberte der Schwarzen was ins Ohr.

»Und laß dir nicht einfallen, die Bullen zu holen«, schrie sie ihm nach, »ich habe hier das Hausrecht, damit du's weißt, und deine schwarze Schlampe kann gleich einen Satz heiße Ohren kassieren, wenn sie weiter so hochnäsig hier rüberglotzt. Wenn du mit mir reden willst, schieb erst mal deine Zähne rein, du Mumie, hoffentlich steht das Bier bald auf dem Tisch!«

Die Schwarze stellte uns das Bier hin. Zu mir sagte sie: »Brauchst aber nicht bei der sitzen zu bleiben, kannst auch bei uns weitersaufen.«

»Nee, laß mal, ist doch ganz nett hier.«

»Mußt du selber wissen.«

»Verpiß dich!« pfiff die Dauerwelle. »Wer hat *dich* denn gefragt?«

Die Schwarze verzog sich ohne Kommentar.

Ich sagte: »Die haben ja ganz schön Respekt vor Ihnen.«

Sie setzte das Glas an und leerte es auf eine Zug: »Logisch, ich habe ja schließlich die Kohle. Wenn die nicht spuren, verkaufe ich den Laden, so einfach ist das. Los, los, laßt die Luft aus den Gläsern, ihr seht doch, daß wir Nachschub brauchen oder wißt ihr nicht mehr, was Service heißt?«

Nach etwa dem zwanzigsten Bier, das sie in dieser Stadt in Gläsern ausschenkten, die kaum größer waren als Schnapsgläser und das schmeckte wie gekühlter Hustensaft, vertraute sie mir an, daß sie den Spuckgreis wieder zurücknähme, vorausgesetzt, er ginge vorher für 'ne Stunde in die Badewanne. Fehlte nicht viel, und sie hätte sich ihm im Sturzflug an den Hals geworfen.

Eine Stadt, in der schon solche Bettvorleger einen eigenen Fanclub hatten, konnte bei mir nur einen Brechreiz nach dem anderen auslösen. Ich seilte mich ab. Selten so gekotzt. Die Zuginsassen kriegten heute richtig was geboten für ihr Geld.

Wie wär's mit ein paar Depris, Leute, beste Ware, nicht gestreckt und nicht verdünnt, absolut zuverlässig in der Wirkung und das auch noch gratis. Irgendein Arschloch hatte mir die Dinger wie eine Schrotladung ins Gehirn gepfiffen, seitdem lahmte mein Gemüt.

3. *Jede der äußerlich nichtssagenden Büro-Knackis*

hatte ihr vom Schicksal persönlich geschnürtes Päckchen zu tragen. Außer der Topfpflanze, die über einen Ehemann in gehobener Position verfügte und sich bald in die gepflegte Häuslichkeit verdrückte, um sich fortan ihrem Wurf zu widmen. Im Zeugnis attestierte ihr Hopf eine außergewöhnliche Intelligenz und hohe Eigenverantwortlichkeit. Ich hatte gar nicht gewußt, daß so was im Zeugnis stehen kann. Wegen ihres Abgangs litt Hopf wie ein Tier. Eine so perfekt auf seine Bedürfnisse abgestimmte Leibeigene würde er nie wieder finden, das stand fest. Die Topfpflanze konnte man unbedenklich überall hinstellen, um die Ohren aufzusperren oder blasse Kommentare mit brisanten Nebenwirkungen abzusondern – mit ihrem harmlosen Gesichtchen und den geweiteten Knopfaugen taugte sie für Undercover-Aktionen jeder Art. Gerüchte, Lügen, Geheimnisse und Verleumdungen – stets servierte sie ihm alles brühwarm und herzschonend gefiltert ins Chefzimmer. Er litt nämlich an hohem Blutdruck, weshalb er sich über jeden Mückenschiß dermaßen aufregte, daß seine Birne glühte wie die Abendsonne überm Indischen Ozean. Dann kam die Topfpflanze gemächlich mit dem Fläschchen und den Pillen und ließ ihre beruhigende Aura wie Ajurveda-Öl auf sein panisches Gemüt fließen, aber nicht, ohne vorher die doppelwandige Tür ordentlich zu verschließen. Das Bewachen und Verschließen dieser gepanzerten Tür gehörte zu ihren vornehmsten Aufgaben. Mittags zum Beispiel legte er die Füße auf den Schreibtisch und genehmigte sich eine Runde

Schlaf. Dabei durfte er unter keinen Umständen gestört werden, höchstens von seiner Frau oder Kiepert, seinem Chef.

Die Abteilungsleiter hatten fast durchweg Frauen zu Hause, denen sie den Arsch nachtrugen. Mir war es leider nie gelungen, Männer zu dressieren wie apportierende Hunde, zumindest nicht länger als ein paar Wochen. Vielleicht lag es daran, daß ich an Abteilungsleitern nie einen Gefallen gefunden hatte.

Hopfs Frau konnte ihn aus den wichtigsten Besprechungen holen lassen, wenn ihr an der Waschmaschine der Keilriemen gerissen war, die Heizung rumpelte oder die Tochter vom Pferd gefallen war. Die Tochter war sein Augenstern, wahrscheinlich, weil sie genauso aussah wie er: dasselbe viereckige Gesicht, die landfrischen dicken Backen, die strammen X-Beine, der halslose Rumpf. Kam die Tochter auf einen Abstecher vorbei, lag er vor Stolz und Rührung in Öl, und die gesamte Mannschaft sprang um sie herum, um sich beim Alten einzuschleimen. Als die ebenso unbegabte wie passionierte Reiterin ihre Diplomarbeit schreiben mußte, räumte er mit meiner ausnehmend freundlichen Unterstützung fast das gesamte Archiv leer und pinselte mit der Hand seine fein gegliederten Geistesblitze inklusive zwanzigtausend Fußnoten und Quellenhinweisen auf gelochtes Papier. Anschließend hackte Mireille Mathieu das ganze Zeug in ihre moderne Kugelkopfmaschine.

Hopf war vor allem frühmorgens umtriebig wie eine Wespe über der Kuchenplatte. Schon um sieben Uhr kam er vor Tatendrang aus allen Nähten platzend angetrabt und nervte die dösende Empfangspflaume mit der Bitte um seine Zimmerschlüssel. Gegen halb acht flogen die drei Damen meines Lektorats allmählich ein. Davon waren zwei meist hackenstramm, und die dritte wollte sich kurz vor der Rente keinen Herzinfarkt mehr holen. Die zweite Fahnenträgerin neben mir hieß Becker, und die angehende Rentnerin Winter. Sprach man die Becker vor der Mittagszeit an, glotzte sie einen aus hervorquellenden Augen verständnislos an wie ein aus dem Schlaf gerissenes Lemurenäffchen.

Becker und Winter residierten im Nebenzimmer, zu dem meine Tür meistens offenstand. Außer ihnen gab es dort einen altersschwachen Kopierer, ein Regal voll zerfledderter Zeitungen und ein Arsenal an Klebstiften, Scheren und Formblättern. Meine morgendliche Straftat bestand darin, innerhalb einer Stunde neun bis zehn Tageszeitungen zu filzen, ob was drinstand, was unsere Branche betraf. Hatte ich eine Zeitung bearbeitet, rief ich Frau Becker, und dann kam sie um die Ecke geschossen wie ein aus der Spur geratener Satellit, rammte sich den Balg am Stahlschrank und stürzte ebenso rasant wie windschief wieder hinaus. Daß sie hier solchen Alkis eine Heimat boten, weckte mein Vertrauen in die soziale Kompetenz der Firmenleitung.

Die Artikel, die ich gekennzeichnet hatte, schnibbelten die beiden aus, klebten sie auf Formblätter, jubelten sie durch den Kopierer und legten auf diese Weise verschiedene, speziell auf die jeweiligen Sachgebiete zugeschnittene Dokumentationen für die einzelnen Abteilungsleiter an, für die sich diese unterschiedlich brennend interessierten. Manche hakten die Mappen ab und schickten sie ungelesen zurück, und das jahrelang. Hopf allerdings war hinter seiner Mappe her wie der Teufel hinter der armen Seele. Kaum war ich morgens eingetroffen, stand er schon aufgeregt im Türrahmen: »Moin, moin. War was, ist was, was gibt's Neues, gibt's was Neues? Ach, Sie haben noch gar nicht angefangen, was, halb acht erst, na, dann komme ich gleich noch mal.«

Dann ging er Frau von Katte auf die Nerven, der Obermaus im Revier, der Number One unter den Chefsekretärinnen, gebenedeit seist du unter den Weibern, der Sekretärin von Obermufti Kiepert, die einem Seitenblick auf das Hochprozentige schon damals ungern widerstand, weil sie an unerwiderter Zuneigung zu ihrem Boss litt, der wiederum seine eigene Frau siezte und mit dem Nachnamen ansprach: Frau Kiepert, Sie haben doch hoffentlich den Termin für die nächste Konferenz in Ihrer Körpermitte nicht vergessen? Vor seinem betonblonden Hausdrachen schlug er die Hacken noch zackiger zusammen als Hopf vor ihm, weshalb eine Liaison mit Frau von Katte, wie das damals noch hieß, nicht mal ansatzweise in Betracht kam.

Nach seinem unergiebigen Klön mit von Katte kam Hopf auf seinen kurzen Beinen wieder zu mir getrampelt: »Na? Steht was drin? Gibt's was Neues?«

»Kiepert steht drin. Daß er versucht hat, einen Pudding an die Wand zu nageln«, gab ich Auskunft.

»Was? Was? Zeigen, zeigen.« Mit zittriger Unterlippe überflog er den Text, den ich völlig unbedeutend fand.

»Kann ich das mitnehmen?« fragte er gierig. »Gut, machen Sie mir schnell eine Kopie, das muß ich sofort Kiepert vortragen. Moin, ja, moin die Damen, lassen Sie sich nicht bei der Arbeit stören.«

Dann hängte er sich ans Telefon und störte Kiepert bei seiner morgendlichen Sitzung auf dem Klo.

Während Hopf seiner Umwelt auf den Zeiger ging, wurden reihum die Kaffeemaschinen, Kopierer und Schreibmaschinen angeworfen, und auf dem Gang begannen die ersten tiefsinnigen Gespräche über das Wetter, denen sich lebhafte Mitteilungen über das körperliche Befinden anschlossen. Letzteren zufolge handelte es sich bei der weiblichen Belegschaft durchweg um Erben Lazarus', zumindest aber um Invaliden im Frühstadium, zwar nicht komplett erwerbsunfähig, aber fast krankenhausreif. Und als wäre damit noch nicht genug des Leidens, nahm der Chef natürlich überhaupt keine Rücksicht auf die Unpäßlichkeit, bei der es sich vorwiegend um bis zum Suchtverhalten gesteigerten Arbeitseifer handelte, gepaart mit geradezu triebhafter Lust an devoter Permissivität und monotoner Fingerakrobatie.

Weibliche Führungskräfte waren in diesem Haus nicht vorgesehen. Zumindest damals noch nicht. Autorität war Männern ebenso vorbehalten wie weitläufige Büros, klotzige Schreibtische, Klimaanlagen und Sonnenrollos, kostenloser Kaffee, unkontrollierter Ausgang, pampige Kommentare, protziges Platzhirschröhren, frauenfreundliche Witze und leidlich versteckte Tittenmagazine. Bei dieser bevorzugten Behandlung gediehen die Säcke überdurchschnittlich gut, erkrankten zum Leidwesen ihrer Sekretärinnen fast nie und sahen immer aus wie aus dem Ei gepellt, und vor allem waren sie hervorragend ausgeschlafen und immer bereit, einer ihrer schon beim Arzt angemeldeten Tipp-Tussis einen herzerwärmenden Auftrag zu erteilen wie etwa das Eruieren des einzigen Waschmaschinen-Keilriemen-Herstellers Deutschlands für die kurz vor dem Nervenzusammenbruch befindliche Ehefrau.

War Hopf um halb zehn endlich mit seiner Pressemappe in die Morgenrunde verschwunden, wo er den von mir gesammelten Quark den anderen Hirschen zu Gehör brachte, weil sie sich sonst beim eigenhändigen Umblättern der Zeitungsseiten die manikürten Finger gebrochen hätten, packte ich mein kleines Baguette aus, das ich vorher in einem der französischen Mini-Shops gekauft hatte, die gerade überall aus dem Boden schossen, und legte erst mal die Füße hoch. Wenn ich Pech hatte, ließ sich Kieperts schwuler Assistent Breuer blicken, um sich fünf Minuten lang als Chef aufzuspielen und mir mit seinen Weibergeschichten die Ohren vollzublasen. Breuer legte größten Wert darauf, jeden davon zu überzeugen, daß es sich bei ihm um einen professionellen Womanizer handelte, der eine Braut nach der anderen oder am besten gleich drei auf einmal flachlegte. So einen idiotischen Schwulen hatte ich noch nie erlebt. Der war doch nicht dicht. Warum sagte er nicht einfach, hört mal zu, Leute, ich bin schwul, so what? Dagegen hätte bestimmt kein Schwein etwas gehabt. Es gibt Schlimmeres als ein bißchen Arschfickerei. Irgendwann reichte es mir, und ich sagte: »Sagen Sie mal, glauben Sie eigentlich selbst den Schmarren, den Sie hier dauernd verzapfen?«

Entgeistert starrte er mich an. O Gott, sie hat das Tabu verletzt. Sie hat es angesprochen, sie hat die Grenze überschritten, sie ist so dreist mit ihrer Heterovisage, sie sitzt da triefend vor Weiblichkeit und sagt mir das ins Gesicht, das überlebe ich nicht, eine solche Andeutung, das hat Folgen, das gebiert Unterstellungen und Gerüchte, Verleumdungen, Spott und Hohn, und das bei meinen sauberen Aufstiegschancen, wo der Hopf schon in sein Grab blickt und ich nur noch ein, zwei Jährchen warten müßte, und dann kommt so eine schlampige Fotze und reißt ihr häßliches Maul auf, und alle meine Träume sind dahin.

»Was meinen Sie damit?« fragte er mit flacher Stimme.

»Mich brauchen Sie nicht zu verarschen«, sagte ich, »die Bräute bezahlen ja schon Eintritt, damit Sie mal Hand anlegen, stand doch heute sogar in der Zeitung: Mütter, haltet eure Töchter fest – Breuer ist wieder in der Stadt.«

Er riß die Augen noch eine Spur mehr auf als zuvor, seine Unterlippe vibrierte in momentaner geistiger Umnachtung, in die Mundwinkel traten kleine, weiße Pfützen, vergebens suchte er den Schalter zur Gehirnaktivierung. Dann machte er eine zackige Drehung und knallte die Tür hinter sich zu. Seitdem hatte ich morgens meine Ruhe.

Von nebenan kam Becker um die Ecke: »Wat ist denn dem über die Leber gelaufen? Hat der sie noch alle? Da bröckelt ja der Zement von der Wand.«

»Weiß ich auch nicht, vielleicht ist ihm die Klinke aus der Hand gerutscht.«

»Der hat wohl seine Tage, die alte Schwuchtel. Hab' ich gottlob nix mehr mit am Hut.«

Ich wußte nicht genau, ob sie Breuer meinte oder ihre Periode. Ich nutzte die Gelegenheit ihrer Ansprechbarkeit und fragte: »Sagen Sie mal, das Schriftstück, das ich Ihnen vorhin für Kiepert gegeben habe – ist das inzwischen bei ihm angekommen?«

»Wat für 'n Schriftstück?«

Das Wort ›Schriftstück‹ sprach sie aus wie die lateinische Bezeichnung eines tropischen Insekts.

»Ich habe Ihnen doch vorhin die Übersetzung aus dem Metal Bulletin gegeben, das wollten Sie doch dem Kiepert bringen.«

»Dat wüßtich aber.«

»Also, Sie behaupten jetzt allen Ernstes, Sie hätten das gar nicht von mir bekommen?«

»Exakt.«

»Ja, wo ist es denn dann geblieben?«

»Woher soll ich dat wissen?«

Entrüstet drehte sie mir ihren Wimpelarsch zu und segelte ins Nebenzimmer. Ihr voluminöser Rumpf steckte in einem korallenfarbenen Schlauchpulli mit zwei Bömmelchen vor dem Bauch, dazu trug sie hautenge Leggings in grau und breitgelatschte Slipper. Da der Pulli oberhalb des Steißbeins endete, sah man durch die Leggings, daß sie darunter Baumwollunterhosen, Größe 46, mit gemäßigtem Beinausschnitt trug. Nebenan ging die Schreibtischschublade, und kurz darauf ertönte das blecherne Geräusch eines Flaschendrehverschlusses. Derart gestärkt suchte sie die Toilette auf.

Ich ging zu Pokerface Winter, die gerade Archivblätter sortierte: »Haben Sie das eben mitgekriegt?«

»Mhm.«

»Die von Katte hat schon zweimal die Übersetzung angemahnt. Das gibt gleich ein Riesentheater, wenn die sich beim Hopf beschwert.«

»Ich hab' nicht mehr lang' bis zur Rente.«

»Mensch, wenn Sie was wissen, dann sagen Sie mir das doch, oder wollen Sie gleich einen Affenzirkus hier erleben, wenn der Hopf hier im Quadrat springt?«

»Sehen Sie doch mal in den Papierkorb.«

Darauf hätte ich auch selbst kommen können. In dem Moment, als ich das Schreiben aus dem Papierkorb zog, kam Becker wieder herein: »Wat machen Sie denn an meinem Papierkorb?«

»Mensch, Frau Becker, nehmen Sie doch mal ein Kaugummi, das stinkt ja bis nach Bottrop.«

»Wat ist los? Ich hör' wohl schlecht.«

»Und was ist das hier? Wie kommt die Übersetzung in Ihren Papierkorb?«

»Woher soll ich dat denn wissen?«

»Ehrlich, Frau Becker, seit drei Stunden wird diese scheiß Übersetzung gesucht, und dabei liegt sie bei Ihnen im Papierkorb.«

»Ja, und? Wat hab' ich damit zu tun?«

»Nichts wahrscheinlich.«

»Sag ich doch. Machense doch nicht so 'n Wind hier, kommt frisch von der Uni und will unsereinem wat unterjubeln. Nicht mit mir, Frollein, mit sowat wie Sie komm ich schon lange parat. Sie hamja schon ganz schön die Nerven kaputt, woll.«

Am nächsten Tag meldete sie sich krank.

In den etwa zwanzig Jahren, die Becker in diesem Laden jobbte, war noch nie jemandem aufgefallen, daß sie bis zur Mittagspause kaum fähig war, ihren eigenen Namen zu buchstabieren. Das war zum Glück bei mir anders: Ich konnte am Vorabend getankt haben soviel ich wollte – auf meine Birne war immer Verlaß.

4. *Der erste Typ, mit dem ich*

in Düsseldorf vögelte, hieß Joachim und war Architekt. Er hatte in der WAZ unter ›Heiratsangebote‹ annonciert, und meine Mutter, die mich immer noch verkuppeln wollte, hatte ihm in meinem Namen geantwortet. Er schrieb zurück, daß er von ihrem Briefstil verzaubert sei und wollte mich unbedingt kennenlernen. Meine Zweifel, ob mir ein Typ, der sich vom Briefstil meiner Mutter verzaubern ließ, gefallen könnte, erwiesen sich als unbegründet. Er war über einen Meter neunzig groß, durchtrainiert vom vielen Tennisspielen und rotblond mit dezentem Nicki-Lauda-Überbiß.

Seinen ersten Besuch nutzte ich, um ihn Gardinen im Wohnzimmer aufhängen zu lassen. Während ich ihm von unten den schweren Stoff anreichte und er die Röllchen in die Gardinenstange schob, hatte ich Gelegenheit, seinen Arsch zu inspizieren, der nicht von schlechten Eltern war. Nahe der holländischen Grenze baute er gerade ein Einfamilienhaus für sich und die noch zu findende liebende Gattin, um dort seinen Vaterinstinkt entfalten zu können, der ihn bisher nicht sonderlich gekratzt hatte. Seinen Erzählungen zufolge war er ziemlich herumgekommen, vornehmlich bei älteren, »dankbaren« Damen gelandet, unterbrochen von einigen Abstechern bei knackigerem Gemüse und Kleindarstellerinnen in Film und Fernsehen. Meine direkte Vorgängerin war ein Model gewesen.

»Hier, schau mal, das ist sie.«

Er hielt mir einen abgegriffenen Zeitungsausschnitt unter die Nase, vermutlich seine edelste Wichsvorlage.

Was sollte ich dazu sagen? »Ja, und?«

»Was, und? Wie findest du sie?«

»Wie Models eben aussehen, ebenmäßiges Gesicht, gut zu schminken.«

»Die hatte eine Superfigur«, schwärmte er, »aber deine ist ja auch nicht schlecht. Weißt du, diese dicken Titten, die sind nicht mein Ding. Wenn man die Frau auf den Rücken legt, fallen die seitlich so runter, das sieht beschissen aus.«

Man lernt nie aus. Silikon hatte er jedenfalls noch nicht in der Hand gehabt – es sei denn zum Verfugen seiner Badewanne. Die deutsche Durchschnittsfrau mit ihrer lufttrockneten Dauerwelle, dem Nietengürtel und den Plastik-Ohrringen hatte von Silikon sowieso noch nie gehört und schob in unschuldigem Selbstverständnis das popelige Material durch die Gegend, das die Gene für sie vorgesehen hatten. Und der Witz war: Die Männer fuhren auch noch drauf ab. Damals konnte man den Kerlen eine Laterne für 'ne Frau verkaufen, und schon kriegten sie eine dicke Hose. Ich habe keine Ahnung, ob es da einen Zusammenhang gibt, aber im silikonfreien Zeitalter konnten kleine Mädchen noch ihre zehn Schritte von der Bushaltestelle zum Kindergarten laufen, ohne daß ihre Eltern befürchten mußten, die Kleinen würden unterwegs abgerippt.

Ich überlegte gerade, wie sich meine kleinen Früchtchen denn so verhielten, wenn ich mich auf den Rücken legte. Wahrscheinlich piekten sie den, der sich gerade drauflegte. Wahrscheinlich wackelten sie auch nur dämlich herum oder kriegten Dellen oder zogen die Nippel ein, was weiß ich. Waren sowieso unberechenbar, diese komischen Dinger, diese Titten mein.

»Warum trägst du das Foto eigentlich immer noch mit dir herum?« erkundigte ich mich.

»Ach, nur so, hat nichts zu bedeuten.«

Er steckte den Gardinenstopper in die Schiene und kam von der Leiter: »Jetzt müssen wir aber fahren, wenn wir denn noch fahren wollen.«

»Warum sollten wir denn nicht mehr fahren?«

»Ach, nur so.«

Die Gartenfete war schon heftig in Schwung, als wir eintrudelten. Zum Glück gab es eiweißreiches, fettes Essen, denn ich steckte gerade mitten in der Atkins-Diät und durfte keine Kohlehydrate zu mir nehmen. Als Folge von dem fetten, eiweißreichen Essen hatte man ständig Heißhunger auf Brot und Pommes, kriegte Pickel und chronische Verstopfung, weshalb man täglich einen Einlauf machen mußte, um nicht am eigenen Kot zu ersticken. Jeden Abend vor dem Schlafengehen dröselte ich mir den Schlauch in den Enddarm und drückte so lange heißes Wasser hinein, bis mir der Dünnschiß fast aus den Augen trat. Von dieser appetitlichen Begleiterscheinung meiner wirkungsfreien Diät wußte der Model-Spezi natürlich nichts. Auch rechnete er nicht mit meinem guten Gehör, dabei hätte er doch wissen müssen, daß Leute mit schlechten Augen meistens hören können wie Gazellen bei Gegenwind. Als ich am Ausschank mein Glas auffüllen ließ, hörte ich ihn in der Nähe gurren: »Dir würde ich auch gerne mal das Hemd ausziehen, und nicht nur das.«

Gemeint war eine flachbrüstige Diätkünstlerin mit Nippeln wie vertrocknete Hundeköttel, die in ihren trendy Jeans einen ziemlich fickrigen Arsch spazierenführte, ob sich nicht vielleicht jemand zu einem kleinen Sperma-Einlauf bereit erklärte. Joachim ließ gerade lechzend wie der Pawlowsche Hund seinen Harry ausfahren und hing vornübergebeugt über der Lady, als ich ihm brutal die Szene vermasselte: »Da bist du ja, mein Schatz. Ich suche dich schon überall.«

»Was? Wieso? Ich steh' hier schon die ganze Zeit mit, wie war noch mal dein Name?«

Der Knackarsch wandte sich ab: »Ciao, Achim, wir sehen uns ein andermal.«

»Bestimmt, bestimmt«, keuchte er, ganz Herr der Lage. Da hing er nun mit seiner halbgaren Schlachtwurst und mußte erstmal seine Hormone sortieren.

»Die gefällt dir, was?« fragte ich schadenfroh.

»Ach, na ja.«

»Sei ehrlich, dir läuft ja jetzt noch der Geifer aus dem Mund.«

»Was? Ach, du spinnst! Ich hab' sie überhaupt nicht angefaßt.«

»Dafür faß' ich jetzt einen an. Einer von uns muß ja was bringen hier. Der dahinten guckt schon die ganze Zeit, den werd ich mal von seinem Trauma befreien.«

»Sag mal, bist du verrückt?«

»Vielleicht kannst du ihr noch nachlaufen, probier's doch mal.«

»Das mache ich auch, da kannst du Gift drauf nehmen.«

»Dann bis später.«

Nach diversen Knutschattacken mit verirrten Verlobten, Ehemännern und sonstigem gebundenen Getier fand ich ihn alleine auf einer Couch mit einem Glas Wasser in der Hand, die Mimik auf Halbmast. Ich setzte mich auf seine Knie.

Argwöhnisch fragte er: »Wo warst du denn die ganze Zeit?«

»Rumknutschen. Und du?«

»Ich habe hier gesessen.«

»Wollte die Maus nicht mehr anbeißen?«

»Quatsch. Die hätte schon gewollt, das ist doch nicht das Problem. Hoffentlich hast du dich nicht daneben benommen in der Zwischenzeit. Ich kenne eine Menge Leute hier und möchte nicht gerne blamiert werden.«

»Wie niedlich.«

»Immerhin sind wir zusammen gekommen, da geht man auch zusammen, wie sieht das denn sonst aus.«

Er rührte an mein Herz. Ob ich sein Haus im Grenzland beziehen und ihm seine Brut gebären wollte, mußte ich mir aber noch fünf Minuten überlegen.

Nach dem Bumsen meinte er generös: »Für's erstemal war's ja ganz gut.« Mit entwicklungsfähigen drei plus das Klassenziel erreicht. Mir hatte der Fick glatt die Schuhe ausgezogen vor Originalität. Er schob etwa zehnmal rein, wobei er sich von der Wand hinter meinem Kopf erotisch stimulieren ließ, gab beim Abschuß nicht den geringsten Laut von sich, und als ich gerade meiner Verwunderung über seine Geräuschlosigkeit Ausdruck verleihen wollte, war er schon eingeknackt.

Sein Kinn fiel zurück, der Vorbiß öffnete sich zu stockendem bis kräftig durchziehendem Geknarze, und aus dem Darm sickerten die letzten Furzperlen von fünf bis sechs Gläsern Gerolsteiner Wasser mit Kohlensäure. Unter orangerotem Geflecht bot sich das Schauspiel eines transparenten Schwanzes, in dem man jede tiefrote Ader, jede ihrer bizarren Verästelungen und jedes violette Knötchen sah, und alles ständig in action wie ein rasender Mini-Flipper-Automat. Ich konnte mich nicht entscheiden, ob ich fasziniert oder angeekelt sein sollte. Einen Rotfuchs hatte ich noch nie gehabt. Es ist mein letzter geblieben.

Je länger ich seinen Vorbiß und den gläsernen Schwanz im rostroten Haar betrachtete, desto geringer wurde die Chance, die Sache romantisch zu verbrämen, von Häuslebauen und Familienplanung ganz zu schweigen.

Statt dessen griff ich auf die bewährte Technik der Handwerkerzunft zurück und empfing die Weihen mich bis in die erglühenden Wangen beflutenden Sternenhimmels wie ein erhörtes Gebet. Manchmal kommt es über dich wie lauwarmes, flüssiges Gold und durchdringt den Leib wie das Licht einer fremden Dimension, als hätte dich der Finger Gottes berührt. Dabei war es nur meiner.

Am nächsten Morgen fiel ihm ein Foto meiner Mutter in die Hände: »Sieht auch nicht schlecht aus. Wenn die mal was zum Bumsen braucht, soll sie sich bei mir melden. Also, dann bis Freitagabend, und besorg dir scharfe Unterwäsche in rot oder schwarz, Strapse und so, du weißt schon, da fahr ich voll drauf ab.« Als ich ihn zu Hause wähnte, rief ich ihn an: »Hallo, Achim, ja, ich bin's schon wieder, kann ich ja nicht ahnen, daß du schläfst. Nein, es gibt nichts Wichtiges. Ich wollte dir nur sagen, daß du nicht mehr vorbeizukommen brauchst, nur, damit du Bescheid weißt.«

»Was, wieso? Kapiere ich nicht. War doch alles paletti mit uns, ich meine, wenn hier einer was zu meckern gehabt hätte, dann wäre *ich* das doch wohl gewesen, aber ich habe ja noch nicht mal was gesagt. Gab doch gar keine Beanstandung meinerseits, oder habe ich was gesagt?«

»Nee, du hast nichts gesagt, ich bin einfach nur eine undankbare, blöde Pflaume, weiter nichts. Mach's gut.«

»Moment mal jetzt, so geht das ja mal nicht. Erst weckst du mich aus dem Tiefschlaf, und dann erzählst du mir hier einen vom Pferd. Ich habe schließlich Pläne, ich suche keine Frau nur für eine Nacht. Also, was ist los jetzt, fang noch mal von vorne an, ich war eben noch nicht ganz wach.«

Gähn. Noch drei Worte und mir fiel vor Sympathie der Hörer aus der Hand. Junge, du bist so 'n Schnee von gestern, gestriger kannst du nicht mehr werden. Da war mir ja der zahnlose Hubert mit der schwarzen Biggi am Arsch noch lieber als Achim im Gesicht.

Ich schraubte mir die Kontaktlinsen rein und ging ein Haus weiter. An der Kneipentür hing ein Schild ›Wegen Krankheit heute geschlossen‹. Scheiß Sonntag, und im Fernsehen wieder mal Kinderprogramm.

Ich überlegte, ob ich mir mal wieder einen Einlauf machen sollte. War doch immer wieder interessant, wieviel Scheiße der Mensch so mit sich herumschleppt. Hätte Achim auch machen sollen, am besten im Kopf.

5. *Als Becker wieder einmal*

unentschuldigt fehlte, fuhr Breuer, die Ratte, zu ihr in die Wohnung und befreite sie aus ihrem Erbrochenen, um ihr mit der anschließenden Kündigung endgültig das Genick zu brechen. Beckers Freundin war aus dem Knast entlassen worden, was den Begriff Disziplin ab sofort aus Beckers Wortschatz tilgte. Mir war gar nicht aufgefallen, daß sie auf Frauen stand, hatte sie mir doch immer von Klausjürgen Wussow vorgeschwärmt. Einen Tag später kriegte Hopf einen Herzinfarkt.

Seine Vertretung übernahm ein Schönling mit Riesenwuchs, Tränensäcken und eisblauen Augen, die er bei jeder passenden und unpassenden Gelegenheit routiniert schillern ließ wie Mondsteine unter freiem Himmel. Das machte er perfekt. Er hatte es sich gemütlich in dem Bewußtsein eingerichtet, ein Wahnsinnstyp zu sein, an dem keine Frau ohne feuchte Unterhose vorbeikam. Immer, wenn er das Gefühl hatte, ein ahnungsloses Opfer sei in Sicht, setzte er den Hans-Albers-Gedächtnis-Blick auf, und wenn die Mädels davon fast zu Tode erschraken, freute er sich über seine durchschlagende Wirkung auf das weibliche Geschlecht.

Als er seine zwei Meter mit leicht eingezogenem Kopf ins Vorzimmer schob, lungerten wir gerade vor dem Fernsehapparat und lästerten über die gerüschten Puffärmel an Lady Dis pompösem Brautkleid, das wirkte wie schon dreimal getragen. Da schritt das arme Mädchen in ihrer cremefarbenen Robe am Arm ihres taumelnden Daddys ihrem Bräutigam entgegen, der schon damals aussah wie die personifizierte Sorgenfalte, und redete sich erfolgreich ein, das sei der Mann ihrer Träume. Gebannt, ja, ergriffen verfolgten wir die Zeremonie, wie die Royals sie so wunderbar bombastisch und langatmig feierlich nie wieder hingekriegt haben. Die romantischste Jahrhundertlüge.

Der Riese hatte den Anstand, den historischen Moment nicht zu stören und verkrümelte sich ohne Kommentar in Hopfs Zimmer. Daß die Angestellten Sekt saufend vor dem Fernseher hockten, war damals für einen Boss kein Grund, sich künstlich aufzuregen. Man konnte auch mit den Füßen auf dem Schreibtisch private Telefonate führen, ohne daß mehr zu befürchten war als eine hochgezogene Augenbraue. Wenn das so geblieben wäre, hätte ich vielleicht bis zur Rente durchgehalten. Ich hatte mir schnell angewöhnt, mit eingeschaltetem Gehör auf der Schreibtischplatte zu pennen und in dem Moment kerzengerade zu sitzen, in dem die Tür aufging, und fand mich so lange megatricky, bis mich eine Kollegin eines Tages fragte: »Sag mal, hast du gerade gepennt?« »Nee, wieso? Wie kommst 'n darauf?« »Du hast 'n Abdruck auf der Stirn.« Das war die Armbanduhr. Meine Chefs sahen mich dann ziemlich oft gerade die Uhr anlegen, wenn sie reinkamen – es wunderte sie aber nie. Das mochte daran liegen, daß sie selbst noch cleverer waren – sie schliefen gleich mit offenen Augen.

Die Sekretärin des Schönlings, die wie ein ängstliches Hündchen beflissen hinter ihm herdackelte, machte sich sofort an der Kaffeemaschine zu schaffen, und als sie ihm den Kaffee serviert hatte, zählte sie die Teebeutel und sortierte das Geschirr. Unsere befremdeten Seitenblicke prallten an ihr ab.

Die beiden waren ein gelungenes Pärchen. Als Kontrastprogramm zu seiner Eitelkeit hatte sie die nicht ganz falsche Auffassung verinnerlicht, ein Mauerblümchen zu sein, weshalb sie es als ihre vornehmste Pflicht ansah, ihrem Freund, einem angehenden Doktoranden, jeden Abend, an dem er nicht zu sehr abgefüllt war, einen zu blasen, daß ihm der Rest seines Gehirns aus der Birne flog. Mit derselben Masche hatte sie, einst Sekretärin an seiner Uni, diesen Superhirschen, der leider ums Verrecken keinen wohlmeinenden Doktorvater auftrieb, seinerzeit von ihrer Unverzichtbarkeit überzeugt. Nachdem sie monatelang auf der Uni-Toilette an seiner Gurke gewürgt hatte, nahm er sie gnädigerweise nach Düsseldorf mit, damit sie seine zum dreizehntenmal korrigierte Doktorarbeit in die Maschine nudelte, denn vom Tippen kriegte er immer Gürtelrose an den Handgelenken bzw. Herpes an den Fingerkuppen.

Die Promotionsbläserin hieß Möckel und trug fast immer weiße Tennisschuhe, Jeans und enge Polohemden auf dem absolut tittenlosen Oberkörper. Ohne Kontaktlinsen war sie blind wie ein Maulwurf. Da sie mit den Dingern nicht klar kam, blinzelte sie dösig unter ihrem Pony hervor und bleckte mädchenhaft kichernd zwei messerscharfe Schneidezähne, was bei Dr. Wetzel, einem Umweltexperten, großes Entzücken auslöste. Seit Möckel dem Riesen in Hopfs Büro den Arsch nachtrug, lungerte Wetzel ständig auf dem Gang herum und führte sich die sensationellen Mitteilungen des Schwarzen Brettes zu Gemüte, bis der Traum seiner schlaflosen Nächte, die reizvolle Frau Möckel, zum Kopierer düste, wo sie hilflos zwinkernd sämtliche Knöpfe bediente, ohne daß sich Erhofftes tat. Prinz Wetzel leistete ihr dann fachmännischen Beistand, indem er ebenfalls ratlos alle Knöpfe der Reihe nach drückte und schließlich Frau Flemming zu Hilfe rief, die binnen einer Minute eine einwandfreie Kopie zu Tage förderte.

Eigentlich hätte die aufregende Lovestory zwischen Möckel und Wetzel Erfüllung verdient gehabt, zumal sich Möckels Doktorand mangels Doktorvater endgültig dem Suff ergab und somit das verbindende Element des Gebläses entfiel. Aber natürlich war Wetzel verheiratet samt Schulden auf dem Villendach und hungrigen Schulkindern unter demselben, und außerdem hatte er ja nur mal ein lebendes Surfbrett besteigen wollen und nicht irgendwelche Konsequenzen tragen. Als ihr unpromovierter Alki in Wuppertal einen neuen Job annahm, folgte Möckel ihm erneut und machte ihre Stelle frei für eine gewisse Frau Riemann, die mir später noch einige Abenteuer bescheren sollte.

In meinem Lektorat war inzwischen ein neues Damenpärchen eingezogen, eine vollschlanke, blondierte Taube mit Farrah-Fawcett-Majors-Löwenkopf und eine schweigsame junge Mutter mit breitem Arsch und angefressenen Fingernägeln. Die rundliche Taube hieß Nolte und hatte den Beruf der Verkäuferin erlernt. Die Kindsmutter, Frau Pück, gaukelte uns so lange Pflichtbewußtsein vor, bis die Probezeit überstanden war. Danach blieb sie mit wachsender Begeisterung zu Hause, wo sie trotz der zwei minderjährigen Bälger genügend Libido entwikkelte, um pausenlos fremdzugehen, und dafür von ihrem Mann die Schnauze poliert kriegte, was sich ebenfalls nicht förderlich auf ihre Arbeitsdisziplin auswirkte.

Da auch Nolte keine außergewöhnliche Neigung zu ausdauernder Arbeit an den Tag legte, sondern lieber in ihrer Heimatstadt Hilden, einem Nachbarort von Düsseldorf, vierzig Gläser Altbier in ihren lieblichen Balg leerte, ging ich mit dem Lektorat, für das ich netterweise die Verantwortung trug, auf dem Zahnfleisch.

Zum Glück hatte der Hans-Albers-Verschnitt keine nennenswerte Ahnung vom Geschäft und zeichnete sich durch geringe Ansprüche an meinen Job aus. Vorzugsweise streckte er seine langen Beine unter Hopfs Schreibtisch aus und schloß mit entfernt sitzenden Kollegen am Telefon Wetten um Heidsieck-Flaschen ab, wenn er nicht gerade mit dem Expander seine Muckis trainierte oder seinen massigen Leib mit Bacardi-Cola tränkte. Den Rest der Zeit verbrachte er mit Freund Giehse auf dem Tennisplatz. Mittags fuhr er zu seiner Frau nach Hause, schlug sich den Wanst voll und legte sich eine Stunde auf's Ohr.

Zu mir kam er einmal, um sich auch von mir seine Streicheleinheiten abzuholen: »Haben Sie vielleicht Feuer für mich?« Er qualmte mir eine dicke Wolke Rauch ins Gesicht und lächelte breit. Als ihm bewußt wurde, daß die gewohnte Reaktion ausblieb und er vor weiterführenden Einfällen geradezu sprühte, stelzte er auf seinen langen Beinen wortlos wieder raus. Auf meine Bewunderung war er nicht angewiesen, war doch circa jede dritte Dame in haltlosem Schwärmen für ihn verfallen. Er hatte ›reich geheiratet‹ und dachte nicht im Traum daran, seine gediegene Familienidylle für eine noch so wohlgeformte Maus der tippenden Zunft, die im übrigen weit unter der seinen lag, zu opfern. Seine Selbstgefälligkeit verbarg er mit schauspielerischem Talent hinter locker fließendem Charme und englischer Fairplay-Attitüde, und nur selten blitzte Überheblichkeit durch den silberblauen Schillerblick, die ihn auf ewig mit seiner wohlhabenden Matrone verband. War er gutgelaunt, und er war meistens gutgelaunt – warum auch nicht, was fehlte ihm schon –, machte er originelle Bemerkungen über das Wetter und versprühte sinnlos (zumindest was mich betraf) einen seltsam glühenden Charme. Reich verheiratete Männer hatten auf mich seit jeher die Anziehungskraft einer verwesenden Kröte.

Die neue Sekretärin Katharina Riemann war weißblond gebleicht, gertenschlank mit operierten Titten, abgesaugtem Bauchspeck und operativ gerichtetem Nasenbein. Da Schönheitsoperationen zu jener Zeit unbekannt waren, kam sie mir vor wie Frankenstein. Im Laufe des Tages lief der Bauch voll Wasser und wurde ebenso dick wie vor der Operation, und die Nase stand schief, weil sie sich nach dem Eingriff zu früh auf die Seite gelegt hatte, aber mit den Titten war sie zufrieden. Vorher hatte sie immer vornüber gehangen mit den Dickmanns und auch im Bett den BH nicht ausgezogen, weil sie befürchtete, ausgepackt und Sauerstoff atmend könnten die Monsterbobbies ihr Wachstum beschleunigen. Das Melonen-Zeitalter lag noch in weiter Ferne – heute hätte sie die Dinger vielleicht dran gelassen.

Sie war in dritter Ehe mit einem Vertreter für Wolle verheiratet, der sich durch einen mit Eiterpickeln übersäten Rücken auszeichnete, weshalb sie sich vor ihm ekelte, was eine gewaltige Verkümmerung des Sexuallebens zur Folge hatte, was wiederum seiner Pickelzucht sehr zuträglich war und so weiter. Riemanns oberste Maxime lautete daher ›Fremdgehen!‹. Mit der astrologischen Stellung ihrer Venus im Skorpion, fand sie, stünde ihr das zu, und da sich dort auch die meine befand, war ich als Begleiterin ihrer nächtlichen Beutezüge automatisch qualifiziert.

Im Moment war sie von unvergleichlicher Leidenschaft für einen Südafrikaner ergriffen, den sie dringend besuchen wollte, um ihn erstens von seiner Frau zu erlösen und zweitens selbst vor das Standesamt zu lotsen. Außerdem litt sie an Diätwahn. Morgens nahm sie nur einen fettarmen Joghurt zu sich, mittags mümmelte sie an einem trockenen Brötchen, und abends friemelte sie einen grünen Salat ohne Öl in sich hinein. »Von nichts kommt nichts. Du bist auch zu fett, Männer mögen keine fetten Frauen.«

»Also, fett finde ich mich ja nun nicht gerade«, protestierte ich, »wie sich das schon anhört.«

»Haha, fett ist nun mal fett, da kann man ja nicht einfach schlank zu sagen. Du hast doch mindestens, laß mal sehen, so fünf Kilo zuviel, großzügig geschätzt. Wenn du acht abnehmen würdest, wäre das natürlich noch besser.«

»Dann habe ich ja keine Titten mehr.«

»Wer braucht schon Titten. Wenn mein letzter Mann nicht so gemeckert hätte, hätte ich die Dinger ganz wegmachen lassen, sind doch nur im Weg.«

»Das sieht nicht aus bei meinem Becken. Die brauche ich als Gegengewicht.«

»Du spinnst. Acht Kilo weniger, und du bist eine Schönheit. Hör auf mich, nimm ab. Mach doch Aerobic!«

Die Aerobic-Studios schossen gerade wie Pilze aus dem Boden. Mich machte die Hopserei nicht an, erinnerte sie mich doch an die schmachvollen Turnstunden meiner Jugendzeit, aber Völkerscharen von Mädels traten jetzt mit Schweißband und Stulpen zum kollektiven Hüpfen nach Pop-Musik an, vor allem die, die es nicht nötig hatten.

Wagte ich im Horton-Imbiß die Speisekarte zu studieren, nahm Riemann sie mir weg oder schlug mir auf die Finger: »Abnehmen heißt die Devise. Denk an alle die Männer, die du künftig haben wirst. Wie die Motten werden sie hinter dir her sein, glaube mir.«

»Wenn ich bis dahin nicht an Lungenkrebs gestorben bin.«

»Ich habe ja nicht gesagt, daß du statt dessen rauchen sollst. Sieh mich an, ich esse nicht und rauche nicht, und abends, wenn ich ausgehe, trinke ich nur ein einziges Bier. Du hast keine Disziplin, das ist es.«

»Weißt du, ich trinke lieber zehn Glas Bier und verzichte dafür auf neun Typen – einer reicht mir.«

»Mußt du selber wissen«, sagte sie kühl über ihrem einladend perlenden Mineralwasser, »jünger wirst du ja auch nicht, bist du nicht überhaupt schon über dreißig?«

Jetzt hatte ich den Kanal voll: »Ja, und? Ist das ein Verbrechen oder was?«

»Nö, das nicht, es gibt halt dann schon die Zwanzigjährigen, nicht. Mehr wollte ich damit gar nicht gesagt haben.«

»Herr Ober, bitte einmal die Riesenbockwurst mit Kartoffelsalat und ein Helles dazu.«

Riemann sah nicht schlecht aus. Das Schönste an ihr waren die hellblauen, dunkelblau geränderten Pupillen, mit denen sie die Männer fixierte wie eine hypnotische Schlange. Sie war verrückt danach, von Männern angeschmachtet zu werden, und legte sich nach einigem Geziere durchaus auch flach. Nur einen Orgasmus hatte sie nie gehabt. Als ich sie daraufhin anquatschte, meinte sie: »Wenn es einer ganz langsam macht, kann man schon was davon haben.« Das fand ich sehr überzeugend.

Ihr Pickel hatte seinen leider nie richtig reingebracht, und da sie Schwänze prinzipiell nicht anfaßte, blieb er eben draußen.

»Und du hast ihm nie geholfen, sein Ding reinzustecken?«

»Wär' ja noch schöner. Ich einen Schwanz anfassen? Wo leben wir denn?«

Bei ihr wußte man nie, ob sie einen nicht verarschte.

Ich sagte: »Hör mal, dein Pickelmonster ist ja nicht der einzige, der ihn nicht reinkriegt, da kann man doch mal nachhelfen.«

»Fällt mir nicht im Traum ein. Wenn einer das noch nicht mal bringt, kann er gleich zu Hause bleiben. Reinstecken muß er schon selber können, ich fasse doch keinen Schwanz an, wer bin ich denn, igitt.«

Die hilfreiche Lady stand bei den Männern hoch im Kurs. Die Bilanz von drei Ehen, die vierte ante portas, knapp fünfzig Lovern, reingekommenen und draußengebliebenen, nötigte mich zu der Erkenntnis, irgend etwas verkehrt zu machen. Vielleicht sollte ich die Typen auch selbst stochern lassen, vielleicht waren meine Samariterdienste einfach zu aufdringlich.

Endlich war es soweit. Riemann meldete sich krank und verschob ihre Habe in Containern nach Südafrika. Teils war ich froh, sie los zu sein, teils vermißte ich ihre mütterliche Aufsicht über meine fragwürdigen Lebensgewohnheiten. Wie sie mir erzählt hatte, liebte sie ihren Neuen gerne zu Barry-White-Musik. Offenbar wurde sein Ding hart genug, um alleine seinen Weg zu finden. Ich wünschte ihr, daß das so bliebe.

6. *Bis auf die junge Nolte*

und die alternde von Katte waren in meiner näheren Umgebung die Weiber alle verheiratet, und die meisten Männer, selbst die mickrigsten, häßlichsten Vögel, die ich je gesehen hatte, auch. Verheiratet zu sein schien hier zum inoffiziellen Benimmkodex zu gehören wie auch der obligatorisch geschmetterte Mittagsgruß ›Mahlzeit!‹. Einen Stock tiefer jobbte noch ein Ramschposten in meinem Alter namens Küppersbusch, und in der Personalabteilung gab es noch eine Schönheit, die nicht heiratete, weil sie unsterblich in unseren Hans Albers, Dr. Johannes Braatsch, verknallt war, weshalb sie häufig meine Nähe suchte. Kam er in mein Zimmer gestelzt, verfiel sie auf der Stelle in Trance. Er beugte sich tief zu ihr herab, nahm ihre Hand und weitete die Augenlider, als wollte er sie mit den Augen verschlingen und ließ die Knicker schillern wie gewohnt. Sie saß wie in Zement gegossen, und starrte ihn an wie eine Erscheinung aus dem Jenseits.

Auch sie war ihm nicht gleichgültig. Wenn er Zeit genug hatte, sich auf ihre Gegenwart einzustellen, zog er die Albers-Nummer gnadenlos durch, aber wenn er ihr überraschend begegnete, knallte er verwirrt gegen den Türrahmen oder flog gegen den Lichtschalter, so daß mitten am Tag alle Lichter angingen. Einmal sagte sie mit dünner Stimme: »Wenn Sie in den Raum treten, brauchen wir kein künstliches Licht.« So was wäre mir nicht eingefallen, im Leben nicht. Geschmeichelt fuhr er sich mit der Hand über das nach Altherrenmanier nach hinten gegelte

Haar, ließ noch einmal die wasserblauen Knicker schimmern und ging wieder hinaus. Vor lauter Ergriffenheit hatte er vergessen, weshalb er hereingekommen war.

Die verliebte Lady hieß Svetlana Wieczorek und hatte dickes, langes braunes Haar, das sie mit Hennaspülungen auf Vordermann brachte. Ihr Stil war etwas exotisch. Im Sommer trug sie enge, lange Röcke im Reptiliendesign und trägerlose Korsagen. Karotten-Jeans, mit denen wir anderen Suppenhühner uns verunstalteten, waren unter ihrer Würde, ganz zu schweigen von den ›Atomkraft, nein danke‹-Buttons, die neuerdings auf Küppersbuschs zarter Oberweite prangten. Dabei war Küppersbusch so politisch wie ihr Zwergkaninchen. Sie schmückte sich mit den Dingern so, wie meine Oma sich immer Broschen ans Revers geheftet hatte. Nachdem ihr Chef sie gefragt hatte, ob sie das ernst meine mit dem Protest, fiel ihr überhaupt erst der politische Inhalt der Botschaft auf. Seitdem kam sie mit Sprüchen an wie ›Brot für die Welt, Kuchen für mich‹ oder ›Mutter drehte Kind durch Fleischwolf, BILD sprach mit der Frikadelle‹ usw.

Aus Gründen des Neids und der Rivalität war Wieczorek bei den übrigen Weibern nicht gerne gesehen. Es war einer Unachtsamkeit des Schicksals zu verdanken, daß sich eine solche Schönheit in der Personalabteilung unseres Puffs mitsamt seinen maskulinen Banausen, Stümpern und Scharwenzlern verbarg und sich auch privat mit ihren Johannes-Braatsch-Hirngespinsten begnügte, wo sie die halbe Stadt hätte vögeln können.

»Der Mann ist eine Sensation«, erklärte sie mit glänzenden Augen, »wenn ich ihn sehe, geht die Sonne auf und mein Mund fängt an zu lächeln. Ich habe ihn gesehen und gewußt, der ist es.«

Nicht, daß ich das nicht verstanden hätte. Meine vorsichtigen Bedenken hinsichtlich seiner Matrone plus

Wurf wischte sie vom Tisch wie eine lästige Fliege: »Wir sind füreinander gemacht, das steht so fest wie das Amen in der Kirche.«

»Vielleicht nippelt sie ja irgendwann ab«, tröstete ich milde.

»Entweder das oder er läßt sich scheiden«, lächelte sie versonnen, »ich kann warten.«

Sie meinte es todernst. Ich sah sie schon als siebzigjähriges Hutzelweiblein in Wechselschicht mit seiner Matrone, die viel zu gesund und gutgenährt aussah, um früh das Zeitliche zu segnen, sein Grab begießen. Eines Tages befragte ich Frenzels Sekretärin Flemming, die Braatsch genauer kannte, wie es um die Ehe des Angebeteten bestellt war. Vor der Geburt des Sohnes war so ziemlich alles im argen gewesen. Svetlana kam einfach ein Jahr zu spät. Bei der Planung ihres Lebenswegs mußten dem Schicksal zwischendurch die Augen zugefallen sein.

»Nie läßt der sich scheiden«, prophezeite Flemming über ihrem Körner-Müsli, »die lassen sich doch durch 'ne Scheidung nicht ruinieren. Genau wie der Kiepert, da kommt die Katte auch nicht dran, da kann sie noch so penetrant vor sich hinstinken, das alte Ferkel. Die Weiber lassen doch ihre alternden Helden nicht einfach ziehen, da wird höchstens die Leine ein bißchen länger gelassen, wenn er Glück hat, damit er sich woanders bedient, wenn die Madame gerade kein Interesse hat.«

Ich war erschüttert. Flemming hatte Lebenserfahrung. Und von Katte stank wirklich wie eine Müllhalde, soviel stand fest. Flemming fuhr redselig fort: »Die Braatsch hat doch jetzt endlich ihr Kind, auf den letzten Drücker zwar, aber immerhin. Wozu dann noch bumsen?«

Flemming war die Sekretärin von Hauptgeschäftsführer Kieperts Thronerben Eckbert Frenzel. Frenzel war wahnsinnig agil und jugendlich-dynamisch und scharrte schon vernehmlich in den Startlöchern, aber Kiepert hatte keine Eile, den lukrativen Posten zu räumen, weil er in dem vitalitätsspendenen Wahn lebte, unersetzlich zu sein, was ihm die pensionsreifen Spezis aus den Mitgliedsfirmen auch gerne bestätigten, segelten sie doch selbst auf dieser Lüge einher. Kiepert und seine eheliche Betonfrisur züchteten nebenbei Papageien, weshalb er auch ›der Vogelhändler‹ genannt wurde, und jedesmal, wenn einer eingegangen war, redete er tagelang mit von Katte kein Wort, als sei das ihr persönliches Verschulden, und den Papierkram schmiß er auf den Boden, aber nicht nur ihr, sondern sämtlichen Fußabtretern, die seine Hoheitsgrenzen verletzten, d. h. sich ihm einen Schritt weiter näherten, als es sein aktueller Seelenzustand vertrug.

Flemming kannte auch die Frau von Braatsch: »Eingebildet, aufgeblasen und wichtig. Ich sage nur: Damenbart.«

Mit leisem Schrecken erinnerte ich mich an meinen einstigen Oberlippenflaum, den ich jeden Morgen abzuschmirgeln pflegte, wodurch er zum Glück immer dünner geworden war. Trotzdem wurde ich rot.

»Wie die mit dem Braatsch umspringt, die spricht mit dem wie mit einem Schuljungen. Mußt mal hören, wenn der nicht gleich flitzt, wenn die den abholen kommt, die brüllt das ganze Foyer zusammen.«

Ich staunte. Unser Playboy ein Pantoffelheld? Ich sah Svetlanas Chancen rapide sinken.

»Und der läßt sich das gefallen?«

»Bleibt ihm ja nichts anderes übrig. Sie hat das Moos.«

»Er verdient doch selbst nicht schlecht.«

»Sag mal, was quetschst du mich denn so über den blöden Braatsch aus – hat der dich auch schon hypnotisiert mit seinen Eiswürfeln?«

»Nee, nee, um Gottes Willen, ich doch nicht, ich kenne

da nur jemanden … die steht auf ihn, leider, muß ich ja wohl sagen.«

Das hatte mir noch gefehlt, daß ich wegen Wieczorek in unscharfen Verdacht geriet und das noch mit Flemming als Informantin – was man der heute anvertraute, war gestern schon im Haus herum.

»Dann schieb ab jetzt, der Frenzel kommt jeden Moment, dann dreht der wieder auf, daß einem die Luft wegbleibt.«

Svetlana hing vor Neugier fast über den Tisch, aber ganz gleich, was ich berichtete, Braatsch blieb ihr Traum-Typ, und Lappalien wie Ehefrauen und spät geborene Erben prallten an ihr ab wie Regentropfen am Plastikhut. Ausgerechnet das Schicksal, das schon durch eine eklatante Fehlleistung unangenehm aufgefallen war, sollte alles für sie richten. Immerhin hatte sie mit Braatsch eine saftige Jupiter/Mond-Konjunktion, was für die Legalisierung des noch zu schließenden Bündnisses sprach, sowie ein prickelndes Venus/Uranus-Sextil und, nicht zuletzt, seine Venus in Konjunktion mit ihrem Pluto – wenn das nicht untrügliche Zeichen waren! Wieczorek hatte es mit der Astrologie. Nun denn.

Inzwischen freundete ich mich mit Heike Küppersbusch an, die einen Stock tiefer in der Statistik jobbte und eines meiner Hobbies, das Saufen, teilte, wobei sie leider kein großes Stehvermögen bewies. Deshalb fing sie zwei bis drei Stunden später an als ich und fiel nach fünf Gläsern Wein vom Barhocker, was sich im Lokal immer gut machte. Trotz ihrer Leibesfülle trug sie gerne lila Latzhosen und Gesundheitsschuhe. Wenn sie ganz verwegen drauf war, zwirbelte sie ein Kopftuch zur Wurst und drückte sich das Teil auf die Stirn.

Bevor wir zum Kampftrinken antraten, schob sie sich auf dem Markt eins der im Rheinland ungemein beliebten Matjesfilets mit frischen Zwiebeln hinein. Der Gestank zog die ganze Nacht nicht ab und hielt uns die Männer vom Leib. Gegen halb zehn schwankte sie an der Reling entlang, hätte jeden mit nach Hause genommen, der mehr als ein ›Hallo‹ über die Lippen brachte und verwechselte die Klotür mit dem Ausgang. Immer noch besser als umgekehrt. Meistens verfrachtete ich sie in ein Taxi und soff alleine weiter. Die Typen in der Altstadt waren es nicht wert, daß man nüchtern blieb.

Eines Nachts kam ich auf einen Absacker bei Hubert und Biggi vorbei, und einer der Jungs nutzte meine Schlagseite, um mich ins Treppenhaus zu schleppen, wo wir knutschten, als müßten wir morgen an der Krätze sterben. Zehn Schritte weiter, und wir wären im Bett gelandet, aber irgend etwas irritierte mich, keine Ahnung, was es war, vielleicht roch er falsch. Als ich am nächsten Abend aus dem Aldi kam, stand er mit einem Kumpel vor der Tür und bot sich an, meine Tüten zu tragen. Er war höchstens sechzehn und sein Kollege noch mitten im Stimmbruch. Das hatte mir gerade noch gefehlt. Ab sofort klebte das Jungtier jeden Abend an der Eingangstür von Aldi, und jeden Abend ging ich grußlos an ihm vorbei. Im Roman liest sich das immer so romantisch: Jungbulle liebt reife Frau. Mir wurde nur übel, wenn ich ihn sah. Der sollte lieber Schulaufgaben machen.

Außerdem fand meine Mutter, daß ich allmählich die Augen nach einem Ehemann aufhalten sollte. Als sie zum erstenmal davon anfing, war ich einigermaßen sauer.

»Langsam mußt du sehen, wo du bleibst«, meinte sie über ihrer Körnerschrotmühle, »hast du denn gar nicht das Bedürfnis, zu jemandem zu gehören?«

»Nee, wieso, ich bin ja kein Hund.«

Heirat – so ungefähr das unerquicklichste Thema, das ich mir denken konnte. Küppersbusch und Wieczorek waren schließlich auch nicht verheiratet – vielleicht nicht gerade die leuchtendsten Vorbilder.

»Laß doch mal deine Witze jetzt! Schau mal, was lernst du schon für Männer kennen in den Kneipen, in denen du verkehrst? Bestimmt keine mit Geld, oder?«

Wahrscheinlich nicht, wieso auch, ich verdiente doch selbst meinen Schluckes, und meine Schulden hatte ich auch abbezahlt, also, was wollte sie von mir?

»Und in deiner Firma gibt es ja angeblich auch keinen, der dir zusagt?«

»Nee, wirklich nicht, diese Schlaftabletten.«

»Ehrlich gesagt, kann ich mir ja nicht richtig vorstellen, daß da nicht ein netter, junger Mann dabei ist, der sich für dich interessiert. Du rennst ja sowieso immer mit Scheuklappen durch die Gegend.«

Bei dem Stichwort ›netter, junger Mann‹ fiel mir wieder das Kind aus Huberts Kneipe ein.

»Das sind doch alles Staubflocken da, ganz langweilige Hunde mit Schlips und so. Können wir nicht das Thema wechseln?«

»Wieso, das Thema ist doch hochaktuell. Sieh mal, du bist jetzt fast zweiunddreißig ...«

»Das wird ja wohl noch erlaubt sein, zweiunddreißig zu werden, was habt ihr eigentlich alle mit dem Alter neuerdings?«

»... und mit zweiunddreißig kann eine Frau, und wenn sie noch so bindungsunwillig ist, mal langsam daran denken, eine Familie zu gründen.«

Schluck, würg. Familie gründen – das klang so nach Unternehmen aufbauen oder irgendwas anderem Verantwortlichem, was man sein Leben lang am Hals hatte. Ich kriegte schon beim bloßen Gedanken Platzangst. Jeden abend ein Typ, der nach Hause kommt und dann auch noch immer derselbe – absurde Idee!

»Schneid mal lieber den Fettrand von dem Schinken, damit ich nicht noch dicker werde«, forderte ich mürrisch, »sonst kannst du den Gedanken gleich vergessen.«

»Lenk doch nicht immer vom Thema ab. Was sagst du denn nun dazu?«

»Wozu?«

»Zu dem, was ich eben gesagt habe. Jetzt sei halt nicht so schwerfällig, meine Güte, ich habe da nämlich eine Idee.«

Gott, war ich wild auf ihre Ideen, ich bin so wild nach deinem Erdbeermund: »Ist der Schinken eigentlich luftgetrocknet, sag mal? Von Geräuchertem kriegt man nämlich Krebs.«

»Gib du mal lieber das Rauchen auf, dann kriegst du auch keinen Krebs und sparst noch eine Menge Geld obendrein. Also, paß auf, wir setzen dir eine schöne, kleine Annonce in die Zeitung, jetzt wackel doch nicht so mit dem Stuhl herum, die Lehne ist kaputt. So, und du suchst dir dann die besten aus und guckst sie dir ganz unverbindlich an. Was hältst du davon? Ist das nicht eine gute Idee?«

»Eine Bombenidee, wäre ich bestimmt von selbst drauf gekommen.«

»Das habe ich mir schon gedacht. Und gleich überlegen wir, was wir reinschreiben, zum Beispiel, daß der finanzielle Background stimmt oder so.«

»Klingt gut.«

»Der geistig-seelische natürlich auch, das ist ja klar.«

»Klar.«

»Jetzt bist du noch im richtigen Alter. Sollst mal sehen, wer da alles schreibt, das muß man nur richtig aufsetzen, ich mach das schon. Bequemer geht es doch nun wirklich nicht.«

In dem Moment brach die Lehne, und ich kippte vom Stuhl.

»Das ist ein Wink des Schicksals«, meinte meine Mutter, »nimm den Teller mit ins Eßzimmer. Gerhard! Abendessen!«

Ihr zweiter Mann Wunderlich saß wieder mit seinen Kopfhörern vor der Musikanlage und prüfte sein umfangreiches Tonbandarchiv. Wie üblich hörte er nichts. Statt dessen kam der Hund freudig angewedelt.

Meine Mutter ging zu Wunderlich und rüttelte an seiner Schulter: »Abendessen!«

»Äh, was? Ach so, ja, eben noch der letzte Satz, ist gleich zu Ende, kleinen Moment noch.«

Kaum hatten wir fertig gegessen, klemmte er die Lauscher ab: »So, da bin ich.« Der Hund rülpste. Ich hatte seinen glänzenden Augen nicht widerstehen können und ihn mit Schinken gefüttert. Wunderlich fuhr mit dem Löffel in das verlockend duftende Müsli, das aussah wie grobe Scheiße mit toten Fliegen drin.

Ich als treusorgende Ehefrau – meine Mutter hatte einen mittelgroßen Schatten auf dem Gehirn. Da brauchte ich bloß einen Blick nach schräg links auf den Stallhasen zu werfen, der hier tote Fliegen löffelte. Auf eine so quirlig unterhaltsame, vor Geistesblitzen sprühende Tischgesellschaft konnte ich zur äußersten Not verzichten.

Mit einer Miene, als hätte er auf einem Stecknadelkissen übernachtet, kam der Hund unter dem Tisch hervor und würgte den luftgetrockneten Schinken auf den Teppich. Wie gut ich ihn verstand.

kamen ein Graf aus Freiburg, ein Vorstandsvorsitzender aus Krefeld, ein Oberstudienrat aus Hamburg und ein Professor aus Bonn. Genau der richtige Umgang für mich. Meine Mutter war entzückt: »Endlich mal brauchbare Anwärter. Habe ich es nicht gesagt? Und es kommen nur die vier in Frage? Ich denke, es waren vierzig Zuschriften.«

»Die meisten habe ich gleich aussortiert, da hat mich die Schrift nicht inspiriert.«

Meine Mutter sah mich an, als hätte der Hund gewiehert: »Also, weißt du! So einen Schmarrn habe ich auch lange nicht gehört. Hast du mal die Schrift von Wunderlich gesehen? Da kannst du keine zwei Worte nacheinander entziffern, so inspirierend schreibt der.«

»Eben.«

Sie wollte sich die gute Laune nicht vermiesen lassen: »Erzähl doch mal, was schreibt denn dieser Graf so? Nun laß dir doch nicht alles aus der Nase ziehen.«

»Hat 'ne Superschrift, so schwungvoll und großzügig, so über die ganze Karte weg, so schmissig irgendwie, echt eindrucksvoll.«

»Du bist ja schnell zu beeindrucken. Vielleicht ist er Grafiker oder so was. Wie alt ist er denn?«

»Anfang vierzig, schreibt er. Bißchen alt, nicht? Vielleicht sollte ich ihn in die Warteschleife tun.«

»Ach was, den rufst du jetzt gleich mal an.«

»Jetzt? Nee, das kann ich nicht, wenn ihr hier zuhört.«

»Wunderlich schicke ich mit dem Hund raus, und ich kann ja ins Gästezimmer gehen.«

Der Hund, der perfekt deutsch verstand, kam freudig angetapert.

»Nee, laß mal«, sagte ich, »in so einer fremden Umgebung, da kann ich nicht mit fremden Typen reden. Das beklemmt mich hier irgendwie. Hier weht der Geist von Wunderlich.«

»Mögest du in deinem Leben keine anderen Beschwerden haben. Leg dich wieder hin, Jenny, Herrchen geht nachher mit dir Gassi machen.«

Aber du hast doch gerade gesagt, kam aus enttäuschten Hundeaugen, begleitet von zaghaftem Schwanzwedeln. »Später, habe ich gesagt! Jetzt geh schön in dein Körbchen, los.« Letzter Hundeblick: Mann, ey, immer diese leeren Versprechungen.

Ich begann wieder lustlos in den Zuschriften zu wühlen. Der einzige, der ein Foto beigelegt hatte, war der Vorstandsvorsitzende. Obwohl er nicht schlecht aussah, war er nicht mein Fall. Er sah aus wie einer von unseren Vereinsfritzen. Leise dämmerte mir der Verdacht, daß ich bei gewissen Illusionen mit Abstrichen zu rechnen hatte. Meine Mutter fand ihn sagenhaft und hätte ihn am liebsten noch selbst getroffen. Über die »niveauvolle« Ausbeute waren wir nicht weiter erstaunt, hatte sich meine Mutter bei der Formulierung der Annonce doch selbst übertroffen. Von einem Juwel, das seine Fassung suchte, war die Rede. Mit dem Juwel war ich gemeint. »Akademikerin«, schrieb sie geschwollen, »sehr attraktiv« und »künstlerisch interessiert«. Auf meinen persönlichen Wunsch fügte sie etwas widerstrebend »eigenwillig« hinzu. Sonst hätte sie gleich drüberschreiben können »Männer-Verarsche«.

Ich verspürte mit ihren exquisiten Schilderungen nicht gerade die perfekte Kongruenz. Die beschriebene Traumfrau saß wahrscheinlich nicht über Fleischsalat und Mohnbrötchen bei einem pensionierten Lehrer am Eßtisch, um sich von dem Besäufnis in einer Kneipe neben dem Bahndamm zu erholen. Noch weniger konnte sie mit meinem charmant-kommunikativen, liebenswürdig-sanftmütigen Wesen konkurrieren oder mit meiner kosmopolitischen Parkettsicherheit.

Bevor ich mir in diesem Spagat zwischen Realität und Anzeigentext die Beine ausriß, wollte ich doch lieber im ›Weißen Bären‹ abhängen, zu Pink Floyd einen eisgekühlten Wein schlürfen und eventuell auf dem Graffiti-Klo einen Joint durchziehen. Wenn mir nur nicht der scheiß Job im Wege stünde, der saugte einem die ganze Freizeit weg.

Um meiner Mutter eine Freude zu machen, nahm ich Kontakt mit dem Grafen auf. Seine schwungvolle Klaue hatte in mir Assoziationen losgetreten von Wind, Sonne und dem Fahren im offenen Cabrio, vielleicht mit Meeresbrise, einem Glas Schampus in der Hand und Freiheit im Gepäck.

Als ich ihn zum erstenmal sah, traf mich fast der Schlag. Er war mittelgroß, gedrungen, ohne Hals, mit rotem Gesicht und drei bis vier graublonden Flusen auf dem Kopf, das Ganze garniert mit einem gelb-violett gestreiften Schlips und entzückenden Wurstfingern. Sein Gebiß glich dem morschen Gerüst malaisischer Pfahlbauten nach dem dritten Taifun. Der Adonis hieß Magnus Maria mit noch vier Vornamen und war auf der Stelle verknallt. Kaum waren wir an seinem Oldtimer-Mercedes angekommen, kramte er einen Fotoapparat aus dem Kofferraum und knipste sich an meinem lieblichen Anblick die Finger wund.

Dann überzog er mich mit einem löchrigen Netz aus verlogenen Erklärungen, warum wir im Moment nicht zu seinem Anwesen fahren könnten (Scheidung, Renovierung, Baustelle, Dreck usw.) und führte mich in eine Erdgeschoßwohnung am Rande der Stadt, in der es nichts weiter gab als eine komplette Einbauküche, zwei Matratzen im Schlafzimmer und zwei mit rotem Samt bezogene Stühle in Louis-Quinze-Optik. Mit den Worten »Das wird dein Reich« stellte er mir die Küche vor. Anschließend tranken wir auf den Stühlen Sekt von Aldi. Wenigstens das, und kalt war er auch, der Sekt. Der Typ nicht. Der wäre mir am liebsten ohne besondere Umständlichkeiten an die Wäsche gegangen. Vorher gingen wir aber noch essen. Mit leerem Magen fickt es sich nicht gut.

Er schleppte mich zu einem dieser Vietnamesen, die sich Studenten manchmal leisteten, wenn ihnen das Mensaessen zum Hals heraushing, einem der exklusiven Schuppen, in denen das Neonlicht freundlich die Resopalverkleidung der stumpfgeschrubbten Anrichte umspielte und sich die karierte Tischdecke unter dem Brauerei-Aschenbecher wellte. Wir speisten Reis mit Hundegeschnetzeltem in Rotkehlchensud mit pürierten Babyratten auf Kakerlakengelee, und ehe mir endgültig übel wurde, bestellte ich auf dem Weg zum Klo heimlich ein Taxi. Fast hätte mir der orientalische Glasperlenvorhang die Kontaktlinsen aus den Augen gerissen.

Magnus Maria haute sich mit Riesenappetit den undefinierbaren Fraß hinter die Kiemen, strahlte mich zwischendurch mit seiner Gebiß-Sonderedition an und tätschelte meine Hand: »Jetzt machen wir dir gleich was Kleines, und dann bin ich wieder komplett. Du kündigst natürlich sofort und ziehst zu mir, gell, bei mir braucht keine zu arbeiten, das bißchen Essen, das ihr dünnen Hühner zu euch nehmt, das wird der Papi schon besorgen.«

Als ich wieder aufstand, um das Taxi abzufangen, sagte

er: »Wie – schon wieder austreten? Habe ich dich schon so nervös gemacht?«

Dann saß ich zwei Stunden im Bahnhofsrestaurant. Nach zwanzig Minuten sah ich ihn entgeistert draußen herumirren. Vor Wut rauchte ich eine ganze Schachtel leer. Muttis Graf – das war ja wohl ein Schlag ins Wasser. Und ausgerechnet heute gab es bei Hubert Freibier. Scheiß Heiraterei! Kaum zu Hause angekommen, meldete ich meiner Mutter, bereits die Schnauze voll zu haben: »Das wird wohl nix mit einer Hochzeit in den nächsten fünf Jahren.« Sie faselte etwas von einer Flinte im Korn und legte mir den Vorstandsvorsitzenden ans Herz.

Der Vorstandsvorsitzende, Dr. Speckhorn, saß rauchend an der Hotelbar und begrüßte mich cool wie einen Geschäftspartner: »Wie sieht es mit Ihrem Appetit aus – gehen wir vorher noch eine Kleinigkeit essen?« Vor was? Na gut, eine kleine Diätunterbrechung kann nicht schaden. Wir landeten in einem der überteuerten Freßtempel auf der Kö, wo sie die Lupe zum Essen gleich mit servierten – es war die Zeit der Haute Cuisine – und bestellten beide Fisch. Ich hatte wieder mal nicht aufgepaßt und saß bald einer atemlos blickenden Forelle samt geöffnetem Maul und zerfranztem Schwänzchen hilflos gegenüber. Sag mir, Freund, wie wirst du mundgerecht filetiert? Irgendwo hatte ich mal gesehen, daß man einen Fisch längs des Rückgrats leichter aufklappen kann als einem Sugardaddy die Brieftasche. Nach Köpfen und Schwanzabschneiden machte ich mich couragiert am Rücken zu schaffen. Dabei kippte das langstielige Weinglas auf die weiße Damasttischdecke, und der Vorstandsvorsitzende rief den Ober: »Uns ist ein kleines Malheur passiert. Bitte ein neues Glas für die Dame.«

Das mit dem Rückgrat funktionierte nicht. Auch den Bauch ließ sich das Mistvieh nicht aufschlitzen. Allmählich brach mir der Schweiß aus. Der Vorstandsvorsitzende zerteilte bedächtig das Weißbrot und tupfte sich den Mund mit der voluminösen Stoffserviette, bevor er das Glas vorschriftsmäßig am Stiel faßte und sich einen Schluck genehmigte, mit dem er eine Minute lang unhörbar gurgelte und ihn dann sanft in den fitnessgestählten Bauch rieseln ließ. Derweil kämpfte ich weiterhin mit den Gräten. Das Biest hatte etwa hundertunddreiundneunzig Gräten unterschiedlichster Erstickungskapazität.

Der Vorstandvorsitzende faltete locker die Serviette zusammen und legte sie neben seinen Teller. Dann rülpste er geräuschlos inwendig und lächelte: »Ihr Hunger war wohl doch nicht so groß, wie ich sehe.« Der hatte gut reden mit seinem komplett entgräteten, hauchzarten Lachsfilet in gediegenem Apricotrosa mit elfenbeinfarbenem Sößchen, fein limettenaromatisiert auf Petersiliengestöber – das glitt einem ja wie gebutterte Tagliatelle den Schlund hinab. Ich legte das Besteck zusammen und erklärte, mich seit einigen Minuten nicht ganz wohlzufühlen, aber nein, nicht vom Fisch, ich bitte Sie, der ist in diesem Laden fangfrisch, nein, nach Hause müsse ich nicht, so schlimm sei es auch wieder nicht, und ein Gläschen Wein könne ich durchaus noch vertragen.

Der Vorstandsvorsitzende erzählte nun mit ungemähtem Theo-Waigel-Augenbrauenwildwuchs, daß seine Frau zu seinem Leidwesen dazu neige, über die Dörfer zu gehen, was immer das heißen mochte – gegen eine Prise Landluft konnte doch eigentlich nichts einzuwenden sein. Jedenfalls sei er die Eskapaden leid geworden, aber ansonsten sei sie eine Schönheit, und bei Schönheiten habe man halt bezüglich der Monogamie gewisse Abstriche zu machen. Das sähe man heute noch, daß sie einst Ballerina gewesen sei, und eigentlich gäbe es Schlimmeres als den Marsch durch fremde Betten, schließlich sei es an der Zeit, den Frauen dieselben Rechte zuzubilligen wie den Männern.

»Genau«, sagte ich. Emanzipierte Männer hatte ich immer schon sehr geschätzt. Ich bemerkte, daß er ähnlich eisblaue Augen hatte wie unser Braatsch, aber er schillerte nicht mit ihnen, Gott sei Dank.

Meine Freude, durch meine Gegenwart zu seiner Erkenntnis beigetragen zu haben, daß seine Frau trotz ihrer Landliebe nicht die schlechteste Wahl gewesen sei, hielt sich in Grenzen. Mutti würde sicher sehr enttäuscht sein, aber der Reiz, einer Nymphomanin mit Ballerinaflair das Wasser zu reichen, konnte sich mir leider nicht erschließen.

Er brachte mich nach Hause, drehte mir seine Visitenkarte an und brauste in seinem dunkelblauen Jaguar von dannen. In meiner Bude starrte ich die Rauhfasertapete an. Die volkstümliche Weisheit »Schuster, bleib bei deinem Leisten« füllte sich ebenso schnell mit Leben wie mein Wasserglas mit Edelzwicker. Das kippte wenigstens nicht um.

Nachdem mir der Studienrat aus Hamburg in einem Bistro intellektuelle Plisseefalten ins Gehirn gebügelt hatte, indem er mich an sehr aufschlußreichen Exkursionen über die Phönizier und Alexander den Großen hatte teilnehmen lassen, pfiff ich die handfestere Variante männlicher Existenz, einen Frittenbudenkönig aus Solingen, von der Ersatzbank.

Mein Anblick versetzte ihn in Entzücken: »Und so was wie Sie inseriert in der Zeitung? Also, das hätt ich mir nicht träumen lassen. Sie laß ich so schnell nicht wieder aus.«

Immerhin traf er die richtige Tonlage.

Nach einem feuchtfröhlichen Umtrunk, bei dem er hauptsächlich von Umsatz und Lokalisierung seiner Imbißbuden berichtete, wovon wir eine auf der Stelle besichtigten und er in Ermangelung des Mondscheins den Hähnchengrill romantisch erglühen ließ, trollten wir uns in sein Schlafzimmer und versuchten, eine Nummer zu schieben. Das heißt, ich bemühte mich redlich, und er strebte einen Eintrag an im Guinessbuch der Rekorde unter der Rubrik ›Längster Geschlechtsverkehr aller Zeiten‹. Mit anderen Worten: Er kam nicht zu Potte. Oder wollte nicht kommen, was weiß ich.

Jedesmal, wenn ich dachte, er wäre endlich soweit, verschob er die zu bearbeitende Materie, also mich, von einer schwanzfreundlichen Position in die andere. Er wendete mich hin und her wie die Reibekuchen auf seiner Grillplatte, und da sich sein Schwanz nicht um die Ecke biegen ließ, fand ich mich in den unglaublichsten Verrenkungen wieder. Ich überlegte gerade, ob ich mich beim chinesischen Staatszirkus bewerben sollte, da ging das Telefon.

Den Schwanz aus Kontinuitätsgründen in meinen inzwischen abgestorbenen Unterleib pumpend, führte er ein Gespräch über einen seiner Imbißwagen, der auf einem Trödelmarkt stand und offenbar von einer besonderen Geistesgröße vor Ort nicht unter Verschluß gebracht werden konnte: »Paß auf, Eugen, du siehst doch den Haken oberhalb des Fensters. Hast du den? O. K., da ist jetzt unten an der Seite eine Öse. Ja, genau, da schiebst du jetzt den Schwengel rein, klar geht das, Quatsch, der klemmt nicht, mußt eben fester drücken.«

Sein Unterleib nahm regen Anteil. Trotzdem schrumpfte die Bratwurst zum Schweinswürstl, und ich dachte, wenn der gleich wieder von vorne anfängt, falle ich tot aus dem Bett.

»Jetzt den Bügel zur Seite und die Klappe runterlassen«, fuhr das Schweinswürstl fort, wobei er sich eine

Lautstärke gönnte wie ein Südländer in einer deutschen Straßenbahn. »Und jetzt rein mit dem Ding! Feste reindrücken!«

Mit zartkeimender Euphorie empfing ich zwei Gnadenstöße. Es war aber mehr der Beckenknochen als die Gummiwurst. »Hast du's?« brüllte er. »Immer schön rein damit, jawoll, und jetzt das Schloß vor. Zack und bums, das war's doch schon.«

Grinsend wandte er sich mir wieder zu: »So, und jetzt zu uns zwei Hübschen, wo waren wir denn eben stehengeblieben, harhar.«

»Ich hab die Schnauze jetzt voll«, sagte ich, »du glaubst doch wohl nicht im Ernst, daß ich jetzt wieder von vorne anfange, ich bin doch hier nicht in der Turnstunde!«

»Was denn, was denn, wer wird denn schon schlapp machen, Püppchen? Da müssen wir aber noch schwer dran arbeiten. Meine Frau, die hatte das gerne die ganze Nacht, da konnte die gar nicht genug von kriegen.« Wenn man den Männern glaubte, was sie alles für turbogeile Weiber gehabt hatten, verstand man gar nicht, warum sie sich von denen getrennt hatten.

»Na, macht nix«, meinte er großzügig, »jeder ist mal schlecht drauf, nicht. Also, meine Frau, die konnte ja nie genug kriegen, jede Nacht mußte ich die befriedigen, sonst ging die mir fremd. Ist Tatsache.«

Bei dem Ausdruck ›befriedigen‹ entstand vor meinem geistigen Auge das Bild einer Frau, die vor Geilheit halbtot auf dem Teppich lag und von dem Grillmaster jede Nacht per Rindsbratwurst zum Leben erweckt werden mußte. Vielleicht war bei diesem Begriff doch mal eine saubere Definition angebracht. Zwischen rammeln und befriedigen lagen Universen.

Als ich gegen Mittag die Augen aufschlug, hörte ich Stimmen auf dem Gang. Auf einmal ging ganz sachte die

Tür auf, und zwei Mädchen zwischen acht und zehn beäugten mich neugierig: »Guten Morgen.«

»Moin«, knurrte ich, »wer seid ihr denn?«

»Wir sind die Töchter«, sagte die eine. »Das Bad ist gleich links die erste Tür.«

Das war sehr aufmerksam. Nach dem Waschen fand ich die Familie in der Küche, wo der Papa gerade Steaks mit Senf bestrich – »eigenes Rezept« – und die Mädels mich verlegen-begeistert anstrahlten: »Kennst du den Papa schon länger?«

»Es geht. Nicht, Papa?«

Der Papa lachte dröhnend. Sehr hilfreich.

»Kommst du jetzt öfter?« Gute Frage. So gesehen war ich noch gar nicht da.

»Da müßt ihr euren Papa fragen, ob er mich noch mal einlädt.«

»Ja, die laden wir wieder ein, nicht, Papa, ist versprochen.«

Der Papa wendete grinsend die Steaks in der Pfanne. Bei dem Anblick wurde mir etwas schwummerig.

»Jetzt laßt die Tante mal in Ruhe«, ordnete er an, »vielleicht will sie ja gar nicht mehr kommen.« Das würde ich so nicht sagen.

Die beiden Kleinen guckten mich an, wie nur kleine Mädchen gucken können. Oder unser Hund. Ich stopfte mir ein Stück Brot in den Mund und lächelte gequält.

Auf der Anrichte flimmerte ein kleiner Fernsehapparat ohne Ton: Helmut Kohl in Großaufnahme. Helmut Kohl Hände schüttelnd, Helmut Kohl mit rattenscharfem Brillengestell. Helmut Schmidt wie gemeißelt. King Kohl übernahm die Macht im Lande.

Mitten in die Stille sagte eine der Kleinen: »Wir brauchen nämlich eine neue Mutti.« Jetzt wurde mir wirklich blümerant. Angesichts solcher Zutraulichkeit krempelten sich mir vor Peinlichkeit die Fußnägel hoch. Schnell weg hier.

»Soll ich dich nicht doch fahren?« fragte er im Flur.

»Ach was, ich fahre ganz gerne mit der S-Bahn, ehrlich. Also, dann, mach's gut.«

»Hat der Papa wieder alles verkehrt gemacht?« rief jetzt eine der Goldmaries hinter ihm. »Stimmt doch, oder? Stimmt's oder hab' ich recht?«

»Nein, nein, der Papa hat schon alles richtig gemacht«, sagte ich verlegen.

»Ihr geht jetzt in die Küche!« brüllte der Papa. »Aber dalli.«

»Immer machst du alles verkehrt«, zeterte jetzt die andere, »du machst immer alles kaputt. Du bist einfach zu doof, Mensch.«

»Ich geb' dir gleich doof. Los jetzt, raus hier, ihr sollt verschwinden, habe ich gesagt. Wird's bald?«

Mit trockenen Lippen lachte er mich an. An den Füßen trug er karierte Pantoffeln.

»Du bist sooo doof!« schrie es von hinten. »Immer machst du alles kaputt! Den Scheiß in der Küche kannst du auch selber abspülen, wir rühren hier keinen Finger mehr.«

»Kinder«, meinte er entschuldigend zu mir, »kommen ganz auf die Mutter. Also, dann melde dich mal, nicht? Oder? Warum nicht?«

»Genau«, sagte ich, »warum nicht?«

Der vierte im Bunde war der Uniprofessor aus Bonn. Er suchte unbedingt eine schlanke, aber wirklich schlanke Frau. Ich hätte ja geschrieben, daß ich schlank sei.

»Ja, und?« blökte ich, »bin ich das etwa *nicht*?«

»Doch«, meinte er mit Röntgenblick durch meine Lederjacke, »ich glaube schon. Man sieht es so nicht so genau.«

»Ich kann mich ja gleich hier ausziehen, wenn das der Wahrheitsfindung dient.«

»Nicht so empfindlich, junge Dame«, lächelte er, »was halten Sie von einem schönen Filetsteak mit Ofenkartoffel?« War doch mal was anderes.

Das Hauptproblem im Leben des Profs war nicht sein Gewicht von schätzungsweise zwei Zentnern, sondern das seiner Frau, von der er sich angeblich gerade trennte. Die beiden Dicken hatten zusammen fünf Kinder, alle in unterschiedlichen Nuancen mißraten, drei davon waren auf Drogen, die vierte war im Abi durchgeflogen und statt dessen schwanger, und der fünfte war in Australien verschollen.

»Nun ja, meine Frau ist nicht gerade mit überdurchschnittlicher Intelligenz gesegnet, aber wenigstens war sie früher schlank.«

»Nach fünf Kindern wird wohl jede dick.«

»Nicht notwendigerweise. Ich habe ja die Kinder auch nicht gewollt. Haben Sie übrigens Kinder?«

Ich verneinte.

»Sehr vernünftig. Wenn es nach mir gegangen wäre, hätten wir auch keine. Nichts als Kummer und Sorgen hat man mit denen. Man mag kaum noch nach Hause kommen, jedesmal ist Palaver. Irgendwas ist immer. Sodom und Gomorrha.«

» Und dann noch die dicke Frau«, warf ich verständnisvoll ein. Der Knofi-Blattspinat schmeckte vorzüglich, bitte noch eine Portion.

»Sie haben aber auch einen gesegneten Appetit, nicht wahr?« bemerkte er.

»Meistens bin ich auf Diät«, gab ich mit vollem Mund Auskunft.

»Ist nicht wahr.«

»Doch.«

Er zwinkerte irritiert. ›Ist nicht wahr‹ war nur eine Redensart, an die ich mich erst gewöhnen mußte.

»Aber Bauch haben Sie keinen«, stellte er fest.

»Doch«, entgegnete ich mit Weißwein gurgelnd, »der sitzt direkt unter dem Magen.«

»Haha, Sie sind ja eine ganz Pfiffige. Was machen Sie denn sonst so?«

»Ich? Ich trinke mir einen und qualme Kringel in die Luft.«

»Ich meine, berufsmäßig.«

»Ach so. Tja, ich lese Zeitungen, stapelweise Zeitungen, Zeitschriften, Hefte, Broschüren, Bücher, alles, was es so gibt an Printmedien.«

»Das ist ja interessant. Da sind Sie ja stets auf dem laufenden sozusagen. Und wenn Sie dann alles gelesen haben, was passiert dann?«

»Dann erstelle ich daraus Dokumentationen.«

»Interessant. Und dann?«

»Die schicke ich dann an unsere Abteilungsleiter.«

»Und dann?«

»Die kopieren sich das, was sie gebrauchen können, und dann kommen die Berichte zurück und werden archiviert.«

»Ist nicht wahr.«

»Echt wahr. Und dann stelle ich das Radio an und mache Tonbandaufnahmen für den privaten Gebrauch.«

»Ist nicht wahr.«

»Wenn ich es sage. Ist nur so lästig, zu warten, bis endlich die Musik kommt, die man haben will. Und zum Schluß quatscht dann noch der Moderator rein, und alles war umsonst.«

Er nickte verständnislos.

»Tja, und dann telefonier ich noch so 'n bißchen in der Gegend herum, und dann ist Feierabend, und ich gehe nach Hause, und unterwegs kehre ich bei Aldi ein und hole mir, was der Mensch so braucht. Diätwurst zum Beispiel oder Magerquark, Knäckebrot oder Tomaten, alle diese aparten Lebensmittel, von denen man so klapperdürr wird wie ich.«

»Klapperdürr sind Sie aber nicht.«

»Das war die falsche Antwort. Der Kandidat kriegt zehn Punkte abgezogen.«

»Wieso?«

»Sie hätten sagen müssen »Ist nicht wahr.«

Der Professor war von mir beeindruckt. Was ihm besonders imponierte, war meine »eher knabenhafte Figur«, wobei mein »Gesicht weiche Züge« trage und mein »Mund einen Mann schon auf dumme Gedanken bringen« könne. Von seiner Dicken war er wahrscheinlich Rettungsringe und Freilandkürbisse gewöhnt. Ob er mir zum Abschied mal um die Taille greifen dürfe: »Ach, ist das was Schönes, so eine schlanke Frauentaille, das ist das Paradies auf Erden.«

Kurz vor dem Erstickungstod atmete ich wieder ein und gab ihm ein Küßchen auf die Wange, von dem seine Brille beschlug. Er machte ein Gesicht wie Fritzchen beim Banküberfall: Spitze, geht jetzt die Action los?

»Noch mal, bitte«, sagte er. Ich dachte an die fünf Blagen und schloß meine Tür auf: »Ich rufe Sie wieder an.«

»Bestimmt?« fragte er. Langsam wurden die Brillengläser wieder klar.

»Bestimmt.«

Er sah mich zweifelnd an: »Ich bin zu alt, um noch solche Ansprüche zu haben, nicht wahr? Sagen Sie es ruhig offen und ehrlich.«

»Ach, Quatsch.« Er verwechselte lediglich die Kategorien: Er war mir nicht zu alt, sondern zu fett.

»Doch, doch, ich weiß schon, ich habe mein Leben gelebt, und Sie haben Ihres noch vor sich.«

Immer zieht es in den Hauseingängen. Mir wurde kalt. Es hatte doch alles keinen Zweck, es half alles nichts, wozu hier noch lange mit dem Schicksal hadern? Endlich stieg er in seinen Kombi und winkte mir noch einmal zu.

Aus der Kneipe kam Biggi mit dem Mülleimer: »Erzähl du mir noch mal was von alten Kerlen. Der war ja auch nicht mehr ganz taufrisch, ne?«

»Das war ein Verwandter von mir.«

»Hähähä. Übrigens, dem Hubert seine Frau ist neulich gestorben, wußtest du auch noch nicht, ne? Ist beim Fensterputzen von der Leiter gefallen und direkt das Genick im Arsch.«

»Ist nicht wahr.«

»Ist wohl wahr, wenn ich es doch sage. Willste nicht auf 'n Schluck reinkommen, ich gebe einen aus.«

»Nee, mir ist nicht gut. Ja, sachma, dann könnt ihr ja jetzt den Laden übernehmen, was?«

»Ja, sieht ganz gut aus für uns. Haste nich mal Lust, die nächsten Tage mit mir in die Altstadt zu gehen? Der Hubert muß im Krankenhaus, da mach' ich den Laden für 'n paar Tage dicht.« Von der Düsseldorfer Sprachregelung, im Krankenhaus zu gehen oder im Bett, im Auto zu steigen oder im Portemonnaie zu fassen, kriege ich heute noch Sodbrennen. Ich sagte: »Können wir ja mal ins Auge fassen.«

Am Straßenende legte sich der Prof in die Kurve und rammte beinahe den Bus.

»Wie bist du denn heute drauf? Ins Auge fassen? Bist du von der Müllkippe gefallen oder was?«

In mir reifte gerade die Erkenntnis, daß ihr Gesicht und das Tageslicht nicht recht miteinander harmonierten. Nach fünf bis sechs Glas Wein in der Nacht gefiel sie mir besser.

»Vielleicht komme ich nachher noch vorbei«, sagte ich lahm.

»Mußt du selber wissen. Mieze, wo steckst du denn, du blödes Vieh, miez miez, komm zum Frauchen, miez miez miez.«

Statt der Katze kamen die Depris wieder an, als hätten sie vor der Haustür auf mich gewartet. Hurra, die Alte ist wieder da, schnell rein ins Gemüt und ordentlich die Luft verpesten. Im Fernsehen kam Sissi, Wiederholung, die achtundfünfzigste.

wurde die neue PR-Assistentin, Frau Gesine Probst, vorgestellt. Braatsch ging persönlich mit ihr durch die Zimmer: »Darf ich Ihnen unsere neue Kollegin, Frau Probst, vorstellen? Frau Probst wird meine rechte Hand und übernimmt ab sofort auch meine Vertretung. Also, wenn es irgendwelche Fragen gibt – bitte immer an Frau Probst wenden.«

Die kam dem faulen Sack ja wie gerufen, da konnte er seine Tennismatches in der Mittagspause künftig noch mehr ausdehnen, und beim Mittagsschlaf brauchte er sich auch nicht mehr zu hetzen. Dermaßen fit und ausgeruht würde Braatsch, der Lebenskünstler und Sonnyboy, die neue Errungenschaft der Freiheit abseits des Kasernentons seiner häuslichen Matrone in den Bars und Bistros längs der Kö bestimmt zu würdigen wissen.

Eigentlich war ich um die Uhrzeit zu kaputt, um Probst genauer in Augenschein zu nehmen, aber ihre aufdringliche Art der Selbstdarstellung ließ mir keine andere Wahl. Sie hatte das nervös-fickrige Gelächter exaltierter Egomaninnen, das mich an eifersüchtig schreiende Möven erinnerte, wobei sie winzige Zähnchen an wassertomatenrotem Zahnfleisch bleckte und die gepanzerte Oberweite beben ließ. Daß dabei der enge Lederrock nicht platzte, der ungefähr zwei Nummern zu klein war, grenzte an ein Wunder. Um in dem teuren Teil nicht die Balance zu verlieren, hob sie die Arme seitlich an und spreizte die knotigen Finger, als wollte sie gleich als Flugechse von dannen segeln. Wie ich bald herausfand, ernährte sie sich primär von Appetitzüglern und Weißwein, eine Kombination, die auf dem sichersten Weg zum Nervenzusammenbruch führt. An der Lady sollte ich noch Freude haben.

Braatschs öliger Charme schwappte durch die Gänge, als er die entzückende Herbstrose mit der feuerroten Dauerwelle und den englischblassen Hängebäckchen von einer desinteressierten Sekretärin zur anderen schleppte. Es war immer wieder ein herrliches Naturschauspiel, zu beobachten, in welchem Affenzahn die eben noch lethargisch kaffeetrinkenden Schreibdamen plötzlich stressgebeutelt, mit wehendem Haar atemlos durch das Sekretariat stoben, als sei gerade eine Windhose durch das Zimmer gepfiffen, sobald sich ein Chef näherte, wie zum Beispiel heute Schönling Braatsch. In dieser Disziplin war Flemming Weltmeister, aber Wackelmann war auch nicht schlecht. Wackelmann war nach Riemann der neue Zerberus in Braatschs Vorzimmer und brachte das Kunststück fertig, mit einer einzigen Kopie einen Wind zu machen, an dem jeder Surfer seine Freude gehabt hätte.

»Also, das ist ein Wahnsinn, was die einem hier zumuten«, hieß es, kaum daß sie am Kopierer stand, »und alles soll am besten vorgestern fertig sein. Ich könnte hier gut noch eine Halbtagskraft gebrauchen, wirklich, der Braatsch legt mir einfach alles auf den Tisch, nach dem Motto, Vogel friß oder stirb, da soll man es nicht an den Nerven kriegen. Ich sage immer, Herr Braatsch, sage ich, ich habe nur zwei Hände, wenn ich mehr hätte, würde ich im Zirkus auftreten.« Kam man zwei Minuten später ins Sekretariat, hörte man sie ins Telefon flöten: »Nee, Laila, laß dir das nicht gefallen, du mußt dem jetzt die Harke zeigen, sonst macht der auf ewig den Molli mit dir. Da mußt du jetzt durch, Laila, das klingt jetzt hart, ich weiß, aber so ist das Leben, lehr du mich die Männer kennen, die brauchen alle ordentlich was auf's Maul, glaub es mir, sonst lassen die die Sau raus, so schnell kannste gar nicht gucken, und schwuppdiwupps stehst du genauso unterm Pantoffel wie ich. Deswegen sage ich, gleich von Anfang an den Deckel drauf, Laila, du wirst mir noch dankbar sein.« Und zu mir, verärgert über die Störung: »Was gibt es denn so Dringendes? Aushelfen? Nee, was kann ich dafür, wenn die Nolte wieder krankfeiert, das kann ja nun nicht immer an mir hängenbleiben, nicht, ich werde hier nicht für zwei bezahlt, also arbeite ich auch nicht für zwei. Da suchense sich mal schön 'ne andere Doofe. Ich hab hier gleich noch die Rede für die Hannover Messe zu tippen, was meinen Sie, was das für eine Arbeit ist, die wünsche ich meinem Todfeind nicht. Ein andermal gerne, aber heute nicht. Laila? Bist du noch dran, Laila? Also, wo waren wir stehengeblieben?«

Wackelmann war noch keine zwei Monate da, aber in Sachen Faulheitscamouflage war sie Weltmeisterin. Außerhalb ihres Zimmers vor Publikum bewegte sie sich im Tempo eines zur Erde stürzenden Meteoriten, und das dünne, rotbraune Stroh auf ihrem ausgemergelten Schädel stand fast waagerecht zu ihrer knochigen Schulter, so rasant düste sie durch die Gegend, begleitet von keuchenden Zurufen »Keine Zeit, keine Zeit« oder »Stress, Stress« und tiefem Stöhnen über die Widrigkeiten des Chefsekretärinnenlebens, aber kaum war sie im sicheren Hafen ihres Büros eingekehrt, konnte sie mit wahrer Seelenruhe ihren Lidstrich zeichnen oder ihre fünf Wimpern tuschen, und auch beim Verspeisen ihres Magerjoghurts legte sie keine besondere Eile an den Tag, ebensowenig wie beim gemütlichen Verqualmen ihrer filterlosen Zigaretten. Braatsch fiel das natürlich nicht auf, zeichneten sich seine beruflichen Aktivitäten doch ebenfalls durch hartnäckiges Bestreben um Bequemlichkeit aus.

Nach der Vorstellung von Probst quälte mich die Frage, warum sie für teures Geld diese überdrehte Schraube von der Financial Times holen mußten, wo sie mich nur hätten befördern müssen. Nicht, daß ich mich um einen Aufstieg riß – aber mein Job begann mich zu langweilen. Mit ähnlichem Unverständnis plagte sich Nolte, diesmal mich betreffend, schon seit Jahren. Die uralte Weiberfrage, was hat die, was ich nicht habe? Klar, Braatsch hielt mich per se für blöd, und was der gedankenlose Tennisfreak über mich dachte, war mir auch ziemlich wurscht, aber die Jungs von der Personalabteilung hätten doch wenigstens gelegentlich das Gehirn anwerfen können.

Wer aber waren diese Jungs, daß man sich erlaubte, ihnen Kompetenz zuzubilligen? Da war einmal Vogt, das alte Reptil, den sie im Betriebsrat den grauen Schnapper nannten und der immer mit offenen Augen zu schlafen schien, aber angeblich in mehreren parallel verlaufenden Entscheidungsprozessen befindlich war und bei dieser hochkonzentrierten Beschäftigung nur ungern gestört wurde. Daneben gab es noch Hübchen, den alerten Kettenraucher und launigen Gesellschaftstrinker, der sich auch über die vierzig hinaus den jugendlichen Charme eines abgebrannten Studenten bewahrt hatte, in einem uralten VW vorfuhr, sich bis kurz vor der Berufung zum Personalchef die Zigaretten selbst drehte und die Kunst des In-den-Arsch-Kriechens, insbesondere bei Vogt, perfekt beherrschte. Jeden Morgen und darüber hinaus mindestens viermal am Nachmittag hatte Hübchen bei Vogt anzutanzen, um sich hinter geschlossener Tür das, zugegebenermaßen schwierige, Geschäft des Personalchefs Millimeter für Millimeter auf Knien rutschend zu erkämpfen. Bei dieser selbstlosen Hingabe war er im Laufe der Jahre vom freundlichen Gesellschaftstrinker zum harten Säufer avanciert.

Oberste Maxime, so lernte Hübchen, war das freundliche Heucheln von Verständnis für die großen und kleinen Petitionen der Mitarbeiter, verbunden mit dem überzeugenden Versprechen, sich um eine Klärung, ja, Verbesserung der beklagten Situation zu bemühen. Anschließend mußte ein Personalchef unauffindbar abtauchen, entweder in eine lockere Reihe von Brainstorming-Meetings, damals noch Besprechungen genannt, oder gleich in den Urlaub, im dringlichsten Fall in das Sprechzimmer seines Internisten – eine Taktik, auf die auch Braatsch gerne zurückgriff. Wahrscheinlich schickten sie die Führungskräfte vorher in Kurse mit dem Arbeitstitel ›Personalverarschung‹.

Rotlöckchen Probst sollte die sogenannten Freud- und Leidbriefe entwerfen, also den erlauchten Arschgeigen zum Geburtstag oder zur Beförderung gratulieren respektive in Kondolenzbriefen an die Witwen deren verstorbene Dukatenesel beweihräuchern. Die einzige Schwierigkeit bestand darin aufzupassen, daß den Verblichenen nicht zum Geburtstag gratuliert wurde, weshalb sich alle über Siebzigjährigen gelegentlicher telefonischer Nachfrage erfreuten, ob sie eventuell schon daran dächten, sich in nächster Zeit in Schneckennahrung zu verwandeln.

Während Probst und Braatsch reihum die Schauspielkunst der Sekretärinnen auf eine harte Probe stellten, verspürte Küppersbusch den dringenden Wunsch, mir über die vergangene Nacht Bericht zu erstatten, denn kein Erlebnis ist so erfüllend, daß sein Genuß nicht durch verbale Wiederholung zu steigern wäre. Und zwar war ihr heute nacht mal wieder was ganz Dolles passiert. Sie hatte versehentlich, bleibt aber unter uns, besoffen, wie sie war, in ihr Bett gepinkelt, ja, mit der Blase, das hätte sie von ihrer Mutter geerbt, und das wäre ihr ja so unglaublich peinlich gewesen, kann man sich ja denken, nicht, und jetzt kommt der Hammer – der Typ fand das einfach genial, das machte den affengeil, stell dir vor.

»Tja«, äußerte ich, »das ist ja eigentlich nichts Neues: Den besten Sex haben Männer, die einen stehen haben, mit Frauen, die einen hängen haben.«

»Was?« fragte sie.

»Nix«, sagte ich.

Die Rede war von ihrem sporadischen Ficker, dem Banker Julian Fischer, der seit sieben Jahren zum Bumsen vorbeikam wie andere schnell aus dem Auto zum Bankautomaten hechten, wenn die Brieftasche leer ist. Ich hätte genau sagen können, wann er dicke Eier hatte. Manchmal hielt er es wochenlang aus, manchmal nur drei Tage. Wenn seine Knochen zu müde waren, schickte er ihr ein Taxi vorbei und versäumte nicht, sie vorher an ihr Nuttenköfferchen zu erinnern, in dem sich von Strapsen über körbchenlose Bügel-BHs bis hin zu Slip-Spezialanfertigungen ohne schwanzhinderlichen Zwickel alles befand, was seiner Gurke zum Aufschwung verhalf. Nach geglückter Vorführung schickte er sie auf demselben Weg wieder heimwärts. Für das gesparte Puffgeld leistete er sich eine chice Eigentumswohnung, in der sie vor der Tür die Schuhe ausziehen mußte und sich hauptsächlich auf dem Teppich aufzuhalten hatte, weil die weiße Couch so empfindlich war. Als die Zinsen seiner Wohnung getilgt waren, schenkte er ihr ein Dampfbügeleisen. Küppersbusch fand das alles ganz normal.

»Zum Glück waren wir ausnahmsweise bei mir«, erzählte sie mit glühenden Wangen, »stell dir vor, ich hätte dem ins Bett gepinkelt.«

Ich stellte es mir gerade vor. Auf ihrem neuesten Button stand: Was Krupp in Essen, sind wir im Trinken.

»Der ist doch so etepetete mit seinen Möbeln, wenn da

was drankommt, kriegt der immer einen Tobsuchtsanfall.«

»Ist nicht wahr.«

»Doch, der Teppich ist ja auch so hell, da siehst du jeden Abdruck. Jedenfalls haben wir jetzt eine neue Variante gefunden, wie man das Liebesleben aufregender gestalten kann, man muß sich ja was einfallen lassen, die Säcke sind ja so träge, und ich dachte noch, ich müßte vor Scham vergehen.«

»Genial.«

»Genau. Weißt du, das Praktische ist, von dem Schampus mußt du ja sowieso dauernd, also, wo ist das Problem?«

»Nirgends. Sag mal, wolltet ihr nicht längst zusammenziehen?«

»Was? Wie? Wozu denn? Nee, ich bin lieber in meinen eigenen vier Wänden, der ist mir viel zu pedantisch, weißt du, da muß man sich ja Flügel anschnallen, wenn man durch die Wohnung gehen will.«

»Heiraten willst du ja sowieso nicht.«

»Der heiratet nicht. Der hat einen Horror vor dem Thema. Ich habe mal vor drei Jahren davon angefangen, da war auch schon gleich Schluß. Mit Müh und Not konnte ich den davon überzeugen, daß ich nur einen Scherz gemacht habe. Nein, mit dem Thema sind wir durch. Das ist ja gerade mein Plus, daß ich das weiß, daß er so einen Horror vor dem Heiraten hat.«

»Wenn du sowieso in deiner Bude bleiben willst ...«

»Genau.«

»Und nach dem Bumsen eh gleich wieder nach Hause fährst ...«

»Und er das Taxi bezahlt. Weißt du, bevor ich dem die Wohnung versaue. Der hat eine Putzfrau, die ist nicht ganz dicht in der Birne. Wenn es der zu dreckig ist, haut die sofort wieder ab, und er muß ihr einen Blumenstrauß schicken, damit die wiederkommt. Da will ich nicht dran schuld sein, daß der Krach mit seiner Putzfrau kriegt.«

»Hat er dir auch schon mal Blumen geschenkt?«

»Nein, wieso, ich bin ja nicht seine Putzfrau.«

Sie stopfte wieder eine Zigarette in die Zigarettenspitze. Heute morgen war sie noch ungeschminkt und sah aus wie ein Kalkeimer. Unter dem von einem unförmigen BH plattgequetschten Busen wölbte sich die Speckrolle des Oberbauches, der vibrierend auf dem prall vorstehenden Unterbauch ruhte, der wiederum sanft schwingend die Schenkel berührte. Bei ihren Erzählungen, die fast ausnahmslos die Sexualpraktiken des Bankers Fischer beinhalteten, stellte ich mir immer vor, welche Spielart welche Speckwurst zum Wabbeln brachte und ob Banker Fischer zwecks Einlaß in die heiligen Pforten erst den Bauchlappen anhob oder sich gelegentlich zwischen selbigem und Venushügel verlustierte, gab es doch an ihrem zarten Leib kaum eine Hautfalte, die ihm nicht schwanztauglich erschienen wäre. Banker Fischers Motto schien zu lauten ›Das Geilste am Orgasmus ist, wenn er kommt.‹ Meins auch.

Gerade war eine neue Variante angesagt: »Sag mal, könntest du das, wichsen, wenn einer zuguckt?« Wir gerieten jetzt in ein Fahrwasser, in dem es mir lieber war, wenn sie einen Bezug zu meiner Person außer acht ließ.

»Ich hatte da echt Probleme«, fuhr sie fort, als spräche sie über eine Englischprüfung, »seit Jahren ist der schon damit zugange, angeblich war das sein großer Traum.« Der Traum des Julian Fischer – guter Filmtitel. Allmählich begann sie mich zu langweilen. Die Aneinanderreihung von erotischen Absonderlichkeiten ist nicht notwendigerweise spannend, spätestens nach der dritten setzt der Gewöhnungseffekt ein.

»Nie konnte ich mich überwinden«, erläuterte sie ihre Seelenpein, »na ja, und dann kam Weihnachten, und ich wußte nicht, was ich ihm schenken sollte, der hat doch schon alles und dann noch so eigen im Geschmack ...« Fürwahr, gähn. »... da habe ich gedacht, ich überwinde mich und mach's. Als Weihnachtsgeschenk. Der hat sich vielleicht gefreut.«

»Richtig mit Bart und Mütze?«

»Wieso mit Bart und Mütze?«

»Na, als Weihnachtsmann.«

Sie lachte sich schlapp. Schnell noch eine Zigarette und ein Hustenanfall: »Du bist vielleicht bekloppt. Ich lege mich doch nicht als Weihnachtsmann hin und hole mir einen runter.«

»Warum denn nicht? Das hätte dem bestimmt gefallen.«

Sie stutzte. Neue Variante in Sicht? Kalbsauge. Staunen. Dann: »Meinst du wirklich?«

»Klar. Brauchst ja nicht bis zum nächsten Jahr zu warten. Kannst ja inzwischen als Osterhase gehen.«

»Osterhase? Wo kriegt man denn die langen Ohren her?«

»Kannst du dir doch basteln.«

»Nee, ich habe doch zwei linke Hände. Tach, Frau Wieczorek, kommen Sie ruhig rein, ich wollte sowieso gerade gehen. Die Arbeit ruft, ich habe ja noch so viel zu tun, eigentlich hätte ich hier gar nicht sitzen dürfen. Bis nachher dann.«

Wieczorek und Küppersbusch waren einander nicht übertrieben sympathisch. Wieczoreks ätherische Braatsch-Sinfonie vertrug sich schlecht mit Küppersbuschs Strull- und Wichspolka, täterä. Wieczorek schlug die langen Beine übereinander und fügte dem Qualm noch ein paar Rauchwolken hinzu: »... und dann hat er mich gefragt, ob wir noch woanders hingehen sollen, nur wir zwei, auf die Kö oder so, ob ich da nicht was wüßte.«

»Wer? Der Braatsch?«

»Ja, klar, der Braatsch, von wem reden wir denn die ganze Zeit? Weiberfastnacht vor vier Jahren, und dann hat er noch hinzugefügt: ›Fassen Sie es bitte nicht als Antrag auf.‹«

»Was sollte *das* denn heißen?«

»Wenn ich das wüßte. Auf jeden Fall hat mich diese Bemerkung ziemlich ernüchtert. Deswegen bin ich ja auch nicht mitgegangen. Man kann doch nicht eine Frau einladen und ihr vorschreiben, wie sie das auffassen soll. Oder? Ich meine, was bildet der sich denn ein, wer er ist!«

»Du hast vollkommen recht. Und dann?«

Die Story kroch mir bereits wie ein Aal zu den Ohren heraus. Es gab nicht ein Komma, das ich nicht auswendig hätte herbeten können. Arbeitstitel: Weiberfastnacht vor vier Jahren hat Braatsch mich gefragt.

»Ja, dann habe ich halt gesagt, ich hätte auch keine Ahnung, wo man hingehen kann, so lustlos habe ich das gesagt, so, als hätte er wirklich einen saublöden Vorschlag gemacht. Fassen Sie es nicht als Antrag auf – schon die altbackene Ausdrucksweise!«

»Paßt doch zu ihm. Und dann?«

»Dann ist er nach Hause gefahren zu seiner Frau.«

»Scheiße.«

Die Erinnerung umwölkte ihren Blick.

»Und seitdem hat der nie wieder einen Vorstoß gemacht?«

Trübsinn pur auf der Gegenseite. Schnief. Sie konnte es sich noch so oft zu Gemüte führen – es wurde einfach nicht erfreulicher.

Die Nolte, die sich von den interessanten Gesprächen stets ausgeschlossen fühlte, kam herüber und blickte in mein Körbchen, ob sich etwa Arbeit für sie darin befände. Dann schritt sie beleidigt hinaus und schloß die Tür.

»Nein, seitdem hat der nichts mehr gesagt. Der traut sich jetzt nicht mehr. Für den war mein Verhalten ja schon eine Abfuhr, so was ist der nicht gewöhnt. Jetzt hat der seinen Mut verloren. Aber ich weiß, daß er in mich verliebt ist, da könnt ihr sagen, was ihr wollt.«

»Ich sage ja nichts. Aber vier Jahre ist eine lange Zeit. Warum gabelst du dir nicht was anderes auf? Das geht doch ruckzuck bei deinem Aussehen.«

»Sagt ja keiner, daß ich deswegen wie 'ne Nonne lebe.«

»Ich sehe dich schon alt und grau werden, und der geht in Rente, und es war immer noch nichts.«

»Das glaube ich nicht.«

»Aber wenn er doch gar keinen Versuch unternimmt?«

Sie schob trotzig die Unterlippe vor: »Braucht er gar nicht. Immerhin ist er verheiratet. Das finde ich gerade so edel, daß er seine Frau nicht betrügen will. Weiberfastnacht hat er vielleicht was getrunken gehabt, aber sonst ist der so anständig, so was findest du heute nirgends mehr.«

Andächtige Stille. Irgendwo ein Altar?

»Der Braatsch ist der Mann meines Lebens!« sagte sie mit Nachdruck, als wäre mir das völlig neu. »Das ist ja auch irgendwie Betrug an den anderen Männern, die ich so kennenlerne, denn die kann ich ja nie so lieben wie ihn.«

»Und du meinst also, insgeheim geht es ihm genauso!« hielt ich das Gespräch in Schwung. Wie kam ich bloß dieser träumenden Prinzessin bei? Braatsch wälzte sich mit seiner Hypnose-Trickkiste von einer Primel zur nächsten, während das Dornröschen hier ihr Leben verschlief. Es war zum Heulen.

»Der ist nicht so oberflächlich, wie er sich gibt, das ist nur Selbstschutz«, äußerste Madame Freud zum dreißigstenmal, »er hat Gemüt, er hat Herz, ich WEISS es.«

Als ich abends nach Hause kam, stand ein Gerüst vor dem Haus. Auf den Brettern saßen die Bauarbeiter, ließen die Beine baumeln und winkten mir begeistert zu. Ich schob den Vorhang vor und ging in die Kneipe. Biggi erklärte, die Eisenbahnbrücke würde durch eine neue ersetzt, und das sollte drei Jahre dauern. Fortan lebte ich im Dunkeln.

Dann kam Riemann aus Südafrika zurück und rettete mich vor ewiger Düsternis: »Du mußt natürlich ausziehen. Die Wohnung ist sowieso Scheiße. Wo gibt es denn das, daß die Fenster nicht aufgehen? Da hätte ich schon längst die Miete gekürzt. Du bist aber auch so lebensuntüchtig irgendwie. Guck mich an, ich bin kaum zurück, da habe ich schon einen neuen Job, einen neuen Wagen und zwei Hunde. Und was hast du in der Zwischenzeit erreicht? Nichts. Du kommst nie zu was.«

Der Südafrikaner hatte sich in letzter Sekunde von seiner Frau zur Rückkehr an den heimischen Herd bewegen lassen: »Ich war dem zu strapaziös. Der hat immer gesagt, mit dir kann ich nicht mithalten, dein Lebenstempo ist zu hoch, und außerdem hat mir der Job nicht gepaßt, alles auf englisch, nein, danke, aber das Land ist ein Traum, was Schöneres findest du nicht, und jeder hat da sein Hausmädchen, echt ein Paradies. Schade, daß ich einen Fehler gemacht habe.«

Welcher Fehler das war, wollte sie nicht sagen. Wahrscheinlich war sie aus Gewohnheit fremdgegangen. Ihr Mann hatte sie ohne weiteres wieder aufgenommen, sie sogar vom Flughafen abgeholt und den Kühlschrank mit ihren Lieblingsspeisen gefüllt. Mochte er auch Pickel haben – nachtragend war er nicht.

»Ja, und jetzt bin ich wieder hier und sehe gleich, daß man sich um dich kümmern muß. Morgen ist Samstag, da bringe ich eine Zeitung mit. Kündige du schon mal die

Pinkelbude hier, und häng einen Zettel an die Kneipe wegen Nachmieter. Morgen früh um acht stehe ich vor deiner Tür, und wehe, du kommst nicht sofort runter.«

Von ihrem Tempo kriegte ich augenblicklich Zahnweh. Am nächsten Morgen gurkten wir mit dem Stadtplan in der Hand in ihrem roten Fiat durch die Stadt. »Kein Balkon«, »Eigentümer im Haus«, »Keine Wanne«, »Kinder im Haus«, »Kirche nebenan« usw. Allmählich gab ich den Geist auf: »Laß uns doch mal was trinken gehen zwischendurch.«

»Nachher. Willst du nun raus aus der Bruchbude oder nicht?«

»Ach, wenn die Bauarbeiter nicht wären ...«

»Paß auf, ich habe jetzt was: fünfzig Quadratmeter mit Swimmingpool. Na, wie hört sich das an?«

»Liegt ja am Arsch der Welt.«

»Stadtgrenze. Sei froh mit dem vielen Grün und dem Rhein vor der Tür. Vielleicht hast du Rheinblick.«

»Wozu brauche ich Rheinblick.«

Es handelte sich um einen achtstöckigen Neubau, der bei Riemann wahre Begeisterungsstürme auslöste: »Mensch, wenn meine Ehe jetzt wirklich im Eimer ist, ziehe ich zu dir. Da kann man ja im Bademantel in die Schwimmbadanlage fahren.«

Dem Bauch nach zu urteilen, erwartete die Maklerin Sechslinge. An den Händen trug sie Cartierschmuck – Kö-Fraktion in Reinkultur. In ihrer Wohnung, die gleichzeitig als Büro fungierte, sah es aus wie bei den berühmten Hempels unter dem Sofa. Zwischen Papieren, Verträgen, Briefen und Rechnungen lagen Schlüssel, Notizblöcke und überquellende Aschenbecher. Neben dem Schreibtisch stand ein Doppelbett mit gerüschten Kissen: »Ja, die Wohnung wird uns auch langsam zu klein, wenn was Größeres auf der Rheinseite frei wird, greife ich zu.«

Ein kindlicher Typ in orangefarbenem Overall mit überdimensionaler Porschebrille kam herein. Stolz zupfte sie an ihm herum und gab ihm einen Klaps auf den Arsch.

»Das war der Kalle. Kalle ist der Sohn von Kappes-Hering, kennen Sie doch sicher, die größte Fleischereikette Düsseldorfs.« Nie gehört, ich esse kaum Aas. Meinen Leberkäse hole ich zweimal im Jahr bei Aldi.

»Wir haben hier eine schöne Hausgemeinschaft«, schwärmte die Maklerin, »wenn Sie Lust haben, kommen Sie mich gerne besuchen, dann trinken wir einen gepflegten Wein zusammen.« Gebongt. Dann gingen wir die Schwimmbadanlage besichtigen. Dezenter Chlorgeruch verriet mir, daß ich nicht träumte. Gott, was würde ich in dem Becken durch die Fluten pflügen – binnen kurzem wäre ich schlank wie eine Bachforelle. In der Sauna dösten zwei ältere Männer mit schlaffen Bäuchen. Einer davon, als er uns hinter dem Fensterchen bemerkte, kratzte sich schläfrig am Sack.

»Noch kann ich mir die Mieter aussuchen«, sagte die Maklerin, »diese Punker oder wie die heute heißen, die kämen mir nicht ins Haus. Stellen Sie sich vor, die könnten dann nicht mehr zahlen und würden hier eine Hausbesetzung machen – der blanke Horror.«

Ich warf noch einen Blick auf das Wasser. Chaostage am Swimmingpool – das hätte doch was gehabt.

Als wir wieder im Auto saßen, meinte Riemann: »Die Courtage willst du ja wohl nicht wirklich löhnen. Die hat überhaupt keinen Maklerschein, die aufgeblasene Schleiereule.«

»Woher willst du *das* denn schon wieder wissen?«

»Weil sie es sonst in der Zeitung hätte erwähnen müssen. Die kannst du sogar anzeigen, wenn du willst. Von wegen ›in Raten zahlen‹ – großzügiges Angebot – gar nichts kriegte die von mir.«

»Ich zeige doch keinen an, bei dem ich gerade einziehen will. Hör auf, mich zu nerven.«

»Wenn du zuviel Geld hast – bitte, Hast du den Tünnes gesehen, mit dem die ins Bett steigt? Da kommt einem ja die Kotze hoch. Größte Fleischerei der Stadt – da haben die gerade auf so eine Schwiegertochter gewartet. Die ist ja zwanzig Jahre älter als der.«

Riemann war anstrengend. Soviel Reden war ich nicht gewöhnt. Ich brauchte eine Pause. Temperamentvoll fuhr sie fort: »Das hätte die gerne, als reiche Metzgersgattin auf der Kö hofiert werden. Hast du die Schuhe gesehen? Cardin.«

»Nee, ich achte nicht auf so was.«

»Unter dreihundert kriegst du die nicht, und das Fähnchen, das die am Balg trug, mindestens ein Tausender. Rena Lange, mache ich jede Wette. Metzgersgattinnen tragen immer Rena Lange, kannst du dir gleich mal merken.«

Daß ich diese Kenntnisse je brauchen würde, bezweifelte ich sehr.

Sie hielt sich dran: »Was meinst du, wie die draußen die dicke Madamm markiert. Der kommt der pubertäre Schnösel gerade recht.«

»Sei doch nicht immer so negativ. So übel finde ich die gar nicht.«

»Na, dann paß mal auf, daß die dir ihren Balg nicht dauernd zum Babysitten bringt, wenn es mal soweit ist. Der fällt dir doch gleich aus der Hand.«

Sie parkte den Wagen bilderbuchmäßig in einer winzigen Parklücke: »Im Rückwärts-Einparken macht mir keiner was vor, das ist meine große Stärke.«

Was die Weiber alle für Stärken hatten. Der wichsende Weihnachtsmann beherrschte die Kunst der Schweigsamkeit zum Thema Ehe, die männermordende OP-Spezialistin den Entengang auf zwölf cm hohen Stilettos und das akkurate Einparken roter Kleinwagen und die trächtige Maklerin das Becircen eines Metzgerei-Erben in Latzhosen – nur meine Stärken blieben nebelumflort. Na, hatten meine Depris ihr Stichwort verpennt oder war heute Betriebsausflug?

Vor meinem Wohnzimmerfenster feixten die Bauarbeiter und prosteten mir mit der Bierflasche zu. Ich zog den Vorhang zu. Was war nur mit den Depris los? Vielleicht waren die gerade woanders und belästigten zum Beispiel Hubert. Biggi war nämlich von einem Tag auf den anderen mit einem Gast verschwunden, und das schlug dem Alten sichtlich auf das Gemüt.

»Dat die mir dat antut, wo ich soviel für die jetan habe, nee, ährlich, da komm' ich nicht drüber.«

»Die kommt bestimmt wieder, wenn die Kohle weg ist«, versuchte ich zu trösten.

»Dann will ich die auch nich mehr. Wat soll ich mit so 'nem angefressenen Bettvorleger, wo halb Düsseldorf drübergestiegen ist. Hätte ich bloß die Waltraut nicht verlassen, dat war 'n anständige Frau und sauber obendrein, sowat jibbet nur einmal im Leben, und jetzt isse unterde Ähd.«

Er verdrückte ein paar saure Tränen. Wegen Waltraut, nicht wegen Biggi.

»Statt dessen habe ich dat Luda ausjehalten. Die muß mich für janz schön bekloppt jehalten haben, sowat Blödes wie mich findet die so schnell nich wieder. Wat war ich doof.«

»Davon wird die Waltraut auch nicht wieder lebendig, daß du dir hier Vorwürfe machst. Da kommt schon wieder mal 'ne andere, braucht ja nicht sofort zu sein.«

»'ne andere? Wer denn? Bin ja ooch nicht mehr der Jüngste, nä? Oder meinste, ich hätt' noch Changsen? Bei dir aber nicht, wa? Oder? Wat trinkste, sachma, dein Glas is ja leer.«

»Nee, Hubert, ich möchte im Moment keinen Kerl, ehrlich nicht, aber ein Bier trinke ich noch.«

Er rotzte in ein Tempotaschentuch und spülte ein paar Gläser: »Ja, Mieze, du leidest auch, wa, daß dat Luda weg is. Wat meinste, wie es *mir* geht. Kuck mich nich so an, du Tier, ich kann dir doch nich helfen. Das Frauchen ist ein Schwein, Mieze, da beißt die Maus kein Faden ab. Wenn ichse bloß nich so lieben täte.«

Am nächsten Tag hing ein Schild an der Tür: ›Wegen Todesfall geschlossen‹. Ich befürchtete das Schlimmste. Hätte ich mich doch mehr um den armen Hubert gekümmert, der beknackte Hund hatte sich sicher die Kugel gegeben, und ich hatte den Ernst der Lage nicht kapiert. Was war ich für ein verantwortungsloses, egozentrisches Arschloch, ich mit meinen albernen Depris und meinen Diätsorgen. Wenn ich nur die Privatnummer hätte.

Am nächsten Tag erfuhr ich die grausame Wahrheit: Die Katze war überfahren worden und auf der Stelle tot, miez miez miez.

9. *Zum sechzigsten Geburtstag*

gab Personalchef Vogt auf der vierten Etage ein Fest. Die Feste in dem Verein waren das Allerletzte, und auf Vogt hatte ich sowieso einen Zorn. Als ich vor einigen Tagen wegen einer Gehaltserhöhung bei ihm vorgesprochen hatte, hatte er, anstatt mir erwartungsgemäß die verdiente Kohle in den Rachen zu schmeißen, tausend kleinkarierte Gründe ins Gespräch gestreut, warum ihn mein Ansinnen höchst exzentrisch dünke. Was ich noch nicht wußte, war, daß es für mehr Arbeit keineswegs automatisch mehr Geld gab, sondern nur für höherwertige Arbeit, weshalb er mir die Umstrukturierung des gesamten Archivs und das Eruieren des sogenannten historischen Archivs auf's Auge drückte. Nach erfolgreicher Erledigung dieser reizvollen Aufgaben dürfe ich um einen neuen Termin bitten und erneut wie ein unsichtbarer Gartenzwerg an der Tür stehen, bis der alte Knochen endlich geruhte, von seinen Papieren aufzublicken. Er konnte stundenlang bewegungslos an seinem Schreibtisch hocken und, von kleinen Seufzern unterbrochen, auf ein Schriftstück blicken und sich ab und zu mit der fleischigen Hand über das spärliche Haar streichen, um einen dann mit derselben, inzwischen fettigen Hand zu begrüßen. Seine graugelben, fast wimpernlosen Augen und die weißen Flecke auf seinen Fingernägeln mochte ich besonders, und wenn er dann noch bei einer eigentümlichen Mischung aus Lächeln und Zähnefletschen die bräunlichen Zähne entblößte, war meine Begeisterung komplett. Das Geld, das ich einforderte, hatten sie leider schon für Probst verbraucht. Und überhaupt kriegte ich ja automatisch mehr durch die Tariferhöhung – also, Mädchen, streich dir das von der Backe, und das nächstemal trägst du Knieschoner und bringst dich auf Augenhöhe mit der Schreibtischplatte, ja, ich bin der graue Schnapper, an dem beißt man sich die Zähne aus, dafür bin ich berühmt.

Auf den Vereinsfeten kam immer eine Stimmung auf, um die uns jeder Bestattungsunternehmer beneidet hätte. Erst nachdem sich die Leute stundenlang an ihren Gläsern festgehalten hatten, bildeten sie absonderliche Pärchenfraktionen und hängten sich wild knutschend in den Aufzug.

Bei einer dieser Gelegenheiten hatte ich Hübchen einmal so in die Eier getreten, daß er quer über die gesamte Tanzfläche flog. Da wußte ich allerdings noch nicht, daß er einmal Personalchef werden sollte. Aus einem heute nicht mehr nachvollziehbaren Grund hatte sich der Kerl an mir zu schaffen gemacht, um mich unbedingt nach Hause zu bringen, obwohl ich nach dem achten Wein in der Statur eines Dr. Vogel vom Betriebswirtschaftlichen Institut gerade den Mann meines Lebens erblickt hatte. Nach dem Eiertritt redete Flemming jahrelang kein Wort mit mir, hatte ich doch ihren Liebling, den chronisch überarbeiteten Arschlecker Hübchen, »fast entmannt«. Vielleicht war deswegen seine Ehe im Eimer.

Auf der Fete kamen gerade die ersten Pärchenformationen in Schwung, als Braatsch mich zum Tanzen holte: »Vorausgesetzt, Sie beherrschen den Walzer.« Wenn du mir nicht auf die Schuhe trittst, werde ich wohl nicht gerade auf die Schnauze fallen. Wir können ja mal 'ne Nummer schieben, Alter, vorausgesetzt, du beherrschst den Rückwärtsgang.

Unter Braatschs Achselhöhlen bildeten sich zwei entzückende Schweißflecken. Als begehrter Tänzer hatte er das Jackett ausgezogen. Es machte sich schlecht, daß ich heute Stiefel trug, Schaftstiefel bis über das Knie.

»Geht's?« fragte er eine Etage höher. Bei seiner Länge von über zwei Metern fühlte ich mich wie ein Wurfgeschoß.

»Klar«, japste ich, »dauert ja nicht mehr lange.«

Er ließ seine Knicker schillern. Na, Braatschi, du wirst doch wohl nicht hundert Gramm deines Charmes an mich verschwenden? Nein, sein Blick irrte zur Bar, wo Wieczorek reglos stand wie ein Regenschirm im Fundbüro.

»Die Weste haben Sie sicher bei Ihrem Sohn ausgeliehen?« versuchte ich einen Scherz. Er blickte mich milde irritiert an, als sei ich eine Empfangsstörung im Radio. Er sprach sowieso selten mehr als zwei Sätze nacheinander.

»Ich meine nur, weil die so locker sitzt«, fügte ich erhellend hinzu. Die Weste saß dermaßen eng, daß die Knöpfe sicher gleich in sämtliche Himmelsrichtungen sprangen. Er hatte zugenommen in der letzten Zeit, wahrscheinlich von dem vielen Rum in seiner Cola. Er zog zischend den Atem ein und drehte schweigend seine Runden, als hielte er eine Gummipuppe im Arm, die er gleich wegen seltsamer Sprechblasen zur Reparatur geben wollte. Danach nahm er die nächste. Mit Wieczorek tanzte er nicht. Auch die anderen Typen hielten sich ihr gegenüber auffällig zurück. Erst als das arme Mädchen schon blaue Flecken an den Ellenbogen hatte von dem langen Aufstützen auf dem Tresen, kamen sie aus ihren hochprozentigen Löchern gekrochen und umlagerten sie wie einen Popstar. Das war genau der Zeitpunkt, an dem Braatsch verschwand.

Am nächsten Morgen kam Probst aufgeregt mit der *Financial Times* hereingewedelt: »Gaaanz wichtiger Artikel aus Brüssel, Seite fünfzehn, haben Sie den gesehen?«

»Keine Panik. Ist doch mein Job. Guten Morgen übrigens.«

»Morgen. Ich lege Ihnen die Zeitung schon mal hier hin, ich habe die schon im Zug gelesen.«

»Die habe ich bereits selbst bearbeitet. Doppelt brauche ich sie nicht.«

Ging mir die hektische Zwiebel schon am frühen Morgen auf den Geist!

»Verwenden Sie sie doch für die Kopien«, schlug sie hartnäckig vor, »ich habe im Zug immer so viel Zeit, da kann ich schon allerhand lesen. Und die Financial Times habe ich natürlich abonniert.«

»Sonst noch was?«

»Ja, die FAZ und die Süddeutsche. Warum?«

»Ich meine nur so. Da wäre ich ja fast überflüssig.«

Sie lächelte falsch: »Wenn Sie das schon selber sagen, haha, also, die Financial Times nehme ich Ihnen gerne ab, und den Rheinischen Merkur kriege ich auch noch, fällt mir gerade ein, und den Spiegel, den könnten Sie mir gerne rübergeben, den würde ich auch noch lesen.«

»Sagen Sie mal, haben Sie eigentlich kein eigenes Arbeitsgebiet?«

»Ich mache alles, was so anfällt. Das Lektorieren macht mir Spaß, wirklich, Ihren Job finde ich ausgesprochen interessant.«

Sie kramte einen grobzinkigen Kamm aus ihrer Krokotasche und fuhr sich durch die Kringellöckchen: »Bei dem feuchten Wetter kriege ich immer ganz viele kleine Locken.«

»Ist normal bei Dauerwellen.«

»Das ist keine Dauerwelle. Bei mir ist das alles echt. Als Kind hatte ich immer so dicke Locken, da mußten wir mit der Ausdünnschere dran, so dick waren die.«

Hochinteressant. Ich warf die Financial Times in den

Papierkorb. Was wollte die Gewitterziege? Endlich rückte sie mit der Sprache heraus: »Und? Sind Sie noch lange geblieben gestern?«

»Nee, wieso?«

»Und Braatsch? War der noch lange da?«

»Nee, der ist auch früh gegangen. Wieso?«

»Ach, man fragt ja nur so.«

Spuck es aus, was quält dein Herz?

»Na ja«, sagte sie, »ich dachte nur so, als ich Sie gestern so sah, als Sie mit dem Braatsch getanzt haben. Sie sahen irgendwie so glücklich aus.«

»Was ist los?«

Sie stopfte ihren Kamm in die Tasche: »Ach, ich hatte irgendwie so die Eingebung, Sie hätten was miteinander, ha ha, warum auch nicht?«

In dem Moment ging das Telefon: »Küppersbusch, ich muß dir unbedingt was erzählen.«

»Jetzt nicht!« bellte ich und legte auf. »Sagen Sie mal, Frau Probst, kann es sein, daß Sie gestern Ihre Kontaktlinsen vergessen hatten?«

»Nur keine Aufregung, Kindchen, ich habe für so etwas ein feines Gespür, ja ja. Macht doch nichts, kann ich doch verstehen, gefällt mir doch auch, der smarte Junge, wäre selbst nicht abgeneigt. Na ja, sollte ein Scherz sein.«

»Bleiben Sie mal einen Moment, Frau Probst, das möchte ich aber jetzt mal geklärt haben. Ich habe nichts mit dem, damit das klar ist.«

»Würde ich an Ihrer Stelle auch leugnen«, zirpte sie gutgelaunt, »ich habe doch gar nichts gesagt. Vergessen Sie's, vergessen Sie's doch einfach. Schönen Tag noch, und denken Sie an die Financial Times.«

Mir war, als hätte ich plötzlich die Pest am Hals.

Kurz darauf riß Braatsch die Tür auf: »Morgen, Frau

Scott. Wo bleibt denn heute meine Pressemappe? Ist Frau Nolte nicht da?«

Daß stets nach Nolte gefragt wurde und nicht nach Pück, lag daran, daß Nolte wenigstens sporadisch bei der Arbeit auftauchte, während ich von Pück kaum noch wußte, wie sie aussah.

»Herr Braatsch«, sagte ich mißmutig, »Frau Nolte arbeitet jetzt schon monatelang mehr oder weniger alleine, das kann nun mal nicht so schnell gehen wie zu zweit.«

»Dann helfen Sie ihr halt«, meinte er leichthin, »ich muß die Sachen ja auch noch lesen, bervor ich nach oben gehe. Alles, was recht ist.«

»Bringen Sie mal lieber der Probst bei, daß die sich nicht dauernd in meine Arbeit einmischt. Ewig wedelt die mir mit der Financial Times vor der Nase herum. Das brauche ich so nötig wie Heuschnupfen.«

»Weiber«, murmelte er beim Türenschließen.

Nebenan pellte Nolte mit stoischer Miene Clementinen.

»Was ist denn los? Wo bleibt die Mappe?« fuhr ich sie an.

»Der Kopierer ist kaputt.«

»Das sagen Sie mir erst jetzt?«

»Ist ja gerade erst passiert. Ich kann da nicht dran rumkriechen, ich hab es im Kreuz. Eigentlich sollte ich heute zu Hause bleiben, sagt mein Orthopäde, aber was tut man nicht alles für die Firma.«

»Dann müssen wir den Techniker anrufen. Braatsch wartet auf seine Mappe.«

»Soll er doch. Kann ja selber in den Kopierer kriechen, wenn es so pressiert. Ist sowieso Männersache, wenn Sie mich fragen. Übrigens habe ich gekündigt, hat Ihnen das noch keiner gesagt?«

»Nee.«

»Dann sag ich es Ihnen jetzt. Am ersten ist für mich der letzte. Für den beknackten Job sollen die sich mal einen anderen Doofen suchen! Null Aufstiegschancen für Frauen in dem Verein, und immer für zwei arbeiten – nicht mit mir. Ich bin doch nicht bekloppt.«

Wo sie recht hatte, hatte sie recht.

Ich riß die Mappe von ihrem Tisch und preschte zu Braatsch.

»Tschüssi, Mausibär«, schnurrte er gerade in den Hörer und zu mir: »Können Sie nicht anklopfen?«

»Haben Sie gewußt, daß die Nolte geht?« raunzte ich.

»Was, wer, Nolte? Ah ja, Nolte. Ja, das stimmt, die geht.«

»Vielleicht erfahre ich so was auch mal nebenbei.«

»Sie wissen es ja jetzt.«

Probst steckte ihre hennarote Rübe herein: »Morgen, Herr Braatsch, kann ich Sie nachher mal unter vier Augen sprechen?«

»Selbstverständlich, nach der Morgenrunde.«

Ich schlich wieder hinaus. Im Moment hätte ich sie alle erwürgen können. Wahrscheinlich war die rote Armee im Anmarsch. Wackelmann wisperte in den Hörer: »Hör mal, Laila, es sind zuviele Leute hier, ich ruf dich nachher wieder an. Unternimm nichts bis dahin.«

Ich legte Braatsch einen Zettel ins Fach: Herrn Braatsch. Ich möchte Sie gerne mal kurz alleine sprechen. Scott.

Nach der Morgenrunde war Braatsch wie vom Erdboden verschluckt. Kaum brannte es in seinem Salon, löste er sich in Luft auf. Altbewährte Methode, Unannehmlichkeiten aus dem Weg zu gehen.

Am nächsten Tag war er in Brüssel, und Probst sollte den Pressevortrag halten. Wenn Probst mit der Morgenrunde dran war, konnte sie vorher nicht schlafen und stand schon um acht auf der Matte: »Ich habe Ihnen die Financial Times mitgebracht. Seite fünfundzwanzig steht ein großer Bericht über die Konferenz gestern. Morgen übrigens.«

»Morgen, Frau Probst. Mit der Financial Times können Sie sich den Hintern abwischen. Nebenan ist nämlich keiner.«

Ihr schmales, weißes Gesicht war im Nu mit roten Flecken übersät: »Wi-wie bitte?«

»Nolte ist krank und Pück ja sowieso. Nolte geht übrigens, Braatsch weiß Bescheid.«

»No-nolte geht und B-braatsch weiß B-bescheid«, echote sie halb blödsinnig vor Angst. Die Morgenrunde lauerte wie ein wildgewordenes Raubtier mit mordlüstern gebleckten Gebiß und gar schrecklichem Gefauche. O Gott, die Morgenrunde, noch nie war die Morgenrunde ausgefallen, und ausgerechnet heute, wo sie mit dem Pressevortrag dran war, ging hier alles vor die Hose! Was tun um Gottes Willen, Hilfe, ihr zitterten die Knie, das Blut wich aus ihrem Gesicht, Achtung, ich falle.

»Und jetzt sind keine Zeitungen ausgeschnitten?« fiepte sie in höchster Verzweiflung. Ich verneinte. Sie konnte einem leid tun. Frenzel mochte sie nicht, und wen Frenzel nicht mochte, den mochten Vogt und Giehse auch nicht, und wen Vogt und Giehse nicht mochten, der hatte bei den Assistenten automatisch verschissen. Auch ohne die heutigen Komplikationen schwebte sie mit ihren Versagensängsten ständig in Lebensgefahr, aber jetzt konnte man eigentlich nur noch den Krankenwagen rufen. Wenn sie geahnt hätte, was auf sie zukam, hätte sie doch die Appetitzügler nicht so unkontrolliert eingeworfen. Sie nahm gerade Gracia Nova, das wirkte sonst immer sehr belebend, aber heute wurden davon die Füße so klein und das Herz so dick: »Können Sie nicht, ich meine,

Sie haben doch jetzt erst mal ausgelesen, da könnten Sie doch, also, wenn Sie mir nur die wichtigsten Artikel herausschneiden würden, ja, ich weiß, daß das eigentlich unter Ihrer Würde ist, aber mir zuliebe, ach, das wäre ja ganz bezaubernd, wäre das, wirklich, ich weiß gar nicht, wie ich Ihnen danken soll.«

Ich dachte, eigentlich könntest du dir deinen Kram auch selbst ausschneiden, aber mit den flatternden Pfoten kannst du ja nicht mal die Tür schließen, noch weniger einen Text ausschneiden. Als ich ihr die Mappe brachte, ließ sie sich gerade von Wackelmann verarzten: »Ob die Dosis nicht zu niedrig ist?«

»Einschlafen wollen Sie ja wohl auch nicht da oben.«

»Oh, nein, um Gottes Willen. Ach, da kommt ja die Morgenmappe, Gott sei Dank, und die Financial Times, haben Sie die auch …«

»Frau Probst, es reicht.«

Am Nachmittag kriegte sie Besuch von Schleimscheißer Rademann aus der Statistik. Rademann war passionierter Radfahrer und Sülzknochen und lebte nur für die Momente, in denen er irgend jemandem einen Fehler oder eine Unachtsamkeit nachweisen und mit dem Beweisstück bei dem jeweiligen Chef aufkreuzen konnte. Was bin ich ein toller Hecht, daß ich das alles aufdecke, wenn ich nicht wäre, bliebe alles unbemerkt, nicht auszudenken. Manchmal schleimte er auch bei Braatsch herum und wies auf einen absolut unverzichtbaren Fünfzeilenbericht im Kreishandwerkerblatt hin, das ich nicht gelesen hatte. Mit diesem notorischen Denunzianten verband Probst das Geheimbündnis hoher Lästerschule. Meistens interessierten mich die wachsweichen Kleinintrigen nicht, aber heute hörte ich im Vorbeigehen meinen Namen und preßte mein Ohr an die Wand: »… ist unverantwortlich, daß die das alleine entscheidet, was da reinkommt. Ich habe schon so oft gesagt, Herr Braatsch, das kann die Scott nicht alleine entscheiden, was in die Rundschau aufgenommen wird und was nicht, die ist doch bei den ganzen Besprechungen gar nicht dabei. Noch eine Tasse Kaffee?«

»Gerne. Wissen Sie, wenn mir das nicht aufgefallen wäre, hätte ja auch keiner was gemerkt. So ist das doch. Da läßt man jahrelang jemanden vor sich hinschludern, und keiner merkt was.«

»D'accord!« rief Probst durch das Geschirrklappern, »speziell, was die Scott anbetrifft, die schaltet und waltet da drüben, als würde sie hier die Abteilung leiten. Stellen Sie sich vor, was die heute morgen zu mir gesagt hat. Ich könnte mir mit der Financial Times den Allerwertesten abputzen. So was muß man sich als gebildete Frau von so einer Maus gefallen lassen, ich meine, immerhin ist die zehn Jahre jünger...«

»Tatsächlich?«

»Ja, was dachten *Sie* denn? Ach, Herr Rademann, jetzt wollen Sie mir aber schmeicheln, hehehe, tja, das hört man natürlich gerne, also, so ist das. Wo waren wir noch mal stehengeblieben?«

Draußen quietschte die Straßenbahn, der Fahrer klingelte wie von Sinnen, weil ein Auto auf den Schienen stand. Ich schloß das Fenster und bettete mein Ohr wieder an die Wand: »... läßt ihr einfach alles durchgehen, wie oft ich den schon angesprochen habe, da wird der richtig ärgerlich. Der sagt immer, ja, was sagt er denn, ach so, daß er mit ihr eigentlich ganz zufrieden wäre, sagt er, und was ich überhaupt dauernd von ihm wollte und sie mache doch einen guten Job. Einen guten Job machen nennt der das, was die da nebenan treibt. Das sind die Fakten, Rademann, da sind Sie machtlos. Weiter reicht mein Einfluß leider nicht. Aber wenn Sie wieder was finden, dann kommen Sie gerne immer herauf, am besten gehen Sie gleich zu Braatsch, damit der das richtig auf's Brot gestrichen kriegt, was die Scott für einen Mist fabriziert. Die taugt doch vorn und hinten nichts. Und wenn ich Ihnen mal behilflich sein kann, machen Sie den Mund auf, eine Hand wäscht die andere.«

»Besten Dank für das Gespräch«, sagte Rademann.

»*Ich* habe zu danken, ich«, trompetete sie zufrieden.

»Und man hört wirklich nichts durch die Wand?« vergewisserte sich das Arschloch.

»Selbstverständlich nicht, Herr Rademann. Die Scott hört doch von morgens bis abends Radio, auch so eine Unart, die abgeschafft gehört.«

Diese scheinheilige Fleckenvisage, diese ganzkörperverseuchte Kanalratte. Braatschi, du knopflochsprengender Heiligenschein, du Rosenblatt mein – nie mehr werde ich angeekelt das Gesicht verziehen, wenn du huldvoll deine Tränensäcke neigst.

Küppersbusch rief an: »Was war denn los heute morgen?«

»Nolte und Pück feiern krank und Braatsch ist in Brüssel. Nur die Probst geht mir hier auf den Sack.«

»Ist ja Klasse, geh du doch auch.«

»Gerade habe ich so einen Blitzschlag im Kreuz gespürt, als ich so lange an der Wand stand, jetzt kann ich kaum noch sitzen.«

»Hör mal, ich muß dir was erzählen. Wir haben doch gestern den neuen Tisch ausprobiert.«

»Was für 'n Tisch?« Mir stand jetzt nicht der Sinn nach Möbelgesprächen. Meine Entrüstung über Probst rasselte gewaltig im Gebälk. Am liebsten wäre ich hinübergegangen und hätte die Ratte eigenhändig stranguliert, daß ihr die Linsen in hohem Bogen aus den Augen flogen.

»Also, das klappt hervorragend«, fuhr Küppersbusch

euphorisch fort, »ich hab' da gestern meine erste Ladung abgelassen ...«

»Was?«

»Na, draufgeschissen, höhö, und er saß drunter. Da gab's früher mal so'n schwulen Schauspieler, der hat das immer mit seinen Strichern gemacht. Der Julian hat da so eine Biographie gelesen von dem, und da kam er gleich auf die Idee, daß wir uns auch einen Glastisch kaufen. Der ist ganz aus dem Häuschen.«

»Gratuliere.«

»Was bist du denn so hölzern heute? Is was?«

»Ja, die Probst, stell dir vor...«

»Du, ich muß Schluß machen, der Schnitzler wartet auf seine Zahlen.«

Ich dachte, wenn jetzt noch die Wieczorek kommt mit der Nummer von Weiberfastnacht vor vier Jahren, springe ich aus dem Fenster. Ich wählte die Nummer vom Orthopäden um die Ecke: »Kann ich heute noch vorbeikommen? Ja, ist dringend, ich kann kaum noch sitzen.«

Der Orthopäde Kleinschmidt, einer meiner zuverlässigsten Freunde in der Not, ließ mich meine Beine einzeln hochheben. Der rechte Fuß dödelte ungeordnet herum. »Ist taub«, meldete ich diagnosefördernd.

»Bandscheibenvorfall«, kam die erhoffte Antwort, »machen Sie mal den Rücken frei, ich geben Ihnen gleich eine Spritze.«

Aus einem Meter Entfernung schoß er mir die Granate ins Kreuz, daß mir das Wasser in die Augen stieg und schrieb mich eine Woche krank.

10. *Es traf sich gut, daß ich*

im Foyer des Hauses vor der Briefkastenanlage mit meinem direkten Nachbarn, einem hakennasigen, kinnlastigen Typen ins Gespräch kam, bei dem er mich zu einer Flasche Wein einlud. Da ich zu der Zeit ein Faible für ausdrucksstarke Profile hatte und mich die Entente cordiale von Feuerblick und Reibeisenstimme auf der Stelle überzeugte, fand ich mich noch am selben Abend auf dem Umweg über besagte Flasche in seinem Doppelbett wieder, nach dem, seinen Erzählungen zufolge, die Maklerin Pia Kücklich schon seit längerem eine unerfüllte Sehnsucht verspürte.

»Und warum wolltest du nicht? Ich meine, die war ja nicht immer schwanger.« Er streifte mich mit einem übertrieben erstaunten Blick: »Schwanger? Die ist doch nicht schwanger. Fett ist die, weiter nichts.«

»Das gibt es doch nicht. Arme und Beine sind doch ganz dünn. Das gibt es bei Frauen nicht, so eine aufgeblasene Plempe auf so dünnen Beinen. Das ist doch eher eine männliche Spezialität.«

»Ja, von wegen!« trompetete er beleidigt. Bei der Verteilung dramatischen Schauspieltalents hatte er seinerzeit nicht gepennt – jeden seiner Gesprächsbeiträge transportierte eine erschlagend überzeugende Mimik, die sich von einer Grimasse kaum unterschied.

»Die Kücklich hat einfach nur einen aufgequollenen Blähbauch voller Gase. So was nehme ich doch nicht in meine Wohnung mit, was traust du mir denn zu.«

»Und ich dachte, die wäre schwanger von diesem, wie heißt der noch mal?«

»Kalle, das Würstchen, den kann man ja sowieso nicht für voll nehmen, als wenn der 'ne Frau schwängern könnte. Der gehört ja bestraft, so eine alte Fregatte zu besteigen.«

»Na na na! Das will ich mal nicht gehört haben.«

»Emanze? Na, Spaß muß sein. Ich meine, mit der Wampe, da vergeht einem doch alles. Da würde ich keinen hochkriegen. Ist doch ein junger, drahtiger Typ, wahrscheinlich machen sie es von hinten. Sollen wir dann auch mal loslegen? Wie wär's mit einem Kissen unterm Hintern? Warte, ich hole eins.«

Welche Fürsorglichkeit, welcher Komfort.

»Es geht besser, wenn er höher liegt«, erklärte er. Er meinte meinen Arsch. Beim Bumsen machte er ein Gesicht wie Jan Ulrich kurz vor der Ziellinie: Ich schaffe es, ich muß es schaffen, konzentrier dich, Junge, du schaffst es, jaaa aaah, ich hab's geschafft! Nur Lance war besser...

Den Typen, Philip hieß er, plagte eine seltsame Unrast. Kaum war er bei mir eingetroffen, mußte er wieder nach nebenan, weil ihm dauernd übel wurde oder weil ihn sporadischer Durchfall quälte oder Blähungen oder überfallartige Attacken von Zahn- oder Kopfweh bis hin zu just in diesem Moment nahenden Nasenblutungen bzw. Hörstürzen. Mit seinem Telefon verband ihn eine fast sexuelle Hörigkeit. Die ging so weit, daß er die Kiste nebenan auf seinem Balkon parkte, um beim Klingeln durch die Gitterstäbe den Hörer herüberzuziehen. Die Erfindung des Handys wird niemand so begrüßt haben wie er.

Eines Tages erklärte er mir mit Grabesmiene, nebenbei bei einem Heiratsinstitut als Pseudokandidat zu jobben.

»Ich dachte, du bist Kfz-Mechaniker.«

»Das auch. Das mache ich tagsüber. Abends und an den Wochenenden habe ich dem Institut zur Verfügung zu stehen. Da treffe ich mich mit den Kundinnen.«

»Und was machst du, wenn du einer gefällst und die sagt, den will ich, den nehme ich?«

»Ach, das kriege ich schon hin. Übrigens muß ich gleich auch wieder weg. Hier, die muß ich gleich treffen auf einen Kaffee. Das ist ruckzuck erledigt, dann bin ich wieder da.«

Er hielt mir das Foto einer blonden Mittvierzigerin unter die Nase.

»Die sieht aber nett aus«, meinte ich, »und die servierst du einfach so ab nach zehn Minuten? Wie machst du das denn? Was sagt man denn da so?«

Er blickte nervös auf die Uhr: »Für lange Erklärungen habe ich im Moment keine Zeit. Was sagt man da schon groß, das Übliche eben, war nett, Sie kennengelernt zu haben, aber meine Zeit ist knapp bemessen oder so ähnlich. Die wissen dann schon Bescheid. Also, warte auf mich, in spätestens einer halben Stunde bin ich wieder da.«

Bis Philip mich kennenlernte, lebte er mit einer Krankenschwester zusammen, die auf seine einmaligen sexuellen Dienstleistungen auch heute kaum verzichten mochte: »Aber das ist gegessen, da kannst du dich drauf verlassen. Die hat mich den letzten Nerv gekostet mit ihrer Kontrolliererei. Die ging mir granatenmäßig auf die Eier mit ihrer Eifersucht, das hältst du im Kopf nicht aus.«

Brav verinnerlichte ich die Botschaft: Kontrolle unerwünscht. Mir fiel gerade ein, daß ich seit längerem mein Bad nicht geputzt hatte. Ich sagte: »Du hast doch bestimmt ein paar Putzmittel für Badezimmer und so. Kannst du mir die mal ausleihen, während du weg bist?«

Er blickte mich an, als hätte ich eine sexuelle Perversion der außerirdischen Art vorgeschlagen: »Was willst du denn damit?«

»Mir den Arsch damit auswischen.«

Er guckte immer noch wie ein Auto. Dann sagte er: »Ich muß dir was beichten.«

»Du hast kein Ata.«

»Doch. Ata habe ich schon.«

»Dann stell es mir doch bitte herüber, bevor du zu der Tante vom Institut gehst.«

Kurzer Blick: Absolut irreparabler Dachschaden. Abflug. Fünf Minuten später überreichte er mir mit tragischer Miene drei Flaschen Reinigungsmittel: »Ich gehe dann.«

»Viel Spaß.«

Bohrender, dunkler Blick Marke Othello: »Es macht dir wirklich nichts aus?«

»Nein«, bestätigte ich, »ich putze inzwischen das Bad, das hat es dringend nötig.«

Endlich schob er ab.

Das nächste Märchen trug den Titel ›Der verschwundene Geldbeutel‹. Und zwar war in seiner Werkstatt ein Portemonnaie mit fünfhundert Mark Inhalt geklaut worden, und er war der Hauptverdächtige.

»Warum denn ausgerechnet du?«

»Unverschämt, nicht? Sag mal, hast du kein Maggi im Haus? Auf die Eier gehört Maggi, das bin ich so gewöhnt.«

»Maggi auf's Frühstücksei? Was ist denn das für eine Geschmacksverirrung?«

Extrem beleidigte Miene: »Ich esse mein Ei prinzipiell mit Maggi.«

»Nächstes Mal. Erzähl weiter. Warum bist du verdächtig?«

»Was weiß ich. Angeblich war ich der einzige, der um die fragliche Zeit auf dem Klo war, und das Klo liegt bei uns hinter der Garderobe, und auf dem Weg dahin hätte ich angeblich das Portemonnaie geklaut.«

»Das kann doch theoretisch jeder gewesen sein.«

»Eben! Ganz genau!« Vor Begeisterung über mein logisches Denkvermögen wippten die Haare in seinen Nasenlöchern. Dann ein Schatten auf seinem Gesicht: »Das Portemonnaie lag aber in meinem Spind. Leer.«

»Das hat dir natürlich einer da hineingelegt.«

Blick mit zwei Pfund überraschter Anerkennung: Die Frau hat Durchblick. Vorsichtige Zustimmung: »Das denke ich auch. Das heißt, für mich liegt das klar auf der Hand.«

»Für mich auch.«

Leichte Irritation im Blick: Mädchen, zuviel Vertrauen kann leicht in Einfältigkeit münden. Er beschloß, auf den Punkt zu kommen: »Jetzt soll ich die fünfhundert Mark ersetzen. Bloß, weil das Ding in meinem Spind lag.«

»Vor Gericht ist das kein Beweis. Außer du wärst der einzige, der einen Schlüssel dazu hat.«

»Äh, muß ich mal überlegen. Der Meister hat natürlich einen Generalschlüssel. Aber den kann ich ja schlecht beschuldigen. Da könnte ich mir ja gleich meine Papiere holen.«

»Ist klar. Blöde Situation.«

Er knetete seine etwas plumpen Hände. Über den muskulösen Schenkeln spannte sich die Markenjeans, ratlos reckte sich der Bürstenhaarschnitt gen Zimmerdecke. Mit dem Effekt seiner Exkursion in die Welt der Kleinstkriminalität war er nicht hundertprozentig zufrieden. Für den Fall, daß ich meinen Verstand eben beim Badputzen ins Klo gespült hatte, wiederholte er den Clou: »Jetzt soll ich das Geld zurückbezahlen. Fünfhundert Mark!«

Verglichen mit seiner übertriebenen Mimik wirkten die sparsamen Variationen seiner Gestik fast enttäuschend. Mit tragischem Timbre fügte er hinzu: »Das Blöde an der

Geschichte ist, ich habe sie im Moment nicht, die fünfhundert Mark.«

»Was allein schon beweist, daß du sie nicht gestohlen haben kannst!« rief ich, stolz auf meine Pfiffigkeit.

Er zwinkerte irritiert. Die Etappe der Beweisführung hatte er bereits überwunden geglaubt: »Ja ja, wieso?«

»Weil du sie sonst sofort hinblättern könntest.«

»Mhm. Stimmt. Kann ich eben nicht. Also, es geht jetzt darum, daß ich das Geld eben nicht habe und es bis morgen früh zurückzahlen soll. Dann wäre die Geschichte vom Tisch.«

»Bis morgen früh schon? Tja, da wirst du wohl dein Konto überziehen müssen.«

Finsterer Blick mit Vorwurfsgewürz: »Mein Konto ist bereits bis zum Anschlag überzogen.«

»Und jetzt?«

»Ja, und jetzt.« Nase Richtung Schuhspitze. Im Moment weder Magenschleimhautentzündung noch Nasenbluten oder Maul- und Klauenseuche, sondern lautere Konzentration auf die Reaktion einer langatmigen, um nicht zu sagen schwerfälligen Pflaume Marke ›Groschen fällt nicht‹.

Nach einer unerquicklichen Schweigerunde hatte er einen genialen Einfall: »Ich könnte natürlich die Krankenschwester fragen, die gibt mir das Geld sofort, die freut sich, wenn die mir einen Gefallen tun kann.«

»Da wäre ich gar nicht drauf gekommen. Das ist ja 'ne Superidee.«

Feindseliger Blick: »Das würde dir nichts ausmachen?«

»Wieso soll mir das was ausmachen? Wenn die dir doch so gerne einen Gefallen tut.«

Er seufzte. So viel Begriffsstutzigkeit war ihm ja lange nicht untergekommen: »Ja, dann muß ich sie aber auch ficken. Oder meinst du, die macht das umsonst?«

»Ach so.«

»Ja, ach so«, äffte er mich nach. »Dann haben wir die wieder auf dem Hals, das ist doch wohl klar.«

»Ich denke, die kommt sowieso noch ab und zu vorbei und holt sich ihre Streicheleinheiten bei dir ab.«

Ruckartiges Kopfhochwerfen, Rückenstrecken, Augenaufreißen: »Wie kommst du denn darauf? Du tickst wohl nicht ganz sauber. Als ob ich die in meine Wohnung lassen würde, die bekloppte Kuh. Im Leben nicht mehr.«

»Na ja, für fünfhundert Mark ... ich meine, da kann man ja schon mal ein bißchen toleranter sein.«

Jetzt hatte er den Kanal voll: »Also, du bist doch das Letzte! Als wenn ich so was könnte! Unmöglich, ehrlich. Für Geld ficken! Nie hätte ich dir so was zugetraut. Au, mein Magen, siehst du, jetzt kriege ich wieder diese Beschwerden. Das schlägt mir sofort auf den Magen, ich bin da so empfindlich. Weißt du was, ich glaube, ich lege mich nebenan ein bißchen hin, das hat mich alles so mitgenommen.«

»Kannst einem richtig leid tun.«

Gekrümmt, die Hände vor dem Oberbauch, schlich er nach nebenan. Kurz darauf hörte ich, wie er die Balkontür schloß. Eine halbe Stunde später quiekte die Krankenschwester.

Am nächsten Abend kreuzte er mit einer Flasche Wein auf: »Schöne Grüße von Frau Kücklich.«

»Wie kommt die denn dazu?«

»Ach, nur so«, lächelte er vielsagend, »von der kriege ich immer was geschenkt. Die gibt nicht so schnell auf. Sag mal, ich habe dir doch neulich ein Abendkleid geschenkt, das du nicht haben wolltest. Lebt das noch?«

»Hängt im Kleiderschrank.«

»Versteh mich bitte nicht falsch, aber ich müßte es zurückhaben, wenn es dir nichts ausmacht.«

»War das nicht von der Krankenschwester?«

»Ja, die braucht das jetzt zurück. Irgendwie war das ein Mißverständnis. Damals wollte sie es nicht mehr und jetzt will sie es plötzlich wieder. Hauptsache, du hast es noch.«

»Hast du ihr das geklaut?«

Explosionsartige Empörung in zehnfacher Potenz: »Was denkst du von mir?«

»Seit wann habt ihr denn wieder Kontakt? Ich denke, die kommt dir nicht mehr über die Schwelle.«

»Kommt sie auch nicht. Wir haben uns rein zufällig in der Stadt getroffen.«

»Wat 'n Dingen.«

»Ja, wie der Zufall es so will, vorm Bäcker, ich hole Brötchen und sie kommt gerade raus. Und da sprach sie mich auf das Kleid an. Du brauchst es ja sowieso nicht.«

»Ich brauche es nicht, und es gefällt mir auch nicht. Da, nimm es wieder mit.«

Erleichtertes Küßchen: »Du kriegst was anderes dafür, ich lasse mir was ganz Besonderes einfallen, du wirst schon sehen.«

»Ich habe jetzt übrigens Maggi im Haus.«

»Was bist du doch für eine süße Maus. Du, ich kann leider nicht lange bleiben heute, ich habe heute drei Termine nacheinander, ich glaube, da wartest du besser nicht auf mich. Außer du wolltest noch eine Nummer schieben, etwas später, so um elf, halb zwölf.«

»Muß nicht sein. Viel Spaß dann.«

So eine gutgläubige Alte hatte er lange nicht mehr gehabt. Vielleicht war sie nicht die spannendste, aber als bequemes Betthupferl ohne zeitraubenden Anfahrtsweg war sie doch sehr geeignet.

Als ich am Freitag meine vorläufig letzte Spritze bekam, meinte der Doktor: »So können Sie nicht arbeiten gehen, Sie haben doch eine sitzende Tätigkeit, das ist Gift für den Rücken. Da brauchen wir ein Anschlußattest, Jennifer. Schön entspannen, jetzt drückt es gleich, ja, ist ja gleich vorbei.« Bei meinem Geschrei kriegten die übrigen Patienten im Warteraum vor Grauen Frostbeulen am Arsch. »Nicht so zimperlich«, meinte der Doktor, »Sie sind doch ein alter Fuchs, Sie kennen doch das Spiel. Schreiben Sie mal gleich zwei Wochen, Jennifer, vorher wird das auf keinen Fall was mit ihr. Sie müssen mal öfter in die Kneipe gehen, Frau Scott, einen Fuß immer unten auf die Fußleiste und oben mit dem Ellenbogen auf dem Tresen aufstützen, das ist die gesündeste Haltung.«

Er machte mir das an einem imaginären Tresen vor: »Sehen Sie, das ist rückenfreundlich. Wo gehen Sie denn so hin, wenn Sie mal weggehen abends?«

»Tja, was ist denn so angesagt im Moment?«

»Ich gehe manchmal in das neue Confetti's«, plauderte er ungeniert trotz der muffig blickenden Jennifer, »oder in die Marktwirtschaft. Kennen Sie die?«

»Mhm.«

»Freitags abends ist es da besonders nett.«

Von seinem Schreibtisch lächelte mir eine silbern gerahmte, dunkelhaarige Schönheit aus einem Pelzkragen zu, neben ihr ein Mädchen mit demselben Quadratschädel wie er. Wenigstens wollte er keine fünfhundert Mark von mir.

Am Freitagabend hatte Philip ausnahmsweise den ganzen Abend Zeit für mich. Wir speisten Putenfilet mit Weißweinsauce auf Langkornreis mit Erbsen extrafein, lauschten Culture Club und Depeche Mode, und als wir ein paar Wein intus hatten, hatte er die Idee, die übliche Kissennummer durch Standing Ovations zu ersetzen: »Du stehst, und ich sitze hinter dir, und du läßt dich jetzt vorsichtig auf mich drauffallen.«

»Da muß ich aber ganz schön in die Knie gehen.«

»Deine Beine sind irgendwie zu lang. Hast du nicht mal ein Kissen für mich?«

Ohne Kissen lief bei ihm anscheinend gar nichts.

»Irgendwie klappt das nicht mit dir. Entspann dich doch, so unsportlich siehst du mir gar nicht aus. Mit der Evi klappt das immer hervorragend.«

»Wer ist denn Evi?«

»Ach, 'ne Verflossene.«

»Und wieso sprichst du im Präsenz?«

»Im was? Beug dich mal ein bißchen nach vorne, ja, so geht es doch. Bin ich jetzt richtig drin? Sag Bescheid, wenn ich nicht richtig drin bin. Du mußt in den Kniegelenken weicher werden.«

»Ich glaub, ich steh auf einem Surfbrett. Wußtest du eigentlich schon, daß die Klitoris direkt überm Steißbein sitzt?«

»Was hast du am Steißbein? Scheiße, jetzt bin ich wieder rausgeflutscht. Irgendwie quasselst du zuviel, das ist es. Laß uns erst mal eine rauchen.«

Plötzlich wurde er wieder von der gewohnten Unrast befallen: »Ich glaube, ich kriege Verdauung.«

»Du kannst doch auch bei mir auf's Klo.«

»Nein, nein, das möchte ich dir nicht zumuten. Bin gleich zurück.«

Nach fünf Minuten kam er wieder: »Habe gerade einen Anruf gekriegt, ich muß noch mal weg.«

»Was, jetzt?«

»Ja, ich weiß, das ist blöd. Ich komme ja gleich zurück.«

Um den guten Ton zu wahren, gab ich mich gekränkt, was ihn sichtlich freute: »Du vermißt mich, wenn ich weg bin. Stimmt's?«

Ich schwieg ausdrucksstark. Seine dramatischen Künste hatten bereits auf mich abgefärbt.

»Du bist eine so goldige Maus«, meinte er geschmeichelt, »dich kann man einfach nicht belügen. Ich muß dir was beichten.«

»Noch mal fünfhundert Mark geklaut?«

»Nee, wieso?« Gewitterwolke auf dem gerade noch glühenden Gesicht, Kränkungsfaktor zwölf: »Was soll *das* denn jetzt?«

»Nichts. Also, was wolltest du mir beichten?«

Er gab sich nachdenklich, eine Rolle, die ihm hautnah auf den Leib geschneidert war: »Ich weiß nicht, ob du das verkraften kannst.«

»Ich bin hart im Nehmen.«

»Also, ich verdiene mein Geld als Callboy. Du weißt, was das ist.«

Kippt sie um, gibt's einen Weinkrampf, schießt sie torpedogleich durch den Raum oder wirft sich mir schluchzend um den Hals?

»Ich denke, du jobbst für ein Heiratsinstitut.«

»Das auch. Das auch noch nebenbei. Da siehst du, was ich für einen Stress habe.«

»Und dann noch die bekloppte Krankenschwester.«

»Gen ... wieso? Sag mal, verarschst du mich?«

»Wer verarscht hier wen? Kannst die Hosen ja gleich unten lassen, wenn du wiederkommst.«

Er marschierte zum Fenster und wieder zurück: »Das wußte ich, daß du gleich hysterisch wirst. Ihr Weiber seid doch alle gleich. Hätte ich bloß nichts gesagt. Ich mit meiner blöden Ehrlichkeit.«

»Paß mal auf, Philip, du kannst der Krankenschwester einen schönen Gruß bestellen, und sie kann dich geschenkt haben. Ich höre sie sowieso immer quieken durch die dünne Wand.«

Er hatte große Mühe, seinen Wirbelsturm an Gedanken auf einen einzigen Nenner zu bringen: »Das hört man durch die Wand?«

»So ist es. Und jetzt verpiß dich mitsamt deinen Magen-Darm-Beschwerden, Gallenkoliken und Hörstürzen und geh mir nicht weiter auf den Zahn.«

Er wurde etwas käsig. Aus dem bleichen Gesicht stach die prominente Nase hervor wie der Schnabel eines Pelikans: »Darüber unterhalten wir uns noch. Leider habe ich jetzt keine Zeit mehr.«

»Darüber unterhalten wir uns nicht mehr, und du warst heute zum letztenmal hier.«

»Wie redest du denn mit mir? Ich habe dir doch gar nichts getan. Im Gegenteil – ich liebe dich doch.«

»Komm, mach jetzt keinen unnötigen Wind. Verdrück dich diskret und zieh deine Show woanders ab.« Tür zu.

Ich rief Pia Kücklich an: »Sag mal, hast du dem Philip neulich eine Flasche Wein geschenkt, weil du unbedingt mit ihm pennen willst?«

»Deinem Nachbarn? Der hat wohl einen Riß in der Mauer. Komm mal runter, wir trinken hier gerade einen. Bring 'n bißchen geile Musik mit, wenn du hast.«

Ich klemmte mir ein paar Platten unter den Arm und fuhr drei Etagen tiefer.

In der winzigen Bude hockten drei Frauen um den überladenen Tisch und legten sich auf einem freigeschaufelten Eckchen gegenseitig die Karten, während Kalle im Schlafanzug auf dem Rüschenbett die TV- Fernbedienung drangsalierte. Im Hintergrund dudelte die unsägliche Polonaise Blankenese, wo der größte Gag darin bestand, der Heidi von hinten an die Schulter zu fassen statt an die Titten. »Mann, was habt ihr denn für 'ne alte Scheiße laufen!« motzte ich statt einer Begrüßung. »Ich hab was von Tom Waits dabei, leg mal einer auf.«

»Was ist das denn für 'ne Trauermusik!« beschwerte sich Kücklich. »Da war das ja vorher noch besser. Hört sich an, als würde die Platte eiern.«

Michael Jackson kam besser an. Damals war er noch schwarz.

»Vor dem Philip wollte ich dich noch warnen«, sagte sie, »ich kann ja nicht ahnen, daß der dich so zügig angräbt. Der zieht alles ins Bett, was nicht früh genug auf die Bäume kommt. So ein bis zweimal die Woche kommt er unter einem Vorwand vorbeigeflogen und versucht sein Glück. Sag bloß, der ist bei dir gelandet?« Als ich nickte, brachen die anderen in kreischendes Gelächter aus. Die eine davon hatte ein Holzbein und die andere Titten bis auf die Füße: »Mit Kissen unterm Arsch, ne, das ist seine Spezialität, ja, das Vergnügen hatte ich auch schon. Komm, trink einen mit, nimm dir ein Glas.«

Kücklich klärte mich auf: »Der Philip fliegt sowieso raus, der hat schon Monate seine Miete nicht bezahlt und drei Anzeigen laufen wegen Kellereinbruch, und auf den Strich geht der auch noch, ich sage dir, der läßt nichts aus. Kalle, hast du gefurzt, du Sau?«

»Ich furze nie.«

»Es stinkt aber.«

»Das wart ihr selbst.«

»Lüg nicht, Männer furzen alle. Also, laß den Philip nicht mehr in die Wohnung, der klaut dir den Stuhl unterm Arsch weg.«

»Nee, das Kissen!« krähte das Tittentier, und alles kreischte wieder vor Glück.

Nach zwei Tagen hing ein Zettel an meiner Tür: »Bitte meine Sachen zurück. P.«

Ich hängte den Zettel an seine Tür: »Welche?«

Neuer Zettel: »Die Badreiniger.«

Ich stellte ihm die Flaschen vor die Tür.

Nach knapp einer Woche klingelte er bei mir: »Hallo, ich bin's. Noch sauer?«

»Nee«, sagte ich unfreundlich, »was ist denn?«

»Entschuldige, wenn ich störe, aber mir fehlt noch was von meinen Sachen. Der Gürtel.«

»Was für ’n Gürtel denn?«

»Die Evi vermißt den Gürtel von dem Abendkleid«

»Da war ein Gürtel dran?«

»Ja, so eine Satinbordüre oder wie das heißt.«

»Ich schau mal nach. Moment.«

Tatsächlich lag unten auf meinem Schuhsammelsurium ein Satinschal.

»Vielen Dank auch. Die hat mir schon die Hölle heiß gemacht wegen dem scheiß Gürtel. Und sonst? Alles klar?«

»Alles klar.«

»Ja, dann gehe ich mal wieder.«

»Tschö mit ö.«

»Wenn es dir mal langweilig sein sollte …«

»… hol ich mir einen runter.«

Zwei Wochen später zog er aus.

kam in Gestalt eines Fernsehmechanikers vorbei. Meine Flimmerkiste gab den Geist auf, und ich rief bei dem Laden an, der in den Gelben Seiten die größte Werbung hatte – ein Fehler, den ich nur einmal machte.

Hereinspaziert kam Azis, ein wunderschöner Iraner, fummelte an dem Gerät herum und meinte, das müsse leider in die Werkstatt, aber er würde mir ein Ersatzgerät aufstellen, bis die Kiste wieder startklar sei. Bei diesen vertraulichen Verhandlungen streifte uns der Einfall, als Stätte unserer Kommunikation bei Gelegenheit ein anderes Möbelstück ins Auge zu fassen. Zuerst aber lud er mich zum Essen ein.

Azis hatte angeblich im Iran Elektronik studiert und führte in der City ein eigenes Geschäft, in dem er, wie er erzählte, den Hauptumsatz durch die »alten Weiber« machte, denen die Flimmerkiste immer so ans Herz gewachsen sei, daß er, Azis, ihnen erschiene wie der Schutzpatron der Sehtüchtigen. Auf welche Weise er den Leuten das Geld aus der Tasche zog, erfuhr ich am eigenen Leib.

Nach dem gemeinsamen Mahl in einem persischen Freßtempel war er offenbar der Ansicht, diese Investition von mir finanzieren zu lassen, indem er an meinem Fernsehgerät einen Defekt entdeckte, zu dessen Behebung die Bestellung eines größeren Teils notwendig war. Nach dem Einbau dieses Teils gab er ein weiteres Teil in Bestellung, dessen Reparaturbedürftigkeit vorher wegen des anderen Defekts nicht hatte eruiert werden können. Dann wurde sein Haupttechniker krank, dann der andere und schließlich er selbst. Als er unter Qualen höchstselbst das Gerät zurückschleppte, belief sich die Rechnung auf dreihundertachtundneunzig Mark.

»Dafür läuft der aber jetzt auch noch mindestens zehn Jahre«, tröstete er mich, »da hast du eben Pech gehabt, daß ausgerechnet so teure Teile kaputt waren. Sei froh, daß es nicht die Bildröhre war, sonst hätte ich sowieso gesagt, kauf dir lieber einen neuen. Na, jetzt hast du ja Ruhe. Laß uns über angenehmere Dinge reden. Hier ist die Rechnung.«

Nachdem ich die Rechnung beglichen hatte, kam, wie gesagt, der gestreifte Blitz der Erkenntnis einer gegenseitigen Attraktion ins Spiel, und nach einigen anregenden Verbalextrakten aus Philosophie und Religion, beleuchtet von Spots auf die höhere Mathematik, gefärbt durch selektive Abstecher in die Weltliteratur, widmeten wir uns den animalischeren Delikatessen. Um im Bild zu bleiben: Die Wurst glitt vom Porzellan, kaum daß ich das Besteck in die Hand genommen hatte.

Dabei fing es recht vielversprechend an. Nach dem obligatorischen Geknutsche stocherte er etwas nervös zwischen meinen Schenkeln herum und fand den Eingang nicht. In Erinnerung an Riemann ließ ich ihn einfach weitersuchen. War nicht schlecht. Konnte man direkt was von haben, wie Riemann gesagt hätte – ausbaufähige Technik. Ich segelte gerade durch die ersten Flügelschläge geistiger Zerrüttung auf dem besten Weg zur Seligkeit, da knackte er den Tresor. Leider gab die Bohrmaschine im selben Moment den Geist auf, pfft, plopp und tschüß. Wahrscheinlich hatte er vergessen, den Akku vorher aufzuladen.

Zufrieden qualmend – er schien nichts anderes gewöhnt zu sein – schaute er an die Zimmerdecke und ließ sich von meiner leichten Irritation nicht die Spur beeindrucken. Ich fragte: »War das jetzt alles?«

»Was meinst du?« fragte er gelangweilt zurück.

»Ich meine, sind wir schon fertig?« erläuterte ich.

Er sah mich an wie einen ungehörigen Vielfraß: »Willst du etwa schon wieder?«

»Nee, das ist ein Mißverständnis, ich dachte nur ...«

»Du, ich muß meine Tochter bei meiner geschiedenen Frau abholen. Das ist so verabredet. Samstags kommt die Kleine immer zu mir.«

»Wie heißt sie denn?«

»Melanie.«

»Süß.«

In seine schwarzen Augen kehrte Leben ein: »Melanie ist das Glück meines Lebens. Für Melanie gehe ich durch's Feuer, für Melanie würde ich sterben.«

»Das finde ich schön.«

»Da kommt mir keiner dran. Wer mir das Mädchen anfaßt, dem hacke ich beide Hände ab. Wie sieht es morgen abend bei dir aus? Soll ich vorbeikommen?«

»Klar, ich bin ja krank geschrieben.«

»Aber lange kann ich nicht, ich mache um neun den Laden auf.«

Azis führte sich gern als begehrtester Lover der Stadt auf. Ständig brachte er Einwände, Einschränkungen und Bedenken vor, was die Dauer seines Bleibens oder gar die Zukunft seiner Anwesenheit anbetraf: »Ich binde mich nie lange, die Frauen werden so komisch mit der Zeit.«

»Wie meinst du das?«

»Na, ranzig irgendwie.«

»Wie bitte?«

»Tranig. Sie fangen an zu stinken. Ist Tatsache.«

»Ich glaube, ich hab' was an den Ohren.«

»Na ja, sie kommen nicht mehr in Schwung, sie waschen sich nicht, sie liegen nur auf dem Bett herum und warten auf mich und wollen gebumst werden. Aber es gibt auch noch andere Dinge im Leben wie zum Beispiel mein Geschäft. Das Geschäft ist bei mir die Nummer Eins, das muß laufen, davon lebe ich, das begreifen die Frauen nicht, daß sie nicht die erste Geige spielen können.«

Eines Nachmittags fuhr ich mit dem Fahrrad in die City und inspizierte den Superladen. Er lag in einer miesen Wohngegend und wirkte in seiner vorsintflutlichen Aufmachung richtig vertrauenerweckend. Er hatte ein paar Geräte im Fenster stehen, beleuchtet von violettweißlichen Neonröhren, und hinter der Verkaufstheke sah ich einen kleineren Raum voller Regale, in denen vereinzelt vermutlich defekte Geräte standen. Das wird die Werkstatt gewesen sein.

Als er am nächsten Abend wieder die Nummer mit dem leeren Akku brachte, erklärte ich ihm, daß meine Begeisterung darüber unter meinen kleinen Fingernagel passe, und der sei gerade abgebrochen.

»Was willst du von mir?« quäkte der begehrte Laubfrosch. »Warum seid ihr Frauen immer so kompliziert? Immer müßt ihr uns auf den Sack gehen. Willst du immer mehr und mehr, willst du mich aussaugen bis auf die Knochen? Willst du das, willst du das?«

Ich dachte, Gott, welchen Dachschaden hast du denn hier aufgerissen, da fällt ja gleich die ganze Hütte zusammen. Sein Jammern mutete mich orientalisch an. Nach meiner Erinnerung pflegten die Muezzins in derselben monotonen Stimmlage vom Minarett zum Gebet zu rufen.

Ich sagte: »Azis, es geht wirklich nicht darum, daß du unentwegt deinen Schwanz in mich hineinstopfen sollst ...«

Sein eintönig klagender Singsang unterbrach mich: »Die Frauen machen uns Männer kaputt. Sie saugen uns aus, sie wollen das Beste aus uns heraussaugen, sie wollen uns zerstören!« Er weinte fast. Das schöne Gesicht so zur Grimasse verzerrt, sah er aus wie eine schwarzhaarige Großmutter.

Plötzlich raffte er sich auf: »Aber ich bin ein Mann, und ein Mann muß ein Mann bleiben. Das ist nun mal so. Ihr Frauen entzieht uns die Kraft. Übertreibt es nicht, sonst kann es sein, daß wir sehr zornig werden.«

Im Geiste schien er zu Hunderten, ja, Tausenden von Frauen zu sprechen und nahm das Leid aller Männer dieser Welt auf seine Schultern. Er stieß einen langgezogenen Seufzer aus und setzte sich auf die Bettkante. In höchster Bekümmernis drückte er die Zigarette im Aschenbecher aus. Sein Tünnes verzog sich als bräunliche Miniatur zwischen die behaarten Beine. Dessen ungeachtet erhob er sich und hielt mir die vertrocknete Zaubernuß vor das Gesicht.

»Ihr deutschen Frauen müßt wieder lernen, Frauen zu sein. Akzeptiert eure Bestimmung!« dozierte er herablassend und wackelte zur Untermalung mit seinem Bibberling.

Mit einem Blick auf das edle Teil äußerte ich: »Weißt du, Azis, wenn ich mir das so unter die Lupe nehme, was dich von mir unterscheidet, dann möchte ich kein Mann sein, echt nicht.« Außer heute, dachte ich, wäre ich heute ein Mann, gäbe es einen Satz heiße Ohren und einen Tritt in den Arsch. Hoffentlich bewegte er selbigen bald und schloß die Tür von außen.

Unter gequältem Geseufze stieg er umständlich in seine Hose und knöpfte sie zu, indem er mich ansah wie der Oberlehrer den tumben Schüler. Als ich aufstand, legte er endlich einen Zahn zu. Das verächtliche Herabblicken auf die unfrauliche Mißgeburt war mit einem Schlag vorbei – ich war größer als er. Da hatte ich den Einfall, Pumps anzuziehen. Auf dem Boden seine Schuhe zusammenklaubend blickte er mißmutig zu mir hoch: »Gehst du etwa noch aus?«

»Möglich«, grinste ich, »sag mal, wie groß bist du eigentlich?«

»Ist das jetzt wichtig oder was?«

»Du bist kleiner als ich, nicht?«

»Ich bin einszweiundsiebzig«, sagte er mit Knödelstimme und zog einen Kamm aus der Tasche.

»Also, einsneunundsechzig«, sagte ich, »das ist ja für einen Mann nicht gerade groß.«

»Mir reicht es.«

»Ist überhaupt alles nicht sehr groß an dir«, wurde ich jetzt fies.

Das Blut ging aus seinem Gesicht, er preßte die Lippen zusammen.

»Beim Pinkeln hast du aber keine Probleme oder?« fuhr ich schäbig grinsend fort.

Seine Augen wurden klein, die Tränensäcke schwollen an. Auf einmal sah er zehn Jahre älter aus und kam mir vor wie ein Zwerg. »Das ist nicht mein Niveau«, meinte er mit enger Stimme. Der Gartenzwerg hatte Niveau, wer hätte das gedacht. War ja ’ne richtige Rarität, der Mickermacho mit seinem angefressenen Beefy.

Als er in der Tür stand, sagte ich: »Wenn du dein Würmchen mal wieder ausführst, vergiß die Gießkanne nicht, damit es nicht vertrocknet, wenn die Sonne scheint.«

Zwei Wochen später war der Fernseher wieder im Arsch. Im Bescheißen, da war er groß.

von einem Pullover, Frau Wackelmann, und supergünstig gekriegt im Vorausverkauf.«

Probst war in Hochform. Jedesmal, wenn sie sich in der Mittagspause ein sogenanntes Schnäppchen gegönnt hatte, mußte die Wackelmann für nicht enden sollende Lobeshymnen herhalten.

Eigentlich hielt Probst Wackelmann für ein eher minderwertiges Subjekt, ein notwendiges Übel, einen durchschnittlichen Domestiken, wenn er auch von seiner dienenden Bestimmung nicht angemessen durchdrungen war. Unstudierte Frauen hatten im akadamischen Dunstkreis der Probst nichts verloren außer eventuell den Kaffee zu reichen und Dokumente durch die Gegend zu tragen. Probst gönnte sich den Größenwahn, eine der wenigen Top-Frauen zu sein, die den Vorstoß in die bis dahin männliche Domäne der Macht geschafft hatten, weshalb sie bei jeder Gelegenheit plärrte: »Ich verlange, absolut gleichberechtigt mit Herrn Braatsch behandelt zu werden und keinen Deut anders!«

Leider hatte sie es nur fast geschafft, fast geschafft bis in die Chefetage, fast geschafft bis zur Traumkarriere, fast geschafft auf das Bonner Parkett, wo sie zwei bis drei Gattinnen semi-prominenter Politiker zu ihrem erlauchten Freundeskreis zu zählen vorgab, was niemand überprüfen konnte, weil sie die einzige war, die angeblich herrschaftlich in Bonn residierte. Für ihre berühmten Connections gab sie dann und wann ein Fest in ihrem bleu-weiß eingerichteten Ambiente und servierte dreist einen Fertigfraß aus der Tiefkühltruhe, der die verwöhnten Zungen der feinsinnigen Damen vermutlich vor Entzücken schnalzen ließ. Kochen war unter ihrer Würde. Kochen gehörte in die Domestikenabteilung. Da sie zu Hause über keine Domestiken verfügte, zog sie im Büro jede Frau dazu heran, die sich das gefallen ließ. Den direkten Zugriff hatte sie auf Wackelmann: »Ach, wenn Sie mal eben diese Kopien im Haus verteilen würden, ja?« oder »Könnten Sie mal eben so nett sein – Herr Dr. Frenzel wartet schon dringend.« und »Ob Sie wohl so freundlich wären, ich habe Herrn Brinkmann versprochen, daß er das noch bis mittags erhält.« Und Wackelmann, das arme Tier, schoß mit wehendem Haar durch die Gänge und hatte wieder einen Grund mehr, über das grausame Los der gequälten, seelisch gemarterten Chefseketärinnen zu klagen, während Probst in ihrem winzigen und folglich nicht standesgemäßen Büro die Knödelwaden ausstreckte und ihrer Schwester telefonisch über die Ungerechtigkeit die Ohren vollblies, daß Braatschs Büro im Vergleich zu ihrem der reinste Ballsaal sei.

Probst litt unter einer ebenso durchschnittlichen wie ausgeprägten Macke: Als Kind von ihrem Vater – aus welchen Gründen auch immer – abwechselnd ignoriert und diskriminiert, befrachtete sie ihr Leben mit dem chronisch fruchtlosen Bemühen um männliche Aufmerksamkeit, was nicht übertrieben tragisch gewesen wäre, hätte sie ihre Anstrengungen nicht jedem Schwanzträger zuteil werden lassen, der ihr in die Quere kam. Sogar der ebenso beschränkte wie autoritäre Hausmeister, der allerdings aussah wie Mel Gibson in der Verkleidung eines Bauarbeiters, kam in den von ihm nicht sonderlich geschätzten Genuß ihrer bühnenreifen Galavorstellungen. Zur Ouvertüre warf sie die Haut in rote Flecken, spreizte die Finger zum Abflug, wackelte mit dem ausladenden Pferdearsch im knackengen Lederrock und schmetterte ihr Mövengeschrei in die Gegend, um einen vermeintlich schelmisch-geflirteten Geistesblitz abzuschießen, auf den die verzweifelt erhoffte Resonanz, das Kompliment aus Männermund, leider meistens auf sich warten ließ.

In den höheren Etagen reduzierte sie das Arschwackeln, glänzte dafür fiebrig mit den linsenbestückten Pupillen, und die Stimme bekam den Klang einer Möve im Stimmbruch. Der stets balzend mit den Flügeln schlagende Knackarsch patrouillierte haarscharf an der Grenze zur Lächerlichkeit, da rettete auch die gestelzte Ausdrucksweise nicht: »Was mir fehlt, ist die Infrastruktur, nicht wahr, die Herren verfügen ja im privaten Bereich über eine funktionierende Infrastruktur, die ich neben beziehungsweise nach meiner ebenso anstrengenden Arbeit erst persönlich gestalten und pflegen muß.«

Anfangs, wenn sie mit dem Schmarren von der Infrastruktur anfing, dachte ich, sie meinte die Chauffeure von Frenzel und Vogt, aber: »Wer legt mir denn morgens meine frisch gebügelte Bluse heraus und meine Unterwäsche, wer kümmert sich darum, ob meine Strumpfhosen gewaschen sind oder eine Laufmasche haben? Die Herren schlüpfen einfach in ihr gestärktes Hemd und nehmen abends an der gedeckten Tafel Platz. Das kostet eine horrende Zeit, sich so perfekt zu organisieren. Eigentlich müßte die Geschäftsleitung den Leitenden Damen eine Haushälterin finanzieren.«

Die einzige Gemeinsamkeit zwischen ihr und mir bestand darin, daß wir beide den Weg zum Standesamt bisher streng gemieden hatten – wobei ich mir nicht sicher war, ob sie nicht vielleicht mit Freude in den sauren Apfel gebissen hätte, wenn ihr jemand einen angeboten hätte. Kam das Thema Ehe auf's Tapet, gebärdete sie sich als coole Genießerin – Sex ja, Ehe no way! Gern vögelte sie reihum die Ehemänner ihrer Freundinnen durch – selbst schuld, die blöden Weiber, so was Idiotisches wie einen Kerl zu heiraten! Ihrer Meinung nach hatten es Ehefrauen nicht anders verdient, als betrogen zu werden. Dumm, die Weiber.

»Dafür können Sie Ihr Gehalt ja auch alleine verbraten«, ärgerte ich sie. Sofort regnete es Pigmentflecken: »Sie können doch mein Gehalt nicht mit dem der Leitenden Herren vergleichen. Das Ungleichgewicht der Verdienstaufteilung zwischen den Geschlechtern ist sowieso ein Skandal ersten Ranges!«

Immerhin verdiente sie satte dreitausend brutto mehr als ich. Als genialer Ordnungsfanatikerin war ihr der Gehaltsbrief kürzlich in den Papierkorb gefallen: »Oh, das ist aber aufmerksam, daß Sie den gerettet haben, Frau Scott. Und der lag wirklich obendrauf? Tsetsetse, was bin ich doch für ein Schussel! Sie haben natürlich keinen Einblick genommen, nein, selbstverständlich nicht, nicht auszudenken, wenn der in falsche Hände geraten wäre.«

Nicht nur ihr Verhältnis zu Männern war leicht angekratzt, vor allem, wenn sie sich von ihnen nicht genug gewürdigt fühlte, sondern auch Frauen fanden vor ihren rosinengroßen Augen selten Gnade. Frauen hatten für sie den Stellenwert ihrer Schlankheitstropfen: notwendig, aber von üblem Beigeschmack. Frauen billigte sie freiwillig nur zwei Funktionen zu, die des Applaudierens und die des Gehorchens. Wackelmann als verbesserungswürdige Synthese von beidem brach in pflichtschuldige Begeisterung aus: »Diese Farbe! Was ist das für eine tolle Farbe – tannengrün?«

»Ich tippe eher auf dunkles Mint«, korrigierte Probst mit dem für sie bezeichnenden wichtigen Unterton, »grün ist ja meine Farbe, zu meinem roten Haar, grün ist ja die Komplementärfarbe zu rot, nicht wahr, diese Kombination ist halt klassisch und damit unschlagbar.«

»Sieht echt Spitze aus«, hörte ich Wackelmann Beifall bekunden.

»Nicht wahr, der kleidet mich?« flötete Probst wieder.

»Einmalig!« krähte Wackelmann im Ton leicht flügellahm.

»Dieses kühle Grün und das erdige Rot meiner Haare, das ist einfach genial. Das kann noch lange nicht jede tragen, das will ich Ihnen sagen, nur eine Nuance mehr von diesem Hennaton, und die Wirkung wäre verheerend, was sage ich, vulgär. Tja, das ist auch eine Kunst, seine optischen Vorzüge beizeiten zu erkennen und hervorzuheben.«

»Genau«, piepste Wackelmann kleinlaut, weil sie keine hatte.

»Jede Frau hat Vorzüge«, dozierte Probst jetzt aufmunternd. Da sie zu Hause keinen anderen Gesprächspartner hatte als die himmelblau tapezierte Wand, nutzte sie im Büro jedes noch so banale Thema, um sich an ihrer Sprachgewalt und ihrem darstellerischen Talent zu berauschen: »Auch Sie, Frau Wackelmann, auch Sie! Sie machen nur zu wenig aus sich, wenn ich mir diese Anmerkung erlauben darf.«

»Ach, ich«, winkte Wackelmann ab, »ich bin einfach nur dünn. Was habe ich schon für Vorzüge? Ich kann meinen Mann manchmal direkt verstehen, daß der sich was anderes nimmt.«

Probst hatte zwar nicht vorgehabt, als Mutter Teresa zu brillieren, aber ein Fläschchen billiges Trostwasser hatte sie immer dabei: »Sie dürfen sich von dem Mann nicht unterkriegen lassen. Sie sind doch eine intelligente Frau, schlank und … attraktiv!« Bei ›attraktiv‹ geriet ihr die Endsilbe etwas zu hoch – selten so gelogen.

»Frau Wackelmann, ich will Ihnen etwas sagen, wenn Ihnen der Mann nicht mehr gut tut, dann fassen Sie eine Scheidung ernsthaft ins Auge. Das mag Ihnen im Moment etwas kühn erscheinen, aber ich kann das nicht mit ansehen, wie dieser Mensch Ihr Selbstwertgefühl untergräbt.« Heuchelei Stufe sieben.

»Meine Freundin sagt auch immer, du hast nur Nachteile durch den«, wurde Wackelmann gesprächig, »schon allein die Steuerklasse. Und dann das Hemdenbügeln. Jeden Tag braucht der ein neues Hemd, und ich kann mich nach der Arbeit hinstellen und dem seine Hemden bügeln, was meinen Sie, was ich das dick habe.«

Probst war erschüttert: »Um Gottes Willen! Ja, ist das Ihr Ernst? Sie bügeln die Hemden von diesem Menschen, der Sie zum Dank dafür auch noch betrügt? Frau Wackelmann, ich glaube es einfach nicht. Sagen Sie schnell, daß ich mich verhört habe.«

»Nee nee«, miaute Wackelmann kläglich«, das ist schon so.«

Probst standen die Haare zu Berge: »Ja, und was kriegen Sie im Gegenzug von ihm?«

»Tja, nichts eigentlich.«

»Ich fasse es nicht. Und das im zwanzigsten Jahrhundert. Ist denn so etwas menschenmöglich?! Sagen Sie, kann ich noch ein Tröpfchen von dem Kaffee bekommen, ich muß meine Tabletten einnehmen.«

»Hier ist noch eine saubere Tasse. Ja, wissen Sie, Frau Probst, das ist ja meistens so in einer Ehe, daß der eine mehr davon profitiert als der andere. Da können Sie nicht mitreden, Sie haben ja nie den Schritt getan.«

»Gott sei Dank!« blökte Probst in einer Lautstärke, daß der mickrige Ficus Benjaminus erschrocken vibrierte. »Das hätte mir noch gefehlt, daß ich so einem Affen auch noch die Hemden bügele. Pardon, mit Affen meine ich natürlich nicht Ihren Mann, sondern die Männer im allgemeinen. Nein, welch grauenvolle Idee! Bei der bloßen Vorstellung bekomme ich Schüttelfrost. Und wenn ich mir dann noch vorstelle, daß so ein Kerl nachts nach Bier stinkend unter Mordsrabatz nach Hause getorkelt kommt und dann noch von mir erwartet ... o Gott, ich würde zur Mörderin werden.«

In dem Moment kam Braatsch mit rosigen Wangen von seinem häuslichen Mittagsschlaf zurück: »Mahlzeit, die Damen. Ah, gemeinsamer Kaffeegenuß, das ist ja mal ein friedlicher Anblick.«

Eigentlich hatte er schnell vorbeizischen wollen, um nebenan wieder die Füße hochzulegen, aber Probsts Mövengeschrei hinderte ihn: »Leisten Sie uns doch ein wenig Gesellschaft, Herr Braatsch, trinken Sie doch einen Kaffee mit! Uns fehlt hier der männliche Beistand, speziell Ihrer.«

Braatsch lächelte geschmeichelt und zögerte. Die Füße hochlegen konnte er ja immer noch: »Ich habe eigentlich grad zu Hause Kaffee getrunken, zuviel ist ungesund. Ich muß an mein Herz denken.«

»Herz? Haben Sie denn eins?« kokettierte Probst in schräg angeschnittener Tonlage. »Haha«, schickte sie hinterher, um der Bemerkung die Anzüglichkeit zu nehmen, »für mich haben Sie jedenfalls keins.« Scheiße, jetzt war sie versehentlich zur falschen Seite ausgeschlagen. Wackelmann blickte schon betreten in ihre Tasse.

»Ich habe immer ein Herz für Sie!« meinte Braatsch, bar jeder Sinnsuche in weiblichen Äußerungen, »für alle meine Mitarbeiterinnen.«

Probst sackten die Hängebäckchen herab. Mit den gemeinen Suppenhühnern in einen Topf geworfen zu werden, rappelte erheblich an ihrem Selbstverständnis, was bildete der Kerl sich eigentlich ein, wer er wohl wäre, dieser blinde Ignorant. Nach dieser hoffentlich von der Wackelmann unbemerkten Niederlage schien es ihr ratsam, zur geschäftlichen Ebene Zuflucht zu nehmen: »Und sonst? Steht was an? Frenzel aktiv? Ist was in der Mache? Müßte ich was wissen?«

»Drängen Sie sich nicht nach der Arbeit«, empfahl Braatsch, im Türrahmen seine zwei Meter einziehend, »die kommt von ganz alleine. Mahlzeit, die Damen.« Und Tür zu.

Probst und Wackelmann blieben ratlos zurück. Die schöne Plauderei, die lebhafte Bedeutungsschwere des Ausdrucks – alles wie weggeblasen.

»Ja, ich geh' dann mal Geschirr spülen«, meinte Wackelmann, »Sie können mir Ihre Tasse gleich mitgeben.«

»Und denken Sie daran, was ich Ihnen vorhin gesagt habe«, fügte Probst lahm hinzu. Sie mochte nicht dulden, daß Braatsch die weiblich-stimmungsvolle Zweisamkeit aus dem einzigen Grund unterbrochen hatte, daß sie jetzt unzufrieden auf dem halbverdauten Quark sitzenblieb: »Männer sind es nicht wert, daß man sich für sie krummlegt. Frau Scott ist das beste Beispiel.«

Ich war gerade auf dem Weg zu Braatsch: »Was ist los?«

Probst reichte Wackelmann die Tasse: »Ich sagte gerade, Frau Scott läßt sich von den Männern bestimmt nichts gefallen. Na, habe ich recht?«

»Von Frauen auch nicht«, sagte ich und öffnete die Tür zum Chefzimmer.

Braatsch fuhr aus seiner Döserei hoch, die Augen leicht glasig: »Mahlzeit, Frau Scott. Hatten Sie einen Termin?«

»Allerdings. Schon seit Wochen.«

»Ah ja? Hatte ich gar nicht mehr… egal, schießen Sie los. Wo drückt der Schuh?«

Er zündete sich eine Marlboro an und blies mir den

Rauch geradewegs ins Gesicht. Meine Kontaktlinsen begannen höllisch zu brennen. Männerspiele.

»Herr Braatsch«, begann ich, »übrigens, hier riecht es merkwürdig.«

Er schwieg um sich blickend, als müsse der Geruch aus einer Zimmerecke Anwesenheit signalisieren: »Ich rieche nichts.«

»So miefig.«

»Das kann nur von draußen kommen. Dann wollen wir mal das Fenster schließen. Reden Sie ruhig weiter.«

»Die Nolte ...«

»Frau Nolte«, verbesserte mich der Benimmpapst.

»Frau Nolte kommt ja nun nicht wieder, und Frau Pück ist schon seit Monaten krank ...«

»Ein Glück, daß wenigstens Sie wieder da sind«, ließ er seine Pupillen schillern. Gegen diesen Einwurf war offiziell nichts einzuwenden, aber seinem ironischen Unterton wollte ich mal gleich Kontra geben: »Versuchsweise, Herr Braatsch, Sie wissen ja, was mein Orthopäde sagt, bei mir ist das alles psychosomatisch. Wenn die Probst weiterhin ungefiltert auf mich losgelassen wird, kann ich sofort einen Rückfall kriegen.«

»Aha!« machte er. »Besten Dank für die Vorwarnung.«

»Das ist keine Vorwarnung, ich wollte Ihnen das nur zu denken geben.«

»Ich denke«, sagte das Arschloch.

»Also«, setzte ich unbeirrt erneut an, »ich möchte gerne wissen, ob Sie bereits einen Ersatz für Frau Nolte gefunden haben und was mit der Pück wird.«

»Ja, was glauben Sie, was ich alles wissen möchte«, äußerte er seufzend. Dann ging das Telefon. »I see«, sagte er fünfmal hintereinander, wahrscheinlich war sein Englisch nicht berauschend, »well, I'll call you back in five minutes.« Er machte sich eine Notiz. Nett, daß er damit rechnete, mich in fünf Minuten verfrühstückt zu haben.

»Also, Frau äh ...«

»Scott!« Arschgeige.

»Ja, Frau Scott, machen Sie sich mal keine Sorgen, das geht schon seinen Gang.«

»Na, das würde mich aber wundern, wenn das hier mal reibungslos verliefe. Wahrscheinlicher ist doch, daß ich jetzt wochenlang Zeitungen ausschneiden und für drei arbeiten darf.«

Braatsch verzog keine Miene. Gegen unqualifizierte Temperamentsausbrüche und primitive Anwürfe war er immun: »Zerbrechen Sie sich nicht meinen Kopf, ich lasse mir schon was einfallen. Pück kommt sowieso woanders hin.«

»Frau Pück«, verbesserte ich kleinlich.

»Frau Pück kommt in eine andere Abteilung, sie fühlt sich bei Ihnen nicht wohl.«

»Was?« Ich explodierte wie ein Knallfrosch zu Silvester. »Die fühlt sich bei mir nicht wohl? Die ist doch kaum da, die faule Socke!«

»Nana«, machte er sanftmütig bis schläfrig, »Frau Pück war bei Herrn Vogt und hat sich über Sie beschwert. Sie seien autoritär, hat sie gesagt, das könne sie nicht gut vertragen.«

»Ich glaub', ich spinne.«

»Tja ja«, machte er, »Personalführung ist kein Kinderspiel. Jetzt vergessen Sie mal die Frau Pück.«

»Eine Unverschämtheit ist das aber schon, ich finde das eine echte Sauerei, ehrlich, die faulenzt monatelang zu Hause rum, und dann schleimt sie heimlich den Vogt ein, daß ich autoritär wäre, das ist ja wohl ein Witz.«

»Steht doch hier gar nicht zur Debatte«, sagte Braatsch eine hauchdünne Spur ungehalten und äugte unauffällig auf seine Armbandduhr. »Seien Sie doch froh, daß Sie die Pück los sind. Vielleicht wird sie ja wirklich woanders glücklicher. Für Frau Nolte kommt Frau Busch aus der Statistik, das ist eine ganz Nette, mit der werden Sie keine Schwierigkeiten haben ...«

»Also, wissen Sie, das klingt ja so, als hätte ich mit Hinz und Kunz Schwierigkeiten!«

»... und das Aufgabengebiet von Frau Landauer wird zum Ersten aufgelöst, so daß Frau Landauer für andere Aufgaben zur Verfügung steht und bei Ihnen mit anfassen wird.«

»Die Landauer?«

Er nickte und wackelte ungeduldig mit dem Kugelschreiber.

»Na, Mahlzeit«, sagte ich trübe. Ausgerechnet die lahme Pflaume, die sämtliche Fremdwörter verwechselte und immer dahergeschaukelt kam wie Gräfin Rotzmirwas vom Schleim.

»Was gegen Frau Landauer einzuwenden?« fragte er spitz. »Sie können sich Ihre Mitarbeiter nicht backen, Frau Scott. Nicht, daß ich nicht dafür Verständnis hätte ...« Er blies mir grinsend eine Rauchwolke gegen die Linsen: »und was Frau Probst betrifft – ein klein wenig Toleranz kann nie schaden.«

»Ihr oder mir?«

»Beiden. Schließlich sitzen wir doch alle in einem Boot.«

Die Mär von dem Boot, in dem wir alle sitzen, gehörte zur Firmenpolitik des Hauses – Einfallsreichtum war seine Sache nicht.

Als ich herauskam, hingen Probst und Wackelmann über einer Kopie. »Na, tête-à-tête beendet?« knirschte Probst miesepetrig.

Ich sagte: »Für 'n Quickie hat's gereicht.«

Probst fiel der Stift aus der Hand: »Sonderbaren Humor haben Sie, das muß man schon sagen.«

»Immer noch besser als ein sonderbarer Arsch.«

»Wie bitte?« Sie richtete sich auf und warf die Pigmente an, die Unterlippe bebte: »Haben Sie mich damit gemeint? Halt, das möchte ich geklärt haben, auf der Stelle!«

»Was fühlen Sie sich denn angesprochen, Ihr Arsch ist doch erste Sahne.«

Sie rang nach Luft: »Also, ich verbitte mir ein für allemal diese Fäkaliensprache. Wir sind doch hier nicht in der Gosse.«

»Prost, Gracia Nova«, rief ich gutgelaunt.

Wackelmann lugte hinter der rotgefleckten Probst hervor: »Sie nimmt jetzt Recatol.«

Ruckartig riß Probst den Kopf zu Wackelmann herum: »Was geht denn das die Scott an!«

»Frau Scott«, korrigierte ich sanft, »so viel Benimm muß sein, wir sind doch hier nicht in der Gosse.«

13. *Mein Job ging mir ziemlich bald*

auf den Geist. Es ist nicht jedermanns Sache, sich jahraus, jahrein um sieben Uhr morgens verkatert und verquollen aus dem Bett zu quälen, bei Wind und Wetter auf den letzten Drücker zur Straßenbahnhaltestelle zu hechten, um sich knapp acht Stunden lang auf dem Schreibtischstuhl den Arsch breitzusitzen. Hin und wieder konnte man anrufen, sich die Nase zuhalten und was von Grippe faseln, und zweimal im Jahr war auch eine Magen-Darm-Geschichte gerade noch glaubhaft, aber ansonsten hatte man täglich pünktlich aufzukreuzen und sein Ding durchzuziehen, egal, ob man einen Haß darauf hatte oder nicht. Ich staunte über meine eigene Disziplin. Irgendwie schien ich auf ein Wunder zu warten, das mich von diesem Leben erlöste. Ich hatte doch nicht wirklich vor, in diesem Puff zu versauern. Stunden, Tage, Wochen, ja, Jahre hier abzusitzen und mir abends die Kante geben – das konnte es doch nicht sein, was ich mir unter meinem Leben vorgestellt hatte. Manchmal dachte ich, man müßte vom Leben zurücktreten können wie Politiker von ihrem Amt, eine satte Pension kassieren und sich ansehen, wie sich die anderen abstrampeln mit dieser Scheiße. Dann starrte ich aus dem Fenster gegen die Fenster des nächsten Gebäudes und hatte eine verdammte Sehnsucht in mir, ohne zu wissen, wonach.

Das Unangenehmste an meinem Job war nicht allein das frühe Aufstehen, sondern das dem Lektorat angeschlossene Archiv. Es war nicht damit getan, die passenden Presseberichte zu lektorieren, sondern die Scheiße kam auch wieder zurück und, noch übler, wurde gelegentlich auch wieder angefordert. Zu dem Zweck hatte ich jeden Bericht mit einer Zahlenkombination zu versehen, die anhand eines Archivplans vorgegeben war, und dafür zu sorgen, daß die beiden Schnippeldamen das Zeug in die entsprechenden Mappen einsortierten und die Mappen auf den Dachboden trugen.

Bei Anforderungen an das Archiv nahm Frenzel den Spitzenplatz ein. Brauchte er ein Zitat für seine Reden oder einen Beweis seiner Behauptungen oder eine Unterlage für eine Sitzung, war ich fällig: »Im Jahr 79, irgendwann im Herbst, hat Bangemann gesagt…«, und jetzt finden Sie mir das, aber zügig. Seine Angaben waren meistens korrekt, wohingegen ich zum Beispiel die von Probst weitergeleiteten als glatte Zumutung empfand. Probst war imstande, mich ein bis zwei Jahre Papierberge filzen zu lassen, um anschließend zuckersüß zu vermelden, daß es sich genausogut um ein völlig anderes Jahr und einen anderen Namen und überhaupt nicht um den Herbst gehandelt haben könne.

Das Archiv kotzte mich an. Das Schlimmste an einer geregelten Arbeit ist die ständige Wiederholung immer der gleichen Vorgänge, aber schlimmer noch als die Monotonie ist jede ihrer Unterbrechungen. Bei Anfragen an das Archiv kriegte ich vor Wut Herzrasen, denn jede Suchaktion störte meinen Dämmerschlaf, jede Anforderung bedeutete, die Füße vom gegenüberliegenden Stuhl zu nehmen, die Kippe auszudrücken und auf den verlotterten Dachboden zu steigen, wo unter grauen Staubmänteln unendliche Reihen von vergilbten Ordnern feindselig vor sich hin gähnten. Da tröstete auch der fantastische Blick über die Stadt nicht, der einem von hier oben geboten wurde.

Als die neuen Damen Busch und Landauer bei mir anfingen, nutzte ich ihre Unwissenheit über die Gepflogenheiten der Abteilung und ging dazu über, mir von ihnen die entsprechenden Mappen heruntertragen zu lassen, um das Zeug in meiner angestammten Umgebung zu sichten. Solch kleinere Schikanen machten sich unter dem Titel ›Delegieren‹ immer recht gut.

Weltmeister im Delegieren war Braatsch. Den ganzen Tag über konnte er sich die Birne darüber zerbrechen, welche der ursprünglich ihm zugedachten Aufgaben er an welche profilierungsgeile Person delegieren könne. Probst war sein dankbarstes Objekt. Nach ironisch-kokettem Geziere schwebte sie auf einer masochistischen Wolke beflügelt dahin. In Ermangelung eines häuslichen Kotzbrockens, auch Ehemann genannt, hatte es für sie eine fast erotische Komponente, Braatsch die Steine aus dem Karriereweg zu räumen, mußte sie doch privat den unvergleichlichen Genuß des Dienstes am Manne entbehren.

Da in diesem Hause eine lupenreine Hierarchie die Arbeitsprozesse enorm beschleunigte, stellte Frenzel seine Archivanforderungen sinnvollerweise nicht direkt an mich, sondern an meinen Chef, Herrn Braatsch, oder im Fall seiner Abwesenheit an Frau Probst, seine Stellvertreterin. Anforderungen auf dem Umweg über Frau Probst entpuppten sich des öfteren als mittlere Katastrophe, denn wenn Probst die Morgenrunde halbwegs intakt überlebte, schrillten ihr wegen des lauernden Herzinfarkts noch stundenlang die Ohren, und nur knapp die Hälfte von dem, was Frenzel absonderte, erreichte akustisch ihr Gehör, noch weniger erfaßte sie den inhaltlichen Zusammenhang. Sich dieser Schwäche bewußt, hinderte sie eine Heidenangst vor der Blamage an einer Rückfrage, denn ihr persönlicher Eindruck, die einzige zu sein, die die Tür zum Gehirn nicht aufkriegte, war nicht verkehrt.

Noch in den Knien durchhängend, kam sie zaghaft hereingewankt und blubberte blödsinnig vor Begriffsstutzigkeit Erinnerungsfetzen vor sich hin, die ausgelassen in den Vorhöfen ihrer Gehirnwindungen herumtobten, wo sie sich flüchtend jedem Zugriff widersetzten.

Ihre Vorführungen von natürlicher Eloquenz, gepaart mit dem Kunstwerk multipler Intelligenz, hätte ich ganz witzig finden können, hätten sie mir nicht meinen Job deutlich erschwert. So suchte Frenzel einmal einen amerikanischen Journalisten namens Cronkite. Probst erklärte mir, den Namen hätte sie ausnahmsweise nicht ganz verstanden, was ja immer mal passieren könne, nicht wahr, aber wenn sie sich nicht ganz täusche, hätte der Name eine frappante Ähnlichkeit mit dem einer gewissen Countrysängerin, von der sie den Namen leider im Moment auch nicht parat habe. Ob ich nicht vielleicht wüßte …

»Liebe Frau Probst, was meinen Sie, wie viele Countrysängerinnen es gibt. Was soll ich mir denn jetzt wieder aus der Nase ziehen? Können Sie nicht einmal, ein einziges mal nur, ordentlich zuhören da oben oder wenigstens nachfragen?«

»Sie haben vielleicht eine Ahnung, wie das da zugeht. Da kann man einfach nicht immer nachfragen, da ist der Frenzel schon beim nächsten Punkt, da hat man noch nicht mal den ersten äh, ach, Sie haben überhaupt keine Vorstellung! Jetzt überlegen Sie doch mal, das war so ’ne Schwarze, glaube ich.«

»’ne Schwarze als Countrysängerin? Gibt’s da überhaupt eine?«

»Nein, nein, ’ne Dunkelhaarige meine ich natürlich. Mensch, die müssen Sie doch kennen. Moment, ich frage mal Frau Wackelmann, die hat einen amerikanischen Freund.«

Aha, Wackelmann zeigte Flagge. Aus der Traum vom Hemdenbügeln für die eheliche Schnuckimaus. Wackelmann hatte jetzt einen Freund. Ich hatte mal wieder keinen. Im Augenblick ließ ich gerade einen verhinderten Schriftsteller am ausgestreckten Arm verhungern, der zu viele französische Filme gesehen hatte – bindungsunwillige Frauen machen manche Männer manchmal verdammt bindungswillig. In dem Moment, in dem ich ihn erhört hätte, wäre meine Faszination im Arsch gewesen, also gab ich konsequent die unerreichbare Abenteurerin und ließ den Mustopf seines pubertären Gemüts ein paar Mal aufkochen, bis mir meine Rolle zu anstrengend wurde. Ich hätte ihm sonst beichten müssen, daß seine Romanfigur zu Hause mit Wollsocken und Strickjacke die Beine hochlegte, um den Rücken zu entlasten, und ich weiß nicht, ob er das verkraftet hätte.

Nein, außer Kalle fiel mir keiner ein, der mich dringend als Mitbewohnerin wünschte. Kalle hatte mir neulich beim Dübeln für meine Bilder geholfen und mir dabei anvertraut, daß er gerne die Etage wechseln würde, wenn ich ihn übernähme. Er bräuchte nur eben seine Koffer zu packen, Pia sei ihm zu fett und zu laut, ich entspräche eigentlich eher seinem Geschmack, er brauche ja nicht viel Platz und sei außerdem den ganzen Tag außer Haus. Nach kurzem Überlegen, ob es in mein unscharfes Selbstbild paßte, als Metzgersgattin über die Kö zu schlendern, erklärte ich ihm, daß mir meine innige Freundschaft zu Pia diesen Schritt leider verböte, aber ich wüßte sein Ansinnen sehr zu würdigen. Daraufhin war der arme Kerl in Tränen ausgebrochen: »Ich will nicht zur Mutti zurück, ich kann nicht zur Mutti, da wird mir immer so schlecht, da behalte ich das Essen nicht bei mir, ich hab' einen solchen Horror vor der Mutti, da kann ich nicht wieder hin.« Welche Abgründe sich hier wieder einmal auftaten, und ich hatte ihn für einen unsensiblen Latzhosenträger und chilibohnenfressenden Plempenficker gehalten, der zwar ein bißchen irre durch die Bude sprang, aber ansonsten von nicht wesentlich komplizierterer Charakterstruktur war als beispielsweise Pias Hund.

Probst kam strahlend zurück: »Linda Rondstedt soll sie heißen, Wackelmann kannt sich da aus. Toll, was?«

»Ja, toll, nur – was bringt uns das? Frenzel sucht ja nicht die Rondstedt, sondern einen Journalisten.«

»Jetzt lassen Sie halt mal Ihre Phantasie ein bißchen spielen, mein Gott, jetzt habe ich Ihnen schon diese Eselsbrücke gebaut ...«

»Frau Probst, wenn der Frenzel wüßte, was Sie hier abliefern, da könnten Sie sich warm anziehen, das wissen Sie ja wohl.«

Pigmentflecken auf schneeweißem Untergrund, sogar die Hände wurden weiß. Korallenrot leuchtete der Nagellack, als sie sich an die Gurgel faßte: »Wenn Frenzel wüßte, was Sie sich hier erlauben, wäre der Ofen aber ganz aus, das glauben Sie doch wohl. Dumme Kuh, Sie, ja, das sind Sie, eine ganz du ... blöde Ziege!«

»Altes Suppenhuhn!« rief ich ihr hinterher. »Zum Zuhören zu blöd, aber sich als Chefin aufblasen!«

In dem Moment kam Landauer um die Ecke geschlurft. Da hieß es Vorsicht walten lassen, denn die Landauer duldete eine jugendlich unbedarfte Schneegans wie mich nur unter äußerstem Vorbehalt als Chefin. In einer kleinen Abteilung wie unserer kam das hierarchische Prinzip besonders schön zur Geltung – eigentlich war hier jeder gleich der Chef vom Nächsten und jeweils für den Übernächsten der Depp. Ein mittlerer Depp war ich, die größten Deppen Busch und Landauer.

»Haben Sie das gehört?« ächzte Probst. »Frau Landauer, Sie sind Zeuge. Haben Sie das gehört?«

Landauer schob die dicke Brille hoch: »Was denn, Frau Probst? Ich war gerade in Gedanken.«

»Was die Scott zu mir gesagt hat, das müssen Sie doch gehört haben, verflixt noch eins.«

Landauer lächelte einfältig und ließ zwei nette, kleine Brustwarzen neugierig gegen ihr T-Shirt klopfen: »Ja, was von blasen habe ich gehört, mehr nicht.«

Probst wandte sich mir wieder zu: »Das lasse ich nicht auf sich beruhen, das hat ein Nachspiel, da können Sie sicher sein.« Dann machte sie den Abflug, und Landauer meinte: »Mann, ist die mit den Nerven fertig. Die macht es nicht mehr lange. Immer nur Appetitzügler und nie was essen, das macht den stärksten Gaul kaputt.«

Probsts Zustände nahmen allmählich groteske Formen an. Es genügte eine Winzigkeit, um sie an den Rand eines Nervenzusammenbruchs zu bringen, wie zum Beispiel eine schlecht gespülte Kaffeetasse (»Mangelnder Respekt, bei Braatsch hätten Sie sich das nicht erlaubt.«) oder ein verschwundenes Schriftstück (»Das ist Sabotage!«) usw. Als sie eines Morgens wegen der Morgenrunde verfrüht zur Arbeit kam, waren die Fensterputzer noch in ihrem Büro zugange. Die Fensterputzer hatten ebenso strikte wie sinnlose Anweisung, zu allererst die Cheffenster zu putzen, weil die Chefs als letzte eintrudelten. Die übrigen Fenster wurden nach einem für den Rest der Belegschaft uneinsehbaren, vom Hausmeister pedantisch ausgeklügelten System gereinigt, und an diesem System rüttelte niemand, solange er, der wahre Herrscher des Hauses, auch nur irgendwas zu melden hatte.

Jedenfalls waren die Jungs an diesem Morgen bei Probst etwas spät dran, was deshalb aufflog, weil Probst zu früh war, und als sie durch die Tür gewankt kam, wobei sie wegen reichlichen Weißweingenusses am Vorabend und miserabler Schlafqualität in der Nacht kaum einen Fuß gerade vor den anderen brachte, war die Schweinerei perfekt: »Ja, was ist denn hier los, was machen Sie denn in meinem Zimmer, um Gottes Willen, Leute, ich kann doch jetzt keinen in meinem Zimmer gebrauchen, ich muß doch die Morgenrunde vorbereiten.«

»Wir putzen hier nur die Fenster.«

»Aber doch nicht um diese Uhrzeit! Um diese Uhrzeit doch nicht! Da muß ich meine Ruhe haben, meine absolute Ruhe, da gehe ich in Klausur, Herrgott, da brauche ich eine völlig abgeschirmte Umgebung.«

»Wir haben den Auftrag, hier die Fenster zu putzen. Regen Sie sich mal nicht auf, junge Frau, gleich sind wir soweit.«

»Was heißt ›gleich‹? Ich brauche jede Minute, was meinen Sie wohl, warum ich extra früher komme? Ich habe extra den Zug früher genommen, wissen Sie, was das heißt? Eine ganze Stunde früher aufstehen heißt das, also, das geht so nicht, so geht das nicht ...«

Sie ging fast in die Knie. Ihr Mövengezeter hing arg durch, die Viecher hatten die Pest. Dann stolperte sie in Wackelmanns Büro, die angesichts der schneeweiß erbleichten, komplett pigmentfreien Probst ihre Laila auf die Gabel klemmte und der taumelnden Probst unter die Arme griff: »Hilfe, Frau Probst, was haben Sie denn, Menschenskind?«

»Äh äh äh«, hechelte Probst, als läge sie in den Wehen, »ich muß mich setzen. Schnell!«

»Soll ich Ihnen einen Kaffee machen?«

Mit puddingweicher Schlapphand winkte Probst ab: »Keinen Kaffee. Kreislauftropfen.«

»Kreislauftropfen habe ich nicht, ich habe es nie mit dem Kreislauf, ich bin doch Raucherin. Ich könnte ja mal in der Personalabteilung anrufen, ob die welche haben.« Sie wählte die Nummer: »Da ist noch keiner.«

Probst zitterte am ganzen Körper, sogar die Mäusezähnchen klimperten.

»Ich gehe mal die Scott fragen«, sagte Wackelmann. Auftritt nebenan bei mir: »Morgen. Hat jemand von euch was für die Probst? Die ist mir nebenan gerade umgekippt.«

Die Fensterputzer, die jetzt ihre Arbeit beendet hatten, schauten in mein Zimmer: »Wo issn die Lady, die kann jetzt wieder rein.«

»Die ist gerade zusammengebrochen«, sagte Wackelmann vorwurfsvoll, »das haben Sie nun erreicht.«

Die beiden ließen langsame Blicke der Verwunderung kreisen: »Ja, wat denn, wat denn, jetzt sind wir auch noch schuld dran, dat die Leute hier zusammenklappen, hast du dat gehört, Erich, dat jibbet auf keim Schiff jibbet dat.«

»Ich hab' nur Vivinox«, sagte ich zu Wackelmann.

»Was ist das denn?«

»Das ist zur Beruhigung.«

»Geben Sie mal her. Wieviel nimmt man denn da?«

»Ich nehme immer 'ne Handvoll.«

»'ne Handvoll? Ehrlich?«

»Die wirken ja kaum, ist eigentlich mehr ein Placebo.«

»Ja, wenn Sie meinen. Bevor die mir da den Geist aufgibt ... Danke erst mal.«

Ich labte mich an der Vorstellung, wie Probsts Kopf in der Morgenrunde dumpf schnarchend auf die Tischplatte plumpste, aber zu meinem Erstaunen war das Biest hartgesotten und blieb wach.

Etwa eine Woche später kriegte Frenzel einen Tobsuchtsanfall, weil seine letzte Anfrage ans Archiv immer noch nicht beantwortet war. Braatsch war natürlich gerade bei seiner Stamm-Domina in Brüssel, offiziell Geschäftsreise genannt, und Probst konnte sich ungebremst aufspielen: »Wollen Sie mal hören, was Frenzel über Ihre Arbeit denkt, Frau Scott, ich habe das Telefonat auf Band aufgenommen, wollen Sie mal hören?«

Sie pflanzte sich gemütlich, schlug die Beine übereinander und ließ mit satt quellender Genugtuung das Band laufen: »... gehört abgeschafft, wozu brauche ich ein Archiv, das nicht funktioniert, mit solch unfähigem Personal kann ich nicht arbeiten ...« und so weiter.

Als sie das Gerät ausschaltete, sagte ich stocksauer: »Das ist das erste Mal, daß ich von dieser Anfrage höre, da haben Sie mir doch überhaupt nie was von gesagt!«

»Hahaha!« krähte sie schrill. »Nicht gesagt! Das ist ja eine selten dämliche Ausrede, da lassen Sie sich mal schnellstens was Besseres einfallen. Aus welchem kühlen Grunde sollte ich die Anfrage wohl nicht weitergeleitet haben? Na, was kommt denn jetzt wieder für eine hübsche kleine Unterstellung?«

»Weil Sie mich bei Frenzel schlechtmachen wollen, deshalb.«

»Ach Gottchen, wie wichtig sie sich nimmt. Als ob ich auch nur einen Gedanken an Sie verschwende, nein, wirklich nicht, haha, ist ja zum Totlachen.«

»Und ob das zum Totlachen ist! Sie gehen doch an Ihrer Eifersucht fast kaputt! Sie bilden sich doch ein, ich hätte was mit dem Braatsch, und mit dem hätten Sie selbst gerne was. Meinen Sie, ich wüßte das nicht, Sie Nebelkrähe?«

»Frau Scott«, sagte sie herablassend, »Sie glauben doch nicht im Ernst, daß ein Mann vom Kaliber des Herrn Braatsch auch nur einen Finger an Sie legen würde. Den frommen Wunsch schminken Sie sich mal schnell ab, aber ganz schnell. Sie leiden extrem an Selbstüberschätzung.«

Damit schwirrte sie ausnehmend heiter hinaus.

Ich rief Flemming an: »Du, die Probst will mich fertigmachen. Sie behauptet, sie hätte die Anforderung über den EGKS-Vertrag an mich weitergeleitet, dabei hat sie keinen Ton darüber verloren.«

»Ich weiß. Frenzel ist auf hundert.«

»Was mache ich denn jetzt? Ich sage dir, die hat das nicht vergessen, das hat die absichtlich gemacht.«

»Jedenfalls hat sie dich kalt erwischt.«

»Ob ich Frenzel das alles mal persönlich erklären soll?«

»Würde ich von abraten. Der ist in keiner guten Stimmung, so sauer ist der selten. Heute morgen hat der sich mit seiner Frau in der Wolle gehabt, das kommt noch erhärtend hinzu. Wo ist denn euer Curd Jürgens? Ach so, unterwegs. Na, ich sehe gerade auf dem Anwesenheitsplan, daß der heute mittag wieder im Haus ist. Da hast du ja noch Glück gehabt. Ich würde dem das mal vortragen. Dem fällt bestimmt was ein. Im Ausredenerfinden ist der erste Sahne.«

»Braatsch ist viel zu einfach gestrickt. Der kapiert doch die Zusammenhänge nicht. Der glaubt das nie, daß die Probst das extra gemacht hat.«

»Das glaube ich auch nicht. Du leidest unter Verfolgungswahn.«

Als Braatsch mittags aus Belgien zurückkam, freute er sich auf einen gemütliches Kaffeestündchen mit kleinen Törtchen und Haselnußecken und ein paar Expanderübungen hinterher. Statt dessen stand ich mit gesträubtem Gefieder im Raum: »Herr Braatsch, ich muß Sie ganz dringend auf der Stelle sprechen. Die Probst . . .«

»Frau Probst.«

»Das ist doch jetzt wirklich scheißegal, es geht um meine Existenz, Mensch.«

»Immer langsam mit die Pferde. Jetzt beruhigen Sie sich erst mal.«

Das hatte ihm gerade noch gefehlt, hysterische Weiber, die sprachgestört vor seinem Schreibtisch den Veitstanz übten. Was konnte das Leben einem manchmal auf die Nerven gehen! Da hatte er sich extra von zu Hause abgeseilt, um elegant dem adrett gebündelten Sortiment von Vorwurfsgeschwadern auszuweichen, statt dessen tobte hier der ungeschminkte Wahnsinn in erhöhter Potenz.

»Also, der Frenzel ...« begann ich atemlos meinen Vortrag. Als ich geendet hatte, blickte er mich verständnislos an: »War das alles?«

»Wieso? Na klar. Ich verstehe Sie nicht.«

Er verzog keine Miene: »Und wo ist jetzt das Problem?«

Entweder war der Typ taub oder ich sprach chinesisch: »Haben Sie überhaupt zugehört?«

»Ich höre immer zu, wenn Sie was sagen. Also, ich rekapituliere: Frenzel vermißt eine Anforderung, und Frau Probst hat Ihnen davon nichts gesagt. Tja, da gehen Sie jetzt einfach hin und bringen sie ihm.«

Meine Zunge klebte am Gaumen: »Mmpft?«

»Wenn er seinen Kram hat, beruhigt der sich wieder.«

»Ja, aber der hat gesagt, er löst das ganze Archiv auf, und er verzichtet auf meine Arbeit und ... äh ...«

Braatsch lachte aus vollem Hals. Da ich ihn noch nie so hatte lachen sehen, erschrak ich etwas. Auf einmal sah er völlig anders aus als sonst. Fast wie ein Mensch. Ich stellte fest, daß er außer einem Goldzahn oben rechts noch seine eigenen Zähne hatte und mußte daran denken, welch jahrelange Sehnsucht die Wieczorek nach diesem Mund hatte und daß ich Goldzähne eigentlich nicht schätzte, aber in diesem Fall eventuell eine Ausnahme machen könnte. Dann entschuldigte ich mich im Geist bei Frau Wieczorek und reanimierte mein Gehör: »... Sie müssen sich nicht gleich ins Bockshorn jagen lassen. Was meinen Sie, wie oft Frenzel wegen mir ausflippt, das geht hier rein und da raus.« Er deutete auf seine Ohren. Die ungewohnte Vertraulichkeit dünkte mich zu intim, weshalb mein Gehirn ins Stolpern geriet.

»Ja, aber, mein Renommee ...«

»Harharhar, Ihr Renommee, das ist ja süß, daß Sie sich darüber Sorgen machen. Aber Sie haben nicht ganz unrecht. Ich werde Frenzel einen Vermerk aufsetzen, das lassen wir ja nicht auf uns sitzen, daß das Archiv nichts taugt. Was fällt dem denn ein!«

Braatschilein, ich sehe dich mit neuen Augen. Und vor allem mich: Was riß ich mir hier ein Bein aus und kämpfte für mein scheiß Renommee, wo es doch vielmehr meiner Wesensart entsprach, die Brocken hinzuwerfen und woanders hinzugehen? Weil es nichts anderes gab, deshalb. Auf dem Arbeitsmarkt pfiff bereits ein verdammt frostiges Windchen, und einen cushy Job, der einem nicht direkt Magenbluten verursachte, den anderen Geiern zum Fraß vorzuwerfen, die ungeduldig vor der Tür des Personalbüros lauerten, fiel mir nicht im Traum ein – zumindest damals noch nicht, egal, wie sehr mich der Verein ankotzte. Jedesmal, wenn ich von intriganten Weibern und hierarchischem Schwachsinn die Schnauze gestrichen voll hatte, fiel mir die Klo-Frau in meiner Stammkneipe ein, die unter ihrem Tischchen heimlich Zigaretten bunkerte, um sie an die Besoffenen zu verscherbeln. Rosi hieß sie. Rosi war mal Pianistin gewesen, bis sie Arthritis bekam. Jetzt wischte sie Klobrillen. So wollte ich nicht enden.

»So, und jetzt machen Sie sich an die Arbeit«, meinte Braatsch aufgeräumt, »je früher der sein Zeug bekommt, desto besser sind unsere Karten. Ich sage dem einfach, das hätte schon die ganze Zeit auf meinem Schreibtisch gelegen und ich hätte es wegen meiner Reise verschlampt. Dann schlägt er kurz mit den Flügeln, und dann kriegt er sich auch wieder ein.«

Ich erwog gerade, ihm die Füße zu küssen, da ging die Tür auf, und Probst stand im Türrahmen: »Mahlzeit.

Herr Braatsch, ich müßte Sie mal ganz dringend sprechen.« Als sie mich erblickte, ließ sie die Pigmente glühen.

Braatsch nutzte gerne die Gelegenheit, mich loszuwerden: »Mahlzeit, Frau Probst. Frau Scott wollte sowieso gerade gehen.«

»Nee, einen Moment brauche ich noch eben«, korrigierte ich ihn.

Probst schloß widerwillig die Tür.

»Ich weiß, was die von Ihnen will«, sagte ich zu Braatsch wie ein Kleinkind zur Kinderfrau, »die will mich jetzt anschwärzen.«

»Ist doch längst ausdiskutiert.«

»Aber daß die das absichtlich nicht weitergeleitet hat, darüber haben wir noch gar nicht geredet.«

»Absichtlich? Haben Sie Beweise?«

»Wie soll ich das denn beweisen? Ich kann ja nicht was auf Tonband aufnehmen, was sie nicht gesagt hat.«

»Ohne Beweise kann ich Ihnen nicht helfen.«

»Tun Sie mir einen Gefallen und nehmen Sie jedes Wort von der unter die Lupe. Die will mich unbedingt loswerden, wer weiß, was die sich wieder alles ausgedacht hat in der Zwischenzeit. Die schiebt einen gewaltigen Haß auf mich.«

»Ja? Verstehe ich nicht. Wie kann man auf eine so sanfte, freundliche, entgegenkommende Kollegin einen Haß haben?«

Er grinste schief und schaute mich provozierend an.

In einem Anflug von geistiger Brillanz mutmaßte ich: »Sie wollen mich wohl veräppeln.«

»Würde ich mir nicht anmaßen. Ich will mir doch keine einfangen.«

Allmählich eröffnete sich mir Wieczoreks Blickwinkel. Der Typ war nicht ganz witzlos. Bißchen schwammig zwar, aber nicht unattraktiv. Jetzt reichte er mir sogar seine samtweiche Riesenpranke: »Und über die Animositäten zwischen Frau Probst und Ihnen, da reden wir mal in aller Ruhe zu dritt.«

»Das wird nicht viel helfen.«

Als ich herauskam, saß Probst mit stecknadelgroßen Augen und Kneifzangenlippen auf dem Besucherstuhl: »Kann man jetzt endlich rein?«

»Bitte sehr«, sagte Braatsch und zu Wackelmann: »Ich könnte jetzt einen Kaffee vertragen, wenn noch einer da ist. Sie auch, Frau Probst?«

»Nein, danke«, erwiderte die mühsam gefaßt, »mir ist schon schlecht.«

Ich wanderte nach nebenan zur Landauer: »Wissen Sie, was das heißt: ›Animositäten‹?«

»Was? Ich kenn' nur Anemonen, das is 'ne Blume.«

»Haben Sie nicht immer ein Fremdwörterlexikon gehabt?«

»Habe ich immer noch.«

Sie zog ein Buch aus dem Wandregal und blätterte kurzsichtig: »Animosität, da steht es: Abneigung, Reizbarkeit.«

»Danke, Frau Landauer, dann weiß ich jetzt Bescheid.«

Animosität – das war ja wohl untertrieben. Ich hätte eher gesagt ›Granatenhaß‹.

14. *Im Verein herrschte das ungeschriebene Gesetz:*

Trage deinen Kram nie persönlich im Haus herum. Wenn du was abzugeben oder weiterzuleiten hast, suche dir beizeiten einen Blöden, der das für dich macht, und sorge dafür, daß das Herumschleppen deiner Scheiße in seinem Arbeitsgebiet integriert wird und dort bleibt.

In dieser Regel manifestierte sich das jahrzehntelang bis ins filigranste Detail ausgeklügelte System einer bombenfesten Hierarchie, die durchschnittliche Hosenscheißer, aufgeblasene Müllsäcke und sonstige liebenswerte Vertreter der männlichen Spezies in kleinere und größere Könige verwandelte, die sich behäbig in ihren Privilegien suhlten wie ceylonesische Wasserbüffel im Schlamm. Alle anderen, die es nicht bis zur Spitze der Abteilung geschafft hatten, schleimten um die herum, die oben angekommen waren. Galt bei Begrüßungen von Obermufti Frenzel der doppelte Rittberger oder zumindest die eingesprungene Pirouette als bevorzugte Bewegungsart, genügte beim grauen Schnapper Vogt der rückwärts gesprungene Salto und bei Giehse, Braatsch und Konsorten die einfache Drehung.

Frenzel war von seinen Mitarbeitern aber auch das Paradoxon des stehenden Kriechgangs gewöhnt. Das ging so: Da die erlauchten Mitarbeiter der Hauptgeschäftsleitung trotz allen Bemühens um Selbstgeißelung nicht fußleckend um ihn herumkriechen konnten, bemühten sie sich, den aufrechten Gang durch seine verbale und mimische Leugnung quasi zu entschuldigen, indem sie mit eingezogenem Genick, schmieriger Stimmlage und einem Blick wie unter einer Hutkrempe hervorlugend das Glücksgefühl über die Gnade der Zugehörigkeit zu dieser exquisiten Firmen-Elite sanft verströmten wie edlen, dezenten Parfümduft. Die übrigen Mitarbeiter des Hauses, die in den unteren Etagen malochten, trugen den Kopf gleich unter dem Arm.

Dabei legte Frenzel auf diesen ungezwungenen Umgang mit seiner Person eigentlich keinen Wert. Allerdings war er an das Demutsodeur seiner Mitarbeiter so gewöhnt, daß ihm ein natürlicher Geruch sauer aufgestoßen wäre. Die betont locker-harmonische Atmosphäre hatte sich in Jahrzehnten durch Gestalten wie den grauen Schnapper oder den cholerischen Kiepert und anderer vor geradezu historischer Bedeutung aus den Latschen kippender Vereinshirsche über die Jahre hinweg allmählich entwickelt wie ein still quellender Furz aus dem Darm eines frischen Leichnams.

In dem wabernden Gebräu aus ranziger Herrschaftlichkeit und bereit- oder widerwillig sich krümmender Dienstbarkeit gab es im Mittelfeld, auf dem die aufstrebende, sorgfältig abgebremste Weiblichkeit um Abzeichen der Macht kämpfte, diverse Unklarheiten. Auf dem Mittelfeld tummelte sich die Zunft der Sachbearbeiter. Der Sachbearbeiter, männlich, das Arbeitspferd von König X, erwarb sich sein Ansehen durch die Gewißheit, bei Rentenbeginn seines Chefs selbst zum König zu avancieren. Die Thronfolger brauchten sich um den Respekt der anderen fast ebenso wenig zu bemühen wie die Könige selbst – er wurde ihnen auf dem Silbertablett offeriert.

Hinzu kam als Seiteneinsteiger die rein männliche Gattung jugendlicher Windmaschinen, die auf dem Schifflein dreist vorweggenommener Chefallüren so zügig in die Chefetage segelten, daß unsereinem für das elegante Ausbügeln unachtsam geäußerter Vertraulichkeiten kaum noch Zeit blieb. Besonders karriereförderlich war es, wenn man einem der Überflieger auf einer Fete in die Eier getreten hatte und der sich nach ein bis zwei Jahren zum Beispiel als Personalchef entpuppte. Bei der Behandlung von Jungsäcken, gleich welcher optisch oder charakterlich nachlässig gestrickten Machart, empfahl sich prophylaktisch der eingebaute Bückling im Rückwärtsgang mit leicht gedrehter Schraube im Abgang.

Wo also bei den Kerlen hierarchisch alles feinstens geklärt war und keinerlei Kompetenzschwierigkeiten das süße Leben der Emporkömmlinge vergällten, gehörte es für die Personalabteilung bei den Sachbearbeiterinnen, weiblich, zum guten Ton, sie auf dem weiten Mittelfeld so zu plazieren, daß sie bei Bedarf auch für Kaffeekochen, Telefon-, Fax- und sämtliche Botendienste griffbereit waren. Auf diese Weise bildeten die Sachbearbeiterinnen, weiblich, die Gelenkschmiere einer schlicht konstruierten Maschinerie, die primär dem Zweck diente, die schaumschlagenden Säcke an die Spitze zu katapultieren, wo sie im satten Bewußtsein ihrer Macht majestätisch vor sich hinstanken.

Im Gegensatz zum Kaffeekochen und -servieren und der akribischen Überwachung des Telefons spielten sich die Botengänge jedoch nicht innerhalb der eigenen Bürowände ab, was den Schmachquotienten beträchtlich erhöhte. Wer ständig bedrucktes Papier durch die Gegend trug oder länger als zwei Minuten vor dem Kopierer herumlungerte, konnte sich den Respekt der anderen abschminken und reihte sich grollend in die Riege der qualifizierten Schuhabtreter ein, auch Sekretärinnen genannt.

Folglich grenzte Probsts Erfindungsreichtum beim Ausklinken aus jeglichem Expeditionsprozeß an nobelpreiswürdige Gehirnakrobatik, aber auch meine Phantasie gefiel sich in allerlei olympiareifen Purzelbäumen und

Felgaufschwüngen. Zwar hatte ich meine Laufburschen Landauer und Busch einigermaßen im Griff, leider hatten sie aber den Nachteil, daß sie nur bis mittags arbeiteten und dann mit vehementer Konsequenz heimwärts strebten, um sich dem heimischen Herd respektive ihrem Unterleib zu widmen. Kam mir nachmittags noch ein Vorgang in die Quere, der einen Expeditionsgang verursachte, konnte ich daher ziemlich ungemütlich werden.

Mit einem dieser Botengänge war die ›Rundschau‹ verbunden. Dabei handelte es sich um die wöchentliche Zusammenstellung wichtigster Presseberichte, die an Mitglieder und andere Interessenten verschickt wurde und bis Freitagmittag in der Druckerei zu liegen hatte. Busch und Landauer nahmen sie auf ihrem Heimweg dorthin mit.

Eines Tages setzte Probst bei Braatsch durch, daß sie als hyperaktives Superhirn die ›Rundschau‹ vor Ablieferung in die Druckerei zu kontrollieren habe. Sie mußte den Tag nach Weiberfastnacht erwischt haben, als Braatsch mich gefragt hatte, ob ich mit ihm oder er mit mir nicht vielleicht alleine woanders hingehen sollte und ob ich vielleicht was wüßte in dieser Hinsicht, und da mir das alles irgendwie so bekannt vorgekommen war in meinem besoffenen Kopf, hatte ich gesagt, da wüßte ich leider auch nichts, und da mußte er geglaubt haben, er spiele die Hauptrolle in ›Und täglich grüßt das Murmeltier‹ und war beleidigt nach Hause gegangen. Um sich von diesem spirituellen Erlebnis zu erholen, hatte er etwa drei Wochen benötigt und mich in dieser Zeit nicht einmal gegrüßt.

Als Probst mir die Mitteilung machte, daß es ihr endlich gelungen war, sich die Perle meines Jobs, die ›Rundschau‹, als Endkontrolleuse unter ihre korallenrot lackierten Nägel zu reißen, sprang ich vor Wut eine halbe Stunde im Quadrat.

»Ich weiß gar nicht, was Sie wollen«, sagte Braatsch ungnädig, »immer machen Sie aus einer Mücke einen Elefanten. Ich wäre froh, wenn jemand meine Arbeit kontrollierte, bevor sie zu Frenzel geht. Sie sollten jede Hilfe bei der Eliminierung von Fehlern begrüßen anstatt sich so aufzuführen.«

»Welche Fehler?« blies ich mich auf. »Ich habe in den ganzen Jahren noch nie einen Fehler gemacht.«

»Ach, kommen Sie, Fehler macht jeder, selbst ich.«

»Ich aber nicht. Weisen Sie mir einen nach!«

»Na, wenn ich mir jetzt die ganzen ›Rundschauen‹ der letzten Jahre einmal ganz genau unter die Lupe nehmen würde …«

»Können Sie gerne machen. Ich bitte sogar darum.«

Nichts lag ihm ferner. Er schaute aus dem Fenster und verspürte ein leises Sehnen nach seinem noblen, etwas baufälligen Haus am Wald mit dem wunderschönen, schattigen Garten mit Baumbestand, nach seiner wohlgeratenen Tochter, die die Zeit pubertärer Tobsuchtsanfälle gerade hinter sich ließ, nach seiner Frau, die der Köchin soeben detaillierte Anweisung gab, was ihr überforderter Gatte nachher zu speisen wünschte. Er dachte an den Kostenvoranschlag für die Doppelverglasung der Fenster zur Windseite und an die bevorstehende Mieterhöhung für seinen gutsituierten Mieter im Untergeschoß, mit der er über die Jahre hinweg gerechnet die Doppelverglasung zu finanzieren trachtete, er dachte an die treusorgenden Charakteranteile seines betuchten Eheweibes, das zu verlassen der bevorstehende positive Gerichtsbeschluß in ihren Erbangelegenheiten höchstens einem Geistesgestörten einfallen konnte, wobei die Erinnerung an eine interessant geheimnisumflorte Dame mit dickem, dunklem Haar aus der Personalabteilung leicht schmerzlich seine Träumerei bewölkte.

»Herr Braatsch!« brüllte ich ihn aus seinem Winterschlaf. Bei Braatsch mußte man ständig auf der Hut sein, daß er nicht gedanklich in ferne Welten abschweifte und sich anschließend mosaiksteinartig daran erinnern mußte, was er hier eigentlich trieb. »Das können Sie mir doch nicht antun, daß sich diese dusselige Gans über meine schöne Rundschau legt und mit ihrem Unverstand in meiner Arbeit herumstochert. Da kriege ich ja die Krise, wenn ich bloß daran denke.«

»Ach, Sie immer mit Ihren Krisen«, meinte er abfällig, »ich verstehe überhaupt nicht, was Sie immer für Probleme haben. Frau Probst wird hier und da einen Artikel umstellen oder einen herausnehmen ...«

»... oder einen zusätzlichen anfordern, damit ich dann für sie springen kann ...«

»Na, und? Wir werden doch nicht dafür bezahlt, daß wir vor der Arbeit fliehen.« Der Fluchtexperte persönlich hatte gesprochen.

»Ja, aber dann wird die ›Rundschau‹ doch nicht bis mittags fertig!« wandte ich fast heulend ein. Der Typ begriff die Niederlage nicht, in die er mich trieb. Ein Botengang und Probst als meine Kontrolleuse! Lieber wäre ich täglich eine Stunde früher aufgestanden. Generell handelte es sich bei der Kontrolle meiner Person, gleich auf welchem Gebiet, um eine höchst delikate Angelegenheit, die mich ausnahmslos zur Weißglut brachte und auf meiner Haut Allergien allerliebster Art auszulösen pflegte, gegen die Probsts Pigmentstörungen noch harmlos waren. Bei Einmischung Dritter in mein Leben, ja, schon bei blödsinnigen Kommentaren desselben oder sogenannten guten Ratschlägen warf sich meine Haut in flammendrote Flekken mit fransiger Kontur und wahnwitzig juckenden Zentren, die sich in blutende Wunden mit alsbald silbrig schuppigem Schorf verwandelten, um bei nächster Gelegenheit erneut als wütende Krater aufzubrechen, was sich beim abendlichen Kneipenflirt trotz Schummerlicht immer als ungemein magnetisch erwies. Und jetzt Probst.

»Ach so«, machte Braatsch, »die Drucker. Die warten dann natürlich etwas länger. Da rufe ich mal an und kläre das, das ist ja keine Affäre.«

»Ja, aber wer trägt sie dann herunter?« ächzte ich kraftlos.

»Wen?« fragte er blöde.

»Die ›Rundschau‹«, gab ich schwach von mir, »die muß ja auch hingebracht werden in die Druckerei.«

»Machen *Sie* das denn nicht immer?« fragte er mit zunehmender Geistesarmut.

»*Nein!*« blökte ich. Herr Braatsch, heulte ich in Gedanken, wenn ich die jetzt selbst runterbringen muß und alles nur wegen der Probst, muß doch jeder glauben, daß ich das kleine Würstchen bin, das ich jahrelang so blendend verstanden habe, als Wurst zu verkaufen. Diskriminieren Sie mich doch nicht durch einen *Botengang*!

Spätestens da hätte mir auffallen müssen, daß ich einer heftigen Hierarchie-Neurose unterlag. Sie hatten mich angesteckt in diesem scheiß Verein, und ich hatte es nicht einmal bemerkt.

Braatsch bedachte mich mit einem eisblauen Blick kühler Verwunderung: »Na, dann tun Sie das eben *jetzt*.«

Lautlos platzten meine Nerven: »*Ich*? *Ich* soll das Ding durchs Haus tragen? *Ich*? *Ich*?«

Er stutzte. Meine spitzen Schreie erschreckten ihn. Um meinen Nervenzusammenbruch zu vermeiden, fügte er beschwichtigend hinzu: »Sie haben doch Ihre beiden Damen, die können das doch für Sie tun.«

»Die sind doch dann nicht mehr da!« kreischte ich auf.

»Ach so«, sagte der Durchblicker mit leisem Seufzer, »stimmt ja. Mein Gott, dann bringen Sie das eben selbst runter, was ist denn so schlimm daran, ich kapiere das nicht.«

»Und warum kann sie die Probst nicht runterbringen?«

Er schwieg überrascht. Sein Gehirn hing mittlerweile auf Halbmast. Bei Fällen, die er nicht durchschaute, hängte er sich nicht gerne aus dem Fenster: »Tja, eigentlich gehört die Rundschau ja zu Ihrem Aufgabengebiet, also haben Sie auch dafür Sorge zu tragen, daß sie pünktlich in die Druckerei kommt. Wie gesagt, ich rede mit den Druckern ...«

»Mir geht es nicht um die Drucker, verdammte Scheiße!«

»Also, es tut mir furchtbar leid, aber Frenzel wartet oben auf mich.«

»Das ist aber noch nicht ausdiskutiert!« rief ich. »Da sind auch noch ein paar andere Sachen zu klären, was die Probst betrifft.«

»Jaja, ich weiß, die Financial Times«, knurrte er, »mit der sie Ihnen morgens vor der Nase herumwedelt, ich weiß, ich weiß.«

»Und mit der FAZ und der Süddeutschen und dem Rheinischen Merkur und dem Spiegel. Die reißt sich doch mein gesamtes Arbeitsgebiet unter den Nagel, und Sie unternehmen nichts dagegen.«

Er schob trotzig die Unterlippe vor: »Ich weiß gar nicht, was Sie sich da so aufregen. Ich bin immer froh und dankbar, wenn mir einer was abnimmt.«

»Herr Braatsch, Sie verstehen mich einfach nicht.«

»Den Eindruck habe ich auch.«

Ich verstand mich ja selbst nicht mehr. Der Fanatismus, der sich in mir festgebissen hatte, und das Objekt, dem er galt, also die Sorge um mein Ansehen in dieser Klitsche, die mir nicht das Geringste bedeutete, lagen außerhalb jeder Erfahrung, die ich bisher mit mir gemacht hatte. Etwas weit hinten in meinem Gehirn, nicht größer als ein Fliegenschiß, rief mich zurück von meinem albernen Feldzug, aber das Stimmchen war leise, und mein Wahn tobte laut. In Momenten der Unachtsamkeit hatte er sich von kleiner Glut in einen Flächenbrand verwandelt und meinen gesamten gesunden Menschenverstand verbrannt, falls ich je einen gehabt haben sollte... Es war, als hätte sich meine ganze Willenskraft wie in einem fortwährenden epileptischen Anfall in sich selbst verkrampft. Das Knäuel aus Haß und Auflehnung widersetzte sich jeder Kontrolle. Ich hatte einen akuten Dachschaden und war kurz davor, komplett durchzudrehen.

Der abgrundtiefe Widerwille, Probst meine Arbeit zur Korrektur vorzulegen, schlug in meine Rückenmuskulatur ein wie eine Splitterbombe. Meine Muskeln krümmten sich wie aufgepeitschte Furien und preßten sich unter infernalischer Pein am Rückgrat entlang, wo die Bandscheiben furchtsam auf den Gallertmassen turnten.

Ich lauerte in meinem Zimmer, bis Probst endlich unter den üblichen Selbstgesprächen (vorzugsweise »Welcher Idiot hat mir denn *das* wieder hingelegt?«) den Pferdearsch aus ihrem Zimmer bewegte, schoß dann wie ein geölter Blitz nach nebenan und warf ihr die Mappe auf den Tisch. Nach mir die Sintflut. Wer weiß, vielleicht wurde ja auch Wackelmann dazu abkommandiert, ihren hundert Botengängen noch einen hinzuzufügen. Dann holte mich Küppersbusch zur Mittagspause ab.

Küppersbusch hatte zwei Tage lang blau gemacht und brannte sicher darauf, ihre Erlebnisse aus dieser Zeit loszuwerden. Nach Dünnschiß auf Glastischen war mir gerade besonders zumute. Seltsamerweise war sie aber überhaupt nicht gesprächig. Sie sah schlecht aus, weiß wie jungfräulicher Schnee mit von filigranen Falten übersäten braunvioletten Tränensäcken, als hätte sie zwei Tage lang im Akkord gebumst. Mein Blick fiel auf ihren neuesten Button: ›Wer schon liegt, kann nicht mehr stolpern.‹ Originell.

»Julian hat geheiratet«, sagte sie endlich über ihrer Schweinskopfsülze. Küppersbusch pflegte ihren elfenhaften Wanst mittags mit den lukullischen Spezialitäten vollzupumpen, die sie auf dem Markt einigermaßen preisgünstig anboten. Heute speiste sie Schweinskopfsülze mit Remoulade und nach Aas stinkende Bratkartoffeln, dazu eine Dose Cola Light.

»Was hast du gesagt? Ich war gerade in Gedanken.«

»Julian hat geheiratet«, wiederholte sie tonlos.

Julian? Wer zum Teufel war Julian? Meine Birne war mit Probst bereits ausgelastet. Allmählich dämmerte es mir: »Dein Julian? Der Fischer? Der Banker Fischer?«

»Hat mir eine Karte geschickt«, berichtete sie mit Grabesstimme, »daß wir uns ab sofort nicht mehr treffen, er betrachtet die Sache mit uns als erledigt und bedankt sich für die schöne Zeit. Er hätte jetzt geheiratet und zieht nach Frankreich.«

»Das gibt's doch nicht. Ja, hat der sie noch alle? Nach allem, was du für den getan hast? Und was wird aus dem Glastisch?«

»Den behalte ich.«

»Na, wenigstens etwas.«

»Wär' ja noch schöner, den habe ich doch bezahlt.«

»Ach so, ja, dann. Hast du denn überhaupt keine Ahnung gehabt? Der muß die doch schon länger kennen.«

»Wie sollte ich das denn merken? In letzter Zeit kam der immer zu mir, da habe ich noch gedacht, das wird jetzt irgendwie wieder intimer mit uns, dabei wollte er mich bloß nicht mehr in seine Wohnung lassen, damit die neue Alte nichts merkt.«

»Das ist die Härte.«

»Allerdings.«

Lange Pause.

Um sie aufzuheitern, raffte ich mich zu einem Bonmot auf: »Ach, weißt du, ich finde, die schönste Zeit mit einem Kerl ist die, wenn er anbeißt, die zweitschönste ist die, wenn er danach wieder anruft, die schlimmste Zeit ist die, wenn er abhaut, aber die allerschlimmste ist die, wenn er für immer bleibt.« Ich lachte blöde über meinen Witz, aber Küppersbusch verzog keine Miene und stopfte schweigend ihren Fraß in sich hinein. Beim Anblick der knorpeligen Sülze stülpte sich mir fast der Magen um.

»Und was machst du jetzt?« fragte ich einfältig.

»Nix. Abgehauen ist der. Ich weiß nicht mal, wohin. Die Wohnung hat der verkauft und ist mit der neuen Schnalle nach Frankreich. Mit der macht der sicher nicht so Sperenzchen im Bett wie mit mir.«

»Hm.«

»Oder vielleicht doch. Vielleicht ist die einfach besser als ich.«

»Besser kann man ja gar nicht sein.«

Appetitlos stocherte sie in den pappigen Kartoffelscheiben herum, die aussahen wie schon mal gegessen: »Siehst du ja, was ich davon habe.«

»Du findest schon einen anderen.«

»Wie denn? Du hast doch auch keinen.«

»Du hast doch sexuell viel mehr zu bieten als ich.«

»Aber den habe ich geliebt.«

Schöne Scheiße.

Als ich von der Pause zurückkam, lag die rote Rundschaumappe auf meinem Tisch. Außen klemmte ein Zettel mit der Chaotenklaue von Probst: Bitte an die dritte Stelle den Bericht aus der FAZ von gestern über Frenzel.

Alle in der letzten Klappe liegenden Berichte habe ich aussortiert.

Ich dachte, wenn ich bloß wüßte, wie ich *dich* aussortiert kriege. Die Jungs an den Rückenmuskeln schufteten sich einen Wolf im Kampf gegen die Gallertkerne – mittlerweile hing ich auf dem Bürostuhl, als sei mir der Mast gebrochen. Auf einer Arschbacke turnend, badete ich in dem Traum, Probsts Wasserflasche, die sich im gemeinsamen, auf dem Flur befindlichen Kühlschrank für jedermann zugänglich befand, mit fein gemahlenem Glas anzureichern und nebenan mit grimmigem Grinsen ihrem röchelnden Dahinsiechen zu lauschen.

Ich packte die Mappe, fügte den geforderten Bericht an die dritte Stelle und jagte vornüber hängend wie eine Greisin in die Druckerei.

»Ach, die Frau Scott persönlich, welch seltene Ehre.« Nach einigem frauenfreundlichen Geklöne über die Abartigkeiten der Frau Probst (»Ja, das ist 'ne ganz verkorkste alte Schachtel, die ist bestimmt schon unten zugewachsen, die gehört mal wieder richtig durchgebumst, damit die mal wieder geradeaus laufen kann.«) krebste ich schmerzgeplagt wieder nach oben und wählte die Nummer von Rettungsanker Kleinschmidt: »Ganz dringend, Schwester Rebecca, ich kann kaum noch laufen.«

»Sie können gerne vorbeikommen, aber das Wartezimmer ist voll, die Leute stehen bis auf den Gang.«

»Das macht nichts, tausend Dank, Schwester, ich bin gleich da.«

Nach dreieinhalb Stunden gebückten Ausharrens in der klaren Gebirgsluft diverser Atem- und Darmgase von schätzungsweise dreiundsechzig Patienten wurden mir endlich die vertrauten Worte zuteil: »Heben Sie bitte mal das rechte Bein hoch und jetzt das linke, und jetzt drükken Sie mit dem Fuß gegen meine Hand.«

»Der rechte Fuß ist taub«, erklärte ich als mitdenkende Patientin.

»Tja, da hat es Sie ja mal wieder faustdick erwischt. Bandscheibenvorfall. Die sitzende Tätigkeit ist einfach Gift für die Bandscheibe, aber leider hat sich das in den Büros noch nicht herumgesprochen. Früher, da gab es mal Stehpulte, das war gesund. Ich schreibe Sie mal gleich für zwei Wochen krank, das kann diesmal länger dauern. Jennifer, bitte die Spritze.«

»Auaaaaaaah!!!!!«

15. *Als Maklerin hatte Pia Kücklich*

den Traumjob schlechthin. Der einzige Termin, den sie sich merken mußte, war der Anzeigenannahmeschluß der Rheinischen Post, in der sie jeden Mittwoch und jeden Samstag ihre Inserate veröffentlichte, ›Appartements 38 bis 78 qm mit Schwimmbad und Sauna ab sofort frei, teilweise mit Rheinblick.‹ Der Annahmeschluß hing so lange wie ein Damoklesschwert über ihr, bis sie ihn vergaß und erst eine Minute vor Toresschluß zum Hörer griff: »Verdammt, der Stress, jetzt hätte ich das beinahe wieder vergessen. Dabei ist das bares Geld für mich, bares Geld! Jetzt ist da auch noch besetzt! Das machen die extra, die abgewichsten Weiber von der Anzeigenannahme, das ist ein faules Pack, da sollte man sich beschweren. Ach, hallo, Gott sei Dank, da sind Sie ja noch.«

Besichtigungstermine fanden erst nachmittags statt, wenn sie sich von der nächtlichen Sauferei erholt und der Hund endlich gegen zwölf Uhr mittag seine Blase entleert hatte. Nach dem Gassigang, den sie mit Sonnenbrille, Nerz und Cardinschuhen rund um das Einkaufscenter zelebrierte, wo ein circa zehn Quadratmeter großes Rasenstück von sämtlichen Hunden des Blocks zugeschissen war, schmierte sie sich mit dem Finger blauen Lidschatten um die Augenpartie, tränkte das feine strähnchenblonde Haar mit Joop- oder Jill-Sander-Parfüm und gurgelte mit frischgepreßtem Orangensaft. Meistens kam dann Putzfrau und Busenfreundin Martha, um ihr einerseits die Bude vollzuqualmen und andererseits mit dem Staubtuch um das Stilleben von Rechnungen, Geldscheinen und Verträgen herumzuwedeln und die ersten Telefonanrufe entgegenzunehmen, wenn Kücklich geistig-seelisch noch nicht zu derart profanen Tätigkeiten imstande war. Erst nach dem Konsum von etlichen Tranquilizern, verbunden mit einem Wodka und einer Cola Light fühlte sie sich den alltäglichen Zumutungen wieder gewachsen.

Kücklich lebte wie die Made im Speck. Wegen der Pool- und Saunalandschaft im Souterrain wurden ihr die Wohnungen trotz der nachlassenden Wohnungsnot fast aus der Hand gerissen, und was offiziell nicht bezahlt werden durfte, wechselte unter dem Tisch den Besitzer. Es zählte aber nicht allein der Schotter, sondern der Interessent mußte auch »in die Hausgemeinschaft passen«. Das hieß, er mußte ihr sympathisch genug sein, um eines Tages auf ihrer geblümten Biedermeier-Couch zu sitzen, ihr Gesellschaft zu leisten und ihr gegebenenfalls den lästigen Telefondienst abzunehmen: »Das Gequatsche der Leute geht mir auf den Geist. Die sollen sich das vor Ort ansehen und basta. Was die immer für Fragen haben, als wenn ich dafür Zeit hätte.«

Mit ihrem Vorrat an Delikatessen und edlen Getränken hätte sie einen Catering-Service betreiben können. Trotzdem war sie zum Kochen meist zu faul: »Als wenn ich dafür auch noch Zeit hätte, ich mit meinem Stress, also, alles, was recht ist.« Wenn Kalle gegen fünf nach Hause kam, stellte er sich in die Kochnische und machte sich eine Dose Chilibohnen warm. Die aß er zu ungeröstetem Toast und trank dazu Milch. Dann schwang er sich auf das große Bett und zappte durch die Kanäle, während bei Kücklich die Telefonitis ausbrach und sich ihre Gäste flaschenweise den Wein reinzogen. Abgesehen davon, daß die fröhliche Unterhaltung von Kücklichs Gekreische mit verblödeten Handwerkern, unverschämten Mietern und lästigen Eigentümern unterbrochen wurde, war es bei ihr ganz gemütlich und vor allem nicht so totenstill wie drei Etagen höher bei mir. Wenn ich in meiner Bude zu lange alleine herumsaß, konnte es passieren, daß ich mir überlegte, ob es nicht vielleicht besser wäre, mich einfach zu verlieben wie Millionen anderer auch und das einzugehen, was hochtrabend ›Beziehung‹ hieß, aber erstens konnte ich mich ja nicht zwingen, mich zu verlieben, und zweitens glaubte ich nicht, daß es einen Unterschied machte, ob da außer mir noch wer anderes herumlungerte. War es nicht egal, ob man sich alleine oder zu zweit den Wetterbericht reinzog? Und kamen die Kerle nicht über kurz oder lang mit ihren Oberhemden rausgerückt, die sie gebügelt haben wollten? Und dann das regelmäßige Pflicht-Bumsen. Ich fand, mit dem Sex war es wie mit dem Saufen – je öfter man sich dranhielt, desto länger ließ der Kick auf sich warten. Vielleicht hatte Küppersbusch recht, und mein Denken war zu kompliziert.

Gegen zehn drehte sich Kalle zur Seite und schlief mit offenem Mund, ganz gleich, ob die Gesellschaft lauthals lachte oder sich zoffte oder der Hund bellte oder mal wieder einer vom Stuhl fiel. Kücklich schrie am lautesten. Zumindest bis sie ihren Moralischen kriegte. Dann war der Hund das einzige Wesen, dem sie noch vertrauen konnte. Der Hund hieß Axel und litt an chronischer Unzufriedenheit. Jede Bewegung war ihm Anlaß für ein schauerliches Seufzen und Stöhnen. Wenn er gerufen wurde, ächzte er wie unter tiefsten Nöten, jedes menschliche Gespräch war ihm suspekt, Anwesende grundsätzlich lästig, und wehe, es saß einer auf seinem Lieblingsplatz. Dann fing er an zu jaulen und zu wimmern, als bemächtige sich der Schmerz orientalischer Weiber über den Tod ihrer Söhne seines knochigen Hundeleibs. Meistens drückte ihn seine randvolle Blase, weil Kalle keine Lust mehr hatte, mit ihm Gassi zu gehen und Kücklich vor lauter Stress nicht unter ihrem Lidschatten hervorkam. Dann und wann widmete sich Kalle dem gequält blinzelnden Tier, indem er mit einer Nagelschere sein Fell bearbeitete, bis es aussah wie das eines Affenpinschers nach dem Kampf mit einem halbverhungerten Mastino: »Sag mal, bist du noch zu retten, Kalle, wie sieht denn der Hund jetzt aus! Leg sofort die Nagelschere weg, du Vollidiot. Mit dem Tier kann ich mich doch nirgends mehr blicken lassen, das schöne Fell, das hat gerade so schön geglänzt. Jetzt paßt der ja gar nicht mehr zu meinem Nerz, du Halbaffe.«

Kalle lachte sich kaputt, der Hund seufzte in abgrundtiefer Qual.

»Nee, Kalle, du bist echt das Letzte, nur Schwachsinn im Kopf. Ein richtiges Kind bist du. Was meinst du, wie lange das braucht, bis das wieder nachgewachsen ist. Wenn man einmal nicht aufpaßt, was der Kindskopf wieder treibt, es ist zum Mäusemelken.«

»Och, isch finde ihn janz schön.«

»Mit dem Tier kann ich doch nicht auf die Kö. Da lachen mich ja die Leute aus.«

Die Kö hatte für Pia etwa den Stellenwert der New Yorker Fifth Avenue, und es war für ihr Selbstverständnis ausschlaggebend, ob die Tankstellenpächter, Kioskbetreiber, Schrotthändlersöhne und Kfz-Werkstättenbesitzer, die am Wochenende aus Mönchengladbach und Krefeld einflogen, um mit wichtiger, leicht beleidigter Miene teure Geschmacklosigkeiten der Vorsaison spazierenzuführen, als erwarteten sie Applaus, ihr, Pia Kücklich, die erforderliche Portion Neid zuteil werden ließen beim abschätzenden Blick auf ihren Nerz, ihre Pradaschuhe und ihr Louis-Vuitton-Täschchen. Wenn sie ihren frischblondierten runden Kopf auf den speckgewölbten Schultern drehte und dabei mit einer Ladung des aktuellen Chanel-

Duftes um sich warf, daß die Umstehenden aus den Schuhen kippten, und das zuvor andächtig gebürstete Hundefell Ton in Ton mit dem Nerzmantel schwarzrot im Sonnenuntergang changierte, bestätigten ihr drei bis vier mißgünstige Blicke ihr gesellschaftliches Standing.

Und jetzt paßte der Hund nicht mehr zum Outfit, Katastrophe. Ohne Hund war sie nur die Hälfte wert. Vollgefressene Weiber im Nerz, die einen guten Friseur hatten, gab es viele, aber wer zerrte schon einen unerzogenen, aber nerzkompatiblen Köter an der Designerleine und erregte in der Nobelpinte an der Kö solch prickelndes Aufsehen, wenn die Wasserschüssel von Szenekellner Rico persönlich neben den Tisch gestellt wurde und einem bei dieser Gelegenheit die hohe Ehre seines vertraulich wirkenden Small-talk-nonsenses zuteil wurde.

»So nehme ich den Hund nicht mit, da blamiere ich mich ja bis auf die Knochen. Den kannst du deiner Mutti geben, bis das Fell wieder nachgewachsen ist.«

»Zu Muttis Ozelot paßt er auch nicht. Mutti trägt keinen Nerz, das weißt du janz jenau. Nerz macht alt, sacht sie. Übrigens, am Sonntag bin ich bei Mutti zum Geburtstag eingeladen, das hätt' ich fast vergessen.«

»Ich bin natürlich herzlich eingeladen.«

»Fang doch nit schon wieder an. Komm, ich mach euch noch 'ne Flasche Wein auf.«

»Brauchst dich jetzt nicht anzubiedern hier. Das kann ich schon selber. Hast dich also wieder mal original durchgesetzt bei deiner Mutti, was?«

Wurde versehentlich das Thema ›Mutti‹ angerissen, war die Stimmung augenblicklich im Arsch. Da konnte man eigentlich gleich nach Hause gehen.

Sofort verschob sich bei beiden die Tonart. Seine schwoll an wie Donnerhall, verebbte in bockigem Schweigen, um später mit leicht gekipptem Anschlag in höherer Tonlage leise nachzubeben, sie schmiß sich aus voller Brust in das hohe C defekter Kreissägen und rotzte dann unter mauligem Vorwurfsgesamtkunstwerk in ein betrübt zerfledderndes Papiertaschentuch, bis sich der Hund die Ohren zuhielt: »Wäre ich doch bloß nie an so ein minderjähriges Arschloch wie dich geraten, Kalle Kappes-Hering, wenn ich das vorher gewußt hätte, daß du so ein Weichei bist, als wenn ich das nötig gehabt hätte mit meinen vielen Chancen, da muß ich ausgerechnet dich auswählen von all den schönen Kandidaten, ja, brauchst gar nicht so blöd zu gucken, damals war ich noch jung und schön, meinst du, da hätte ich ausgerechnet dich nötig gehabt? Ein Würstchen, das sich noch nicht mal bei der eigenen Mutter durchsetzen kann? Das muß man sich mal auf der Zunge zergehen lassen, da geht das Muttersöhnchen schon fünf Jahre mit einer Frau und hat sie noch nicht mal seiner Mutti vorgestellt. Ja, ist doch so. Und alles bloß, weil die Mutti mich nicht akzeptiert. Dabei ist sie genauso alt wie ich.«

»Ja, wat soll ich denn machen, wenn die Mutti dich nit sehen will? Sach mir das! Dann mach ich es. Soll ich ihr 'n Halsband umlegen und sagen, komm, Mutti, ich bring' dich jetzt zur Pia, dat is' min Freundin? Oder wie stellst du dich dat vor?«

»Dir heißt das, dir. Deutsch hat sie dir auch nicht beigebracht, deine Mutti, aber große Töne spucken. Wie kann ein erwachsener Mensch nur so vor seiner Mutti kriechen?«

»Ich krieche nicht.«

»Wohl kriechst du! Auf allen vieren sogar. Gegen dich hat ja sogar der Axel noch den aufrechten Gang.«

»Ich krieche nicht, merk dir das. Und jetz will ich min Ruh'. Ich muß morgen arbeiten, du nit.«

»Was muß ich nicht? Ich muß nicht arbeiten? Was hast du gesagt? Sachet noch mal, Kalle, das will ich jetzt vor versammelter Mannschaft, daß du das noch mal sagst, laut und deutlich.«

»Ach, leck mich doch. Na, ist doch wahr. Was machst du denn schon den ganzen Tag? Das bißchen Wohnungen zeigen? Nennt sich das arbeiten oder was? Unter arbeiten versteh' ich wat anneres.«

»Kalle, das widerrufst du jetzt auf der Stelle. Kalle, vorher schläfst du hier nicht ein. Da kannst du in der Badewanne übernachten, hast du gehört?«

»Jetzt geht *das* wieder los.«

Pia betrat gerade ihre Weltschmerzabteilung, Taschentuch, die dritte: »Jetzt seht ihr mal selbst, mit was ich es hier zu tun habe. Verwechselt mir und mich und behauptet hier frech, ich würde nicht arbeiten. Als würde ich mein Geld im Schlaf verdienen. Ihr habt ja alle keine Ahnung, was es heißt, auf die eigene Kappe zu arbeiten, sich jeden Tag selbst an den Haaren hochzuziehen, wenn man keine Stechuhr hat und wenn kein Chef gucken kommt, ob man auch was tut. Ihr wißt ja nicht, wie schwer das ist. Ihr habt ja alle einen hinter euch, der euch antreibt, ihr habt gut reden.«

Tief erschüttert von diesem Einblick in die bisher unexplorierten Welten völlig zu unrecht nicht honorierten, beinahe genialen Automotivationstalentes senkten wir kleinlaut die Köpfe. Nie hatten wir bei der Erinnerung an die subtilen Kontrollinstanzen unserer Arbeitgeber wie zum Beispiel dem entzückenden neuen Zeit-Terminal im Foyer eine solche Dankbarkeit empfunden. Pia flennte weiter: »Alles muß ich alleine machen, keiner hilft mir, ich habe keinen, der für mich die Telefone bedient so wie der junge Herr Kappes-Hering, dem hundert Angestellte zur Verfügung stehen.«

»Quatsch, hundert Angestellte!« rief Kalle, jäh zu frischem Oppositionsgeist erwacht. »Die Tussis im Büro arbeiten doch nicht für mich, die kannst du doch gar nicht zählen. Die einzige, die was taugt, das is' die Frau Zimmermann, die annern kannst du doch in der Pfeife rauchen.«

»Ja, die Frau Zimmermann, wenn ihr die nicht hättet. Dann geh doch mit der ins Bett, mit deiner Frau Zimmermann.«

»Du bist doch bekloppt, die ist doch verheiratet, was soll ich mit der?«

»Was? Ist das das einzige Hindernis, daß die verheiratet ist?«

Tempotaschentuch, die fünfte.

»Reicht dat nit?«

»Und wennse ledig wäre, dann hättest du nichts dagegen, was?«

»Mann, ey, jetzt reichtet aber, laß dat Saufen nach, damit e Ruh' is'. Und machma einer das Fenster auf, da erstickt man ja.«

»Ich lasse mir von dir das Saufen nicht verbieten, was anderes habe ich sowieso nicht vom Leben. Und du beleidigst mir meine Gäste nicht.«

»Wat hab' ich denn gesacht? Ich habe doch gar nichts gesagt!«

»Daß sie nicht rauchen sollen. Das kannst du zu Hause bei deiner Mutti bringen, aber nicht hier bei mir.«

»Die Mutti raucht nicht.«

»Nee, die ist schon so krank im Kopf.«

Schweigen. Abebbendes Geschluchze: »Komm her, Axel, komm zum Frauchen, hat der Arsch dich so verunstaltet. Komm mal her jetzt, Frauchen spielt dir mal ein bißchen an die Klöten.«

»An *den* Klöten!« kam es triumphierend aus dem Bett.

Schwaches Aufbäumen vom Sofa: »Halt du doch die Freßlade geschlossen. Du willst mir Deutsch beibringen? Ausgerechnet du?«

»Es heißt aber an *den* Klöten spielen. Frag die anneren.«

»Das weiß ich selber, blöder Hund. Nicht du, Axel, du bist doch Frauchens Liebling. Ja, das hat er gern, der Hund, wenn Frauchen bißchen an den Klöten spielt, sollst doch auch was vom Leben haben.«

Mit der linken Hand bearbeitete sie die Eier des Hundes, der schwergeplagt seufzend zur Wand blickte, als käme von dort eine Rettung. Dunkelrot wie seine blutunterlaufenen Augen äugte die Eichel müde aus der rotbehaarten Vorhaut: Welch unseliger Geist rief mich aus dem Jenseits?

»Kommst auch zu Frauchen ins Bett nachher, gell, Axel.«

»Der Hund kommt mir nicht ins Bett!« tönte es gereizt aus der Rüschenwäsche. »Dann ziehe ich aus.«

»Dann zieh doch aus! Brauchst hier keine leeren Drohungen auszustoßen. Was soll ich mit einem Mann, der sich mit dreiundzwanzig Jahren noch nicht bei seiner Mutter durchsetzen kann? Du bist doch der geborene Weichmann.«

»Wat bin ich? Ein Weichmann? Aber das Cartierarmband zu Weihnachten, das durfte er dir noch schenken, der Weichmann, wat?«

»Hast du ja auch nur die Hälfte von bezahlt, weil die Mutti nicht mehr springen ließ für den armen Jungen. Spiel dich mal nicht so auf hier. Ich bezahle meine Geschenke sowieso immer alle zur Hälfte. Frag mal die anderen Weiber auf der Kö, ob die ihre Geschenke auch alle zur Hälfte selbst bezahlen müssen.«

»Die Frau Zimmermann hat zu Weihnachten eine Geschirrspülmaschine gekriegt, auf Raten. So sieht dat bei die annere aus.«

»Die Frau Zimmermann, die Frau Zimmermann, dann bums sie doch endlich, deine Frau Zimmermann. Ich denke, du stehst nicht auf fette Ärsche.«

»Seit wann hat die denn einen fetten Arsch. Dat wüßt' ich aber. Axel, geh jetzt vom Bett runter, laß dir lieber vom Frauchen an den Klöten spielen, bei mir macht sie das ja nicht mehr. Daß der Hund aber auch immer auf dem Bett springen muß, das hast du dem beigebracht.«

»Auf das Bett springen«, verbesserte ich weinumspült.

»Da hörst du es!« schrie Kücklich begeistert. »Anderen fällt das auch schon auf, daß du die deutsche Sprache nicht beherrschst. Mit dir *kann* man sich ja nur blamieren.«

»Komm, geh schön zu dem blöden Frauchen auf'm Sofa«, sagte Kalle zu dem Hund.

»Auf das Sofa«, korrigierte ich kleinkariert. Welch ergötzlicher Abend. Romeo und Julia im Sprachkurs und ich zwei Wochen krankgeschrieben – machen wir noch eine Flasche auf oder wie sieht das aus hier?

»Heißt es nicht auf *den* Sofa?« erkundigte sich Pia mit alkoholisch geschärftem Sinn für das Detail. »Jetzt bin ich ganz durcheinander irgendwie, da sieht man ja den Wald vor lauter Bäumen nicht.«

»Es heißt ›geh auf *das* Sofa‹«, belehrte ich sie, »es sei denn, du sagst, ›geh auf die Couch‹. Wobei man eigentlich überhaupt nicht gehen kann auf eine Couch. Auf einer allerdings schon.«

»Sag ich doch«, kam es schlechtgelaunt vom Bett.

Pia ignorierte ihn: »Wollte ich doch sagen – irgendwas stimmte doch nicht. Komm auf die Couch, Axel. Na, soll Frauchen nicht mehr an die Klöten spielen, hm?«

»*Den* Klöten!« bellte Kalle gallig. »Ihr mir Deutsch lernen, da lachen ja die Hühner.«

»Mich lehren«, sagte ich schulmeisterhaft, meine pädagogischen Kenntnisse kamen ja heute voll zur Geltung. Die Mischung aus filigraner Sprachkunst auf hohem Niveau und lieblich gekühltem Geplätscher in meinem Glas stimmte mich heiter.

»Nee«, wandte Pia ein, » das kann aber nicht stimmen. Einen Briefkasten kann man leeren, aber nicht mich.«

»Deine Abführpillen können das aber ganz schön«, bemerkte Kalle, der jugendliche Humorist, »von dem Gestank fällst du glatt hintenrunter.«

»Du hältst jetzt mal die Klappe. Das will ich jetzt mal genau wissen. Mich lehren soll das heißen? Das glaube ich nicht.«

»Hahaha«, wälzte sich Kalle vor Vergnügen, »mir was beibringen wollen, hahahaha!«

»Sei doch mal still jetzt. Also, er lernt mir was. Ist das nun richtig? Oder lernt er mich was oder wie?«

»Er lehrt mich was«, sagte ich, »das heißt nun mal so, da kann ich nichts dran ändern.«

»Komisch. Klingt echt komisch so für meine Ohren. Klingt falsch irgendwie. Er lehrt mich was?«

»Ich lehr dich wat«, kam es vom Bett, »nämlich, daß du jetzt langsam das Licht ausmachen tust, damit ich endlich pennen kann.«

Da die letzte Flasche schon seit zehn Minuten leer war und Kücklich keine Anstalten machte, ihren Grammatikkurs durch das Öffnen einer neuen zu unterbrechen, sagte ich: »Morgen ist ja auch noch ein Tag. Ich kann sowieso kaum noch sitzen.«

»Ja, dann gehen wir jetzt mal alle im Bett. Morgen abend mache ich mal flambierte Scampis mit knoblauchgefülltem Ciabatta und anschließend Mousse au chocolat oder Tiramisu, das überlege ich mir noch, und dazu habe ich einen Pinot Grigio für dreizehn Mark achtundneunzig, daß mir der mit Andacht getrunken wird. Der Hund hat Geburtstag. Wer kommen will, soll sich rechtzeitig anmelden. Wer unangemeldet kommt, muß im Bett essen. Oder wie? Auf dem Bett? Oder wie heißt dat jetzt? Jetzt blick' ich überhaupt nicht mehr durch.«

Vom Bett tönte es schläfrig: »Wenn du noch 'ne Nummer schieben willst, dann kommst du jetzt im Bett, aber dalli.«

16. *Abgesehen von dem mitternächtlichen*

Geflenne und ihren Szene-Ambitionen war Kücklich ganz erträglich. Leider erschien ich ihr als geeignetes Objekt ihrer pädagogischen Modetips: »Du mußt mal was an dir tun, irgendwie siehst du schlampig aus. Deine Fingernägel zum Beispiel, da gehört Lack drauf.«

Sie ging ins Badezimmer und kam mit etwa einem Dutzend Nagellackfläschchen zurück: »Kannst du alle haben. Die haben sie mir bei Douglas angedreht, und dann paßten sie nicht zu meinen Schuhen.« Ich bedankte mich artig: »Ist ja sehr großzügig, aber findest du nicht, daß so 'ne auffällige Farbe nicht zu mir paßt?«

»Du mußt eben den Rest auch umstylen. Du siehst irgendwie wie von gestern aus. Ich meine, die Hippiezeit ist ja jetzt schon eine Weile vorbei, nicht? Was du brauchst, ist ein Friseurbesuch. So 'ne Mähne trägt man mit zwanzig, aber die hast du ja auch schon fünf Minuten hinter dir. Und dann mußt du natürlich was an deiner Garderobe tun. Mit solchen Fummeln kriegst du hier in Düsseldorf keinen vernünftigen Typen, soviel steht fest.«

»Ein vernünftiger Typ läßt sich nicht von Klamotten beeinflussen.«

»Hast du 'ne Ahnung. Meinst du, den Kalle hätte ich gekriegt, wenn ich mit solchen Klamotten aufgekreuzt wäre? Mit so 'ner Hose wäre ich in die Top-Läden ja gar nicht erst reingekommen. Der Kalle ist bei Tino erst mal zehn Minuten um mich herumgeschlichen und hat meine Garderobe taxiert, um zu sehen: Die Alte hat Geschmack, die hat Stil. Dann erst hat er angebissen.«

Ihren Stolz auf Supermann Kalle in allen Ehren, aber ich hatte doch ein kleines Problem, in einem Typen seines Kalibers ein Motiv für eine garderobemäßige Metamorphose zu erblicken – da wollte ich lieber meine verbeulten Jeans anbehalten.

»Es muß ja nicht so was wie der Kalle sein«, bemerkte sie meine Zweifel, »aber die Typen in Düsseldorf achten eben sehr auf modische Details. Mit deinem Outfit machst du hier keinen Stich. Was du überhaupt für Haare hast, verfilzt du die absichtlich, oder sind die so kaputt?«

»Weder noch.«

»Da muß ein Friseur ran. Investier einmal die hundert Mark, das lohnt sich, und zieh ein chices Kleid an, Männer stehen auf das Feminine.«

Mich beschlich das Gefühl, aus einem andalusischen Bergdorf mitten auf einem Catwalk der Mailänder Modewoche gelandet zu sein: »Also, wenn ich mich danach richten würde, was Männer gut finden, könnte ich ja gleich mit Strapsen einmarschieren.«

»Du mußt ja nicht gleich mit der Tür ins Haus fallen.«

Als ich nach oben ging, um die verstreuten Rudimente meines fragilen Selbstbewußtseins zusammenzuharken, ging das Telefon. Riemann: »Na, du alte Ratte, bist du mal wieder krank geschrieben? Was hast du? Am Rücken? Ach, red dir doch nichts ein. Heute abend gehst du mit mir aus.«

»Ach, nee, heute nicht, ich bin noch kaputt von gestern. Wir haben bei Pia ...«

»Hör mir auf mit Pia. Du versäufst bei der fetten Sau deine besten Jahre. Was bringt dir das denn eigentlich?«

Katharina »Kiki« Riemann fehlte jedes Verständnis für sinnenfrohe Exzesse. Riemann trank den ganzen Abend ein Alt und aß drei Blätter Salat zu einer gegrillten Banane. Den Rest der Zeit nähte sie an ihrer Nähmaschine sexy Knackwurst-Klamotten mit Neckholder und Riesendekolleté à la Marilyn und betrog ihren dritten Mann.

»Das muß doch nicht immer was bringen. Es ist halt gemütlich.«

»Ist ja doll. Ich dachte, du wolltest was aufreißen?«

»Nicht jeden Tag.«

»Jeden Tag kriegst du sowieso keinen, da mach dir mal keine Illusionen. Du hast doch sicher zugenommen und siehst wieder aus wie ein Brauereipferd.«

»Ich wiege mich zur Zeit nicht.«

»Alles klar. Wenn ich nicht auf dich aufpasse, kannst du dich bald in die Kneipe rollen lassen. Also, mach dich fertig.«

»Ich hab' heute meine Haare gar nicht gewaschen.«

»Dann wasch sie jetzt. Ich bin um zehn bei dir.«

Riemann sah aus wie eine Mischung aus Edel-Nutte und Manta-Braut: Silberblonde, einzeln mit dem Ondulierstab gedrechselte Locken, violette Lidschatten, pinkfarbene High-Heels und Leopardenoutfit aus der Dominaboutique, Schnür & Platz: »Ich war heute morgen noch im Nagelstudio. Das sind Hände, was?« Riemann war, wie immer, schönheitstechnisch ihrer Zeit weit voraus. Ich hatte bisher nirgends ein Nagelstudio gesehen, geschweige denn besucht. Sie zeigte mir ihre Krallen, die jedem Greifvogel Ehre gemacht hätten: »Einer ist schon abgebrochen, das gibt morgen Preisnachlaß, da kannst du Gift drauf nehmen.«

Ich sagte: »Findest du dich nicht ein bißchen zu aufgedonnert, sag mal?«

»Nee, überhaupt nicht. Bloß, weil du immer rumrennst wie ein Mauerblümchen? Ich bin nun mal ein auffallender Typ.«

Fürwahr. Bei unserem Erscheinen drehten die Jungs die Köpfe gleich reihenweise zur Tür. Riemann blieb immer kurz am Eingang stehen wie ein Hollywood-Star auf dem roten Teppich, ließ ihre Adlerblicke kreisen und genoß ihren Auftritt. Währenddessen entschied sie, ob die Bestellung eines Getränkes »hier was bringt oder nicht«. Meistens ging der Daumen nach unten: »Kein Material. Komm, wir gehen.«

»Ich hab' noch gar nicht richtig geguckt«, wandte ich ein.

»Das kannst du getrost mir überlassen. Wenn ich sage, es ist nichts dabei, kannst du dich schon auf mich verlassen.«

Nach sieben Kneipenbesuchen wagte ich anzumerken, daß es sich bei ihrem und bei meinem Geschmack eventuell nicht um siamesische Zwillinge handele und meine verwöhnte Kehle außerdem kurz vorm Vertrocknen sei.

»Seit wann weißt du, was Geschmack ist. Dann definier doch mal – wie soll er denn aussehen, dein Geschmack?«

»Na ja, groß genug ...«

»Liliputaner sind auch nicht grad mein Ding.«

»Dunkelhaarig vielleicht, na ja, blond geht auch, kommt auf das Blond an, also, Strähnchen finde ich nicht so gut. Und Minipli. Minipli ist das Letzte. Schöne Hände wären von Vorteil, und die Augenfarbe, na ja, ist eigentlich auch egal, aber einen interessanten Blick sollte er haben, so einen mit Tiefe, nicht so flach.«

Riemann parkte vorbildlich in einer winzige Parklücke ein und stieg mit ihren Nuttenpumps aus dem Auto wie eine gutgefederte Gemse: »Wo bleibst du denn? Was seid ihr alle lahmarschig, das kommt von dem vielen Fett, das du mit dir herumschleppst. Also, ich fasse zusammen: Haarfarbe egal, Augenfarbe egal und schöne Hände. Da kommt ja jeder dritte in Frage. Bei den ausgefallenen Ansprüchen verstehe ich gar nicht, daß du alleine bist. In diesen Puff gucken wir jetzt mal rein. Was hältst du von dem großen Blonden da?«

»Für mich? Der sieht ja aus wie 'ne Kreuzung von Zuhälter und Versicherungsvertreter.«

»Für mich. Komm, da stellen wir uns mal gleich daneben.«

»Doch nicht direkt daneben, Mensch. Das fällt doch auf.«

»Na, und?«

Der Blonde brachte gerade seine Halswirbel wieder in Form und beglückwünschte sich zu seiner Fitness, andernfalls er glatt vom Hocker gekippt wäre. Riemann war genau das Appetithäppchen, das ihn von seiner Kneipenlethargie hätte erlösen können, wenn nicht just in diesem Moment die Klotür aufgegangen wäre und eine argwöhnisch die Stirn runzelnde Denver-Clan-Kitschbiene in kobaltblauem Bolero-Jäckchen herangetrippelt gekommen wäre, bei der es sich zu seinem unendlichen Bedauern, das ihm aus jeder Pore triefte, um seine aktuelle Flamme handelte, die in puncto Eifersucht ein Dauer-Abo hatte, mit dem sie verschwenderisch umzugehen pflegte.

»War wohl 'n Satz mit x«, sagte ich

»Ja, war nix«, sah Riemann ein, »zum Glück haben wir noch nichts bestellt. Komm, wir gehen.«

Nachdem wir in der Altstadt von einem Laden zum anderen gezogen waren, ohne daß meinen drögen Schlund auch nur ein Tropfen Wein geölt hatte, grasten wir die Schuppen im sich vornehm wähnenden Stadtteil Oberkassel ab. »Ich möchte bloß mal wissen, wo die guten Typen sind«, klagte Riemann, »wenn ich ausgehe, ist immer nur Schrott unterwegs. Na, Junge, was glotzt du denn so – hast du noch nie 'ne Frau von Format gesehen? Brauchst ja nicht gleich zu schielen vor Begeisterung. Komm, wir ziehen weiter, das Material hier macht mich nicht an.«

»Bin mal gespannt, wann dich endlich mal was anmacht. Das ist ja schlimmer als eine Stadtbesichtigung mit dir. Können wir denn nicht einfach mal gemütlich irgendwo sitzen und uns unterhalten?«

»Du willst doch bloß einen saufen. Und unterhalten? Worüber denn? Willst du mit mir über die Erfindung des Nußknackers diskutieren oder was? Erst müssen wir doch mal was haben, über das wir ablästern können. Aber meinetwegen – bestell dir ein Bier. Ich geh nur schnell auf's Klo, bin gleich wieder zurück.«

Sie parkte mich neben einem dunkelblonden Typen mit karibischem Sonnenbankflair, der gerade aus seinem Winterschlaf hochfuhr: »Äh, hallo, wen haben wir denn da? Bist du öfter hier?« Angesichts solch gepflegter Originalität ging mir fast die Mütze fliegen: »Nee, ich bin zum erstenmal hier.«

»Wollte ich doch gerade sagen«, meinte er, »so was wie du wäre mir doch aufgefallen, wenn du schon mal hier gewesen wärst.«

Für das leicht mehlige Kompliment erteilte ich ihm die Note drei minus und setzen.

»Trinkst du ein Bier mit?«

»Lieber einen trockenen Wein.«

Ich hatte immer schon bedauert, daß die Männer meiner Generation es nicht besonders schätzten, selbst aufgerissen zu werden. Da konnten sie noch so oft das Gegenteil behaupten. Jedesmal, wenn ich einen Typen angemacht hatte, war das in die Hose gegangen, und ich hatte mich anschließend gefühlt wie auf der falschen Veranstaltung. Einen Kerl mußte man glotzen lassen, bis ihm die Augen aus dem Kopf quollen, und trinken lassen und glotzen lassen und warten und warten, und wenn er dann endlich in die Hufe kam, war einem gerade die Zunge am Gaumen angeklebt. Das alles durfte einen aber nicht zu der irrigen Meinung verleiten, man dürfe vielleicht selbst die Initiative ergreifen. Da kriegten sie auf der Stelle eine Panik, als hätte man mit der Kalaschnikow auf sie angelegt. Im Bett war es übrigens nicht viel anders.

Riemann kam zurück: »Komm, wir gehen.«

»Deine Freundin hat gerade was zu trinken bestellt, willst du auch was?« fragte mein aktueller Interessent.

Riemann verzog das Gesicht, als hätte er ihr eine Kette aus getrockneter Hühnerkacke um den Hals gehängt. Nach endlosem Zögern meinte sie mit Todesverachtung: »Meinetwegen. Ein Alt könnte ich vielleicht vertragen.« Und leise zu mir: »Was willst du mit dem geilen Sack?«

»Sei doch nicht immer so ungemütlich.«

»Hör mal, das Wort ›gemütlich‹ kannst du aus deinem Repertoire streichen, solange du mit mir unterwegs bist. Das Leben ist nicht gemütlich, da mußt du dich ranhalten, sonst fliegst du aus der Maschine. Wurzeln schlage ich hier nicht.«

»Guck dich doch mal um, vielleicht gefällt dir ja einer auf den zweiten Blick.«

»Ich brauche keinen für den zweiten Blick. Da ist kein Material und Feierabend. Die Rumsteherei hier kostet nur unnötig Zeit.«

Riemann flog auf den Staubsaugervertretertyp mit provinziellem Playboyflair und Bügelfalte, Jeansträger waren ihr suspekt: »Laß dich bloß nicht von dem Typen auf's Kreuz legen, das ist 'ne fiese Type, das sehe ich mit einem Blick.«

»Du spinnst, der ist doch ganz normal.«

»Widerlich ist der. Der hat ja sogar einen Goldzahn hinten, wenn der lacht, nee, wat fies.«

»Mein Gott, so 'n Goldzahn, du kannst aber auch kleinlich sein.«

»Der will dich doch bloß flachlegen.«

»Na, und?«

»Sag mal, hast du sie noch alle? Sag bloß, du gehst mit dem mit nachher?«

»Jetzt entspann dich, Mensch, wir sind doch hier nicht in der Kirche. Das ist ja schon eine Ewigkeit her, daß ich gebumst habe, ich glaub', ich weiß gar nicht mehr, wie das geht.«

»Red doch nicht solchen Schwachsinn. Das ist genau wie beim Fahrradfahren, das verlernt man nicht. Deswegen geht man doch nicht mit so einer Blindschleiche in die Kiste, nur, um in der Übung zu bleiben. Du mußt noch viel lernen, ehrlich, da geht die gleich mit dem ersten Arsch ins Bett, der sie anquatscht, ich fasse es nicht.«

»Bumst du etwa nie?«

»Selten.«

Mein seltener Typ nannte sich Mike und hatte seinen Porsche vor der Tür geparkt. Er war angeblich Vermögensberater bei der Bank und kam gerade aus einem Barbados-Urlaub. Das sagten die Sonnenbank-Profis alle. Der Porsche war unbequem, und der Typ roch nach Knoblauch. Das Haus, in dem er das Dachgeschoß bewohnte, gehöre ihm, log er locker-flockig vom Hocker, und er hätte noch einige andere Häuser, weshalb diese Wohnung leider noch nicht komplett eingerichtet sei. Letzteres stimmte. Im Flur stand eine Kleiderstange, am Fenster gab es einen IKEA-Schreibtisch der untersten Preisklasse mit einem Telefon, das momentan außer Betrieb war, und unter der Dachluke stand ein riesiges Doppelbett, auf dem ein kleines schwarzes Kofferradio kulturelles Flair verströmte.

Auf der Junggesellen-Spielwiese zog er am Abend und am Morgen je eine mörderisch potente Nummer ab, die jedem Karnickelzüchter Freude gemacht hätte. In der Zwischenzeit ließ er Blähungen vom Stapel, als wäre Charlie Watts ins Schlagzeug gestürzt und schnarchte ohne jedes Rhythmusgefühl so gottsjämmerlich, daß die hölzerne Bettumrandung knarzte. Am darauffolgenden Tag fuhr er mich nach Hause und erklärte mir, ich möge schon mal eine ordentliche Kanne Kaffee aufsetzen, er ginge inzwischen Kuchen holen. Beim Bäcker geriet er versehentlich in die Brotmaschine und kam in einem anderen Stadtteil als Puddingteilchen wieder heraus. Von dem vielen Kaffee war mir noch zwei Tage lang schlecht.

»Habe ich dir nicht gleich gesagt, der will dich nur flachlegen und läßt sich dann nie wieder blicken? Du hörst ja nicht auf mich.«

»Mann, du tust immer so, als sei das der größte Betrug an einer Frau, wenn sie mit einem Kerl einfach mal aus Langweile ins Bett geht. Meinetwegen braucht der sich nicht mehr zu melden. Für mich hat das Bumsen den Stellenwert von, na, meinetwegen von einem Abendessen. Mehr nicht.«

»Na, hoffentlich hat's geschmeckt.«

»Drei Sterne kriegt er nicht. Vorkriegsdelikatesse: Hartgekochte Eier mit eingelegtem Gürkchen und ein Schuß Mayonnaise obendrauf.«

»Sage ich doch. Wozu die Anstrengung?«

Das war sogar mir allmählich aufgefallen, daß Onenight-Stands nicht viel brachten, denn irgendwie machte es sich schlecht, gleich bei der ersten Inszenierung pädagogisch-aufklärerisch mit den Kulissen zu wackeln. Mit diskreten Hinweisen und zarten Andeutungen konnte man das Theater komplett in die Luft jagen, zumal ich immer schon eher zur Holzhammermethode neigte. Es war zu befürchten, daß der Hauptdarsteller einen Blackout kriegte und die Premiere vergeigte. Wer wollte das riskieren?

»Du, ich habe auf dem Hundeplatz einen kennengelernt, der hat mir einen Heiratsantrag gemacht«, erzählte Riemann auf ihren Stöckelabsätzen neben mir herklappernd.

»Was hast du denn mit dem wieder angestellt?«

»Du mußt dich eben nicht immer gleich flachlegen lassen. Das gehört sich nicht.«

»Hahaha, das gehört sich nicht, ich lach mir 'n Ast. Eine anständige Frau tut so was nicht. Das sind doch Weisheiten wie aus Omas Mottenkiste, damit kannst du doch heutzutage keinen mehr beeindrucken, echt nicht.«

»Von wegen.«

»Und das soll ziehen? Ich gehe vielleicht heute noch nicht mit dir in die Kiste, aber in fünf Wochen oder wie?«

»Du hast es erfaßt. Du mußt dich interessant machen. Die Typen brauchen das. Du mußt denen die Illusion geben, daß sie dich erobert haben. Lach nicht so blöd, du hast wirklich vom Leben null Ahnung. Ich kenne die Männer. Jedenfalls lasse ich den Sack jetzt erst mal schön zappeln. Und dann, wenn das überhaupt was werden soll, muß der unter's Messer. So, wie der jetzt aussieht, nehme ich den sowieso nicht.«

Riemann hatte die OP-Neurose: »Könnte dir auch nicht schaden, so 'ne kleine Nasenkorrektur. Dein Nasenrücken ist auch zu breit in der Mitte.«

»Jetzt reicht es aber.«

»Ich meine es ja nur gut. Der Axel jedenfalls kriegt eine Kinnplastik verpaßt. Ohne die läuft gar nichts. Ich habe dem gesagt, er soll sich mal den furchtbaren Bart abrasieren, das hat er dann gemacht, und da hatten wir dann die Bescherung: fliehendes Kinn.«

Sie sagte das in einem Ton, als hätte man im Krankenhaus Krebs im Endstadium festgestellt.

»Da habe ich dem gesagt, das Kinn muß bei meiner Chirurgin aufgebaut werden, sonst taugt das ganze Profil nichts, und einen Mann ohne Profil nehme ich nicht.«

»Und das läßt der alles mit sich machen?«

»Ja, klar, was dachtest du denn? Ich blamiere mich doch

nicht mit so einer Vogelscheuche. Kontaktlinsen hat er schon, die Brille von dem war ja geradezu pervers. Und jetzt kommt er noch zum Friseur. Die Wolle muß ab.«

»Eigentlich könntest du ja jeden nehmen, wenn die sowieso alle operiert werden. Wozu dann lange rumsuchen?«

»Du hast immer Einfälle. Natürlich hab' ich auch was für ihn übrig. Nur die Optik hinkt noch. Zum Zahnarzt schicke ich ihn jetzt auch noch, unter dem Bart hat man das Gebiß nämlich auch nicht so gesehen, weißt du, und das ist ja auch nicht mehr so umwerfend. Tja, die Optik muß schon zu mir passen, ich meine, man muß schon in seiner Preisklasse bleiben, sonst blamiert man sich ja.«

»Sag mal, wie heißt der Typ noch gleich?«

»Axel, warum?«

»Mir fiel da gerade was ein. Pias Hund heißt auch so.«

»Kann das sein, daß da irgendwo ein Sinn versteckt ist, den ich nicht kapiere?«

Eine Woche später meldete sich das Porsche-Karnickel am Telefon: »Hallo, hier ist der Mike, wie geht's? Sollten wir uns nicht mal wieder treffen?«

»Ich kenne keinen Mike.«

»Was denn, ich bin doch der Mike, Mensch!«

»Da müssen Sie sich schon was Originelleres einfallen lassen, wenn Sie 'ne Frau aufreißen wollen. Die Tour zieht bei mir nicht.« Ich legte auf. Er rief noch viermal an, dann war Ruhe.

Am nächsten Tag rief er im Büro an: »Hallo, Süße, hier ist der liebe Mike.«

»Tach, Herr Mike«, sagte ich, »was kann ich für Sie tun?«

»Ich bin's, der Mike. Sag mal, du bist doch nicht etwa sauer? Komm, sei nicht komisch, ich geb' einen aus.«

»Tut mir leid, Herr Mike, das haben wir leider nicht im Angebot. Versuchen Sie's doch woanders. Wiedersehen.«

»Das ist doch wohl nicht wahr, ey, was spielst du denn für ein Scheißspiel? Das kenn' ich ja gar nicht.«

Tut mir echt traurig, Mike, aber Karnickel gibt es wie Sand am Meer. Morgen wollte ich mich mal beim Reisebüro nach einem Last-minute-Angebot in das Land erkundigen, wo die Rhett Butlers wie Fallobst von den Bäumen purzeln, und dann würde ich mir einen davon reservieren, und ein klein wenig Wurmstichigkeit sollte mich auch gar nicht stören, und auf keinen Fall würde ich einen jahrelangen Affenzirkus machen wie die undankbare Scarlett mit ihrem blöden Ashley, und wir würden in Frieden und Glück leben bis in Ewigkeit, Amen.

Auch ich hatte zu viele Filme gesehen. Wenn Scarlett im Büro hätte verschimmeln müssen, was hätte sie da gemacht? Die halbverwesten Vorhänge von den Fenstern gerissen und sich eine Robe daraus genäht? Um wen zu verführen? Vogt? Frenzel? Braatsch? Schon bei der bloßen Vorstellung kriegte ich ein Würgen im Hals. Bestimmt wäre sie in unserem Büro genauso unzufrieden geworden wie ich. Und Rhett? Was wäre er heute? Börsenspekulant? Drogenboss? Formel-Eins-Manager? Shit, ich lernte die falschen Männer kennen!

Knusper-Riegel hätte das Porsche-Karnickel rückblickend fast Gefühle von Mütterlichkeit in mir wecken können. Der neue Typ hieß Frederic und war noch Student. Das Geheimnis seiner sexuellen Wundertüte hinter ausdruckslosen, ebenmäßig-hübschen Gesichtszügen verborgen, lotste er mich auf den üblichen, ausgetretenen Pfaden der Verführung in sein zentral gelegenes Haus.

Nicht weit von der Eingangstür thronte ein schwarzer Flügel, an den er sich setzte und mit schwelgerischer Künstlermiene den Rachmaninow oder Liszt gab, und als ich gerade träumerisch-versunken einer drohenden Lidschwere nachgeben wollte, nahm die Mimik des scheinbar selbstvergessenen Tastendompteurs plötzlich seltsam befremdliche, irgendwie verdächtige Züge an, und eine Ahnung von dem, was mir gleich blühen würde, jagte mir einen Schauer über den von Dr. Kleinschmidt gesundgespritzten Rücken. Als ich wie unter Elektroschock zur Tür schoß, stellte sich überraschenderweise heraus, daß Monsieur Liszt keineswegs im vergeistigten Pianistenhimmel schlummerte, sondern einen sportlichen Hechtsprung zur Tür machte und den Schlüssel herumdrehte, noch bevor mir der Griff in die Hände geriet.

»Willst du abhauen? Wolltest du mich verlassen?«

Ein Bekloppter. Noch 'n Wein, noch 'n Bier oder vögeln wir bei dir, noch 'n Bier, noch 'n Wein oder lassen wir es sein.

»Nee, Quatsch«, log ich, die ausgestreckte Hand blitzschnell zurückziehend. Das hatte mir noch gefehlt, einen sympathischen kleinen Rausch mit hellwach-pfiffiger Reaktion abwürgen zu müssen. Was hatte das Arschloch vor?

Zunächst bugsierte er mich in das Wohnzimmer. Dort erprobte er sein Talent im weiträumigen Armschleudern, wobei er eine Medaille verdient hätte für gelegentliche Treffer in das augenblicklich gestählte Porensystem meiner freundlich entgleisenden Gesichtszüge. Darauf folgte kräfteraubendes Gezerre an meiner sperrigen Figur: »Du kommst jetzt rauf hier, laß den Pfosten los oder ich schlage dich tot. Du sollst den Pfosten loslassen, habe ich gesagt.« Der Typ wollte mir unbedingt die Fresse polieren. Die Nummer konnte er sich schenken – mich erschütterte so leicht nichts.

Vom Wohnzimmer aus wand sich eine schmale Wendeltreppe in das höhergelegene Schlafgemach. Den Transport der Fickunterlage, also meiner Wenigkeit, in diese luftigen Höhen zu verhindern, war nun meine vordringlichste Intention.

»Du sollst den Pfosten loslassen!« brüllte Monsieur Liszt. »Oder ich schlage dich tot. Bist du dumm oder spreche ich undeutlich? Ich sagte, ich schlage dich tot!«

»Das macht nichts«, keuchte ich unter Aufbietung meiner letzten Kraftreserven, »ich hab sowieso vom Leben die Schnauze voll.«

»Du hast doch einen Schatten, Mädchen. Du bist ja nicht normal, weißt du das?«

Ich nutzte seine kurze Irritation, um die nächste Ladung Blei in meine Adern zu schießen: Ich wollte kämpfen bis auf's Blut. Fast konnte man sagen, es machte mir Spaß, meine Kräfte zu erproben. Die meisten Typen rechneten einfach nicht mit Gegenwehr und erst recht nicht damit, daß ich besoffen Bärenkräfte und eine fast beflügelnde Angstlosigkeit entwickelte und obendrein keinen Schmerz empfand.

»Du sollst da oben rauf, verdammte Scheiße, du mußt da oben hin«, stöhnte er beim zwanzigsten Versuch, meine Stahlgriffel von dem Holzpfosten zu lösen. Als es ihm beim einundzwanzigstenmal gelang, erwischte ich eine Porzellanfigur und schwang sie über seinem Kopf.

»Nicht die Madonna«, winselte er furchtsam, »nicht die Madonna, nimm irgend was anderes, aber nicht die Madonna.«

Ich stellte die Madonna ab. Christliche Waffen pflegte ich nur im Notfall einzusetzen.

»Kommst du jetzt freiwillig mit oder wie ist das?« Er ließ nicht locker.

»Nein.«

»Warum gibst du nicht einfach auf?«

»Darum nicht.«

»Du weißt, daß du mit deinem Leben spielst.«

»Mir egal.«

»Du hast sie nicht mehr alle. Das scheinst du noch nicht gemerkt zu haben.«

»Doch, hab ich.«

»Und wenn ich dich jetzt umbringe?«

»Das überlebst du nicht.«

»Du tickst ja nicht mehr richtig.«

»Du ja auch nicht.«

»Jetzt muß ich erst mal eine rauchen.«

»Ich auch.«

Wir qualmten jeder unsere Kippe, als wären wir beim Straßenbau und warteten den nächsten Einsatz ab, während wir den Verkehr vorbeiließen. Danach ging das Theater weiter: »Ich fick dich durch, du Aas. Dich mach' ich fertig.«

»Versuch es doch.«

»Laß den Pfosten los. Ich schlag' dich tot.«

»Ich dich auch.«

»Du gehörst ja in die Klapse, ehrlich.«

»Genau wie du.«

»Jetzt hab' ich aber bald die Schnauze voll von dir.«

Spannend fand ich das nicht. Ich überlegte, mit welchem Trick ich der Sache eine Wende geben könnte. Erfahrungsgemäß kam der Überraschungseffekt mit Schmeichel-Einlage am besten:

»Du, Frederic, du heißt doch Frederic, nicht?«

»Ja, wieso?«

»Ich liebe dich.«

»Was?«

»Ich liebe dich. Gleich, als ich dich gesehen habe, habe ich es gewußt: Ich liebe dich.«

Endlich lockerte er die Tentakel: »Jetzt spinn nicht 'rum hier.«

»Ich spinne nicht. Ich liebe dich, Frederic, du bist der Typ, auf den ich immer gewartet habe. Du bist so schön, Frederic, ich habe mich gleich in dein Gesicht verliebt.«

»Echt?«

»Echt. So was habe ich noch nie erlebt. Du bist was ganz Besonderes, Frederic, hast du eigentlich noch was zu trinken im Haus?«

Er warf einen Blick in die Küche: »Ich glaube, schon. Aber wenn ich zum Kühlschrank gehe, haust du ab.«

»Ich schwöre, ich bleibe hier stehen.«

»Die Tür ist sowieso abgeschlossen.«

»Genau.«

»Dann hole ich mal eben was zu trinken.«

Er stürzte in die Küche, von der aus er das Wohnzimmer im Auge behielt. Vorsichtig schielte ich zur Tür: aussichtslos.

»Du hast zur Tür geguckt!« schrie er, auf mich zukommend. »Ich hab's genau gesehen, du verlogenes Miststück, ich bring' dich um.«

Allmählich verlor ich die Lust an diesem Scheißspiel. Mit stabiler Nackenmuskulatur fing ich die nächsten Schläge souverän ab: »Jetzt hör doch endlich mit dem ewigen Umbringen auf, das langweilt mich langsam. Schlägt man überhaupt eine Frau, die einen liebt?«

»Mir machst du nichts vor, ihr Fotzen seid alle gleich verlogen.«

»Gib mir mal ein Bier rüber.«

»Das ist nicht kalt, der scheiß Kühlschrank hat den Geist aufgegeben. Tut mir leid.«

»Das macht doch nichts, mein Schatz«, ich umarmte ihn mit aller mir zur Verfügung stehenden Überzeugungskraft, »wir können ja woanders ein kaltes trinken gehen, was hältst du davon?«

»Wieso woanders?«

»Na, weil das Bier hier warm ist. Hast du etwa keinen Bock auf ein schönes, eisgekühltes Bier?«

»Doch, schon.«

»Zieh dir eben was über, sweetheart, wir gehen noch schnell um die Ecke, was trinken. Ich bin ja so verliebt in dich«, laberte ich süß wie Kandiszucker.

»Ich weiß gar nicht, was ich anziehen soll«, nölte er, als sei er eine Frau und wollte auf den Filmball, »es ist jetzt ziemlich kalt draußen – vielleicht die Jeansjacke, aber die ist ungefüttert.« Unschlüssig blickte er zur Garderobe im Flur.

»Zieh irgendwas an, mein Goldfasan, du bist doch immer der Schönste auf der Welt für mich.« Für eine ausgefallene Rhetorik stand ich zu sehr unter Strom. Ich mußte auf die Tube drücken. Jede Sekunde konnte sein Verstand wieder aus der Versenkung auftauchen. Es wunderte mich sowieso, daß er meinem Geschwätz auf den Leim ging.

»Oder soll ich die Lederjacke nehmen?« fing er wieder zu zweifeln an. Ich war kurz vorm Zerplatzen.

»Nimm die Lederjacke, Mausilein«, säuselte ich, »und wenn dir trotzdem kalt wird, wärmt dich meine Liebe.«

»Die Lederjacke ist eigentlich ganz warm.«

»Komm, Schnüffelchen, jetzt so 'n kaltes Bierchen mit dir, das ist ein Traum.« Wie in Trance kam er endlich angelatscht und schloß die Tür auf: »Und wohin gehen wir?«

Die Freiheit kühler Nachtluft atmend, schrie ich wie am Spieß: »Polizei, Hilfe, Polizei, Vergewaltigung, Hilfe, Polizei, Polizei!!!«

»Scheißfotze«, äußerte der Typ gedämpft und versuchte, mich am Ärmel wieder hineinzuziehen. Sofort riß ich mein Maul wieder auf: »Polizei, Hilfe, Hilfe, Polizei!« Gegenüber ging in mehreren Wohnungen Licht an, jemand machte ein Fenster auf. Frederic verzog sich hastig ins Innere des Hauses und schloß die Tür.

Erleichtert trottete ich zur U-Bahn. Demnächst wollte ich dem örtlichen Kaninchenzüchterverein eine ordentliche Spende zukommen lassen, handelte es sich doch beim gutbürgerlichen Gerammele um eine sehr zuverlässige Größe in den mathematischen Gleichungen femininer Überlebenskunst.

18. *Anwalt Oliver war passionierter*

Tennisspieler, das heißt, eigentlich war er passioniertes Clubmitglied, spielen sah ich ihn in den reichlich vier Wochen unserer Bekanntschaft nicht. Der Club hätte sich besser Neusser Saufvereinigung e.V. genannt, und seine Mitglieder waren von meinem Naturtalent begeistert. Das Vereinsmotto lautete ›Noch 'ne Runde‹, und daß ich mich dort gut aufgehoben fühlte, lag auf der Hand. Lediglich an dem Timing haperte es, denn ich war typischer Abendsäufer, und die Clubmitglieder fingen schon morgens an.

Riemanns eindringliche Ratschläge beherzigend, hielt ich Oli eine Weile hin, bis ich zum erstenmal mit ihm ins Bett ging. »Ich weiß zwar nicht, welchen Unterschied es macht, ob ich sofort eins in die Schnauze kriege oder erst in vier Wochen, aber ich kann das ja gerne mal antesten.«

»Die Typen haben dann mehr Respekt, wenn sie vorher gewartet haben, du wirst schon sehen«, meinte Riemann.

»Wer's glaubt ...«

Die Clubkameraden schlossen mich sofort ins Herz, auch die Frauen: »Wir freuen uns so für Oliver, daß er so eine nette Frau gefunden hat, wir hatten uns schon richtig Sorgen gemacht.«

»Warum?«

»Er war jetzt schon so lange alleine, und dabei ist er so ein lieber Kerl. Wir konnten das gar nicht verstehen.«

Ich auch nicht. Oliver sah spitzenmäßig aus, ungefähr so wie Götz George in den ersten Schimanskifolgen. Er war größer als George, aber trug, wie er, einen Schnauzbart, und Männer mit Schenkelbürste wirkten auf mich immer lieb-vertrottelt wie verirrte Bobtails. Abgesehen von dem Hirnriß, daß er mir ständig einen breitkrempigen Hut und High Heels verpassen wollte und ich immer schon davon geträumt hatte, mich als Nitribitt zu verkleiden, verstanden wir uns gut, was primär daran lag, daß wir uns kaum unterhielten. Wir hingen an der Bar des Clubhauses ab und zogen uns eine Runde nach der anderen rein, und die älteren Knaben standen Schlange für den Bruderkuß. Es hagelte Einladungen: »Ihr kommt doch zu Stefans Geburtstag?« und »Claudia möchte gerne chinesisch für euch kochen« und »Bei Wilfried ist Sonntag Frühschoppen im Garten«.

Wilfried war ein hohes Tier bei einem großen Stahlunternehmen, Geschäftsführer oder so was und hatte ein tolles Haus am Rhein mit wildbewachsenem, verwunschenen Garten, in dem antike Marmorstatuen den Verlust ihrer Gliedmaßen beweinten. Leider war es an diesem Sontagmorgen extrem sonnig, und ich kriegte immer schnell einen Sonnenstich.

»Hättest du mal einen großen Hut angezogen«, fing Oli wieder an, »mach mir jetzt bloß nicht schlapp vor meinen Freunden, nicht, daß du mich blamierst.«

Ganz Düsseldorf samt Umgebung schien sich auf der Flucht vor drohenden Blamagen zu befinden. Jedenfalls knallte mir die Sonne auf den Schädel, und um die Uhrzeit schmeckte mir auch kein Bier.

»Mensch, benimm dich bloß«, sagte Oli, »mach wenigstens ein freundliches Gesicht. Wilfried ist ein einflußreicher Mann, einer meiner besten Freunde.«

»Ich glaub', ich krieg' einen Sonnenstich.«

»Quatsch, die anderen kriegen ja auch keinen Sonnenstich. Unterhalte dich ein bißchen, das lenkt ab, geh rum, rede was.«

»Ich kenne doch keinen.«

»Du bist aber auch unflexibel. Soll ich jetzt etwa die ganze Zeit mit dir hier herumstehen oder was? Wir stehen ja hier wie festgewachsen.«

»Meinetwegen können wir auch herumwandern, aber laß mich nicht alleine stehen.«

»Sag mal, bist du kontaktgestört? Hast du Hemmungen oder was? Du siehst doch Klasse aus, was hast du denn eigentlich? Die Sabine ist immer ganz locker von Gruppe zu Gruppe gegangen, um die brauchte ich mich nie zu kümmern.«

»Wer ist denn Sabine?«

Seine Gesichtsmuskeln erschlafften: »Meine Ex. Zehn Jahre waren wir zusammen, dann ist sie mit einem anderen durchgebrannt.«

»Wie aufregend.«

Seine gute Laune war im Eimer, aber wenigstens belästigte er mich nicht mit Aufforderungen zur Wanderschaft in diesem üppig wuchernden Garten, in dem die Wespen sich gerade überlegten, ob sie sich auf mein schwarzes Oberteil setzen sollten.

»Juristin war die«, fuhr Oliver trübsinnig fort, »genau wie ich. Mit uns hat es bestens geklappt, wir hatten eine verdammt gute Zeit.«

Die Schwärmereien der Typen von meinen Vorgängerinnen übten auf mich immer einen magnetischen Zauber aus: »Du, Oliver, ich glaub', ich nehme mir ein Taxi und fahre nach Hause. Wenn mir schon das Bier nicht schmeckt, dann stimmt was nicht mit mir.«

»Spinnst du? Du kannst doch jetzt nicht abhauen. Was sollen denn die anderen denken? Halt durch, es dauert ja nicht mehr lange. Ich schätze, in zwei bis drei Stunden löst sich das alles auf hier. Aber wir müssen uns jetzt auch mal zu den anderen gesellen, wir können uns nicht so absondern.«

In dem Moment trat die Frau des Geschäftsführers auf uns zu: »Na, amüsiert ihr euch, habt ihr alles, geht es euch gut?«

»Sie hat ein bißchen Kopfschmerzen«, erklärte Oli mit entschuldigendem Lachen und einem Ton, als wäre das das Abartigste, was einem Menschen um die Tageszeit einfallen konnte.

»Ach, Sie Ärmste. Soll ich Ihnen Tabletten holen? Vielleicht ein Aspirin? Chantal! Chantal, holen Sie doch bitte ein Aspirin aus der Hausapotheke. Oder wie wäre es mit einer Bouillabaisse? Frisch zubereitet gestern abend.«

»Tausend Dank, mit dem Aspirin wird es schon gehen.«

»Wir freuen uns ja alle so, daß unser Oliver wieder beweibt ist«, fing sie jetzt auch noch an, »so eine nette Frau können wir immer als Verstärkung gebrauchen. Hoffentlich benimmt er sich Ihnen gegenüber ordentlich. Daß mir keine Beschwerden kommen, Oliver.«

Oli lachte heiser. Er mußte was an den Stimmbändern haben: »Also, wirklich, Hanna.«

Sie drohte ihm mit dem Zeigefinger: »Ja ja, daß mir keine Klagen kommen, benimm dich, hast du gehört. Keine wilden Geschichten.«

Ihre Definition von ›wild‹ hätte mich brennend interessiert. Mit Dschingis Khan hatte er trotz des Schnurrbarts nicht die geringste Ähnlichkeit, eher mit einem leicht abgewetzten Teddybär.

»Die Sabine hat es immerhin zehn Jahre mit mir ausgehalten«, rechtfertigte er sich.

»Hättest du halt besser aufgepaßt!« meinte die Dame des Hauses. »Dann wäre sie jetzt noch da.«

In mir regten sich Zweifel, ob ich mit dem Pensum der entfleuchten Juristin mitzuhalten wünschte. Ich stellte sie mir als Wahnsinnsfrau mit Riesenhutkrempe vor, die fröhlich schnatternd von einem Gast zum anderen schwirrte wie die Wespen um mich herum, während ich allmählich alles doppelt sah: »Oli, ich muß nach Hause, mir wird schlecht.«

»Psst«, machte er, »Hanna ist noch nicht weit genug weg. Mensch, du kannst einem aber auch auf den Zahn gehen. Meinetwegen bringe ich dich schnell weg, aber ich komme dann hierher zurück.«

»Au ja, das machen wir.«

»Einen Bombeneindruck macht das«, klagte er, »bist das erstemal eingeladen und ausgerechnet bei Wilfried und Hanna und dann so was. Was bist du denn für 'n Zuckerpüppchen, das noch nicht mal einen Sonnenstrahl aushält?«

»Es wird aber auch immer heißer.«

»Logisch, es ist Mittagszeit. Soll es wegen dir jetzt regnen? Ich geh mal eben zu Hanna und erkläre ihr, was mit dir los ist.«

Eigentlich hatte er schon die Schnauze voll von mir, aber leider war er immer noch nicht mit mir im Bett gewesen. Deshalb hieß seine Devise ›Zähne zusammenbeißen‹.

Drei Tage später, ich war kaum von dem Sonnenstich genesen, ereilte uns die nächste Einladung: »Chris und Soraya laden uns zum Essen ein.«

»Bei denen zu Hause?«

»Richtig. Hast du auch was Ordentliches anzuziehen?«

»Nee, ich bin passionierte Nudistin.«

»Komm bitte nicht immer in Jeans, ich steh da nicht so drauf. Zieh lieber ein Kleid an, aber ein kurzes. Man weiß ja gar nicht, was du für Beine hast.«

Was kotzten mich die Säcke manchmal an. Vor allem dieser mit seinen penetranten Einladungen: »Große Lust habe ich ja nicht.«

Oliver verstand die Welt nicht mehr: »Keine Lust? Anstatt daß du froh bist, daß die dich alle so schön akzeptieren, hast du keine Lust. Ich glaube es nicht.«

In dem Moment war ich ihm fremder als ein Außerirdischer. Der Club mitsamt Mitgliedern und Gebräuchen war ihm heilig, und ich erlaubte mir derart unqualifizierte Kommentare.

»Na gut, ich komme mit. Aber den einzigen Rock, den ich habe, hatte ich schon am Sonntag an. Du kannst jetzt wählen zwischen einer geblümten Harems-Hose oder einer schwarzen mit Schlangen-Optik.«

»Ist das so 'n Schlangen-Imitat etwa? So 'n Plastikzeug?«

»Nein, Stoff.«

»Gut, zieh die schwarze an, das hört sich unverfänglicher an. Und bürste sie vorher ab, auf schwarz sieht man jeden Flusen. Auf gewisse Dinge lege ich Wert.«

»Alles klar. Also, um sieben.«

Pedant Oli hatte einen überdimensionalen Blumenstrauß besorgt, für den die Dame des Hauses leider keine Vase hatte, und meinte, von meinem nächsten Gehalt könne ich mir mal ein paar Röcke leisten.

»Kannst du mir ja zum Geburtstag schenken«, scherzte ich. Er verzog das Gesicht: »Wenn wir uns dann noch kennen ...« Seine optimistische Grundeinstellung stimmte mich gleich heiter.

Die Hausfrau hatte sich bei der Herstellung einer Sauerkrautsuppe à la Provence große Mühe gegeben. Obwohl ich sorgsam bemüht war, die in Crème fraîche getauchten Krautklumpen im Ganzen zu verschlingen, hingen mir die einzelnen Fransen aus dem Mund, so daß meine Beiträge zur Tischkonversation eher einsilbig gerieten.

»Wir sind ja so froh, daß der Oliver endlich eine nette Frau gefunden hat«, ging die Leier wieder los. Ich dachte, hat der Stacheln auf dem Schwanz oder gestreifte Eier oder eitert die Gurke oder was steht mir noch bevor? Wieso kriegte der Supertyp keine Frau? An seiner einfühlsamen, kosmopolitisch-charmanten Wesensart konnte es ja nicht liegen.

Oli zog sich schon das fünfte Bier rein, da stand noch nicht mal das Karnickel auf dem Tisch: »Hasenrücken nach mallorquinischem Rezept. Ich hoffe, Sie mögen Knoblauch?«

Im Vergleich zu Hasenbraten war Knoblauch geradezu meine Leibspeise: »Bitte nicht so viel, mein Magen ist nicht ganz in Ordnung.«

Strenger Blick von Oli.

»Oh, das tut mir aber leid. Soll ich Ihnen was bringen?«

»So schlimm ist es nicht. Schmeckt hervorragend, das Fleisch.«

Das Luder war zäh wie doppeltversiegeltes Latex für SM-Akrobaten. Während meine Kiefer Höchstarbeit leisteten, gurgelten zwei Etagen tiefer die Darmzotten mit dem Sauerkraut, und die Rosette begann bedenklich zu flattern.

Anschließend gab es das unvermeidliche Tiramisu, und so ließen wir uns dann hochziehen und wechselten ins Wohnzimmer, das tiefergelegt war wie in einem ehemaligen Schwimmbad. Tatsächlich: »Das war früher ein Swimmingpool.« Über uns schwebte eine Glaskuppel, was meine Rosette leider wenig beeindruckte: »Wo kann ich mir denn mal die Hände waschen?«

Das Bad glühte in sattem Pfirsichton, auch apricot genannt und damals top angesagt, vom Fenster grüßte ein Farn. Ich parkte das Sauerkraut im Klo und kehrte erleichtert zurück.

»Oli hat immer einen gepflegten Durst«, merkte der Hausherr an.

»Ihr vielleicht nicht?« lärmte Oli in Hochstimmung. Beim Hinsetzen kippte ich ein Glas um: »Verzeihung, das tut mir leid.«

»Der schöne Wein«, bedauerte Oli. Die Hausfrau kam mit einer Küchenrolle angefegt: »Ist auch nichts auf den Teppich gekommen?« Der Hausherr stand besorgt auf: »Der Teppich ist extrem empfindlich. Ist alles o. k., Soraya?«

Oliver sah mich maßregelnd an und klemmte finster die Mundwinkel ein. Der Hausherr kam mit dem Entkorken kaum nach: »Oliver, trink doch nicht so viel, ich denke, du willst noch fahren? Oder fahren Sie?« wandte er sich an mich.

»Ich habe keinen Führerschein.«

Das war ja mal wieder peinlich. Alles hätte ich sagen dürfen, aber doch nicht das. Nur ausgemachte Vollidioten hatten keinen Führerschein. Ungläubiges Gelächter: »Ja, wie kommen Sie denn zur Arbeit?«

»Mit der Straßenbahn.«

»Mit der Straßenbahn?« Sie waren so verblüfft, als hätte ich gesagt, ich ritte auf einem Eselsrücken durch die Walachei. Oli blickte starr in sein Glas. Das hätte ja nun nicht sein müssen, daß die Traumfrau mit der Bahn zur Arbeit fuhr, so was prolomäßig Vorsintflutliches, also, ehrlich, da sah er ja plötzlich meinen schwarzen Reptiliendruck in ganz strengem Licht.

»Komm, schenk noch mal ein«, lenkte er von mir, dem Malheur auf zwei Beinen, ab.

»Was trinkst du denn soviel?« fragte Chris.

»Ich trink' doch immer soviel.«

»Ja, aber ich dachte, du hast doch heute Premiere ...«

»Christian!« maßregelte ihn die Hausfau peinlich berührt. »Laß Oli doch trinken, was geht dich das denn an? Als hätten wir nicht genug Wein da, also, wirklich.«

Häuptling Laberzunge hatte offenbar über den aktuellen Stand unserer Beziehung recht detailliert Auskunft gegeben. Plötzlich kam ich mir vor wie eine knusprige, fette Gans mitten auf dem Tisch, der man gerade die Papiermanschetten entfernt hat, während der Hausherr gierig die Messer wetzt. Komm, Chris, laß mir auch die Luft aus dem Glas, ich muß ja keinen mehr hochkriegen.

Kaum waren Oli und ich ins Bett getorkelt, schoß sein schwerer Balg herum wie ein wütender Waran, und ehe ich noch rülpsen konnte, hingen mir bereits seine Weichteile über dem Gesicht, und er wühlte mit seiner überraschend trockenen Zunge an meinem Unterleib herum. Was machte eine Dame von Welt in einer so prekär-anheimelnden Situation? Sagte sie: »Achtung, ich kotz' gleich auf Ihren bezaubenden Penis« oder »Pardon, ich glaube, ich habe mich ins falsche Bett verirrt« oder »Hätten Sie vielleicht ein Kondom mit Erdbeergeschmack?«

Seine Geschlechtsteile waren wachsweich und baumelten über mir wie ein Bund faulender Möhren. Da er mir mit seiner rauhen Zunge die Haut wund schabte, fehlte mir der Elan, das Gemüse eine Etage höher in Form zu bringen. Er wütete mit seiner säbelartigen Zunge und brabbelte einige Kommandos, die mein momentan leicht rauschendes Innenohr leider nicht erreichten, und plötzlich kam er sich bei seiner Mundakrobatik selbst ins Gehege, weshalb er irritiert mit dem Gemüse schaukelte und einige derbe Flüche ausstieß. Meine geschundene Schnecke machte Bekanntschaft mit dem kühlenden Balsam eines Metalls – der Zahnersatz war ihm rausgefallen. Diese reizende Variante moderner Blastechnik löste bei mir wahre Begeisterungsstürme aus: »Hör auf, Oli, laß es, das bringt es doch nicht.«

Wildes Gemüsewackeln, gepreßtes Kommando: »Mach weiter jetzt!«

»Ich hab' ja noch gar nicht angefangen.«

»Mach weiter, mach weiter, los jetzt.«

Baumelnde Karotten. Ja, haben wir denn heute schon Weihnachten?

»Hör endlich auf, Oli, das tut ja weh, wie du das machst. Ich hab' doch keine Hornhaut da unten, Mann.«

Ich rüttelte an seinem schwerfälligen Leib, aber er blieb auf mir liegen wie ein erschossenes Krokodil.

»Mensch, Oli, geh runter jetzt, ich hab' den Kaffee auf. Hörst du schlecht da unten? Setz deine Zähne erst mal richtig ein, das hängt doch immer noch halb raus.«

Endlich hielt er inne und nahm beim Gebißeinsetzen beide Hände zur Hilfe. Es knackte kurz: »Scheiße!« Dann klappte er probeweise die Kiefer zusammen. Zum Glück klemmten meine Weichteile nicht mehr dazwischen.

»Komm, wir machen Schluß«, sagte ich, »ich hab' jetzt irgendwie keinen Bock mehr.«

Endlich robbte er sich an meine Seite: »War heute nicht mein Tag.«

»Ist nicht schlimm«, log ich männerfreundlich, »du hast nur zuviel getrunken.«

»Ja, das war ein Glas zuviel«, zeigte er Einsicht und schnarchte schon im nächsten Moment. Mir war alles vergangen, ich hatte nicht mal mehr Lust, mir einen runterzuholen.

Zum Frühstück gab es Marmeladentoast und Instantkaffee: »Junggesellenhaushalt. Beeil dich, ich muß gleich in den Club. Oder kommst du mit?«

»Hör mal, Oli, ich glaube, wir müssen uns mal unterhalten.«

Er mümmelte an seinem Toast. Die Prothese schien zu halten: »Worüber?«

»Über heute nacht zum Beispiel.«

»Was gibt's denn da zu reden?«

Er griff zum Telefonhörer: »Hallo, Tina-Schatz, hier ist der liebe Oliver. Was, die anderen sind schon da? Ja, ist ein bißchen spät geworden gestern nacht, hab' ja 'ne neue Zaubermaus, harhar, da wird man auf seine alten Tage noch mal richtig gefordert, harhar, sag den anderen Bescheid, ich bin gleich da.«

Dann sprang er auf und zog sich einen Clubpullunder an. In den Mund sprühte er sich einen Spray, zog den Kamm durch das dichte Haar und meinte: »Wenn du nicht mitkommen willst, muß ich dich jetzt wegbringen. Mist, daß du kein Auto hast.«

Im Auto stellte er das Radio laut und sang die deutschen Schlager mit. Dann kippte er mich aus dem Wagen wie ein Postpaket: »Halt dir den Mittwochabend frei, am Donnerstag ist Feiertag.«

Ich überlegte, ob das als Drohung aufzufassen war. Zu Hause haute ich mir ein paar Spiegeleier in die Pfanne. Dann warf ich mich in meinen Bademantel und ging in die Sauna. Nach drei heftigen Aufgüssen war ich wieder bei mir.

Am Mittwochabend lag ausnahmsweise keine Einladung vor, und er stand mir in voller Pracht zur alleinigen Verfügung. Nach dem sechsten Glas Weißwein gestand er mir zartfühlend, daß er gegen ein paar Handgreiflichkeiten meinerseits keine Einwände hätte, aber er stünde selbstredend auch für den umgekehrten Fall bereit, daß ich eventuell eine geheime Sehnsucht nach einer Tracht Prügel verspürte. Ich erklärte ihm, daß mir diese Sehnsucht eher fremd sei und ich als Domina leider keine professionellen Kenntnisse vorzuweisen habe.

»Das kriegen wir schon gebacken. Das Wichtigste ist, daß man im Gesicht nichts sieht«, erläuterte er, »nicht, daß man im Club ständig darauf angesprochen wird, also, das wäre natürlich blamabel. Ansonsten kannst du kratzen und schlagen ... zeig mal, was hast du denn für Nägel? Sind die stabil? Aber nicht so doll, daß Blut fließt. Erst mal sanft. Und schlagen, wie gesagt. Schlagen ist auch gut.«

Ich schmierte ihm eine.

»Ich hab' doch gesagt, nicht ins Gesicht, Mann! Und auch nicht so feste. Du schlägst ja zu wie ein Preisboxer.«

»Pardon.«

Er nahm einen Schluck aus dem Glas und zündete sich eine Zigarette an.

»Fang erst mal mit ein bißchen Kratzen an«, meinte er leicht verstimmt.

Ich kratzte ihn am Nacken. Er stöhnte.

»Gut so?« erkundigte ich mich gelehrig.

»Mhm, und am Rücken auch. Überall, aber nicht im Gesicht.«

Nachdem ich ihm den Rücken zerkratzt und er abwechselnd gestöhnt und geschnurrt hatte, wurde es mir langweilig: »Sollen wir nicht mal Werkzeug besorgen? Oder hast du welches zu Hause?«

»Was für Werkzeug?«

»Na ja, 'ne Peitsche oder so was. Ich mache mir ja die ganzen Nägel kaputt. Das geht doch mit 'ner Peitsche einfacher. Ist doch der reinste Dilettantismus hier. Ich brauch' 'ne richtige Ausrüstung, damit ich mehr Abwechslung habe. Außerdem würde es mir mehr Spaß machen.«

Er freute sich: »Ehrlich? Macht dir das Spaß?«

»Doch, so 'ne Peitsche zu schwingen, das hat schon was. Gibt irgendwie Power. Man müßte das Ganze mehr showmäßig aufziehen. Du wirst doch wohl bisher nicht nur rumgekratzt haben.«

Er überlegte: »Ich glaube, die Klamotten hat Sabine mitgenommen. Da müßte ich mal nachsehen. Aber ich könnte ja was Neues kaufen. Wenn dir das Spaß macht, könnten wir ja noch ganz andere Sachen machen ...«

»Was denn zum Beispiel?«

»Da gibt's 'ne ganze Menge. So die Hundenummer zum Beispiel, die war immer ganz geil. Die Sabine war da immer sehr einfallsreich. Scheiße, da habe ich ja eine Schramme am Handgelenk. Hoffentlich sieht man das nicht unterm Hemd.«

»Du hast aber nicht gesagt, daß ich auf die Hände aufpassen soll.«

»Das versteht sich doch wohl von selbst. Also, Maus, ich muß dann wieder, morgen früh ist Altherrenturnier, da bin ich gemeldet. Um neun Uhr geht es schon los. Ich kann dich ja hinterher zum Frühschoppen abholen. Scheiße aber auch, daß du kein Auto hast.«

»Ruf mich an, wenn du fertig bist.«

Gegen zwölf kam der Anruf: »Meine Kumpels sind total entsetzt von dir.«

»Wieso?«

»Das wäre nicht die feine, englische Art, einen Mann dermaßen zu entstellen mit den ganzen roten Striemen. Mein Rücken sieht ja vielleicht aus, also, wirklich, das reinste Schlachtfeld. Die haben das beim Duschen gesehen.«

»Was gehst du denn auch mit denen unter die Dusche, du Blödmann.«

»Wir duschen immer gemeinsam nach dem Spiel. Ich hab' übrigens den zweiten Platz gemacht.«

»Herzlichen Glückwunsch.«

»Wenn es dir nicht peinlich ist, komme ich dich dann jetzt abholen. Es gibt kaltes Buffet.«

»Hör mal, Oli, warum soll mir das peinlich sein? *Ich* wollte ja nicht von oben bis unten zerkratzt werden. Was hast du denen denn gesagt?«

»Ich? Nichts Besonderes. Daß du einen geilen Arsch hast, habe ich gesagt, und wie ein notgeiles Frettchen über mich hergefallen bist. Irgend etwas mußte ich ja sagen.«

»Weißt du was, Oliver, ich habe drei Nagelfeilen zu Hause, da brauche ich deinen Rücken nicht für. Und jetzt leck mich am Arsch.«

Als ich mit Kücklich unter der Sonnenbank lag, wobei sie sich die Füße pedikürte, meinte sie: »Der Typ taugt sowieso nix, das habe ich gleich gesehen.«

»Woran sieht man denn das, verdammt?«

»Einem Mann mußt du immer auf die Schuhe sehen. Der Oliver hatte Slipper an wie von Deichmann. So was trägt 'n Gentleman nicht.«

»Ich bin nicht unbedingt auf der Suche nach einem Gentleman.«

Sie rubbelte sich die Hornhaut von den Fußballen: »Und außerdem kam der neulich mit einer Zweiliterflasche Wein bei dir an. Ich habe den im Aufzug getroffen. Das gehört sich nicht bei einer Dame.«

Mit einem Gummifuß schob sie die Nagelhaut zurück. Bei den Sonnenbänken handelte es sich um altmodische, unter der Zimmerdecke befestigte Lichtröhren, unter denen man sich frei bewegen konnte.

»Ich versteh' nur Bahnhof. Die Zweiliterflasche hat er mitgebracht, weil er soviel säuft.«

Sie trug ihren Unterlack auf die Nägel und gewährte ungeniert Einblick in ihr Eingemachtes.

Unterrichtsstunde, Teil 2: »Dann hätte er eine kleine Flasche mitbringen müssen und die andere für Notfälle im Auto haben. Zweiliterflaschen sind was für Penner. Da siehst du, wie der dich eingeschätzt hat.«

»Wieso mich? Der hat die doch selbst ausgesoffen.«

»Wenn der dich respektiert hätte, hätte der zwei teure Flaschen gekauft und keine Pennerpulle. Und jetzt geh mal mit dem Fuß da weg, ich möchte mich auf den Bauch legen.«

Solidarisch wälzte ich mich mit herum. Jetzt hatte ich

den Kerl fast vier Wochen hingehalten, und trotzdem war es wieder nichts mit dem Respekt. Ich mußte ja die Ausstrahlung einer Kellerassel haben, daß die Säcke so mit mir umsprangen. Vor allem im Bett.

»Sag mal, Pia, mit dem Kalle, klappt das bei euch im Bett?«

»Logo.«

»Na, so logo ist das ja nun auch wieder nicht. Irgendwie macht mich das alles nicht an, was die so draufhaben. Jedesmal ist es was anderes, was mich abtörnt.«

Sie grunzte zufrieden: »Der Kalle macht das ganz gut. Wir machen immer die Löffelstellung.«

»Was ist *das* denn?«

»Ich lege mich auf die Seite, und er kommt von hinten.«

Bei ihrer fitnessgestählten Plempe war das nicht der schlechteste Einfall.

»Und dann?« fragte ich.

»Du fragst vielleicht blöd. Dann schmusen wir halt …«

Ich unterließ es, zu fragen, wie sie es bewerkstelligte, ihren halslosen Kopf um circa neunzig Grad zu drehen.

»… und dann gleitet der irgendwie so rein, das macht der unheimlich geschickt, ich merke das kaum.«

Ich schwieg beeindruckt. Das mußte ja ein Traumerlebnis sein, wo der Gipfel der Glückseligkeit darin bestand, kaum was davon zu merken.

»Tja«, sagte sie, »so schläft man mit einer Dame. Elegant eben. Das muß aussehen wie ein Versehen. So nebenbei, als wäre gar nichts gewesen.«

»Aber abspritzen tut er schon.«

»Solche Ausdrücke nimmt eine Dame gar nicht erst in den Mund. Das ignoriert man. Für diesen Fall habe ich ein Frottierhandtuch parat liegen, frisch gewaschen natürlich. Damit wischt der sich das dezent ab. So, jetzt weißt du's. Und etwas später geht man dann ins Bad. Getrennt natürlich.«

Ich hörte mich seufzen. Fünfzehn Jahre Erfahrung für die Katz'. Fünfzehn Jahre Turnübungen, Gestöhne und Gerummse, Schleimpackungen und Schweißorgien, dabei mußte man einfach nur den Arsch hinhalten und ein frischgewaschenes Frottiertuch. Mir war zum Heulen. Fast hätte ich was Unwesentliches vergessen: »Und du? Kommst du denn *auch*?«

Sie war gerade eingenickt. »Mensch, jetzt hast du mich wieder wachgemacht. Was bist du lästig heute.«

»Ob du kommst, wollte ich wissen, wenn der Kalle so von hinten ...«

»Menschenskind, ist die immer noch mit dem Thema zugange! Ich sagte doch schon, darüber spricht man nicht.«

»Ja, hast du nun einen Orgasmus oder nicht?«

»Eine anständige Frau braucht keinen Orgasmus zu haben, und schon gar nicht gibt sie dabei animalische Laute von sich wie ein Kerl. Eine Dame spricht über so was nicht.«

»Und wenn du geil bist, was machst du dann?«

»Eine Dame ist nicht geil, wie oft soll ich das denn noch sagen. Aber gut, unter uns: dann mache ich's mir selbst. Das war jetzt aber wirklich das letzte Wort in dieser Angelegenheit. Und behalte das für dich, was ich dir gerade gesagt habe.«

»Auf jeden Fall.«

»Wehe, der Kalle erfährt was.«

»Von mir nicht.«

»Nachher meint der noch, er müßte es sich anders überlegen. So 'n bequemen Lover finde ich nie mehr.« Wie wahr.

19. *Seit Kiepert in Rente war,*

hatte von Katte nicht mehr viel zu melden. Von der einstigen Number One unter den Frauen nach kurzer Schonfrist zur Springerin degradiert, wurde Schnaps ihr ständiger Begleiter. Springerinnen wurden von der Personalabteilung überall dort eingesetzt, wo eine Schreibkraft fehlte, was im Fall von Frau von Katte insofern praktisch war, als sie sich stets erfolgreich gegen das Erlernen des Umgangs mit der neuesten Errungenschaft der Moderne, dem PC, gesträubt hatte. Bevor sie auf dem PC einen Fünfzeilenbrief anstandslos über die Bühne brachte, gingen Jahre ins Land. Tabellen, Grafiken, Serienbriefe und sonstige tückische Aufgabenstellungen waren für sie so abenteuerlich wie die moderne Seefahrt ohne Radar. Kam von Katte spätmorgens als Vertretung angetrabt, war die Freude des betroffenen Chefs überwältigend. Zudem verwandelte sie jedes Zimmer in eine Jauchegrube. Das kam daher, weil sie unter den Achseln stank wie verschimmelte Erbsensuppe. Zur Abrundung ihrer Duftpalette trug sie eine Fahne vor sich her, die schon morgens um acht brettsteif im Wind stand. Das alles wäre soeben noch toleriert worden, wenn sie wenigstens verheiratet gewesen wäre.

Immer mehr kristallisierte sich der Gang zum Standesamt als unverzichtbares Regularium für die nahtlose Integration in das Heer von Platzhirschen, Batteriehühnern und Flurziegen heraus. Wem es nicht bis spätestens Mitte dreißig gelungen war, irgendein gegengeschlechtliches Kalb auf das Amt geschleppt zu haben, trug unweigerlich das Stigma der Andersartigkeit – das galt für Männer und

Frauen gleichermaßen. Während unverheiratete Frauen als übriggebliebene Restposten mitleidig beziehungsweise schadenfroh belächelt wurden, galten die sogenannten Junggesellen als in sexueller Hinsicht bedenklich oder schlicht als schwul.

Auch meine Mutter ließ mit der Heiraterei nicht locker, meistens fing sie ausgerechnet beim Essen damit an: »Jetzt wird es aber langsam Zeit. Du kannst mir doch nicht erzählen, daß alle Männer, die du kennenlernst, einen Dachschaden haben.«

Bei dem Thema verging mir der Appetit: »Es ist aber so, was kann ich denn dafür?«

»Wo lernst du die denn immer kennen? Vielleicht gehst du in die falschen Lokale. In den Zeitschriften lese ich immer, was es in Düsseldorf für eine tolle Kneipenkultur gibt, wo die ganze Prominenz verkehrt und so – da müssen doch auch ein paar vernünftige Männer zu finden sein.«

»Frag mich, was ich mit einem Promi soll. Ich brauche selbst jemanden, der mir den Arsch nachträgt. Mutti, finde dich damit ab, das wird nichts mehr in diesem Leben – ich bin nicht superschön, nicht superschlau und nicht superjung, und fett bin ich auch noch.«

»So ein Blödsinn, wo bist du denn fett? Du hast doch eine nette, weibliche Figur...«

»Weibliche Figuren sind überhaupt nicht angesagt.«

»Verstehe ich nicht. Früher hast du immer gesagt, wenn ich nur mehr Oberweite hätte, dann wäre alles einfacher. Jetzt hast du eine, und da ist es auch wieder nicht recht.«

»Das verstehst du nicht. Wenn du nicht 'ne Figur wie ein Skelett hast und Euter wie 'ne Milchkuh, brauchst du dich in solchen Läden gar nicht erst blicken zu lassen.«

»Du übertreibst mal wieder. Die Töchter meiner Freundinnen haben doch auch alle geheiratet, und die sehen nicht halb so gut aus wie du.«

»Komm mir bloß nicht mit denen. Der von der Gudrun etwa, ein Asylant aus Nigeria, den sie durchfüttern mußte, die andere einen Rasta aus Jamaika im Methadon-Programm und die dritte einen albanischen Bigamisten – um solche Traumtypen kennenzulernen, müßte ich erst mal mehr verdienen. Mit meinem Gehalt kann ich mir Fernreisen leider nicht erlauben.«

Sie räumte das Geschirr ab. Da ertönte aus dem Kinderzimmer das Glöckchen. Dort lag Wunderlich in einem Spezialkrankenbett, aufgebaut wie eine lebende Mumie, und immer wenn er einen Wunsch hatte, bediente er das Glöckchen über seinem Bett. Vor einiger Zeit hatte er beschlossen, den Rest seines Lebens liegend zu verbringen. Innerhalb weniger Monate hatte er sich vom Kuchenfreak und Tonbandjongleur in einen anspruchsvollen Lazarus verwandelt, der zwar keine Kraft mehr hatte, das Klo aufzusuchen, aber mit einer Begeisterung das Glöckchen bediente, als warteten zwanzig gelangweilte Domestiken sehnsüchtig auf ihren Einsatz.

»Das Glöckchen hat geklingelt!« rief ich in die Küche. Sie verschwand für fünf Minuten. »Wieder keine Verdauung«, berichtete sie bei der Rückkehr.

»Und warum hat er dann geklingelt?« fragte ich.

»Er meint halt, er müßte.«

Ich fing an, Nüsse zu knacken. Es war wieder einmal Weihnachtszeit, und das einzige, das ich an Weihnachten schätzte, abgesehen von dem Geldgeschenk meiner Mutter und ungemein nützlichen Schürzen und Topflappen von Frauke, war das Nüsseknacken und der Putenbraten. Seit Wunderlich im Bett lag, fiel der Putenbraten aus – das große Vieh rentierte sich nicht für uns zwei Weiber. Statt dessen gab es Hirschgulasch von Aldi.

»Und bei euch in der Firma ist ganz bestimmt keiner, der dir gefallen könnte?« nahm sie zäh den Faden wieder auf.

»Ganz bestimmt nicht. Die sind alle so bieder und engstirnig, denen rieselt schon mit Mitte dreißig der Kalk in die Krawatte. Weißt du, so bei Tageslicht gefallen mir die Typen sowieso nicht. Da fällt mir einfach jedes Detail auf, jeder ungepflegte Fingernagel und jeder Essensrest zwischen den Zähnen, und wenn ich mir dann vorstelle, daß der mich küßt mit seinen Essensresten, dann vergeht mir schon alles. Echt, ich frage mich immer, wie das die anderen machen. Ist doch alles ’ne total unappetitliche Sache mit den Kerlen.«

Jetzt hatte ich ihr wenigstens ein säuerliches Lächeln entlockt. Mit dem nebenan aufgebahrten Kerl samt seinen Freß- und Scheißattacken hatte sie kaum noch Grund zu lachen: »Du weißt aber schon, daß du eine Macke hast, oder?«

»Weiß ich, nutzt mir nur nichts.«

»Und die älteren Abteilungsleiter?« hielt sie sich unbeirrt dran, »ist da nicht ein Geschiedener dabei oder ein Witwer?«

»Nee, bei uns jibbet sowat nich. Ein anständiger Abteilungsleiter bleibt verheiratet, bis er ins Gras beißt. In so einem stinkkonservativen Laden läßt sich keiner scheiden. Die Säcke sind alles so furztrockene, konservative Holzwürmer, die haben sich ihre Frauen seinerzeit nach dem Prinzip der Nutzbarkeit ausgesucht, da klappt zu Hause alles wie am Schnürchen. Auf eine Scheidung braucht da keiner zu spekulieren.«

»Komisch, in den Zeitschriften lese ich immer, daß sich die Männer reihenweise für ihre Sekretärinnen scheiden lassen. Nicht, daß ich das gut hieße ...«

»Bei uns nicht. Wenn die was auf’s Fell brauchen, machen die einen Termin bei ihrer Domina.«

Ich verlegte meinen Appetit auf die Clementinen. Zu Hause kaufte ich mir die Weihnachtsfressalien nicht. Ich bedauerte immer noch, daß es keine Pute mehr gab. Ich aß so gerne die verbrannten Flügel.

»Gib doch mal wieder ein Inserat auf!« schlug sie vor. »Da hast du doch so nette Männer kennengelernt damals.«

»Kann mich nicht mehr dran erinnern. Andere Frage: Warum muß der Mensch heiraten? Wer hat sich diese Scheiße eigentlich ausgedacht?«

»Ich wüßte dich halt gern in guten Händen, falls mir mal was passiert.«

»Der Hanussen hat gesagt, du wirst neunzig. Also zerbrich dir nicht den Kopf.«

Vor etwa zwanzig Jahren waren wir in Stuttgart bei dem bekannten Hellseher Hanussen gewesen. Demnach wurde sie neunzig, ich achtzig, und Wunderlich war längst unter der Erde.

»Ja, wenn du unbedingt bis zur Rente arbeiten gehen willst ... Ich meine, je älter man wird, desto weniger Lust hat man auf diesen sinnlosen Kram im Büro. Und sich dann als gestandene Frau von irgendwelchen jungen Schnöseln was erzählen zu lassen – das ist schwer, besonders für dich.«

»Ach, du meinst eine Versorgungsehe. Gut, wenn du einen impotenten Typen mit etwas Kohle findest, können wir mal drüber reden, aber nicht daß der potenzmäßig plötzlich von den Toten aufersteht und mich jede Nacht betatschen will. Ich hab es nicht so mit der Regelmäßigkeit – die habe ich schon im Büro.«

Die Printen waren etwas hart geraten. Ich knöpfte mir die Zimtsterne vor: »Ist alles Schicksal oder wie der Düsseldorfer sagt ›Et kütt wie et kütt‹. Hättest du mich halt zu einem günstigeren Zeitpunkt geboren, dann hätte ich nicht so 'n problematisches Radix. Lauter Quadrate und die auch noch gradgenau und nur ein einziges Trigon –

mit diesem Rüstzeug kannst du kein gesellschaftliches Anpassungsformat entwickeln.«

Die Weisheiten hatte ich von Wieczorek. Astrologisch gesehen handelte es sich bei mir um eine Ladung Dynamit mit Fehlzündung. Kein Wunder, daß mir mein Leben manchmal vorkam wie ein Schlaflabor unter der Leitung von Aleister Crowley.

Sie seufzte. Der Hund, der jetzt solidarisch mitgeseufzt hätte, war schon seit ein paar Jahren tot. Ich stellte mir ihr Leben nicht sehr aufregend vor: Am Arsch der Welt, irgendwo auf dem flachen Land hinter Münster, wo sich die spannendsten Vorfälle zwischen Gülle und Aldi ereigneten, im Kinderzimmer der Verdauungsspezialist aufgebahrt, der nur noch Selbstgespräche führte und als einzige Perspektive das Auto in der Garage, das dort auch blieb, weil Glöckchen nicht alleine sein durfte. Es tat mir aufrichtig leid, daß ich in ihr abenteuerliches Leben nicht wenigstens durch einen Ehemann ein wenig Glamour bringen konnte.

Silvester feierte ich mit Pia und Kalle und einigen anderen trinkfreudigen Figuren aus dem Haus. Abgesehen von den obligatorischen mitternächtlichen Heulereien, die ausnahmsweise ins Konzept paßten, war es ein gelungenes Fest. Es gab Fondue mit feinstem Rinderfilet, etwa zehn selbstgemachten Saucen und einem Ketchup aus der Flasche. Das Ketchup war zuerst alle. Danach floß echter Schampus, der mir, aldiverwöhnt, etwas zu sehr nach Cognac schmeckte, und als wir genügend Stoff intus hatten, kriegten sich Pia und Kalle wieder in die Wolle, weil Kalles Mutti ihren einzigen Sohn am Neujahrstag zum Essen in den Breidenbacher Hof eingeladen hatte und Pia nicht dabeisein sollte.

Im Badezimmer sagte Kalle zu mir: »Ich zieh jetzt sofort bei dir ein, wenn das so weitergeht mit der.«

»Das ist doch morgen vorbei, das kennst du doch, Kalle.«

»Da gewöhnt man sich nie dran. Ewig dat Palaver wegen der Mutti, das steht mir bis hier oben. Daß die zwei Weiber sich aber auch nit verstehen können. Die Mutti ist ja auch ein Aas. Es ist ja nicht nur die Schuld von der Pia, da wollen wir mal gerecht sein.«

»Redest du denn auch mal mit deiner Mutti über das Problem?«

»Ja, was denkst *du* denn? Fransen ans Maul hab' ich mir da schon gequasselt. Da läßt die nicht mit sich reden. So 'ne alte Schabracke kommt ihr nicht als Schwiegertochter ins Haus, sagt die immer, und Feierabend.«

»Dabei ist sie ja selber eine.«

»Deswegen ja. Das ist bloß der Neid, daß sie nicht selbst so 'n jungen Lover hat. Wenn die Pia wüßte, was die mir immer für Weiber andrehen will, die würde unangespitzt durch die Decke gehen.«

»*Was*? Die will dich verkuppeln? Wat 'ne Sauerei!«

»Was meinst du, was mich das ankotzt. Ich frage mich immer, wo die die immer herbringt. Morgen ist bestimmt auch wieder eine dabei. Aber eins sage ich dir: Wenn das so weitergeht hier mit der Pia, mach ich wirklich bald die Fliege.«

»Warum *das* denn?«

»Hast du mal jesehen, wie die heute wieder gefressen hat? Guck dir mal den Bauch an, von der Seite, nee, so geht dat nicht weiter. Und dann das Saufen. Und ewig die Bude voller Leute, und dann das Telefon. Da kriegt man ja den Rappelmann. Die Frau Zimmermann hat neulich schon zu mir gesagt, was sind Sie nervös jeworden, Herr Kappes-Hering, das ist ja nicht mehr feierlich ...«

Plötzlich stand Pia hinter uns: »Ist das alles, was dir einfällt zu Silvester, die Frau Zimmermann? Ist das dein einziger Gedanke zum Jahreswechsel?«

»Jetzt geht *dat* wieder los.«

»Da kannst du gleich hierbleiben und in der Badewanne übernachten!«

»Logisch, ich penn' in der Badewanne. Sonst noch was auf Lager?«

»Du bist ein Schwein, Kalle. Ein richtiges Schwein. Morgen wechsele ich das Türschloß aus, dann kannst du bei deiner Muttti übernachten und wieder die ganze Nacht kotzen. Bei mir kommst du nicht mehr rein.«

»Mann, ey, ich habe doch gar nix gesagt.«

»Er hat nur gesagt ...« versuchte ich zu vermitteln.

»Du hältst dich da raus!« schrie sie, die Kingsize-Zigarette zwischen den pinklackierten Nägeln: »Setz du dich mal wieder rein, das kläre ich hier an Ort und Stelle.« Nach etwa zehn Minuten Gekreische und Gebrüll kamen sie einträchtig und mit rosigem Teint verlegen lächelnd wieder herein: »Kalle, mach doch noch eine Flasche Schampus auf, sonst laufen uns noch die Gäste weg.«

Nach den Feiertagen wog ich zweieinhalb Kilo mehr. Ab sofort gab es Nikotin pur. Kaum hatte ich meine Bude wieder einigermaßen begehbar gemacht, die Klamotten gewaschen und gebügelt, meine Beine rasiert und die Haare gefärbt, warf der Verein wieder die Tretmühle an, und alles fand sich mit kleinerer und mittlerer Begeisterung zur Arbeit zurück. Sogar Probst sah einigermaßen erholt aus. Sie war auf der Sonnenbank gewesen und hatte sich einen Arsch angefressen, der in keine Hose mehr paßte. Seit heute gab es die doppelte Dosis Recatol.

Braatsch hatte sich in seinem Skiurlaub eine Grippe eingefangen und sah zehn Jahre älter aus mit seinen leidenden Tränensäcken und der kinderkacke-gelben Bräune, und Wackelmann feierte krank, um zu Hause ihrem amerikanischen Freund den Arsch nachzutragen. Anstelle von Wackelmann verströmte von Katte ihren liebreizenden

Duft und sah aus, als hätte sie Weihnachten auf der Müllkippe verbracht. Früher einmal eine dunkelhaarige Schönheit mit einem Gesicht wie eine saudiarabische Prinzessin, war sie in jahrelanger Kiepertschmachterei verblüht wie eine vertrocknete Beetrose. Das schwarz gefärbte Haar glich verrußtem Stroh, die dunklen Augen versanken im weißglänzenden Speck ihres qualligen Teints, und die Ränder ihres rotgeschminkten Mundes verfransten sich in den Oberlippenfalten wie eine kleine Ziehharmonika, und obwohl sie stank wie eine überreife Pestbeule, hatten sich, von uns allen unbemerkt, zwischen ihr und einem drei Etagen tiefer angesiedelten Typen zarte Herzensbande entwickelt. Der Typ, der aus einem nicht ganz geklärten Grund bei der letzten Stufe seiner Karriereleiter daneben getreten war, und dieses irreparable Mißgeschick als die härteste Unbill seines Lebens empfand, hatte zu Väterchen Wodka eine ähnliche Affinität entwickelt wie Stinkbombe von Katte, so daß ich mir lebhaft vorstellen konnte, wie sie die gemeinsamen Abende verbrachten.

Während von Katte die Bude mit ihren diversen Körpergerüchen verpestete und Probst sich nebenan bei Rademann auskotzte, um welch unglaubliche Zumutung es sich bei dieser Katte handele, zitierte mich Braatsch in sein Büro: »Nehmen Sie Platz, Frau Scott. Feiertage gut verbracht?«

»Danke, ja.«

»Und was macht der Rücken?«

»Sie wissen ja ...«

»Ja, Frau Probst, ich weiß.«

»Mein Orthopäde sagt, das sei bei mir rein psychosomatisch. Wenn die Probst nicht wäre, wäre ich total gesund.«

Er schaute konzentriert aus dem Fenster, als wollte er

einen draußen vorbeifliegenden Gedanken einfangen: »An der Anwesenheit von Frau Probst läßt sich ja nun nichts ändern. Aber vielleicht hat Ihr Orthopäde ja recht, wenn er sagt, das sei bei Ihnen alles, äh, psychologisch. Gerade darüber wollte ich mal mit Ihnen reden.«

Er lächelte einlullend. Ich ließ mich darauf nicht ein. Irgendwas hatten die wieder hinter den Kulissen verhackstückelt, um mich sauber zu linken, das roch ich zehn Meilen gegen den Wind. Ich hielt es für angemessen, mich als Einleitung der Unterredung kurz aufzublasen: »Was ich noch sagen wollte, mein Orthopäde meint, ich brauche unbedingt ein Stehpult. Ohne ein Stehpult ist das nur eine Frage der Zeit, wann ich wieder zusammenklappe.«

Er schmatzte kurz und strich sich über das neuerdings recht schüttere Haar: »So so, ein Stehpult. Tja, gibt's so was überhaupt in diesem Hause? Ich weiß es nicht.«

Ich warf ihm einen finsteren Blick zu.

»Das soll aber nicht unser vordringlichstes Problem heute sein«, meinte er, »ich kümmere mich darum, ist gebongt.«

Er zückte einen dünnen, silbernen Kugelschreiber und notierte etwas Imaginäres in seiner winzigen, engen Schrift, um mich zu besänftigen.

»Aber zurück zu Frau Probst. Frau Probst und ich haben uns vor den Feiertagen mal unterhalten, und da sagte sie mir, daß sie die Situation mit Ihnen unerträglich findet ...«

»Das ist ja toll! *Sie* findet das unerträglich! Dabei hat *sie* doch angefangen mit dem Scheiß!« explodierte ich.

Ich klemmte mir kampfgeil die Hände unter die Arschbacken. Irgendeine Riesenschweinerei war hier im Anmarsch.

»Das spielt doch jetzt keine Rolle!« meinte er unwirsch. »Jedenfalls geht das so nicht weiter mit Ihnen beiden, das macht ja schon im ganzen Haus die Runde. Selbst Frenzel hat davon schon Wind gekriegt.«

»Na und? Der kann die doch selbst nicht riechen.«

Er räusperte sich und schaute wieder angeödet aus dem Fenster. Er hatte ein besonderes Talent, einem das Gefühl zu vermitteln, daß er eigentlich lieber woanders wäre.

»Ich kann in Herrn Frenzels Kopf nicht hineinsehen«, äußerte er hochnäsig, »vielleicht können *Sie* das. Sei's drum, wir müssen uns hier was einfallen lassen, und da habe ich mir überlegt – Frau Landauer ist ja nun als Schnippeldame hoffnungslos unterfordert ...«

Das war mir gar nicht aufgefallen, daß Landauer unterfordet war. Wenn man mich gefragt hätte, hätte ich sie vielmehr für überfordert gehalten, aber, wie sagte er so schön, sei's drum.

»... und Frau Wackelmann verläßt uns ja nun bald und macht sich mit ihrem Bekannten selbständig, und da Sie sich ja immer beklagen, daß Frau Probst Ihnen auf die Nerven geht mit den vielen Zeitungen, die sie neben ihrer Arbeit liest ...«

»*Statt* ihrer Arbeit!« trompetete ich besserwisserisch. »Das ist ein großer Unterschied! Die hat einfach nicht genug zu tun, sonst hätte die gar nicht die Zeit, immer meine Arbeit doppelt zu machen.«

»Die Beurteilung des Arbeitspensums von Frau Probst überlassen Sie bitte mir und der Personalabteilung. Also, daß Frau Probst Sie Ihrer persönlichen Einschätzung zufolge bei Ihrer Lektoratsarbeit regelmäßig empfindlich stört – das stimmt ja nun, oder?«

»Allerdings. Jeden Morgen, wenn ich gerade die Financial Times gelesen habe, kommt sie mit ihrem Exemplar angewedelt und ...«

»Ja ja, das weiß ja nun mittlerweile das ganze Haus. Also, ich habe mir Folgendes überlegt: Wie wäre es, wenn

Frau Landauer peu à peu Ihren Job übernimmt, nach gründlicher Einarbeitung Ihrerseits natürlich, und Sie … na ja, Sie könnten dann zu mir kommen.«

In meinem Gehirn erhoben sich gleichzeitig Tausende von Vögeln mit lautem Flügelschlag von einem glasklaren schwarzblauen See irgendwo in Kaukasien. Danach lag der See wie tot. Aus der Ferne läutete eine Glocke. Was meinte der Kerl? Ich zu ihm? Nach Hause als Kindermädchen oder Haushälterin, oder war das ’n Heiratsantrag oder was? Mutti, hilf!

»Sie sagen ja gar nichts«, sprach er in die Stille, »also, Sie bekommen hier die allerneuesten Geräte, einen nagelneuen PC mit extra großem Bildschirm, einen Laserdrucker, ganz was Neues auf dem Markt, eine neue Telefonanlage, ist alles schon bestellt – ist Ihnen nicht gut?«

Ich fühlte, wie eine Blutfontäne heiß meinen verspannten Teint überflutete: »Das ist ja wohl nicht Ihr Ernst!«

»Doch«, meinte er unbefangen, »warum denn nicht? Ach, was ich natürlich vergessen habe, zu erwähnen: Frau Probst würde dann eine Halbtagskraft kriegen, mit Frau Probst hätten Sie also gar nichts mehr zu tun. Na, ist das ein Angebot?«

»It flips me really out«, sagte ich. Das war ja ein Karriereschritt ohnegleichen – von der selbständig arbeitenden Lektoratsleiterin mit zwei Mitarbeiterinnen zur kaffeekochenden Schreibmamsell im Vorzimmer von Alt-Playboy Braatsch.

»Flippen Sie ruhig aus«, sagte Braatsch gönnerhaft, in seinem narzistischen Wolkenkuckucksheim meine Äußerung als Begeisterung fehlinterpretierend, »das bin ich ja bei Ihnen schon gewöhnt.«

»Herr Braatsch«, sagte ich mit leicht quäkender Stimme, »ich habe doch nicht jahrelang studiert, um als Sekretärin zu arbeiten.«

Das war natürlich die falsche Schiene: »Wieso, Frau Wackelmann hat auch Abitur, und Frau Liebig von Herrn Giehse hat Romanistik studiert und Frau Dahlheim von Herrn Schneider Archäologie …«

Mir lag auf der Zunge, zu fragen, ob er als Akademiker in einem Sekretariatsjob vielleicht das Ziel seiner Sehnsüchte zu erblicken imstande sei, aber in letzter Sekunde hielt ich es für diplomatischer, die Schnauze zu halten.

»Ich habe noch nie an einem PC gesessen«, fiel mir jetzt ein, ein wahrhaft glorreiches Argument, auf das Braatsch vorbereitet war: »Wir schicken Sie natürlich in einen Kurs. Mit Ihrer Intelligenz haben Sie das in einer Woche gelöffelt.« Er ließ schmeichlerisch die Pupillen schillern.

»Und das Gehalt?« fragte ich in Ermangelung anderer Einfälle.

»Das bleibt selbstverständlich dasselbe, da machen wir keine Abstriche.«

»Ist ja phänomenal.«

»Ich meine auch. Und außerdem müßten Sie morgens nicht mehr so früh aufstehen. Das hat Ihnen doch auch nie gefallen.«

Wie einfühlsam. Im Geist sah ich mich mit wehendem Haar die Flure entlangrennen, »Stress, Stress« rufen und am Kopierer mit Braatschs Reisekostenabrechnungen herumflattern.

»Und letztendlich …« er zog an seiner Zigarette und grinste selbstgefällig, »bin ich ja als Chef auch nicht zu verachten. Wie sagt Frau Wackelmann immer? Pflegeleicht bin ich. Ich bin anspruchslos. Ab und zu einen Kaffee …«

»Und Ihre Besuche bewirten.«

»Das auch, selbstverständlich.«

»Und Ihr Geschirr spülen.«

»Nun ja, ähm, wir haben ja auch eine Spülküche. Wenn

Sie das Geschirr hinunterbefördern und dort wieder abholen würden, wäre ich Ihnen natürlich sehr zu Dank verpflichtet.«

»Und Ihr Zimmer müßte ich jeden Morgen lüften und nach jedem Besuch das Geschirr abräumen und Gebäck einkaufen und den Aschenbecher saubermachen und Ihr Körbchen leeren und Ihr Telefon überwachen ...«

»Tja, nun ...«

»... und Ihre Frau am Telefon abwimmeln ...«

»Wenn sie sich denn abwimmeln läßt.« Er schaute lächelnd aus dem Fenster. Auf einmal reckte er den Hals. Unten überquerte Wieczorek die Straße, die Haare hatte sie heute zum Pferdeschwanz gebunden. Um den Hals trug sie einen scharlachroten Schal, der im Wind wehte. Auf dem vereisten Bürgersteig trippelte sie vorsichtig Richtung Königsallee. Braatsch hätte mich total vergessen, hätte ihm nicht die Glut seiner Zigarette fast die Finger verbrannt.

»Sagen Sie mal, Herr Braatsch ...«

»Ja?« Er war gerade aus allen Wolken gefallen. Verwirrt flitzte er durch die unübersichtlichen Kanäle seiner Konzentration. Übel dampfend blubberte ihm die Kloake des Büroalltags entgegen, und zwar in meiner Gestalt: »Ich muß das aber nicht annehmen, das Angebot, nicht?«

Braatsch guckte so verdutzt, als hätte er nie von einem Angebot gehört. Wie ein automatischer Anrufbeantworter sagte er tonlos: »Müssen Sie nicht.«

»Also, wenn ich ablehne, behalte ich das Lektorat, und alles bleibt beim alten?«

Allmählich hatte er sich wieder im Gespräch zurechtgefunden: »Natürlich. Zwingen wird Sie niemand.« Nur beleidigt wäre er halt. Das sah man jetzt schon.

Ich fragte: »Warum bieten Sie eigentlich der Probst die Stelle nicht an?«

Er wurde leicht ungehalten. Das äußerte sich darin, daß er den massigen Oberkörper hin und her warf: »Blödsinn, ich kann doch Frau Probst nicht die Stelle meiner Sekretärin anbieten. Was ist denn das wieder für ein hirnrissiger Einfall?«

»Aber mir schon.«

»Das ist doch ganz was anderes.«

Der Unterschied war, daß ich das Arschloch war und die Probst nicht. Wenn sie mir demnächst die Vertretung der Reinigungskraft anboten, brauchte ich mich nicht zu wundern.

»Überlegen Sie es sich«, meinte er gelangweilt, »so schlecht ist das Angebot nicht. Schlafen Sie erst mal eine Nacht drüber.«

»Da brauche ich nicht lange drüber zu schlafen. Das kann ich Ihnen sofort sagen: Ich mache es nicht.«

Er hielt es für opportun, sich einen Augenblick lang taub zu stellen und lugte in seine Kaffeetasse. Dann griff er zum Hörer: »Ist vielleicht noch Kaffee da? Ich habe nichts mehr zu trinken. Ja, könnten Sie dann freundlicherweise einen neuen aufsetzen? Und bitte die fettarme Kaffeesahne und Süßstoff. Haben wir nicht mehr? Ach, wenn Sie bei Gelegenheit mal welchen mitbringen, ja? Flüssigen, der läßt sich einfacher portionieren. Richtig, harhar, die lästigen Pfunde, ja ja, man tut, was man kann. Aber diese kleinen Duplos, die sind doch hoffentlich nicht auch gerade zur Neige gegangen? Aber nur zwei Stück, bitte nicht mehr, ich kann dann immer so schwer widerstehen. Entschuldigen Sie, Frau Scott, hatten Sie noch was gesagt?« Ich konnte mich nicht erinnern, ihn schon einmal so viel Text derart temperamentvoll-vertraulich zusammenhängend reden gehört zu haben.

»Ich habe gesagt, ich mache es nicht«, wiederholte ich stur.

»Das ist ja wieder mal ein typischer Schnellschuß. Sie sollten doch drüber nachdenken, hatte ich gesagt.«

»Brauche ich nicht. Ich bleibe dabei.«

»Und das soll wirklich Ihr letztes Wort sein?«

»Korrekt. Und was ich bei der Gelegenheit mal fragen möchte – was ist eigentlich aus meiner Gehaltserhöhung geworden?«

»Gehaltserhöhung?« Er schaute wieder aus dem Fenster. Das Wort gab es vielleicht im schweizerischen Fernsehen, aber nicht im firmeneigenen Sprachgebrauch. Das Lächeln, das in Erwartung der draußen für ihn zubereiteten leiblichen Genüsse um seine Lippen gespielt hatte, wich der Überlegung, welche Rolle in seinem reichen Fundus an Schauspielfiguren einen Zugriff lohne. Den Begriffsstutzigen zu mimen, schien ihm im Umgang mit einem anmaßenden Domestiken als die ersprießlichste.

»Hatten wir überhaupt je ... ich wüßte im Moment nicht ... ach so, jetzt fällt der Groschen – Ihre Forderung nach Gehaltsaufbesserung!« erinnerte er sich endlich mit sprachlichem Feingefühl, »ich wußte im ersten Moment gar nicht, was Sie meinen. Ja, also, da habe ich überhaupt noch nichts gehört. Da kann ich nur zu Geduld raten. Sie wissen ja, Gottes Mühlen mahlen langsam, speziell in diesem Haus. Sie müssen mich jetzt entschuldigen, ich habe gleich einen wichtigen Termin.« Küppersbuschs neuester Button fiel mir ein: Willst du Butter von Behörden, schick Milch auf den Dienstweg.

Von Katte ließ ihre Körperdämpfe herein und stellte ein Tablett auf seinen Schreibtisch: »Ach, Sie wollten gerade gehen? Ja, wollen Sie den Kaffee noch oder ...?«

»Ja, jetzt kommt er ein wenig spät, aber stellen Sie nur ab, ein Schlückchen kann ich mir noch erlauben.«

»Milch und Zucker nehmen Sie aber selbst.«

»Klar!« lachte er aufgeräumt. »Dazu bin ich schon

noch selbst imstande. Ich bin ja pflegeleicht, wie Frau Wackelmann immer so schön sagt.«

Ich war beeindruckt.

Seine Ablenkungsfisematenten gingen mir langsam auf den Geist.

»Wieso haben Sie denn da noch nichts gehört?« fragte ich ungeduldig. »Das ist jetzt elf Monate her, daß ich angefragt habe, und Vogt hat gesagt, wenn das Archiv umstrukturiert ist, dann gibt es auch mehr Geld.«

Braatsch schenkte sich eine halbe Tasse voll und rührte die Milch um. Dann nahm er ein Duplo vom Tablett, wickelte es bedächtig aus und biß krachend hinein. Mit dem Daumen strich er das Sammelbildchen glatt und lächelte kurz über den Cartoon. Schien ein kindliches Gemüt zu haben. »Sie müssen entschuldigen, aber ich komme heute mittag nicht nach Hause. Ja, haben Sie das denn schon in Angriff genommen, die Umstrukturierung des Archivs?«

»Was heißt ›in Angriff genommen‹ – das ist doch längst erledigt! Tagelang habe ich da oben im Dreck gewühlt und mir fast eine Staublunge geholt, eine richtige Schweinearbeit war das, was meinen Sie, wie ich hinterher immer ausgesehen habe, normalerweise müßte die Firma mir noch die Reinigung von meinen Klamotten bezahlen.«

»Und welches System haben Sie Ihrer Umstrukturierung zugrunde gelegt?«

Arschgeige. Das schlecht geheuchelte Interesse konnte er sich meinetwegen schenken. Mit seiner geschraubten Ausdrucksweise verkomplizierte er einen extrem einfachen Sachverhalt: Ich hatte die alten Unterlagen weggeschmissen, weiter nichts. Aus Wut über die unerwarteten Hindernisse auf dem Marathonlauf zur Gehaltserhöhung setzte vorübergehend mein Gehirn aus.

»Sie müssen doch nach einem System vorgegangen

sein«, fuhr er hartnäckig fort, »oder haben Sie einfach nach Gutdünken ausgemistet?«

Was sonst? Eine Doktorarbeit hatte ich nicht unbedingt daraus machen wollen.

»Natürlich nicht!« gab ich genervt zurück. »Sie können ja mal raufgehen und sich das angucken. Jetzt ist da wieder massig Platz.«

»Mhm, demnächst vielleicht«, sagte der Erfinder des Workaholism, »im Moment ist meine Zeit leider knapp bemessen. Also, Sie sagen, ich kann Vogt berichten, daß die Umstrukturierung des Archivs abgeschlossen ist.«

»Das weiß der schon.«

»Ach! Und warum geht das alles über meinen Kopf hinweg?«

»Als wenn Sie das interessiert!«

»Mich interessiert alles, was in meiner Abteilung vor sich geht. Schließlich bin ich hier der Chef. Auch wenn eine gewisse Frau Scott das gelegentlich anders zu sehen beliebt.«

Mein Magen knurrte vernehmlich, mein Gehirn schrumpelte, durch das Schlüsselloch dampfte verschimmelte Erbsensuppe.

»Also, was ist nun mit der Kohle?« fragte ich erlahmend.

Er stand auf und klemmte sich ein paar Folien unter den Arm: »Ich muß jetzt leider. Wir sprechen ein andermal weiter.« Dann spazierte er auf seinen langen X-Beinen hinaus und ließ mich mit Sammelbildchen, Staniolpapier und Kaffeegeschirr zurück.

Von Katte schob ihr schwarzes Stroh um die Ecke: »Na, hat er Sie rumgekriegt?«

»Wieso?«

»Sie machen doch nicht etwa den Job, oder?«

»Nee, sehe ich doch gar nicht ein. Die Säcke werden

hier alle Abteilungsleiter, und ich soll dem Penner seine scheiß Briefe tippen – nicht mit mir.«

Sie lachte meckernd: »Können Sie mal eben den Aschenbecher mit rausbringen? Ich habe Wadenkrämpfe. Akuter Magnesiummangel. Und 'ne Grippe habe ich auch in den Knochen. Die kriegen einen schon kaputt hier. Wer freiwillig Sekretärin wird, muß einen an der Waffel haben.«

Dann wandte sie sich wieder Ihrem Bildschirm zu: »Der Apparat sagt immer, daß er das Codewort braucht. Wissen Sie das Codewort von Frau Wackelmann?«

Es war jetzt knapp dreizehn Uhr, und Frau von Katte brütete noch immer über dem Codewort. Wenigstens hatte sie die Kiste angekriegt.

»Versuchen Sie es mal mit Laila«, riet ich. Sie tippte mit einem Finger ein: L-A-I-L-A . »Geht nicht. Wie soll man hier ordentlich arbeiten, wenn man noch nicht mal ins System kommt. Und ist man drin, stürzt das Ding dauernd ab. Das ist vielleicht ein Quark hier. Moderne Technik ... der reinste Schrott.«

Probst kam herein. Ohne mich eines Blickes zu würdigen, legte sie von Katte ein paar Seiten Handgeschriebenes hin: »Hier! Ich habe extra deutlich geschrieben für Sie. Das muß heute noch raus.«

»Gestern«, verbesserte von Katte gleichmütig, »warum nicht gestern? Sie wissen nicht zufällig das Codewort von Frau Wackelmann?«

»Was habe ich mit dem Codewort von Frau Wackelmann zu tun? Ich mache mal eben das Fenster auf, wenn Sie erlauben.«

»Wenn ich morgen krank sein soll, bitte sehr«, sagte von Katte und tippte ratlos mit einem Finger auf der Tastatur herum.

Probst hielt sich den Zeigefinger quer unter die Nasenlöcher: »Also, ich brauche das bis heute nachmittag. Ziehen Sie das vor, das hat absolute Priorität.«

»Aber Herr Braatsch hat gesagt…«

»Was Herr Braatsch gesagt hat, interessiert mich im Moment einen feuchten Kehricht. Sie ziehen meins vor und basta! Ich vertrete das schon bei ihm, falls er was sagen sollte.« Abgang Probst.

»Die bläst sich vielleicht auf«, meinte von Katte, »daß ihr euch das gefallen laßt. Was glaubt die denn, wer die hier ist? Haben Sie den Ton gehört? Die hat ja den absoluten Höhenflug, der gehören mal gehörig die Flügel gestutzt. Legen mir hier Arbeit für drei Tage hin und setzen mich an so 'ne dämliche Kiste. Auf meiner alten Schreibmaschine wäre ich damit in nullkommanix fertig.«

Ihr Telefon läutete.

»Von Katte, Büro B… was? Nee, weiß ich nicht, nee, keine Ahnung, ja, ich bin eben nicht Frau Wackelmann, also, ich habe hier zu tun bis über beide Ohren, und Sie nerven mich hier mit Ihrem Tee, also, das ist doch wirklich allerhand. Machen Sie sich Ihren Tee gefälligst selbst.«

Nach einer Minute stand Probst im Raum: »Ich bitte Sie jetzt zum zweitenmal, mir meinen Tee rüberzubringen.«

»Ich bin ja nicht taub.«

»Und? Bekomme ich jetzt meinen Tee oder was?«

»Wissen Sie was? Sie gehen mir auf die Nerven. Ich bin sowieso krank und komme nur, um Herrn Braatsch aus der Patsche zu helfen. Aus reiner Sympathie. Um Ihren Tee, da kümmern Sie sich mal schön selbst.«

»Also, das ist ja unglaublich, was Sie sich hier erlauben. Herrn Braatsch machen Sie doch auch seinen Kaffee. Ich verlange nichts weiter, als genauso behandelt zu werden wie Herr Braatsch. Im übrigen steht mir das zu. Ich bin seine Vertretung, falls Sie das vergessen haben sollten.«

Probst warf mir einen vernichtenden Blick zu: »Was

sitzen *Sie* überhaupt hier herum? Haben Sie nichts Besseres zu tun?«

»Frau von Katte hatte eine Frage mit dem PC. Außerdem kann ich in meiner Mittagspause machen, was ich will.«

»Sie halten sie nur von der Arbeit ab. Was verstehen Sie schon vom PC?«

»Mehr als Sie, nehme ich an.«

Sie zog es vor, einer weiteren Auseinandersetzung auszuweichen – zwei Arenen waren eine zuviel.

»Also, was ist jetzt mit meinem Tee?« wandte sie sich wieder an von Katte. »Ich kann Ihnen auch einen Vermerk darüber schreiben, wenn Ihnen das lieber ist.«

»Da kommen Sie aber beim Betriebsrat nicht sehr weit mit«, entgegnete von Katte störrisch, »und bei der Personalabteilung auch nicht. Das ist nämlich nicht meine Pflicht, Ihnen Tee zu kochen. Ich bin doch nicht Ihr Dienstbote.«

»Also, Sie lehnen das ab? Na, schön. Aber das hat ein Nachspiel, das können Sie mir glauben.«

»Ich liebe Nachspiele«, sagte von Katte auf den toten Bildschirm blinzelnd, »sind fast so schön wie Vorspiele.« Probst schoß nach hinten und warf den Wasserkocher an: »Als wenn das jetzt soviel Arbeit gewesen wäre!«

»Eben!« gab von Katte desinteressiert zurück. »Deswegen können Sie es ja auch selbst machen.«

Probsts Pigmentflecken glühten. Wieder bedachte sie mich mit Todesblicken: »Unglaublich! Was man sich hier alles bieten lassen muß! Es ist die Höhe!« Sie blieb neben dem alsbald brodelnden Kocher stehen, goß dann mit zittrigen Händen hochkonzentriert das heiße Wasser in ihre verdreckte Teekanne und bückte sich zu dem Geschirrschränkchen hinunter: »Da ist ja gar kein sauberes Geschirr mehr drin!«

Von Katte reagierte nicht. Sie suchte im Telefonregister

laut lesend die Privatnummer von Wackelmann: »Voller, Voneichen, Vüge, Wabner, Wackelmann, aha, da haben wir sie ja!«

»Haben wir kein sauberes Geschirr mehr?« erkundigte sich Probst mit devotem Zungenschlag. Da sie wieder kurz vor dem Nervenzusammenbruch stand, hielt sie den gehobenen Kriechgang für die nervenschonendste Vorgehensweise.

»Bitte?« stellte von Katte sich schwerhörig.

Probst bemühte sich sichtlich um Selbstbeherrschung. Am liebsten hätte sie jetzt auf der Stelle getobt vor Wut. Artig und leicht atemlos wiederholte sie: »Ob kein sauberes Geschirr da ist, habe ich gefragt.«

»Wenn nichts drin steht, ist wohl nichts da«, gab von Katte gelangweilt zurück, »was soll ich denn sonst noch alles machen hier? Ich bin hier nur Vertretung, da müssen Sie Ihre Ansprüche eben etwas herunterschrauben. Das ist ja eigentlich selbstverständlich.«

»Ich frage ja nur«, sagte Probst mit flacher Stimme, »es war nur eine simple Frage, sonst nichts. Natürlich kann ich meinen Tee auch aus einer schmutzigen Tasse trinken, wenn es weiter nichts ist. Hier lernt man ja alles, sogar das Überleben im Schweinestall.«

»Hallo, Frau Wackelmann!« brüllte von Katte in den Apparat. »Entschuldigen Sie, daß ich Sie störe! Ja, Feiertage gut verbracht, waren nur leider viel zu kurz, tja, ist ja immer dasselbe, die freien Tage fliegen nur so dahin, kaum hat man sich umgedreht, sind sie schon wieder vorbei. Ja, ich kenne das, das sieht immer nach gar nichts aus, dieses ewige Kochen und Tischdecken und so weiter, und dabei ist das so arbeitsintensiv, ja, mir brauchen Sie nichts zu erzählen.«

Probst drückte sich mit ihrer Kanne und einer benutzten Tasse in umständlichem Schleichgang an mir vorbei.

Wenn sie nicht zirpte, zwitscherte und giggelte und ihren feuerroten Kopf in den Nacken warf, sah sie so alt aus, wie sie war. Ihre schmalen Hängebäckchen zitterten, über den sorgfältig getuschten Wimpern hingen faltige Oberlider, auf ihren Handrücken traten dicke Adern bläulich hervor. In einer Anwandlung von Höflichkeit schloß ich die Tür hinter ihr.

Von Katte, die die gewünschte Auskunft endlich erhalten hatte, gab das Codewort ein: »Endlich! Na, was willst du denn *jetzt* noch?« sprach sie mit dem PC. Bevor sie sich an die Arbeit machte, drehte sie sich noch einmal zu mir um: »Haben Sie das eben mitgekriegt? Wie die Probst hier eben am Spinnen war? Haben Sie das gehört? Ist das eine dämliche Gans! Mit der könnte ich keine zwei Stunden arbeiten, die ist mir ja direkt widerlich. Den Tee kochen für die gnädige Frau! Den koche ich ums Verrecken nicht, lieber lege ich mich mit Grippe ins Bett! So, dann wollen wir mal loslegen!«

Von Katte war nicht der Wurm, zu dem man sie gerne gemacht hätte. Ein giftiges, versoffenes Luder war sie, und wenn ich sie mir so ansah, kam mir der leise Verdacht, daß ich selbst vielleicht eines Tages ... da waren sie ja wieder, die netten, kleinen Depris, ja, wo wart ihr denn, Leute, ich dachte schon, ich hätte euch bei Hubert an der Eisenbahnbrücke gelassen.

›Nee‹, sagte eine, ›da konnten wir nicht bleiben, der Hubert hat sich am Wochenende vom Fernsehturm gestürzt, hast du das denn nicht in der Zeitung gelesen?‹ ›Was, das war der Hubert? Ist das wahr?‹ ›Klar ist das wahr, sonst wären wir doch dageblieben.‹ ›Und warum habt ihr euch keinen anderen gesucht, Mensch?‹ ›In deinem Milieu fühlen wir uns halt so wohl.‹ ›Danke für das Kompliment.‹ ›Nichts zu danken. Wir machen uns gleich an die Arbeit. Achtung, erste Welle rollt!‹

Ich schlich den langen Gang entlang auf das Klo und starrte eine Weile auf mein Spiegelbild: Keine Gehaltserhöhung, keine Karierre, im Moment noch nicht einmal ein Lover. Statt dessen Säuferleber, Raucherbein und Hierarchie-Neurose. Das Büroleben ödete mich an. Ich hätte mir beizeiten auf dem Strich genug Schotter verdienen sollen, der mir fade Puffs wie diesen hier ein für allemal ersparte. Heute war ich zu alt für solche Blütenträume. Als ich gerade überlegte, ob vielleicht das Domina-Gewerbe eine ausbildungswillige Seiteneinsteigerin wie mich akzeptieren würde, schwappte Erbsensuppe herein: »Lange nicht gesehen, Frau Scott. Geht die Klospülung denn wieder?«

»Wieso, ging die nicht? Habe ich gar nicht gemerkt. Moment, da muß ich erst mal nachsehen, bevor Sie ... doch, die geht wieder.«

Von Katte verdrückte sich ins Kabuff und verriegelte die Tür: »Können Sie ein Geheimnis für sich behalten?«

Ich klemmte mich auf den Heizkörper: »Ja, logisch!«

»Aber es muß absolut unter uns bleiben!«

Von innen plätscherte es dezent.

»Absolut, da können Sie sich drauf verlassen.«

»Der Braatsch kommt weg.«

Sie wischte sich die Muschi und bediente die Spülung.

»Was heißt weg? Ganz weg aus der Firma?«

»Genau, Frenzel will den nicht mehr. Der ist ihm zu ineffizient. Außerdem befolgt er Frenzels Direktiven nicht, der schläft doch auf den Anweisungen, monatelang kommt von dem keine Rückmeldung. Frenzel hat den bis hier oben stehen. Was sie genau mit dem machen, wissen sie noch nicht. Aber auf der Abschußliste steht er an oberster Stelle.«

»Woher wissen Sie das?«

»Ich habe eben meine Quellen. Na ja, Sie behalten es ja für sich: von Frau Flemming. Wir sind doch per du.«

»Und wann soll das passieren?«

»So schnell wie möglich. Hinter den Kulissen sind die schon einen Nachfolger am suchen.«

»Und Braatsch weiß nichts davon?«

»Nein, das ist doch Firmenpolitik, daß der Betroffene als letzter was erfährt. Das kennt man doch.«

Sie öffnete die Verriegelung und trat ans Waschbecken. Ihr Nagellack splitterte an allen Ecken und Enden.

»Ehrlich gesagt, mir wäre es lieber, wenn die Probst fliegen würde«, sagte ich.

Sie zerrte ein Trockenpapier aus dem Automaten: »Das funktioniert auch nie mit dem blöden Papier. Da zieht man immer gleich zehn Stück mit raus. Wegen der Probst machen Sie sich mal keine Sorgen. Wenn Braatsch geht, fliegt die gleich hinterher.«

»Meinen Sie wirklich?«

»Das ist so gut wie sicher. Braatsch hat doch immer seine Hand über sie gehalten, weil sie ihm die lästigen Jobs abgenommen hat. Der Neue schießt die so schnell ab, so schnell kann die gar nicht gucken.«

»Mensch, Frau von Katte, das ist ja 'ne richtig dolle Neuigkeit!«

»Das dachte ich mir«, sagte sie mit ungewohntem Blitzen in dem sonst stumpfen Blick, »und wissen Sie auch, warum ich Ihnen das erzähle? Weil Sie die einzige sind, die nicht ›Fräulein‹ zu mir sagt. Deshalb.«

»Ach, Frau von Katte ... Mensch!« Meine Kehle wurde eng. Altes Mädchen, laß dich an mein frauensolidarisches Herz drücken!

Sie watschelte vor mir den Gang entlang, im Schweif ihrer Erbsensuppe folgte ich ihr. Wie üblich ging die Fluruhr nachmittags fünf Minuten nach, während sie morgens fünf Minuten vorging. Weiß der Henker, wie sie das hinkriegten.

»Aber behalten Sie das für sich!« knurrte von Katte. »Absolute Diskretion.«

Wieder in meinem Büro rief ich sofort Wieczorek an: »Sitzt du bequem?«

»Ich habe ein Furunkel am Hintern, woher weißt du?«

»Ich habe eine Neuigkeit, aber es muß absolut geheim bleiben.«

»Ist doch klar.«

»Also, der Braatsch steht auf der Abschußliste.«

Ich hörte ihr Feuerzeug klicken. Sie antwortete nicht. Es gab ein paar knackende Geräusche von ihrem Ohrclip, der an den Hörer stieß. Dann fragte sie: »Was heißt das?«

»Der fliegt.«

»Ich denke, der wird Geschäftsführer.«

»Quatsch, wer erzählt denn so was? Nee nee, der fliegt, ich hab's aus zuverlässiger Quelle.«

Pause. Ich hakte nach: »Bist du noch dran?«

»Das gibt es doch nicht. Die können den doch nicht einfach rausschmeißen. Das glaube ich nicht.«

»Wenn die jemanden loswerden wollen, finden die immer Mittel und Wege. Die suchen ja schon einen Nachfolger.«

Durch die Leitung konnte ich ihren Kloß im Hals spüren. Sie sagte: »Wenn das wahr ist, breche ich zusammen.«

»Rede doch nicht einen solchen Schwachsinn!« sagte ich. »Für dich ist es sowieso das Beste, wenn der wegkommt. Ewig deine Schwärmerei für den blöden Sack! Da wäre sowieso nie was draus geworden. Bei den vielen Gelegenheiten, die der hatte, und nichts ist passiert.«

Stille auf der anderen Seite.

Ich fuhr fort: »Freunde dich mal langsam mit dem Gedanken an, daß es auch noch andere Männer gibt als den blöden Braatsch. Bei dem steckt nichts dahinter, das kannst du mir glauben! Das ist ein total langweiliger Knochen. Genauso 'n Spießer wie die anderen. Der hat nur die Tour ganz gut drauf, sich hintergründig zu geben, wenn du dahinterguckst, ist da gähnende Leere. Weißt du, was der vorhat, wenn er in Rente geht? Spazierengehen und fernsehen! Hat mir Wackelmann erzählt. Was willst du mit so 'nem lahmen Gaul?!«

»Ich will keinen anderen. Ich weiß nicht, wie oft ich das noch sagen muß. Ich wollte Braatsch vom ersten Augenblick an, als ich ihn gesehen habe. Das war in der Deutschen Bank, da stand er zum erstenmal neben mir am Schalter, und da habe ich gewußt, der ist es. Und dabei habe ich den da noch nicht einmal gekannt. Das war ein Erlebnis, sage ich dir, das kann man ja gar nicht beschreiben. Ich war hinterher wie berauscht.«

Auf die Story von der Deutschen Bank war ich jetzt besonders scharf: »Das weiß ich inzwischen. Svetlana, du lauerst jetzt schon sieben Jahre auf den Kerl ...«

»Achteinhalb!« unterbrach sie mich.

»Um so schlimmer. Du siehst was in dem, was gar nicht da ist, glaube mir, ich gehe tagtäglich mit dem um. Und außerdem will der gar nichts von dir.«

»Das verstehst du nicht«, sagte sie, »ich weiß das besser. Der hat nur die Hosen voll, der traut sich nicht, der weiß nicht, wie er's anfangen soll – in Wahrheit ist er schüchtern – das Playboy-Image dient nur zu seinem Schutz.« Und so weiter.

Küppersbusch kam herein. Sie sah aus wie eine Wasserleiche: »Hast du mal fünf Minuten?« Daß Buttons längst aus der Mode waren, hinderte sie nicht, täglich einen anderen spazierenzuführen. Heute las ich: Realität ist was für Leute, die mit Drogen nicht zurechtkommen.

Paßte zu ihrem aufgedunsenen Gesicht.

»Wie siehst *du* denn aus?« entfuhr es mir.

Sie zog sich den Drehstuhl heran, auf den ich sonst immer meine Füße legte: »Ich hab' dir doch von dem Fensterputzer erzählt.«

»Der im Bett so 'ne Wucht ist.«

»Genau.«

Sie sah mich an, als wollte sie jeden Moment losheulen. Küppersbusch hatte bei der Auswahl ihrer Männer ein ähnlich glückliches Händchen wie ich: »Der hatte doch eine Firma, der war doch selbständig, ja, und da kam der eines Tages an und meinte, er wäre gerade in einem finanziellen Engpaß und ob ich ihm nicht vielleicht was leihen könnte, und da war ich so doof und habe dem was gegeben.«

»Jessas nee! Wieviel denn?«

»Mein gesamtes Erspartes: dreißigtausend Mark.«

»Ja, bist du denn vom wilden Affen gebissen?«

»Das ist ja nicht das Schlimmste. Das Schlimmste ist ...« Ihr Doppelkinn bibberte, heftig zog sie an ihrer Zigarette und stieß den Rauch pfeifend wieder aus: »... jetzt hat der sich mit der Kohle ins Ausland abgesetzt.«

Ich schwieg mit der gebotenen Erschütterung im Gesicht. Wie kam Küppersbusch zu dreißigtausend Mark? Mit genau einem Sechstel dieser Summe stand ich seit Jahren bei meiner Bank in den Miesen und war noch nicht einmal in Urlaub gewesen.

»Ich habe jetzt natürlich Anzeige erstattet, aber das bringt mir ja nichts. Weißt du, um das Geld ist es auch schade, aber noch viel schlimmer ist, daß der mich so eiskalt reingelegt hat. Daß der mich so verarscht hat, ich meine, daß mir so was passiert, daß ich so blöde bin, daß man mich so verarschen kann, da komme ich nicht drüber weg.«

Ich klopfte bei meinen Depris an, die gerade ihren Mittagsschlaf hielten: ›He, Leute, mir gegenüber sitzt übrigens auch ein ganz gutes Milieu für euch. Ich hätte nichts dagegen, wenn ihr euch absetzen würdet.‹

Einige wechselten ohne große Diskussionen den Wirt, die anderen rollten sich wieder zusammen wie Welpen im Korb.

»Man wird alt wie ’ne Kuh und lernt immer noch dazu«, sagte ich geistsprühend.

»Sag mal, muß das wirklich sein, daß die Männer solche Schweine sind? Erst die Pleite mit dem Julian und jetzt auch noch das. Wo soll man denn da noch den Glauben an die Männer hernehmen?«

»Das frage ich mich schon lange.«

»Ich hab jetzt bald den Kanal voll, weißt du das?«

»Wem sagst du das? Hör mal, Heike, heute ist zufällig Freitag, da könnten wir ja nachher einen saufen gehen.«

»Wenn ich mich heute nicht besaufe – wann dann?«

des Vereins waren schnelle Entscheidungen. Braatsch hatte schon seit Monaten offiziell seinen Abschied gefeiert, da war noch immer kein Nachfolger in Sicht. Mit geradezu heroisch anmutendem Pflichtgefühl, als wollte er die Geschäftsleitung auf den letzten Drücker noch von ihrer Fehlentscheidung überzeugen, krebste Braatsch trotz seiner Demütigung in der Firma herum und ging mit stoischer Gelassenheit und stillem Triumph im Ärmel wie gewohnt seinen Aufgaben nach.

»Ist das nicht toll, daß der so weitermacht, als wäre nichts geschehen«, bewunderte ihn Flemming, »wenn sie das mit mir gemacht hätten, mich so eiskalt abzuservieren, hätte ich einen gelben Schein eingeworfen, und nach mir die Sintflut.«

»Ist schon pervers irgendwie, erst gefeuert und dann unersetzlich. Peinlich für die Geschäftsführung«, sagte ich.

»Als wenn denen was peinlich wäre. Wär ja ganz was Neues. Jetzt hat gerade wieder einer die Zusage zurückgepfiffen. Welcher aufstrebende Ehrgeizling geht schon freiwillig auf ein sinkendes Schiff!«

Was meinte sie mit ›sinkendem Schiff‹? Wenn Flemming ihre redseligen Minuten hatte, durfte man nicht den Fehler machen, sich neugierig zu zeigen. Neugier weckte sofort ihr Mißtrauen, und sie klappte zu wie die Muschel, kaum, daß sich ihr der interessierte Schnorchler genähert hat.

»Wieso sinkendes Schiff?« fragte ich bewußt lahmarschig. »Sind wir die Titanic oder was?«

»Hast du dich denn nie gefragt, wie zeitgemäß unser Verein noch ist?« kam die Gegenfrage. Nee, so philosophische Fragen waren nicht mein Ding. Mir genügte der monatliche Blick auf meinen Kontoauszug: Hauptsache, die Kohle war drauf.

Sie blickte mich ungewohnt ernst an: »Was erbringen wir denn eigentlich für unverzichtbare Leistungen, daß unsere Mitglieder uns weiterhin so hoch bezahlen sollten, wenn es denen selbst schlecht geht? Sag mir das.«

Mir fiel nichts ein: »Irgendwie sind bei uns alle am werkeln, aber was der Einzelne wirklich treibt, weiß keiner genau.«

»Du zum Beispiel«, fuhr sie fort, »auf deine Leistungen könnten die Mitglieder doch auf der Stelle verzichten. Zeitung lesen könnten sie selbst, und die paar Männekes, die in deine ›Rundschau‹ gucken, kannst du sowieso an einer Hand abzählen. Wenn du so willst, bist du der reinste Luxusartikel.«

Ich zum Beispiel ein Luxuswesen. Ich schluckte und überlegte, ob der Begriff ›Freundschaft‹ im Hinblick auf Flemming nicht gelegentlich einer Generalüberholung bedurfte. Was man in Büros so unter Freundschaft verstand, verdiente sowieso eher die Bezeichnung ›Interessengemeinschaft‹, und die stand ab sofort auf dem Prüfstand.

Flemming hatte eine breitgebaute Kiste, unter dem Rocksaum guckten dünne, wadenlose Beinchen hervor wie zwei Stuhlbeine, und ich stellte mir gerade vor, an welcher Stelle an ihrem eckigen Rumpf die dürren Stelzen befestigt waren und daß zwischen ihnen eine halbe Fußballmannschaft Platz hätte. Ihre Riesen-Euter hatte sie in einer Korsage einbetoniert wie in einer Festung. Verglichen mit diesem Monument war der Felsen von Gibraltar der reinste Pudding. Wahrscheinlich trug sie zwei Korsetts übereinander. Auf ihrem kleinen Kopf blühte eine adrette Dauerwelle im dezenten Rotton eines Feuerlöschers. Für die Farbe gehörte der Friseur drei Monate lang eingebuchtet.

»Tja, wenn man es so betrachtet«, hörte ich mich sagen, »als Luxusweib habe ich mich eigentlich noch nie gesehen.«

»Versteh' mich richtig«, sagte sie, »das hat nichts mit dir persönlich zu tun. Du bist ja nur ein Beispiel.«

»Ich versteh' dich schon«, bestätigte ich angesäuert, »aber ich hätte da noch viel bessere Beispiele auf Lager, zum Beispiel die Probst. Was die den ganzen Tag treibt außer mir auf die Nerven zu gehen, wird mir ewig ein Rätsel bleiben. Die brütet zwei Tage lang über einem Glückwunschschreiben an den Innenminister, und dann muß sie noch die Wackelmann befragen. Das nenne ich Effizienz.«

»Komm mal rein«, sagte Flemming. Bisher hatten wir auf dem Flur vor ihrer Tür gestanden. »Das braucht ja nicht jeder zu hören. Hast du das mitgekriegt, daß wir neulich schon wieder den Notarzt holen mußten für die? Die haben sie gleich mit dem Krankenwagen mitgenommen. Frenzel hat die mal wieder so zur Sau gemacht, da ist die mir regelrecht zusammengebrochen. Das ist ein ganz armes Luder, will ich dir sagen und nicht mal ein Mann zu Hause.«

Sie schien vergessen zu haben, daß auch ich der allabendlichen Wertschätzung eines liebenden Ehemannes entbehrte. »Mein Mitleid mit der hält sich in Grenzen«, sagte ich unbeeindruckt. Neben Flemmings Drucker stand ein Tablett mit Kuchen, der seinen Duft verströmte. Offenbar legte sie bei ihrer Körnerdiät eine Pause ein.

»Du weißt ja nicht, was die hier mitmachen muß. Frenzel kann ja sehr ungemütlich werden, wenn der einen auf dem Kieker hat. Und die Probst hat er gefressen. Die Flügelschlagerei von der, das ist nicht seine Welt. Der hat es lieber schlicht, und sie ist die geborene Dramatikerin – das paßt nicht. Es vergeht keine Woche, wo der die nicht rundmacht. Dann müßtest du die mal sehen, wenn die dann halbtot aus dem Sitzungsraum kommt.«

»Stichwort Pigmentflecken.«

»Der ganze Hals voll und das Dekolleté. Und Gummi im Fahrgestell, da kann die kaum noch einen Schritt vor den anderen tun.«

»Meinetwegen. Deswegen ist sie aber trotzdem eine Arschgeige erster Klasse.«

»Uns tut sie einfach nur leid. Mir jedenfalls. Die Assis kennen ja Mitgefühl nicht. Dafür sind die noch zu grün hinter den Ohren. Ich stelle mir das furchtbar vor, als einzige Frau vor all den Böcken zusammengeschissen zu werden. Mir reicht schon ein einziger von den Stinkstiefeln. Wenn ich den Vogt bloß sehe, krieg ich schon Hitzewallungen.«

Das Telefon klingelte: »Hallo, Frau Frenzel. Ihr Mann ist noch im Industrieclub. Gegen vier erwarten wir ihn zurück. Ja, selbstverständlich habe ich in Frankfurt angerufen, da geht aber jetzt keiner dran, es ist Mittagszeit. Den Herrn Konsul habe ich erreicht und die Frau von Hagen auch. Soll ich Ihnen schon mal die Liste zufaxen, wer alles zugesagt hat bisher? Klar, geht sofort ab. Ja, ich sage ihm Bescheid, sobald er kommt. Tschö, Frau Frenzel und schönen Tag noch.«

Die Frau von Frenzel, der die Plackerei zu Hause mit ihren fünf Blagen zu dumm war, hatte ein Kindermädchen und eine Haushälterin, so daß sie genug Zeit hatte, ihren Dilettantismus komplett in den Dienst karitativer Zwecke zu stellen. Das ganze Drumherum, angefangen vom Spendensammeln bis hin zur Buchung der Hotels für die Spender gehörte selbstverständlich zu Flemmings Aufgabengebiet, ebenso wie von Katte seinerzeit Kieperts Schriftkram für seine Papageienzucht zu erledigen hatte. Gegen die Benefizmacke, die neuerdings seuchenartig bei den Düsseldorfer Ehegattinnen hochrangiger Wirtschaftsfritzen um sich griff, war Kieperts Papageiennummer allerdings ein Klacks gewesen. Flemming war Dreh- und Angelpunkt sämtlicher Rund-, Erinnerungs- und Dankesschreiben, aller Telefonate, Reklamationen, Spendenquittungen, Steuerfragen, Künstlerbetreuung und dergleichen mehr. Während Flemming oft die Haare zu Berge standen, lag Frau Frenzel zu Hause telefonhörerschwingend auf der Couch und erkundigte sich am Tag etwa ein dutzendmal nach dem Status quo.

Derart ferngesteuert erledigte Flemming widerstandslos auch Aufträge wie das Bestellen von Handwerkern für den häuslichen Wintergarten, die Renovierung des Daches oder die Pflege des weitläufigen Gartens. Letzteres drückten sie bald Frenzels neuem Chauffeur Bernie aufs Auge, weil Flemming von ihrem Schreibtisch aus das nötige gestalterische Vermögen fehlte.

»Ich jag das mal eben durchs Fax«, sagte Flemming, »die Frenzel raubt mir noch den letzten Nerv. Die klebt jetzt zu Hause am Faxgerät, und wehe das kommt nicht in zwei Minuten durchgeschossen. So, wo waren wir denn eben? Ach ja, die Probst. Ja, die macht das nicht mehr lange. Wenn die hier morgens reingekrochen kommt und soll die Morgenrunde halten, kannst du eigentlich direkt den Krankenwagen rufen. Und was war die am Anfang selbstbewußt. Mich hat die doch auch noch scheuchen wollen. Da habe ich gesagt, Frau Probst, Sie haben eine eigene Sekretärin, für Sie bin ich nicht zuständig, und da können Sie sich gerne bei Herrn Frenzel beschweren. Der hätte der was gehustet – da verleiht der lieber seine Frau.

Heute kommt die auf allen Vieren, wenn die was von mir will.«

In dem Moment stand Hübchen im Türrahmen. Die jüngeren Männer demonstrierten ihre Dynamik gerne dadurch, daß sie einmal mit der Faust gegen die Tür krachten und mit der anderen Hand gleichzeitig die Tür aufrissen, als müßten sie mit dieser Bewegung ganze Heerscharen vernichten.

»Ist er drin?« fragte Hübchen mit der für ihn typischen blumigen Ausdrucksweise.

»Noch im Club«, paßte Flemming sich seiner Tonart an.

»Sie melden sich, sobald er zurück ist. Ich muß ihn sprechen. Dringend.«

Flemming machte sich eine Notiz. Hübchen warf mir einen undefinierbaren Blick zu und knallte die Tür zu.

Seit er Personalchef geworden war, beschlich mich in Erinnerung an das karnevalistische Eiertreten immer ein vages Schuldgefühl. Seine Lektionen im Psychoterror hatte er inzwischen verinnerlicht. Wenn man von ihm was wollte, zog er so lange alle Register der Wortverdrehung, Lüge und Diskriminierung, bis man zu einem kümmerlichen Arschloch schrumpfte und sich mit dem Kopf unter dem Arm rückwärts aus dem Zimmer wand. Er war koffeinsüchtiger Kettenraucher und Alkoholiker, und angeblich war seine Ehe endgültig im Arsch. Seine Tochter war genauso lang und schmal wie er und eignete sich mit ihrem nichtssagenden, dicklippigen Gesicht meiner Meinung nach hervorragend als Model. Wenn sie in den Ferien bei mir aushalf, brach sie alle drei Stunden vor Überanstrengung zusammen und mußte mit Kreislauftropfen und Pfefferminztee wieder auf Vordermann gebracht werden. Die Weiber aus der Personalabteilung kamen dann feengleich angeflattert, um ihrem Chef, Hübchen, zu beweisen, daß sie ausnahmslos an goldenem Herzen litten. Meistens riefen sie dann den Papa aus irgendeiner Besprechung, damit er das Kind nach Hause fuhr. Neben dem zartbesaiteten Mädchen hatte er noch einen halbblöden Sohn, den man nirgendwo anders unterbringen konnte als im Versand, wo er Broschüren, nach Nummern sortiert, in die Regale räumte.

»Der arme Hübchen«, ließ Flemming wieder ihr Mitleid aus dem Stall, »der arme Mann ist ja so überarbeitet. Hast du gesehen, wie der wieder aussah? Wenn der so weitermacht, kann der sich bald mit der Probst zusammen ins Krankenhaus legen. Das ist einfach zuviel für einen Mann.«

Ihre Bemitleidungstiraden gingen mir langsam auf den Geist: »Was arbeitet der denn eigentlich soviel, sag mal?«

»Du stellst Fragen! Die ganze Personalpolitik eben – bei dem hört die Arbeit nie auf.«

»Und was genau?«

Jetzt machte ich mich unbeliebt: »Mein Gott, so genau kann ich dir das auch wieder nicht sagen! Ich sitze ja nicht an seinem Schreibtisch. Zum Beispiel die Nachfolge von Braatsch. Jetzt hat schon wieder einer die Unterlagen zurückgeschickt. Wenn das so weitergeht, ist Braatsch noch nächstes Jahr hier, und dabei müßte er schon längst seinen neuen Job angetreten haben.«

Sie hatten Braatsch den Geschäftsführerposten in einer Klitsche angedreht, die nur aus ihm und einer betagten Sekretärin bestand. Dieses Geister-Etablissement sollte er bis zu seiner Rente am Leben erhalten, damit es auch künftig als Auffangstation für versehentlich zum Abteilungsleiter beförderte Armleuchter zur Verfügung stand. Bei der Gelegenheit erfuhr ich, daß Braatschs Frau schwer krank war und er seitdem eine Aachener Gastronomin vögelte.

Dann kam Möhring aus der Mittaugspause: »Mahlzeit.«

»Mahlzeit, Frau Möhring.«

Möhring stellte ihre Einkaufstüten unter den Tisch und kämmte ihren Stufenschnitt. Zu Frenzels Leidwesen hatte sie ein Verhältnis mit seinem Assistenten Rüdiger Backhaus, der, dem Achselgeruch nach zu urteilen, aus demselben Stall kam wie von Katte und sich außerdem aus Nervosität die Nagelhaut blutig biß. Backhaus war ursprünglich mit einer anderen Dame verlobt gewesen, bis er den augenfälligen Reizen der Jenny Möhring erlag. Möhring war knochendürr, tittenlos, hatte einen giraffenartigen Hals und ein Becken wie eine Badewanne. Gerne und oft bleckte sie den Wildwuchs kerngesunder Pferdezähne, und wenn sie mich aus ihrem schmalen, langen Gesicht aus aufgerissenen blauen Augen anschaute, meinte ich gelegentlich, in ein leidlich gewitztes Schafgesicht zu blicken.

»Ich sagte gerade zu Frau Scott, daß die Probst ein ganz armes Tier ist und wie leid die uns immer tut«, wandte sich Flemming an Möhring.

»Genau!« sagte Möhring, wie auf Kommando Betroffenheit heuchelnd. »Nicht, daß ich die besonders leiden könnte ...«

»Darum geht es nicht!« unterbrach Flemming. »Mein Fall ist die schon gar nicht. Ewig das Flügelschlagen und die fehlende Infrastruktur – aber leicht hat sie es nicht.«

»Soll sie nicht soviel saufen«, sagte ich mitleidslos, »dann hat sie auch bessere Nerven.«

»Ach Gott«, sagte Flemming, »wer ohne Schuld ist, werfe den ersten Stein.«

Ich hielt es für passend, fragend die Brauen zu heben und kratzte die Kurve. Mich konnte sie ja nicht gemeint haben.

Nachmittags hatte Braatsch zu einer letzten Abschiedskaffeerunde im kleinen Kreis eingeladen. Die Halbtagskräfte Landauer und Busch kotzten sich zwar hinter den Kulissen die Seele aus dem Leib, daß sie dazu extra wieder von zu Hause aus einfliegen mußten, aber den charmanten Braatsch auf seinem Kuchen sitzenzulassen, brachten sie nicht übers Herz. Gebacken hatte ihn Frau Wackelmann, und so sah er auch aus: flach, oval und beigebraun. Dazu gab es Sprühsahne und literweise Kaffee.

Einladungen bei Braatsch, vor allem die in kleinem Kreis, hatten für mich den Reiz eines aufgeplatzten Furunkels. Da private Themen tabu waren und ich über den Tellerrand meines Jobs kaum Einblick in die weitverzweigten Labyrinthe der Firmenpolitik gewann, hielt ich mich unter leichter Verkrampfung der Gesichtszüge an meiner Kaffeetasse fest, während Probst die Schwingen ihres sonst von den Männern sträflich ignorierten Geistes ausbreitete und unter etlichen Schrauben, Pirouetten und Salti mit halsbrecherischer Koketterie die ganze Runde unterhielt. Das Glück über die seltene Okkasion, vor Eigenlob zu stinken wie zerfleddertes Aas, tropfte ihr wie dickflüssiger Sirup aus allen Poren.

Landauer und Busch krümelten ängstlich an dem furztrockenen Kuchen, ständig die Arschbacken zusammengekniffen vor der Gefahr, zwei zusammenhängende Sätze über ihr intellektuell anspruchsvolles Arbeitsgebiet formulieren zu müssen, und Wackelmann, die ein bemerkenswertes Talent hatte, ihre Unkenntnis durch erhöhte Lautstärke ins rechte Licht zu rücken, riß in den seltenen Momenten das Maul auf, in denen Probst an dem bröselnden Kuchen würgte. Über uns allen thronte Braatsch, der trotz seiner schmachvollen Niederlage seine maskuline Überlegenheit verströmte wie Designerparfüm, indem er nonchalant lächelte und die Pupillen schillern ließ.

Nach dem Kaffeetrinken wurde die obligatorische Sektflasche gekillt, und wer dann, wie Probst, immer noch nicht den Hals voll hatte, kriegte aus Braatschs privatem Schluckkabinett einen Schnaps nachgeschoben. Immer dann, wenn Probst ihren wahnsinnig erheiternden Humor aus den Löchern kramte und auf ihren messerscharf gesetzten Pointen von einer Begeisterung in die nächste segelte, gefror Braatsch das gönnerhafte Lächeln zu einer unnachsichtigen Mundwinkelrolle rückwärts, und ehe wir an Probsts Selbstbeweihräucherung erstickten, erklärte er die Einladung kurzerhand für beendet. Da war der Gentleman beinhart.

Wackelmann begann so eilfertig das Geschirr abzuräumen, daß Probst kaum Zeit blieb, die Tränen ihrer Lachsalven zu trocknen und sie sich unsanft mit der Erkenntnis konfrontiert sah, Braatschs Interesse auch diesmal nicht mit ihrer bühnenreifen Selbstdarstellung geweckt zu haben. Da hockte sie auf der Startbahn ihres Rausches und hatte doch gerade so elegant zum Abflug angesetzt, es war aber auch zum Mäusemelken mit dem Kerl. Auf einmal kam sie sich plump und schwer vor, die Flügel waren ihr abgebrochen, das Heck hing durch, ein schwefelartiger Geruch zog durchs Cockpit, und ihr blieb nichts anderes übrig, als traurig arschwackelnd zum Klo zu eiern, sich im Spiegel ihre Pigmente zu betrachten und die armselige Hoffnung zu nähren, daß ihre baufällige, alte Maschine unter Braatschs Nachfolgeschaft weiterhin zum Einsatz kam.

Der aktuelle Aspirant war angeblich ein technischer Überflieger, der uns Weiber per Internet und Datenbank richtig auf Vordermann zu bringen gedachte, und ob ein so jugendlich naßforscher Technik-Freak die rechte Sensibilität im Umgang mit einer zerrütteten Fregatte wie Probst an den Tag legen würde, war ungewiß. Die Furcht vor einem hyperdynamischen Testosteron-Bataillon saß aber nicht nur ihr in den Knochen. Insgeheim wußten wir Schlafmütze Braatsch, auch wenn wir das tunlichst für uns behielten, sehr wohl zu schätzen. An den selbstverliebten Altherren-Charme des indifferenten Blindgängers sollten wir später noch sehnsüchtig zurückdenken.

Als Probst auf den trübsinnigen Resten ihres Kurzrausches den Gang entlangwankte, wobei sie aus Gründen des Gleichgewichtes die Arme seitlich spreizte, lief sie Hübchen in die Arme, der das Kunststück beherrschte, seinem glasigen Blick eine stechende Qualität zu verleihen: »Hat Braatsch mit Ihnen gesprochen?«

Vor Schreck machte Probst einen Satz nach links und blieb dann schwankend stehen: »Ich verstehe nicht ...«

»Die Nachfolge! Hat er mit Ihnen gesprochen?«

»Ähm, Sie meinen den Herrn äh, ich habe gerade den Namen nicht präsent ...«

Probsts Furcht, er könnte ihre Fahne riechen, teilte Hübchen umgekehrt nicht. Seine Fahne flatterte ungeniert im Wind. Schließlich war er als Personalchef unantastbar. Seine Nase wurde weiß vor Ungeduld: »Blödsinn! Frau Pollack meine ich natürlich.«

Probst appellierte an ihr Gehirn, das sich noch mit den letzten Rauschrudimenten amüsierte. Was meinte der Kerl nur? Verdammt, immer diese Wissenslücken! Es half alles nichts – der Name Pollack löste nicht ein einziges Mosaiksteinchen einer Erinnerung aus dem Gemäuer ihrer Verblödung. Hilflos hob sie die Schultern: »Sie sprechen in Rätseln, Herr Hübchen ...«

»Weiß Braatsch es am Ende selbst nicht!« raunzte Hübchen genervt. »Der sollte Sie doch heute infomieren. Frau Pollack macht morgen ihren Antrittsbesuch, und Sie sollen sich dann der Aufgaben von Herrn Braatsch annehmen, damit er Frau Pollack im Haus bekannt machen kann.«

Probst verstand immer noch Bahnhof. Angestrengt versuchte sie, aus den zwei, drei neuen Infos einen Sinn zu fabrizieren, der ihr einen halbwegs intelligenten Kommentar ermöglichte: »Also eine neue Kollegin. Verstehe. Verstärkung können wir ja immer gebrauchen. In welcher Funktion kommt sie denn zu uns, wenn man fragen darf? Und überhaupt – wo soll sie denn sitzen? Es ist ja gar kein Zimmer mehr frei.«

»Frau Pollack ist die Nachfolgerin von Herrn Braatsch!« bellte Hübchen ohne jede sprachliche Verzierung, gleichgültig, ob Probst vor Entsetzen die Kontaktlinsen aus den Augen fielen oder ihr ein Köttel in die Hose sackte. Dann schoß er weiter den Gang entlang und rief von der Schwingtür: »Also, Sie wissen jetzt jedenfalls Bescheid.«

»Ja ja, ich weiß B ... b ... scheid.«

Probst hatte das Gefühl, ihr Kopf sei ein Kreisel. An Weitergehen war zunächst nicht zu denken. Sie machte einen Schritt zur Seite und lehnte sich an das Schwarze Brett, wo sie von einer kopflosen Heftzwecke rüde in den Oberarm gekniffen wurde. Sie hörte sich schreien, als sei ihr der Arm in eine Kreissäge geraten. Vom anderen Ende des Ganges kam Landauer: »Ich habe gerade den Arm voller Akten. Soll ich jemanden rufen?«

»Nein, nein«, ächzte Probst, »es geht schon. Eine momentane Kreislaufschwäche.«

Sie schleppte sich vorwärts wie ein Roboter, dem gerade der Saft ausging und sank auf ihren rückenfreundlichen Drehstuhl. Doch, sie hatte richtig gehört: Braatschs Nachfolger war eine Frau. Alle kleinen und mittelgroßen Wogen erlittener Zumutungen, Demütigungen, Maßregelungen und Unverschämtheiten schlugen in einer gewaltigen Brandung über ihr zusammen: eine *Frau*! Aus und vorbei war es mit fadenscheinigen Entschuldigungen vor dem eigenen Spiegelbild. Das Argument der Zugehörigkeit zum falschen Geschlecht als Ursache für die mißlungene Karriere war augenblicklich in den Wind gepfiffen. Da kam jetzt eine, die hatte es trotzdem geschafft. Das war der Todesstoß ihrer gut geschmierten Verdrängungsmechanismen. Jetzt hieß es, der eigenen Nichtigkeit ins ungeschminkte Gesicht zu sehen. Da wurde ihr jetzt schon schlecht.

Sie erhob sich wie in Trance und schlurfte gebeugt zum Wasserboiler, der sich gegenüber meiner Tür auf dem Flur befand: »Tag, Frau Scott.«

»Tag«, sagte ich erstaunt über ihren kraftlos-milden Tonfall, »Vorsicht, das Wasser ist kochendheiß.«

»Auaaahhhh!!!« Sie taumelte und hielt sich die Hand: »Das ist ja kochendheiß! O Gott, das überlebe ich nicht.«

»So schnell stirbt es sich nicht«, sagte ich tröstend, aber sie wimmerte nur. Ich ging auf den Flur und drehte das Wasser ab. Probst schien sich im Delirium zu befinden. »Danke«, hauchte sie. In der Not konnte sie unglaublich devot sein. Ich wußte das zu würdigen: »Soll ich Ihnen mal Ihren Tee machen heute?«

Dankbares Aufglühen ihrer grünbraunen Pupillen: »Ach, wenn Sie das für mich tun könnten, ich wäre Ihnen sehr zu Dank verpflichtet, ich bin im Moment ein wenig durch den Wind ...«

»Das merke ich. Eben waren Sie doch noch so gut drauf.«

»Man ist hier ja nie vor Überraschungen sicher. Eben treffe ich Hübchen auf dem Gang und ...«

Sie war mit den Nerven so am Ende, daß sie nicht bemerkte, mit wem sie sprach: »... da sagte er mir, sie hätten jetzt jemanden gefunden für die Nachfolge von Braatsch. Eine Frau ist das. Sagt er.«

»'ne Frau? Ist doch Klasse.«

Sensationsgeil geleitete ich sie in ihr Zimmerchen zurück. Draußen quietschte die Straßenbahn, vom Schulhof gegenüber lärmten die Schulkinder, die gerade Pause hatten. Auf ihrem Schreibtisch lagen aufgeschlagene englische Lexika, eine angebrochene Schachtel Recatol, eine Schachtel TicTac ohne Zucker und ein Stapel Akten aus einer Bonner Anwaltskanzlei. Nach dem Tod ihres Vaters hatten sie und ihre Schwester sich in endlose Erbstreitigkeiten gestürzt, weil sie dem debilen Bruder das Erbe nicht gönnten. Die telefonischen Litaneien, daß der Typ mit ihrem Geld die dreisten Bonner Stricher entlöhnte, kannte ich vom Lauschen an der Wand beinahe auswendig.

»Klasse finden Sie das?« quäkte Probst und deckte die Anwaltsklamotten mit einem Lexikon zu. »Ich weiß nicht, ob das so Klasse ist.«

»Wieso, ich freue mich für jede Frau, die es in diesem Puff hier schafft. Das ist ja 'ne richtige Sensation für diesen antiquierten Stall. Ist doch toll, daß endlich eine Frau mal was wird. Hätte ich nicht für möglich gehalten. Ich meine, aus Ihnen und aus mir ist ja in den ganzen Jahren nicht so doll was geworden, nicht? Wir haben doch beide irgendwie den Edeka-Stempel.«

»Was haben wir?«

»E-de-ka – Ende der Karriere. Kennen Sie das nicht?«

Probst fand das nicht zum Lachen. Mit zitternder Hand zählte sie Süßstofftabletten in ihren Tee: »Ich gönne ihr das ja auch. Ich meine, ich kenne sie ja nicht, warum sollte ich ihr das mißgönnen?«

»Die muß ja richtig was auf dem Kasten haben, wenn die sich gegen die ganzen Männer durchgesetzt hat.«

»Ach, Schmarrn!« fuhr Probst hoch. Ihr Kampfgeist kehrte zurück: »Die Männer haben doch alle einen Rückzieher gemacht. Eine Notlösung ist die, sonst nichts. Die haben sie jetzt ganz schnell aus dem Ärmel gezogen, weil ihnen gar nichts anderes übrigblieb.«

»Da hätten sie ja eigentlich auch Sie fragen können«, sagte ich link »wo Sie Braatsch doch sowieso immer vertreten haben und alles kennen wie aus dem Effeff.«

Allmählich nahm sie die Fäden ihres Verstandes wieder auf: »Nein, nein, das möchte ich nicht machen. Immer dieser Stress mit Frenzel, nein, nein, die Nerven habe ich nicht mehr.«

»Aber fragen hätte man Sie müssen«, beharrte ich verlogen auf meinem Standpunkt, »das wäre doch das Mindeste gewesen, was Sie verdienen. Hat man Sie denn nicht mal gefragt?«

Sie war noch zu kaputt, um zu lügen: »Hat man wohl nicht für nötig befunden. Aber, wie ich schon sagte, mir liegt nichts an dem Job. Ich habe Braatsch nie beneidet.«

»Komisch, daß der es schafft, bei all dem Stress noch Tennis spielen zu gehen, nicht?«

Mich traf ein Blick zwischen Gift und Tränen. Gott, das war ja die Scott, vor der sie sich so hatte gehen lassen. Jetzt aber schnell die Motoren wieder angeworfen: »Tja, dann vielen Dank für Ihre Hilfe, Frau Scott, jetzt muß ich aber dringend was tun. Terminsachen, Sie wissen schon.«

Das erneute Quietschen der Straßenbahn drang ihr bis ins Mark. Sie rieb sich mit einem Erfrischungstuch die Hände sauber. Am Hauptbahnhof gab es da einen vorzüglichen, etwas überteuerten Chablis zu kaufen, von dem wollte sie sich nachher mal zwei Flaschen genehmigen und sich einen schönen Abend machen. Die Schuhe von sich schleudern, die Miederhose runterrollen, die gefangenen Pupskoloraturen endlich aus dem Stall lassen, die brennenden Augen von den Linsen befreien und einfach mal richtig ins Glas flennen. Sie allein mit ihren heißen Tränen und dem kühlen Wein. Vielleicht konnte sie ausnahmsweise einen Zug früher nach Hause nehmen, ja, warum nicht? Die Aussicht auf ein Tête-à-tête mit ihrem Weltschmerz beflügelte sie so, daß sie jetzt schon feuchte Augen bekam und sich die Linsen selig von der Hornhaut lösten. Ganze Ozeane voller Tränen hatten sich im Lauf der Jahre angesammelt, Tränen des Selbstmitleids, der Wut und der Ohnmacht – heute abend hieß es: Schleusen auf. Aber bitte nicht schon jetzt.

21. *Als Pollack unsere Abteilung übernahm,*

war nicht meine beste Zeit. Nicht nur ich steckte privat in der Sackgasse, auch bei den anderen Weibern ging nichts vorwärts.

Ich hatte mal wieder einen Traumprinzen aufgerissen, einen mittelständischen Papier-Fabrikanten, der seiner geschiedenen Frau nachtrauerte, obwohl er sie nur sonntags am späten Vormittag ficken durfte, wenn die gnädige Frau ausgeschlafen hatte. Zuvor mußte er die Wohnung saugen, Brötchen holen und den Kaffeetisch decken, damit ihr nach dem Pimpern in einer sauberen Wohnung das Frühstück mundete. Für den Rest der Woche schob sie kategorisch einen Riegel vor, da war jede noch so liebreizende Anfrage zwecklos. Er war von der Einmaligkeit eines solchen Schmuckstücks überzeugt, und ich mochte mich nicht zu erkennen geben.

Außerdem war er Jäger, und das feige Volk der Knarren und Schießstände ging mir seit jeher auf den Geist. Drei prall gefüllte Tiefkühltruhen waren sein ganzer Stolz. Sogar CDU-Parteibonzen erlegten bei ihm ihren Hirsch. Je mehr er von sich erzählte, desto weniger mochte ich ihn.

Der Sonntagsficker und Tiermörder hatte eine merkwürdige Art zu küssen, indem er mit seiner Zunge hin und her wibbelte wie die Libelle überm Seerosenteich – es sah nur dämlicher aus.

»Küß doch nicht so nervös, du mußt mal den Zeitraffer ausschalten.«

»Ich küsse ganz normal. Bisher hat sich noch keine beschwert.«

»Du mußt ruhiger werden, Eckbert, so gefällt mir das nicht. Und vor allem die Lippen mehr aufeinander drükken. Das ist ja so ein freischwebendes Züngeln mit dir, das finde ich abartig irgendwie.«

»Ach, rede nicht, laß mich lieber deine Äpfelchen anfassen.«

In dem Moment erinnerte ich mich an seine anschaulichen Erzählungen über das Ausweiden eines Hirschen, und ich streckte die Waffen: »Es hat keinen Zweck mit uns, mir ist immer so, als würde es hier nach frischem Tierblut riechen. Das dampft irgendwie so.«

»Du spinnst, ich habe mich ausgiebig geduscht.«

»Und der Ausdruck ›Äpfelchen‹ gefällt mir auch nicht.«

Von einer Auslandsreise brachte er mir eine halbe Stange Zigaretten mit: »Die zweite Hälfte kriegst du beim nächsten Besuch.«

Er ließ kein Fettnäpfchen aus. Im Restaurant bestellte er den billigsten Salat, der auf der Karte stand: »Wir haben ja eigentlich gar keinen Appetit«, und beim Kirmesbesuch bezahlte ich mein Krabbenbrötchen selbst. Der Typ faszinierte mich so, daß ich es nicht übers Herz brachte, mit ihm zu bumsen. Er hatte auch nicht übertrieben gedrängt: »Ich laß dir Zeit. Bei mir hast du alle Zeit der Welt. Wenn du von selbst kommst und sagst, ich möchte mit dir schlafen, ist es gut.«

Ich konnte mich nicht entscheiden, ob ich diese Haltung unter Plus oder Minus verbuchen sollte. Da er die unruhige Knutscherei nicht einstellte, sich auch weiterhin vor Großzügigkeit überschlug und, vor allem, unter Einsatz von Tapferkeit und Heldenmut in mannhaftem Zweikampf Auge in Auge die reißenden Bestien unserer Felder und Wälder erlegte, sortierte ich ihn aus.

Als ich Pia wieder mal über die Scheißtypen in den Ohren lag, stellte sich heraus, daß sie ihn vor etwa zwanzig Jahren fast geheiratet hätte: »Ach, war das ein toller Mann! Ein richtiger Gentleman! Da war ich noch jung und schön. Bestell ihm mal schöne Grüße, falls ihr noch mal miteinander sprecht.«

Die wahre Größe von Tierfreund Eckbert kam erst zum Vorschein, als ich ihm mitgeteilt hatte, daß ich auf weitere Treffen mit ihm verzichtete. Von da an hängte er sich täglich zwei- bis dreimal ans Telefon, meldete sich abwechselnd als Feuerwehr, Ordnungsamt und Stadtwerke und freute sich jedesmal wie Bolle, daß ich seine Stimme erkannte. Manchmal rief er auch nur an, um wortlos wieder aufzulegen. Nachdem ich ihm eines Tages Pias Grüße ausgerichtet hatte, verlagerte er seinen Hirnriß auf sie.

»Hach, der Eckbert ruft mich ständig an, ich weiß schon gar nicht mehr, was ich Kalle sagen soll, wer da immer dran ist. Ist ja süß irgendwie von Eckbert, die Männer sind bei mir immer so anhänglich, aber ich habe nun mal nicht die Zeit, dreimal am Tag mit dem zu quatschen.«

»Du mußt den mal treffen, dann vergeht es dir von selbst.«

»Du hast recht, der kann mir mal bei Tino einen Schampus bezahlen.«

»Viel Spaß.«

Gott sei Dank nahm sie den Hund mit. Da war sie wenigstens nicht ganz alleine. Eckbert mußte nach fünf Minuten dringend was aus dem Auto holen und kam nicht mehr zurück.

»Mach dir nichts draus, das ist ein Arschloch, habe ich dir doch gesagt. Und du hast doch sowieso deinen Kalle.«

»Ein Benehmen ist das einer Dame gegenüber. Was war das früher für ein guterzogener Mensch. Was ist nur aus dem geworden.«

»Aufgewärmte Kamellen schmecken sowieso nicht. Bleib du mal lieber bei deinem Kalle.«

»Ach, hör mir mit Kalle auf. Der benimmt sich in letzter Zeit auch unter aller Sau, da kommst du ja mit dem Schlösserauswechseln nicht mehr nach. Gestern hat er mal wieder in der Tiefgarage übernachten dürfen. Alles laß ich mir ja nun auch nicht gefallen.«

»Wat hat er denn schon wieder gemacht?«

»Genau weiß ich nicht, was wieder im Busch ist. Wahrscheinlich steckt die Mutti wieder dahinter, das alte Luder, auf jeden Fall turnt der jetzt nachts immer im Bermudadreieck rum und schmeißt für andere Weiber das Geld zum Fenster raus.«

»Was ist denn das Bermudadreieck?«

Sie nannte die drei Kneipen, in denen Kalle versumpfte, anstatt ihr endlich den Cartier-Ring abzubezahlen, den sie sich schon hatte weiter machen lassen: »Bevor mit dem Sense ist, habe ich meine Schmuckkollektion zusammen, das ist so sicher wie das Amen in der Kirche.«

»Was willst du bloß mit dem Tinnef? Soviel Schmuck, wie du hast, braucht kein Mensch.«

»Das braucht der Mensch genauso wie Orientteppiche, Biedermeiermöbel und Designerklamotten. Bei mir muß das eben immer etwas gediegener sein.«

Mir war noch nicht aufgefallen, daß es sich bei dem Plunder in ihrer Chaotenbude um Antiquitäten handelte. Wenn man mich gefragt hätte, hätte ich eher auf Gelsenkirchener Barock getippt. Aber ich hatte ja auch keine Ahnung.

»Schmuck braucht eine Dame für Notzeiten«, belehrte sie mich, »das verstehst du nicht, du bist Angestellte. Ich bin freischaffende Künstlerin, da kann morgen schon wieder alles anders aussehen. Das Business muß stimmen, sonst ist alles für 'n Arsch. Genau wie Kalle. Der kann mich bald sonstwo, wenn der so weitermacht. Letztens habe ich den bei Tino rausgeholt, da hatte die Wildsau fünfhundert Mark unter die Leute gebracht und ließ sich hofieren wie der Kaiser von China. Lauter alte Nebelkrähen um ihn herum, die auf seine Kosten gesoffen haben.«

»Freu dich, daß es keine jungen waren.«

»Von mir aus kann der machen, was er will, aber die Kohle bleibt hier.«

Sie öffnete die nächste Flasche Müller-Thurgau. Die Qualität ihrer Weine hatte in letzter Zeit etwas nachgelassen, denn das Business ließ zu wünschen übrig. Die Wohnungsnot erlebte eine unwillkommene Flaute. Wie meistens saß Martha qualmend im Sessel und hielt schweigend ihr Glas hin. Martha war geschieden und verdiente sich als Putzfrau ein paar Mark zu ihrer Rente hinzu. Bei der Auswahl ihrer Putzjobs war sie wählerisch, und wenn Weihnachten nicht mindestens ein Blauer im Umschlag lag, war für die Herrschaften Feierabend. Marthas Lebensmotto lautete ›Ich mach mich nicht tot‹. Bis ihr früherer Mann nach dreiundzwanzig Jahren wieder bei ihr einzog, war ihre Frisur der Mittelpunkt ihres Lebens. Im Moment war das Haar blondgesträhnt mit betoniertem Bürstenpony, sturmfest, streichelzart und leicht entflammbar. Martha saß oft stundenlang fast regungslos bei Pia herum wie ein zusätzliches Möbelstück. Hin und wieder krächzte sie mit verrauchter Stimme ins Telefon: »Dienstag ist Besichtigung. Alles weitere sagt Ihnen Frau Kücklich vor Ort.« Die übrigen Wortmeldungen beschränkten sich auf: »Krieg dich wieder ein!« und »Hauptsache, der kommt wieder.«

»Ob der zurückkommt, ist mir scheißegal!« schrie Pia dann stinksauer. »Von mir aus kann er bleiben, wo der Pfeffer wächst. Aber daß er das schöne Geld so verschleudert, das tut mir in der Seele weh.«

»Wo hat denn der immer soviel Kohle her?« wunderte ich mich.

»Von wem denn wohl? Von der scheiß Mutti natürlich, damit der sich was anderes aufreißt. Dabei schiebt der das alles alten Schnapsdrosseln hintenrein, da kann er es auch gleich bei mir abgeben. Jetzt ist schon wieder Mitternacht, und er ist immer noch nicht zurück. Gleich wechsel' ich das Schloß wieder aus, dann hat er es wieder geschafft.«

Sie rotzte verzweifelt in ihr Tempo-Taschentuch. Fünf zerknüllte Tempos lagen schon malerisch verstreut auf dem Tisch. Über das Taschentuch hinweg stierte sie auf den Bildschirm. Plötzlich schrie sie: »Hau ihm endlich in die Fresse, Mensch! Los jetzt, rauf auf den Hund! Ist doch sowieso alles nur gestellt, aber trotzdem.« Ihre temperamentvollen Kommentare galten einem Wrestlingkampf.

»Hasse dat jesehen?« wachte jetzt sogar Martha auf. »Der hat vielleicht ein paar Muckis, wat?«

»So was müßte man mal ins Bett kriegen, was, Martha? Nicht immer solche Flaschen wie Kalle. Wenn du den anpustest, fällt der um wie ein Baum. Im Grunde ist der gar kein richtiger Kerl, Muskeln sind für den ein Fremdwort. Ich möchte bloß mal wissen, wo der wieder bleibt. Wie spät hast du es, Martha? Schon halb eins? So, jetzt ist bei mir Feierabend. Wo ist der Schraubenzieher?«

Ihre Routine beim Auswechseln des Sicherheitsschlosses war beachtlich. Nach drei Minuten waren für Kalle die Schotten dicht.

»So erfährst du ja nie, ob er überhaupt nach Hause gekommen ist«, gab ich zu bedenken. Der Hund, der bisher geschlafen hatte, öffnete ein blutrotes Auge und sah uns einäugig und genervt der Reihe nach an. Wahrscheinlich gab er uns die Schuld daran, daß er gerade aus dem Hundehimmel gefallen war. Dann stöhnte er qualvoll und ließ einen vornehm krachenden Furz.

»Das höre ich doch, wenn er gegen die Tür bollert. Was meinst du, was der wieder getankt hat. Der gibt sich doch garantiert wieder die Kante heute nacht. In dem Zustand schlägt er das ganze Haus zusammen.«

»Lieber ein stadtbekannter Säufer als ein anonymer Alkoholiker«, zitierte ich einen von Küppersbuschs Buttons.

Als er bis zwei Uhr die Tür noch nicht eingeschlagen hatte, verabschiedete ich mich. Pia rotzte unentwegt in ihre Taschentücher: »Du kannst doch jetzt nicht gehen! Nachher kommt er überhaupt nicht, und ich bin ganz alleine.«

»Die Martha ist doch noch da.«

»Ja, die Martha«, seufzte Martha, »dat kann mich keiner bezahlen, wat ich für dem Pia alles tu'.«

»Wie soll ich *das* denn verstehen?« fuhr Pia hoch. »Du kannst den Hals aber auch nicht vollkriegen. Sahnst du immer noch nicht genug ab bei mir? Und die ganzen Sachen von Rena Lange, in die ich nicht mehr reinpasse – ist das etwa nix?«

»Sei doch nicht so empfindlich«, knarzte Martha, »irgendwann muß ich ja auch mal pennen.«

»Du bleibst jetzt hier!« heulte Pia und nahm das nächste Taschentuch. »Jetzt könnt ihr mal beweisen, was Freunde sind. Jetzt habt ihr die Gelegenheit.«

Martha seufzte grunzend. Der Hund machte das andere Auge auf: Konkurrenz, Verwandtschaft, Verarschung? Nein, Irrtum vom Amt. Da lassen wir doch gleich noch ein Fürzchen.

»Der Hund muß mal dringend Gassi«, meinte ich, »hier stinkt es wie im Tigerkäfig.«

»Fang *du* jetzt auch noch an!« flennte Pia. »Alles ist gegen mich. Womit hab' ich das verdient?«

Bei Riemann sah es mit den Männern zur Zeit auch nicht besser aus. Der Waldschrat, den sie zum Model umoperiert hatte, war zwar anhänglich wie ein Hund, aber leider etwas schwanzlahm.

»Der kriegt einfach keinen hoch«, klagte sie, »das ist ja vielleicht eine Scheiße! Und ich habe immer gedacht, der Wolfgang ist ein Ausnahmefall.«

»Ich nicht«, sagte ich.

»Kein Wunder bei deiner Figur. Du hast doch sicher schon wieder über fünfundsechzig.«

»Nerv mich bitte nicht.«

Riemann hatte zu Hause eine Waage mit Grammeinteilung. Wenn die Waage fünf Gramm zuviel anzeigte, wurde das Essen rigoros eingestellt. Im Moment trug sie die Haare raspelkurz und weißblond und sah aus wie eine bunt geschminkte Annie Lennox. Klamottenmäßig mußte es auch nicht mehr unbedingt pink oder lila sein, sondern auch schon mal schwarz und military-grün, nur auf die knallroten Nuttenschuhe wollte sie auf keinen Fall verzichten: »Die machen einen erotischen Gang.« Ihren Gang fand ich ungefähr so erotisch wie den eines Storchs.

Jedenfalls verbrachte sie ihre romantischen Stunden mit dem Wackelpudding und hatte allmählich den Kanal voll: »Was kann man denn da machen, hast du eine Ahnung?«

»Notoperation.«

»Ach, das kann man auch operieren?«

»Sollte ein Witz sein.«

»Nee, nee, die Idee ist gar nicht schlecht. Daß ich da nicht selbst drauf gekommen bin. Da werde ich mich gleich mal schlau machen.«

»Der ist ja ganz schön arbeitsintensiv, der Typ, wenn du mich fragst.«

»Dafür sieht er jetzt astrein aus, den kannst du jetzt überall mit hinnehmen. Das Problem mit seiner Gurke kriege ich auch noch in den Griff, warte mal ab.«

Riemann setzte sich im Lokal grundsätzlich so hin, daß sie alles im Blick hatte, so daß ich immer gegen die Wand guckte. Kaum ergriff ich das Wort, wanderte ihr Hypnoseblick über mich hinweg zu irgendeinem Staubsaugervertreter, bis endlich der Grog oder Jägermeister vor uns stand: »Von dem Herrn da drüben«. Dabei war sie immer noch nicht von Wolfgang, ihrem Dritten, geschieden: »Eigentlich sieht ja der Wolfgang auch nicht schlecht aus, findest du nicht?«

Ich fand, er sah nicht besser und nicht schlechter aus als die anderen Staubsauger.

»Meinst du, daß der mich noch liebt?«

»Seit wann spielt *das* denn wieder eine Rolle?«

»Ja, weißt du, ich denke manchmal, so schlecht ist Wolfgang auch nicht, und das Theater mit dem Axel geht einem ja doch gewaltig auf den Keks. Da kannst du ja machen, was du willst, der kriegt ihn einfach nicht rein. Ich bin mittlerweile schon so mit den Nerven fertig, daß ich ihm schon geholfen habe, stell dir das mal vor.«

»Das ist ja wirklich ein Ding! Du faßt Schwänze an? Ist ja der helle Wahnsinn.«

»Was bleibt mir denn anderes übrig? Ich meine, so ganz habe ich die Hoffnung ja noch nicht aufgegeben. Manchmal kommt er ja ein Stück weit rein, aber kaum ist der drin, fällt der schon wieder um. Weißt du, das ist ja auch nicht spannend, nicht? Und da denke ich schon mal, wozu überhaupt die Kerle auswechseln – so was hab ich ja schon zu Hause. Und wir müßten das Haus nicht verkaufen. Um den schönen Garten hätte es mir nämlich richtig leid getan. Was hat der Wolfgang da für eine Arbeit reingesteckt. Und die ganzen Holzdecken im Haus selbst eingezogen, das kriegst du ja nachher gar nicht mehr bezahlt. Meinst du, ob er mich noch liebt, der Wolfgang?«

Ich blickte auf meine Armbanduhr. Meine Mittagspause neigte sich dem Ende zu, und immer noch knurrte mein Magen: »Woher soll *ich* denn das wissen?«

»Morgens, wenn er zum Frühstück kommt, sagt der noch nicht mal ›Guten Morgen‹. Ich meine, das ist nicht gerade ein Zeichen von Liebe, oder? Wenn einer noch nicht mal grüßt? Was meinst du?«

»Wenn du auch dauernd fremdgehst. Da brauchst du dich doch nicht zu wundern.«

»Das weiß er ja nicht, daß ich fremdgehe. Das denkt der sich nur.«

Mit Riemann ging es nicht vor und nicht rückwärts. Da half es ihr auch nicht, daß sich ihr Chef rettungslos in ihre dünnen Beine verliebt hatte und sie sich im Büro mit ihrer Nähmaschine, ihren zwei Hunden und einem Sammelsurium an Hundespielzeug ausbreiten durfte.

»Sag mal, hast du eigentlich auch mal was zu arbeiten?« staunte ich. »Ich meine, schreiben und so. Oder ist der PC nur Attrappe?«

»Du, der Boss tut auch nicht viel. Mal ein Briefchen, mal ein Telefonat. Hauptsache, die Kohle stimmt, und die lassen mich in Ruhe. Wenn der Typ wirklich mal ins Büro kommt, macht er mir einen Heiratsantrag nach dem anderen.«

Heiratsanträge ihrer Chefs waren bei Riemann an der Tagesordnung. Ich überlegte, welche Sensation ein Heiratsantrag von Braatsch für mich bedeuten würde. Unvorstellbar.

»Der ist mir aber zu dick«, fuhr sie fort, »ich laß ja über alles mit mir reden, man kann mir wirklich nicht nachsagen, daß ich kleinlich wäre, aber einen schönen Body muß er schon von selbst mitbringen!« Mit dem Ausdruck

›body‹ war sie wieder einmal ihrer Zeit voraus – unsereiner nannte das noch ganz altbacken Körper beziehungsweise Figur.

»Du brauchst auch mal wieder einen Mann«, fand sie, »wieso hast du eigentlich keinen? So beschissen siehst du doch gar nicht aus.«

»Danke. Im Moment habe ich vielleicht nicht gerade ein übertriebenes Interesse.«

»Das gibt es doch gar nicht. Ohne Männer ist das Leben doch langweilig. Ich wüßte gar nicht, was ich sonst machen sollte mit meiner Freizeit. Männer muß man verarschen, das kannst du von mir lernen. Das macht Spaß. Wenn ich ein Drama sehen will, geh ich ins Theater.«

»Mich langweilt die Sorte Spaß, die mir passiert.«

»Weißt du was? Du hast keinen Humor.«

Im Club der humorlosen Weiber hatte Wieczorek den Vorsitz. Beim Thema Braatsch nahm der Liebeswahn immer verbissenere Züge an: »Ich werde schon Mittel und Wege finden, den Kontakt zu ihm aufrechtzuerhalten. Für mich ändert sich da gar nichts. Er zieht eben ein paar Straßen weiter – na und? Fährt er eigentlich immer noch mittags pünktlich nach Hause?«

»Pünktlich wie die Tagesschau.«

»Ich frage nur, weil die Frau doch jetzt so krank ist.«

»Na und? Die kocht doch nicht selbst.«

»Und ich koche so gerne. Ach, ich würde gerne mal für ihn kochen.«

Braatsch könnte es so gut gehen. Das Problem war, daß es ihm auch ohne Wieczorek gut ging. In Braatschs Leben lief, ob mit oder ohne Frau, immer alles wie geschmiert, sein Tagesablauf war vom Frühstück bis zur Aachener Nummer perfekt durchorganisiert, ein Programmpunkt Wieczorek war nicht eingeplant.

Wieczorek konnte einem leid tun. Alle paar Monate

schaffte es ein besonders couragierter Geduldsvogel zwar bis in ihr Bett, flog aber meist schon nach der Premiere wieder hinaus: »Ich mußte sowieso dauernd an Braatsch denken.«

»Du bist echt gestört, Svetlana.«

»Wenn schon. Das gibt mir wenigstens ein unverwechselbares Profil.«

»Das ist Beziehungsangst, sonst nichts. Daran leidet jeder dritte. Aber du stirbst noch mal dran, wenn du nicht bald den Absprung schaffst. Das ist ja auch bequem, jemanden aus der Ferne anzuschmachten, den man kaum kennt. Da braucht man sich wenigstens nicht mit seinen Blähungen auseinanderzusetzen.«

»Was ist denn das für ein Deutsch? Mit Blähungen kann man sich nicht auseinandersetzen. Du kannst dich mit einem Menschen, einem Thema oder einem Problem auseinandersetzen, aber nicht mit Blähungen.«

»Hast du eine Ahnung.«

Auf Wieczoreks feingrammatikalischen Freistil war ich immer besonders scharf. Wahrscheinlich hatte nie einer gewagt, im Beisein dieser Traumprinzessin einen abzulassen. Bei mir waren sie da weniger zartfühlend.

»Und verschone mich bitte mit deiner Feld-Wald-und Wiesen-Psychologie!« motzte sie weiter. »Es ist keineswegs bequem, auf den einzigen Mann zu verzichten, den man liebt.« Bei Kritik an ihrer Braatschomanie warf sie sich gerne in beleidigtes Pathos und wurde pampig: »Als ob es bei dir anders aussähe! Als Beziehungsflüchtling erster Güte möchtest du mir Ratschläge geben – entschuldige, wenn ich lächle. Ob nun eine Beziehung drei Monate hält wie bei dir oder drei Wochen wie bei mir – der Unterschied ist doch wohl marginal.«

Ich entschuldigte mich umgehend für meine Entgleisungen und erlaubte mir, ihr einen zuckerfreien Kaugummi anzubieten. Meinetwegen konnte sie in ihrer Sackgasse hockenbleiben, bis sie Beulen schlug.

Der mangelnde Beziehungsstress hatte bei Wieczorek zu einer beträchtlichen Verzögerung des Alterungsprozesses geführt. Sie wurde von Tag zu Tag schöner. Da sie ihre Zeit nicht, wie zum Beispiel ich, mit beziehungstechnischen Totgeburten vergeudete, war sie auch ziemlich belesen. Die Kombination von Schönheit und Bildung wirkte indes auf die Männerwelt nicht so faszinierend, wie zu vermuten wäre, da die Vortäuschung weiblicher Unterlegenheit als zuverlässigster Zünder männlicher Entflammung allmählich an Überzeugungskraft verlor. Die meisten Typen beschränkten sich auf respektvolles Feuergeben und feinsortierte Komplimente, der Rest verharrte in Andacht und Bescheidenheit. Aber das schwerste Handicap war Braatsch.

Inzwischen hatte ihr Liebeswahn den Zustand galoppierender Verblödung erreicht, der sich in ozeanischem Ohrenrauschen, akuter Mundfäulnis samt Kiefersperre sowie lokaler Gehirnerweichung manifestierte, sobald er sich ihr auch nur von ferne näherte.

»Der muß mich ja für total hirnrissig halten«, äußerte sie selbstkritisch, »ich weiß einfach nicht, was ich sagen soll. Wenn ich den sehe, wird mein Gehirn zur Dunkelkammer. Und das wird täglich schlimmer. Ich werde zur personifizierten Verkrampfung. Ich fühle mich wie in Beton gegossen.«

»Das kenne ich.«

»Das *kannst* du gar nicht kennen! *Keiner* kennt das.«

»Entschuldige, daß ich deine Gefühlselite anzweifle. Ich will dir mal was sagen, der Braatsch ist nichts weiter als ein schaumschlagender Sesselfurzer mit Schillerblick, und mit dem hat er dich vor Jahren hypnotisiert, das Schwein, und deswegen glaubst du heute noch, er sei der

Mann deines Lebens. Komm, laß uns heute mal chinesisch essen gehen, da ißt du auch Hund und meinst, es ist Huhn.«

Die einzige, die sich momentan im Glück wähnte, war Küppersbusch. In ihrer Stammkneipe am Hauptbahnhof, in der sich die Gäste sogar den Laden schönsaufen mußten, hatte sie unter all den Niveau-Grossisten einen heimgekehrten Spanien-Aussteiger aufgerissen, der »bis er was Besseres findet« hier und da als Wachmann jobbte und praktischerweise gleich bei ihr einzog. Der Typ war lang, weißblond, schmal, breitwandig verpickelt und hatte ein Gesicht wie ein Habicht. Lächeln hielt er für unmännlich, Humor sowieso, und das Zusammenfügen zweier ganzer Sätze war absolut unter seiner Würde. Küppersbusch war hingerissen: »Ein Mann soll nicht viel reden, Hauptsache, er bringt's im Bett, und da ist der einsame Spitze, sage ich dir, einfach megageil.«

Der Typ hieß Leo und fand, daß alles, was ihm widerfuhr, eigentlich nicht sein Niveau hatte. Daß er sich im Augenblick mit solch mißlichen Lebensumständen befassen mußte, lag daran, daß er zwecks Wiedergewinnung seiner Freiheit sein unbeziffertes Vermögen bei Frau und Kind in Spanien hatte lassen müssen. Weitere Auskünfte über seine Vita wurden nicht erteilt – bei Risiken und Nebenwirkungen fragen Sie Ihren Arzt oder Apotheker. Leo war ein Lonely Rider ohne Harley, ein Marlboroman ohne Werbeplakat, mit einem Wort ein Peter Maffay ohne Musik. Allerdings zwei Köpfe größer.

Sein auffälligstes Talent war, mit gelangweilter bis angewiderter Fresse in heruntergekommenen Kneipen abzuhängen und verknallten Wurstpellen wie Küppersbusch einen vom Pferd zu erzählen, wobei er sich die Sätze einzeln wie Schnecken aus dem Gehäuse ziehen ließ. Die verschwenderische Rhetorik in Kombination mit dem elitären Ekel vor dem Mittelmaß, zu dem er sich selbstredend nicht zählte, legten Küppersbusch den aufregenden Verdacht nahe, ihr sei die gute Fee erschienen und hätte sie vom Aschenbrödel zur Prinzessin erweckt. Indem der wortkarge Hybrid ausgerechnet sie erwählte, gehörte sie ab sofort dem Adelsstand an.

Gelegentlich ließ er sich herab, mit ihr Paella zu kochen, wovon er wegen seiner Spanienerfahrung natürlich mehr verstand als sie, was sie automatisch zu niedrigen Arbeiten deklassierte. Dieses erprobte Partnerschaftskonzept ließ sich bequem auf das Bett übertragen, weshalb sie ihm zwei-, dreimal einen blies, während er in der Zeitschrift für Existenzgründer blätterte. Als Wachmann konnte er unmöglich weiter vor sich hin vegetieren, er war zu Höherem berufen.

Ich sagte zu Küppersbusch: »Paß bloß auf deine Flokken auf! Eines Tages kommt er und braucht Geld, um sich selbständig zu machen.«

»Das würde er nie tun. Der gibt mir ja sogar manchmal ein Bier aus!« Küppersbuschs Ansprüche an die Männerwelt waren legendär. Ich mahnte: »Werde mir ja nicht wieder weich.«

»Nee, ich brauche doch mein Geld für die Altersversorgung. Das habe ich dem schon verklickert, das hat der auch geschluckt.«

Jedesmal, wenn ich ins Einkaufscenter ging, stand der hohlwangige Geier im Eingang und ließ wichtig die silbernen Knöpfe auf seiner Phantasieuniform blitzen.

»Na, willst du mal wieder in meine Tasche gucken?«

»Ist mein Job.«

»Wie geht es denn so?«

»Gut.«

»Ist das nicht langweilig, den ganzen Tag hier herumzustehen?«

»Nee. Kannst durchgehen.«

»Nett von dir.«

Ich war eben nicht auserwählt.

Küppersbusch erzählte: »Du, der Leo will sich mit Holographie selbständig machen, das soll jetzt ganz groß in Mode kommen, sagt er.

»Kann er denn fotografieren?«

»Das spielt keine Rolle, sagt er. Der liest da immer diese Zeitschrift, weißt du, da sagen die einem immer ganz genau, was Zukunft hat und was nicht und welche Kenntnisse man braucht und so. Jetzt fehlt ihm nur noch eine Spezialkamera. Die sind natürlich nicht ganz billig. Also, nicht, daß du denkst, er hätte mich um Geld gefragt oder so, nicht, das würde er nicht machen, aber ich habe mir gedacht, er hat doch bald Geburtstag ...«

Ging die Scheiße schon wieder los.

Von den Buttons hatte sie sich endlich verabschiedet. Statt dessen klebten auf der Wand hinter ihrem Schreibtisch neuerdings bunte Aufkleber mit Sprüchen wie ›Alle Kinder füttern den Löwen, nur nicht Jutta, die ist das Futter‹ oder ›Allen Kindern steht das Wasser bis zum Hals, nur nicht Rainer, der ist kleiner«. Fast täglich kamen neue hinzu, so daß die Wand allmählich aussah wie eine riesige Collage.

Ich erinnerte sie: »Denk an deine Altersversorgung.«

»Klar denke ich daran. Aber ich habe ja noch eine Lebensversicherung. Und Aktien. Und einen Bausparvertrag.«

Küppersbusch war ein Finanzgenie. Es nützte ihr nur nichts.

Und dann kam Pollack.

22. *Elvira Pollack war klein,*

schmächtig und langsam in ihren Bewegungen. Die schwarzen Haare trug sie schulterlang und glatt. Sie hatte pechschwarze Pupillen und ein kurzes, fliehendes Kinn. An ihrem ersten Arbeitstag kleidete sie ein neongelbes Kostüm, an Saum und Revers schwarz abgesetzt. Als Braatsch uns einander vorstellte, strahlte sie mich an, als sei sie von ihrer spontanen Sympathie für mich selbst überrascht. Dieses Meisterstück lieferte sie ab, ohne je eine Schauspielschule besucht zu haben.

»Das ist unsere Lektoratsleiterin«, sagte Braatsch jovial, »Frau Scott ist die Seele unseres Lektorats. Wenn Sie mal Unterlagen brauchen, wenden Sie sich nur an Frau Scott. Die findet alles, und das blitzschnell.«

»Na na«, sagte ich ohne Begeisterung, »das ist ja wohl leicht übertrieben. Wecken Sie mal nicht so hohe Erwartungen.«

Den letzten Gefallen, meine verhaßten Verpflichtungen im Archiv unerwähnt zu lassen, tat er mir nicht. Zur Strafe würde er noch einmal für ein Gehaltsgespräch herhalten müssen.

Bei der Begrüßung verbeugte sich Pollack so tief, als wollte sie meinen Hosenbund inspizieren. Ihr begeistertes Zähnefletschen ließ nicht nach.

»Frau Scott wird Ihnen jeden Morgen ab halb neun eine Pressedokumentation vorlegen. Bei der Selektion ist sie unschlagbar. Ihr entgeht einfach nichts.«

Mann, Braatsch, jetzt isses aber langsam gut.

»Und mittags gibt es eine zweite Auswahl«, fuhr

Braatsch launig fort, »und auch die anderen Abteilungsleiter erhalten eine speziell auf ihr Wissensgebiet zugeschnittene Mappe. Und wenn dann alles schön durchkopiert und im Haus verteilt ist, haben die anderen beiden Damen schon wieder Feierabend.«

»Und was machen *Sie* dann?« erkundigte sich Pollack mit untrügerischem Gefühl für unpassende Fragen. Ihr samtweicher Kalbsblick verwandelte sich plötzlich in ein Bündel scharfer Messer. Der Schreck über den fliegenden Wechsel reduzierte mein Lächeln etwa um die Hälfte: »Das ganze Zeug muß ja noch archiviert werden. Nachmittags zeichne ich aus, und sobald die zwei nebenan Zeit haben, legen sie das ab.«

»Jeden einzelnen Artikel?« fragte sie ungläubig.

»Jeden einzelnen natürlich nicht. Ich schmeiße auch viel weg.«

»Ach ja? Aber das entscheiden Sie sicher nicht selbst, was Sie wegwerfen?«

»Wieso denn *nicht*?« Ich verschärfte die Tonart. Das roch mir sehr nach Einmischung. Jawohl, Gnädigste, ich bin durchaus in der Lage, mich meines Verstandes ohne Anleitung eines anderen zu bedienen! Mein Lächeln stand auf der Kippe. Braatsch rettete die Situation: »Frau Scott arbeitet extrem selbständig – ich bin immer gut damit gefahren. Sie schätzt es nicht besonders, wenn man ihr zuviel dreinredet. Stimmt's, Frau Scott?«

»Allerdings!« sagte ich mit Nachdruck. Braatsch war ja richtig gut zu gebrauchen heute. Pollack reduzierte ihr Lächeln. Um mir auf die Füße zu treten, blieb ihr künftig noch Zeit genug.

Endlich zogen beide nach nebenan weiter. Ich hörte Landauer maulen: »'ne besonders anspruchsvolle Arbeit ist das ja nicht hier, ne?«

Und Busch meckern: »Vor allem, wenn der Kopierer

dauernd den Geist aufgibt. Das nervt, kann ich Ihnen sagen. Immer, wenn man es besonders eilig hat, ist ja klar.«

»Frau Landauer und Frau Busch sind die Stützen des Lektorats«, dozierte Braatsch. Wenn er seinen Charme als Verarschung einsetzen konnte, war er in seinem Element. »Wenn eine von ihnen fehlt, bricht hier alles zusammen.«

»Ja ja, und wenn beide fehlen, kann die Firma direkt dicht machen«, lästerte Landauer. Nach gekünsteltem Gelächter kamen Braatsch und Pollack wieder bei mir vorbei, weil Braatsch in den ganzen Jahren nicht gelernt hatte, daß das Zimmer nebenan über einen eigenen Eingang verfügte.

»Herr Braatsch!« rief ich. »Ich müßte Sie dringend mal wieder unter vier Augen sprechen!«

Er stutzte. Dieser Einwurf war in seiner Charme-Offensive nicht vorgesehen: »Äh, heute ist es aber schlecht. Sie sehen ja ...«

»Muß nicht heute sein. Wir hatten ja unser letztes Gespräch nicht beenden können, Sie erinnern sich.«

Pollack runzelte die fettige Stirn, als hätte ich mit ihr gesprochen. Braatsch, der sich wie üblich an nichts erinnerte, sagte etwas zu laut: »Richtig! Machen Sie einen Termin bei Frau Wackelmann, solang sie noch da ist, solange ich noch da bin, harhar.«

Ich fand das nicht halb so witzig wie er. Unterredungen über eine Gehaltserhöhung waren in diesem Laden nicht witzig, zumal man nie eine bekam.

Als ich die Tür zum Sekretariat öffnete, hingen Probst und Wackelmann über der Kaffeemaschine, und Probst unterbrach gerade ihren Satz: »... stechender Blick, ist mir sofort ...«

»Morgen!« grüßte ich. »Na, waren sie bei Ihnen auch schon?«

»Bei uns doch wohl zuerst«, meinte Probst hochnäsig

und nahm den Süßstofftank zur Hand, »und? Was haben Sie für einen Eindruck?«

»Was soll man nach zwei Sätzen schon sagen«, blieb ich in Deckung, »sieht aus wie ein Zitronenfalter, nicht?«

Probst kniff die Augen zusammen und blies ihren heißen Tee kälter: »Ist das alles, was Ihnen aufgefallen ist?«

»Schwarze Haare halt«, sagte ich lauernd, »wahrscheinlich gefärbt.«

»Die Zähne sind auch falsch«, ließ Wackelmann verlauten, »das sieht man meilenweit gegen den Wind.«

Probst, die schon ihre dritten Kronen hatte, kläffte: »Ich meine doch nicht solche Äußerlichkeiten. Sie sind doch sonst nicht so oberflächlich, Frau Wackelmann. Sie enttäuschen mich. Ich meine die Art der Selbstdarstellung, die Ausstrahlung. Was kommt da bei Ihnen rüber? Haben Sie ein gutes Gefühl?«

»Die Süßmuth ist auch so klein und ist was geworden«, äußerte ich, um sie zu ärgern, weil sie selbst nicht größer war. Ich leerte gemütlich mein Fach hinter Braatschs Tür. Mal hören, was sie noch abzusondern hatte.

»Herrgott, es geht doch nicht um die Körpergröße!« schnauzte Probst. »Aber eins ist auch mir an ihrer Optik aufgefallen: die Augen. Solche Augen sieht man selten.«

»Groß, schwarz und feucht wie Männerfüße«, sagte ich. Probst verschluckte sich an ihrem Tee: »Sie scheinen ja merkwürdige Herrenbekanntschaften zu pflegen. Ich bin jetzt schon gespannt, wie Frau Pollack auf Ihren, nun ja, etwas rustikalen Humor reagieren wird. Übertrieben humorvoll wirkte sie auf mich jedenfalls nicht.«

»Das ist ja schon die erste Gemeinsamkeit zwischen Ihnen beiden«, sagte ich. »Übrigens, Frau Wackelmann, ich soll mir einen Termin bei Ihnen geben lassen für eine Unterredung mit Braatsch.«

Berstend vor Arbeitswut kam Wackelmann hinter der Kaffeemaschine hervorgekrochen: »Was, *jetzt* noch? Der ist doch bloß noch zwei Wochen da.«

»Mir reicht eine halbe Stunde. Letzter Salto auf dem Besuchertisch.«

Probst zog die Brauen hoch und klemmte die Lippen ein. Ich war komplett unter ihrer Würde. Wackelmann wühlte in ihrem Terminkalender: »Heute geht es nicht. Morgen ist auch ganz schlecht. Donnerstag ist er in Brüssel. Freitag wird er dann wenig Zeit haben. Vielleicht kann ich Sie Freitag dazwischenschieben. Ich trage Sie mal auf Abruf ein.«

»Aber nicht vergessen.«

»Und nicht nach fünfzehn Uhr«, warf Probst giftig ein, »sonst ist Frau Scott nämlich nicht mehr im Hause.«

»Was Sie zum Beispiel nichts angeht«, sagte ich.

Allmählich gingen mir die Weiber auf den Geist. Die Unterstellung, mißgünstiges Belauern der Gewohnheiten anderer als östrogenbedingt zu bezeichnen, schien mir im Augenblick nicht weit hergeholt. Vielleicht hatte mein Verstand auch im Moment deshalb Hanglage, weil es in dieser Abteilung kaum Männer gab. Gar keinen in Zukunft. Als Kind hatte ich in der irrigen Vorstellung gelebt, Männer und Frauen seien, abgesehen von äußerlichen Kleinigkeiten, gleich. In Dingen herumzuschnüffeln, die einen nichts angingen, so lehrte mich das Büroleben, schien jedoch eine rein weibliche Eigenschaft zu sein. Die Männer hatten schon genug mit dem zu tun, was sie als das Wesentliche erachteten. Wenn Männer zum Beispiel in der Nase bohrten, brauchte man sie gar nicht erst anzusprechen, sie hatten dann grundsätzlich das Gehör ausgeschaltet, nur wenn sie schliefen, mußte man vorsichtig sein, dann hörten sie aus dreißig Meter Entfernung.

»Freitag nachmittags darf man jedenfalls keine Anfrage mehr auf den Tisch bekommen«, ätzte Probst weiter, »da ist das Lektorat nämlich leer. Und die Journalisten sind immer ungemein erfreut, wenn sie sich mit ihrer Recherche woandershin wenden müssen, weil Frau Scott zu Hause schon ihrem Vergnügen nachgeht.«

Mir lag auf der Zunge, sie anzubrüllen, daß ich freitags nur aus dem einzigen Grund schon mittags den Abflug machte, weil ich die ›Rundschau‹ nicht durchs Haus schleppen wollte und nicht, weil zu Hause schon zehn knackige Jungs ihren Ständer bereithielten.

»Sie können ja jetzt Ihre gesammelten Beschwerden bei der Neuen abladen«, sagte ich gereizt, »vielleicht haben Sie ja bei der mehr Glück als bei Braatsch.«

Der Hinweis auf ihre verunglückten Landemanöver bei Braatsch trieb das vorderste Adrenalingeschwader augenblicklich an die Front: »Was ich an Ihnen so schätze, Frau Scott, das ist Ihre total irregeleitete Selbsteinschätzung. Als ob Frau Pollack nichts Wichtigeres zu tun hätte, als sich ausgerechnet mit Ihnen zu befassen! Aber wenn Sie es nicht erwarten können, kann ich Frau Pollacks Blick für Ihren Schlendrian da drüben natürlich gerne schärfen helfen – das soll mir eine Ehre sein.«

Schuß ins Eingemachte. Triumphierend schlug sie die Kiefer zusammen und grinste schmal.

»Wenn's ums Blickeschärfen geht, kann ich auch gerne behilflich sein«, platzte ich aus dem Karton, »wenn Frau Pollack mal wichtige Unterlagen sucht, sieht sie am besten in Ihrem Papierkorb nach. Den Tip kriegt sie von mir gratis.«

»Kinder, Kinder«, seufzte Wackelmann, »bin ich froh, daß ich das Irrenhaus hier bald verlasse.« Dann ging das Telefon, und Probst sortierte ihre Knochen, um sich zu verziehen. Als sie an mir vorbeikam, sagte ich: »Da fällt mir ein – haben Sie mir nicht mal erzählt, daß schwarzhaarige Frauen bei Ihnen paranoide Vorstellungen auslösen?«

Sie bremste abrupt und schwankte. Schweinerei im Anmarsch. Jetzt hieß es, alle Truppen im Verstandskasten zu mobilisieren. Sie riß die Augen auf und atmete zischend aus. Wir starrten einander in die Augen wie zwei Pudel im Kampfhundekostüm – beide zu mickerig für den Todesbiß, aber aufgerüstet bis in die letzte Haarwurzel.

»Wissen Sie überhaupt, wie man das schreibt?« knödelte sie mit verengtem Kropf. »Sie wissen doch gar nicht, wovon Sie reden! Immer nur dasselbe absurde Zeug, was Sie so von sich geben.« Der Versuch, herablassend zu wirken, mißlang. Dafür sorgten schon die Pigmente.

»Das haben Sie mir persönlich erzählt«, blieb ich auf der Spur, »weil Ihre Mutter schwarze Haare hat und weil Sie zu Ihrer Mutter ein gestörtes Verhältnis haben ...«

»Halten Sie doch den Mund!« Ihre kleine Unterlippe zitterte. »Ich soll Ihnen das erzählt haben? Ausgerechnet Ihnen? Das glauben Sie ja wohl selber nicht. Was man sich hier anhören muß, das ist ja wirklich grotesk!«

»Für solche Dinge habe ich ein gutes Gedächtnis«, fuhr ich unbeeindruckt fort, »wenn es nicht stimmt, brauchen Sie sich ja nicht so aufzuregen. Meinetwegen können Sie sich auch mit der Pollack unter eine Decke legen – das juckt mich null. Müßte eigentlich ein schönes Bild abgeben, so schwarzrot auf dem Kopfkissen, sehr malerisch.«

Probst warf den Kopf herum und trabte mit weiten Schritten in ihr Büro. Das war doch alles nicht ihr Niveau hier: »Frau Scott, tun Sie mir einen Gefallen, und verschonen Sie mich in Zukunft mit Ihrem pubertären Geschwafel. Ich bin hier, um meine Arbeit zu machen. Alles andere interesssiert mich nicht.«

»Solange Sie noch eine haben«, entfuhr es mir.

Die Tür wackelte in ihrer Hand: »Was wollen Sie damit sagen, Sie blöde Gans?«

»Ach, nichts«, sagte ich vergnügt, »pubertäres Geschwafel, weiter nichts.«

Ihr Mund war schmal wie eine Rasierklinge. Noch nicht mal Pigmentflecken im Moment. Sie trat einen Schritt auf mich zu und sah mich fest an: »Sie sind so dumm, Scott, so dumm, soviel Dummheit tut ja fast schon weh. Wenn Sie in Ihrem gepuderten Oberstübchen auch nur fünf Gramm Grips hätten, wäre Ihnen längst aufgegangen, daß es ab heute nicht mehr opportun ist, daß wir beide uns gegenseitig zerfleischen. Aber um das zu begreifen, fehlt es Ihnen an Format. Man kann von einem Hamster nicht erwarten, daß er fliegt. Eines Tages werden Sie verstehen, was ich meine, aber dann wird es zu spät sein.«

Ich hatte es verstanden, aber es war schon jetzt zu spät. Ich konnte von meiner Feindschaft nicht absteigen wie von einer Harley, dazu war sie nach jahrelanger Pflege zu gut in Schuß.

Probst drehte sich um und ging in ihr Zimmer. Ich latschte ein Zimmer weiter und suchte meine Zigaretten. Von nebenan kam Landauer: »Na, was sagen Sie denn zu der Neuen?«

Die Zigaretten waren auf den Boden gefallen. Ich ging auf die Knie und spürte meinen Blutdruck. Bei der Gelegenheit stellte ich fest, daß Landauers Knöchel Wasser zogen. An ihrer psychologischen Einschätzung unserer künftigen Chefin war ich nicht übermäßig interessiert. Da sie für das erste Privatgespräch mit mir über die Clematis auf ihrem Nordbalkon fast ein Jahr gebraucht hatte, hielt ich sie als Psychologin nicht gerade für eine Koryphäe. Sie war in vertraulicher Stimmung: »Uns kann die ja eigentlich nix wollen, wir machen unsere Arbeit und sind mittags verschwunden. Aber Sie werden mit der noch ganz schöne Schwierigkeiten kriegen. Das fühle ich jetzt schon. Das ist so eine, die steckt ihre Nase in jeden Misthaufen. Da ist die total komplementär.«

Ich hangelte mich mit roter Birne auf meinen Drehstuhl und kramte nach dem Feuerzeug. Die latente Gefahr eines Lungenkarzinoms gab mir wenigstens gelegentlich einen kleinen Kick, die Beschäftigung mit den Raucherutensilien meinen Händen einen Sinn. Ohne Drogen wäre ich vielleicht an exzessivem Gähnen über mein langweiliges Leben krepiert. Ich warf ein Alka Seltzer ins Glas. Landauers Augen glotzten mich hinter ihren dicken Brillengläsern an wie narkotisierte Fische: »Aber die Probst wird es meiner Meinung nach noch härter treffen. Das ist so meine invidueIle Ästimierung.«

»Vielleicht werden die auch ein Herz und eine Seele«, meinte ich lahm. Die Pollack ging mir jetzt schon auf die Nerven. Meinetwegen konnte sie dahin zurück gehen, woher sie gekommen war. Aber Landauer konnte sich auch allmählich schleichen, wie der Bayer sagt.

»Das glaube ich nicht«, hielt Landauer sich dran, »die Neue ist eine Schlange und die Probst eine Feuerassel. Das verträgt sich nicht.«

Ich warf ihr einen anerkennenden Blick zu. Landauer als Freudschülerin war ja ein ganz neuer Aspekt.

»In welche Kategorie falle ich denn Ihrer Meinung nach?« fragte ich.

Sie lachte nervös. Auf ihren breitgetretenen Latschen trat sie von einem Bein aufs andere: »Sie sind 'ne Granate.«

»Na, hören Sie mal, ich sitze doch immer ganz friedlich hier herum.«

»Ja, normalerweise sind Sie am pennen, das stimmt, aber wehe, wenn was passiert, was Ihnen nicht schmeckt.

Dann gehn Sie ab wie 'ne Handgranate. Ne, Frau Busch, was sagen wir immer über die Frau Scott? Daß sie 'ne Granate ist, ne?«

Busch kam um die Ecke. Jetzt hatte ich die auch noch am Hals. Busch war wie ein Happyhippo, randvoll mit Frohsinn und Vitalität. Frühmorgens, wenn ich noch knietief in den Sümpfen des Alkoholmißbrauchs watete, kam sie von ihrem langen Fußweg an der frischen Luft pumperlgesund hereingeplatzt und schmetterte ihr »Guten Morgen, liebe Sorgen!« in einer Lautstärke, als müßte sie melden, der Krieg sei ausgebrochen. Ihr Vorrat an berstend guter Laune war von einer Aufdringlichkeit, von der ich jeden Morgen Gänsehaut kriegte. Busch strahlte: »Ja, 'ne Granate, aber 'ne nette.«

»Wie man's nimmt«, sagte Landauer gedehnt und latschte wieder raus.

»Hamse das zitronengelbe Teil gesehen?« fragte Busch. »Ziemlich auffällig, ne? So was würde Ihnen auch stehen zu dem dunklen Haar. Nicht immer nur grau und schwarz. Sie sehen immer aus, als würden Sie auf Ihre eigene Beerdigung gehen.«

Ich blickte an meiner graugesprenkelten Viskose herab. Im Laufe der Bürojahre war mir die Metamorphose von einer schillernden Hippie-Raupe in einen Regenwurm perfekt geglückt. Ich schob meine Schulterpolster hoch, die nie da saßen, wohin sie gehörten, gurgelte mit dem Alka Seltzer und wickelte mein Käsecroissant aus. Mit meinem Sammelsurium an Schulterpolstern hätte ich einen Großhandel aufmachen können. Es gab sie in zig verschiedenen Stärken, ovale Kissen mit Klettverschluß, die sich für Pullover eigneten, eckige Briketts, die man unter die BH-Träger knöpfte, weiche mit Papierlappen am Ende, damit man den Übergang nicht sah und solche, mit denen man aussah wie ein Kleiderschrank auf zwei

Beinen. Wenn man Glück hatte, waren die Dinger fest eingenäht – das waren die einzigen, die nicht verrutschten.

Ein Schweißtropfen rann mir den Rücken herunter. Um diese Uhrzeit kam die Sonne um die Ecke und stellte sich für etwa fünf Stunden genau auf mein Fenster. Ich griff zum Hörer: »Tag, Herr Döpp. Sagen Sie mal, was ist eigentlich aus meinem Antrag für ein Rollo geworden? Hat Braatsch das weitergeleitet?«

»Sie sollen Rolläden kriegen? Dat wüßtich aber. Sie kriegen doch ein Stehpult.«

»Das Stehpult habe ich vor sechs Monaten gebraucht. Jetzt kommt der Sommer, da brauche ich ein Rollo.«

»Ja, aber das Stehpult ist jetzt bestellt. Das wird ja eigenhändig für Sie gezimmert. Von Rolläden weiß ich nichts. Beides kriegen Sie sowieso nicht, das wäre zumindest sehr ungewöhnlich, wenn Sie mich fragen. So 'ne Privilegien jibbet nur für Leitende. Seien Sie man froh, daß Sie überhaupt ein Stehpult kriegen, dat gibt schon Neid genug.«

Ich legte auf. Von hinten prasselte mir die Sonne höhnisch auf die nicht leitende Rübe. In den Räumen der Leitsäcke säuselten derweil die Klimaanlagen schmerzstillend vor sich hin, damit sich die Hirsche schweißfrei Wimbledon reinziehen konnten. Seit Tagen redeten sie von nichts anderem als dem ›erdbeerblonden‹, siebzehnjährigen Boris Becker. Wenn Becker mittags spielte, blieben die Konferenzräume leer und die Telefone stumm. Morgens wurde zur Begrüßung nicht mehr über das Wetter gelabert, sondern: »Haben Sie den Boris gestern gesehen? Das ist ein Aufschlag, was?« Mit fachmännischen Kommentaren outeten sie sich stolz als zugehörig zur Elite, denn wer was erreicht hatte im Leben, spielte immer noch Tennis. Fast über Nacht hatten sie endlich einen

Helden, der denselben Sport trieb wie sie – nur besser halt. Golf spielten damals nur hagere Gruftis mit kaputter Prostata und polierter Pläte.

Draußen knallten Skateboards auf Beton, die obligatorische Straßenbahn quietschte. Mir fiel gerade ein, daß Vogt immer mit den Fingern schnippte, wenn er was zu trinken wünschte. Ächzend stand ich auf und gab meinem Kreislauf die Chance, meiner Bewegung zu folgen. Dann ging ich den langen Gang entlang zum Klo. Ob ich mal wieder krankfeiern sollte? Was meldeten die Bandscheiben? Naiv aalten sie sich auf prallen Gallertkernen, kein Nerv, der fiepte, kein Knöchelchen, das knirschte. Seltsame Welt, in der Gesundheit unwillkommen war. Vielleicht sollte ich mir Hämorrhoiden zulegen. Der Verzehr von scharfen Peperoni verbunden mit weichem Weißbrot sollte ihrer Aufzucht sehr zuträglich sein, hatte ich irgendwo gelesen. Sehnenscheidenentzündungen machten sich auch immer ganz gut. Vor allem an der rechten Hand.

Im Klo hatte jemand einen Mief hinterlassen, daß es einem die Kontaktlinsen beschlug. Gelangweilt öffnete ich den Deckel des Abfallkorbs. Irgendein Fossil benutzte tatsächlich noch Binden. Darunter lag eine alte Strumpfhose und ein leeres Fläschchen ›Diva‹. Das war Probsts Parfüm. Ob sie sich zu Hause gelegentlich einen runterholte? Oder so wie Küppersbusch auf dem Klo hier in der Firma? Mich hatten Appetitzügler immer frigide gemacht. Und der Tag nahm kein Ende. Die Fliege starb auf der Wand. Mein Arsch wurde kalt. Die Wasserspülung versagte. Und wieder stand ein Sommer vor der Tür.

an Bewerberinnen für den unterbezahlten Job der Abteilungssekretärin hatte sich Pollack eine magere, graue Maus namens Zausel ausgesucht, die von dem Bestreben erfüllt war, um nichts in der Welt unangenehm aufzufallen, wobei der knochige Riecher im XXL-Format allerdings etwas hinderlich war. Zausel hatte bis zum Anschlag die Hosen voll, sie könnte etwas falschmachen. Zausels Welt war ein Labyrinth aus Fettnäpfchen, Glatteis und unübersichtlichen Schluchten mit magnetischem Effekt. Die Furcht, einen Fehler zu machen, äußerte sich auch in ihrem Auftreten: gedeckte Farben, verschwommene Muster, lange Röcke, weiße Spitzenkragen, dezenter Silberschmuck und eine Frisur, wie mit dem Zirkel gezeichnet, in undefinierbarem Hellbraun mit dunkelblonden Highlights. Die kurzgeschnittenen Nägel trug sie unlackiert, auf den schmalen Lippen lag ein Hauch von Rosa und auf den Lidern ein winziger Klecks Hellblau. Außer der Nase war das Auffälligste an ihr ein türkisgemustertes Brillengestell, das für ihr ausgemergeltes Gesichtchen etwa zwei Nummern zu groß war.

»Was habt ihr euch denn da Neckisches zugelegt?« lästerte Küppersbusch. »Die sieht ja aus wie eine Handarbeitslehrerin aus den Fünfzigern. Super Visitenkarte für eine moderne PR-Abteilung.«

»Die ist von der Pollack bewußt gewählt«, meinte Wieczorek, »neben der sieht selbst *sie* aus wie eine Gräfin.«

»Kann einem ja leid tun, diese Zausel«, fand Küppersbusch«, die muß sich ja ihre Männer im Blindenheim suchen.«

Weit gefehlt. Eines Tages, Braatsch hatte sich kaum in sein Camp für ausrangierte Abteilungsleiter verzogen, äußerte Zausel, daß sie von Anfang an bei der Personalabteilung den Wunsch geäußert habe, gelegentlich ihren Mann bei seinen Vortragsreisen begleiten zu dürfen, weshalb es sich bei dem aktuellen Einspruch der Frau Pollack hoffentlich um eine Ausnahme handele, die sie, Zausel, nachsichtig der anfänglichen Unsicherheit von Frau Pollack zuschreiben wolle.

Mit der Vermutung, daß Zausel eine Botschaft loswerden wollte, lag ich richtig: »Was hält Ihr Mann denn für Vorträge?«

»Ach, das können Sie ja noch nicht wissen. Mein Mann ist doch Professor an der Uni. Das braucht aber nicht unbedingt jeder zu wissen. Ich lege keinen Wert darauf, daß sich das herumspricht.«

»Kein Problem, ich kann schweigen.«

»Das wäre mir sehr recht. Ich möchte nicht, daß sich das herumspricht. Das ist überhaupt nicht in meinem Interesse. Ich sage das auch nur Ihnen. Das muß keiner wissen. Ich will mich damit nicht aufspielen.«

Eine halbe Stunde später rief Flemming an: »Sag mal, was habt ihr denn jetzt für eine Träne da unten? Sag der Frau Professor mal, die soll ihren Kram abholen, den sie hier liegenlassen hat. Bei denen scheint das Telefon kaputt zu sein.«

»Richte ich aus.«

»Ihr geht ja jetzt wohl vor Vornehmheit kaputt, was? Eine Frau Professor und 'ne Buchautorin – demnächst schlagen wir die Hacken zusammen, wenn wir zu euch runterkommen. Eure Obertussi ist hier ja schon dauernd am baggern, daß ihr zu uns hochzieht. Sie ist der Meinung, daß die Öffentlichkeitsarbeit in den direkten Dunstkreis des Hauptgeschäftsführers gehört.«

Das hatte mir noch gefehlt, meinen lauschigen Stall am Ende des Ganges gegen einen der aufgemotzten Paläste auf der siebten Etage einzutauschen.

»Da bin ich gar nicht scharf drauf«, sagte ich.

»Da wirst du auch gerade gefragt! Was meinst du, was die beim Frenzel am bohren ist. Die scheint 'ne ganz schöne Profilneurose zu haben.«

Mir fielen die weißen Stilmöbel ein, die sie auf eigene Kosten angeschafft hatte. Braatschs wuchtiger Schreibtisch hatte einem zierlichen Modell mit geschwungenen Füßchen weichen müssen, seine bunten Antes-Köpfe ausdruckslosen Stichen in weißlackierten Rahmen, und statt der unsortierten Aktenberge von Braatsch sorgte jetzt eine stets mit frischen Blumen gefüllte Vase für eine gediegene Atmosphäre. Das Zimmer war erfüllt von einem dieser sauteuren Weiberparfüms, die für meine unqualifizierte Nase wie eine unbekömmliche Mischung aus Karamelbonbons und Unterarmschweiß müffeln, und ihre Schreibtischutensilien waren – von unzähligen Teakholz-Bleistiften abgesehen – durchweg aus transparentem Acryl.

Was sollte uns mittelmäßigen Erdenwürmern das sagen? Daß es sich bei Pollack um eine Lady mit Stilsicherheit, Geschmack und höchstem ästhetischen Anspruch handelte, die privat mundgeblasene Gläser und Paperweights sammelte und als Freizeitbeschäftigung das Aufspüren von High-Class-Freßbunkern betrieb, die mit zehn Jahre in Holzfässern gereiftem Balsamessig einzeln besprühte Rucola-Blättchen auf der Speisekarte führen und in denen Saucen montiert und nicht gerührt zu werden pflegen.

Probst, die solch akribisch ausgesuchte Attribute als

Facetten eines Personality-Substituts bislang stillschweigend für sich reklamiert hatte, verfolgte das abgehobene Treiben zwei Türen weiter mit Ingrimm und Argwohn, zumal sich herausstellte, daß Pollack trotz eines Klumpfußes, der mir zunächst nicht aufgefallen war, mit einem wohlhabenden oder sich zumindest wohlhabend gerierenden Bestattungsunternehmer in einer schloßähnlichen Villa zusammenlebte, was Probst auch ohne Klumpfuß nicht gelungen war. Daß Pollack ihren Wohngenossen aber offiziell mit »mein Mann« titulierte, schlug dem Faß den Boden aus: »Das ist ja geradezu abartig ist das, ist nicht mit dem verheiratet und nennt den überall ›mein Mann‹. Die muß es ja nötig haben!«

Probst hatte – wie ich – noch nicht bemerkt, daß Pollack grundsätzlich alles nötig hatte, was auch nur entfernt der Camouflage ihrer Farblosigkeit diente. Schnickschnack wie Schleiflackmöbel und wöchentlich ausgewechselte pompöse Blumensträuße waren noch harmlose Kronjuwelen – bald kamen die Leistungen anderer, mit denen sie sich schmückte, hinzu.

Ich spazierte zu Zausel ins Sekretariat, die ratlos einem Techniker bei seiner Arbeit zusah: »Unsere Telefonanlage ist defekt.«

»Flemming hat gerade angerufen, Sie hätten oben Unterlagen liegenlassen.«

Entsetzen in Reinkultur: »Um Gottes Willen! Was denn für Unterlagen? Bei Flemming? O Gott, und ich vermisse gar nichts. Ach du lieber Gott, die Originale von der Hauptversammlung! Kann ich mal eben schnell ... ich muß mal eben nach oben. Wenn Frau Pollack nach mir fragt ...«

»Jetzt machen Sie sich mal keinen Fleck ins Hemd«, versuchte ich sie zu beruhigen, »ich sag ihr schon Bescheid, falls sie Sie ruft.« Währenddessen dröhnte der

Techniker in den Hörer, den er vorübergehend wieder benutzbar gemacht hatte: »Bring mal 'n ordentlichet Kabel mit, Willi, und 'n paar Blauköpfchen, ich hab' keine bei. Der Scheiß ist ja komplett aus der Wand gerissen. Da hat die Frau Zausel wohl mal in der Wut den Hörer an die Decke geschmissen, was?«

Zausel war schon auf dem Flur gewesen. Der Witz des Technikers überforderte sie sichtlich. Sie konnte sich nicht entscheiden, ob sie schnellstens nach oben düsen oder hier Rede und Antwort stehen sollte. Zwei Fehler auf einmal auszubügeln war zuviel. Schließlich ächzte sie: »Ich bin sofort zurück.«

Kaum war sie weg, kam Pollack aus ihrem Zimmer gekrochen: »Hallo«, grüßte sie mich schlapp und zum Techniker. »Und? Geht die Anlage wieder?«

»Nee, Kollege ist unterwegs. Das Teil ist ja ganz aus der Wand rausgebrochen. Habense das denn nicht gesehen, gute Frau? Mit so was kann man ja nicht telefonieren, das liegt doch wohl auf der Hand.«

»Ich habe meinen eigenen Apparat«, äußerte Pollack und schritt so hoheitsvoll, wie es ihr mißgestalteter Fuß ermöglichte, hinaus. Plötzlich gab es auf dem Gang ein Mordsgeschrei: »Das ist doch wohl die Höhe! Ich denke nicht daran! Was meinen Sie denn, wen Sie vor sich haben! Also, nicht auf die Tour, Frau Pollack, nicht auf diese linke Tour!«

Probst in Hochform. Die Antwort von Pollack war leider nicht zu verstehen, weil Pollack prinzipiell säuselte. Probst brüllte: »Was ist denn das für eine Mentalität, wo jeder jeden kontrolliert! Das sind ja die reinsten Stasi-Methoden! Meine Briefe kontrolliert Herr Dr. Frenzel und niemand sonst. Merken Sie sich das!«

Kurzes Gesäusel. Dann wieder Probst: »Fällt mir im Traum nicht ein. Das möchte ich von Frenzel selbst hören. Ihre Anweisung können Sie sich rahmen lassen, die interessiert mich einen feuchten Kehricht! Das wollen wir doch mal sehen.«

Dann knallte eine Tür, und Probst kam ins Sekretariat geschossen. Daß ich da stand, war ihrer Fassung nur wenig zuträglich: »Wo ist denn Frau Zausel?«

»Die kommt jeden Moment zurück.«

»Also, es ist einfach nicht zu fassen, was hier abgeht! Es fehlen einem die Worte. Wirklich.«

Wenn Probst auf hundert war, war es ihr vollkommen gleichgültig, bei wem sie Dampf ablassen konnte: »Was die sich einbildet, mir meine Briefe zu kontrollieren. Ausgerechnet mir! Stellen Sie sich vor, jetzt verlangt die, daß ich ihr meine Briefe vorlege, bevor sie zu Frenzel gehen. Also, das ist doch unglaublich! Was sagen Sie dazu?«

In dunkler Erinnerung an mein Drama mit der ›Rundschau‹ gab ich lahm zurück: »Das grenzt ja an Bevormundung.«

»Bevormundung!« schrie Probst emphatisch. »Da treffen Sie den Nagel auf den Kopf! Das wäre mir jetzt so schnell gar nicht eingefallen. Aber Sie haben vollkommen recht. Gott, ich muß mich hinsetzen, also, da muß ich mich eben mal irgendwohin setzen.«

Der Techniker stand im Zeitlupentempo auf: »Bitte sehr, Gnädigste.«

»Danke ergebenst«, sagte Probst hauchfein ironisch, »also, es ist eine Zumutung ohnegleichen. Da kommt dieses von jeder Berufserfahrung unbeleckte Wesen daher und möchte einer gestandenen Frau wie mir Vorschriften machen. Das wäre ja nicht einmal Herrn Braatsch eingefallen. Eine unglaubliche Frechheit. Eine bodenlose Unverschämtheit!«

Sie atmete schwer. Das Ausbleiben der Pigmente

machte mir einige Sorge. Meine Qualitäten als Krankenschwester waren eher marginal, wie Wieczorek sagen würde.

»Ich meine, wir sind ja sozusagen ebenbürtig, die Frau Pollack und ich«, fuhr Probst fort, »den geringfügigen Unterschied, daß sie auf dem Chefsessel sitzt und ich ihre Vertretung bin, macht meine langjährige Berufserfahrung dreimal wett. Den Job von ihr, den mache ich doch mit links. Ich hatte wirklich gehofft, solche infantilen Grabenkämpfe würden uns unter gebildeten Menschen erspart bleiben. Jetzt hat man auch noch den Machtkampf mit einer Psychopathin am Hals, als wäre das Leben mit den Platzhirschen nicht schon schlimm genug. Ist kaum zwei Minuten da und will mir schon Vorschriften machen!«

»Das ist überall dieselbe Kacke«, mischte sich der Techniker ungebeten ein, »uns haben sie jetzt auch so 'n besserwisserischen Schnösel vor die Nase gesetzt, der hat von Tuten und Blasen keinen blassen Schimmer, aber reißt das Maul auf bis nach Gelsenkirchen. Das junge Gemüse, was sie jetzt in den Beruf lassen, das taugt vorn und hinten nix.«

Probst verschlug es die Sprache. Aus den Niederungen des nichtakademischen Handwerks hatte sie Zuspruch weder erwartet noch schätzte sie ihn über alle Maßen: »Das kann man, mit Verlaub, nicht ganz miteinander vergleichen. Frau Scott, kommen Sie doch mal eben mit in mein Zimmer.«

Mit wichtigem Kopfwackeln ging sie mir voraus und schloß sorgfältig die Tür hinter uns: »So, hier sind wir ungestört. Nehmen Sie doch Platz. Ach, die Zeitungen, legen Sie die solange auf den Boden, das Zimmer ist ja auch viel zu klein. So! Was wollte ich ... ja, was ich Sie fragen wollte, wie kommen Sie denn eigentlich mit der Frau Pollack klar? Tritt die Ihnen auch dauernd auf die Füße und mischt sich in Dinge ein, die sie nichts angehen?«

»Es geht«, sagte ich wahrheitsgetreu, »ich glaube, die ist erst mal an anderen Fronten ausgelastet. Aber ich werde schon noch drankommen, da mache ich mir nichts vor. Sie wissen ja, neue Besen und so.«

»Ach was! Auch so 'ne dumme Volksweisheit!« blaffte Probst unwirsch. »Die kehrt eben *nicht* gut, darum geht es ja. Wissen Sie, es gibt Menschen, die müssen überall herumpicken wie Sumpfhühner im Dreck, das ist eine sehr unangenehme Wesensart, denn es kommt überhaupt nichts dabei heraus, außer daß eine Menge Staub aufgewirbelt wird. Da wird lediglich eine Scheinaktivität entwickelt, die die eigenen Schwächen verdecken soll. Ausdruck von Minderwertigkeitskomplexen ist das. Bringen tut das null.«

»Genau«, stimmte ich zu, »das bringt überhaupt nichts. Sage ich doch immer.«

»Sehen Sie, Sie sagen das auch. Wo kommen wir denn da hin, wenn sich jeder die Arbeit des anderen vorknöpft und sämtliche Arbeit doppelt gemacht wird? Mal ganz abgesehen von dem Zeitaufwand. Das ist doch nicht effizient so was.«

Daß sie exakt mein Problem mit ihr wegen der doppelt ausgewerteten Zeitungen schilderte, bemerkte sie nicht.

»Also, Sie sollen ihr jetzt die Briefe vorlegen, bevor sie an Frenzel gehen. Und zwar aus welchem Grund?« erkundigte ich mich neugierig.

Erst jetzt kehrten die Pigmentflecken zurück. Mit zitternder Hand führte sie ihre Teetasse zum Mund. Draußen knallten die Skateboards auf Beton, die Sonne äugte lieblich um die Ecke. Von nebenan hörte man Peter Gabriel sein ›Sledgehammer‹ singen – jemand mußte in meiner Abwesenheit das Radio lauter gedreht haben. Das interessierte Probst im Moment nicht. Sie war völlig von der Rolle: »Angeblich, angeblich wohlgemerkt, will Frenzel nicht mehr so viel Zeit mit Korrekturen verbringen. Angeblich, angeblich wohlgemerkt, sind meine Briefe ja immer so voller Fehler... also, bei dieser Unterstellung zieht sich in mir schon wieder alles zusammen, als wenn bei Frenzel keiner Fehler macht, dem ist doch nie was gut genug, das weiß doch das ganze Haus, und immerhin waren meine Briefe sechs Jahre lang gut genug für diesen elenden Stall, Braatsch hat sich überhaupt nie dafür interessiert, und jetzt meint diese kleine Kröte, weil sie Germanistik studiert hat, wäre sie prädestiniert dafür, meine Briefe umzugestalten. Stellen Sie sich das einmal vor. Das ist doch die Höhe!«

Die Tür ging auf. Zausel steckte die akkurat gestutzte Frisur herein: »Ich wollte nur melden, das Telefon geht wieder.«

»Ist ja sagenhaft!« bellte Probst ungehalten über die Störung. »Und warum kommen Sie da persönlich?«

Zausel zwinkerte hinter der Brille. Hilfe, sie hatte einen Fehler gemacht und hatte es doch nur gut gemeint.

»Da konnten Sie doch auch anrufen!« höhnte Probst. »Auf die Idee sind Sie gar nicht gekommen, was? Ich meine nur, wenn das Telefon wieder geht, liegt das doch nahe, oder? Und überhaupt – was geht mich Ihr Telefon an?«

Zausel trat ab. Probst besprühte ihren Nacken mit ›Diva‹: »Das ist auch so 'n Vögelchen, die Frau Zausel. Nomen est omen sage ich da nur. Also, ich habe ja nichts gesagt, aber die Intelligenz hat die auch nicht gerade gepachtet. Das war auch so ein cleverer Schachzug von der Pollack, sich ausgerechnet dieses Schrumpfhirn auszusuchen, da entsteht wenigstens ein sichtbares Gefälle. Wenn da mal nicht der Schuß nach hinten losgeht. Wissen Sie, ich bin ja der Meinung, aber es bleibt unter uns, die Frau Pollack hat bestenfalls mittlere Preisklasse, was die geistige Kapazität betrifft, und der Rest muß mit Intrigen aufgemöbelt werden. Sie werden noch an meine Worte denken.«

Landauer kam herein: »Ach, da sind Sie, Frau Scott, da soll einer draufkommen. Ihre Mutter ist am Telefon.«

Probst blickte irritiert auf: »Die soll später noch mal anrufen. Ich muß jetzt mit Frau Scott was Wichtiges besprechen. Machen Sie bitte die Tür wieder richtig zu. Sie entschuldigen schon, Frau Scott, aber da wird Ihre Frau Mutter sicher Verständnis haben. Also, ich bin ja mehr am Zentrum des Geschehens, wenn ich mal so sagen darf, das sind ja die Fakten, und da kriege ich eben mehr mit als zum Beispiel Sie. Ich will ja niemandem zu nahe treten, aber die Pollack hat einen Arbeitsstil wie ein Schulmädchen, und ich übertreibe nicht. Die Ansätze von der haben ein Niveau, das man beim besten Willen nur als primitiv bezeichnen kann. Ich sehe da weit und breit nicht den geringsten Ansatzpunkt, warum ich dieser Person einen besonderen Respekt entgegenbringen sollte. Schulmädchenformat. Daß man einen solchen Kleingeist als Nachfolge von Braatsch ausgewählt hat, das ist einfach eine Zumutung für uns andere denkende Menschen hier.«

»Ich habe ja gleich gesagt, daß Sie den Job auch hätten machen können«, streute ich verlogen ein.

»Also, unter uns gesagt, wenn ich geahnt hätte, welches Mittelmaß sie einem hier vorsetzen, hätte ich das auch gemacht, da haben Sie vollkommen recht. Aber mit so was konnte ja keiner rechnen. Da suchen die monatelang einen Nachfolger und testen hundert Kandidaten auf Herz und Nieren, und dann gebiert der Berg eine Maus.«

Ich nickte betroffen. Es war nicht zu fassen. Eine Maus. Eine hinkende obendrein, eine hinkende Maus mit leichentechnisch geschultem Edelficker, gesellschaftlichen Flugambitionen und einem Temperament wie eine Schlaftablette. Katastrophal, diese Wahl der Geschäftsführung, waren die Säcke denn alle durchgeknallt?

»Ich denke, die ist Buch-Autorin?« ließ ich mir einfallen.

Probst, die gerade etwas in sich zusammengefallen war, sah mich aus trüben Augen verständnislos an. Dann dämmerte es ihr: »Ach, Sie meinen den Schinken, den sie in Koproduktion mit zwei ehemaligen Kommilitonen verfaßt hat. Verfaßt sage ich, denn unter ›schreiben‹ verstehe ich was anderes. Haben Sie mal reingeguckt in dieses Machwerk?«

Ich verneinte. Meiner Einschätzung nach war ein Buch, das Trockenpflaume Pollack verfaßt hatte, nicht annähernd so unterhaltsam wie zum Beispiel Küppersbuschs Sticker-Collage an der Wand.

»Da hat sie anderen Leuten die Würmer aus der Nase gezogen, das ganze Zeug auf Band aufgenommen und in schriftliche Form gebracht. Das nenne ich eine Sammlung von Geistesblitzen. Das nenne ich Kreativität. Und dafür braucht die noch zwei Ko-Autoren. Wenn das kein Witz ist.«

Sie lachte aber nicht. Ihr Mitteilungsbedürfnis nahm heute kein Ende: »Damit hat sie sich bei Frenzel eingeschleimt. Frau Pollack, die Autorin. Das hat den natürlich beeindruckt. Die Schwänze glauben jetzt alle, sie hätten eine absolute Sprachvirtuosin eingekauft. Dabei kriegt die keine vier Sätze hintereinander. Und die soll später mal die Reden von Frenzel schreiben, da lachen ja die Hühner. Das könnten *Sie* ja noch besser!«

»Genau«, freute ich mich unter Ausklammerung etwaiger Sensibilitäten, »mich hat nie einer gefragt. So was mach ich mit links. Ich schreibe dem drei Reden gleichzeitig, wenn's sein muß. Im Grunde hat die Pollack bildungsmäßig mir gegenüber sowieso keinen Vorteil. Wir haben schließlich beide dasselbe studiert.«

Probst war jetzt auf eine Nebenschiene geraten. Der Zug fuhr ja in die völlig falsche Richtung. Ihr Zugführer mußte dringend die Notbremse ziehen. Da fahren wir ganz sachte ein Stück zurück und stellen mal eben die Weichen neu. So, jetzt war sie wieder in der Spur: »Ach ... Sie haben Germanistik ... Tatsächlich?«

Ich nickte. Endlich war die Stunde gekommen, mein Licht unterm Scheffel hervorzuzaubern. Andere gingen schon am ersten Tag mit dem Herrn Professor hausieren, und mit Bescheidenheit kommt man nicht weit. Probst schien geglaubt zu haben, ich hätte als reinrassiger Prolet um die deutschen Bildungsinstitutionen einen rasanten Bogen geschlagen, aber bei ihrer Entrüstungsattacke konnte sie Gleichstellungsansprüche einer Verbündeten, mochten die Meinungen auch noch so deckungsgleich sein, im Moment nicht unterbringen. Eine deutsche Frau ist im Leid gerne unvergleichlich, das kannte ich schon von Wieczorek.

»Aber Sie haben keinen Abschluß, nicht?« erinnerte sie sich kleinlich.

»Dafür aber reichlich Berufserfahrung«, wiederholte ich ihr eigenes Argument.

»Sicher, ich verstehe. Wie ich schon sagte, einen Bückling vor dieser Dame haben Sie nicht nötig und ich schon gar nicht. Ich muß mal eben zu Frau Flemming hoch. Hier haben Sie übrigens die Financial Times, da ist wieder ein hochinteressanter Bericht drin auf Seite ... na, Sie finden das schon, ich habe es markiert. Wo? Auf dem Boden ... nicht? Im Papierkorb? Ach, die muß da reingefallen sein, da sehen Sie mal, man wird ganz konfus in dem Saftladen hier.«

Als ich in mein Zimmer zurückkam, rief Landauer von nebenan: »Die Pollack will Sie schon seit zehn Minuten sprechen.«

»Warum haben Sie mir das denn nicht gleich gesagt?«

»Wieso, ich sollte doch nicht stören.« Landauer war beleidigt.

Pollack brütete gerade über irgendwelchen vergilbten Ordnern, die sie garantiert aus dem letzten Winkel des Archivs gekramt hatte. Mir schwante nichts Gutes.

»Nehmen Sie doch Platz, Frau Scott, möchten Sie vielleicht einen Tee?«

»Nein, danke.«

Sie schenkte sich aus ihrer weißen Teekanne Tee ein, der aussah wie verschmutztes Wasser: »Ich trinke den immer so dünn, er dient nur zur Flüssigkeitsaufnahme. Was ich sagen wollte, Frau Busch geht ja nun in Rente. Ich denke, das ist Ihnen bekannt. Und da brauchen wir ja Ersatz. Sie sind doch damit einverstanden, daß wir uns um einen Ersatz bemühen?«

Was denn sonst, blöde Frage. Ich nickte.

»Das habe ich vorausgesetzt«, sagte sie bedeutungsvoll, »deshalb habe ich Sie auch nicht extra befragt vorher. Über Personalfragen in Ihrem ureigensten Bereich hätte ich Sie sonst selbstverständlich vorher um Ihre Meinung gebeten.«

»Selbstverständlich.« Boah, ey, was war das denn für 'ne geschwollene Tonlage. Ihr Gelabere ging mir schon jetzt auf die Eierstöcke. Vielleicht sollte sie mal bei Hübchen einen Kurs in pointierter Rhetorik besuchen. Aus ihren weiten Kalbsaugen blickte sie mich ausdruckslos an: »Und wir haben sogar schon einen Ersatz gefunden. Das hat sich sehr glücklich ergeben. Das bot sich neulich so an, als die nette Frau Schnabel – Sie kennen Frau Schnabel?«

Ich nickte ergeben. Ihre Langatmigkeit führte bei mir zu spontaner Gehirnerweichung.

»Also, die junge Frau Schnabel hat sich kürzlich bei mir vorgestellt und angefragt, ob ihre Mutter nicht bei Ihnen anfangen könnte.« Mutter Schnabel also, aha, soso, warum nicht? Es gab zwar reichlich arbeitslose Alleinerziehende, die sich die Finger nach einem plüschigen kleinen Job geleckt hätten, aber mal hören, was sie noch zu quaken hatte.

»Frau Schnabel senior fühlt sich zu Hause nicht ganz ausgelastet. Beide Kinder sind ja nun aus dem Haus und abends nur der Ehemann zu versorgen – das füllt sie verständlicherweise nicht mehr aus. Den Herrn Schnabel kennen Sie wohl nicht persönlich?«

Mein Mund wurde trocken. Die Seelenpein der alten Schnabel interessierte mich ebenso brennend wie zum Beispiel der Weltcup im Biathlon. Da kriegte man ja Ameisen unterm Arsch.

»Der Herr Schnabel ist politisch aktiv«, fuhr sie bräsig fort, »für die CDU. Sie wissen ja, unser Haus steht dieser Partei sehr nahe ... und da fügt es sich gut ...«

Ich tauchte in meine Gehirnflüssigkeit ein: Hallo, aufwachen!

»Aha!« unterbrach ich sie. »Vitamin B also.«

»Wie meinen?«

»Vitamin B: Beziehungen.«

»Ach so. Nein.« Sie stierte bierernst auf ihre Akten. War das eine wichtige Unterredung hier, da schwollen einem ja die Hämorrhoiden faustgroß an vor lauter Bedeutung.

»Das ist der pure Zufall. Nicht, daß Sie da etwas mißverstehen. Also, um es kurz zu machen, ich habe Frau Schnabel senior eingestellt. Der zugrundeliegende Gedanke war dabei, daß Tochter Schnabel ja in ihrem Job so erstklassig ist, daß die Mutter sicher nicht schlechter sein wird.«

Ob schwarze oder rote Flügel Mutter Schnabel beschützten, war mir ziemlich egal. Manche haben es eben leichter im Leben als andere. Ich sagte: »Alles klar«, und stand auf.

»Warum stehen Sie auf?« fragte Pollack irritiert. »Ich habe doch noch gar nicht das Zeichen gegeben, daß die Unterredung beendet wäre.«

Kleine Staubwolke in meinem Gehirnkasten: Madame gibt Zeichen, das war ja 'n Dingen. Ich sackte wieder auf den Stuhl.

»Also, das wäre nun geklärt. Und nun zu Punkt zwei, der ›Rundschau‹. Das machen Sie ja sehr schön soweit, und damit bin ich auch soweit einverstanden.«

Beim Lächeln legte sie farblich leicht entstellte, plumpe Kronen frei, für die dem Zahnarzt Berufsverbot erteilt gehörte. Ihr salbungsvolles Geseiere führte bei mir zu leisem Zähneknirschen. Mir schmeckte die großzügige Attitüde nicht. Was interessierte mich das, ob sie einverstanden war oder nicht? Ich wollte sie gerade von meiner Immunität gegen Lobeshymnen unterrichten, da fuhr sie betulich fort: »Also, das läuft alles ganz schön soweit. Aber womit ich nicht einverstanden bin, das ist, daß Sie die Mappe jeden Feitag Frau Probst vorlegen.«

»Davon war ich sowieso nie begeistert!« sprang ich in die Falle. »Glauben Sie mal nicht, daß ich das freiwillig mache. Das hat der Braatsch so angeordnet, der hatte ja sowieso keine Ahnung, wie das hier läuft.«

Sie ließ wieder ihre aparten Kronen sehen: »Das ist mir schon klar, daß das auf Anweisung von Herrn Braatsch geschehen ist. Aber der ist ja nun weg, und jetzt leite ich die Abteilung. Tjaaaa...«

Bei dem langgezogenen Vokal wurde mir mulmig im

Magen. Hätte ich geahnt, daß sie mit solchem Geschwätz die Zeit totschlug, hätte ich mir voher ein Vollkornbrot reingeschoben. Meine Mutter befürchtete bestimmt, ich sei aus dem Fenster gefallen.

»Ich möchte, daß Sie mir die Mappe künftig vorlegen und nicht Frau Probst.« Warum nicht gleich? Die Vehemenz, mit der sie die Entmachtung von Probst betrieb, verblüffte mich. Ob Frenzel vielleicht doch dahintersteckte?

»Von mir aus«, sagte ich gelangweilt, »mir ist das doch egal, wem ich den Kram vorlege. Ich nehme an, mit Frau Probst haben Sie das schon geklärt.«

»Noch nicht«, flötete sie, »aber das ist das geringste Problem.«

Dann ging das Telefon, und ich seilte mich ab. Ohne Rauchzeichen.

Das geringste Problem blökte nebenan in den Hörer: »Das glaube ich nicht, daß Frenzel dahintersteckt, damit arbeitet die ja, daß wir das denken! Herr Rademann, wenn das wirklich so wäre, daß meine Rückendeckung bei Frenzel null wäre, dann wäre meines Bleibens hier nicht mehr. Natürlich hat sie im Moment noch gute Karten, das ist ja klar. Noch hat Frenzel natürlich große Hoffnungen, aber ich sage Ihnen, das ist nur eine Frage der Zeit, bis dem der Seifensieder aufgeht, wen er sich da eingekauft hat.« Und so weiter.

Ich wählte die Nummer meiner Mutter. Erwartungsgemäß hatte sie sich schon Sorgen gemacht: »Vor zwei Stunden habe ich schon angerufen. Was ist denn passiert, meine Güte?«

»Ab und zu habe ich auch mal was zu arbeiten!« bellte ich unfreundlich. »Außerdem war ich bei der Pollack drin.«

»Ach, erzähl doch mal. Ist sie nett?«

»Mensch, Mutti, du hast immer so 'ne Gartenlaubensprache. Nett ist hier nur die Putzfrau, und auch die nur, wenn du sie Gebäudemanagerin nennst. Die Pollack, die tut nur so mit ihrem Lämmerblick, die ist mir nicht geheuer. Die ist jetzt schon dabei, die Probst plattzumachen.«

»Na und? Die mochtest du doch sowieso nicht.«

»Du verstehst das nicht. Heute die Probst, morgen ich.«

»Wieso, die tut dir doch gar nichts. Steigere dich mal nicht wieder in was hinein. Du hast immer gesagt, der Braatsch ist ein eitler Penner und die Probst eine neurotische Kuh. Jetzt halte dich gut mit der Neuen, vielleicht tut die endlich was für dich.«

Ihre weltfremden Kommentare gingen mir heute auf den Keks. Erschöpft sagte ich: »Mutti, wenn die was für jemanden tut, dann nur für sich selbst.«

Meine prophetischen Fähigkeiten, die für gewöhnlich brachlagen, hatten – wie sich später herausstellte – mit dieser Aussage ihren Zenit erreicht.

»Du mußt nicht immer so pessimistisch sein«, empfahl meine Mutter, »ihr Frauen müßt doch zusammenhalten. Ich denke, du bist emanzipiert. Leg dich jetzt bloß nicht auch noch mit der Neuen an.«

»Wieso *auch* noch?«

»Na, mit der Probst hast du dich doch schon in die Nesseln gesetzt.«

Mir reichte es jetzt: »Was heißt *ich* habe mich gesetzt! *Die* hat sich gesetzt, ich doch nicht. Die hat doch angefangen. Verdreh doch nicht die Tatsachen!«

»Wer angefangen hat, ist doch jetzt egal. Du hättest dich schon längst mit ihr vertragen können, wenn du gewollt hättest. Aber du bist ja stur, das kennen wir ja. Ein Lamm bist du ja nun wirklich nicht. Also, sieh dich vor.

Sei halt ein bißchen nett zu der Pollack, das zahlt sich immer aus.«

»Hör mal Mutti, ich kann vielleicht zu einem männlichen Arschloch nett sein, aber nicht zu einem weiblichen, damit das mal klar ist.«

»Verstehe ich nicht. Wo ist denn da der Unterschied?«

»Dat ist janz einfach: Bei Männern bin ich daran gewöhnt.«

Meine Mutter seufzte. »Weißt du, manchmal denkst du wirklich zu differenziert. Arschloch ist Arschloch, und ein bißchen Hineinkriechen hat noch niemandem geschadet. Noch nie was von Diplomatie gehört?«

»Sonst noch was?« Ich gab es auf. Mit der Empfehlung konnte sie mir gestohlen bleiben. Wem ich in den Arsch kroch, das entschied ich immer noch selbst.

»Sei halt ein bißchen nett zu ihr«, nervte sie weiter, »ein bißchen einfühlsam und hilfsbereit, du sollst mal sehen, was das für Vorteile bringt.«

»Mutti, wir arbeiten hier nicht in einem Hospiz. Was wolltest du denn überhaupt? Weshalb hast du angerufen?«

»Ich wollte dich nur ein bißchen aufmuntern, sonst nichts.«

Das war ihr gelungen.

von Braatschs Frau teilnehmen wollte, wurde von der Personalabteilung dafür freigestellt. Pollack ließ mich zu sich rufen, um zu vermelden, daß sie wegen unaufschiebbarer Besprechungstermine leider von einer Teilnahme absehen müsse und ob ich vielleicht so freundlich wäre, die Abteilung Öffentlichkeitsarbeit würdig zu vertreten. Selbstverständlich wolle mich niemand zwingen, und wenn ich ablehnte, sei es gewiß nicht dramatisch, andererseits fühle sich Frau Probst momentan gesundheitlich angeschlagen und so weiter blabla. Bevor ich von Pollacks Gesülze Herzrhythmusstörungen kriegte, sagte ich, ich hätte schon längst für mich meine Teilnahme beschlossen und sie solle sich mal keinen Fleck ins Hemd machen.

Von den Weibern, die ich kannte, nahmen Wieczorek und die geile Socke Heimann an der Beerdigung teil, die im Laufe ihrer langjährigen Firmenzugehörigkeit beinahe jeden halbwegs ansehnlichen Typen zu vergewaltigen versucht hatte, so auch Braatsch, obwohl sie mit einem Kölner Kneipenwirt verlobt war und zügig auf die sechzig zuschritt. Normalerweise knallbunt gewandet, trug sie heute dezentes Himmelblau mit weißen Tupfen, was Wieczorek, die Heimann gefressen hatte, unmöglich fand: »Die Heimann ist ja so was von geschmacklos. Jeder hat doch irgendein dunkles Teil im Schrank. Da kommt die in Blau-Weiß. Hauptsache auffallen. Gleich fällt die noch einem Trauergast um den Hals und legt den auf dem offenen Grab flach. Schüttel die doch mal ab, die blamiert uns ja.«

»Wie denn? Sag du doch was. Mir fällt nichts ein.«

Zu dritt steuerten wir die Blumenhandlung an. In ihrem schwarzen Etui-Kleid sah Wieczorek aus wie Cindy Crawford ohne Muttermal – ein Klasseweib. Nachdem wir unsere Sträußchen erworben hatten, reihten wir uns in die Trauergemeinschaft ein, die sich in der Nähe der Kapelle versammelt hatte und sich nach und nach in das Kondolenzbuch eintrug. Von der Firma waren einige Abteilungsleiter, unter anderem Tennisfreak Giehse, gekommen. Der Rest war Verwandt- und Bekanntschaft Braatschs, nobel aufgerüschte Society-Hühner und alternde Sugar-Daddies mit Glanzspülung in der Silbersträhne.

Es war ein traumhaft schöner Vormittag. Ich hatte mich kaum in das Kondolenzbuch eingetragen, da verwandelte sich der angenehme Frühsommermorgen in einen der heißesten Tage, die Düsseldorf je erlebt hatte. Schon beim Eintrag in das Buch glühte meine Birne wie frisch geschürte Holzkohle, und meine Schrift fiel dreimal so groß aus wie sonst.

Braatsch, der eine sonderbare Miene zwischen Träne und Glück spazierenführte, stelzte auf seinen langen Beinen herum und verteilte Wangenküßchen. Daß Heimann die Gunst der Stunde nutzte, um ihm tränenumflort um den Hals zu fallen, war klar, wohingegen Wieczorek seiner Kußattacke geradezu entsetzt auswich und vor Schreck fast aus ihren Riemchensandaletten kippte. Dann setzte sich der Zug langsam in Bewegung.

In der Kapelle hatte ich Gelegenheit, mich von meinen Unpäßlichkeiten zu erholen. Die Kühle war wie Medizin. Während des Gesangs bedachte mich der Pfaffe mit bohrenden Blicken, weil ich mit geschlossenem Mund die angenehme Raumtemperatur auf mich wirken ließ. Meinetwegen hätten sie noch stundenlang weiterträllern können.

Allerdings mangelte es an Sitzgelegenheiten. Ich stand in der hintersten Reihe. In der vordersten thronte Braatsch unbeweglich wie eine Marmorstatue und daneben seine halbwüchsige Tochter, an der das Auffälligste war, daß sie ihrem Vater nicht im geringsten ähnlich sah. Als wir herauskamen, knallte mir die Hitze ins Gesicht wie eine wildgewordene Heizdecke, Stufe drei, und mir brach auf der Stelle der Schweiß aus allen Poren.

»Ich weiß nicht, ob ich das bis zum Ende durchhalte«, sagte ich zu Wieczorek, »ich kann Hitze immer so schlecht vertragen. Muß das ausgerechnet heute so heiß sein.«

»Weiter hinten kommen Bäume«, tröstete Heimann, »da wird es schattiger.«

»Der Weg ist etwas schmal«, wandte sich Wieczorek an Heimann, »wir gehen mal ein Stück vor, wenn Sie nichts dagegen haben.«

Endlich konnte sie die Luke zu ihrem Seelenmüll öffnen: »Hast du gesehen, wie der Braatsch aussah? Nach leidendem Witwer sah der ja nicht gerade aus, nicht? Was meinst du? Es sah aus, als würde er die ganze Zeit lachen.«

»Mhm. Schon komisch irgendwie.«

»Und der Giehse lachte genauso unmöglich. Was hat das bloß zu bedeuten?«

Bei einem Blick auf meine zierlichen Sommerschühchen bezweifelte ich, daß sie die endlosen Kieswege überstehen würden. Die Riemchen schnitten schon schmerzhaft in die geschwollenen Füße. Meine Arme hingen herab wie Blei, auf den Handrücken zogen pralle Adern graublau ihre Bahn, an meinen Schläfen bildeten sich dünne Rinnsale von Schweiß, bevor sie sich zwischen Titten und Schulterblättern in reißende Bäche verwandelten. Ich hatte das Gefühl, in einer Sauna eingeschlossen zu sein. Meine Beine wurden dick und schwer wie griechische Säulen. Und kein Wölkchen am Himmel.

»Ich weiß auch nicht«, sagte ich schlapp, »in Braatschs Mimik konnte ich noch nie lesen. Vielleicht sieht er so aus, wenn er trauert.«

»Lachend? Das war doch ein richtiges Lachen. Sehr unpassend, finde ich. Da kann man ja wenigstens Haltung bewahren und Trauer mimen, wenn man sie schon nicht empfindet.«

Die scheinheilige Kritik an Braatschs Benehmen täuschte nicht darüber hinweg, daß sein Frohsinn gewisse Hoffnungen schürte. Plötzlich mußte ich an Probsts Worte denken: »Haben Sie überhaupt ein Herz?« oder so ähnlich, Wackelmann hatte mir davon erzählt. Sicher lachte er vor Glück über die satte Erbschaft. Endlich zahlten sich die langen Jahre sanftmütiger Unterordnung aus, endlich floß die Kohle ohne Umwege direkt auf sein Konto, und die Alte hielt auf ewig das Maul.

Noch war sie aber nicht unter der Erde. Der Weg zum Grab war unendlich. Auf knirschendem Kies krebste ich schweißüberströmt und kollapsgefährdet den weiten Weg quer über den Friedhof, der die Ausmaße der Sierra Nevada zu haben schien. Einige Frauen schlichen gebückt unter den Sträuchern der seitlichen Gräber entlang, zertrampelten anstandslos Blumen, Gras und Töpfe, und nur Wieczoreks unermüdliche Braatschomanie hielt mich davon ab, es ihnen gleichzutun: »Meinst du wirklich, daß er froh ist, sie los zu sein? Du kennst ihn doch besser.«

»Ich kenne ihn auch nicht besser als du, ich kenne ihn nur länger. Das ist 'ne undurchsichtige Type, der hat sich noch nie in die Karten sehen lassen. Der spielt mit Konsequenz den Sonnyboy, smart bis in die Knochen. Ich weiß nicht, was er so dringend zu verbergen hat. Wahrscheinlich ein großes Nichts.«

»Du meinst ja immer, er hat kein Gefühl.«

Der Schweißbach war gerade zwischen den Arschbacken angekommen. Es ging auf zwölf Uhr mittags zu. Kein Windhauch. Das Handtäschchen klebte an meinem Unterarm fest. Das Leder löste sich gerade von der Pappe. Lähmende Hitze. Wenn jetzt einer mit dem Colt um die Ecke käme, um mich abzuknallen, wäre ich endlich erlöst.

»Nee, die Probst sagt das«, erwiderte ich, »die kennt den besser. Ich sage nur, er ist ein eitler Gockel und ein lahmer Hund. Aber garantiert hat er nicht das tiefe Gemüt, das du ihm unterstellst.«

»Das mit dem Gemüt laß mal meine Sorge sein. Das kannst du nicht beweisen. Und das mit dem Gockel und dem Hund ist Ansichtssache.«

Tatsächlich kam es mir im Moment so vor, als hätte ich seine Einladung vor tausend Jahren an Weiberfastnacht nur geträumt. Vielleicht war ich auch längst gestorben und auf dem direkten Weg in die Hölle. Ich blickte mich um. Unverdrossen und von keiner Schweißperle entstellt trabte Heimann hinter uns her und starrte besorgt auf ihre Lackschuhe. Rechts und links sprangen die aufgetakelten Weiber auf den Gräbern umher wie Karnickel auf der Flucht, und von oben schlug mir jemand unentwegt mit einer siedendheißen Bratpfanne auf den Schädel.

»Hast du nicht die Blondine gesehen, die er umarmt hat?« fragte ich verdrießlich. »Ich nehme an, das war sein Aachener Bumsverhältnis, von dem Flemming sprach.«

Wieczorek schwieg. Endlich schwieg sie. Daß auch ihre Oberlippe naß war, beruhigte mich. Aber die ersehnte Stille begann augenblicklich in meinen Gehörgängen zu lärmen. »Oder nicht?« weckte ich sie aus ihrer momentanen Lethargie. Sie war sofort wieder einsatzbereit: »Was weiß die Flemming schon. Ich sage dir, der steht nicht auf blond. Seine Frau war auch nicht blond, und Männer fallen immer auf denselben Typ herein.«

»Mann, ey, sind wir immer noch nicht angekommen? Gleich könnt ihr mich mit einbuddeln, viel fehlt nicht mehr.«

»Nimm dich jetzt bitte zusammen. Immer deine Jammerei, das hält ja kein Mensch aus. Meinst du, mir ist nicht heiß?«

Vorne drehten sich ein paar Designertussis nach uns um. Wahrscheinlich hatte ich gestöhnt wie ein verendender Elefant. Vor meinen Augen wanderten Kreise verschiedener Größenordnung hin und her, mein Kopf war schwer wie ein Medizinball, und der Schweiß hatte aufgehört, an meinem verklebten Balg herunterzurinnen. Ich trocknete aus. Warum gab es in Friedhöfen keine Biergärten, Kioske oder wenigstens kleine Kinder, die wie in den südlichen Ländern am Wegesrand Melonen und kalte Getränke anbieten?

»Das Dumme ist nur, daß ich jetzt erst mal eine Anstandsfrist wahren muß«, fing die unermüdliche Wieczorek wieder an, »ich kann ihn ja nicht sofort anbaggern, jetzt, wo die Frau gerade erst tot ist.«

»Zu lange würde ich aber auch nicht warten. Da scharren bestimmt schon einige mit den Füßen. So 'n Curd-Jürgens-Verschnitt mit Flocken geht doch weg wie warme Semmeln.«

»Du bist so … gewöhnlich manchmal, weißt du das? Irgendwie hast du überhaupt keine Pietät. Auf gar keinen Fall werde ich ihn im nächsten halben Jahr anmachen.«

»Vielleicht ist es danach schon zu spät.«

»Das glaube ich nicht.«

»Vielleicht zieht ja die Aachener Printe morgen schon bei ihm ein oder, noch besser, vielleicht wohnt sie schon da.«

»Das glaube ich nicht.«

Ungläubigkeit war eine ebenso schlichte wie überzeugende Methode, die Realität zu leugnen.

»Mach, was du willst!« sagte ich entnervt. »Jetzt sind wir endlich da. Und sag bitte nicht, das glaube ich nicht.«

Bis jeder Einzelne seine Gedenkminuten am Grab absolviert hatte, vergingen Stunden. Mein Zeitgefühl hatte mittlerweile surrealistische Züge angenommen, ich war zu einer der Dali-Uhren mutiert und tickte im Rhythmus meines Herzens gehirntot vor mich hin. Meine Haare brannten ab bis auf die Wurzeln, der gesamte Wasserhaushalt meines Körpers hatte sich in den Beinen versammelt und meine Füße in zwei breite Quallen verwandelt, die ich wie riesige Bleikugeln hinter mir herschleppte, als ich an das offene Grab wankte und in Andacht vor der Erkenntnis verweilte, daß mich diese tote Frau da unten nicht das Geringste anging.

Als ich mich umdrehte und auf Braatsch zusteuerte, trug er immer noch das merkwürdige Gesicht zwischen Weinen und Lachen zur Schau, und auch Giehse, der vor mir kondoliert hatte, lachte wie über ein gewonnenes Match, und ich grübelte, ob das in besseren Kreisen vielleicht zum guten Ton gehörte. Danach suchten wir schnellstens schattige Wege.

»Was sagt ihr zu Braatsch?« fragte Heimann. »Der arme Mann! Was hat der gelitten! Der ist jetzt sicher erleichtert, daß es vorbei ist. Jeden Morgen hat er sie zur Bestrahlung gefahren und wieder abgeholt, aber alles hat nichts genützt. Jetzt hat sie endlich ihre Ruhe.«

»Sie meinen, er ist froh, daß sie jetzt, äh, daß es jetzt vorbei ist?« wandte sich Wieczorek an Heimann.

»Männer halten ja nicht soviel aus, ne? Ich sag mal, er wird froh sein, daß die Qual ein Ende hat. Ist man gut, daß ihm jetzt jemand beisteht, daß er nicht alleine ist.«

»Wieso?« krähte Wieczorek. »Wer ist das denn?«

Ihre Braatschomanie ging mir heute irgendwie auf die Eier. Wenn jetzt das Gelabere wieder von vorne losging, kriegte ich garantiert einen Heulkrampf.

»Seine Nichte ist doch bei ihm«, gab Heimann freudig Auskunft. Endlich hatte ihre Stunde geschlagen, und sie konnte mit ihren Insiderkenntnissen brillieren. »Die haben ja gerade Semesterferien. Da ist sie vorübergehend bei ihm eingezogen. Die Blonde vorhin, haben Sie die denn nicht gesehen?«

»Ach, ist das nicht die aus Aachen?«

»Korrekt.«

Der Stein, der Wieczorek vom Herzen fiel, kam im Nil-Delta wieder heraus. Auf einmal war sie wie beflügelt: »Wir könnten doch noch was essen gehen. Habt ihr keinen Hunger? Was meinen Sie, Frau Heimann? Übrigens, was würden Sie davon halten, wenn wir ›du‹ zueinander sagen? Ich bin zwar die Jüngere, aber ...« blablabla. Dann hakten sich die zwei ein, die eine in Schwarz, die andere in Weiß-Blau getupft und hüpften vergnügt über den Zebrastreifen, während ich verklebt und speckig in ein Taxi sank und erschöpft die Augen schloß.

Als ich im Büro ankam, standen Probst, Landauer und Busch in meinem Zimmer und bestaunten ein nagelneues Stehpult.

»Da ist es ja endlich!« sagte ich. »Vor einem halben Jahr bestellt und endlich angekommen. Flottes Vereinstempo.«

»Wer hat das genehmigt?« fragte Probst mißgünstig. »Braatsch?«

»Wegen meines Bandscheibenvorfalls«, erläuterte ich. Hoffentlich machten die bald einen Abflug, mein Bedarf an Menschenansammlungen war für heute gedeckt.

»Bandscheibenvorfälle hatte ich schon sechsmal«,

meinte Probst beleidigt, »zweimal sogar einen doppelten. Wissen Sie, was das heißt? Mir spendiert auch niemand ein Stehpult. Dabei wäre das bei mir viel angebrachter.«

»Das ist doch viel zu hoch für Sie«, befand die praktische Landauer. Probst ging versuchsweise am Stehpult in Stellung: »Das finde ich nicht. Ich kann mich gut hier aufstützen. Sehen Sie? Aah, das tut richtig gut. Die Erleichterung spüre ich jetzt schon.«

»Bestellen Sie sich doch auch eins!« riet Busch. »Da müssen Sie nur einen Antrag stellen. Wenn die Pollack den befürwortet, kriegen Sie sicher auch eins.«

Bei der Erwähnung des Namens Pollack kniff Probst kurz die Augen zu, als müßte sie gerade ein vorwitziges Fürzchen einklemmen. Ich legte die Füße hoch und betrachtete die Adern auf meinen Handrücken. Das Aufhebens um mein Stehpult paßte heute wie die Faust aufs Auge: »Leute, ich komme gerade von einer Beerdigung. Vielleicht könnte ich mal fünf Minuten alleine sein.«

»Ach ja, die Frau Braatsch«, erinnerte sich Probst desinteressiert und prüfte die Standfestigkeit des Pultes. Dann stellte sie fachmännisch ein Bein auf den unteren Querstreben: »Wie war er denn? Zu Tode betrübt, was?«

»Heiß war es«, sagte ich, »ich bin kaputt wie tausend Russen. Wenn man wenigstens Rollos an den Fenstern hätte oder eine Klimaanlage. Aber so was gibt's ja hier nur für die Leitenden.«

»Stehpulte normalerweise auch«, ließ Probst spitz verlauten, »deshalb wundere ich mich ja, daß ausgerechnet Sie eins bekommen haben, wo ich das eigentlich viel nötiger hätte. Da schleppt man sich monatelang mit einem doppelten Bandscheibenvorfall ins Büro, und wer kriegt ein Stehpult? Die quietschvergnügte Frau Scott.«

»Na ja, so quietschvergnügt sieht die ja heute auch nicht

aus«, fand Landauer und ließ wieder ihre vorwitzigen Brustwarzen ans T-Shirt klopfen. Wahrscheinlich wickelte sie statt eines BHs eine Strumpfhose um die ausgeleierten Titten, die wie zerquetschte Pampelmusen in der Gegend herumhingen. Ihre Nippel entwickelten ein bewegtes Eigenleben. Immer, wenn was los war, ploppten sie heraus, als verfügten sie über ein geheimes Sehvermögen.

»Meine ganze Galle sitzt voller Steine«, erzählte Probst, die Beinstellung wechselnd, »ich müßte eigentlich regelmäßig Tabletten einnehmen, aber wenn ich dem Rat der Ärzte folgen wollte, wäre ich ja täglich zwei Stunden mit der Tabletteneinnahme beschäftigt. Wehleidig bin ich ja nicht. Aber ein Stehpult, das wäre schon eine große Erleichterung.«

Unter meinem Tisch mußte ein Ventilator sein. Aber wo? Irgendwer hatte mir den geklaut. Plötzlich flog die Tür auf, und Dr. Wetzel stand im Raum: »Mahlzeit, die Damen. Ah, da ist ja das Teil. Das ganze Haus spricht ja von nichts anderem.«

Zügig schritt er auf das Pult zu: »Schön! Sehr schön! Mhm, sehr stabil. Wer hat Ihnen denn das genehmigt?«

»Herr Braatsch«, sagte ich griesgrämig. Langsam wurde es mir wirklich zu dumm hier. Eigentlich brauchte ich das scheiß Teil nicht im Moment, da hatte Probst recht, aber widerstandslos abgeben würde ich es auf keinen Fall, man konnte nie wissen, wie viele Bandscheibenvorfälle Pollack einem noch bescheren würde.

»Da möchte ich sofort Interesse anmelden!« trompetete Wetzel ohne Feingefühl. »Das wird ja hier sicher nicht kontinuierlich gebraucht, nicht wahr? Einmal ist der Rückenschaden ja behoben, sofern einer vorliegt, und dann nimmt das nur unnötig Platz weg. Wird das im Moment überhaupt genutzt?«

»Allerdings!« kläffte Probst. »Und zwar in erster Linie

von mir. Falls es erforderlich sein sollte, könnte ich jederzeit ein ganzes Bündel von ärztlichen Attesten vorweisen. Sechs Bandscheibenvorfälle, davon zwei doppelte. Das kriegen Sie nie ganz ausgeheilt. Wenn Sie auch nur ansatzweise was von Orthopädie verstehen, dann wissen Sie, wovon ich rede.«

»Schön, schön«, knurrte Wetzel, »habe schon verstanden. Besonderes Entgegenkommen Ihrerseits war ja auch nicht zu erwarten. Allerdings handelt es sich bei solchen Möbeln gewissermaßen um Allgemeingut der Firma, nicht wahr, das heißt, bei einem akuten Fall wie bei mir müßte man mir das Pult sofort zur Verfügung stellen.«

»Moment!« rief Probst kampfgeil. Die Auseinandersetzung mit maskulinem Größenwahn zündete augenblicklich ein paar Adrenalingranaten: »Das Möbel gehört in diese Abteilung, weil es von unserem Budget finanziert wurde. Folglich ist es Abteilungsbesitz. Innerhalb dieser Abteilung allerdings ist es Allgemeinbesitz, das ist richtig. Aber das Nutzungsrecht der Abteilung hat Priorität. Und hier haben wir gleich zwei Mitarbeiter, die das Möbel dringend benötigen. Im Grunde gehört es ja nach nebenan in meinen Raum, da ich sozusagen akut gefährdet bin ...«

»Das werde ich erst mal eruieren, wie das in dieser Firma juristisch gehandhabt wird«, teilte Wetzel hochnäsig mit und ging zur Tür, »in meiner vorigen Firma handelte es sich bei Möbeln, die nicht unmittelbar der Arbeit dienten, um bewegliches Allgemeingut. Da wurde eine Liste angelegt, in der sich jeder eintragen konnte ...«

»Frau Zausel! Frau Zausel!« schrie Probst gellend in den Flur hinaus. »Kommen Sie mal ganz schnell in das Zimmer von Frau Scott!«

Eilfertig kam die erschreckte Zausel angelaufen. »Frau Zausel!« dröhnte Probst vor Wichtigkeit bebend. »Sie legen bitte eine Liste an für die Ausleihe des Stehpultes hier.

Mit Datum und Benutzername. Und mich tragen Sie an oberster Stelle ein. Haben Sie das verstanden?«

Zausel nickte gehorsam: »Sofort?«

»Natürlich sofort!« bellte Probst ungehalten. »Und die legen Sie mir direkt vor, sobald sie fertig ist. Klar?«

Zausel nickte dümmlich und glotzte uns der Reihe nach an.

»Was ist?« schrie Probst. »Fangen Sie an, los, los!«

Zausel quetschte sich an dem pikiert blickenden Wetzel vorbei, der den Bauch einzog: »Wenn ich geahnt hätte, daß Sie sich so unkollegial verhalten, Frau Probst, dann hätte ich mich direkt an die Personalabteilung gewandt, und die hätte dann ein Rundschreiben aufgesetzt und basta. Aber ich habe mir hier schon abgewöhnt, in Prioritäten zu denken. Und Kollegialität ist ja sowieso ein Fremdwort in diesem Verein. Mahlzeit, die Damen.«

Landauer und Busch grinsten: »Das ist vielleicht ein aufgeblasener Sack.«

»Wie alle!« tönte Probst im Siegesrausch. »Von Männern kann man nichts anderes erwarten.« Zufrieden lächelnd strich sie mit der Hand über das Holz: »So, dann haben wir dich also vor männlichem Zugriff bewahrt.« Landauer und Busch rümpften die Nase. Das war ihnen entschieden zuviel Ablehnung des Maskulinen – schließlich hatten sie zu Hause je einen Schwefelpupser in karierten Lammfellpantoffeln auf der Couch sitzen.

Da sagte ich: »Was hier ganz unter den Tisch gefallen ist – eigentlich gehört das Stehpult ja mir.«

Alle drei starrten mich an, als hätte ich auf den Tisch gekotzt. Landauer faßte sich als erste und zog die Nippel ein. Busch senkte den Blick. Und Probst warf sich ins Zeug: »Haben Sie denn nicht gehört, was Wetzel gesagt hat? Das Möbel ist Allgemeingut der Abteilung, wenn Sie Glück haben. Wenn Sie Pech haben und er der Sache weiter nachgeht, sogar der ganzen Firma. Ich werde jetzt veranlassen, daß es in mein Zimmer geschafft wird. Sie sind ja gesund wie ein Fisch im Wasser, wie man sieht. Ich hingegen kann mich kaum bewegen. Frau Zausel! Frau Zausel! Die sitzt wieder auf den Ohren. Rufen Sie doch mal den Hausmeister … nein, lassen Sie mal, das mache ich selbst. Ist die Liste endlich fertig?«

»Frau Probst«, sagte ich, »meinetwegen können Sie das Teil haben, solange Sie krank sind, aber nur so lange, bis ich es wieder brauche. Frau Landauer, Sie sind Zeuge.«

»Ich? Wieso ich?« verschluckte sich Landauer. Bloß keine Unannehmlichkeiten.

»Frau Zausel, dann sind Sie Zeuge. Frau Probst bekommt das Teil nur, bis ich es wieder benötige. Haben Sie das gehört?«

»Äh …«

»Nix äh! Sind Sie nun Zeuge oder nicht? Sie haben doch Ohren am Kopf oder nicht?«

»Frau Zausel geht jetzt wieder in ihr Sekretariat und schreibt die Liste fertig!« kommandierte Probst schadenfroh. »Als Zeugin ist die doch überhaupt nicht geeignet. Jetzt beruhigen Sie sich mal wieder. Ist doch selbstverständlich, daß ich das Möbel wieder abgebe, wenn Sie es dringender brauchen als ich. Darüber brauchen wir doch nicht zu diskutieren.«

»Und wenn beide gleichzeitig krank werden?« streute Busch geistesgegenwärtig ein. Wir sahen einander einfältig an, bis Probst mit einem Lachen die Situation rettete: »Das ist ja wohl sehr unwahrscheinlich!«

Fünf Monate später war es soweit.

25. *Und wieder ging ich mit Riemann*

auf Tournee. Riemann brauchte mich dringend, weil sie ihre Gummiwurst vorübergehend auf Eis gelegt hatte.

»Du hast ja keine Ahnung, wie das ist, wenn der immer will und nicht kann. Ich hab echt die Schnauze voll. Jedesmal, wenn wir uns treffen, geht das Trauerspiel von vorne los. Das wird nie mehr was mit dem. Der bringt's im ganzen Leben nicht mehr.«

»Wenn du dem das so verklickert hast, dann wird das bestimmt nichts mehr.«

»Ja, soll ich vielleicht auch noch den Seelenklempner spielen? Meinetwegen kann er sein Leben lang absaufen, aber nicht auf mir.«

Im zehnten Laden irgendwo auf der Ratinger Straße hatte sie endlich wieder einen Vertreter der Staubsaugergilde erspäht: »Hier können wir ja mal ein Bier bestellen. Aber gib dir nicht gleich wieder die Kante! Ich weiß nicht, ob ich hier bleiben will. Wie findest du den Blonden dahinten? Guck aber bitte unauffällig. Guckt der auch? Kannst du das sehen?«

Der Staubsauger versuchte sich im Robert-Redford-Blick Marke Strahleblau mit seitlichem Warzengesprenkel. Augenfarbe und Warzen waren gut getroffen, der Rest hatte mit Redford soviel Ähnlichkeit wie Klo-Dia Pisser mit Karl Valentin.

»Du sollst nicht so glotzen!« schimpfte Riemann. Sie selbst starrte ihn an, als wollte sie ihn auf der Stelle fressen.

»Wenn du weiter so gaffst, haben wir den gleich am

Hals«, sagte ich, »du wolltest doch von deiner wurmstichigen Gurke erzählen.«

»Ach, der! Er geht jetzt immer mit Bonnie und Clyde auf den Hundeplatz, da habe ich mehr Zeit für andere Aktivitäten. Aber das ist auch das einzige, wozu der zu gebrauchen ist.«

»Das ist doch schon 'ne ganze Menge. Warum tut ihr euch das an mit den ewigen Potenzmanövern – laßt es doch einfach bleiben. Ihr versteht euch doch sonst gut.«

Riemann konnte geschlagene fünf Minuten einen Kerl fixieren, ohne auch nur einmal mit der Wimper zu zukken. Mir wären die Augen ausgelaufen.

»Das habe ich nie behauptet, daß wir uns gut verstehen. Ich frage mich sowieso, was man mit Männern reden soll. Wenn man mit denen in der Kiste war, gehen einem automatisch die Themen aus. Sag mir mal, worüber man mit Männern reden kann. Ihr Job, Sport und Autos, und das war's dann. Mit meinem Mann rede ich oft tagelang kein Wort. Höchstens, wann es Essen gibt.«

Der Staubsauger wurde allmählich unruhig. Die Überlegung, ob er zu uns herüberkommen sollte, schien ihn zu überfordern. Beim Spiel mit dem Feuerzeug ließ er einen Siegelring am kleinen Finger blitzen. Ich liebte Siegelringe. Besonders die mit Wappen. Plötzlich kam eine Blondine in rotem Leder herein und stellte sich direkt neben ihn. Irgendwas mußte der Typ an sich haben. Es würde mir ewig verborgen bleiben.

»Blöde Schnalle!« ärgerte sich Riemann. »Auf die haben wir gerade noch gewartet. Komm, wir gehen.«

»Warte doch noch. Vielleicht kommt er ja trotzdem.«

»Trink aus jetzt! Sag bloß, du hast noch was bestellt? Siehst du, die reden schon miteinander. Wahrscheinlich kannten die sich schon. Jetzt hast du schon wieder ein volles Glas. Da kommen wir ja nirgends mehr hin.«

Auf einmal stand ein langer, dürrer, alter Vogel neben mir und sah mich über seine riesige, schwarze Kassenbrille traurig an wie ein Marabu im Winter: Hubert war von den Toten auferstanden! Oder war ich gestorben? An seiner Seite der Jungvogel, den ich seinerzeit fast entjungfert hätte. Der Jungvogel, der sich inzwischen zu einem kleinen Schwarzenegger gemausert hatte, flatterte freudig erregt mit den Schwimmflügeln.

»Tach auch!« sprach Hubert. Tatsächlich, ich war gestorben und hatte es gar nicht gemerkt. Das hier war das Jenseits, und das Jenseits war eine Kneipe. Ich hatte es geahnt.

»Hubert!« rief ich. »Wo kommst du denn her?«

»Aus Florida«, sagte Hubert, » ausm Urlaub. Ich war ja nur vier Wochen weg. Kennste Johnnie noch?«

Klar kannte ich Johnnie noch. Riemann, die die beiden Eisenbahnbrückengestalten gemustert hatte wie zwei leere Konservendosen, verfolgte betont desinteressiert das Gebalze des Staubsaugers.

»Und wenn du gerade nicht in Florida bist«, tastete ich mich vor, »dann hast du immer noch die Kneipe am Bahndamm?«

»Logisch. Wat soll ich denn sonst machen? Solltest mal wieder vorbeikommen. Ich hab 'n neues Inventar. Alles von der Brauerei. Top sage ich dir. Kennst du nicht wieder. Und die Biggi steht auch wieder drin.«

Ich wollte mich gleich bei meinen Depris über ihre unsaubere Informationspolitik beschweren, aber die waren schon seit Monaten auf Betriebsausflug, was ich sehr begrüßte.

»Ach, die Biggi ist wieder zurück?«

»Logisch. Der Sack, mit dem sie abgehauen war, hat sie doch hängenlassen, als sie wat Kleines kriegte. Da wollte ich mal nicht so sein. Jetzt macht sie wieder mit mir die

Bar und ist die Seele vont Geschäft. Der Kleine pennt im Nebenraum – besser kann sie es doch nicht haben.«

Riemann sagte ungeduldig: »Was ist jetzt? Hast du endlich ausgetrunken?«

»Wenn ich mal vorstellen darf ...«

»Nein, danke!« pflaumte sie mich an. »Ich habe heute schon gekotzt. Wenn du jetzt nicht mitkommst, gehe ich alleine und du kannst sehen, wie du nach Hause kommst.«

»Nette Freundin hast du da«, meinte Hubert gespielt schwerhörig, »die kannst du ja mal mitbringen. Bei mir kommen immer noch die ganzen Bauarbeiter tanken. Die stehn auf sone Puppen.«

»Ciao, Hubert, Gruß an Biggi.«

Riemann trippelte angesäuert über das Kopfsteinpflaster. Es fing an zu nieseln. »Hast du zufällig einen Schirm dabei?«

»Zufällig nicht.«

»Na, Klasse. Dann laß uns mal hier unterstellen und überlegen, wo wir jetzt hingehen. Sag mal, was waren denn das für Gespenster da eben? So was begrüßt man doch nicht offiziell, was macht denn das für einen Eindruck. Dir muß man aber auch die einfachsten Dinge beibringen.«

Von gegenüber zogen die appetitlichsten Düfte einer Pizzeria herüber. Im Schaufenster sah man, wie der Pizzabäcker, ein leckerer Typ, den Teig in der Luft herumschleuderte und uns dabei glühende Blicke schickte.

Riemann schwante Böses: »Komm ja nicht auf die Idee, was essen zu wollen. Gegessen wird heute nichts mehr. Ich bin schon von meinem Bauchwasser satt. Den Bauch muß die mir nochmal kostenlos aufmachen, da stimmt was nicht. Jedesmal, wenn ich ausgehe, läuft mir der Bauch voll Wasser. Das ist doch eine Zumutung so was. Komm weiter jetzt, hier ist der Hund begraben.«

Zu Riemanns Kneipenhektik hatte ich nie die richtige Einstellung gewinnen können. Während sie im fliegenden Wechsel der Lokale den Sinn des Abends sah, wäre ich lieber in einer einzigen durchschnittlichen Kneipe abgehangen und hätte beobachtet, was von draußen hereinschneite. Daß wir beide gleichzeitig was zum Abschleppen fanden, war so unwahrscheinlich wie ein gemeinsamer Orgasmus zwischengeschlechtlicher Bemühungen. Aber, siehe da, in dieser verregneten Spätsommernacht war es soweit: Riemann fand Staubsauger Numero achtundvierzig und ich einen Knaben namens Jürgen, der meine Sympathie gewann, indem er als diplomierter Akkordsäufer aufmerksam dafür sorgte, daß meinen Gläsern die Luft fernblieb. Daß er stinkende französische Zigaretten qualmte, wies ihn als Mann von Welt aus. Als Manager hatte er mehrere ferne Länder besucht und konnte das Interieur der exotischsten Puffs detailgerecht beschreiben. Man mußte ja praktisch denken – wie schnell konnte frau in die Lage kommen, ein Referat über das Mobiliar eines Bordells in Bangkok halten zu müssen. Zudem waren die Puffs der Welt allemal interessanter als etwa die Reifenwahl von Ferrari oder Henry Maskes Fäuste vorm Gesicht. Jürgen war aber nicht nur Experte des horizontalen Gewerbes, obwohl das schon genügt hätte, mich nachhaltig zu beeindrucken, sondern auch Kenner der Musikszene, wenn auch als Beatlesfan nicht gerade auf der Höhe der Zeit. »Die Beatles gibt's ja leider nicht mehr, aber die Hollies treten nächste Woche in Düsseldorf auf. Wie wär's – soll ich Karten besorgen?«

Das war doch mal ein Lichtblick in meinem tristen Frauenleben. A-ha war zwar eher mein Geschmack, aber ich gab mich begeistert.

»Hollies?« echote Riemann angeödet. »Wer ist denn *das*?«

»Sag bloß, du kennst die nicht mehr.«

»Beantworte mir mal lieber die Frage, was du mit dem Schleimscheißer willst. Hast du mal den Trenchcoat von dem gesehen? Der ist mindestens vier Jahre alt. Solche Schulterklappen trägt heute kein Mensch mehr.«

Schulterklappen waren mir gar nicht aufgefallen. Männer schienen mich blind zu machen.

»Du machst ja immer alle schlecht, die sich für mich interessieren. Dein Staubsaugervertreter ist auch nicht besser.«

»Der ist wenigstens Friseur. Mit eigenem Salon. Der kann mich demnächst mal umsonst behandeln, das Blondieren geht immer so ins Geld. Und was macht deiner?«

»Manager, sagt er. Du, der hat die ganze Welt bereist. Der kann unheimlich interessant erzählen.«

»Hoffentlich ist er im Bett auch so unterhaltsam.«

Vorher gingen wir in das ausverkaufte Holllieskonzert. Die Leute waren ausnahmslos fanatische Fans und kannten alle Texte auswendig. Mein Bemühen, Jugenderinnerungen auszugraben, scheiterte. Das mochte daran liegen, daß ich alle fünf Minuten vor Begeisterung aufspringen und applaudieren mußte. Die einzige zu sein, die sitzen blieb, wollte ich Jürgen nicht antun. Als die letzte Zugabe endlich über die Bühne war, hatte ich Gelenksteife im fortgeschrittenen Stadium.

»Hat es dir nicht gefallen?« sorgte er sich.

»Doch, doch!« posaunte ich. »Das ist noch richtig gute Musik, nicht so 'n Mist wie heute.«

»Eben!« meinte er zufrieden. »Übrigens, was ich noch sagen wollte, erschrick bitte nicht, wenn du in meine Wohnung kommst. Ich stehe kurz vor dem Auszug, und meine Putzfrau hat mich vor Wochen hängenlassen und noch alles mitgenommen, was nicht niet- und nagelfest war.«

»Das gibt es doch nicht!«

»Hast du eine Ahnung, was es alles gibt.«

»Die kannst du doch verklagen.«

»Die ist in ihre Heimat zurück, was willst du da noch klagen, ist doch aussichtslos. Was soll's, ich schaffe mir jetzt sowieso alles komplett neu an, die alten Klamotten haben mir sowieso nicht mehr gefallen. Die Wohnung war auch nur so ein Behelf. Das mußte damals ganz schnell gehen, als ich aus Hongkong kam. Meine neue Bleibe wird ein Penthouse mit Rheinblick, diesmal mache ich keine Kompromisse.«

Ein Mann, der wußte, was er wollte. Klare Worte, festumrissene Ziele, keine halben Sachen. Nicht so 'n Larifari wie bei mir. Was der machte, machte er richtig. Und so ein Wahnsinnstyp erwählte ausgerechnet mich. Küppersbusch, ich habe dir was zu erzählen. Küppersbusch lungerte jetzt immer in einem Singleclub herum und vögelte pro Woche drei verschiedene Kerle. Endlich hatte ich auch mal was zu bieten.

Die Wohnung sah aus, als wären kurz zuvor die Bullen mit Hundestaffel auf Drogensuche gewesen. Auf dem nierenförmigen Tisch hatte jemand eine klebrige Brühe ausgeschüttet, in der ein paar tote Fliegen verwesten, ein Stuhl war umgekippt, auf der Couch gähnten handtellergroße Flecken, und in den Regalen lag meterdick der Staub.

»Ignoriere das bitte!« empfahl Jürgen. »Ich habe dir ja gesagt, womit das zusammenhängt. Ich bin ja kaum noch hier. Geh doch schon mal nach oben, da ist alles sauber. Ich hole nur eben den Schampus.«

Von der Mittes des Wohnraumes führte eine Wendeltreppe ins Schlafgemach. Das erinnerte mich an die Madonna von Monsignore Liszt. Das Schlafzimmer machte einen gepflegten Eindruck. Von unten kam jetzt Beatlesmusik. Die Wirkung von Beatlesmusik als Bumsbegleitung hatte ich noch nie getestet. War vielleicht nicht so langweilig wie der ewige Bolero.

Jürgen kam, praktisch, wie Männer manchmal sind, gleich in der Unterhose nach oben, und es war ihm völlig gleichgültig, daß eine Schar prächtiger Krampfadern seine muskulösen Waden zierte. Im Geiste hörte ich Riemann schreien: »Iiiiih!!! Krampfadern!! Schwester, das Skalpell!« Mich hingegen zeichnete das Talent aus, in gewissen Situationen meinen Toleranzfaktor kurzfristig zu erhöhen, andernfalls hätte ich auf direktem Wege ins Kloster einmarschieren können.

Mit Toleranzfaktor zwölf nahm ich meinen Sektkelch entgegen und lauschte der Musik meiner frühen Jugendtage. Nachdem wir zwei Flaschen getötet hatten, kam Jürgen irgendwie zur Sache, wobei mein getrübtes Wahrnehmungsvermögen allerdings ein zuverlässiges Urteil ausschloß. Erstens: War er nun gekommen oder nicht? Und zweitens: War er überhaupt drin gewesen? Beziehungsweise umgekehrt. Leicht konzentrationsmindernd, eventuell einschläfernd hatte sich auch der Sprung in der LP ausgewirkt. Während des Lustspiels hatte sich die Stelle ›all my troubles were so far a… all my troubles were so far a… all my troubles were so far a…‹ aus ›Yesterday‹ etwa fünfzigmal wiederholt, was er erst jetzt zu bemerken schien: »Ich geh mal eben runter und stell die Musik ab. Soll ich noch was zu trinken mitbringen?«

»Kann nicht schaden.«

Abmarsch Krampfadergeschwader. Raucherhusten auf der Treppe.

Wahrscheinlich war ich beim Bumsen eingepennt. Soll vorkommen. Ich befühlte meine Muschi: trocken und warm wie eine kranke Hundeschnauze. Vielleicht sollte ich ihn einfach fragen. Aber konnte man einen kosmopolitischen Superhirschen wie Jürgen fragen: »Haben wir eigentlich gebumst eben?« War doch eh egal.

»Sag mal, sind die nicht gefährlich, die Dinger da an deinen Beinen?« fragte ich, als er zurückkam.

»Nein, wieso? Stören sie dich etwa?«

»Das nicht.« Gelogen, gelogen.

»Ich muß ja in meinem Alter nicht mehr an einer Schönheitskonkurrenz teilnahmen. Mister World will ich nicht mehr werden. Bei einem Mann zählen andere Werte.«

Hm, na ja, und zwar welche? Charakter, würde meine Mutter sagen. Schönheit käme von Riemann. Seelenverwandtschaft von Wieczorek. Potenz von Küppersbusch und Flocken von Kücklich. Von allem etwas, hätte ich gesagt, wobei ich zugunsten der Seelenverwandtschaft zu Abstrichen bei der Potenz durchaus bereit war. Verhandlungssache.

machte Kücklich seit nunmehr sieben Stunden, als ich von meinem Yesterday-Fick ohne Sperma-Aroma bleiern vor Müdigkeit nach Hause kam und einen Zettel an der Tür fand: Bitte unbedingt sofort bei mir melden, egal um welche Uhrzeit. Es ist was Schlimmes passiert.

Der Schreck schoß mir in die eben noch halbtoten Glieder: Haus abgebrannt, Mutter tot, Pest und Cholera, Erdbeben, Polizei.

Als ich bei ihr klingelte, kam mir eine Ladung Rauch entgegen. Undeutlich konnte ich Martha erkennen: »Gott sei Dank, da bist du ja endlich.«

»Mensch, ihr müßt mal lüften hier, da kriegt man ja 'ne Rauchvergiftung, wenn man sich hier nur fünf Minuten niederläßt.«

Aus der Gegend, wo die Couch stand, kam ein leises Röcheln. Ich tastete mich vorwärts und riß die Balkontür auf: »Was ist denn eigentlich los? Pia? Sag doch mal was!«

Martha kam hinter mir hergeschlichen: »Die ist mit den Nerven fertig. Die sacht heute nichts mehr. Was meinst du, was passiert ist – der Kalle ist weg.«

»Wenn's sonst nichts ist. Der kommt auch wieder.«

Langgezogenes Geheul von der Couch.

»Willste was trinken?« krächzte Martha aus der Küche. »Einen Grauburgunder hamwa noch da. Eiskalt.«

Modisch hinkte Martha mit ihren Karotten-Jeans etwas hinterher, zumal sie sie mit einer silbergrauen Lurex-Bluse aus Pias Kollektion kombinierte. Die staubblonde Frisur saß wie üblich bombenfest.

Ich setzte mich neben Pia auf die Couch. Der Hund, auf den ich mich gepflanzt hatte, schoß fiepend hoch und trollte sich beleidigt: Mann, ey, das ist *mein* Stammplatz.

»Kann mir vielleicht mal einer erklären, was hier los ist?« fragte ich.

»Der Kalle heiratet nächste Woche, hat er ihr heute mittag gesagt«, meldete Martha, »kuckse dir an – das hat der aus ihr gemacht: eine Ruine.«

Neben mir dreimal Schluchzen. Im Hintergrund dudelte leise ›The final countdown‹ von Europe.

»Das kann doch nicht wahr sein. Ja, hast du denn vorher nie was davon gemerkt? So was passiert doch nicht von heute auf morgen.«

Endlich verzog sich der Qualm. Pia sah aus wie Ende siebzig. Vor ihr auf dem Tisch lagen etwa dreißig zerbröselte Tempo-Taschentücher, daneben zwei randvolle Aschenbecher und ein paar fettige Weingläser mit Lippenstiftspuren. Dazwischen ein halbvolles Glas Oliven und ein angeschnittenes Holzofenbrot, bei dessen Anblick jäher Wolfshunger meine Magenschleimhäute aufriß.

»Das hat die Mutti eingefädelt«, äußerte Pia jetzt mäßig gefaßt, »der kennt die doch kaum, das Mädchen. Die Mutti hat dem die Pistole auf die Brust gesetzt und gesagt, Vogel, friß oder stirb. Der muß jetzt das Suppenhuhn heiraten, sonst wird er enterbt.«

»Und das macht er mit? Das kann ich gar nicht glauben.«

Neuer Rotzanfall. Schnüffeln. Martha warf mir einen bedeutungsvollen Blick zu, den ich nicht entschlüsseln konnte.

»Was bleibt ihm denn anderes übrig?« schniefte Pia. »Die ist doch schwanger von dem.«

Aufheulen in Cis-Moll. Trockenes Schluchzen. Neue

Tempo-Packung. Das Pink ihrer gepflegten Nägel machte sich gut auf dem blütenzarten Weiß der Taschentücher.

Ich schwieg betreten. Hier war die Kacke echt am dampfen. Ich war augenblicklich überfordert. Jeder Trostspruch war zu billig. Da konnte man ja eigentlich nur noch mitflennen. »Scheiße«, sagte ich.

Pia beruhigte sich kurz: »Das kannste laut sagen. Der Mutti könnte ich den Hals umdrehen. Jetzt hat sie endlich ihre Traumschwiegertochter, das alte Luder.«

»Ja, ich muß dann mal wieder rüber«, krächzte Martha, »du hast ja jetzt Gesellschaft. Ich habe morgen dem Fritsch sein Büro anne Hacken, das putzt sich nicht von alleine.«

»Ja, hau nur ab!« krähte Pia. »Jetzt, wo's mir schlecht geht, laßt ihr mich alle im Stich. Das ist wieder typisch. Immer nur absahnen, absahnen, aber wenn man euch mal braucht, habt ihr gerade was Wichtigeres zu tun.«

Martha sank seufzend in ihren Sessel zurück: »Mann, ich steh dir jetzt seit sieben Stunden bei, irgendwann muß der Mensch ja auch mal pennen.«

»Dann geh doch! Haut doch alle ab! Laßt euch bloß nicht wieder sehen hier! Erst meinen Wein saufen und dann verschwinden. So was nennt man Freunde!«

In ihrem Schmerz war Pia gewohnt anstrengend. Auch ich hatte keinen Bock, stundenlang mitzuheulen, ich war ja jetzt schon todmüde. Bei ihrer momentanen Empfindlichkeit mochte ich sie nicht mal auf das appetitlich duftende Brot ansprechen, das meine Magensäfte intervallmäßig revolutionierte. Es war zu befürchten, daß sie mir das Teil an den Kopf warf und zwar direkt in die obere Zahnreihe.

Immer ereigneten sich die menschlichen Dramen zur Unzeit. Ich unterdrückte ein Gähnen. Draußen kam die Sonne heftig in Schwung. Aus dem Radio zirpten die

Bangles ihr ›Manic Monday‹. Hoffentlich war es heute Sonntag, andernfalls hätte ich versäumt, mich in der Firma krank zu melden, was ein Kündigungsgrund war. Die Erörterung solch profaner Fragen wollte ich jetzt lieber nicht ins Gespräch bringen. Mein Blick fiel auf die aufgeschlagene Fernsehzeitung – ein Glück, es war Sonntag.

»Wie alt isse denn?« erkundigte ich mich, um Sachlichkeit bemüht. Das war genau der Zündschlüssel, um bei Pia sämtliche Motoren aufheulen zu lassen: »Dreiundzwanzig!« Neue Tempopackung. Die Tempos wurden jetzt nicht mehr naßgeweint, sondern nur noch im Gesicht zerknüllt und geknetet: »Und direkt schwanger. Er sagt, er hat sie nur ein einziges Mal gepoppt. Der Mutti zuliebe. Das konnte er ja nicht ahnen, daß das gleich so einschlägt. Sonst hätte der sich doch nicht die Finger verbrannt. Der steht doch gar nicht auf so 'n junges Gemüse.«

»Ich geh dann jetzt!« meldete Martha mit belegter Stimme.

»Du bleibst!« befahl ich. Unmöglich konnte ich mit dieser Heulboje alleine bleiben. Auf so eine Gelegenheit hatten die Depris monatelang gewartet. Das Leben konnte aber auch gemein sein, wirklich wahr. Einmal der Mutti zuliebe eine junge Schote gebumst, und schon hatte sie Schlagseite.

»Was sagt der Kalle denn überhaupt dazu?« hakte ich nach.

»Was soll der schon sagen, das Jüngelchen? Der muß die jetzt nehmen, ob er will oder nicht. Wird doch jetzt Vater. Nee, so ein Pech aber auch. Der Kalle und Vater! Kannst du dir das vorstellen?«

Pia lachte sich kaputt. Martha grinste schief. Dem Anfall von Frohsinn war zu mißtrauen. Schnief: »Ist das nicht zum Totlachen? Das Würstchen! Der Hänfling!

Den konnte ich mit einer Arschbacke zerquetschen, aber den Pimmel, den kriegte er immer hoch, da war der groß drin.« Glasiger Blick sentimentaler Erinnerung.

Auf einmal stand sie auf und nahm ein gerahmtes Bild vom Regal: »Guck mal, das ist Kalle mit mir vor sechs Jahren auf dem Silvesterball im Breidenbacher Hof. So konnte der aussehen, wenn er wollte. Mit Fliege sogar. Isser nicht nett, sachmal!«

»Schönes Bild«, lobte ich.

»Das waren noch Zeiten. Da wog ich noch zwanzig Kilo weniger. Mindestens. Das kriege ich nie mehr hin.« Zittriges Schluchzen. »Meine Figur ist jetzt auch noch im Arsch. So nimmt mich doch keiner mehr. Hier, kuckma, das ist eine richtige Fettschürze. Lach nicht, das heißt so in der Fachsprache. Ob das noch mal weggeht?«

»Bestimmt. Du machst jetzt eine Diät. Ich mache mit. Da müssen wir nur eine Weile auf das Saufen verzichten, dann werden wir von selbst dünn.«

»Und was nehme ich statt dessen?«

»Kannst ja kiffen.«

Entrüstetes Abwehren: »Ich nehme doch keine *Drogen*!«

Sie stellte das Bild wieder zurück und schwankte gegen den Tisch: »Aua! Was steht heute der Tisch so blöde. Mensch, habe ich einen Kohldampf plötzlich. Ob ich was beim Chinesen bestellen soll?«

»Au ja!« rief Martha.

»Du kriegst nichts!« bellte Pia. »Du wolltest ja schon vor einer Stunde gehen. Wat sitzt du überhaupt noch hier rum? Ob der Chinese schon auf hat? Wo is 'n schon wieder das Telefonbuch? Ruf doch mal an, Martha. Ich nehm das süßsaure Rindfleisch mit Paprikastreifen. Und 'ne Ladung Shrimps. Shrimps machen ja schlank. Soll er gleich zweimal Shrimps bringen. Und was wollt ihr?«

»Ich denke, du wolltest Diät machen?« erinnerte ich sie an ihre Fettschürze.

»Aber doch nicht *heute*!« meinte sie pampig. »Damit fange ich doch nicht ausgerechnet heute an, wo es mir so schlecht geht. Nee, jetzt muß ich mir was Gutes tun, das ist ein ungeschriebenes Gesetz. Und außerdem: Reis entwässert. Nimm du doch auch die Shrimps. Nee, Kingprawns heißt das bei denen, hast du gehört, Martha? Nicht, daß die mir die kleinen Krabben bringen, das fehlte mir noch. Bin sowieso schon mit den Nerven am Ende. Was ist jetzt? Geht einer dran?«

»Viermal Kingprawns«, gab Martha die Bestellung durch, »zweimal Rindfleisch süßsauer. Reis ist ja automatisch dabei, ne? Gemüse? Will einer von euch Gemüse extra?«

»Was soll ich mit Gemüse«, meinte Pia abfällig, »ich brauche Nervennahrung. Die Orangen-Ente können sie noch mitliefern, die kann man noch kalt essen. Mit dem Gesicht kann ich ja den ganzen Tag nicht vor die Tür. Die blöden Chilibohnen, die hat der dagelassen, die ißt hier keine Sau.«

Während wir auf das Essen warteten, klingelte es an der Tür. Hereinspaziert kam Charlie Dosenkötter, die alberne Schwuchtel von der fünften Etage: »Was ist denn hier für eine Trauergemeinde? Ich habe da eben deinen Zettel an der Tür gefunden. Ist einer eingebrochen oder was?«

Wir waren zu hungrig, um Bericht zu erstatten. Schließlich sagte Martha mit brüchiger Stimme: »Kalle heiratet nächste Woche, und Vater wird er auch noch.«

Charlie war die häßlichste Tunte, die mir je untergekommen war. Er war mickerig klein mit quittegelb gebleichtem Haar, das am Ansatz dunkel nachwuchs und in einzeln gedrehten Spiralen vom Kopf abstand – eine der unzähligen mißglückten Punker-Kopien, die einen neuerdings, begleitet von drei bis vier großen Hunden, überall in der Altstadt anschnorrten: »Haste mal 'ne Mark?« Sein Gesicht war wachsbleich, er hatte Hände wie Platzteller und blaulackierte Nägel, und wenn er lachte, kriegte ich beim Anblick seines maroden Gebisses Anfälle von Schüttelfrost. Beim Reden besprühte er seine nähere Umgebung mit Speichel, und wenn er lachte, krähte er wie ein verirrter Gockel auf der Landstraße, der gerade plattgefahren wird.

»Was, Kalle wird Vater? Das ist ja 'n Brüller! Ich werd nicht mehr.«

»So witzig finden wir das nicht«, äußerte ich mit pietätvollem Blick auf Pia. Aber Pia lachte auch: »Da kann man wirklich nur drüber lachen. Wenn ich es recht überlege, lache ich mich auch kaputt. Da lacht ja die ganze Stadt drüber. Der Witz des Jahrhunderts ist das. Der macht sich so was von lächerlich, das gibt es auf keinem Schiff.«

Charlie gackerte gebißfreundlich durch die Gegend und riß sich das lieblich duftende Brot unter den Nagel: »Kannst froh sein, daß du den los bist. Der war doch hinter jedem Kittel her. Sogar mir wollte der noch an die Eier. Das war vielleicht 'ne Type. Und jetzt läßt der sich auch noch 'n Blag andrehen. Nee, nee, nee. Selten so gelacht.«

Jetzt hatte er erst mal ausgelacht. Pia entglitten die Gesichtszüge: »Was erzählst denn du für einen Dünnschiß? Ausgerechnet dir wollte der an die Wäsche! Das glaubst du ja selber nicht. Noch so 'ne Bemerkung, und du fliegst über den Balkon.«

Charlie gackerte weiter, als hätte er den Schluckauf. Wahrscheinlich hatte er vorher was geraucht: »Frag doch die anderen! Da gibt es nicht eine, die der noch nicht angegraben hat. Stimmt's, Martha? Martha weiß es doch auch.«

Martha schwieg hoheitsvoll und zupfte an ihrer Lurex-Bluse. Schließlich kam das chinesche Essen jeden Moment.

»Du bist ja nicht ganz dicht in der Birne! Du machst jetzt auf der Stelle den Kopf zu, sonst passiert ein Unglück«, kreischte Pia, plötzlich zu Kräften gekommen. »Mach bloß die Fliege hier! Auf deine Tuntenlügen haben wir gerade noch gewartet.«

Charlie verzog sich glücklich kichernd.

»So ein Arschloch«, sagte Pia. »Überhaupt keine Pietät im Balg. Jetzt könnte der Fraß aber langsam antanzen, sonst können die ihr Zeug gleich selber essen.«

Endlich klingelte es. Martha bezahlte aus Pias Portemonnaie. Andächtig wickelten wir die Freßpakete aus.

»Fünf Kingprawns bloß!« war Pia enttäuscht. »Früher gab es sechs. Gut, daß ich zwei Portionen bestellt habe. Davon wird ja kein Mensch satt. Sachma, hatten wir Hühnchen bestellt? Wo ist denn die Ente?«

Dann ging das Telefon. Kalle vermißte seinen Bademantel und einen Schwung schwarzer Unterhosen: »Die von Calvin Klein mit dem hohen Beinausschnitt, du weißt schon. Und meine String-Tangas müssen auch noch bei dir sein.«

»Sonst noch was?«

»Nee, sonst nix. Nur die Unterhosen.«

Überall dasselbe, im Westen nichts Neues, hundert Jahre Einsamkeit oder das Schlimmste kommt noch, Versuch über die Müdigkeit und Niemand stirbt für alle Zeit. Piep piep piep, ich hab dich lieb.

»Du störst gerade«, zischte Pia wütend, »das nächstemal läßt du dir einen Termin geben. Da sage ich dir dann, um wieviel Uhr du mich am Arsch lecken kannst.«

Triumphierend schmiß sie den Hörer auf die Gabel: »So eine dumme Sau! Seine Unterhosen vermißt er. Mich nicht. Ist der noch normal? Schieb mal die Ente rüber, ich brauche Nervennahrung. Hoffentlich ist die nicht so süß, mir ist jetzt nach Saurem.«

»Ein Hering ist nicht dabei«, meinte Martha schmatzend, »kannst ja 'n bißchen Essig drübergießen.«

»Du warst auch schon witziger.«

Rock me, Amadeus … begleitete mich in den Schlaf … und weg war ich.

27. *»Hast du eigentlich den Führerschein?«*

fragte Jürgen. Wir saßen auf meiner Ausziehcouch und gluckerten gemütlich vor uns hin. Ich verneinte.

»Das macht nichts«, meinte er in einem Tonfall, als meinte er eigentlich das Gegenteil, »andere Frage: Du magst mich doch, nicht? Du hast doch was übrig für mich, stimmt's? Sag es jetzt mal ganz ehrlich.«

Ich überlegte, ob einem halbgebildeten Mitteleuropäer die Möglichkeit bliebe, den Kopf elegant-unverbindlich aus der Schlinge zu ziehen und kam zu dem Schluß, daß der Anstand, was immer man darunter verstehen mochte, eine Bestätigung seiner leichtfertigen Vermutung erforderte: »Stimmt schon. Klar.«

Mir fiel ein, daß meine Mutter immer gesagt hatte: Lies das Kleingedruckte, bevor du irgend etwas unterschreibst. Von solch abstrusen Assoziationen wollte ich mich nicht befremden lassen.

Jürgen streckte den Rücken: »Also, du magst doch hoffentlich mich, mich als Menschen und nicht zum Beispiel meine Kohle oder meinen Job oder mein Auto.«

»Was für 'n Auto?« fragte ich. »Wir fahren doch immer mit dem Taxi.«

»Und das kommt dir gar nicht spanisch vor?«

Wenn man es genau beleuchtete, konnte es einem natürlich spanisch vorkommen. Ich gehörte allerdings zu der raren Gattung, die bei unwichtigen Dingen des Lebens ein beinahe krankhaftes Mißtrauen an den Tag legt, an absonderlichsten und verschrobensten Umständen und Verhaltensweisen jedoch selten was zu bemängeln hat, sofern sie mir nicht auf den Geist gehen. Kritisches Hinterfragen von Annehmlichkeiten wie zum Beispiel dem Taxifahren war nicht mein Ding. Ich war der Typ, der jahrelang mit einem Bankräuber das Geld unter die Leute bringt und sich keine Sekunde darum schert, woher es kommt.

»Wir sind ja nur sechsmal gefahren«, rechtfertigte ich das Fehlen meiner analytischen Intelligenz, »was sollte ich daran komisch finden? Außerdem hast du gesagt, dein Wagen sei in der Werkstatt.«

»Das ist jetzt zwei Monate her, daß ich das gesagt habe.«

Wenn schon. Was wollte der Typ von mir? Sollte sich doch freuen, daß ich so unkompliziert war.

Im Fernsehen kam die erste Werbung für Slipeinlagen. Bis dahin hatte kein Schwein je Slipeinlagen gebraucht. Ein Schwanzhütchen für die nachtröpfelnde Uringurke wäre meines Erachtens wesentlich sinnvoller gewesen. Die Zahl der bepinkelten Männerunterhosen, die mir schon unter die Augen gekommen war, ging ins Unendliche. Als nächstes wiesen sie den Verjüngungseffekt einer sauteuren Nachtcreme an einer Achtzehnjährigen nach. Bei regelmäßiger Anwendung müßte sie sich bald jemanden suchen, der ihr die Windeln wechselte. Womit wir wieder bei den Slipeinlagen wären.

Was hatte Jürgen gerade Erhellendes von sich gegeben? Meine Konzentration schweifte gerne ab wie ein menstruationsgesteuerter Rüde. Womit wir wieder bei den Slipeinlagen ... »Was hast du gesagt? Entschuldige, ich war gerade in Gedanken.«

»Ich habe behauptet, der Wagen ist in der Werkstatt, weil ich keinen mehr habe.«

Erstaunt blickte ich ihn an. Das war aber dumm. Wo ich doch selber keinen hatte. Ein Mann hat ein Auto zu haben, ein Kerl eine Meinung. Vorsicht, erneut drohende Gedankenabschweife.

»Warum denn nicht?« fragte ich blöde.

»Vor ungefähr einem Jahr hatte ich einen schweren Unfall«, erklärte er, »ich bin auf der Südbrücke von der Fahrbahn abgekommen und voll in den Rhein gedonnert. Das heißt, ich konnte vorher rausspringen, sonst wäre ich ertrunken. Das stand damals in allen Zeitungen.«

»Den Lokalteil lese ich nicht so genau.«

»Ja, und dann bin ich abgehauen.«

»Ein Glück, daß du noch laufen konntest.«

»Dummerweise nannte die Staatsanwaltschaft das Fahrerflucht.«

Das Thema fand ich irgendwie unappetitlich. Zu Hause in meinem kleinen Säuferparadies wurde ich nicht gerne mit unerquicklichen Details aus den Abfallkörben fremden Lebens konfrontiert. Meinetwegen konnten wir abrupt das Thema wechseln.

»Es gab zwei Tote«, fügte Jürgen hinzu. Auch das noch! Ich mit einem Doppelmörder im Bett. Komisch, daß ich das nicht aufregend fand. Das mochte daran liegen, daß er, schwanzmäßig betrachtet, zum Stamm der Fallobst-Indianer gehörte – außer zu einer abwärts schielenden Kochbanane zu keiner weiterführenden Standfestigkeit imstande. Was mich nur kurzfristig genervt hatte, weil anstelle der üblichen Steckrüben-Nummer seine sehr begrüßenswerte Meisterschaft der Bläserei ungestört zu voller Entfaltung gelangte, die mein weibliches Herz durchaus bewegte. Der Kerl konnte blasen, daß die Möse Funken stob und der Unterleib auf Wanderschaft ging. Solche Zungenfertigkeit gehörte eigentlich staatlich subventioniert, zumal man dadurch das Geld für Kindergärten, Drogenbekämpfung, Tagesmütter und dergleichen kinderspezifische Institutionen einsparte. Wenn sich alle Frauen gemütlich einen blasen ließen statt sich wie unverkorkte Flaschen aufzuführen, stürbe die Menschheit allmählich aus, und die Massentierzucht hätte endlich ein Ende.

»Hast du gehört?« fragte Jürgen. Ich nickte. Das Gefühl von Beklommenheit legte sich auf mein Gemüt wie eine Gewitterwolke über die Playa de Palma.

»Was willst du eigentlich von mir?« quäkte ich säuerlich. »Also, einen Wagen hast du nicht. Und was kommt jetzt noch?«

»Ich war im Knast«, verkündete er schnörkellos, »über ein Jahr. Und da habe ich meinen guten Job natürlich auch verloren, ist ja klar.«

»Klar«, echote ich schlapp. Jetzt fand ich es auch etwas merkwürdig, daß ein Manager in seiner Position schon gutgelaunt und fit auf der Couch flackte, wenn ich gegen siebzehn Uhr total erledigt heimgeschlichen kam. Riemanns Bemerkung über die Schulterklappen fiel mir wieder ein. Mir blieb nichts anderes übrig, als bei der Beurteilung meiner Persönlichkeit den Intelligenzfaktor marginal zu reduzieren. Neudeutsch: Ich war voll dumm. Da saß ich Abend für Abend neben einem arbeitslosen Doppelmörder und hatte es vor lauter Gebläse nicht bemerkt. Was tun, sprach Zeus. Wichsen, sprach die Vernunft. Abwarten, sprach die Geilheit.

»Und woher hast du das ganze Geld gehabt für das Konzert und den Wein und das Essen und die Taxifahrten?« fragte ich mit einem letzten Funken Hoffnung.

»Und die Blumen nicht zu vergessen«, ergänzte er pedantisch.

»Genau. Die Blumen. Woher kam das ganze Geld?«

»Das habe ich mir geliehen.«

Ich kam mir vor wie bei der Aufdeckung eines berühmten Zaubertricks. Wenn man hinter die Kulissen schaute, basierte die ganze Illusion auf dünnen Assistentinnen, unsichtbaren Türen und dem rechtzeitigen Verschwinden des Meisters, und schon zerbrach die Frau in zwei Teile.

Genau wie im richtigen Leben

Genau wie ich. Der eine Teil erhob sich wie eine giftige Natter und keifte: »Da ist die Tür!« oder so ähnlich, und der andere erinnerte sich wehmütig an die gemütlichen Fernsehabende mit separatem Mösenprogramm – Klitoristango in der Taverne, dunkle Gestalten ... und sie tanzten einen Tango, Jimmi Brown und Baby Miller oder wie die damals hießen.

»Und jetzt bist du natürlich abgebrannt«, schlußfolgerte ich brillant.

»So sieht es aus«, bestätigte er.

Wie sagte Kojak immer: ›Ist ja ganz entzückend.‹

»Und wie stellst du dir unser weiteres Leben vor?« Der Gebrauch des Plurals war an dieser Stelle etwas unvorsichtig. Jürgen entspannte sich merklich: »Ich suche mir natürlich eine Arbeit.« Fiel ihm früh ein.

Der Fernblick über den Rhein aus einem Penthouse würde mir also bis auf weiteres verwehrt bleiben. Es gab Schlimmeres. In meinem Horoskop hatte ich gelesen: Sie sind ein permissiver Mensch. Endlich füllte sich dieser Begriff mit Leben. »Deine Wohnung hast du wohl auch nicht mehr.«

Stummes Kopfschütteln.

»Also wohnst du jetzt bei mir.«

»Klar. Seit zwei Monaten doch schon.«

»Hör mal, Jürgen, das ist aber ein Unterschied, ob man zwei Monate bei einer Frau wohnt, obwohl man eine eigene Wohnung hat oder weil man keine hat. Da sehe ich deine Anhänglichkeit aber doch irgendwie mit anderen Augen jetzt.«

»Da seh ich keinen Unterschied. Aber bitte, ich kann ja wieder gehen.«

»Du bist aber auch empfindlich.«

»Nein, das meine ich ernst. Meine Exfrau nimmt mich mit Kußhand.«

»Ach, 'ne Exfrau hast du auch?«

»Klaro. Die dritte schon. Und einen kleinen Sohn. Daniel heißt er.«

Kurz nachdem er mir die bitteren Wahrheiten über seine schnuckelige Vergangenheit untergeschoben hatte, begann er sein Benehmen mir gegenüber mit ruppiger Selbstgefälligkeit und rücksichtlosem Manierenverfall zu spicken. Erwartet hatte ich ungefähr das Gegenteil, nämlich Liebenswürdigkeit und Entgegenkommen. Wenigstens ging er bald einer Arbeit nach und saß nicht mehr jauchzend vor dem Kinderprogramm, wenn ich Pollackgeschädigt nach Hause kam. Er jobbte bei einem Verein, der den Leuten am Telefon Aktien andreht und avancierte binnen kurzem zum Star der Firma. Nur im Saufen war er noch begabter. Abends absorbierte er den Wein gleich kistenweise und machte selbst dann noch weiter, wenn ich schon mit zugeklappter Muschel im Bett lag.

Als ich einmal unvorhergesehen um zwei Uhr mittags heimkam, stand er singend unter der Dusche. Angeblich hatte er frei. Von da an saß er wieder vor dem Kinderprogramm, und die Restbestände meines Humors gingen rapide zur Neige.

Es war eine strapaziöse Zeit, denn Pias Hund hatte Blasenkrebs im letzten Stadium, und das brach ihr fast das Herz. Erst Kalle und jetzt auch noch der Hund. Beim Zerbrechen ihres Herzens brauchte sie jede Unterstützung. Die Papiertaschentuchindustrie verzeichnete einen jähen Aufschwung, und an der Börse stiegen die Aktien der Holzindustrie. Meine Anwesenheit in Pias Wohnung war nicht nur erwünscht, sondern wurde streng vorausgesetzt, so daß ich mit den anderen Klageweibern des

Hauses, Martha und einer jungen Orchidee namens Jessi, die sich in einer Disco besser gemacht hätte als in diesem Tierschutzverein alternder Schnapsdrosseln, anheimelnde Abende beim Anblick des sterbenden Hundes und seines untröstlichen Frauchens verbrachte, während sich Jürgen, mein ultimativer Traumtyp, in der Sauna amüsierte und elegant durch den überchlorten Pool pflügte, als gingen ihn seine eigenen Probleme nichts an.

Als ich eines Tages nach Hause kam, fand ich ein amtliches Schreiben im Briefkasten. Ich wurde freundlich darauf aufmerksam gemacht, daß man in drei Tagen in polizeilicher Begleitung meine Tür aufbrechen und sämtliche Gegenstände mit Wiederverkaufswert aus der Wohnung entfernen werde. Der Brief war vom Gerichtsvollzieher.

Der Grace-under-pressure-Typ war ich nie. Ich sprang sofort im Quadrat: »Wo sind die anderen Briefe, du Schwein? Wie bist du an meinen Briefkasten gekommen? Was hast du dir dabei gedacht, mir die Post zu unterschlagen? Hast du sie eigentlich noch alle auf der Latte?!«

»Entspann dich, Mensch. Daß du dich immer so aufblasen mußt. Das juckt mich doch null, ob die hier aufkreuzen oder nicht.«

»Ja, *dich* vielleicht nicht, aber mich.«

»Das kommt daher, weil du mal wieder keine Ahnung hast. Die kommen hier mal gucken, und das war's dann auch schon. Was wollen die schon groß mitnehmen? Den Fernseher dürfen sie nicht, und Wertgegenstände hast du nicht. Also, wozu die Aufregung.«

Ich plumpste wie erschlagen auf die Couch. Jürgen hatte schon wieder ein volles Glas vor sich stehen. Ich kam mit dem Einkaufen kaum noch nach.

»Ich will keinen Gerichtsvollzieher in meiner Bude!« krähte ich weinerlich. Das Tempo, in dem dieser Typ mein Selbstbewußtsein ramponierte, war erschütternd. Zwar hatte die Erwägung, ob ich Eigentümerin von Wertgegenständen war oder nicht, mein Gemüt nie beschwert, aber jetzt schlug mir der lapidare Hinweis auf meine Besitzlosigkeit ins Gesicht wie ein gut plazierter Tyson-Schwinger. Mit einemmal fühlte ich mich so alt und schiefgewickelt wie ich war. Ein düsterer Blick auf meine Zukunft tat sich auf: Ein Armenbegräbnis würde mein mediokres Leben krönen, das an Farblosigkeit eingegangen war wie ein vergessenes Tamagotchi.

Ich hatte keinen Bausparvertrag und keine Aktien, kein Wohneigentum, keine Blagen und keinen Kerl, und beruflich war Stagnation der Gipfel sporadisch aufflackernder Ambitionen. Nichts als Ärger, Frust und unterdrückter Groll. Die Depris kamen angestürmt wie die Lemminge zum Abgrund: Juchu, endlich wieder zu Hause!

Ich sagte: »Jürgen, nimm es mir nicht übel, aber ich glaube, es ist besser, du ziehst wieder aus.«

Jürgen starrte auf die Mattscheibe. Sie brachten gerade Walt-Disney-Zeichentrickfilme. Der Blöde war, wie immer, Donald.

»Hast du mich gehört? Mach doch mal die Glotze aus!« rief ich.

»Zick jetzt hier nicht rum! Du weißt genau, daß ich gerne Comics gucke.«

Ich faßte einen Tobsuchtsanfall ins Auge. Den Umgang mit Kaltschnäuzigkeit war ich nicht gewöhnt. Ich sagte mühsam gefaßt: »Jürgen, ich möchte nicht mehr, daß du hier wohnen bleibst.«

»Ja ja«, winkte er ab, »bin ja nicht taub.«

Ich beschloß, erst einmal auf die Toilette zu gehen, um Ansätze einer Strategie zu entwickeln. Auf dem Weg dahin kam ich an der Küche vorbei. Aus dem Abfalleimer lugte, schlecht von Papier verdeckt, eine leere Flasche

Martini. Ich konnte mich nicht erinnern, in der letzten Zeit eine Flasche Martini gekauft zu haben. Meine Absicht, den anhänglichen Flaschentöter loszuwerden, verdichtete sich augenblicklich zur Besessenheit: Keine Sekunde konnte ich den Kerl noch um mich ertragen.

Ich wuchtete seinen Koffer vom Schrank und begann, seine Sachen zusammenzusuchen. Viel hatte er nicht, der Blasius von Großkotz und Schmarotzmannshausen.

»Laß den Koffer in Ruhe!« sagte er. »Du nervst. Du bringst echt nur Unruhe in die Bude. Den ganzen Tag ist das eine paradiesische Ruhe hier, und kaum kommst du nach Hause, geht das Theater los. Setz dich jetzt auf die Couch und halt endlich die Klappe. Oder fang schon mal mit dem Kochen an, dann bist du beschäftigt.«

»Du verschwindest jetzt augenblicklich!« brüllte ich. »Pack deine Sachen und verzieh dich. Ich kann dich nicht mehr sehen!«

»Ach, ich soll verschwinden?« gab er sich erstaunt. Ich hatte den Eindruck, er wähnte sich in einem Film, und er war der Hauptdarsteller. Irgendwie war er nicht ganz bei Trost.

»Ich verschwinde hier nicht«, sagte er herablassend im Stil von »Stellen Sie nur das Tablett hier ab, Mary, wir bedienen uns schon selbst.«

»Das schmink dir gleich ab«, fügte er hinzu, »ich find's ganz nett hier.«

»Das ist hier nicht das Obdachlosenasyl!« schrie ich. »Du packst jetzt deine Klamotten und löst dich auf der Stelle in Luft auf!«

Er lachte. Mir war nicht klar, ob über mich oder über eine lustige Szene im Fernsehen. Donald war gerade in einen See gefallen und drohte, darin zu ertrinken. Die Welt war voller Donalds, vor allem weiblicher.

»Jürgen!« brüllte ich. Mein Herz raste bis zum Anschlag. Diese Szene kostete mich garantiert eine halbe Stunde meiner Lebenszeit. »Ich ruf die Polizei, wenn du nicht gehst.«

Endlich stand er auf. Er stapfte an mir vorbei wie an einer Stange Luft und nahm die nächste Flasche Wein aus dem Kühlschrank: »Blas dich nicht so auf hier. Was meinst du denn, wer du bist. Schon lieber deine Nerven. Ich gehe sowieso nicht. Ich gehe hier nie mehr raus. Prost.«

Mir war schlecht. Ich überlegte, ob ich Pia und Martha um Hilfe bitten sollte, aber einerseits mochte ich Axels letzte Stunden nicht unnötig belasten, und andererseits war von dem Tränenclub nicht viel Durchsetzungskraft zu erwarten. Im Geiste sah ich mich in Bergen von Tempos ersticken, und obendrauf thronte Jürgen und schwenkte siegestrunken die Flasche.

Ich griff zum Hörer: »Können Sie mal jemanden abholen. Ich habe hier jemanden in der Wohnung, der will nicht mehr gehen.«

»Hahaha«, lachte Jürgen, »das wird ja richtig spannend hier. Jetzt holt die auch noch die Bullen. Ich lach' mich schlapp. Wußte gar nicht, daß du so witzig sein kannst. Hoffentlich ist noch genug Wein da, dann können die gleich mitsaufen. Sofern die Superschlampe noch saubere Gläser hat. Bildet sich ein, sie könnte mich aus der Wohnung schmeißen – na ja, naiv warst du ja immer schon. Große Klappe und ein Hirn wie 'ne Amöbe.«

Nach einer Stunde waren sie immer noch nicht da. Dabei lag die Wache gleich nebenan. In der Zwischenzeit hätten drei Morde passieren können. Zum Glück kam Jürgen nicht auf solche Ideen. Dafür ging es ihm zu gut. Er spielte mit der Fernbedienung, brach hier und da in Gelächter aus und gurgelte großzügig mit Pinot Grigio vom Penny Markt. Im Flur packte ich weiter seinen Koffer.

»Hehehe, sie packt Koffer!« amüsierte er sich mit einem Seitenblick. »Wenn man keine Arbeit hat, dann sucht man sich eine. Laß doch die Klamotten im Schrank, das ist doch alles Zeitverschwendung. Mich wirst du nicht mehr los, ich wüßte nicht, warum ich gehen sollte. So eine schöne Wohnung, und 'ne Sauna im Haus und ein Swimmingpool – da wäre ich ja bekloppt, wenn ich ginge.«

Unruhig wanderte ich im Flur auf und ab. Und wenn die Bullen überhaupt nicht mehr kämen? Keine Nacht wollte ich mit dem durchgeknallten Alki unter einem Dach verbringen. Lieber würde ich mich der Trauergemeinde um den sterbenden Axel anschließen.

Endlich klingelte es an der Tür: »Guten Abend. Sie waren das, die bei uns angerufen hat? Dürfen wir reinkommen?«

»Immer herein, wenn's kein Schneider ist!« lärmte Jürgen erfreut. »Hallo, Leute! Setzt euch. Die Dame des Hauses hat sicher noch was zu trinken für euch.«

Es waren zwei sehr junge Typen und beide nicht besonders kräftig, aber von unbestechlicher Dienstlichkeit: »Dürfen wir mal Ihren Ausweis sehen?«

»Klar doch, kein Problem. Auf die Schnalle da braucht ihr nicht zu achten, die hat sowieso 'n Rad ab.«

»Also, schön, Herr Lensing, wir fordern Sie hiermit auf, die Wohnung der Frau Scott zu verlassen. Wenn Sie dieser Aufforderung nicht innerhalb der nächsten fünf Minuten nachkommen, müssen wir Sie gewaltsam hinausbefördern. Das gibt dann eine Anzeige wegen Widerstands gegen die Staatsgewalt.«

Ich stellte die Ohren hoch: Staatsgewalt, das hörte sich ja klasse an, konkurrenzlos eindrucksvoll. Endlich wurde hier mal durchgegriffen. Bisher hatte Jürgen ja noch gemeint, es würde ein Operettenfilm gedreht.

»Hört mal zu«, wandte sich Jürgen jovial an die zwei

Uniformierten, »ich gebe jedem von euch vieren einen Hunderter, wenn ihr das Ganze einfach vergeßt und die Tür von außen schließt. Ist das ein Angebot?«

Ich fragte mich, woher er die Kohle nehmen wollte, hatte er mir doch heute morgen noch zwei Mark für die Bahn abgesaugt. Die beiden Jungbullen warfen einander einen sprechenden Blick zu, worauf der eine auf den Balkon hinausging und per Funk Verstärkung anforderte.

»Herr Lensing, ich fordere Sie letztmalig auf, die Wohnung zu verlassen. Andernfalls werden Sie hinausgetragen.«

»Ich verlasse diese Wohnung nicht«, sagte Jürgen pampig, »und ihr seid ein paar humorlose Ratten.« Er schenkte sich wieder ein. Die Hälfte ging daneben: »Prost, Gemeinde.«

Draußen laberte der Jungbulle sein Funkgerät voll. Ich sagte: »Geh doch lieber freiwillig, Jürgen, du willst doch nicht im Ernst durch das ganze Haus getragen werden. Jetzt kommen die alle von der Arbeit und vom Einkaufen. Wenn dich die kleine Vietnamesin sieht, die dir immer so gefallen hat...«

»Schnauze!« sagte Jürgen. »Mit dir rede ich doch gar nicht. Ich verhandele nur mit den vier Herren hier.« Dann feuerte er in einem plötzlichen Wutanfall die Fernbedienung in die Ecke.

»Randalieren Sie hier nicht!« ermahnte ihn der Jungbulle ganz in meinem Sinn. Mein Urteil über die Polizei färbte sich zusehends rosarot.

»Und was wird mit meinem Eigentum?« fragte Jürgen plötzlich. Ich erschrak zu Tode. Was, wenn er mein komplettes Inventar als sein Eigentum bezeichnete? Jessas, und ich bewahrte nie Rechnungen auf, welch unverzeihliche Nachlässigkeit.

»Was denn für 'n Eigentum?« krächzte ich heiser.

»Den Kasten Bier auf dem Balkon«, meldete er wichtig, »der gehört mir.«

»Den können Sie morgen im Beisein eines Kollegen abholen«, sagte einer der zwei, »oder im Beisein eines Bekannten der Dame, ganz, wie sie wünscht. Aber jetzt stehen Sie auf, die fünf Minuten sind vorbei.«

Er stand tatsächlich auf, marschierte kerzengerade in den Flur und riß seinen Regenmantel mit den Schulterklappen vom Haken. Die uniformierten Jungs folgten ihm. »Wenn Sie uns morgen brauchen, rufen Sie uns an«, wandte sich einer an mich.

»Vielen Dank auch«, hauchte ich erleichtert, »ich bin Ihnen wirklich sehr dankbar.«

In dieser Nacht starb Pias Hund.

Am nächsten Abend saß ich mit Charlie Dosenkötter auf der Couch. Pia war vor Gram zusammengebrochen und lag im Koma. Martha mußte sich um sie kümmern. Charlie hatte ich für die Gefälligkeit seines Beistandes versprechen müssen, in seiner Wohnung ein neues Regal an die Wand zu dübeln, auf dem die silbern gerahmten Fotos seiner verstorbenen Großeltern endlich zu Ehren kommen sollten.

»Wann kommt das Arschloch denn endlich? Ich habe nicht viel Zeit. Der Erwin wartet in Grimlinghausen.« Erwin war sein Gönner.

»Der kommt jeden Moment. Wenn er nicht pünktlich ist, kann er bleiben, wo der Pfeffer wächst.«

Jürgen war pünktlich. Entschlossen schritt er auf den Balkon und wuchtete die Kiste herein: »Da fehlt aber noch was.«

»Beeil dich, Mann«, nölte Charlie, »die Kronjuwelen wirst du ja wohl nicht vergessen haben hier.«

Jürgen spähte wild im Wohnzimmer herum. Ich war gespannt, wo er fündig werden würde.

»Ich will nur mein Eigentum«, äußerte er würdevoll, »nicht mehr und nicht weniger. Und vor allem den Bademantel, den du mir für Weihnachten gekauft hast.«

Der Bademantel, an den ich nicht mehr gedacht hatte, war gut versteckt: »Weihnachten ist in vier Wochen. Da hast du Pech gehabt. Hau endlich ab jetzt.«

Es war ein schöner Bademantel in Wollweiß und Schwarz und auch für eine Frau geeignet. Ich trug sowieso ab und zu Männerklamotten.

»Ich verlange die Herausgabe des Bademantels!« sagte Jürgen im Befehlston. Charlie fing an kreischend zu lachen: »Das ist ja wohl total hirnrissig, was hier abgeht. Wenn ich das dem Erwin erzähle, der kriegt sich nicht mehr ein.«

»Jürgen!« schrie ich. »Es reicht jetzt. Mach den Koffer zu, nimm den Kasten Bier mit, und laß dich hier nicht wieder sehen.«

»Ich will nur mein Eigentum«, wiederholte er bockig.

»Der Bademantel ist aber nicht dein Eigentum«, erklärte ich geduldig, »der wäre erst Heiligabend dein Eigentum geworden. Bis dahin ist er mein Eigentum.«

»Er ist aber für mich angeschafft worden«, beharrte er störrisch auf seinem Standpunkt. Charlie gackerte wie eine ganze Hühnerfarm.

»Juristisch spielt das keine Rolle«, sagte ich in Erinnerung an das Stehpult, »der Bademantel ist von meinem Geld bezahlt und folglich mein Eigentum, so lange, bis ich ihn jemand anderem übereigne. Das ist eine Frage des Zeitpunkts, und den Zeitpunkt hast du ja nun leider um vier Wochen verpaßt.«

Charlie krähte vor Vergnügen: »Übereigne!« So was hatte er ja noch nie gehört. Auch Jürgen war beeindruckt. Dennoch: »In dem Koffer fehlt noch was. Moment noch, ich schaue mich nur noch mal um.«

Langsam kam er mir vor wie eine schnüffelnde Ratte auf der Mülltonne. Endlich entdeckte er das Objekt seiner Begierde: »Wußte ich es doch: der Holzleim. Der gehört mir.« Triumph auf der ganzen Linie.

Er hatte vor einigen Wochen eine Tube Holzleim gekauft, um das IKEA-Regal in Form zu bringen, das immer bedenklich schwankte, wenn er im Suff um die Ecke schoß.

»Holzleim!« kreischte Charlie entzückt. Er war verdammt leicht zu amüsieren, im Grunde eine alberne Zwerchfellmasseuse mit tiefergelegter IQ-Karosse, aber es gibt Situationen im Leben, in denen selbst die löchrigsten Lachsäcke als Begleiter romantischer Schlußakkorde unverzichtbar sind.

Jürgen verfrachtete seinen Holzleim, verschloß den Koffer und bewegte sich im Zeitlupentempo auf die Tür zu: »Du hast jetzt noch die Chance, dir alles noch einmal zu überlegen. Das ist mein letztes Angebot. Wenn du mal ganz ehrlich bist, war es mit uns ja nicht so schlecht.«

»Nicht schlecht ist nicht gut genug«, sagte ich stur. Charlie krähte aus dem Hintergrund wie über einen Wahnsinnswitz.

»Du wirst es bereuen«, meinte Jürgen mit Pathos-Timbre.

»Das bereue ich jetzt schon, daß ich dich getroffen habe. Mach's gut.«

»Ich geb dir noch eine letzte Chance, es dir zu überlegen«, bot er er großzügig an, »wenn ich erst mal weg bin, ist es zu spät. Dann gibt es kein Zurück mehr. Ich meine, ich wäre notfalls bereit, alles zu vergessen und zu verzeihen. Jeder macht mal einen Fehler.«

»Aber nicht zweimal denselben«, sagte ich, »danke für das Angebot. Frag doch mal bei deiner Exfrau an, vielleicht freut die sich, wenn du wiederkommst.«

»Da war ich schon. Die ist in Urlaub.«

Charlie fiel vor Begeisterung fast von der Couch. Wenn ich mir vorstellte, was der wieder im Haus herumtratschen würde, wurde mir jetzt schon schlecht.

»So, Abmarsch jetzt«, sagte ich ungeduldig, »es bleibt dabei: Ich hab den Kanal voll bis obenhin.«

»Du wirst es bereuen«, prophezeite er hochtrabend. Endlich kriegte ich die Tür zu.

»Isser weg?« fragte Charlie. »Ich warte lieber noch ein paar Minuten. Nicht, daß der noch hinter der Tür lauert.«

Ich wählte Pias Nummer. »Bei Kücklich«, krächzte es aus dem Apparat.

»Martha, ich bin's. Ich will euch gar nicht lange stören …«

»Du störst aber. Ich krieg' dem Pia nicht mehr wach.«

»Was heißt das?«

»Die is' ömm.«

»Sprich hochdeutsch.«

»Wat is' los?«

»Was heißt ›ömm‹?«

»Kaputt isse. Die regt sich nicht mehr. Adumbran hat sie genommen, ich weiß nicht, wie viele. Wat mach' ich jetzt?«

Eigentlich hatte ich nur um ein Sicherheitsschloß aus Pias reichem Fundus bitten wollen, um an meiner Tür vorsichtshalber das Schloß auszuwechseln. Womöglich hatte sich Jürgen heimlich einen Nachschlüssel anfertigen lassen. Daß meine seelischen Nehmerqualitäten für ein zweites Drama um die komatöse Pia ausreichten, war zu bezweifeln: »Ist das ein Schlafmittel?«

»Ich glaube schon. Irgendwas Starkes muß das sein. Die liegt da wie tot.«

»Vielleicht muß sie nur mal ausschlafen. Fühl doch mal den Puls.«

»Ja, leben tut sie noch, wenn du das meinst. Aber ich kriege sie nicht mehr wach.«

»Dann laß sie doch schlafen.«

»Ist das nicht gefährlich?«

Allmählich kriegte ich in meinem eigenen Nervenkostüm Platzangst. Vielleicht konnte der Notarzt, nachdem er Pia versorgt hatte, auf einen Sprung bei mir vorbeikommen. Martha hatte aufgelegt.

»Was ist los? Ist die Pia über die Wupper?« Charlie Dosenkötter hatte ich ganz vergessen. Das lag daran, daß er seit drei Minuten nicht gelacht hatte.

»Ich glaube nicht. Wo kriege ich jetzt ein Sicherheitsschloß her, verdammte Scheiße?«

»Sicherheitsschlösser habe ich en gros.«

»Im Ernst? Warum *das* denn?«

»Ich sperr dem Erwin ab und zu aus.« Er krähte wieder wie über einen gelungenen Witz. »Aber nur wenn es sein muß. Komm mal mit runter.«

Seine Bude sah aus, wie ich mir die Wohnung einer Bahnbeamtenwitwe vorgestellt hätte: altdeutsche Eichenmöbel, geraffte Spitzenvorhänge, Messing-Aschenbecher auf Brokatdeckchen, gerahmte Hirsche im Sonnenuntergang und nicht eine Staubflocke in Sicht. Die typische Punker-Klause. »Meine Güte, ist das ordentlich bei dir.«

»Ja, putzen ist mein Hobby. Ich könnte den ganzen Tag putzen, waschen, aufräumen. Manchmal, wenn mir langweilig ist, putz' ich alles zweimal.«

Sagenhaft. Er zog eine Schublade auf und entnahm ihr drei Schachteln. In jeder Schachtel ruhte ein Sicherheitsschloß mit drei Schlüsseln: »Kannst dir eins aussuchen.«

Nachdem ich das Schloß ausgewechselt hatte, klingelte ich bei Kücklich. Martha hüllte sich in den obligatorischen Qualm: »Et schläft jetzt.«

Das war mir bereits bekannt.

»Ich habe gerade den Jürgen an die Luft gesetzt«, berichtete ich erschöpft.

»Is das der mit den Krampfadern?« erinnerte sie sich vage.

Ich nickte.

»Was du auch immer abschleppst. Willst 'n Täßchen Weißwein?«

»Nee, ich wollte nur mal sehen, wie es Pia geht.«

»Die ratzt sich einen ab. So einen Schlaf möchte ich auch mal haben.«

»Wo ist denn der Hund jetzt?«

»In der Abdeckerei.«

Da wurde mir schlecht. Alles konnte ich verkraften, aber nicht den Hund in der Abdeckerei. Der hoheitsvolle, beleidigte Axel mit dem rotgeränderten Blick zu Tiermehl verarbeitet – mir kamen die Tränen.

»Ja, ist traurig«, sagte Martha verständnisvoll, »aber davon geht die Welt nicht unter.« Zarah Leander. Nur nicht aus Liebe weinen, es gibt auf Erden nicht nur den Einen. Aber mit fast vierzig? Mit vierzig kriegte eine Frau eher einen Sechser im Lotto als einen neuen Kerl. Der Sechser war mir sowieso lieber. Und überhaupt war ich von den Vierzig noch meilenweit entfernt. Circa anderthalb Jahre.

Ich schlich wieder nach oben und sammelte die Einzelteile der Fernbedienung auf. Alles hatte der Kerl kaputtgemacht, die Fernbedienung, das Regal, unsere netten Besäufnisse... schnief. Wieso hatte ich eigentlich keine krächzende Martha, die sich um mich kümmerte?

Ich legte ›Twist in my sobriety‹ von Tanita Tikaram auf und grölte mit, bis mir die Kehle eng wurde und die Augen anfingen, zu brennen. Die erste Träne wackelte unschlüssig am Lidrand – blubb! Endlich ging's los. Endlich wieder richtig abrotzen. Raus mit den Schlacken, Klößen und Klumpen, lasset die Flüsse fließen, lonely rivers flow to the sea, to the sea, lonely rivers sigh, wait for me, wait for me, hurra, da isser, der Weltschmerz, Achtung, Aufnahme und Klappe und Action! Selten so filmreif geschluchzt. Applaus, Applaus. Danke, Leute, bin heute gut in Form.

28. *Nach diesem Highlight hatte ich*

das Thema Männer erst mal wieder abgehakt. Was fehlte mir schon! Bei einem guten Hamburger ist das Fleisch in der Mitte, umgeben von weichem Brötchen, je nachdem mit oder ohne Ketchup, auch wichtiger als die eingelegte Gurke. Riemann mit ihren stressigen Kneipentourneen konnte mir gestohlen bleiben. Wozu sich draußen herumtreiben, wenn man sowieso keinen Kerl suchte. Über die neuerliche Phase meiner Abstinenz war sie ziemlich sauer, weil sich just zu diesem Zeitpunkt Ehemann Wolfgang mit einer Stewardess nach Wuppertal abgesetzt hatte und sich die operierte Hängepetunie auf dem Hundeplatz von einer reichen Witwe hatte aufreißen lassen, der die Optik wichtiger war als die Funktion. Da also bei Riemann Notzeiten hereinbrachen, konnte ich mir lebhaft vorstellen, wie sie bei ihren Kneipengängen noch einen Zahn zulegte.

Reihum interviewte ich die Weiber, was sie wohl meinten, warum ich mit den Typen immer auf's Gesicht fiel.

»Du bist zu fett«, fand Riemann, »und gehst mit jedem gleich ins Bett. Ich habe dir immer gesagt, so eine Frau wird nicht respektiert.«

»Du hast die falschen Klamotten an«, erklärte Pia, »denen sieht man zehn Meilen gegen den Wind an, daß sie keine Klasse haben. Lieber ein teures Stück als zehn billige. Dann sprechen dich auch die richtigen Männer an.«

Küppersbusch hingegen meinte: »Du siehst vornehmer aus als du bist. Das paßt nicht zusammen.«

Wieczorek fand die Frage eigentlich unter ihrer Würde:

»Die Antwort kannst du nur in dir selber finden. Du mußt weg von der Oberflächlichkeit und hin zum Spirituellen. Du interessierst dich zu sehr für Äußerlichkeiten. Geh in dich, da findest du schon die Antwort.«

Wieczorek war jetzt auf dem Esoteriktrip und hatte auf irgendwelchen karmischen Expeditionen herausgefunden, daß Braatsch in einem früheren Leben ihr Sohn gewesen war. Damit fand die Obsession endlich ihre logische Erklärung.

»Sohnemann scheint das gar nicht zu empfinden«, lästerte ich.

»Das kannst du ja ganz deutlich an meinem rückläufigen Merkur sehen, daß der mein Sohn war«, dozierte sie, »in einem anderen Leben war ich übrigens ein Feldherr und er mein Berater. Du würdest staunen, welche Erkenntnisse man durch die Esoterik gewinnen kann.«

Ich staunte jetzt schon.

»Ich kann das steuern, daß mein Bewußtsein meinen Körper verläßt«, behauptete sie kühn, »es ist zwar nicht ganz leicht, aber jetzt weiß ich, wie das geht. Das ist eine Wahnsinnserfahrung, wenn das Bewußtsein wieder in den Körper zurückkehrt. Das macht dann richtig ›klick‹ irgendwie, man kann es richtig fühlen.«

Bei mir machte es auch dauernd ›klick‹ im unteren Wirbelbereich. Die Schlacht um das Stehpult hatte mich ein Jahr meines Lebens gekostet. Nachdem ich es an einem Tag, als Probst blau machte, in mein Zimmer geschleift hatte, war der dritte Weltkrieg ausgebrochen. Bei den Versuchen, einander zu beweisen, wer bandscheibenmäßig das Pult verdiente, hatten wir uns bei Dr. Kleinschmidt die Klinke in die Hand gegeben und mit Attesten um uns geworfen wie mit Konfetti im Karneval. Weil es keine der anderen gönnte, ging Hängebauchschwein Wetzel als Nutznießer aus der Schlacht hervor, und die ganze

Firma lachte sich einen Ast. Seitdem ging Probst leicht vornübergebeugt, während ich im unteren Taillenbereich seitlich einknickte wie ein schiefgewachsener Tannenbaum. Das waren die Wunden, die das Büroleben schlug.

»Übrigens habe ich Braatsch getroffen«, verkündete Wieczorek, »ich habe ihn einfach angerufen und eingeladen, und dann sind wir auf der Kö einen trinken gegangen.«

Ich fiel fast vom Stuhl: »Und das erzählst du so nebenbei? Mensch, das finde ich ja echt mutig von dir, das hätte ich mich nie getraut. Sag schon, wie war es? Was hat er gesagt?«

Es war ein ungemein aufschlußreiches Treffen gewesen, denn: »Er hat den ganzen Abend lang kein Wort geredet.«

»Wie bitte?«

»Er kam ja nicht dazu. Ich habe an einem Streifen gequasselt wie krank. Ich habe geredet, als dürfte ich zehn Jahre lang den Mund nicht mehr aufmachen, es war eine einzige Katastrophe, ich konnte gar nicht mehr aufhören, und der Braatsch braucht ja immer ne Weile, bis der mal einen Ton sagt. Nach zwei Stunden war bei mir der Saft raus, und ich war platt wie eine Briefmarke.«

»Irgendwas muß der doch auch mal gesagt haben. Wie hast du das überhaupt geschafft, daß der sich mit dir getroffen hat? Ich finde, das ist schon allerhand.«

»Ach, das ging ganz leicht. Ich habe ihn gefragt, ob wir uns nicht mal treffen sollten, und er hat sofort ›ja‹ gesagt.«

So wird Geschichte geschrieben – ich würde es nie lernen. Unsere schwerfällige, alte Mühle Braatsch traf sich mir nichts dir nichts mit Sachbearbeiterin Wieczorek von der Personalabteilung, und ich hätte geschworen, unter einer Million Mitgift zuckte der nicht mal mit der Wimper.

»Also, der ganze Abend murks«, jammerte sie weiter, »du glaubst nicht, was ich für einen Müll erzählt habe. Ich meine, wenn du einen vor dir sitzen hast, der keinen Ton redet – was machst du da? Da laberst du dir eben Fransen ans Maul. Und dann hat er mir einmal auf den Ausschnitt gesehen, da wäre ich fast gestorben. Wer rechnet denn mit so was! Und ich hatte so einen dämlichen BH an, so ein Schlabbermodell ohne Bügel, und als mir das alles so durch den Kopf ging, da setzte sowieso der Verstand aus. Weißt du, als Sexualobjekt hatte ich mich ja eigentlich nie gesehen, und da guckt der mir plötzlich auf die Brust, also, das paßte irgendwie überhaupt nicht ins Bild. Ja, und nach drei Stunden Gebrabbel war ich total erledigt, wie ich schon sagte, und da meinte er, er müßte jetzt nach Hause.«

Das klang ja nicht sehr ermutigend. Normalerweise mußte kein Typ nach Hause, wenn er neben der Zauberbraut Wieczorek saß.

»Und das einzige, was er noch gesagt hat, war, daß er leider keine Käufe mehr tätigen könne, weil sein Potential bereits erschöpft sei. Was das heißen sollte, habe ich bis jetzt noch nicht kapiert. Und daß Hübchen säuft wie ein Loch, war ihm völlig unbekannt, und überhaupt schien er das nicht zu mögen, daß ich mit dem Thema angefangen habe.«

»Das ist doch im ganzen Haus bekannt.«

»Also, er tat irgendwie, als wollte ich Hübchen schlechtmachen. Das war das schlimmste Fettnäpfchen, in das ich getreten bin. Man hätte glauben können, ich hätte ihn persönlich angegriffen. Er schien das wohl unfein zu finden oder so.«

Damit konnte sie recht haben. Braatsch hielt in seiner unendlichen Schlafmütze exzentrische Winkel edler Gesinnung verborgen, weshalb er üble Nachrede nicht besonders schätzte.

»Braatsch ist ein impotentes Arschloch«, versuchte ich sie zu trösten, aber weit gefehlt – Braatsch war keineswegs ein Arschloch, sondern der schönste Seelenverwandte des Universums und neuerdings auch edelmütig, erhaben und hehr und lief gleich als Parzival im Müngersdorfer Stadion ein. Mit anderen Worten: Sie war seiner nicht würdig.

»Weißt du, was mir auffällt, Svetlana? Daß wir uns, wenn mit den Säcken was schiefläuft, immer die Schuld an allem geben. Ich überlege auch immer, was ich falsch ...«

»Du kannst uns beide doch nicht miteinander vergleichen!« brauste sie auf. Wieczorek brauchte man nicht dumm zu kommen, weder mit Frauensolidarität noch mit psychoanalytischen Gehversuchen, geschweige denn mit Therapievorschlägen. Das einzige, was sie wollte, war ein reich geschmückter Altar, vor dem sie Braatsch anbeten konnte. Und eines Tages war er tot.

Kein Mensch wußte, wie es passiert war. Die Kunde von seinem Ableben zischte wie eine Rakete durch das Haus. Ich hatte bei meiner frühmorgendlichen Pflichtlektüre der Rheinischen Post die Todesannonce entdeckt und war vor Schreck fast in Ohnmacht gefallen. »Tatsächlich?« zweifelte Pollack mißtrauisch, »zeigen Sie mal her.« »Um Gottes Willen, ich muß mich setzen!« sagte Frau Probst. Einige wollten wissen, er habe sich erhängt. Andere hatten läuten gehört, er sei aus dem Fenster gestürzt, ob versehentlich oder absichtlich, blieb ungeklärt. Vorherrschend war die Meinung, er habe den Tod seiner Frau nicht verkraftet. Vereinzelt wurden Stimmen laut, er hätte an Depressionen gelitten. Es war eine Riesenaufregung.

Sogar Pollack und Probst ließen ihre Blutsfehde für einen halben Tag ruhen, und auch das Stehpult war nicht interessant. In der Morgenrunde fand Frenzel warme, bewegte Worte der Anteilnahme und Erschütterung, und Vogt strich sich zehnmal statt wie sonst fünfmal über die speckige Birne, und sogar Giehse war das Tennislachen vergangen. Betroffenheit waberte durch die Gänge. Einige Frauen brachen spontan in Tränen aus, andere kriegten Durchfall. Auf den Fluren bildeten sich Menschentrauben, an den Toiletten versagte die Spülung.

Die einzige, die die Nachricht kaltzulassen schien, war Wieczorek. An dem Morgen, als die Nachricht bekannt wurde, glühte sie von innen, als sei sie gerade heilig gesprochen worden. Wahrscheinlich war nachts wieder ihr Bewußtsein spazieren gegangen und in einer Zwischenwelt Braatschs entfleuchender Seele begegnet, und endlich hatten sie einander gestehen können, daß sie eigentlich Romeo und Julia waren.

»Es spielt nicht wirklich eine Rolle, ob er lebt oder tot ist«, sagte sie mit entrückter Miene, »was uns verbindet, ist sowieso nicht von dieser Welt.«

Ein halbes Jahr später heiratete sie ihren Esoterik-Coach, der nebenberuflich Fitnesstrainer war und im früheren Leben ihr Großvater und somit um fünf Ecken mit Braatsch verwandt. Fortan verdiente sie ihr Geld mit Seminaren über Reisen auf der Astralebene und ward in unserem läppischen Büro nicht mehr gesehen. Zumindest nicht leibhaftig.

Pollack ließ es sich nicht nehmen, höchstselbst an Braatschs Beisetzung teilzunehmen. Beerdigungen von Abteilungsleitern, Geschäftsführern und Vorstandsvorsitzenden waren Chefsache.

»Wo die den kaum gekannt hat«, nörgelte Probst, »die nutzt auch jede Gelegenheit, um sich in den Vordergrund zu spielen. Eigentlich hätte ich heute dahin gehört. Schließlich habe ich jahrelang mit ihm zusammengearbeitet. Ich sage nur: Profilneurose. Frau Scott, mir fehlt hier der Artikel aus der Financial Times, den ich markiert habe. Ich verstehe nicht, warum Sie die Financial Times immer vernachlässigen: Als ob Sie das absichtlich machen!«

»Wahrscheinlich brauchen Sie mal wieder neue Linsen, der Artikel liegt hinten drin.«

»Wo denn? Stimmt ja gar nicht. Und werden Sie nicht immer gleich persönlich.«

»Sie können ja mal in Ihrem Papierkorb nachsehen.«

Mit einer minderwertigen Kellerassel wie mir hielt Probst sich nicht mehr lange auf. Sie mußte ihre Kräfte für den dreißigjährigen Krieg mit Pollack schonen, in dem sie dann doch unterlag. Auf der Suche nach Verbündeten hatte sie vergebens versucht, Zausel auf ihre Seite zu ziehen: »Das kann doch wohl nicht wahr sein, Frau Zausel, daß Sie Frau Pollack die ganzen Pressemappen nach Hause schleppen. Wie, und dann müssen Sie sie vor der Haustür ablegen, wenn die Mutter von Frau Pollack die Tür nicht aufmacht? Was sind denn das für Zustände? Und das lassen Sie sich gefallen? Sie wissen aber schon, daß Sie dazu nicht verpflichtet sind, nicht?«

Das wußte Zausel zwar, aber sie hätte nie gewagt, einer Anordnung der Hohen Frau Pollack zu widersprechen, denn Zausel hatte grundsätzlich die Hosen gestrichen voll und war von einer mir unerklärlichen Angst gebeutelt, sich das Mißfallen von Pollack zuzuziehen. Insgeheim davon überzeugt, daß sie als Frau Professor gesellschaftlich mit Pollack auf einer Ebene stand, war es ihr nie gelungen, ihrem habilitierten Snobismus in den Niederungen des Bürolebens den rechten Ausdruck zu verleihen. Und weil ihr das selbst stank, trabte sie von einer Abteilung zur anderen und bröselte bescheiden die Mär ihrer akademischen Verbindung auf die Schreibtische der tippenden Zunft, wodurch sie bei den überwiegend nichtakademischen Kolleginnen einen Pluspunkt nach dem anderen gewann.

Probst plusterte sich weiter auf: »Das ist ja die reinste Ausbeutung! Was macht eigentlich die weiße Teekanne im Ausgangskorb der Frau Pollack? Lassen Sie mal sehen. Da klebt ein Zettel dran: Tropft. Das ist ja allerhand. Was soll das heißen? Daß Sie sich jetzt um diese Kanne kümmern etwa?«

»Die Kanne ist neu und schon kaputt. Die soll ich reklamieren«, gab Zausel Auskunft.

Probst war außer sich: »Das ist ja Gutsherrenmanier in Reinkultur! Was sollen Sie denn sonst noch machen – vielleicht der gnädigen Frau die Füße küssen?«

»Also, das ginge ja wirklich zu weit«, entgegnete Zausel todernst. In einem Anflug von Erhabenheit trat sie aus ihrer Schreibtisch-Ecke hervor und legte Probst einige Schriftstücke vor: »Das hier ist für mich viel schwerer zu verkraften. Sehen Sie sich das mal an. Aber passen Sie auf die Tür auf. Wenn Sie einer fragt, haben Sie das zufällig an sich genommen. Von mir haben Sie das nicht.«

»Natürlich, natürlich!« bestätigte Probst sensationslüstern. »Lassen Sie mal sehen.«

Zausel führte etwa zehn Entwürfe ein und desselben Schreibens vor. Der erste Entwurf lautete: ›... gratulieren wir recht herzlich zu Ihrem runden Geburtstag, den Sie sicher im Kreis Ihrer lieben Familie verbringen werden ...‹. Der zweite: ›... senden wir Ihnen die herzlichsten Glückwünsche zu Ihrem Geburtstag, den Ihnen Ihre Familie sicher unvergeßlich gestalten wird ...‹. Der dritte: ›... möchten auch wir uns der Schar der Gratulanten anschließen und sind sicher, daß Ihnen Ihre liebe Familie ein unvergeßliches Fest bereiten wird ...‹ und so weiter.

»Wissen Sie«, sagte Zausel, dankbar für die Chance, ihren geistigen Anspruch angemessen zu vermitteln,

»wenn ich gewußt hätte, auf welchem Niveau hier gearbeitet wird, hätte ich die Stelle gar nicht erst angetreten. Da schreibt die neulich gebären mit h in der Mitte, und als ich sie darauf hinweise, geht die zum Schrank und muß das im Duden nachprüfen! Können Sie sich das vorstellen?«

»*Was*?! Das schlägt die auch noch im Duden nach??? Ich fasse es nicht!«

Probst versagte fast die Stimme vor Erschütterung.

»Und ich möchte bitte ihr Körbchen leeren mit h in der Mitte!« fuhr Zausel mit Todesverachtung fort, »man kann es eigentlich gar nicht glauben. Mit h in der Mitte!«

»*Nein*!« schrie Probst entsetzt. »Das ist ja Grundschule, dritte Klasse! Das ist ja wirklich nicht zu glauben!« Und dann: »Sie haben das aber nicht zufällig aufgehoben, oder?«

»Frau Probst!« war jetzt Zausel ihrerseits entsetzt und im Entsetzen schon wieder angstschlotternd, daß ihre Enthüllungen womöglich Konsequenzen nach sich trügen.

»Nein, nein«, wiegelte Probst hastig ab, »Sie mißverstehen mich! Ich meinte ja nur... nicht, daß Sie meinen...«

Zausel kriegte sich wieder ein – zu rar war die Gelegenheit, sich einmal als Intellektuelle zu gebärden: »Ein solches Niveau bin ich nicht gewöhnt. Was meinen Sie, wie blöd man sich vorkommt, wenn man hundertmal dasselbe tippt und es hundertmal mit tausend Korrekturen zurückbekommt. Und das bei solch unwichtigem Kram.«

»Na ja, unwichtig sind diese Briefe nicht gerade«, schränkte Probst pflichtbewußt ein, indem sie sich schwach daran erinnerte, daß ihre auch nicht viel besser aussahen, »aber grundsätzlich haben Sie natürlich vollkommen recht. Also, die, sagen wir mal höflich, eigenwillige Rechtschreibung, ja, die ist mir auch schon aufgefallen – peinlich geradezu! Und so was korrigiert anderer Leute Briefe! Da verkauft die sich im ganzen Haus als oberste Instanz in Sachen Orthographie und weiß die simpelsten Dinge nicht! Daß das keiner merkt! Na, was will man von den Männern schon erwarten! Die sind doch viel zu bequem, da was zu kontrollieren. Hauptsache, raus mit dem Zeug! Es ist tatsächlich eine unglaubliche Dilettanz, die diese Dame an den Tag legt. Schulmädchenniveau – ich habe es doch von Anfang an gesagt. Habe ich das nicht gleich zu Anfang gesagt? Und so was soll die Reden von Frenzel schreiben. Frage mich nur, wann sie damit anfängt.«

»Und wenn sie sich endlich zur Endfassung durchgekämpft hat, geht das ganze Zeug zu Frenzel, und der streicht alles komplett wieder durch«, berichtete Zausel mit tragischem Unterton.

»Tatsächlich? Der streicht alles komplett wieder durch?« hakte Probst lustvoll nach. »Das ist ja toll!«

»Man könnte meinen, man wäre in der Irrenanstalt.« In der Rolle des Opferlamms fühlte sich Zausel pudelwohl.

»Frau Zausel, wie gut ich Sie verstehe!« säuselte Probst vor Mitgefühl zerfließend. »Was meinen Sie, wenn Frenzel wüßte, womit sich diese Dame die Zeit hier vertreibt, was dann los wäre. Der Mann hat doch keine Ahnung. Ich würde ihm ja, ich könnte ihm ja ... aber Sie werden mir sicher nicht ...«

»Frau Probst! Um Gottes Willen! Ich habe ihnen das unter dem Siegel der absoluten Verschwiegenheit anvertraut! Sie haben mir doch versprochen ... ich dürfte ja eigentlich gar nicht ... oh, hätte ich doch mal lieber nicht ...«

Mit Zausel war der Krieg nicht zu gewinnen, und Rademann hatte in dieser Abteilung nichts zu melden. Beim

Zusammentrommeln von Bündnisgenossen tat Probst sich schwer, denn Pollack wurde zwar überall spöttisch belächelt, aber Probst war auch nicht gerade beliebt, und im Zweifel schlug man sich immer auf die Seite der Höhergestellten – altes Bürogesetz.

Nachdem monatelang die Türen gescheppert hatten, daß der Putz von den Wänden bröckelte und die Wortwechsel eine Lautstärke erreicht hatten, von der Frenzel beinahe Herzflimmern kriegte, waren Probsts Nerven endlich so weich geklopft, daß sie allmählich Neigung zeigte, sich geistig-seelisch mit dem Angebot der Hauptgeschäftsführung auseinanderzusetzen, den vorgezogenen Rückzug auf das Altenteil anzutreten. Recatol- und weißweingeschwächt schwankte Probsts Selbstwertgefühl wie ein leckgeschlagener Kahn auf bewegter See, während Pollack das Kunststück erlernte, humpelnd um Frenzel herumzukriechen und eine Schleimspur zu hinterlassen, die bis ins Foyer nach Intrige stank.

»Frenzel fällt voll auf die Pollack herein«, winselte Probst am Telefon, »der kapiert das einfach nicht, welchem verlogenen Rohrkrepierer er auf den Leim geht. Männer sind ja so unglaublich dumm. Die schmiert dem Brei um das Maul und er merkt es nicht einmal. Es ist einfach unfaßbar. Und dann der Arbeitsstil von der! Katastrophal. Bei jedem Komma überlegt die drei Stunden, für jedes Zitat wird das gesamte Archiv durchwühlt. Die Scott schleppt nur noch Akten durch die Gegend – das wird die nächste sein, die aufmuckt. Auf dem Niveau, auf dem die Pollack arbeitet, könnten sie ebensogut einen Hilfsschüler dahin setzen, das fiele auch nicht weiter auf. Unglaublich, einfach unglaublich!«

Aber es half alles nichts. Den Männern war die geistige Beschränkung der farblosen Pollack vertrauter als die feministische Stachelhaut und kokette Zerstreutheit von

Heißsporn Probst. Und so brachte Probst eines Tages einen Anwalt mit und setzte sich mit Vogt und Hübchen zu einem lauen Kaffeestündchen zusammen, wo sie nach Verhackstückelung von Rentenanspruch, Vorruhestandsgeld und Abfindungspauschale das Dokument ihrer Freiheit unterzeichnete und anschließend mit heißen Wangen ihrer Schwester euphorisch Vollzug meldete: »Connie, ich habe es geschafft! Sie haben im wesentlichsten allem zugestimmt. Ich bin doch nicht krank, daß ich meine teure Arbeitskraft in den Dienst solcher Ignoranten stelle, wo ich in Bonn die Füße hochlegen kann. Jetzt lohnt sich auch ein Jahresabo für die Sauna. Connie, ich bin ja so froh. So unglaublich erleichtert. Ich werde aufblühen wie eine Narzisse im Frühjahr. Du wirst sehen, daß meine Kräfte wiederkehren, ich werde wieder gesund an Leib und Seele. Connie, wir werden reisen, um die ganze Welt werden wir reisen. Ich werde meine Schwingen ausbreiten wie ein jahrelang eingesperrter Adler und einfach nur fliegen und fliegen und fliegen. Weißt du, einfach nur schweben und an nichts mehr denken.«

Von da an hatte ich Pollack am Hals.

und ich sie für dumm. Deshalb waren ihre Intrigen besser als meine. Das Talent zur Intrige war mir nicht eigen. Ein Intrigant, der was taugt, setzt sich hin und heckt einen Schlachtplan aus. Wie ein Schachspieler entwickelt er eine Strategie mit dem Ziel, nach und nach alle Figuren vom Brett zu kegeln, die ihm auf dem Weg zum Ziel im Wege stehen. Für solche Gedankenspiele war ich zu faul. Sie interessierten mich nicht. Außerdem war ich der Meinung, jedes Arschloch entlarvt sich mit der Zeit von selbst. Natürlich war diese Meinung Schwachsinn. Da hätten sie die Hälfte der Führungskräfte auf der Stelle entlassen müssen.

Was Pollack genau gegen mich einzuwenden hatte, blieb bis zuletzt unklar. Wahrscheinlich das, was ich Individualität nennen würde und sie mangelnde Unterordnung. Das, was ich als selbständiges Denken empfand und sie als Eigenmächtigkeit. Nicht zu unrecht interpretierte sie meine Eigenwilligkeit als Respektlosigkeit. Sie hätte mich gerne als ein Gegenüber gesehen, in dem es ihr Vergnügen bereitete, sich selbst zu reflektieren wie in einem frisch polierten Spiegel, während ich nichts in ihr erblicken konnte, das es zu spiegeln lohnte. Vielleicht war alles meine Schuld – ich konnte Chefs, gleich welchen Geschlechts, nie gut vertragen. Es ist mir immer unnatürlich erschienen, daß mir jemand, den ich nicht dafür bestimmt habe, erzählen möchte, wo es langgeht. Wer Macht ausüben will, leidet unter Minderwertigkeitskomplexen und soll meinetwegen zum Therapeuten gehen. Mich möge er damit bitte nicht belästigen.

Pollack schien mir auch ein bewegtes Privatleben zu unterstellen, während sie seit zwanzig Jahren vergebens ihren Sterbefritzen zur Ehe zu bewegen trachtete und in puncto erotischer Erfahrungen auf keine nennenswerten Erlebnisse zurückblickte. Am meisten aber stank ihr meine Unberechenbarkeit. Daran konnten ihre akribisch geflochtenen Intrigen jederzeit zerschellen. Daß ihr das nicht schmeckte, lag auf der Hand.

Meine Abneigung gegen sie war anfangs unbedeutend. Zwar müffelte sie gelegentlich etwas stickig, war in Bewegung und Denken der Schnecke ähnlicher als dem Wiesel, sah sich übertrieben gern im Mittelpunkt und hatte ihren Humor beim letzten Umzug vergessen, aber solange sie mich in Ruhe ließ, konnte sie meinetwegen ihren Ehrgeiz ungezügelt aus dem Karton lassen und sich weiterhin in Frenzels Arsch einnisten, bis sie an seinem Dreck erstickte.

Was mich betraf, teilte sie diese Toleranz nicht. Nachdem sie sich bei Frenzel genügend eingeschissen und Probst endgültig zermürbt hatte, war ihr die Aufführung ›der Widerspenstigen Zähmung‹ mit mir in der Hauptrolle ein Herzensbedürfnis.

Als erstes hatte sie mir Mutter Schnabel untergejubelt. Als Frau eines CDU-Bonzen war Schnabel gewohnt, mit dem elektrostatischen Staubwedel durch die Wohnung zu schleichen und sich beim Sortieren der bepinkelten Unterwäsche ihres bedeutenden Gatten den Kopf über ihre Unzufriedenheit zu zerbrechen, was regelmäßig dazu führte, daß sie vor Erschöpfung auf der Chaiselongue zusammenbrach. Einen allabendlich heimkehrenden Ehemann konnte sie mit ihren Nöten nicht nerven, weil der ihrige die Teilnahme an parteipolitischen Versammlungen seinem gequälten Eheweib vorzog und nur gelegentlich die heimische Stube beehrte, indem er sich wortlos vor seinem Aquarium parkte, um so zu seinem Oberindianer, dem Herrn Bundeskanzler Kohl, die rechte seelische Nähe zu demonstrieren.

Was Schnabel junior dazu trieb, ihr mütterliches Prachtstück in meinem Lektorat abzuladen, war mir ein Rätsel. Offenbar pflegte man in Teilen der Firma die irrige Meinung, in meinem Club steppe von morgens bis abends der Bär.

Verglichen mit Mutter Schnabel hatte Zausel den IQ eines Stephen Hawkings. Schnabel war klein und schlank, mit guter Taille, formlosen Beinen und auftoupierter Haarmütze. Vorzugsweise trug sie rote Polyacrylpullis, die sie selten wechselte und so ein konstant süßliches Aroma verströmte, das immer dann eine apart würzige Note erhielt, wenn das eintrat, was sie Stress nannte.

Als Schnabel bei uns anfing, wurde mir Landauer sympathisch. Von ihrem Drang nach Vornehmheit und einer Vorliebe für verunstaltete Fremdwörter abgesehen, war Landauer von umgänglicher Wesensart. Schnabel, obwohl beim Vornehmheitstrip auf gleicher Höhe, lag ihr nicht.

Aber Schnabel lag niemandem. Am wenigsten sich selbst. Kaum war sie morgens eingeflogen, verzog sie sich in aller Seelenruhe eine Viertelstunde auf die Toilette, und es interessierte sie nicht die Bohne, daß unsere Hauptaktivitäten genau um diese Tageszeit über die Bühne gingen.

»Was soll ich machen?« jammerte Landauer. »Ich kann ihr ja nicht verbieten, auf's Klo zu gehen. Die schläft da auf dem Klo ein, und ich springe hier im Quadrat.«

Ich war genauso ratlos. Es war nicht einzusehen, daß Landauer rotierte wie ein Ventilator im Hochsommer, während sich Schnabel im Mief ihrer Darmentleerung nach dem häuslichen Herd zurücksehnte.

»Dafür hätten wir die nicht gebraucht«, meckerte Landauer, »daß die sich ausgerechnet morgens, wenn es hier rundgeht, stundenlang auf's Klo verkrümelt. Jetzt muß ich alles alleine machen. Das geht doch alles auf meine Knochen.«

»Wenn ich das der Pollack sage, kommt die Schnabel wieder weg, und wir kriegen vielleicht keinen Ersatz«, wandte ich ein, »dann sagen die sich, wenn die Landauer das bisher alleine geschafft hat, kann sie es künftig doch immer alleine machen. Sie wissen doch, wie link die hier immer argumentieren.«

»Das ist aber auch zum Kotzen«, schimpfte Landauer, »überlegen Sie sich doch mal, wie Sie das am besten formulieren. So geht das nicht weiter, da werde ich ja krank von. Dann sitzen Sie bald alleine mit der.«

Schnabel war die personifizierte Überforderung. Bei jeder Anweisung verflüchtigten sich die Rudimente ihres etwaigen Gehirns, und die Dummheit sprang leichtfüßig aus allen Knopflöchern. Jede Tätigkeit, und sei es nur die Zurhandnahme einer Schere, erforderte äußerste Anstrengung und Konzentration, ja, geradezu meditative Präparation gedanklicher Ordnung. Beim bloßen Verdacht, es könne sich bei einer Anforderung um Arbeit handeln, lähmte die Erinnerung an verschiedene Kindheitstraumata ihr damenhaftes Gemüt, und bei den drei Schritten zum Kopiergerät sah sie aus, als überlegte sie gerade, ob sie nicht vielleicht noch zu Hause im Bett läge und jetzt allmählich ganz sachte aus tiefen Träumen zu sich finden müsse. Das Angebot ihres Körpers, die Bewegungen zu beschleunigen, ignorierte sie zuverlässig, war sie doch mit der Koordination ihrer Extremitäten schon restlos überfordert. Verglichen mit ihr hatte Landauer ein Tempo wie Juan Pablo Montoya auf der Überholspur.

Neben solch anrührendem Liebreiz pflegte Schnabel die genauso herzerwärmende Eigenschaft, sich permanent benachteiligt und ausgenutzt, ja, beinahe psychisch vergewaltigt zu fühlen. Diese in der Glaubenswelt ihres Hamsterhirns festzementierten Fehleinschätzungen bezogen sich auf alles, was ihr in den schlangen- und krokodilreichen Sümpfen des Bürolebens an Gräuslichem widerfuhr, und das Oberkrokodil war ich, ihre Vorgesetzte.

Wenn der Blick des Oberkrokodils auf ihre schlecht lackierten Fingernägel fiel, entglitt ihr vor Schreck die Schere, und unter der schweren psychischen und physischen Last, sie der Tischplatte wieder zu entreißen, entwichen ihr Ächz- und Keuchlaute, als bestiege sie die Eigernordwand. Da es sich bei meiner Sympathie für Bergsteiger um eine vernachlässigbare Größenordnung handelte, hielt ich mich von diesem Naturschauspiel so oft wie möglich fern und bemitleidete Landauer, die sich nebenan redlichst mühte, dem Schnabeltier das Fliegen beizubringen: »Frau Schnabel, wenn Sie ein Formblatt beschriften und es dann ein paar Mal durch den Kopierer jagen, brauchen Sie die anderen Formblätter nicht alle einzeln zu beschriften.«

Die intellektuellen Pralinés ihres Ideenrepertoires schmückte Schnabel mit anmutigem Starrsinn: »Ich mache das, wie ich das will.«

»Aber es geht doch viel schneller mit dem Kopierer. Dafür haben wir ihn ja auch.«

»Ich mache das, wie ich das will. Was wollen Sie eigentlich dauernd von mir?«

»Ich versuche nur, Ihnen zu erklären, wie man effektiver arbeiten kann. Frau Busch hat auch immer …«

»Was die Frau Busch gemacht hat, ist mir egal.«

»Aber wie Sie das machen, das ist zu zeitaufwendig. Nun lassen Sie sich doch mal helfen. Man kann doch immer noch was dazulernen.«

»Ich mache das so, wie ich das will und basta. Kümmern Sie sich um Ihren eigenen Kram!«

Filzstift aufschrauben. Malen. Filzstift zuschrauben. Mit ihrer zackenartigen Klaue malte sie andächtig das Datum auf das Formblatt. Bei jedem dritten Formblatt hatte sie das Datum schon wieder vergessen und sah im Kalender nach. Filzstift wieder aufschrauben. Ächzen. Zittrige Überprüfung der eigenen Leistung. Datum vergessen. Im Aschenbecher verkohlte die Zigarette: »Nicht mal zum Rauchen kommt man hier. Jeden Morgen dieser Stress. Nee, wenn ich gewußt hätte, was das für 'n Stress ist hier jeden Morgen. Wir haben ja immer einen Abgabetermin. Das haben andere gar nicht.«

»Da müssen Sie sich bei Ihrer Tochter beschweren.«

Draußen auf dem Flur gewann Zausel gerade den 100-m-Lauf der Damen. Oben trampelte Flemming im Zimmer hin und her, als müsse sie gleichzeitig alle vier Wände ihres Zimmers vorm Einstürzen bewahren. Nur nebenan war die Zeit stehengeblieben. Das Geseufze machte mich krank. Dann wieder die quengelige Stimme von Schnabel: »Sie sitzen ja auch am Fenster. Ich muß immer gegen das Licht gucken. Das haben Sie sich ja schön ausgedacht.«

»Ich sitze doch schon Jahre hier.«

»Das heißt ja nix. Ich muß immer gegen das Licht gucken.«

»Wir haben doch sowieso Lampen an.«

»Trotzdem. Sitzen Sie mal hier, dann sehen Sie schon. Das is 'n Zwielicht hier drin, das irritiert.«

»Ja, sollen wir jetzt, wo's draußen fast noch dunkel ist, die Vorhänge zuziehen oder was?«

Ächzen. Filzstift zuschrauben. Überprüfen der Leistung. Andächtiges Verweilen vor dem selbstgemalten Werk. Schön hatte sie heute wieder geschrieben. Und draußen pfiff der Wind.

Schnabel lebte in ihrer winzigen, hermetisch verschlossenen Welt wie in einer Seifenblase. Entscheidend für ihr

Wohlbefinden war, daß sie in ihrem stecknadelgroßen Universum die Vorfahrt beherrschte, denn drinnen war alles übersichtlich geregelt, und wenn Gefahr von außen drohte, bewaffnete sie sich augenblicklich mit schwerstem Geschütz. Was außerhalb passierte, kam von einem anderen Stern, aber auf die Invasion der Außerirdischen war sie, randvoll mit Mißtrauen und Unzufriedenheit, stets gefaßt.

»Also, mit der Schnabel haben Sie uns ja nicht gerade einen Gefallen getan«, sagte ich eines Tages zu Pollack.

Pollack war gerade in die Niederungen vermoderter Akten abgetaucht und blickte irritiert auf: »Wieso? Guten Morgen erst mal.«

»Ja, guten Morgen. Hier ist Ihre Morgenmappe. Wir sind heute etwas spät.«

»Das macht nichts. Die Morgenrunde wird heute verschoben.«

Kleine Stichflamme meinerseits: »Konnten Sie uns das nicht vorher sagen?«

»Warum denn?«

»Weil wir uns dann nicht so gehetzt hätten.«

Sie schenkte sich ihren wäßrigen Tee ein: »Das schadet nicht, wenn ich die Mappe trotzdem früh bekomme. Es könnte ja ein Journalist anrufen, und dann macht es ein gutes Bild, wenn ich dann schon weiß, was in der Presse steht.«

Daß sie immer ›Dschurnalist‹ sagte, war mir von Anfang an auf die Eier gegangen. Mir lag auf der Zunge zu sagen, daß ich mir nicht den Arsch aufriß für den sehr unwahrscheinlichen Fall, daß ihr ein verpennter Schreiberling um halb neun Uhr schon die Gelegenheit gab, einen guten Eindruck zu machen.

Sie legte die Mappe hinter sich auf die Fensterbank. Das gab mir das herzerfrischende Gefühl, eine Leistung von eminenter Wichtigkeit vollbracht zu haben. Das Ignorieren meiner morgendlichen Straftat hatte auch Braatsch immer sehr gut in Szene gesetzt nach dem Motto ›heute ärgern wir mal wieder die Scott und tun so, als hätte sie uns Klopapier gebracht‹.

»Also, mit Frau Schnabel sind wir nicht besonders glücklich«, fing ich wieder an, »wenn Sie eine Gelegenheit haben, sie woanders unterzubringen, hätten wir nichts dagegen. Wenn wir jemand anderen kriegen.«

»Wer ist ›wir‹?« fragte sie einfältig.

»Der Osterhase und ich wahrscheinlich«, platzte es aus mir heraus.

Leichte Konfusion auf der Gegenseite: »Ich verstehe nicht ganz, was der Osterhase damit zu tun hat.«

»Ich meinte natürlich Frau Landauer und mich. Sonst ist ja keiner da.«

»Wieso nennen Sie Frau Landauer einen Osterhasen?«

Meine linke Herzklappe schlug sanfte Wellen: »Sollte ein Scherz sein.«

Sie sah mich verständnislos an: »Ich glaube nicht, daß Frau Landauer damit einverstanden wäre, als Osterhase bezeichnet zu werden.«

Flattern der linken Herzklappe: »Ich habe nicht Frau Landauer persönlich gemeint. Ich meinte ja nur, weil sonst keiner da ist außer Frau Landauer und mir. Sollte ein Scherz sein sozusagen.«

Der Scherz kam mir jetzt auch völlig unwitzig vor.

»Wieso, Frau Zausel gehört doch auch noch zur Abteilung. Und ich.«

Anschwellen des Herzmuskels. Ich zählte bis zehn. »Ich meinte, bei uns drüben. Da sind wir ja nur zu dritt. Also, wie ich schon sagte ...«

»Warum? Was macht denn Frau Schnabel, was Ihnen nicht zusagt?«

»Nichts. Das ist es ja. Genau darum geht es.«

Stirnrunzeln gegenüber. Das war ja wieder eine grobe, vorläufig völlig unbewiesene und folglich unhaltbare Unterstellung. Das gab es nicht, daß jemand nichts machte. Wissenschaftlich betrachtet, war das eine äußerst zwielichtige Behauptung.

»Sie ist zu langsam«, erläuterte ich, »bis die sich bewegt, fallen die Fliegen tot von der Wand. Das bringt uns nichts. Frau Landauer schuftet für zwei – das hält die auf die Dauer nicht durch.«

Pollack erwachte zu Leben: »Ja, die Frau Landauer ist wirklich eine Superkraft, das habe ich auch schon festgestellt.«

Das wußte ich bereits.

»Mit der haben wir wirklich Glück«, plapperte sie weiter, »wir können froh sein, daß wir die haben.«

Frau Landauers Leistung in allen Ehren, aber darum ging es jetzt nicht. Die Reste des vorabendlichen Weingenusses sanken wie hellgraue, kleine Wölkchen in mein Vorderhirn, mir war, als boxte ich gegen Watte: »Wenn mal eine andere Abteilung Bedarf hat – wir würden Frau Schnabel auch wieder abgeben. Sofern wir Ersatz kriegen natürlich.«

»Ach, Sie finden sie zu langsam, ja? Ist ja merkwürdig. Die Tochter ist ja sehr flott. Die genießt einen ausgezeichneten Ruf in der Firma. Selbst Frenzel hatte erwogen, sie Frau Flemming an die Seite zu stellen, aber Schneider gibt sie natürlich nicht ab. Das täte ich an seiner Stelle auch nicht.«

»Es geht hier nicht um die Tochter, Frau Pollack.«

»Natürlich nicht. Ich meine ja nur. Normalerweise sagt man ja, der Apfel fällt nicht weit vom Stamm. Tja, jetzt kommen Sie und sagen, Sie finden sie zu langsam. Ich kann das von hier nicht so beurteilen, ob Sie da recht haben oder nicht. Sicher hat sie andere Qualitäten. Ich glaube, sie ist sehr gewissenhaft. Sie nimmt ihre Arbeit sehr ernst. Das ist ein schöner Zug, finde ich. Vielleicht muß man ihr nur etwas mehr Zeit zur Einarbeitung geben. Manche Menschen haben eine längere Anlaufzeit.«

So wie du, dachte ich benebelt. Hoffentlich wurde es bald Frühjahr, das Winterwetter schien mir auf's Gemüt zu schlagen. Je länger ich in Pollacks gelblichen Teint blickte, desto mehr hatte ich den Eindruck, eine schwarzäugige Qualle mit dem Gehirn einer Stubenfliege vor mir zu haben. Aber wie hatte Probst immer gesagt: ›Frau Scott, was ich an Ihnen so liebe, ist Ihre maßlose Selbstüberschätzung.‹ Verdammt, Probst hatte recht gehabt – ich mußte mich mäßigen. Seltsam, seit Probst weg war, vermißte ich sie. Probst hatte Leben in die Bude gebracht. Seit neuestem schien hier alles wie unter einem Leichentuch zu erstarren.

»Sie nimmt ihre Arbeit eben sehr genau«, ließ Pollack gemächlich vernehmen, »sie arbeitet sehr korrekt. Das sehe ich an ihrer Schrift. So leserlich und akkurat. Fast wie meine. Ich schreibe ja auch sehr leserlich. Ich finde das wichtig. Ich habe mir das schon vor langer Zeit angewöhnt. Da spart man eine Menge Zeit für Nachfragen und so weiter. Die Schrift von Frau Probst zum Beispiel konnte ja kein Mensch entziffern. Da kam das ganze Chaos dieser Person zum Ausdruck. Wie schreiben Sie eigentlich?«

»Jeden Tag anders.«

»Ach, übrigens, heute morgen habe ich ja gerade mal Zeit – wir sollten uns mal über Ihre ›Rundschau‹ unterhalten. Mir ist da aufgefallen, daß die Sortierung nach dem Alphabet nicht stimmt.«

»Die Rundschau wird nicht nach Alphabet sortiert«, ließ ich desinteressiert verlauten.

Sie griff zum Hörer: »Frau Zausel, bringen Sie mir bitte mal den aktuellen Ordner mit den Rundschauen.«

Anflug Zausel: »Bitte sehr. Möchten Sie noch einen Tee?«

»Ja, aber nicht so stark wie den letzten. Und die Mandarinenschalen können Sie auch gleich mitnehmen. Danke. Also, hier steht zum Beispiel Australien nach USA. Ist das Absicht?« Zausel schlich rückwärts hinaus, nicht, ohne mir einen besorgten Blick zuzuwerfen.

»Was heißt ›Absicht‹? Die Kontinente habe ich immer so nach Bedeutung sortiert.«

»Wie – nicht alphabetisch?«

»Nee. USA habe ich mal für wichtiger gehalten als Australien, ich meine, was unsere Industrie betrifft.«

»Der Ansatz ist irgendwie nachvollziehbar. Und innerhalb der Kontinente haben Sie die Länder dann aber nach Alphabet sortiert.«

»Eigentlich nicht. Mehr nach der Wichtigkeit der Meldung.«

Sie runzelte wieder die fettige Stirn. ›Wichtigkeit der Meldung‹ war ihr ein zu schwammiger Begriff. Um den Begriff der Wichtigkeit konnten sich Gelehrte streiten, und dann kam die etwas selbstherrliche Scott an und maßte sich so aus der ›Lamain‹ ein Urteil an – das ging aber nicht. Da mußte man sich erst mal an die Definition der Kriterien begeben.

»Also, ich plädiere doch dafür, daß Sie die einzelnen Länder nach dem Alphabet sortieren. Da war ja bisher überhaupt kein System drin. Das war so typisch Braatsch, diese Laisser-faire-Attitüde. Überhaupt, also, was ich hier vorgefunden habe, das spottet jeder Beschreibung. Ich bin ja nur damit beschäftigt, mal Grund in die Unterlagen zu bringen. Ein einziges Tohuwabohu.«

Sie setzte eine gequälte Miene auf: »Ich kann mich nur

wundern, wie dieser Mensch überhaupt arbeiten konnte in einem solchen Durcheinander. Da fehlt es an jeder Struktur, da ist überhaupt keine Organisation drin, nichts!« Sie tat mir leid. Da mußte sie erst monatelang ihren Arbeitsplatz organisieren, bevor sie überhaupt mit der Arbeit loslegen konnte! War das aber traurig! Sie schien in gesprächiger Stimmung zu sein. »Na ja, wundern tut es mich eigentlich nicht, ich meine, was man so hört … er hat ja in Innsbruck promoviert, nicht, das sagt ja schon alles. Sie wissen, was ich meine.«

»Nee«, sagte ich, »keine Ahnung. Was ist denn mit Innsbruck?«

»Ach, das wissen Sie nicht? Innsbruck ist doch dafür bekannt, daß man sich den Titel kaufen kann.« Sie lächelte selbstgefällig. »Herr Dr. Braatsch hat doch einen reichen Schwiegervater! Das wußten Sie aber, nicht? Oder dachten Sie, er wäre von selbst imstande gewesen …?« Sie schaute mitleidig. Das konnte sie ganz gut. »Auf diesem Posten war er einfach überfordert!« stellte sie mit Überzeugung fest. »Jetzt kann ich sehen, wie ich die Karre wieder aus dem Dreck ziehe. Wenn ich das geahnt hätte – ich meine, schließlich hatte ich auch noch andere Angebote und habe sie noch.«

Ihre denunziatorische Art stieß mir sauer auf. Mochte ich auch Braatsch für ein etwas langatmiges Tränentier gehalten haben – daß ausgerechnet sie ihn schlecht machte, schmeckte mir nicht. Die scheinbare Vertraulichkeit, die sie nur herstellte, um sich selbst zu erhöhen, kotzte mich an. Ich sagte etwas zu laut: »Mir ist das ziemlich wurscht, ob der den Doktor gekauft hat oder nicht. Vielleicht könnten wir mal wieder zur Sache kommen!«

Ihr Lächeln gefror auf der Stelle. Der plumpe Annäherungsversuch war in die Hose gegangen. Das würde sie mir nie verzeihen. Sie faßte sich schnell und stierte wieder in den Ordner: »Also, was wir hier brauchen, ist ein verläßliches System. Daß Sie weiterhin USA vor Australien setzen, damit bin ich vorläufig einverstanden. Auch wenn Australien im Alphabet vor USA steht. Und bei den Artikeln sortieren Sie bitte nach den zwei Kategorien ›Allgemeines‹ und ›Firmenberichte‹. Wie wir im Endeffekt verfahren wollen, dazu muß ich mir noch Gedanken machen. Auf jeden Fall diktiere ich dazu einen Vermerk. Das gehört in die Akten.«

Im Geist riß ich gähnend die Klappe zu einem Scheunentor auf, in dem fünfzehn Mastschweine Platz gehabt hätten und fragte: »War's das dann?«

»Ja, das war's erst mal«, sagte sie zufrieden. Zausel kam mit dem Teepott hereingewieselt: »Ich hoffe, der Tee ist jetzt dünn genug.«

Gemeinsam traten wir ab.

»Die Frau ist dermaßen ermüdend«, sagte ich, »da schlafe ich stehenden Fußes ein. Wenn mich jetzt einer fragt, was die die ganze Zeit gelabert hat, müßte ich sagen, ich weiß es nicht. Ich weiß echt nicht, was die da drinnen von sich gegeben hat.«

Zausel lächelte verständnisvoll. An diesen Zustand war sie seit ihrer Geburt gewöhnt.

Am nächsten Dienstag war ich fällig. Dienstags lag immer die neue Rundschau vor: »Frau Scott, können Sie mal eben zu mir kommen?«

Ich war kaum eingetreten, da warf Pollack schon ihren elektrischen Staubaufwirbler an: »Hatten wir nicht in unserer letzten Besprechung beschlossen, die Länder innerhalb der einzelnen Kontinente nach Alphabet zu sortieren?«

»Doch. Wieso?«

»Sie haben hier Frankreich vor Finnland.«

»Na, das geht aber nicht«, witzelte ich.

»Oder hatten Sie beabsichtigt, einen separaten Skandinavienblock einzuführen?« fuhr sie todernst fort. Ihr Gefühl für Ironie war bemerkenswert.

»Klar, führen wir doch ein paar Blöcke ein. Bringt Leben in die Sache.« Sie ließ sich nicht irritieren. Für meinen Tonfall hatte sie keinen Sinn.

»Könnte man eventuell in Betracht ziehen«, meinte sie hochkonzentriert, als handele es sich etwa um ein päpstliches Konkordat. »Und dann finde ich hier Uruguay vor Panama.«

Von einer solch frappierenden Ungenauigkeit kriegten die Leser garantiert auf der Stelle Multiple Sklerose. Ich warf einen Blick auf die betreffenden Vierzeilenmeldungen: »Tja, das Ding muß bis mittags fertig werden, und irgendwann möchte ich ja auch mal zu Tisch, nicht?«

›Zu Tisch‹ war der firmeneigene Sprachgebrauch für die Mittagspause.

»Deswegen dürfen Sie aber nicht nachlässig arbeiten«, fand Pollack pikiert, »oder liegt es vielleicht daran, daß Sie das Alphabet nicht beherrschen?«

Ich blickte sie an wie eine vollgesogene Mücke an der Wand: Mädchen, gleich erschlag ich dich.

Sie weitete ihren ausdruckslosen Kalbsblick: »Das können Sie ruhig zugeben, ich finde, das ist ja nichts Schlimmes. Das kommt öfter vor, als man denkt.« Sie lächelte falsch.

Ich zählte bis zehn, aber er nutzte nichts: »Sagen Sie mal, Frau Pollack, gibt es eigentlich nichts Wichtigeres zu tun als sich über das Alphabet zu unterhalten? Schließlich sind wir hier die Presseabteilung und nicht der Erbsenzählverein von Klein-Pepita.«

Das Lächeln verschwand so plötzlich, daß ihre Oberlippe an den Kronen festklebte. Hastig zog sie die Lippe ein. Jetzt hatte ich endgültig verschissen. Das war mir egal, ich lief gerade zur Hochform auf.

»Und außerdem«, fuhr ich fort, »kriegen Sie das Ding ja jeden Freitag zur Endkontrolle vorgelegt. Da können Sie meinetwegen nach Herzenslust im Alphabet herumwühlen und Artikel umstellen, solange Sie Spaß dran haben. Offenbar haben Sie ja Spaß an so 'nem Kleinscheiß. Im Gegensatz zu mir.«

Angewidert verzog sie die pinkfarbenen Lippen: »Da liegt ein Irrtum vor. Alphabetische Anordnungen persönlich vorzunehmen, ist nicht meine Aufgabe. Für solche Arbeiten wäre meine Arbeitskraft viel zu teuer bezahlt. Ich bin dazu da, das Ganze zu dirigieren. Nein – für das Sortieren nach Alphabet sind Sie schon selbst zuständig. Auch wenn Ihnen das offenbar große Schwierigkeiten bereitet.« Analphabetin Scott, ab an den Putzeimer, wohin du gehörst, aber ein bißchen plötzlich. Der Triumph erglühte kurz in ihrem schwarzen Kuhblick. Schon hatte sie sich wieder in der Gewalt.

Aus mir platzte es heraus: »Bis jetzt ist ja bei Ihrer teuer bezahlten Arbeitskraft nicht viel herausgekommen als alte Akten filzen und salbungsvolle Volksreden. Die ganze Firma wartet schon gespannt auf Ihren ersten Redeentwurf für Frenzel. Bisher stochern Sie doch nur in der Arbeit anderer Leute herum! Eine eigenständige Leistung kann ich darin nicht erblicken.«

Sie gab ein kurzes, nervöses Lachen von sich. Fast hätte sie sich verschluckt. »Also, also, das geht Sie ja nun mal überhaupt nichts an! Sie möchten meine Arbeit beurteilen, wo kämen wir denn da hin, wenn die eigenen Mitarbeiter die Arbeit des Abteilungsleiters beurteilen? So was habe ich ja noch nie gehört. Machen Sie erst mal Ihre eigene ordentlich. Da müssen Sie noch einiges lernen. Im übrigen war es das dann im Moment. Ich brauche Sie nicht mehr.«

Ich wollte mal Wieczorek fragen, ob ich in einem früheren Leben Lakai am französischen Hof gewesen war und Pollack Ludwig der Vierzehnte.

Am nächsten Freitag hatte sie einen geschäftlichen Termin außer Haus. In solchen Fällen kontrollierte sie die Rundschau schon am Donnerstag. Die zusätzlichen Artikel, die Freitag noch anfallen würden, traute sie mir erstaunlicherweise zu, eigenständig in die Rundschau zu integrieren. Im Falle eines Stromausfalls in meinem Gehirnkasten erlaubte sie mir, sie, the brain, über Handy zu konsultieren.

Zausel brachte mir dienstfertig die Mappe zurück: »Ich soll Ihnen ausrichten, sie hätte alles bis ins Detail korrigiert und umgestellt. Sie bräuchten die neuesten Berichte nur hinzuzufügen. Morgen ist sie nicht da. Hoffentlich passiert nichts.«

»Was soll denn passieren?«

»Ich weiß nicht. Man weiß ja nie. Wenn was passiert, kann ich niemanden fragen. Jetzt haben wir ja keine Vertretung mehr.«

Ich überlegte, was mir mehr auf die Eier ging, Zausels Angstkrämpfe, die keuchende Bergziege Schnabel oder die geistsprühende Raupe Pollack samt ihrem alphabetisierten Dachschaden. Landauers Clematis fehlten mir heute sehr – Landauer hatte freigenommen.

Mürrisch blätterte ich in der Rundschau-Mappe herum. Um ein Haar wäre mir entgangen, daß bei den Kontinenten Afrika und Asien sämtliche Ländersortierung fehlte. In der Annahme, ich würde die paar Artikel vom Freitag einfach obendrauf knallen und das Ding in meiner üblichen Gedankenlosigkeit zum Druck freigeben, hatte Pollack meine Anordnung radikal verwüstet. Mit meinem gedruckten Unvermögen hätte sie bei Frenzel leichtes Spiel gehabt und wäre zudem wegen ihres Termins von jeder Verantwortung befreit gewesen. Nettes, kleines Fangeisen, in dem ich da hätte klemmen sollen. Jetzt wußte ich, was die Glocke geschlagen hatte, jetzt hieß es Ohren aufgestellt und Gehirnzellen sortiert, und zwar streng nach Alphabet.

die Säcke ja doch«, sagte ich zu Küppersbusch. Nach dem Mittagessen setzten wir uns meistens noch in mein Büro. Landauer und Schnabel waren dann schon nach Hause gegangen, und wir hatten unsere Ruhe. »Immer, wenn es mir schlecht geht und wenn ich Probleme habe, denke ich, es wäre doch ganz schön, wenn man jemanden hätte, der zu einem steht und einen wieder aufrichtet. Eigentlich bräuchte ich einen Kerl nur für Zeiten, in denen es mir schlecht geht.«

»Warum?« gab sie zurück. »Damit es dir noch schlechter geht? Wenn's einem schlecht geht, hauen die doch ab, so schnell kannst du gar nicht gucken. Davon kann ich Choräle singen. Kerle halten Probleme für ansteckend. Aus der Schublade kommen die ja sowieso nur gekrochen, wenn es was zu bumsen gibt.«

»Was ja bei dir auch nicht viel anders ist.«

Mein Humor lag heute etwas daneben.

»Was soll das denn heißen?« protestierte sie. »*Du* bist doch diejenige, die immer gleich Schluß macht, wenn's im Bett nicht stimmt. Von dir höre ich alle drei Monate, der bringt's nicht und weg damit. Als ob Sex alles wäre auf der Welt.« Wir kamen heute nicht auf den gemeinsamen Nenner. Ihr Stricknadelgeklapper machte mich nervös. Seit sie das Stricken für sich entdeckt hatte, hing sie in jeder freien Minute über irgendeinem breiten Lappen für ihre weitläufige Verwandtschaft nahe der holländischen Grenze. »Ich bin nicht scharf auf Sex«, stellte ich richtig, »aber wenn er schon stattfindet, muß er auch Spaß machen.

Sonst kann ich auch gleich die Lindenstraße gucken. Weißt du, ich finde das schon witzig, daß ausgerechnet du dich hier als Moraltante verkaufst ...« Plötzlich raschelte es im Nebenzimmer. Küppersbusch und ich sahen einander an. »Ist da noch jemand?« flüsterte sie. »Mensch, du mußt auch mal nachsehen vorher!«

»Ich? Wieso ich? Hallo, ist da wer?«

Pollack kam um die Ecke gehinkt: »Mahlzeit.«

»Was suchen *Sie* denn da nebenan?« pflaumte ich sie an. Sie verzog keine Miene: »Gut, daß Sie wieder da sind, Frau Scott. Ich suche die Akte Lambsdorff und finde sie nicht.«

Die verdammte Sumpfralle hatte die ganze Zeit unsere Unterhaltung belauscht.

»Die Personenakten sind nach Alphabet sortiert«, belehrte ich sie unfreundlich, »L wie Lambsdorff. Eigentlich nicht schwer zu verstehen, das System. Müßte Ihnen doch liegen.«

Sie stand windschief im Türrahmen. Wenn sie wie heute die Haare hinten zusammengebunden hatte, sah ihr bleiches Gesicht aus wie ein türkisches Fladenbrot. Mit ihren winzigen, pinkfarbenen Nägelchen kratzte sie sich am Scheitel. Danach standen drei oder vier Haare vereinzelt vom Kopf ab wie Antennen auf dem Dach: »Wenn Sie mir die Akte nachher mal bringen würden. Ich brauche sie für einen Entwurf eines Leserbriefes. Da brauche ich ein Zitat. Aber es eilt nicht so. Sie können ruhig Ihr Privatgespräch zu Ende führen.«

Dann schob sie ab.

Küppersbusch qualmte empört: »Also, das muß ich ja auch nicht gerade haben, daß diese Filzlaus nebenan blinde Kuh spielt. Nächstesmal guckst du gefälligst nach, ob die Luft rein ist. Das ist ja 'ne Zumutung, so was. Ausgerechnet diese Kanalratte, die wegen jedem Dünnschiß wie ein greinendes Kleinkind zu Onkel Hübchen rennt. Die muß gerade wissen, was wir vom Bumsen halten.«

Zwei Minuten später ging das Telefon: »Frau Scott, wenn ich jetzt die Akte haben dürfte.«

Ich quälte mich vom Sitz hoch und schlich nach nebenan. Die Frühjahrsmüdigkeit hing mir im Gebälk. Wo war die scheiß Akte geblieben? Im Regal war sie nicht.

Ich wählte Pollacks Nummer.

»Zausel, Büro Pollack«, tönte es zuverlässig aus dem Hörer.

»Geben Sie mir mal eben die Pollack.«

»Ich verbinde.«

»Pollack«, meldete sie sich schwach, als hauchte sie gerade ihr Leben aus. Die Kraftlosigkeit ihrer Stimme stand in keinem Verhältnis zu ihrer Ausdauer beim Bebrüten hohler Eier.

»Die Akte Lambsdorff ist gerade nicht da«, meldete ich pflichtbewußt, »die hat wohl einer ausgeliehen.«

Pause am anderen Ende. Wahrscheinlich tiefgründiges Nachdenken. Dann kleines Räuspern: »Wer denn?«

»Keine Ahnung.«

Wieder Pause. Ich fragte: »Sind Sie noch dran, Frau Pollack?«

Nach einer Weile Pollack: »Da kann doch nicht jeder einfach hingehen und einfach eine Akte wegnehmen. Der muß das doch bei Ihnen melden.«

Nachtigall, ick hör dir trapsen. Ich seufzte. Küppersbusch grinste schadenfroh.

»Ich bin ja nicht immer im Zimmer«, sagte ich pampig, »das ist ein Archiv für das ganze Haus, da hat halt jeder Zugang. Wird schon wieder auftauchen, die Akte. Bisher ist noch immer alles wieder aufgetaucht. Was sollen die Leute mit dem Zeug! Sonst noch was?«

Pause auf der Gegenseite. Schnarch. Ich legte auf. Erneutes Klingeln: »Pollack. Haben Sie eben aufgelegt oder war das eine Störung?«

»Ich dachte, Sie wären eingeschlafen.«

»Also, erlauben Sie mal, Sie können doch nicht mitten im Gespräch den Hörer auflegen! Wenn das Gespräch beendet ist, werde ich das schon zu vestehen geben. Also, es scheint mir dringend geboten, daß wir uns Gedanken darüber machen, wie die Archivausleihe künftig zu handhaben ist. Das ist doch ein unhaltbarer Zustand, daß da jeder nach Gutdünken was entleiht, und Sie haben keine Kontrolle.«

»Ich leg keinen Wert auf Kontrolle!« sagte ich angeödet. »Das ist doch alles nur Zeitverschwendung. Morgen ist die Akte wieder an Bord, da lege ich meine Hand für ins Feuer. Machen Sie jetzt bitte nicht wieder wegen so 'nem Mückenschiß einen Aufstand.«

Nervöses Schluckauflachen am anderen Ende: »Liebe Frau Scott, es geht hier nicht um Peanuts, es geht um das Ausleihsystem in Ihrem Archiv. Offenbar herrscht ja bei Ihnen die reinste Willkür. Ich möchte, daß das einheitlich geregelt wird.«

»Menschenskind noch mal!« blökte ich genervt. »Bloß, weil Sie Ihr Zitat woanders auftreiben müssen, verursachen Sie jetzt wieder einen Riesenwirbel. Die Ausleihe im Archiv klappt seit Jahren reibungslos. Das passiert doch sowieso nur dreimal im Jahr, daß da einer was mitnimmt.«

»Wie – häufiger wird das Archiv nicht genutzt?«

Ich war gerade dabei, mich überflüssig zu machen und fuhr die Maschine zurück. »Na ja, etwas häufiger schon«, lenkte ich hastig ein, »ich habe jetzt vielleicht ein bißchen übertrieben. Jedenfalls hat da noch nie was gefehlt.«

Pause. Küppersbusch öffnete ihr verrottetes Kosmetik-Täschchen und packte die Wimperntusche aus. Dann tuschte sie sich mit hochgezogenen Brauen die Wimpern.

»Also, wie ich schon sagte«, äußerte Pollack jetzt schneidend, »ich möchte, daß Sie ein Ausleihsystem anlegen mit Datum, Titel und Entleihernamen.«

Das erinnerte mich an das Stehpultverfahren: »Kann Frau Zausel das nicht machen? Die hat Routine mit so 'nem Bürokratenschmarrn.«

»Nein, Frau Zausel hat für mich schon genug zu tun.« Teekannen reklamieren zum Beispiel.

»Ich möche, daß Sie mir das heute noch vorlegen«, sagte Pollack kühl, »Sie können es auch gerne schriftlich haben, wenn Sie wollen.«

»Schriftlich? Von mir aus. Ich liebe Ihre Vermerke. Die haben immer so eine motivierende Stimulanz.«

Küppersbusch malte sich die Lippen an: »Was ist denn jetzt schon wieder los? Gibt's wieder einen Vermerk?«

»Ich sammele die«, sagte ich, »irgendwann schicke ich die an sämtliche Mitgliedsfirmen. Damit die mal sehen, wozu die eine Presseabteilung bezahlen.«

Zehn Minuten später kam Zausel mit tragikumwölkter Miene herein: »Das soll ich Ihnen geben.«

»Na, dann wollen wir mal sehen«, sagte ich aufgeräumt und las:

Frau Scott

Ausleihsystem im Pressearchiv

Wie telefonisch besprochen, legen Sie bitte bis heute nachmittag, 16 Uhr, ein schriftlich fixiertes Ausleihsystem vor. Das System gliedert sich in Benutzernamen, Ausleihdatum und Titel der Akte sowie eine Rubrik für das Rückgabedatum.

Dieses Formular ist jedem Ausleiher ausnahmslos vorzulegen und muß vor dem Ausleihvorgang von der Abteilungsleitung abgezeichnet werden. Bei Abwesenheit der Abteilungsleitung ist stellvertretend Herr von Wartenberg zuständig. Im Falle der Abwesenheit beider Herr Wrobel.

Pollack
D/ Herren von Wartenberg
Wrobel
Hübchen
Das D stand für Durchschlag.
Warum sie Saufnase Hübchen für informationswürdig hielt, war mir unklar. Vielleicht dachte sie, je höhergestellt der Durchschlag-Empfänger desto lauter mein Hackenschlag.

Ich schrieb zurück:
Frau Pollack
Ausleihsystem im Pressearchiv
Die Einführung eines Ausleihsystems im Pressearchiv ist prinzipiell zu begrüßen. Ich schlage vor, daß wir die Rubrik der Entleihernamen nach Alphabet sortieren.
Scott
D/ Herren von Wartenberg
Wrobel
Hübchen
Zehn Minuten später Anflug Zausel mit dem nächsten Vermerk:

Frau Scott
Ausleihsystem im Pressearchiv
Mit Ihrem Vorschlag, die Entleihernamen nach Alphabet zu sortieren, bin ich einverstanden.
Pollack.
Kein Durchschlag.

Ich schrieb zurück:
Frau Pollack
Ausleihsystem im Pressearchiv
Das Ausleihsystem, das ich Ihnen anbei zur Kenntnis-

nahme und gegebenenfalls zur Korrektur vorlege, befindet sich vom heutigen Datum an in der linken Innenseite des Archivschranks II in Raum 607.

Nach Abzeichnung der Endfassung erhält Frau Zausel für den Fall meiner Abwesenheit eine Kopie. Den Ort der Aufbewahrung derselben mögen Sie bitte in Übereinstimmung mit Frau Zausel selbst wählen.

Scott

D/Herren von Wartenberg
Wrobel
Hübchen

Anlage: 1. Entwurf eines Ausleihsystems für das Pressearchiv

Eine halbe Stunde später Auftritt Zausel: »Das soll ich Ihnen geben. Nach dieser Korrektur von ihr geht das in Ordnung. Und Sie möchten das dann in die Druckerei bringen, das soll ordentlich gedruckt werden, damit sie es Frenzel vorlegen kann.«

»Frenzel? Was soll *der* denn damit?«

»Weiß nicht. Vielleicht, damit er sieht, was die hier so macht den ganzen Tag.«

Löbliche Absicht. Hoffentlich kollabierte Frenzel schon bei der ersten Zeile.

Ich warf einen Blick auf die roten Korrekturen. Die Datums-Rubriken hatte sie noch einmal in Tag, Monat und Jahr unterteilt und einen langen, runden Pfeil herumgemalt, was eventuell bedeuten sollte, daß sie die Nennung des Datums vor der der Namen bevorzugte.

Ich schrieb:

Frau Pollack

Ausleihsystem im Pressearchiv

Ich hoffe, ich gehe richtig in der Annahme, daß Sie das

Datum zuerst genannt haben möchten. Damit wäre aber die Einteilung nach Alphabet hinfällig geworden. Diese Aufteilung läßt sich nur dann realisieren, wenn die Namensnennung zuerst erfolgt.

Scott

Ohne Durchschlag

Kurz bevor ich nach Hause ging, kam Zausel angeflattert: »Das wäre jetzt der letzte Vermerk in dieser Angelegenheit, soll ich Ihnen ausrichten.« In Pollacks Gehirnstübchen war die Fähigkeit, Verarschungen zu identifizieren, nicht eingeplant. Ich las:

Frau Scott

Ausleihsystem im Pressearchiv

Damit, daß Sie zuerst die Entleiher benennen, bin ich einverstanden, diese dann aber bitte nach Alphabet.

Pollack

Ich schrieb zurück:

Frau Pollack

Ausleihsystem im Pressearchiv

Da ich heute um 17 Uhr einen wichtigen Termin habe, bitte ich um Aufschub des Vorgangs ›Ausleihsystem‹ bis morgen mittag nach Beendigung des täglichen Lektorierens.

Scott

Danach wechselte bei mir die Gehirnerweichung vom zweiten ins dritte Stadium, und ich rollte mich nach Hause ab. Am nächsten Morgen fand ich meinen letzten Vermerk auf dem Schreibtisch wieder. Einverstanden, hatte sie mit roter Tinte darunter gekritzelt. Die vorabendliche Hoffnung, ihr das hemmungslose Kacken von Korinthen abzugewöhnen, erstarb so plötzlich wie der Gesang der Vögel bei Sonnenfinsternis.

Gegen zehn Uhr rief Frau Häßler-Störzenbach an, die

Sekretärin von Hübchen: »Sie möchten mal eben zum Chef kommen.«

Mir ging sofort der Arsch auf Grundeis. Mein Talent zur Rebellion war nicht jeden Tag von gleicher Qualität. Manchmal hatte ich einfach keinen Bock auf Palaver. An einigen Tagen hing ich farblos und lahm als schmieriger Mückenschiß an der Wand und kriegte die Schnauze nicht auf. Heute war so ein Tag.

Als ich bei Hübchen eintrat, telefonierte er gerade wie wild: »Das sag ich doch die ganze Zeit! Natürlich muß die Versicherung dafür aufkommen. Wofür hat man die denn? Ach was, als hätte ich jetzt die einzelnen Paragraphen parat! Ich kann das natürlich auch meinem Anwalt übergeben, dann wird das noch teurer für Sie.«

Er winkte mich herein. Zwischen seinen braungelben, schmalen Fingern klemmte eine Rothändle. Neben ihm dampfte frischer Kaffee in hauseigenem Geschirr.

Hübchen war etwa Mitte vierzig, lang und hager mit knochiger Nase und langen Magenfalten im schmalen Gesicht. Er hatte Parodontose im fortgeschrittenen Stadium und auffallend dickes, graubeige meliertes Haar. Die Erfindung der Haarbürste hatte sich noch nicht bis zu ihm herumgesprochen, weshalb die Haare auf dem Oberkopf in Wülsten und Zipfeln kreuz und quer durcheinander standen, während sie sich seitlich wie flachgetretenes Gras um die Ohren legten. Offenbar war er Seitenschläfer. Er beherrschte die Kunst, ausdruckslos hypnotisch durch seine Nickelbrille zu starren, als hätte er als Reptil stundenlang im seichten Wasser gelauert und der Moment des Zuschnappens stünde unmittelbar bevor. Hübchen war mir nicht geheuer.

Es klopfte. Der Betriebsratsvorsitzende Dreeßbach steckte den Kopf herein: »Ich erinnere nur kurz an den Termin um halb elf. Sie wissen schon, Frenzel und Vogt.«

Dreeßbach war etwa fünf Jahre älter als Hübchen und mindestens doppelt so gepflegt. In seinem gutsitzenden Anzug ging er glatt als hohes Tier durch, war aber wegen seines linken Stallgeruchs trotz seiner Eloquenz nicht mal Abteilungsleiter geworden. Der Frust über seinen Karrierestau hatte sich wie verharschter Schnee auf sein einstmals sonniges Gemüt gelegt und ihn im Lauf der Jahre in einen etwas welken Melancholiker verwandelt, der gerne mit wehendem Trenchcoat einsam durch dunkle Gassen strich und in schlecht besuchten Pinten den Vorstandsvorsitzenden mimte. In der Firma hatte er als alter Sozi das Bemühen, seine latente Überheblichkeit zu verbergen, bis in die Ewigkeit verinnerlicht. Ohne Aussicht auf Beförderung widmete er seine brachliegende geistige Kapazität mit Witz und Diplomatie den Nöten der Belegschaft, vor allem der weiblichen.

Dreeßbach hätte auch als begnadeter Schauspieler sein Geld verdienen können. Von betroffen schaukelnden Hängebäckchen über wissend gurgelndes Gelächter bis hin zu einhaltgebietender Augenverengung beherrschte er sämtliche Register der höheren Schauspielkunst. Ich fand ihn als Abteilungsleiter schon deshalb geeignet, weil auch er nach stundenlang unbewegtem Lauern wunderbar überraschend aus dem Hinterhalt schießen konnte und dabei stets den Nagel auf den Kopf traf. Selbst Frenzel war dann vorübergehend sprachlos.

»Und nun zu Ihnen!« sagte Hübchen zu mir und nickte kurz in Dreeßbachs Richtung. »Ich habe hier so nette kleine Vermerke von Ihnen und Frau Pollack bekommen. Sagen Sie mal, das soll doch wohl nicht Ihr Ernst sein, was? Redet ihr nicht mehr miteinander oder was soll der Kinderkram?«

»Ich hab' ja nicht angefangen«, antwortete ich, immer noch die Hosen voll.

»Frau Pollack sagt, anders ist Ihnen nicht beizukommen«, sagte Hübchen, »wir haben uns natürlich vor diesem Gespräch kurz ausgetauscht.«

Natürlich. Alte Petze. Oberarschgeige. Dünnpfiffrosette.

»Herr Hübchen, Sie haben ja keine Ahnung, was bei uns da unten abgeht, seit Braatsch nicht mehr da ist. Wir sind den ganzen Tag damit beschäftigt, Erbsen zu zählen und Korinthen zu … Sie wissen schon. Ich meine, wir sind ja schließlich die Presseabteilung, da ist ja traditionell eine etwas lässigere Atmosphäre, nicht? Wenn wir Buchhalterinnen hätten werden wollen, hätten wir uns ja nicht in der Presseabteilung beworben. So eine Pedanterie sind wir nicht gewöhnt. Da kriegt man ja echt die Krise.«

Hübchen zündete sich die nächste Kippe an, dabei war die andere kaum verglüht. Bei meinem letzten Satz stieß er ein abruptes Lachen aus, das sich anhörte wie ein flacher Husten: »Daß Sie immer leicht die Krise kriegen, dafür sind Sie ja nun stadtbekannt.«

»Ewig diese Bevormundungen!« klagte ich. »In alles mischt die sich ein. Die kümmert sich wirklich um jeden Sch …, äh, Quark, das hält man im Kopf nicht aus. Ich bin gewöhnt, absolut selbständig zu arbeiten und nicht mit so 'ner selbsternannten Gouvernante im Rücken. Das macht einen regelrecht krank. Da sagt die doch neulich zu mir, ich könnte noch nicht mal das Alphabet, stellen Sie sich das mal vor, das muß man sich sagen lassen von so einer … na ja. Irgendwann ist Schluß mit lustig.«

Hübchen hustete wieder mit angezogenen Mundwinkeln. Gierig saugte er den Rauch seiner Zigarette ein: »Vorsicht, Frau Scott, Vorsicht. Vorsicht mit Ihren Beleidigungen.«

»Ich habe doch gar nichts …«

»Nein, aber fast. Jetzt passen Sie mal auf, Frau Scott. Sie

dürfen nicht jedes Wort von Frau Pollack auf die Goldwaage legen. Im Überschwang des Eifers schießt die gute Frau eben auch mal daneben. Die will halt alles hundertprozentig machen. Ich kann Ihnen nur sagen, Herr Dr. Frenzel ist von ihrer Arbeit sehr angetan!«

Ab sofort hatte Frenzel bei mir verschissen.

»Also, überlegen Sie sich gut, was Sie sagen«, fuhr Hübchen fort, »ich an Ihrer Stelle würde einfach mal den unteren Weg gehen, da fahren Sie bequemer mit. Und Frau Pollack dürfen Sie einfach nicht so ernst nehmen ...«

»Das ist aber auch ein sonderbarer Vorschlag, daß ich die nicht ernst nehmen soll. Was setzen Sie die denn überhaupt dahin, wenn man die nicht ernst nehmen soll?«

Hübchens Blicke folgten dem Rauch seiner Zigarette. Verzwickte Situation. Eigentlich konnte er mich ganz gut verstehen, andererseits hatte er in erster Linie die Belange der Geschäftsführung zu vertreten. Hin und wieder verdächtigte ich ihn, unter seinem eigenen Job zu leiden und zu Hause noch ein paar linke Socken vergraben zu haben.

Er beschloß, den autoritären Gang, Stufe II einzulegen und ließ die Stimme anschwellen: »Jetzt werden Sie mal nicht spitzfindig hier! Wen wir als Abteilungsleiter wo hinsetzen, das ist ganz alleine unser Bier. Als Frau Pollack Ihre Abteilung übernommen hat, sah es doch bei Ihnen aus wie bei Hempels unter dem Sofa!«

»Aber nicht in meinem Bereich!« rief ich gekränkt. »Bei mir lief immer alles wie am Schnürchen. Und daß Braatsch angeblich nichts getaugt hat, ist auch hauptsächlich auf Pollacks Mist gewachsen!« Poor old Braatschi, warum hast du mich verlassen?

Hübchen wurde jetzt ungehalten: »So ein Blödsinn! Kein Mensch macht Herrn Braatsch hier irgendeinen Vorwurf. Da haben Sie mich völlig mißverstanden. Es ist aber auch nicht einfach mit Ihnen, da muß ich Frau Pollack mal recht geben. Na, jetzt gucken Sie nicht so geknickt. Ist doch aber auch wahr. Frau Pollack hat eben eine völlig andere Arbeitsmethode als Herr Braatsch. Und Ihnen liegt das methodische Arbeiten nicht. So, jetzt haben wir es auf den Punkt gebracht.«

Er zitterte am ganzen Körper. Aber nicht meinetwegen, sondern er zitterte immer. Der Mensch aß fast nichts, qualmte Kette und soff sich abends die Hacke zu, und dann der Stress im Büro. Sein Zusammenbruch war nur eine Frage der Zeit. Auf seinem Schreibtisch lagen drei Schachteln rote Hand und eine Schachtel Marlboro light. Offenbar war er erfüllt von rastloser Sorge um seinen Drogenvorrat. Ich hätte gerne mal einen Blick in seine Schreibtischschublade getan. Sicher gab es dort einiges an Hochprozentigem zu finden. Sinnigerweise hatte er strikte Anweisung erteilt, daß im Büro nicht vor sechzehn Uhr und auch nur nach seiner schriftlichen Genehmigung mit alkoholischen Getränken gefeiert werden durfte. Die einzige Möglichkeit, diese Anweisung zu umgehen, war, ihn selbst einzuladen. Von seiner Tochter Henriette wußte ich, daß er abends vor dem Start zum Saufgelage mit dem Motorrad um die Häuser düste, weil seine Alte kein Wort mit ihm sprach. Privat war er ein armer Hering, aber im Büro konnte er röhren wie ein Platzhirsch in der Brunft, der, wenn ihn eine Laune zwickte, ohne Vorwarnung das Geweih zum Angriff senkte. Auf mich wirkte er wie jemand, der vor vielen Jahren versehentlich die Weichen seines Lebens falsch gestellt hatte und die Konsequenzen seiner Unachtsamkeit wie eine Zentnerlast auf seinen mageren Schultern umherschleppte. Die Erfordernisse seines Jobs, ja, die gesamte Firmenpolitik hatten sich auf sein Gemüt gelegt wie ein stählernes Spinnennetz, aus dem es kein Entrinnen gab. Er schien sich darunter selbst nicht mehr zu erkennen. Kein Wunder, daß er soff.

»Also, gegen eine systematische und methodische Vorgehensweise bei der Arbeit kann ich beim besten Willen keine Einwände erheben. Da haben Sie eben Pech gehabt, daß Frau Pollack in dieser Disziplin Meisterin ist. Also richten Sie sich nach den Vorstellungen von Frau Pollack, und wir beide haben keine Probleme mehr miteinander. Alles klar?«

Er stand auf. Das war nicht unser letztes Gespräch gewesen. Ich wußte das und er auch.

Als ich wieder in mein Zimmer kam, lag ein Vermerk von Pollack auf meinem Schreibtisch:

Frau Scott

1) Bitte suchen Sie mir alle Zitate der letzten Jahre von Helmut Kohl zum Thema NATO heraus.

2) Bitte redigieren Sie beiliegenden Beitrag von Frenzel für die Zeitschrift ›Industrie-Design‹ bis Mitte nächster Woche, und benutzen Sie dabei ausschließlich beiliegende Liste der international gültigen Korrekturzeichen.

Pollack

Anlage: Liste mit Korrekturzeichen

Die Akte Kohl im Regal nebenan fehlte. Es war wie verhext.

Ich rief Flemming an: »Sag mal, hast du zufällig eine Ahnung, wer die Akte Kohl aus dem Regal genommen hat?«

»Ja, ich. Wieso?«

»Da gibt es jetzt bei uns einen Ausleihmodus ...«

Flemming war sofort auf hundert: »Tu mir einen Gefallen und nerv du mich jetzt nicht auch noch! Ich hab' hier eine Wallung nach der anderen, und ihr habt alle nichts anderes zu tun als mir auf den Nerven herumzutrampeln.«

»Pollack braucht die Akte jetzt aber.«

»Na und? Frenzel braucht sie auch! Bestell das deiner

schimmligen Kröte! Frenzel hat Vorrang. So einfach ist das!«

»Die Entleiher sollen sich jetzt immer in einem Formular eintragen ...«

»Hör mal, es reicht jetzt! Wenn ihr so weitermacht, bin ich gleich beim Arzt. Die Hormone, die der mir verschrieben hat, die wirken überhaupt nicht, ich springe hier nur noch im Quadrat. Jetzt fallen mir auch noch die Haare aus von dem Zeug, also, ich könnte Anfälle kriegen! Bestell deiner Feldmaus, der Spielplatz hier oben wäre wegen Überfüllung geschlossen!«

Ich schrieb:

Frau Pollack

Ihr Vermerk von heute

Die Akte Kohl ist bei Frau Flemming in der Ausleihe, weil Herr Frenzel sie benötigt. Bitte gegebenenfalls dort anfordern.

Scott

Pollack schrieb:

Frau Scott

Mein Vermerk von heute

Ich bitte um Vorlage des Formulars, wer diese Ausleihe genehmigt hat.

Pollack.

Ich erteilte ihr die Genehmigung, mich am Arsch zu lecken. Ich schrieb:

Frau Pollack

Ihr zweiter Vermerk von heute

Die betreffende Ausleihe ist nicht genehmigt worden, weil Frau Flemming nicht wußte, daß sie genehmigt werden mußte. Meiner Einschätzung nach wird dieser Fall noch öfter eintreten, da ich nicht ununterbrochen im Zimmer bin und bis auf weiteres keiner weiß, daß jetzt das Formular ausgefüllt werden muß.

Scott.

Pollack schrieb:

Frau Scott

Zugang zum Pressearchiv

Sie werden gebeten, Ihr Zimmer Nr. 606 sowie das Nebenzimmer Nr. 607 jedesmal abzuschließen, sobald sie sich aus selbigem entfernen. Der Schlüssel ist bei Frau Zausel, Zimmer Nr. 604 zu deponieren.

Pollack

Das fehlte mir noch, daß ich bei jedem Toilettengang und jedem Küppersbusch-Abstecher bei Zausel auf meine diversen Ausflüge aufmerksam machte. Ich raste vor Wut. Von dem Pollack-Theater kriegte ich die Krätze am Hinterkopf und die Pest am Arsch. Ich rief Dreeßbach an: »Haben Sie mal ein paar Minuten Zeit für mich?«

»Für Sie doch immer.« Mit seinem leicht anzüglichen Unterton mußte man leben.

Dreeßbach lag mehr als daß er saß und schaute unter halbgeschlossenen Lidern aus dem Fenster. Als ich eintrat, stand er auf und reichte mir die Hand: »Na, wo brennt's denn? Hübchen sagt, Sie haben die Frau Pollack so ins Herz geschlossen? Wir haben uns natürlich vorher kurz ausgetauscht, Herr Hübchen und ich, ist ja klar.«

Klar.

»Nehmen Sie doch Platz. Zigarette?«

»Nee, danke, die sind mir zu stark. Also, Herr Dreeßbach, ich halte das nicht mehr aus mit der.«

Dreeßbach lächelte verständnsvoll. Er hörte von morgens bis abends nichts anderes: »Dann reden Sie sich mal alles von der Seele.«

Als ich fertig war, blickte er mich aus blaßblauen Augen nachdenklich an und fragte tonlos: »Was macht eigentlich Ihr Gehalt?«

Um mein Gehalt hatte ich mich seit Monaten nicht

mehr gekümmert. Ich war einigermaßen verwirrt. Tatsächlich, das liebe Gehalt, ich hatte es doch glatt vergessen. Das war mir jetzt aber peinlich irgendwie.

»Sie avancieren doch jetzt zur Vertretung von Frau Pollack«, fuhr Dreeßbach launig fort, »und da bemühen Sie sich nicht um mehr Gehalt? Das ist aber eine sehr sträfliche Nachlässigkeit.«

Ich schluckte. Vorläufig verstand ich nur Bahnhof.

»Wieso Vertretung?« hauchte ich gehirntot. »Davon weiß ich aber nichts.«

»Wer soll das denn *sonst* machen? Frau Zausel vielleicht?«

»Ich dachte, da würde vielleicht jemand eingestellt.« In Wahrheit hatte ich mir darüber null Gedanken gemacht.

Dreeßbach fand meine Bemerkung zum Schreien komisch: »Hahahaha! Sie machen Witze. Hier wird doch niemand mehr eingestellt, hahaha, ja, wovon träumen Sie denn? Die sind doch froh um jeden, der geht. Also, nun mal wieder zur Sache. Frenzel wünscht, daß Sie in Abwesenheit von Frau Pollack die Vertretung übernehmen. Mitsamt dem allseits beliebten Pressevortrag in der Morgenrunde. Und ich habe die ehrenvolle Aufgabe, Ihnen diese freudige Botschaft zu überbringen. Selten genug, daß ich eine so angenehme Aufgabe bekomme. Ja, da sind Sie platt, was?«

Ich war sprachlos. Meine Wut verrauchte wie der Atem im Wind. Die Kraft der Auflehnung versickerte in den ausgedörrten Verästelungen meiner vertrockneten Hirnwasserschwämme. Plötzlich tauchte die Erinnerung an die pigmentfördernden Schrecken auf, die der Pressevortrag in der Morgenrunde bei Probst ausgelöst hatte, und vor meinem Geist entstand das Bild mordlüsterner Geier über einem frisch geschlüpften Stubenküken. Ich mitten unter den alten Säcken und von nichts eine Ahnung.

»Das ist aber auch nicht gerade mein Traum«, sagte ich mit mehligen Stimmbändern, »das habe ich nie gesagt, daß ich die Morgenrunde machen will. Also, das habe ich nie …«

»… gewollt!« vollendete Dreeßbach verständig. »So kann es gehen im Leben. Jetzt krebst die Frau Scott die Karriereleiter hoch, und jetzt paßt ihr das auch wieder nicht. Ja, Mädchen, was wollen Sie denn eigentlich? Eine bessere Gelegenheit, sich zu profilieren als direkt vor Frenzels Nase gibt es doch gar nicht.«

Eine bessere, sich zu blamieren auch nicht.

»Ich will mich aber gar nicht profilieren«, protestierte ich ängstlich, »vor allem nicht so früh am Morgen. Das ist nicht gerade meine Tageszeit, wissen Sie.« Der Kerl hatte keine Ahnung, was er mir antat. In der Morgenrunde saß man den Säcken hautnah auf der Pelle und Frenzel direkt vis-à-vis, das erlaubte nicht das zarteste Morgenfähnchen. Und das bei meinen herrlichen Abendräuschen! Wenn ich so überlegte, war ich in den ganzen Jahren höchstens ein dutzendmal nüchtern im Büro aufgekreuzt, und jetzt das! Ein Desaster!

Dreeßbachs Lachen hörte sich an wie ein Maschinengewehr: »Sie sind mir vielleicht eine. Trinken Sie abends ein Täßchen Bier, dann geht das schon.« Guter Tip.

»Ich trinke kein Bier«, widersprach ich kleinlich, »außer bayrisches. Ich bin Weintrinker.«

»Dann eben Wein«, sagte Dreeßbach leicht genervt, »oder sollen wir Frenzel sagen, Frau Scott ist morgens noch nicht ganz ausgeschlafen?«

»Nee nee, natürlich nicht. Und es gäbe dann wirklich mehr Kohle?«

»Da setze ich mich persönlich für ein!« bestätigte er mit Nachdruck. »Das steht Ihnen ja dann zu. Für höherwertige Aufgaben gibt es auch mehr Geld – alte Volksweisheit. Und wenn Sie Ihre erste Morgenrunde gehalten haben, gehen wir zwei beide zusammen ein Bierchen trinken. Oder meinetwegen einen Wein. Das dürfen Sie sich dann aussuchen.«

Und Sie greifen mir dann mal kurz unters Röckchen, dachte ich plötzlich wieder hellwach. Artig sagte ich: »Gerne. Wenn ich dann noch lebe. Was sagt denn eigentlich die Pollack dazu?«

»Frau Pollack begrüßt das sehr. Das geht ja sozusagen auf ihre Initiative zurück. Frau Pollack ist ja von Ihrer Arbeit sehr angetan.«

»Hä?«

Einer von uns hatte einen Riß in der Gebirgswand. Irgendwas war doch hier faul.

»Frau Pollack plädiert vehement dafür, Ihnen auch andere Arbeiten aus dem Bereich der Abteilungsleitung zu übertragen. Damit sie mehr Zeit für die wichtigeren Dinge hat, wie sich zum Beispiel um Frenzels Reden zu kümmern. Dafür ist sie ja ursprünglich eingestellt worden.«

»Und hat noch keine einzige abgeliefert«, knurrte ich mißgünstig.

Dreeßbach zuckte gleichgültig mit den Achseln: »Das soll meine Sorge nicht sein. Also, Frau Scott, Sie entlasten die Frau Pollack, kriegen mehr Geld, und die Welt ist ieder im Döschen.«

Ratlos hörte ich mich seufzen. Gerade rechtzeitig fiel mir ein: »Ich weiß gar nicht, wann ich das noch machen soll. Ich hab ja mit meinem eigenen Job schon genug zu tun. Eigentlich bin ich ja jetzt schon ausgelastet.« Es gehörte zum Überlebenstraining, sich prinzipiell überarbeitet zu geben.

»Ach Gott«, meinte er gelangweilt, »wer ist das nicht? Versuchen Sie, Ihre Aversion gegen Frau Pollack zu überwinden, und arbeiten Sie mit ihr und nicht gegen sie. Das macht Ihnen das Leben leichter. Es ist ein ganz einfaches Rezept, man muß es nur befolgen.«

Hoffentlich sagte er das auch zu Pollack. Mir qualmten vor Unzufriedenheit die Socken. Nicht nur wegen der drohenden Alkoholsperre, auch sonst schmeckte mir die Sache nicht, ich wußte nur noch nicht, warum nicht. Ich gab Dreeßbach die Hand: »Danke für das Gespräch.«

»Keine Ursache«, lächelte Dreeßbach charmant. Dem Kerl war nicht ganz über den Weg zu trauen. Er hatte kleine, warme Hände, und seine Augen waren plötzlich gelbgrau: »Und denken Sie an unser gemeinsames Bier. Ich komme garantiert darauf zurück.«

Wieder unten rief ich Küppersbusch an: »Sag mal, ist der Dreeßbach eigentlich verheiratet?«

»Klar. Warum?«

»Ich hatte irgendwie so das Gefühl, daß der mich nicht von der Matratze schmeißen würde.«

»Den Zahn kann ich dir ziehen. Dreeßbach fickt gerade die Möhring.«

»Ich denke, die Möhring hat gerade den Backhaus geheiratet?«

»Na und? Sei doch nicht so spießig. Das merkt man aber langsam, daß du schon seit Monaten nicht vögelst. Solltest mal in den Singleclub mitgehen, da wirst du wieder locker.«

Aber ich hatte mich gerade im Fitnessclub angemeldet. Meine Oberarme waren lappig geworden, meine Unterarme zierte je eine Speckfalte, der Bauch warf sich geschickt in drei Wülste, von denen der unterste die Nähe der Fußspitzen suchte, und meine Mundwinkel bildeten kleine Frustfurchen bis zum Kinn, die zu vermeiden ich ununterbrochen hätte lachen müssen, was wiederum der Bildung von Augenfältchen sehr zuträglich gewesen wäre. Die Straßenbahnen waren voll von entrückt grinsenden

Fünfzigerinnen, die sich vor Lebensfreude kaum auf den Sitzen halten konnten.

»Das geht vom Bumsen alles weg«, meinte Küppersbusch über ihren Stricknadeln. Für diese Behauptung war sie der lebende Gegenbeweis.

31. *Marius war so dringend auf Frauensuche,*

als hätte er Durchfall und fände kein Klo. Ich lernte ihn auf meiner ersten Singleparty kennen, genauer gesagt danach, als sich herausstellte, daß er mich mit seinem Wagen mitnehmen konnte, weil er in meiner Nähe wohnte.

Er war groß, dunkel und sah trotz Trachtenanzug nicht schlecht aus, und es war schwer zu verstehen, daß er keine Frau fand. Jedenfalls keine, die mit ihm leben wollte. Mein Typ war er zwar nicht, aber das hieß ja nichts. Während der Autofahrt redete ich ihm gut zu: »Ich seh da überhaupt keinen Grund, warum du keine Frau finden solltest. Vielleicht kommst du nicht genug herum.«

»Hast du eine Ahnung, wo ich schon überall herumgekommen bin. Es gibt fast nichts, was ich nicht schon versucht hätte.«

»Gib doch mal 'ne Anzeige auf.«

Er winkte ab: »Hab ich alles hinter mir. Ich war sogar schon mal bei einem Heiratsinstitut. Die einzige, die mich genommen hätte, war zehn Jahre älter und hatte fünf Kinder. Die zehn Jahre hätten mich ja nicht gestört, aber was soll ich mit fünf Kindern in der Dom Rep?«

»Wo?«

»In der Dominikanischen Republik. Sobald ich eine Frau gefunden habe, will ich auswandern. Ich bin das Land so leid hier. Ewig das scheiß Wetter und die Leute so unfreundlich und gefrustet, das schlägt mir auf's Gemüt, das kann ich nicht gebrauchen. Warst du schon mal drüben, kennst du das Land?«

Ich verneinte. Wo lag noch mal die Dominikanische Republik? In Geo hatte ich immer gepennt.

»Das ist ein Land, sage ich dir«, schwärmte er, »Traumstrände mit weißem Sand, fein wie Mehl, gesäumt von hohen Palmen, und die einzige Sorge, die du hast, ist, daß dir eine Kokosnuß auf den Kopf fällt. Das karibische Flair ist unbeschreiblich. Den ganzen Tag gute Laune pur. Die Leute freuen sich einfach ihres Lebens, auch wenn sie nicht viel haben. Die tanzen den ganzen Tag Merengue auf den Straßen, in den Kneipen, überall.«

Ich stellte mir gerade vor, wie ich im Tanga vor der Blechhütte den Hüftschwung probte.

»Und wie sieht das Finanzielle aus?« erkundigte ich mich. »Umsonst lebt man ja auch da nicht.«

»Das ist das geringste Problem. Geld habe ich genug auf der Bank. Angelegt in Immobilien, Tagesgeld und Rentenfonds, da vermehrt sich die Kohle von alleine. Bundesschatzbriefe habe ich auch noch und natürlich meine Rente.«

Die Offenheit, mit der er seine finanziellen Verhältnisse darlegte, war ein sehr sympathischer Zug. Endlich mal ein Kerl mit Flocken. Aber wieso Rente? Der Typ war nicht mal fünfzig.

»Ich bin Frührentner wegen Depressionen. Mich haben sie in der Bank jahrelang gemobbt. Damals war der Begriff überhaupt noch nicht bekannt, ich war Vorreiter sozusagen. Ich habe von dem Mobbing schwere Depressionen gekriegt, und jetzt bin ich in Frührente. Eigentlich war's ja Bossing, aber ist ja heute auch egal.«

Das hatte Nachahmungswert. Daß ich nicht von selbst darauf gekommen war! Für die besten Ideen war ich immer zu blöd.

»Stell dir das nicht so einfach vor. Die schicken dich

von einem Gutachter zum anderen. Von selbst tun die die Kohle nicht raus, das kannst du dir ja denken.«

Seine Stimme nahm vorübergehend einen leidenden Klang an. Die Erinnerung trübte sein sensibles Gemüt. Dann griff er das Thema ›Frauen‹ wieder auf: »Als ich gearbeitet habe, hatte ich keine Zeit, eine zu suchen, und jetzt habe ich so viel Zeit, daß sie mir zum Hals heraushängt. Ich bin in drei Singleclubs, einem Wanderverein, einem Kegelclub und in fünf Kursen bei der Volkshochschule. Im Moment lerne ich gerade Bogenschießen.«

Das Erlernen von Bogenschießen war nicht a priori verkehrt: »Was du alles machst! Hört sich interessant an.«

»Interessant ist das nicht, das ist Zeit totschlagen. Was soll ich alleine mit meiner ganzen Zeit anfangen? Zu Hause fällt mir die Decke auf den Kopf, und alleine draußen herumrennen baut einen auch nicht auf. Immer alleine unterwegs, immer rennst du dir alleine die Hacken krumm, und dann kommst du nach Hause, und nichts hat sich geändert, und die Waschmaschine guckt dich an und spricht kein Wort. Sag mal ehrlich, ist das nicht zum Heulen? Weißt du, ich kriege manchmal so eine Wut, da möchte ich mir die Birne an der Zimmertür aufschlagen, statt dessen setz ich mich hin und warte, bis die Zeit vergeht.«

Langsam ging er mir auf den Zeiger. Mit meinem Potential an Optimismus mußte ich sparsam haushalten. Da mich rauschhafter Frohsinn eher selten ergriff, war ich für die Aufmunterung hartnäckiger Alltagstragöden nicht die beste Adresse. Zum Glück bogen wir gerade in meine Straße ein.

»Denk positiv«, sagte ich einfallsreich, »du siehst doch gut aus, fährst einen dicken Benz und hast Kohle auf der Bank. Ich wüßte nicht, warum du keine Frau finden solltest. Ehrlich.«

»Den Mercedes habe ich neu«, erklärte er freudlos, »das ist das neueste Modell mit allen Schikanen. Der hat sogar Sitzheizung.«

»Sage ich doch. Du hast doch richtig was zu bieten. Und in der Dom, ich meine, in der Karibik, hast du denn da eine Unterkunft?«

»Das kriege ich ruckzuck organisiert. Ich habe da Freunde wohnen, die kennen sich da aus. Da kauf ich mir ein Haus, ganz einfach. Man müßte es nur bald in Angriff nehmen, solange es da noch billig ist.«

»Und wenn du einfach hinziehst und nimmst eine Einheimische?«

Aber das war nichts für Marius. Wenn schon das Land exotisch war, sollte wenigstens die Frau von deutscher Machart sein. Außerdem schätzte er die deutsche Küche mit ihren feinen kulinarischen Spezialitäten wie Schweinebraten mit Knödeln und vor allem Gurkensalat mit Dosenmilch und einer Prise Zucker: »Kennst du das noch? Meine Mutter hat den immer so angemacht. Den kriegt man heute nirgends mehr so. Heute kocht ja jeder nur noch mediterran. Meine Mutter, die konnte noch kochen. Die jungen Frauen von heute kochen ja überhaupt nicht mehr.«

Die Dosenmilch-Zucker-Variante war mir noch von meiner Oma bekannt und gehörte nicht gerade zu meinen Favoriten. Auch mein Geschmack war seit längerem italienisch geprägt.

»Kannst du eigentlich kochen?« fragte er mit hoffnungslosem Tonfall. Ich hatte mir abgewöhnt, diese populäre Frage als frauenfeindlich einzustufen und antwortete wahrheitsgemäß: »Es geht.« Pollack hätte mit Recht eine Ungenauigkeit der Fragestellung bemängelt, denn nicht jeder, der kochen kann, beherrscht automatisch die hohe Kunst zum Beispiel einer Sauce bearnaise im Wasserbad, ebensowenig wie jeder, der auf dem Eis läuft,

Pirouetten dreht. Klar konnte ich ein knoblaucharomatisiertes Lachsfilet in die Pfanne werfen, und meine Ofenkartoffeln waren auch nicht zu verachten, sofern ich sie nicht im Ofen vergaß, und einen Verhungernden vor dem Tode zu bewahren, traute ich mir ohne weiteres zu.

»So, da sind wir«, sagte ich und reichte ihm die Hand, »vielen Dank auch für's Mitnehmen, und mach dir nicht immer so 'n Kopf wegen der Heiraterei. Irgendwann kommt die Richtige dann ganz von selbst.«

»Ja, wer weiß«, sagte er mit zaghafter Zuversicht, »vielleicht dürfte ich dich ja mal anrufen ab und zu?«

Warum nicht? Um mich kümmerte sich sowieso keine Sau.

»Klar«, sagte ich, »dann komm mal gut nach Hause.«

Er guckte mich an, als hätte ich ihm vorgeschlagen, das Aufgebot zu bestellen: »Meinst du das ehrlich? Was du gerade gesagt hast?«

»Klar. Logo.«

»Ich finde dich echt nett«, sagte er bewegt.

»Ich dich auch«, sagte ich aussteigend. Der Typ war etwas anstrengend. Jedes Wort konnte zum Verhängnis werden. Er sah mir nach, bis ich in der Haustür verschwunden war.

Auf dem Weg nach oben klingelte ich nach längerer Zeit mal wieder bei Kücklich. Bis auf den Flur hinaus hörte man, daß sie gerade wieder Party machte. »Ach, läßt du dich auch mal wieder blicken?« wehrte sie mich an der Tür ab. »Bei mir ist full house. Da paßt keine Wanze mehr zwischen die Ritze.«

»Soll das heißen, daß ich wieder gehen kann?«

»Du sagst es.«

»Was ist denn los, sachma? Bist du beleidigt oder was?«

»Wer mir in der Not nicht beisteht, braucht mich auch nicht zu beehren, wenn es mir gut geht. Merk dir das.«

»Ich weiß gar nicht …«

»Ja, jetzt weißt du wieder nicht. Damals, als der Axel gestorben ist. Denk mal drüber nach.«

Von drinnen kam Gelächter, einladend klirrten Gläser, Rauchwolken schwappten auf den Gang.

»Na, kommt's langsam? In der Nacht, als er gestorben ist, wo warst du denn da? Na?«

Ich überlegte scharf. Mir dämmerte, daß die Nacht, in der Axel gestorben war, für mich etwa die dreiundvierzigste Begegnung der außerirdischen Art mit der männlichen Spezies markierte, aber die Erinnerung an Sondermodell Jürgen stellte sich nur zögernd ein: »Ach so! Die Nacht, in der Axel gestorben ist! Jetzt fällt es mir wieder ein. Da war ich gerade damit beschäftigt, den Jürgen rauszusetzen. Was meinst du, was da los war. Ich mußte sogar die Bullen holen!«

»Ja ja, ihr habt immer gerade was Wichtiges zu tun, wenn man euch braucht. Und jetzt habe *ich* eben was Wichtiges zu tun. Gute Nacht.«

Ich fand das in höchstem Maße ungerecht, zumal ich Martha drinnen krächzen gehört hatte. Wenn hier einer ständig auf dem Sprung gewesen war, sich diskret aus dem Staub zu machen, dann doch wohl Martha und nicht ich.

Ich rief Riemann an: »Hallo, Kiki, lange nichts mehr von dir gehört.«

»Was willst *du* denn? Jetzt geh' ich nicht mehr aus. Weißt du, wie spät es ist?«

»Ich wollte ja nicht ausgehen. Mir ist nur so nach Labern.«

»Der Wolfgang ist zurück.«

»Ist doch super.«

»Das weiß ich noch nicht, ob das super ist. Vorläufig ist hier noch frostiges Klima. Seit heute mittag ist der wieder da und hat noch nicht mal gegrüßt.«

»Gegrüßt hat der doch nie.«

»Jetzt hat er gerade rübergenickt.«

»Na, bitte, da ist doch 'ne Entwicklung drin.«

»Ich glaube, der will sprechen. Vielleicht läuft da heute noch was. Ich leg mal besser auf.«

Ich rief Küppersbusch an, aber die konnte man auch nicht stören, denn: »Ist ungünstig im Moment. Ich bin gerade in action.«

Die ganze Welt war am Vögeln, nur ich nicht. Wie hätte Braatsch gesagt: Sei's drum.

bestand der Singleclub zu achtzig Prozent aus scheidungsgeschädigten Restposten, verwelkenden Muttersöhnchen und beziehungstraumatisierten Altmachos mit ausgebuffter Feinmotorik beim Selektieren reinblütigen Fickmaterials, das sich durch eine moderne Paarung von geistiger Zerrüttung und physischer Gelenkigkeit fast von selbst empfahl. Die meisten, Männlein wie Weiblein, guckten unfröhlich aus der Wäsche, als litten sie unter frisch erblühten Hämorrhoiden.

Einige Frauen hatten es sich zur Lebensaufgabe gemacht, der resignierten Truppe Pfeffer in den Arsch zu blasen, weshalb sie nach drei Glas Bier auf den Bänken herumtobten, als sei das ganze Jahr Oktoberfest. Die ungekrönte Königin des kreischenden Frohsinns war eine Zweizentnermaschine namens Manuela, die ihr Elfengewicht gerne ungebeten auf den Schößen leidlich beglückter Mineralwasserabsorbenten parkte und mit ihrem Pudding wippte, daß den zu Plattfischen mutierten Lüstlingen vor Begeisterung die Augen überquollen.

Manuela setzte sich aus unzähligen Rettungsringen zusammen. Die hatte sie sogar im Gesicht. Jede Minute, die sie nicht vor Lebensfreude explodieren konnte wie ein marodes Atomkraftwerk, war für sie verlorene Zeit. Im Moment war der einzige Türke des Clubs auserwählter Nutznießer ihrer Lebenslust. Der Türke war gekleidet, als müsse er gleich noch auf eine Beerdigung und redete die ganze Zeit kein Wort. Wenn ich mir ausmalte, wie er mit stoischer Miene den fröhlichen Weinberg bestieg oder sie ihn von oben lustig mit dem Baumschmuck erstickte, verging mir der Appetit.

»Sei doch nicht immer so intolerant!« wies mich Küppersbusch zurecht. »Bloß, weil du jetzt im Fitnessclub bist, muß ja nicht jeder aussehen wie ein Lattenzaun. Männer wollen was in der Hand haben. Da siehst du es doch, so dürre Ziegen sind gar nicht mehr angesagt. Wenn du jetzt noch mehr abnimmst, guckt dich bald überhaupt keiner mehr an. Mich wundert das nicht, daß du keine Beziehung auf die Reihe kriegst. Du legst viel zu viel Wert auf's Äußere.«

»Vom Training nimmt man nicht ab. Da nimmt man höchstens noch zu. Das kommt von der Muskelbildung. Auf meinem Bauch kannst du jetzt Kräuter hacken, so hart ist der.«

»Na, und? Wer will das schon? 'ne Frau muß weich sein. Warm und weich. Was in der Presse steht, ist sowieso nur Einschüchterungstaktik von der Chauvi-Journaille. Denen gehe ich nicht mehr auf den Leim. Der Kurt und der Günther sind von meinem Körper hingerissen. Ich genieße das Leben, das lasse ich mir nicht vergällen. Herr Ober, die Schlachtplatte, sagen Sie, sind da auch frische Leberwürste drauf? Richtig mit Kraut und so? Ja, dann nehme ich die. Und du?«

»Ich hab' keinen Hunger.«

»Lüg doch nicht.«

Mir gegenüber saß eine Kurzgeschorene mit aufgeklebten Fingernägeln. Auf den kleinen Nägeln blitzte je ein Brilli. Die schaute mich an, als hätte sie gerade in die Hosen gemacht und traute sich nicht aufzustehen. Das war die vornehme Ecke. »Manche führen sich auf, als wären wir hier auf der Titanic«, bemerkte sie indigniert, »wo kommst *du* denn her? Ich hab dich ja noch nie gesehen.

Die anderen kannst du alle vergessen, das kann ich dir gleich sagen. Der letzte Abschaum.«

Rechts von mir kam die Schlachtplatte an. Von dem Essensdampf verschlug es mir den Atem. Ich zog um zur vornehmen Nagelkünstlerin.

»Der reinste Kindergarten«, fuhr sie fort, »wenn es dir nichts ausmacht, nenn mich Angie.«

Es machte mir nichts aus. Aus der Nähe sah ich, daß sie an kreisrundem Haarausfall litt. So hatte jeder sein Päckchen zu tragen. Ich befühlte meine stählernen Bauchmuskeln. Die Titten zeigten sich von der Butterflymaschine leider nur halb so beeindruckt.

»Die Typen hier sind alle Scheiße«, erklärte Angie, »alle übriggeblieben vom Sommerschlußverkauf. Hier können sie noch mal so richtig auftrumpfen, weil sie hier in der Minderheit sind. Draußen guckt die kein Schwein mehr an.«

So auftrumpfend kamen sie mir gar nicht vor. Die meisten hockten schweigend vor ihrem Glas und ließen resignierte Blicke schweifen. Von zwei Traumtypen flankiert schob sich Küppersbusch mit glasigen Augen Würste in den fettverschmierten Mund. Der linke Typ stierte ihr geistesabwesend auf die Titten, der rechte blies ihr den Zigarettenqualm in den Fraß und grinste mich herausfordernd an. Er sah aus wie Jack Nicholson nach dem zwanzigsten Wodka, aber ohne Zahnbehandlung.

»Die suchen fast alle nur was zum Bumsen«, erklärte Angie, »außer dem Marius natürlich. Und der Willi sucht auch was Festes. Aber der hat 'ne Freundin, die ist dem bloß nicht gut genug.«

Willi, der merkte, daß über ihn gesprochen wurde, lachte und prostete uns mit seinem leeren Pilsglas zu. Er hatte regelmäßige gelbe Zähne, schütteres Haar und

Selbstbewußtsein für eine ganze Kompanie. Aus seinen farblosen Augen starrte er uns stolz an, als hätten wir ihn gerade mit Komplimenten überschüttet.

»Der Willi hat Kohle ohne Ende«, berichtete Angie, »das wär' doch was für dich. Der hat 'ne eigene Villa in Meerbusch mit Pool und allem Drum und Dran. Für mich kommt Heiraten nicht mehr in Frage. Ich hab' jetzt dreimal die Scheiße mitgemacht, jetzt reicht es mir.«

Ich nuckelte ehrfurchtsvoll an meiner Zigarette. Drei Ehemänner! Und ich war nicht mal von einem geschieden.

»Ich glaub, der Willi steht auf dich. So was wie dich sucht der nämlich«, ließ sie verlauten.

»Warum?«

»Willi ist Golfer. Da kann der dich vorzeigen. Mit den anderen blamiert der sich doch. Nächsten Samstag macht der ein Essen zu Hause. Da kochen wir alle zusammen. Komm doch auch. Dann kannst du dir die Hütte gleich mal ansehen.«

Obwohl Mannschaftskochen nicht gerade zu meinen Lieblingsbeschäftigungen zählte, versprach ich, es mir zu überlegen. Aber dann wurde Marius aktiv. Es verging kein Tag, an dem er nicht am Telefon dem Lied seiner Einsamkeit eine Strophe hinzufügte: »Könnte ich nicht mal rüberkommen zu dir, ich brauche ja nicht lange zu bleiben. Nur, daß man sich mal wieder gesehen hat.«

»Meinetwegen. Aber nur für ein Stündchen.«

Da er außer über sein lonely heart und seine Traumstrand-Fantasien nicht viel zur Unterhaltung beisteuerte, landeten wir bald im Bett, wo er sich erfolgreich mühte, seinen Mann zu stehen. Für einen depressiven Frührentner war seine sportliche Leistung sehr beachtlich. Nicht besonders einfallsreich oder sonstwie aufregend, aber auch nicht beschissener als das Gros. Daß mir beim Normalo-Bumsen meistens zumute war wie beim Zahnarzt, lastete ich ihm nicht persönlich an. Jedesmal, wenn der Onkel Doktor mir mit Sorgfalt und Nachdruck das Amalgam in das zuvor sauber gefräste Zahnloch preßte, prickelte es unter meiner Kopfhaut, und mir stieg vor Verzückung das Wasser in die Augen. Erst, wenn die Betäubung nachließ und der Kiefer sich anfühlte wie zwischen Mühlsteine geraten, eröffnete sich mir die schicksalhafte Erkenntnis, daß selbst dem flüchtigsten Glück der nachfolgende Schmerz innewohnt wie die Made dem polierten Obst.

»War ich gut?« fragte Marius. Diese einstmals unglaublich originelle Frage war zwar längst nicht mehr angesagt, aber mein daheimgebliebener Fernreisender hatte offenbar schon seit längerem keine Frauenzeitschrift mehr in der Hand gehabt.

»Super!« log ich träge. Mir fiel gerade ein, daß sich Bataillone von Frauen jeden Abend stopfen lassen wie löcherige Strümpfe und – nach gemächlicher Entwicklung einer Strategie zur Abwehr von Bossing zum Beispiel – eine leichte Gehirnzerrüttung konstatieren, weil sie mit dem Hinterkopf circa dreißigmal gegen das hölzerne Bettgestell geknallt waren. Ich befühlte meine Birne: Flache Beule im Anmarsch. »Nächstesmal kommt hier oben ein Kissen hin, verdammte Scheiße.«

»Nächstesmal?« echote er glücklich. »Also, du würdest wirklich noch einmal mit mir? Wirklich wahr?«

Mit meinen vorlauten Äußerungen mußte ich mich vorsehen.

»War ich so gut?« sprudelte er über. »Meinst du, ich war so gut, daß wir vielleicht noch mal ... ich meine, ich könnte ja gleich noch mal ...«

»Jetzt übertreib nicht gleich. Für's erstemal war's schon ganz brauchbar.«

»Brauchbar nur?« Er fiel auf der Stelle in sich zusammen: »Brauchbar also nur! Ich hab's doch gleich gewußt.«

Seine halbgare Schlachtwurst legte sich augenblicklich in saure Runzeln. Bekümmert setzte er sich auf die Bettkante: »Brauchbar nur.«

»Mensch, jetzt mach nicht gleich einen Staatsakt aus jedem Wort, was ich sage! Du bist nicht schlechter als andere auch.«

»Das ist ja wahnsinnig schmeichelhaft. Du willst doch jetzt nur höflich sein. Sag doch gleich, es war Scheiße.«

Scheiße war es nicht gewesen. Mir saß nur der Büroquark in den Knochen. Da hatte ich glatt vergessen, mir beim Bumsen einen runterzuholen. Ich warf einen Blick auf die Uhr. Morgen war meine erste Morgenrunde, und davor hatte ich die Hosen ziemlich voll. Frenzel war mir im Moment fremder als E.T. und höchstens halb so sympathisch. Vogt kam mir vor wie ein müder Dinosaurier, der als Voraussetzung für seine Teilnahme an der Runde eine knackige Jungfrau zum Frühstück verlangt und vor Wut Feuer spuckt, daß statt der Jungfrau die alternde Nebelkrähe Scott das ungewaschene Maul aufmacht. Hätte ich bloß früher bei Probsts Morgenrunden-Paranoia nicht so genau hingehört. Ich mußte mir diesen trantütigen Wimmerling vom Hals schaffen, ohne ihm Wunden zuzufügen, die ihn für den Rest seines Lebens zeichneten: »Marius, du warst einsame Spitze, glaube mir. Aber ich habe morgen einen Termin und muß ganz früh raus.«

»Du willst mich nur loswerden. Ich habe schon verstanden. Und ich habe gedacht, du wärst die Frau meines Lebens. Dich hätte ich geheiratet, dich hätte ich gewollt.«

Ich wollte bei Gelegenheit mal meiner Mutter von der Beschaffenheit der Männer erzählen, die mir als Ehekandidaten zur Verfügung standen. Tröstend strich ich ihm über die Haare. Der Mann hatte Schuppen.

»Marius, wir können uns gerne mal wiedersehen. Versteh doch, daß ich morgen früh raus muß. Du ja nicht.«

»Ich hab' morgen Bogenschießen.«

»Aber bestimmt nicht um halb acht.«

»Anschließend hab ich Tiffany.«

»Ehrlich? Auch Lampen?«

»Im Moment noch nicht. Aber Lampen lernen wir auch noch. Ich könnte dir ja mal eine machen. Was ist denn deine Lieblingsfarbe?«

»Schwarz.«

»Schwarz, ey! Hast du schon mal 'ne schwarze Lampe gesehen?«

Hatte ich zwar noch nicht, stelle ich mir aber ganz apart vor. Ich hatte es sowieso lieber dunkel.

»Was ist jetzt? Gehst du oder gehst du nicht?«

»Du willst mich loswerden.«

»Seit einer halben Stunde schon. Ich hab 'n Termin.«

»Jaja«, sagte er matt, »das sind alles Ausreden. Ich kenne alle Ausreden von A bis Z. Vom Aufstehen morgens bis zu Zahnschmerzen in der Nacht.«

Zutiefst beleidigt stieg er in seine Hose. Ich stellte den Wecker.

»Hör mal«, sagte ich, »eines kann ich dir mit Gewißheit sagen: Wenn du dich bei allen Frauen so aufführst wie bei mir, dann wundert es mich nicht, daß keine bei dir bleibt. Du mußt nicht so anhänglich sein, du klebst ja richtig. Mach dich mal ein bißchen rar. Das lernen wir Frauen schon in der Grundschule.«

Fast heulend knöpfte er sein Hemd zu: »Das hat die Manuela auch gesagt.«

Ich sortierte kurz mein Erinnerungsvermögen: »Etwa die Dicke aus dem Club? Mit der warst du aber nicht im Bett, oder?«

»Doch. Warum nicht? Sie wollte es halt gerne.«

»Und du bist ein höflicher Mensch.«

Ich glaubte es nicht. Der Puddingdampfer und mein karibisches Seelchen!

»Warum denn *nicht* mit der Manuela?« fuhr er hoch. »Das ist doch 'ne sehr attraktive Frau.«

Da öffneten sich sämtliche Freß- und Saufschleusen, und alle Fitnessclubs meldeten Konkurs an. Baggerweise schaufelte ich Kartoffelchips, Erdnußflips, Cashewnüsse und Mayonnaisensalate in mich hinein. Am besten mietete ich einen Kran, der mir das Zeug in den Schlund schob, bis das Bett unter mir zusammenbräche und mich die Feuerwehr aus dem Fenster zöge. Friedlich vollgefressen nippelte ich langsam an Herzverfettung ab, und nach dem Tod ginge ich als aufgequollener Wanst auf einem Gemälde von Hieronymus Bosch in die Ewigkeit ein und döste auf der grünen Wiese meines Schlaraffenlandes glückselig ins Nirwana.

Jäh erwachte ich aus dem unerfüllten Traum gewissenloser Völlerei: »Ja, aber die ist doch so dick!« Iiiiiih, würde Riemann sagen, schnell, wo ist der Fettabsauger? Zahlt alles die Krankenkasse.

»Na, und?« meinte Marius trotzig. »Irgendwas hat ja jeder. Die Manuela hat ein fröhliches Gemüt. Da konnte selbst ich wieder lachen.«

Ich erwog, ihn zu Charlie Dosenkötter zu schicken, vielleicht würde ihn an dem Lachsack ein kleiner, warmer Schwanz nicht weiter stören. Bei mir hatte er erst mal ausgelacht: »Vögel, wen du willst, aber sei so nett und hau jetzt endlich ab.«

»Und wir sehen uns bestimmt wieder?«

»Auf jeden Fall. Komm gut nach Hause.«

Als er gegangen war, kramte ich im Küchenschrank herum. Irgendwo mußten noch ein paar alte Erdnüsse herumfliegen. Vielleicht hinter dem Knäckebrot. Statt der

Nüsse kriegte ich meine Tage. Einfach köstlich, die Sorge um die leibliche Rohrabdichtung als Förderungsbeitrag zum verspäteten Karriereanflug auf eine Altherrenrunde, in der es vor Frauenfreundlichkeit nur so staubte: Helau!

33. *»Sie haben das ja soweit ganz ordentlich*

gemacht mit dem Pressevortrag in der Morgenrunde, wie ich höre«, sagte Pollack nach gut viertelstündigem Vorgesülze. Ihre Worte tropften als Brei von der Zimmerdecke und legten sich wie ein lauwarmes Omelette direkt auf meinen Verstand. Immer, wenn Pollack zu einer ihrer langatmigen Volksreden ansetzte, ging mein Gehirn schlafen, mein Arsch wurde zu Püree, und aus meinen Füßen stiegen kleine Luftblasen empor. Irgendwann ging das Gehirn auf Wanderschaft, machte unterwegs jede Menge netter Bekanntschaften und dachte nicht entfernt daran, sich eventuell an einem Prozeß zu beteiligen, der landläufig Konzentration genannt wird.

Das Phänomen akuter Verblödung trat immer dann zuverlässig ein, wenn ich jemandem wie Pollack oder Vogt gegenübersaß, zwei völlig unterschiedlichen Menschen, die hauptsächlich eins verband, nämlich ein ausgewiesener Hang zur Langsamkeit. Während Pollack ihre Worte andächtig durch ein Sieb strich, blieb mir zwischen den einzelnen Satzsegmenten Zeit, die Phantasie auf Schauplätze zu schicken, an denen es interessanter zuging als hier.

Ich döste also mit leidlich aufmerksam scheinendem Pokerface vor mich hin, als Pollack ranzig weiterlaberte: »... obwohl Sie etwas zu schnell gelesen haben. Das soll natürlich keine Kritik sein, sondern nur mal so als Gedankenanstoß. Sicher waren Sie beim erstenmal noch nervös. Das ist verständlich, aber das wird sich ja im Lauf der Zeit legen.«

Beim Ausdruck ›legen‹ stieg ein gewaltiges Gähnen in

mir empor, und der grimassenhafte Versuch, dabei die Lippen geschlossen zu halten, trieb mir die Tränen in die Augen. Ich wackelte mit den Zehen in meinen Schuhen und richtete meinen Blick auf ihr teigiges Gesicht, dessen Seiten brauner waren als die Mitte, was meiner Vermutung nach daran lag, daß sie Bräunungscreme verwendete und bei der täglichen Gesichtswäsche keine übertriebene Sorgfalt walten ließ.

»Es ist ja nicht ganz leicht für Sie, den Wissensstand der Herren zu beurteilen«, fuhr sie in einem Tempo fort, als wüßte sie nicht um die menschliche Sterblichkeit. Nur etwa jeder fünfte Satz ihres bräsigen Wortschleims drang zu mir durch, denn auch mein Gehör arbeitete auf Sparflamme. Manche Mitarbeiter leisten im Umgang mit ihren Chefs Übermenschliches in Sachen Selbstverleugnung, ohne daß auch nur ein Hahn danach kräht. Ich wechselte die Beinstellung und reckte das Kreuz.

»... die wissen ja, daß Sie noch keine Erfahrung haben, da haben Sie noch den Anfängerbonus sozusagen blabla ...«

Es klopfte. Zausel kam mit dem Teepott: »Frau Lipinski wäre jetzt da.«

Pollack bedachte den weißen Topf mit einem schälen Blick: »Ist der frisch gebrüht? Und acht Minuten gezogen?«

»Natürlich, wie immer. Ich würde mir nie erlauben ...«

»Frau Lipinski können Sie in fünf Minuten hereinbitten. Dann bin ich hier fertig.«

Zausel strich beleidigt ab, und Pollack fuhr lahmarschig fort: »... werde ich ja nächsten Freitag nicht im Hause sein. Jetzt, wo Sie sich bewährt haben, kann ich endlich mal mit meinem Mann ein verlängertes Wochenende einlegen. Sie wissen ja, wir haben dieses Wochenendhaus an der Nordsee, da war ich jetzt schon über ein halbes Jahr nicht mehr. Mein Mann mußte immer alleine fahren, solange ich hier noch nicht fest genug im Sattel saß, aber jetzt…«

Aus unendlichen Tiefen stiegen meine Gehirnzellen auf wie Mineralwasserbläschen im Glas und pochten einzeln gegen die Schädeldecke: »Frau Pollack, Sie wissen ja, daß der Freitag für mich ein sehr ungünstiger Tag ist, um Zusatzaufgaben zu übernehmen.«

»Warum?« Unbefangenheit pur, gut gespielt.

Erstens, weil jeder Bürokrüppel freitags gerne früher abhaut, du Schneckenfraß, und zweitens, weil ich freitags die Rundschau am Hals habe: »Na, wegen der Rundschau. Wer soll die dann überhaupt kontrollieren?« Meine eigene Kontrolle zu reklamieren, konnte nur Ausdruck galoppierender Verblödung sein.

Pollack guckte betont unschuldig: »Ach, das machen Sie ja jetzt schon sehr ordentlich soweit.«

Der Ausdruck ›ordentlich‹ klebte bereits als wuchernder Schimmelpilz an meinem Trommelfell, ebenso wie ihr ›Dschurnalist‹ und der dreifach gehauchte ‹Frenzel‹.

»Die Alphabetisierung klappt ja jetzt ganz ordentlich, und wenn Sie was nicht wissen, haben Sie ja meine Handynummer.«

»Das hat nichts mit ›wissen‹ zu tun, das ist ja 'ne reine Auffassungssache!« wurde ich etwas laut.

»Wie auch immer. Wenn Sie nicht klarkommen oder wie Sie das ausdrücken wollen, können Sie mich…«

… am Arsch lecken: »Ich bin zehn Jahre lang *ohne* Sie klargekommen. Nur, damit das mal nicht in Vergessenheit gerät.«

Sie lächelte sanftmütig.Im Augenbereich hatte sie deutlich weniger Falten als an Mund und Kinn.

»Freitags«, wiederhole ich mein Anliegen, »habe ich für Vertretungen und so weiter keine Kapazität mehr frei.« Meine Fortschritte im geschwollen Daherreden waren unüberhörbar.

Sie machte eine lange Pause. »Hm«, machte sie endlich, »notfalls könnte ich auf den Montag ausweichen. Das muß ich aber erst mit meinem Mann besprechen. Betrachten Sie es noch nicht als Zusage.«

»Mann, Frau Pollack! Montags geht es doch schon gar nicht. Da kann ich ja vor Arbeit kaum aus den Augen gucken. Die dicken Wochenend-Zeitungen zusätzlich und der Spiegel und alles in derselben Zeit wie sonst. Sie wissen doch, daß ich mich montags immer doppelt schlagen muß.«

Wieder entstand eine unendlich lange Pause, bevor sie frostig antwortete: »Noch mehr kann ich Ihnen beim besten Willen nicht entgegenkommen.«

»Und dann Frau Zausel!« fiel mir plötzlich ein. »Daß die letztens nicht da war, als Sie frei hatten, das war ja auch ein selten blöder Zufall. So was muß in Zukunft auch besser organisiert werden.«

»Frau Zausel hat so viele Überstunden, die müssen dringend durch Freizeit abgebaut werden. Und daß sie das macht, wenn ich nicht da bin, das ist ja wohl selbstverständlich. Das findet übrigens die volle Unterstützung von Frenzel und Hübchen. Wollten Sie sonst noch was sagen?«

Mein Gehirn, wieder komplett an Bord, wurde von einer netten, kleinen Zorneswolke eskortiert: »Frau Pollack, ich kann doch aber nicht drei Jobs gleichzeitig übernehmen! Wenigstens muß doch einer da sein, der das Telefon bedient! Wenn das auch noch ununterbrochen klingelt, kann ich doch keinen vernünftigen Gedanken mehr fassen!«

Ziemlich spät kapierte ich, wie der Hase lief: Indem sie mir eine ›ordentliche‹ Vertretung versiebte, erhöhte sie ihren Freizeitwert, verhinderte gleichzeitig eine ernstzunehmende Konkurrenz, und ich hatte die Arschkarte. Ich hatte doch schon bei der Unterredung mit Dreeßbach gemerkt, daß die Chef-Vertretung ein Griff ins Klo war.

»Wenn Sie sich meine Vertretung jetzt nun doch nicht zutrauen«, säuselte sie mit geheucheltem Verständnis, »müssen Sie das nur sagen. Dann müßten wir uns eben eine andere Lösung überlegen. Ich und Hübchen, meine ich, und Frenzel. Frenzel müßte ich davon natürlich Mitteilung machen.«

»Klar, dem als Erstem. Vielleicht wird hier mal daran gedacht, daß ich einen eigenen Job an den Hacken habe, der ja nach Ihrer Rückkehr auch immer akribisch von Ihnen kontrolliert wird. Wenn mir mal was durch die Lappen geht, rennen Sie Frenzel doch direkt die Bude ein. Ich rase ständig zwischen zwei Büros hin und her, und wenn Sie wiederkommen, nehmen Sie als erstes die große Lupe zur Hand, ob sich nicht irgendein Haar in der Suppe finden läßt. Sie haben es ja leicht – Sie brauchen mich umgekehrt nicht zu vertreten. Sie können sich wunderbar auf Ihren eigenen Job konzentrieren und gemütlich gefärbtes Wasser schlürfen.«

»Sie können selbstverständlich gerne an meinem Schreibtisch Platz nehmen, wenn ich nicht da bin. Ich habe nichts zu verbergen. Da haben Sie auch gleich alle Unterlagen zur Hand, hier in diesem Rollwagen ...«

»Das ist doch nicht das Thema hier! Ihre verlängerten Wochenenden in allen Ehren, aber freitags und montags habe ich einfach keine Zeit!«

Sie schaute mich unbewegt an, als hätte ich gerade gesagt, die Zimmertemperatur betrüge circa zwanzig Grad: »Wie Sie meinen. Ich nehme an, Sie sind einverstanden, daß ich Frenzel das so weitergebe.«

»Nee, bin ich nicht! Ich kann doch nicht ahnen, daß Sie ausgerechnet freitags und montags freinehmen wollen. Davon war überhaupt nicht die Rede. Herr Braatsch hat jahrelang kein verlängertes Wochenende genommen, und das, obwohl die Probst noch da war.«

»Sie erwarten aber nicht im Ernst, daß ich meine Privatangelegenheiten nach meinen Mitarbeitern ausrichte. Sie könnnen es sich ja noch mal überlegen, ob Sie das nun übernehmen wollen oder nicht. Ich müßte das dann allerdings Hübchen und Frenzel melden. Bisher wurden Sie ja generell als belastbar eingestuft. Ich weiß nicht, ob man das in Zukunft auch so sehen wird.«

»Ich bin durchaus belastbar«, knurrte ich witzlos. Sie hatte es wieder mal geschafft, mich in die Sackgasse zu quatschen, und da hing ich jetzt wie eine Frischwurst in der Räucherkammer und qualmte vor Wut.

»Das wird sich zeigen«, äußerte sie mit ihrer kraftlosen Stimme, »ich wüßte nämlich auch nicht, wie ich Hübchen gegenüber die Gehaltserhöhung rechtfertigen sollte, die ich für Sie durchgesetzt habe.«

Ich lachte auf: »Sie? Was haben Sie denn damit zu tun? Die Gehaltserhöhungsaffäre läuft doch schon eine halbe Ewigkeit – da waren Sie ja noch gar nicht bei uns.«

»Selbstverständlich habe ich die durchgesetzt. Aber lassen Sie uns jetzt nicht über Ihr Gehalt streiten – im Fall Ihrer Absage würden Sie mich allerdings etwas in Verlegenheit bringen. Ich schätze, ich muß da überlegter werden in Zukunft, wenn Sie so unzuverlässig sind ... Ich muß noch darüber nachdenken, was ich Hübchen wegen Ihrem Gehalt sage.«

»Wegen Ihres Gehaltes«, verbesserte ich feindselig pedantisch.

»Was sagten Sie? Ich habe Sie akustisch nicht verstanden.«

»Nichts.«

Erstaunter Blick: Hörte sie Stimmen aus dem All?

»Was ich noch sagen wollte – Sie wollen ja immer über alles informiert werden – wir kriegen eine Praktikantin. Ich habe ja diese ausgezeichneten Verbindungen. Wir können jetzt regelmäßig eine Praktikantin beschäftigen. Oder auch einen Mann natürlich. Die sind ja so dankbar, daß sie vor Ort die Praxis kennenlernen können. Da können sie mal in das Berufsleben hineinschnuppern und erste Kontakte knüpfen. Und sie kosten uns keinen Pfennig.«

Kein Durchblick im Sichtbereich. Neue Schweinerei im Anmarsch? Brogdigandin, hä? Wos wui'dn die?

»Die Praktikanten können mich etwas entlasten. Die übernehmen dann Arbeiten, für die Sie, ehm, keine Zeit haben sozusagen, wie etwa Grafiken und Schaubilder am PC entwerfen. Oder möchten Sie das machen? Ich will Ihnen da keine Steine in den Weg legen.«

»Frau Pollack, Sie wissen doch genau, daß ich noch nicht mal einen Kurs in Word besucht habe. Genausowenig wie Sie übrigens.«

Unbeeindruckt briet sie weiter ihr Sülzkotelett: »Dem kann man ja abhelfen. Wir müssen überhaupt mal über Ihren Arbeitsplatz reden. Das soll ja bei Ihnen komplett modernisiert werden. Ihre jetzige Arbeitsweise ist ja völlig antiquiert. Das hat jetzt nichts mit Ihnen persönlich zu tun, aber da bietet ja die Technik heutzutage ganz andere Möglichkeiten. Frau Lipinski zum Beispiel, die ich Ihnen gleich vorstellen werde, die macht auf dem PC die reinsten Kapriolen, also, das ist schon sehr beeindruckend, was die jungen Leute heute alles können. Die sind ja mit dem PC aufgewachsen, die haben da ein ganz anderes Verhältnis zu als wir. Ah, da ist ja Frau Lipinski! Gerade habe ich von Ihnen gesprochen.« Sie strahlte vor Freude über das ganze Mopsgesicht: »Schön, daß Sie den Weg zu uns gefunden haben! Darf ich bekanntmachen ...«

Lipinski war genauso klein und schmächtig wie Pollack und hatte einen entzückenden Vorbiß, mit dem sie aussah wie Nicki Lauda mit Perücke. Sie war nicht nur eine Artistin auf dem PC, sondern hatte auch sonst zehnmal mehr in der Birne als Pollack, was letztere folglich nicht schnallte. Leider war sie nicht nur farblos, sondern auch schüchtern, weshalb Salonlöwe Pollack später zu Frenzel sagen sollte, daß man sie nirgendwo hinschicken könne, weil sie kein ›Auftreten‹ habe, wohingegen ich zwar ein ›Auftreten‹, aber zuviel unsortierten Ramsch im Kopf habe, was eine Berechenbarkeit des Ergebnisses meiner Auftritte leider ausschlösse.

Das Lieblingswort von Lipinski lautete ›Procedere‹. Jedesmal, wenn Pollack einen Vorgang ansprach, fragte sie gelehrig: »Und wie ist das Procedere?« Das hörte sich gebildet an. Mit Vorbiß hörte es sich geradezu spanisch an.

Pollack wandte sich an mich: »Ich glaube, das interessiert Sie hier nicht weiter, ich will Sie nicht unnötig von der Arbeit abhalten.«

Abgang Arschgeige Scott.

Als ich herauskam, erwartete mich Zausel mit ängstlich zusammengekniffenen Arschbacken: »Und? Wie war's? Was hat sie gesagt?«

»Frau Zausel, Sie haben immer eine Art, von der zu sprechen, als handele es sich um den lieben Gott. Das ist 'ne ganz lächerliche Figur, sonst nix.«

»Klar. Moment, das Telefon. Ja, Frau Pollack, ein Kännchen Kaffee. Kommt gleich. Nein, den muß ich erst frisch aufbrühen. Ja, Süßstoff müßten wir auch noch haben.« Zu mir: »Ich komme überhaupt nicht zum Arbeiten hier. Als ob es nicht mal ein Wasser täte. Die bestellt immer Kaffee, als wären wir hier 'ne Tchibo-Filiale.«

»Sagen Sie mal, hat Frau Pollack Ihnen gesagt, Sie sollen immer dann Ihre Überstunden abfeiern, wenn sie nicht da ist?« fragte ich.

»Ja, und den Urlaub soll ich auch nehmen, wenn sie ihren nimmt«, gab sie brav Auskunft.

Ich Gedanken klebte ich Pollack eine mitten in ihre Breifresse.

»Den Urlaub auch? Da wäre ich ja wochenlang total alleine! Mensch, ich breche zusammen. Wie soll das denn gehen!«

»Mein Mann findet das auch unmöglich. Daß wir uns immer nach der richten sollen. Die geht doch immer im Januar Skifahren. Was soll ich mit dem Januar?«

»Ich finde das echt zum Kotzen.«

»Fragen Sie *mich* mal.«

»Kann ich mir denken. Und jetzt will die jeden Freitag ein verlängertes Wochenende einschieben ...«

»Freitags und montags«, verbesserte Zausel ohne Durchblick.

»Wieso ›und‹? Ich dachte ›oder‹?« Ebensowenig Durchblick.

»Nein ›und‹. Die haben doch ein Wochenendhaus auf Sylt.«

»Das weiß ich inzwischen. Was uns das überhaupt zu interessieren hat. Da hätte sie nicht Führungskraft werden dürfen, wenn sie ewig auf Sylt die Schickimicki-Mieze spielen will.«

»Regen Sie sich nicht wieder auf. Das bringt sowieso nichts. Die setzt sowieso alles durch, was die will. Die ist Skorpion.«

»Quatsch, Skorpion, die ist Führungskraft, deswegen sitzt die am längeren Hebel. Wenn Sie auf dem Posten säßen, hätten Sie die gleiche Durchsetzungskraft.«

Nach kurzem Überlegen, ob sie sich das vorstellen

könnte, zog Zausel es vor, das Thema zu wechseln: »Hier ändert sich noch einiges mehr in nächster Zeit. Ich kriege hier ein Doppelsekretariat mit der Frau Donges. Da graut mir jetzt schon vor.«

Donges' Fehlzeiten waren legendär. Sie hatte die bewundernswerte Leistung vollbracht, über Jahre hinweg nur die Hälfte der Zeit im Büro zu verbringen. Als Schauspielerin war sie ein Naturtalent. Speziell für Molière wäre sie ein Glücksgriff gewesen. Sie beherrschte nämlich nur eine einzige Rolle, die der eingebildeten Kranken. Von Magen-Darm-Beschwerden über Eierstockzysten bis zu frisch operierten Hämorrhoiden war ihr nichts zu dramatisch, um einen gelben Zettel einzureichen. Als ihr Mann sie sitzenließ, jagte ein Selbstmordversuch den anderen, und sie hielt wochenlang die ganze Personalabteilung auf Trab. Dreimal mußte der Krankenwagen gerufen werden. Sogar eine private Nachtwache wurde organisiert. Kein Wunder, daß ihr Chef Vogt in einem Doppelsekretariat die Lösung seiner Probleme sah. Zausel schien noch nicht zu überblicken, daß sie demnächst fast ununterbrochen mit doppelter Arbeit zu rechnen hatte.

Nach jedem Gespräch mit Pollack fühlte ich mich von ihrer lauwarmen, intriganten Art wie von einer Anaconda gewürgt und mußte meine Muskeln strecken und mein Gehirn entstauben, um wieder zu mir zu finden. Mehrmals spielte ich den Gedanken bis ins Detail durch, sie mit einem perfekten Mord um die Ecke zu bringen. Es war kein Problem, von den zwanzig bis dreißig Teebeuteln in Zausels Schränkchen heimlich einen zu entnehmen, zu vergiften und wieder sauber in die Reihe einzufügen. Danach wäre ihr Ableben nur eine Frage der Zeit. Irgendwann würde Zausel zu Teebeutel Nr. 29 greifen, ihn acht Minuten ziehen lassen und die einzig sinnvolle Tat ihres Lebens vollbringen. Ich hörte schon die Stimme des

Kommissars: »Und wer hat Zugang zum Sekretariat?« Hunderte, guter Mann, Hunderte! Und wenn es der Zufall wollte, war ich zum Zeitpunkt ihres Dahinsiechens auch noch in Urlaub! Isn't it fine? Mich wunderte sowieso, wie wenige Morde in solchen Unternehmen geschehen. Die Menschen lassen sich zuviel gefallen.

Ich verzog mich in meine Lektoratsgemächer. Landauer und Schnabel, die mich offenbar nicht gehört hatten, waren in eine Unterhaltung vertieft. »... ich bin ja auch Hausfrau«, sagte Schnabel in klagendem Tonfall, »eigentlich bin ich ja Hausfrau.«

»Was soll das denn heißen? Meinen Sie, ich bin keine Hausfrau? Den Haushalt schmeiße ich doch mit links.«

»So meine ich das nicht. Ich bin ja mit Leib und Seele Hausfrau. Das ist was anderes.«

»Da seh ich keinen Unterschied, ob ich das mit Leib und Seele mache oder mit dem Staubsauger«, entgegnete Landauer trocken.

»Ich habe aber eine Doppelbelastung.«

»Ich vielleicht nicht?«

»Ihr Mann ist ja fast nie zu Hause. Haben Sie selbst erzählt.«

»Ihrer ja auch nicht.«

»Aber der will abends manchmal noch essen und läßt seine dreckige Wäsche liegen.«

»Meiner auch. Da wirft man eben die Waschmaschine an. Wo ist das Problem?«

»Das sagen Sie so.«

Pause. Schnippschnapp. Dann Schnabel: »Mein Mann wollte das gar nicht, daß ich arbeiten gehe. Wenn's nach dem ginge, wäre ich lieber zu Hause.«

»Dann bleiben Sie doch zu Hause.«

»Das habe ich mir schon gedacht. Kollegial wie Sie immer sind.«

»Überlegen Sie mal, warum.«

»Was weiß ich. Hier sind ja alle gegen mich. Ich habe das schon meinem Mann gesagt. Der sagt, wenn das so weitergeht mit der Scott, geht er mal zum Frenzel. Die kennen sich ja. Ich brauche mir nicht alles gefallen zu lassen.«

»Das ist eben der ihr Humor.« Good old Landauer.

»Was meint die denn, wer die ist? Die ist ja noch nicht mal verheiratet, wer weiß, was die privat so alles treibt. Das ist ein ganz billiges Flittchen, wenn Sie mich fragen. Aber hier den General spielen, dat kannse. Dauernd hat die was zu erzählen, was man angeblich falsch gemacht hat. Und die Antreiberei von der! Ewig die Hektik! Kommt sich Gott weiß wie wichtig vor. Mein Mann sagt, das haben wir nicht nötig. Mein Mann ist ja nicht irgendwer.«

»Das wissen wir mittlerweile.«

Schnippschnapp. Feuerzeug klickt. Feuerzeug fällt auf Tischplatte. Straßenbahn quietscht.

»Genau wie die Pollack. Die kommt sich auch vor wie die Frau Bundeskanzler. Als ob ich mir von so 'ner Göre was sagen ließe. Da könnte ich ja fast die Mutter von sein. Meine Tochter ist jetzt auch schon achtundzwanzig.«

»Das spielt im Büro keine Geige.«

»Trotzdem. Wie soll man da Respekt haben? Wenn es wenigstens ein Mann wäre.«

»Wer, die Pollack oder die Scott?«

»Beide. Irgendwie ist das natürlicher, daß der Chef ein Mann ist. Finden Sie nicht?«

»Was ist denn da natürlicher dran?«

»Weiß nicht. Ich kann die nicht für voll nehmen.« Schnabel war der Typ, der einen brillanten Vortrag von Alice Schwarzer, nach dem jeder Mufti seinen Ladies einen Besuch bei den Chippendales spendierte, mit »die Frisur ist das Letzte!« kommentierte.

»Sie haben da eine Rückseite zerschnitten. Da war noch was drauf«, bemerkte Landauer.

»Wo denn? Gucken Sie gefälligst auf Ihren eigenen Kram! Sie wollen auch immer andere bevormunden. Mein Mann sagt ...«

»Jaja, Ihr Mann sagt. Geben Sie das Teil mal her, ich mache das schon. Bei Ihnen dauert das wieder bis Weihnachten.«

»Sie sind auch nur glücklich, wenn Sie andere beleidigen können.«

»Können Sie mal nach dem Kopierer sehen? Der jault so komisch.«

»Was? Wer?« Rieseninteresse bei Schnabel.

»Der Kopierer. Der steht seit Jahren direkt hinter Ihrem Stuhl. Wahrscheinlich ist 'ne Büroklammer reingefallen.«

»Ich steh da jetzt nicht extra für auf. Wieso muß *ich* mich um so was kümmern? Es hat geheißen, ich soll hier was ausschneiden. Daß ich an so 'nem Apparat herumkriechen soll, davon steht nichts in meinem Vertrag. Da muß man sich wieder bücken, das soll mal jemand anderes machen. Wieso gerade ich?«

Seufzen Landauer. Öffnen des Fensters. Quietschen der Bahn. Ich rief meine Mutter an: »Ich hab' die Schnauze voll hier.«

»Was ist denn jetzt schon wieder los?«

»Die Pollack will jetzt freitags und montags blaumachen, und ich hab die Vertretung am Arsch.«

»Da kannst du dich doch schön profilieren«, versuchte sie mich aufzumuntern.

»Ihr immer mit eurem scheiß ›profilieren‹!« schnauzte ich. »Ich *will* mich gar nicht profilieren! Das ist bloß ein anderes Wort für Ausbeutung. Jetzt soll die Zausel auch noch immer gleichzeitig freinehmen. Da mache ich dann drei Jobs auf einmal!«

»Rede doch mal mit Hübchen.«

»Der redet heute so und morgen so. Angeblich ist alles mit ihm abgesprochen. Jetzt, wo ich die Gehaltserhöhung gekriegt habe, muß ich sowieso erst mal die Schnauze halten.«

»Du schaffst das schon.«

»Ich hab ja auch noch ein Privatleben!«

»Ja? Erzähl doch mal.«

Ich gab es auf. Alle Depris kamen im Sturzflug angerannt wie verängstigte kleine Küken unter den Flaum der alten Glucke. Mein Leben war in der Sackgasse angekommen. Die Züge waren gerade abgefahren, auf den Bahnsteigen pfiff der Wind, und mein Ideenpool war abgesaugt bis auf den letzten Tropfen. Ich war abgesoffen, bevor es mit der sogenannten Karriere überhaupt losging. Dabei hatte ich nicht mal eine gewollt.

Ich überlegte, was ich anderes tun könnte, als mich fünfmal die Woche um sieben Uhr morgens halbtot ins Büro zu schleppen, um jahrein, jahraus immer denselben Mist zu fabrizieren und abends genauso halbtot wieder nach Hause zu walzen, und das alles, um ein Dach über dem Kopf zu haben und mich abends zuzuschütten, um zu vergessen, was ich mir tagsüber antat. Ich wurde das Gefühl, eigentlich ganz woanders hin zu gehören, nicht los. Aber wohin? Mir war, als wäre ich in meinem Leben zu Besuch und hätte nur versäumt, mich daraus zu verabschieden. Das Problem war – es gab kein anderes. Es war, als stünde ich vor der einzigen Frittenbude der Welt, und das Toastbrot war lappig, die Fritten voll tranigem Fett und die Wurst nicht durchgebraten, aber ich würgte an dem Fraß, weil es nichts anderes gab. Ungefähr so war mein Leben: eine unappetitliche, geschmacklose Komposition von verdorbenen Zutaten. Sie konnten mir noch soviel davon auftischen, es schmeckte mir nicht. Ich konnte schon froh sein, wenn mir nicht schlecht wurde.

»Was willst du denn eigentlich?« fragte meine Mutter. »Heiraten und Kinderkriegen ist ja angeblich nicht dein Ding, Karriere willst du auch nicht. Du mußt mal langsam erwachsen werden.« Auch das noch. Erwachsen werden! Schlimmer als Krätze.

»Irgendwas mußt du doch *wollen* im Leben!«

Aber was? War ich wirklich so anders als die anderen? Ein Mensch ohne Ziele? Ohne Gefallen an dem, was das Leben zu bieten hatte? Ohne ein Bedürfnis nach Zugehörigkeit zu einem anderen Menschen? Nirgendwo am richtigen Platz? Nirgendwo die passende Umgebung für's Gesicht? Immer eine höllisch brennende Sehnsucht nach was anderem, ohne zu wissen, wonach? Warum machte es mich nicht an, mich bis zur Rente für eine Eigentumswohnung abzustrampeln, eine Brut hineinzusetzen und mich immer dann von einem Kerl befingern zu lassen, wenn mir gerade nicht danach war? Warum drängte es mich nicht, mir diesen ganzen verdammten Rattenschwanz zuzulegen, der für andere den Lebenstraum bedeutete, und für das alles vor irgendwelchen Arschgeigen bis zur Rente den Kopf einzuziehen, bis mir endlich das Genick brach? Und warum engagierte ich mich nirgends? Gegen Atomkraft, gegen die NATO, gegen die Startbahn West, gegen den Krieg? Es gab genug, wogegen man sein konnte, verdammt.

Das, was andere, wie ihre Vorfahren auch, völlig selbstverständlich als den Sinn ihrers Lebens betrachteten, war mir fremd und berührte mich nicht. Aber worüber beklagte ich mich? Ich hatte doch beschlossen, nicht mehr Gefühl an mich heranzulassen, als man eben zum Überleben brauchte. So sah das eben aus, ein Leben ohne Anteilnahme, ein Leben ohne, tja, ohne Herz. Ich war obercool. Kalt wie eine Hundeschnauze. Fragte sich nur, ob mir das gut tat.

In den Medien bombardierten sie einen gerade mit Freudenhymnen und Vaterlandsgesülze. Deutschland hatte sich wiedervereinigt. Jubel allerorten. Die Übertragung im Fernsehen, als Genscher zu den Eingeschlossenen in der Botschaft sprach, sah ich mir an wie einen utopischen Film über eine Massenflucht aus Nicaragua. Die Bilder bewegten mich, aber sie bewegten mich nur kurz. Was da geschah, hatte nichts mit mir zu tun. Die Trabischlangen am Brandenburger Tor sahen für mich nicht anders aus als die Auto-Korsos nach einer gewonnenen Fußballweltmeisterschaft, und die war mir egal. Dann hörte ich mir wochenlang die Erklärungen der Politiker an, daß zusammenwachsen sollte, was zusammen gehörte, und ich fragte mich, mit wem ich zusammenwachsen sollte. Die DDR war für mich nichts anderes gewesen als Österreich oder die Schweiz, und ich war noch nie auf die Idee gekommen, mit denen zusammenwachsen zu wollen.

Entgegen aller Medien-Euphorie war ich aber nicht die einzige, die der Wiedervereinigung eher skeptisch begegnete. Ich kannte nicht einen Einzigen, der die verordnete Freude teilte. Landauer meinte düster: »Jetzt kommen die alle rüber. Die haben uns noch gefehlt.« Als politisch Interessierte wagte sie sogar eine hellsichtige Prognose: »Warten Sie mal ab – die ziehen uns Hemd und Hose aus. Da geht der Staat noch pleite dran.«

Solange Superman Kohl, stolz schwebend wie ein Zeppelin auf zwei Beinen, täglich vom deutschen Vaterland schwadronierte, durfte man so was eigentlich nicht laut sagen. Das grenzte an Landesverrat. Kohl war mir immer schon fremder gewesen als ein Marsmensch.

Ich hatte sowieso von Politik keine Ahnung. Sie interessierte mich nicht. Das einzige, was ich von Politik verstand, war, daß Politiker ein dickes Gehalt kassierten und eine Bombenrente, weshalb sie auch unentwegt begeistert in die Kameras strahlten. Vor allem, wenn sie unter sich waren, kamen sie aus dem scheppernden Frohsinn nicht mehr raus. Ich überlegte, ob ich in die Politik gehen sollte, gar eine Partei gründen. Zum Beispiel die DSP, die deutsche Säuferpartei – vierzig Prozent Klientel fehlte eine Lobby, und den nötigen Sachverstand brachte ich mit. Das war mehr, als die meisten Politiker von sich behaupten konnten.

Irgendwo hatte ich mal einen Spruch gelesen ›I'm a tragic hero in this game called life – my chances go to zero but I always will survive‹. Wahrscheinlich auf dem Mensaklo. Lange her, aber immer noch aktuell.

Von nebenan kam Landauer gelatscht: »Haben Sie das eben mitgekriegt mit der Schnabel? Sowat Frequentarisches habe ich auch noch nie erlebt.«

»Setzen Sie sich doch einen Moment. Ich glaube, Sie sind die einzig normale Person in diesem Puff hier«, bot ich aufgeräumt an. Ein nettes kleines Clematisgespräch kam mir in meinem Seelentief wie gerufen.

»Die ist ja so was von introversiv, das hältst du im Kopf nicht aus. Überhaupt nicht korrumptiv irgendwie«, klagte Landauer.

»Ja, wenn sie wenigstens korrumptiv wäre«, quatschte ich solidarisch.

»Genau«, meinte sie den Stuhl rückend, »mit solchen Menschen kann ich irgendwie überhaupt nicht. Die geht mir so was von auf den Keks. Das Schlimme an den Doofen ist ja, daß die sich auch noch für schlau halten.«

»Genau so ist das.« Kluge Erkentnnis, traf notfalls auch auf mich zu.

»Wenn sie wenigstens wüßten, daß sie doof sind, dann würden sie nicht so introversiv auftreten, ne?«

»Mit der Schnabel würde ich das auch nicht aushalten«, festigte ich das Band der Sympathie.

»Deswegen habe ich mal einen grünen Schein für einen freien Tag ausgefüllt. Sie wollen das ja immer abzeichnen vorher.«

Säuerlich schmierte ich meinen Otto-Wilhelm darunter: »Jetzt lassen Sie mich auch noch hängen.«

»Ich brauche Abstand von der. Außerdem feiert meine Nichte Geburtstag. Da habe ich jede Menge Vorbereitungen.«

»Was kochen Sie denn?«

»Ich mache wieder Roastbeef im Ofen. Das kommt immer gut an.«

»Erzählen Sie doch mal eben, wie geht das noch mal genau?« Kein Thema konnte blöd genug sein, um nicht als Trost in Frage zu kommen.

»Also, pro Zentimeter von dem Fleisch rechnen Sie zehn Minuten ...«

Ich lehnte mich zurück und hielt den Kopf in die Mittagssonne. Ein einsamer Schweißtropfen rann vom Hals zwischen die Schulterblätter. Ich stellte mir vor, ich wäre auf den Malediven und stünde mit den Füßen vorm Riff, und die ersten, vorwitzigen Papageienfische schwärmten um mich herum, und die Seeanemonen wiegten sich sanft im türkisblauen Wasser, und die Doktorfische wichen elegant den imposanten Drückerfischen aus, und ein Trompetenfischlein blickte mich argwöhnisch an, und weiter draußen sprang ein Delphin, und der war Braatsch.

Ich war nicht sonderlich überrascht, ihn hier zu sehen. Als er mich erkannte, kam er auf mich zugeschwommen und sagte: »Na, wie geht's denn immer?«

»Mensch, Braatsch, du alter Penner! Was machst du

denn hier am Ende der Welt? Ohne dich ist das alles Scheiße hier. Was mußtest du auch so eine Schlafmütze sein, daß sie dich abgeschoben haben?«

Er gab ein paar quiekende Laute von sich, die sich anhörten wie Gelächter und machte einen kleinen Salto.

»Sag mal, Braatschi, warum hast du dich denn um die Ecke gebracht, Mensch?«

»Ennui«, sagte Braatsch, der Delphin, »ennui. Grüßen Sie mir Frau Wieczorek, wenn Sie sie sehen. Aber nicht vergessen!«

»Mach ich.«

»Wenn Sie das auch mal machen wollen, schreibe ich Ihnen mal das Rezept auf«, sagte jemand mit der Stimme von Landauer. Ihr bleiches Gesicht gewann Kontur. Ich zog den Kopf aus der Sonne.

»Das wäre nett«, sagte ich, immer noch leicht beduselt, »sagen Sie mal, Sie hatten doch immer ein französisches Wörterbuch, nicht?«

»Das habe ich immer noch. Was wollen Sie denn diesmal wissen?«

»Ennui«, sagte ich.

»Ennui? Wie schreibt sich denn das? Das habe ja selbst ich noch nie gehört.«

Sie watschelte nach nebenan: »Hab' es schon! Hier steht: Überdruß, Langeweile.«

Auch ein Grund zu sterben.

gedieh ein Unkraut, das bei geringsten Anlässen derart zu wuchern begann, daß es die Ruhestätte erloschener Hoffnungen auf der Stelle zu sprengen drohte, und zwar immer dann, wenn das Thema ›Hochzeit‹ am Firmament zu erglühen schien. Meistens handelte es sich um eine Fata Morgana.

»Du, das hört sich ja gar nicht so schlecht an, was du da von diesem Marius erzählst. Das ist doch endlich mal ein gebildeter Mann.«

»Wo ist denn der gebildet? Banker war der, die sind doch nicht gebildet.«

»Ich meine, den kann man in Gesellschaft vorzeigen«, blieb sie am Ball.

Ich gähnte. »Was denn für 'ne Gesellschaft? Heute spricht doch selbst der Bundeskanzler falsches Deutsch.«

Meine Mutter strickte im Hochsommer einen dicken Winterpulli für mich, bei dessen Anblick mir jetzt schon der Schweiß ausbrach.

»Aber du hast doch gesagt, er hat Geld. Warum sperrst du dich nur immer so gegen deine Chancen? So 'n paar Depressionen – die vergehen dem schon, wenn der eine Frau findet. Jeder hat irgendwas.«

Ich mußte an die fette Manuela denken. Auch ich hatte schon wieder ein Kilo zugelegt. Im Moment hatte ich ein ganz reizendes Mopsgesicht und eine Allergie am Hals plus Marius, den Alleskleber, als Chance meiner späten Jahre.

»Den Marius kannst du mir auf den Bauch binden,

dann nehme ich ihn trotzdem nicht. Der ist anhänglicher als eine Graugans bei Konrad Lorenz, das halte ich keinen Tag aus. Ich muß einen Mann sehen und wissen: Das isser. Und so einen gibt es nicht.«

Meine Mutter hängte mir Wolle über die Arme und begann zu wickeln. Schwarze Wolle mit bunten Noppen. Auf meinen Unterarmen blieben Tausende von winzigen Flusen zurück.

»Ein anhänglicher Mann ist doch was Schönes«, fand sie, »denk nur an deinen Marcello. Da hättest du dir mehr Anhänglichkeit gewünscht.«

Die Erinnerung an Marcello, einst meine angeblich große Liebe, juckte mich nicht mehr. Der konnte anderen mit seiner Arschfickerei auf den Zeiger gehen – es sollte welche geben, die drauf stehen – ich nicht.

»Die meisten Frauen würden sich einen anhänglichen Mann wünschen«, fuhr sie fort, »da kannst du fragen, wen du willst. Wunderlich war auch immer sehr anhänglich. Ich fand das ganz nett.«

Ich mußte niesen. Den Pulli würde ich beim nächsten Urlaub in Sibirien dringend brauchen.

»Vielleicht lädt dich mal einer zum Skifahren ein«, träumte meine Mutter. Ich fuhr ungefähr so gut Ski wie ein Einbeiniger Rollerblades.

»Du brauchst mir den Marius nicht einzureden«, kläffte ich gereizt, »je mehr du mir den einreden willst, desto beschissener finde ich ihn. Ich bin nicht auf der Welt, um mit einem depressiven Penner die Zeit totzuschlagen. Depressionen habe ich selbst.«

»Du hast ja an jedem was auszusetzen. Es wird allmählich Zeit, daß du realistisch denkst. Mit knapp vierzig hat man eben nicht mehr die Auswahl wie mit zwanzig. Hättest mal besser vorher Nägel mit Köpfen gemacht. Hattest doch Chancen genug. Mit fünfzig wird es dann wieder etwas besser. Da gibt es dann wieder die ersten Witwer.«

»Dann warte ich so lange. Was fehlt mir denn? Ich brauch keinen Macker, der mir die Nerven ruiniert. Wenn man dich reden hört, könnte man meinen, ein Kerl wär 'ne Traumvilla auf den Seychellen. In Wirklichkeit gehen sie einem nach maximal drei Wochen granatenmäßig auf den Zahn. Wußtest du eigentlich, daß Männchen aus der Sicht von Parasitologen einer Seuche gleichen, die das Weibchen befällt?«

»Wo hast du *das* denn wieder her?! Ich glaube, du liest die falschen Bücher.«

Sie seufzte. Von hinten klingelte das Glöckchen. Sie legte ihr Strickzeug nieder und ging nachsehen. Nach fünf Minuten kam sie zurück: »Hat wieder drei Tage keine Verdauung gehabt. Jetzt kommt wieder eine Riesenladung, und ich kann wieder das Bett beziehen.«

Sie nahm das Strickzeug zur Hand: »Neuerdings sieht er immer fremde Leute im Zimmer, und ich soll dafür sorgen, daß sie verschwinden. Wird immer doller mit ihm.«

»Wie machst du *das* denn?«

»Ich sage, so, kommt mal schön raus hier, er möchte seine Ruhe haben. So, jetzt machen wir die Tür zu und Wiedersehen.«

»Und die gehen dann wirklich raus?«

»Meistens. Letztens stand angeblich ein kleiner Junge hinter seinem Bett, den habe ich dreimal rauslotsen müssen, bis er endlich weg war. Der wollte unbedingt bleiben.«

Ungemütliches Thema. Fast so ungemütlich wie das von eben.

»Wer nicht heiratet, erspart sich das«, bemerkte ich weise, »außer man nimmt sich was deutlich Jüngeres.«

»Mhm. Da hast du dann wieder andere Probleme. Die

gucken sich dann gerne auch woanders um. Ein älterer Mann gibt Sicherheit. Der hat die Faxen hinter sich.«

»Logo, wenn er keinen mehr hochkriegt, bleibt er an der Leine.«

»Du mußt nicht immer so vulgär sein. Das stößt übrigens auch viele Männer ab, glaube mir.«

»Mir ist das wurscht, was Männer abstößt. Die sollen mal lieber gucken, daß *mich* was nicht abstößt, da haben die schon genug zu tun.«

Tiefes Seufzen aus Mutterbrust.

Ich sagte: »Ich rekapituliere: Bei einem Alten hast du nachher die Pflege am Hals. Der Junge geht fremd, und die Gleichaltrigen sortieren wir bei den Jüngeren ein, zumindest was das Risikopotential beim Fremdgehen betrifft. Fazit: Schone deine Nerven und bleib solo.«

»Du malst immer schwarzweiß. Es gibt auch Ausnahmen.«

»Nur die Lupe dazu haben sie noch nicht erfunden.«

Wunderlich klingelte wieder. Nach fünf Minuten Rückkehr: »Falscher Alarm.«

»Jetzt weiß ich auch, wovon du so dünn bist. Ewig die Hin- und Herlauferei.«

»Ich ernähre mich eben gesund. Ich verstehe sowieso nicht, warum du nicht schlanker bist. In unserer Familie waren alle Frauen schlank.«

Die hatten auch nicht gesoffen. Ich zündete mir eine Kippe an.

»Muß das immer sein mit der Qualmerei? Daß du dir das antun mußt! Du bringst dich selber um. Da muß ich ja jetzt schon husten. Im Ernst, mach doch mal das Fenster auf, ich kriege keine Luft mehr.«

Das dramatische Talent hatte ich von ihr.

»Ißt du auch immer Vollkornbrot, sag mal? Und Quark? Salat und Gemüse? Ich glaube, du ernährst dich falsch. Bei der richtigen Ernährung wird man auch nicht dick.«

»Ich bin doch nicht dick!« protestierte ich beleidigt.

»Jetzt noch nicht, aber warte mal, bis die Wechseljahre kommen. Da legt man ja automatisch ein paar Kilo zu, das geht dann auf die Gelenke. Speck ruhig etwas ab. Prophylaktisch.«

»Mutti, ich hab echt andere Sorgen. Bei dem Stress im Büro kannst du nicht auch noch Diät machen, da kriegst du ja gar nichts mehr auf die Reihe. Dem Frenzel ist das ziemlich egal, ob ich in den Wechseljahren noch was zulege. Da nimmt der keine Rücksicht drauf.«

»Den habe ich neulich im Fernsehen gesehen. Netter Mann. Wirkt so jungenhaft«, kam es schwärmerisch von ihr.

Das waren etwa die Ausdrücke, von denen ich auf der Stelle einen Hautausschlag bekam. Ich klärte sie auf: »Der Frenzel ist knochenhart! Hat sich was mit ›jungenhaft‹. Der kann ziemlich pampig werden.«

»Ist ja klar. Ein Mann in solcher Position.«

»Nerv.«

»Der muß sich ja auch durchsetzen können. Weißt du, was ich nicht verstehe? Daß der so eine Nullnummer wie die Pollack überhaupt duldet. Wenn das stimmt, was du sagst.«

»Das stimmt schon. Die ist doof wie Schifferscheiße. Aber dem Frenzel in den Arsch kriechen, das kann sie hervorragend.«

»Dann kann sie ja so dumm nicht sein.«

»Da brauchst du nur das richtige Gleitmittel.«

»Solltest du vielleicht auch mal probieren.«

»Noch bin ich ein Mensch und kein Spulwurm.«

Glöckchen. Nebenan Stimmen. Wunderlich hatte sich angewöhnt, zu jaulen wie ein wartender Hund vor der

Metzgerei. Ich besuchte ihn nur ungern. Er war in einem verstellbaren Spezialbett aufgebahrt. Seine Hände waren fast fleischlos, die Haut seidenzart, und was er sagte, verstand ich nicht. Meine Sache war das nicht, einen alten Mann zu pflegen, da mochte er noch so treu gewesen sein. Bis es bei mir selbst soweit war, hatten sie hoffentlich ein PC-Suizid-Programm mit automatischer Zeitschalt-Funktion erfunden, zu dem man mit zwei Flaschen Prosecco zu Maria Callas' Casta diva gepflegt abnippeln konnte.

Das erinnerte mich daran, daß mir bis zur Rente noch fünfundzwanzig Jahre Buckeln unter der Knute von Majestät Superpollack bevorstanden. Das ersetzte hoffentlich die Osteoporose. Unter Gehirnerweichung litt ich jetzt schon. Meine Mutter kam zurück: »Jetzt hat er Pipi gemacht. Wo waren wir stehengeblieben? Ach ja, der Frenzel. Der kann dich doch gut leiden, nicht?«

»Keine Ahnung, warum?«

»Ich meine ja nur. Laß doch mal deinen Charme spielen.«

»Was für 'n Charme? Wenn du zwischen halb acht und halb neun vierzehn Zeitungen gelesen hast und wenn dir der Arsch brennt, weil die Schnabel nicht in die Hufe kommt und wenn du dann noch unter telefonischem Dauergebimmel eine Essenz zusammenschreiben mußt und englische Texte übersetzen und wenn du dann im kleinen Sitzungssaal sitzt und sich deine eigene Stimme anhört wie abgebrochene Kreide auf Schiefer und du nicht mehr weißt, ob du Männlein oder Weiblein bist, dann hast du einen Charme wie ein sinkender Öltanker.«

Erschrecktes Schweigen. Nervöses Augenzucken: »Ich verstehe nicht, daß das geduldet wird, daß sich jemand so aufreibt.«

»Das ist denen so egal wie der Tripper im Obdachlosenasyl. Die Pollack fädelt das immer so scheinheilig ein – wenn du da die Schnauze aufmachst, stehst du da wie ein Landesverräter. Da sind die Säcke plötzlich megagutartig und können sich überhaupt nicht vorstellen, daß da eine Absicht dahintersteckt. Jetzt hat sie sogar noch die Schnabel bearbeitet, daß die doch auch ihren Resturlaub im Januar nehmen soll. Dann braucht sich bloß noch die Landauer krank zu melden, und die ganze Abteilung besteht aus einer einzigen Person, nämlich aus mir. Und komm mir nicht wieder mit ›profilieren‹.«

Meine Mutter war aufrichtig bekümmert. Ich konnte ihr nicht helfen. Es gab andere Probleme auf der Welt, als einen blöden Sack an die Angel zu legen. Das Glöckchen klingelte.

»Was ist denn *jetzt* schon wieder?«

»Ich geh mal nachsehen.«

Die Besuche bei meiner Mutter arteten allmählich in eine etwas lästige Umtriebigkeit aus: »Was war denn schon wieder?«

»Da war wieder einer im Zimmer, den mußte ich erst rausschicken.«

»Mann, das nervt aber bald hier!«

»Sprich doch mal mit Hübchen, ob der dir nicht helfen kann. Der konnte dich doch immer gut leiden.«

»Wer sagt denn, daß der mich gut leiden kann? Wenn der einen gesoffen hat, findet der mich vielleicht ganz nett, aber wenn dem auch nur ein Furz quer sitzt, schnauzt der einen an, daß einem der Rotz aus dem Rüssel fliegt. Das Blöde ist, daß du nie vorher weißt, in welcher Stimmung der gerade ist. Neulich sagte er, ich täte ihm leid, daß ich für die Pollack arbeiten müsse.«

»Na, siehst du! Das finde ich aber nett von dem.«

Irgendwie ging sie mir heute auf die Eierstöcke. Ich blickte auf die Uhr. Ich schien in das Alter zu kommen, in dem einem die eigene Gesellschaft die liebste ist.

»Oder rede doch mal mit Dreeßbach. Der konnte dich doch auch immer...«

»... gut leiden. Wovon träumst du nachts? Dreeßbach ist Betriebsrat. Dem mußt du Fakten liefern. Ohne Beweise steht der erst gar nicht hinterm Schreibtisch auf. Und die Pollack plaziert ihre Klöpse immer sauber genau so, daß du keine Handhabe hast.«

»So intelligent ist sie immerhin.«

Ich bedachte sie mit einem finsteren Blick. Sie hatte unrecht. Bei den plumpen Heimwerker-Intrigen der Pollack handelte es sich um einen Intelligenzbeweis derart simplen Zuschnitts, daß ein denkender Mensch sie schlichtweg für unmöglich hielt. Das war ja der Gag. Bevor das Glöckchen wieder bimmelte, seilte ich mich ab. Am nächsten Tag drohte wieder die Morgenrunde.

Als ich am frühen Morgen in Flemmings Büro antrabte, hing sie mit der Zweitsekretärin Mooslechner über dem PC und ließ sich was erklären: »Hoffentlich ist da kein Virus drauf. Die Scheiße geht einfach nicht raus!«

»Quatsch, ich hab doch gerade das Update gemacht.«

»Kennwort speichern, sagt der. Hab ich doch gerade gemacht, verdammter Mist! Der spinnt doch total hier! Fünfmal Kennwort speichern, also, der hat sie doch nicht alle! Morgen, Frau Scott, übrigens, Frenzel ist heute in Hochform, zieht euch alle warm an.«

Nach diesen aufmunternden Worten schlich ich nach nebenan wie auf die Schlachtbank. Von den Säcken war noch keiner da. Ich pflanzte mich und ging noch einmal meine gegilbten Absätze durch. Frenzel liebte es kurz und knackig. Als erster kam Vogt hereingekrochen und reichte mir seine kalte Leichenhand: »Haben Sie das Interview von der Leutheuser-Schnarrenberg dabei?«

Ein schwarzer Balken schob sich vor mein Gehirn: »Interview... ähm, also, ich habe keins gesehen...«

»Besorgen Sie sich das. Am besten, Sie lassen sich das von der Landesregierung faxen. Das können nur drei Seiten sein. Ich möchte das nachher auf meinem Schreibtisch sehen.«

»Geht in Ordnung.«

Als nächstes kamen die Assis von Wartenberg und Wrobel. Von Wartenberg sah aus wie Kai Pflaume und Wrobel wie Miß Piggy. Leider waren sie nicht so unterhaltsam. Beide luden je einen hohen Berg von Schriftenmaterial auf dem Tisch ab. Vogt setzte sich umständlich neben mich und vertiefte sich in seine Akten. Dann kam Tennisfreak Giehse, ein farbloser Typ, der nur selten das Maul aufkriegte, aber immer sehr bedeutend aus der Wäsche guckte. Danach Stinktier Backhaus, heute mit Erkältung, und Mittermaier, das Arbeitspferd der Firma, wahnsinnig informiert, aber bigott wie eine halluzinatorische Großmutter. Schließlich kam Frenzel hereingeschossen. Auf seinem dunkelblauen Revers lag ein seidig schimmernder Kranz von Kopfschuppen. Mit hellwachen Augen blickte er mich erwartungsvoll an. Ich begann zu quäken.

Vogt seufzte lang, Mittermaier scharrte mit den Schuhen, Wrobel flüsterte mit von Wartenberg, und Frenzel räusperte sich alle drei Minuten.

Da fragte Frenzel: »Wie weit ist eigentlich der Fall Eschweiler gediehen? Haben wir da endlich was unternommen?«

Ich schwankte zwischen Schreck und Wut. Von einem Fall Eschweiler hörte ich zum erstenmal. Pollack hatte mir ausdrücklich versichert, der einzige unerledigte Vorgang sei ein Typ namens Meurer, und falls der anriefe, bräuchte ich ihm nur das letzte Interview von Frenzel zu faxen. Mir stieg das Blut in die Birne.

»Hat Ihnen Frau Pollack denn nichts gesagt?« wollte

Frenzel wissen. Ich verneinte. Es war ja gerade das Charakteristikum von Pollacks Anweisungen, das Wichtigste zu verschweigen. Frenzel war etwas ungehalten. Allgemeine Betretenheit. Schweigen. Aus meinen Knochen rieselte leise der Kalk. Von Wartenberg und Wrobel starrten hochkonzentriert auf ihre Aktenberge.

»Das ist ja eine miserable Kooperation!« befand Frenzel. »Mich würde sowieso mal interessieren, warum Frau Pollack jetzt fast regelmäßig an den Montagen fehlt.«

»An den Freitagen auch«, ergänzte von Wartenberg pflichtbewußt. Ich dachte, Frenzel, du alte Eule, du unterschreibst doch selbst Pollacks grüne Zettel.

»Ja, freitags auch sehr gerne«, bestätigte Frenzel sauer, »aber das klären wir ein andermal. Frau Scott, Ihnen muß ich aber schon sagen, daß es bezüglich einer Information immer auch eine Holschuld gibt, nicht nur eine Bringschuld. Bitte fahren Sie mit Ihrem Vortrag fort.«

Ich fand das ungerecht. Wie man sich um eine Information bemühen sollte, von der man nicht wußte, daß es sie gab, war mir schleierhaft. Mein Elan hockte inzwischen irgendwo unter meinen Fußsohlen, meine Stimmbänder waren dünn und verklebt wie billige Frischhalte-Folie, mein Selbstbewußtsein restlos im Arsch. Nachdem Frenzel mich mit fünf Aufträgen eingedeckt hatte, von denen mir mindestens vier so rätselhaft waren wie griechische Verkehrsschilder, durfte ich mich zu Flemming abseilen.

»Wie siehst *du* denn aus?« empfing sie mich. »Laß dich doch nicht so einschüchtern, Mensch. Willst 'n Kaffee?«

»Die verdammte Natter sagt mir ja nie, was los ist. Ich hab von nichts eine Ahnung, und der Frenzel lebt immer in dem Wahn, ich wäre total auf dem Laufenden.«

»Hier, trink erst mal. Das ist doch ihre Spezialität, andere ins offene Messer laufen zu lassen. Uns brauchst du nichts zu erzählen. Die hat bei uns schon lange verschissen. Wenn die was verbockt hat, sind immer die anderen schuld.«

»Da fragt der mich nach einem Fall Eschweiler. Davon habe ich noch nie im Leben was gehört.«

»Das weiß bestimmt der Wrobel. Frag den nachher mal, wenn der rauskommt. Die beiden Jungs helfen dir, die kannst du immer ansprechen. Denen stinkt die Pollack schon lange mit ihrem langatmigen Gesäusel. Die meinen sowieso, du machst das pfiffiger. Der Wrobel meinte neulich, er versteht überhaupt nicht, wozu wir die überhaupt brauchen, das Bißchen, was die zusammenstümpert, könntest du doch nebenbei mit erledigen.«

Ich war weit davon entfernt, mich geschmeichelt zu fühlen: »Ihr seid witzig. Ich kann doch nicht auf Dauer zwei Jobs gleichzeitig machen, ich geh ja jetzt schon auf dem Zahnfleisch. Das traue ich mir auf die Dauer nicht zu.«

»Da hat die Pollack keine Probleme mit. Es gibt nichts, was die sich nicht zutraut. Jetzt hat die sich sogar für die Tennismannschaft angemeldet. Wetzel ist total begeistert. Kannst dir ja vorstellen, das Humpelfüßchen als Sportskanone.«

»Was bist du fies!« bemerkte Mooslechner aus dem Hintergrund. Von Mooslechner wußte ich kaum noch, wie sie von vorne aussah, weil sie unentwegt auf dem PC herumklimperte, und der stand an der Wand.

»Da soll man nicht fies werden«, sagte Flemming und wandte sich jetzt auch dem letzten Abenteuer ihres Lebens zu, dem großen Rätsel PC: »Also, jetzt verlangt der schon wieder das Kennwort! Ich hab noch nicht *eine* Mail rausgekriegt heute! Wenn das so weitergeht, könnt ihr gleich den Krankenwagen rufen.«

Als ich ins Lektorat zurückkam, hatte Schnabel gerade Besuch von ihrer Tochter, die mich ansah wie Rocky

Henry Maske nach dem verlorenen Kampf. Ich machte mich auf die Suche nach dem Interview von Leutheuser-Schnarrenberg. Das Telefon klingelte. Am Apparat der greise Playboy von der ›Welt‹: »Ich brauche mal ein paar Grafiken über den Kapazitätsabbau in der EU. So was schüttelt ihr doch aus dem Ärmel.«

»Hat das nicht vielleicht bis morgen Zeit?«

»Mädchen, wenn das bis morgen Zeit hätte, würde ich nicht heute anrufen. Ihr habt doch da so 'n paar Koryphäen in eurer Wirtschaftsabteilung, die machen mir das doch ruckzuck. Ich sitze hier an meinem Faxgerät und warte.«

Ich trabte in Pollacks Zimmer und kniete vor dem Rollregal nieder. Meine Birne wurde schwer wie eine Bleikugel an der Gefängniskette. Ich kam kaum wieder hoch. Die Grafik fand ich nicht. Ich rief Mittermaiers Allzweckwaffe Schnellinger an: »Ah, die Frau Scott. Das ist aber schön, daß Sie uns auch mal beehren. Sie sind ja jetzt zur Abteilungsleitung aufgestiegen, wie ich höre. Da ist aber mal 'ne Runde fällig.«

»Von wegen. Ich mache hier bloß die Vertretung. Herr Schnellinger, ich suche eine Grafik über den Kapazitätsabbau in der EU.«

»In welchem Zeitraum denn?«

Das hatte der Sack nicht gesagt.

»Tja, Mädchen, Kapazitäten werden ja nun schon eine ganze Weile abgebaut.«

Von der Bezeichnung ›Mädchen‹ kriegte ich allmählich Sodbrennen: »Ja, Herr Schnellinger, ich weiß, ich bin etwas blöd.«

»Der Apfel fällt nicht weit vom Stamm. Kommen Sie doch mal runter zu uns. Die Jungs freuen sich immer, wenn sie Sie sehen.«

In den Schubladen meiner Schauspieltalente fand ich

gerade nicht die Unterlagen über moderate Flirttechniken im Büro. Ich wackelte eine Etage tiefer. Die ›Jungs‹ waren Schnellinger mit seinem legendären Mundgeruch, eine blasse Wurst namens Hilger und ein schweigsamer Ossi im schwarzen Anzug, der mich heimlich verehrte.

»He, Hilger!« rief Schnellinger. »Dein Typ ist gefragt: Kapazitätsabbau in der EU. Wirf ihr mal das Neueste aus. Und sonst? Alles im grünen Bereich?«

»Pollack und Zausel sind nicht da, und ich geh auf dem Zahnfleisch.«

»Frau Scott rettet die Abteilung! Die beiden Hirnis können Sie doch sowieso vergessen, vor allem eure Ober-Assel, wo habt ihr die eigentlich ausgegraben? Seien Sie doch froh, daß die weg ist. Davon können wir nur träumen. Der Mittermaier übernachtet ja sogar im Büro, so krank ist der im Kopf.«

Als ich wieder hochkam, hing Landauer mit rotem Kopf stotternd an meinem Telefon: »Ach, da k-kommt sie gerade. She comes. Mo-moment mal please.« Erleichtert reichte sie mir den Hörer: »Ich glaub, der spricht englisch.«

Am Apparat war ein Inder, der sich irrtümlicherweise der englischen Sprache für mächtig hielt. Ich verstand kein Wort. Auf der Direktleitung blökte Vogt gewichtig mitten in das Gespräch: »Ich warte auf die Rede Leutheuser.«

»Ja, Herr Vogt, ich bin dabei. Die Landesregierung rückt die nicht raus. Ich soll in dem Büro von der Leutheuser anrufen.«

»Dann machen Sie das!« Aufgelegt.

»Frau Scott, wir gehen heute mittag pünktlich! Wenn Sie noch was ausgeschnitten haben wollen, müssen Sie langsam in die Hufe kommen!« rief Landauer von nebenan. Im Büro Leutheuser wußten sie nicht, daß Leutheuser in den letzten Tagen ein Interview gegeben hatte. Ich rief Vogt an: »Donges, Büro Vogt. Nee, der ist in 'ner Sitzung, den kannst du jetzt nicht sprechen.«

»Scheiße.«

»Was ist denn so Dringendes?«

»Der sucht ein Interview, vielleicht sogar für die Sitzung, und die sagen mir, das gibt es gar nicht.«

»Ich könnte ihm ja einen Zettel reinreichen«, bot sie freundlicherweise an.

»Ja, das wäre nett. Schreib, das Büro Leutheuser weiß von keinem Interview.«

Fünf Minuten später: »Donges. Ja, ich bin's. Der hat da drauf geschrieben, Moment, das kann man kaum lesen: FAZ vom Wochenende. Die FAZ liest der immer zu Hause.«

»Danke, ich seh mal nach.«

Die FAZ vom Wochenende war zerschnitten und hing in tausend Fetzen. Landauer zeigte Solidarität und hängte sich mit mir über die Zeitung: »Ich seh nix.«

»Ich auch nicht. Der spinnt, der Arsch. Los, fangen wir noch mal von vorne an. Hier ist was von der Griefhahn. Da geht's um Umweltschutz. Ob der das meint?«

»Leutheuser hört sich aber ziemlich anders an, ne?«

Ich rief Donges an: »Sag mal, weißt du, worum es da geht in der Sitzung von Vogt?«

»Nee. Die Preuss ist dabei. Wenn dir das was hilft.«

»Die Preuss? Ja, dann geht es doch bestimmt um Umweltfragen!«

»Keine Ahnung. So was sagt der mir nicht.«

Landauer sagte: »Das Interview ist doch jetzt total zerschnitten, das können Sie dem doch sowieso nicht anbieten.«

Ich rief beim Empfang an: »Hallo, Frau Wurm, Sie haben doch eine Liste, auf der steht, wer im Haus welche Zeitungen kriegt. Können Sie mal nachsehen, wer noch die FAZ bekommt?«

»Ja, aber im Moment muß ich mich gerade um eine Delegation aus Uruguay kümmern. Wie dringend ist es denn?«

»Sehr dringend.«

»Immer ist alles dringend. Was ich mit den Leuten hier machen soll, hat mir auch kein Mensch gesagt. Also, FAZ haben Sie gesagt? Der Wetzel kriegt die, sonst keiner.«

»Danke, Frau Wurm, Sie haben mir sehr geholfen.«

»Sagen Sie mal, was spricht man denn in Uruguay für 'ne Sprache?«

»Äh, tja, probieren Sie es mal mit Englisch.«

»Ausgerechnet!« stöhnte Wurm, als spräche sie Französisch und Spanisch perfekt.

Ich raste zu Wetzel. Im Vorzimmer eine dauergewellte Zweizentnermaschine im Jogginganzug: »Ja, Herr Dr. Wetzel ist im Büro. Warum, was wollen Sie denn von dem? Sind Sie nicht von der Pollack?«

»Ja, Öffentlichkeitsarbeit.«

»Ach so«, sagte sie abfällig. Es gehörte in dem Verein zum guten Ton, sich immer besser zu fühlen als andere: »Ja, ist es denn wichtig? Herr Dr. Wetzel ist gerade sehr beschäftigt.«

»Es ist wichtig. Sonst wäre ich nicht persönlich heruntergekommen«, wurde ich genauso hochnäsig.

Sie quälte sich von ihrem Sitz hoch und schleppte sich zur Tür: »Herr Dr. Wetzel, da ist 'ne Frau von der Öffentlichkeitsabteilung. Haben Sie Zeit? Bitte, Sie können rein.« Im Abflug warf sie noch einen mißgünstigen Blick auf meine Strumpfhose und pflatschte sich dann wieder auf ihren Stuhl.

Wetzel stand an meinem Stehpult und las gemütlich die FAZ.

»Tag, Herr Wetzel. Das ist genau das, was ich suche. Ob Sie mir die Zeitung mal kurz ausleihen könnten?«

Er machte ein Gesicht, als hätte ich ihn um eine Knochenmarkspende gebeten: »Diese FAZ? Ungern.«

»Ich brauche nur das Interview von der Griefhahn. Es ist für Vogt.«

»Bitte, Sie können gerne mal blättern.«

Als ich es gefunden hatte: »Ob ich mir das mal ausschneiden könnte?«

»Ausschneiden? Nein, das geht nicht. Die FAZ wird bei uns gesammelt, wir können doch kein ausgeschnittenes Exemplar ablegen. Meinetwegen können Sie sich das ja rauskopieren. Drücken Sie auf Verkleinerung, dann geht das schon drauf.«

Ich fragte das Fliegengewicht im Vorzimmer: »Wo haben Sie denn hier einen Kopierer?«

»Auf dem Gang vorm Klo.« Wieder glotzte sie mir auf die Strumpfhose. Dabei hatte ich keine Laufmasche. Ich bedankte mich untertänig bei Wetzel und rannte zu Vogt. Donges spielte wie üblich Karten auf dem Bildschirm. Widerwillig unterbrach sie ihr Spiel. »Isses das?« fragte sie argwöhnisch.

»Keine Ahnung«, sagte ich, »leg es ihm einfach mal hin.«

Nach ausführlichem Studium des Textes befand sie fachmännisch: »Das könnte es sein.« Langsam setzte sie sich in Bewegung. Als sie wieder herauskam, fragte ich: »Und? Hat er was gesagt?«

»Der sagt nie was. Wenn es falsch ist, wird der sich schon bei dir melden.«

Er meldete sich nicht. Ich knöpfte mir meine Zeitungen vor. »Aber 'n bißchen dalli!« meinte Landauer. »Sie wissen ja, wir sind nur noch 'ne halbe Stunde an Bord.«

Am Abend stand Unglückswurm Marius mit Blumen

vor der Tür: »Kann ich reinkommen? Ich bleibe auch nicht lange.«

»Das paßt heute schlecht, ich habe noch nicht mal geduscht.«

»Das macht doch nichts. Du kannst doch duschen. Ich warte so lange. Hast du mal eine Vase für die Blumen?«

Ich hatte nicht mal Bock, eine Vase zu suchen. Wenn er jetzt auch noch anfing zu fummeln, kriegte ich unter Garantie einen Schreikrampf. Er blickte mich mit leuchtenden Augen an: »Du siehst immer so toll aus. Sag mal ehrlich, hast du mich ein bißchen vermißt?«

Ich überlegte, ob ich ihn gleich rausschmeißen sollte oder erst in zehn Minuten.

»Hast du überhaupt einen Gedanken an mich verschwendet? Gib es zu, du hast überhaupt nicht an mich gedacht«, fing er an zu jammern.

»Ich hatte zu tun bis über beide Ohren.«

»Die paar Minuten hat man immer.«

»Also gut, ich habe *nicht* an dich gedacht. Jetzt zufrieden?«

»Ich habe den ganzen Tag an dich gedacht. Obwohl mir ja da was zu Ohren gekommen ist, was mir weniger gut gefällt. Du sollst ja was mit dem Willi haben. Stimmt das?«

»Der Willi interessiert mich im Moment weniger als das Kanalisations-System von Buxtehude.«

»Aber du warst bei ihm in Meerbusch.«

»Na und? Halbrohe Scampis hat er gebraten. Sonst noch was?«

»Der lädt dich doch nicht ein, wenn da nicht was laufen soll.«

Die Othellonummer paßte heute wie die Faust auf's Auge.

Ich zog mich aus und warf mich in den Bademantel, Jürgens Weihnachtsgeschenk.

»Es ist nichts gelaufen. Ich geh jetzt unter die Dusche, und wenn ich wieder rauskomme, bist du verschwunden.«

»Warum denn? Ich könnte dir doch etwas Gesellschaft leisten?«

»Ich brauche keine Gesellschaft!« beschied ich ihm kurz angebunden.

»Du meinst, du brauchst *meine* Gesellschaft nicht. Das ist ja wieder mal sehr aufbauend, tut meiner Psyche richtig gut.«

»Marius, tu mir einen Gefallen und geh jetzt. Wir können uns ein andermal unterhalten.«

»Ich habe übrigens mit der Lampe angefangen«, machte er einen letzten Versuch, mein Interesse zu wecken.

An der Lampe konnte er sich meinetwegen erhängen. Ich ging ins Bad: »Also, du bist gleich weg, ja?«

»Weißt du, daß du ein extrem unfreundlicher Mensch bist? Ich freue mich den ganzen Tag auf dich, und dir macht es nichts aus, mich rauszuschmeißen.«

Es machte mir nicht das Geringste aus. Es gibt eben Frauen, die für die Zweisamkeit nicht geschaffen sind. Daß ich eine davon war, wurde mir allmählich klarer als Pollacks Tee-Plörre. Manchmal wollte ich einfach nur meine Ruhe haben. Mich gemütlich herumfläzen und mir andächtig einen hinter die Binde kippen. Keinen furzenden Macker dabei, der sich nasebohrend vor der Sportschau parkte und immer gerade dann zu fummeln anfing, wenn die Haare endlich mal gut saßen oder mich, ohne sich vorher die Zähne zu putzen, mit seiner Morgenlatte nervte oder den Bombeneinfall hatte, ich müsse heute mal oben liegen, und überhaupt hinge ich beim Bumsen immer herum wie eine Leiche – das ganze scheiß Gequengel, Gefummel, Gemotze und Getatsche, ich meine, wer brauchte das *wirklich*?

35. *Nach der Fusion mit einem*

verwandten Dödel-Verein mußten wir das Gebäude in der Innenstadt räumen und uns bei den hochbeglückten Kollegen am Stadtrand einquartieren. Kurz vor dem Umzug fuhren wir hinaus, um unsere künftigen Räumlichkeiten zu besichtigen. Zu diesem Zweck wurde uns ein Lageplan ausgehändigt, auf dem die einzelnen Namen und Zimmer eingezeichnet waren. Mein Name fehlte. Schnabels auch. Landauers fehlte sowieso, weil sich Landauer auf dem Weg einer Vorruhestandsregelung aus dem Verkehr gezogen hatte.

»Wahrscheinlich sitzen Sie im Erdgeschoß«, mutmaßte Pollack, »und Frau Schnabel auch. Zimmer 101.«

»Wer, Frau Schnabel oder ich?«

»Beide.«

»Ist das ein Doppelzimmer oder was?«

»Nicht, daß ich wüßte.«

Pollack tat, als sei es das Selbstverständlichste von der Welt, mich mit dem asthmatisch keuchenden Schnabeltier in einen Raum zu pferchen, dabei ging ich schon bei dem bloßen Verdacht am Stock.

An einem schönen Herbsttag fuhren wir zu dritt hinaus und besichtigten die Katastrophe vor Ort. Pollack hatte auf der obersten, der sogenannten Chefetage, ein schönes Zimmer mit Aussicht auf den Park ergattert und fand es jetzt psychologisch angebracht, Nörgeleien darüber abzusondern: »Mein Zimmer ist auch nicht besonders. Viel zu klein. Glücklich bin ich damit ja nicht, aber was soll man machen – wir müssen eben alle Abstriche machen.«

»Ist schon komisch«, sagte ich, »daß Sie das hinnehmen, daß Ihre Abteilung einfach auseinandergerissen wird.«

»Es ist ja nicht so, daß ich mich nicht dafür eingesetzt hätte, daß Sie auch nach oben kommen«, log sie langsam neben mir herwackelnd, »aber oben ist nun mal kein Zimmer mehr frei.«

Auch Schnabel hielt im Schnellgehen den Weltrekord. In diesem Affenzahn war ich zum letztenmal bei meinem Bandscheibenvorfall im Sommer vor zwei Jahren vorwärtsgekommen. Endlich landeten wir im Foyer und suchten das Zimmer 101, von dem noch nicht einmal feststand, ob es unseres sein sollte. Plötzlich schoß ein grauhaariger Typ den Gang entlang, machte kurz vor uns eine Notbremsung und brüllte: »Das ist ja wohl der Gipfel an Dreistigkeit, hier unangemeldet aufzutauchen und unsere Zimmer zu okkupieren! Ist das hier 'ne feindliche Übernahme, oder wo leben wir hier eigentlich?«

Sogar Lahmarsch Pollack war etwas erschrocken: »Das tut uns leid, Herr Grützbach. Wir sind davon ausgegangen, daß man Ihnen vorher Bescheid sagt.«

»Mir hat keiner was gesagt!« raunzte er stocksauer. »Scheiß Fusion hier! Da habe ich gerade noch drauf gewartet. Und überhaupt – ich habe keine Zimmer zu verteilen. Sehen Sie zu, wo Sie unterkommen. Bei mir nicht!«

»Wenn ich Ihnen die beiden Damen vielleicht doch eben mal vorstellen dürfte, um die es geht«, lieferte Pollack einen ihrer grandiosen Auftritte als Kleinkind vor Knecht Ruprecht, »wir müssen schon sehr um Entschuldigung bitten, daß wir hier so unangemeldet hereinschneien, also, das war ja nicht unsere Absicht eigentlich, bitte, wenn Sie vielleicht mal sehen wollen – da hat jemand mit der Hand das Zimmer 101 auf dem Plan eingetragen. Mehr wissen wir ja auch nicht.«

»Zeigen Sie mal her!« Wütend riß er ihr den Plan aus der Hand. Pollack verlor vor Schreck fast das Gleichgewicht. »Zimmer 101. Das ist direkt hinter Ihnen. Da sitzt nachmittags immer die Frau Dieckmann. Na ja, die könnte notfalls auch woanders hin, das stimmt schon.«

Er öffnete die Tür. In einer Ecke erwachte eine Staubflocke mittleren Alters unter ihrer Tischlampe. Der Rest des Zimmers lag im Dunkeln, weil die Rolläden heruntergelassen waren.

»Das wäre es«, sagte Grützbach unfreundlich.

»Und Sie haben wirklich nur ein Zimmer frei?« fragte ich. »Eigentlich habe ich ja ein Einzelzimmer.«

»Und der Kopierer«, mischte sich Schnabel ein, »der muß ja auch irgendwohin.«

»Aber nicht auf den Gang!« explodierte Grützbach. »Das reicht mir schon, daß der Abteilungskopierer da stehen muß. Noch einer kommt mir da nicht hin.«

Ich sagte: »Der kann doch sowieso nicht in das Zimmer. Das ist ja gesundheitlich gar nicht mehr vertretbar, daß ein Kopierer im Zimmer steht, wo Menschen arbeiten.«

»Ach nee!« krähte Schnabel. »Jetzt auf einmal! Unsereiner durfte jahrelang ...«

»Herr Grützbach«, unterbrach ich sie, »denken Sie doch bitte noch mal nach, ob Sie nicht noch was anderes frei machen können. Frau Schnabel und ich in einem Zimmer, wissen Sie, also, das ist für uns beide nicht der Traum.«

Schnabel warf mir einen feindseligen Blick zu. Wenn Grützbach nicht gleich antwortete, konnte es passieren, daß sie ihm auf der Stelle ihre komplette Leidensgeschichte unterbreitete. Schon machte sie den Mund auf.

»Wenn Sie zum Träumen hergekommen sind, sind Sie bei mir an der falschen Adresse!« motzte Grützbach ungnädig. »Na, mal überlegen«, lenkte er dann überraschend ein, »hinter der Registratur haben wir noch ein kleines Lager, soviel ich weiß. Ich hab keine Ahnung, wie es da im Moment aussieht. Kommen Sie mal mit.«

Im Tiefparterre hinter dem Cola-Automaten befand sich eine schwere Eisentür und dahinter eine Wendeltreppe. Wir betraten tiefste Kellergewölbe. Vorbei an Tausenden von Kartons, Aktenwägelchen, Regalen und Ordnern führte uns der schmale Gang in einen muffigen, dunklen Raum mit Blick gegen eine braun bemooste, hohe Steinwand, oberhalb derer sich ein Fußweg befand. Beklommen äugte ich hinauf in einen winzigen Flecken grauen Himmels, aus dem es mitleidig tröpfelte. Binnen kurzem würden mir hier klaustrophobische Panik-Attacken die Gurgel abklemmen. Ich hatte jetzt schon das Gefühl, lebendig begraben zu werden.

»Boah, stinkt das hier!« hielt sich Schnabel die Nase zu.

»Die Hälfte von dem Zimmer können Sie haben«, bot Grützbach großzügig an, »die andere Hälfte braucht Frau Fritzenkötter.« Frau Fritzenkötter, eine ältere Dame, die neben einem Aktenwägelchen kniete, schaute desinteressiert hoch und sortierte dann ihre Akten weiter, als wären wir eine Sinnestäuschung. Von einer Gewerkschaft hatte sie garantiert noch nie was gehört.

»Ach, so schlecht finde ich das gar nicht«, ließ Pollack zufrieden verlauten, »wenn man das hier mal gründlich durchlüftet. Stellt sich nur die Frage, wo der Kopierer hin soll.«

»Den können Sie vergessen!« empfahl Grützbach rüde. »Der geht hier auf keinen Fall noch rein.«

Ich sagte vorübergehend nichts mehr. Mir war schlecht. Solch mittelalterliche Zustände hatte ich nicht mehr für möglich gehalten. Mich hätte nicht gewundert, wenn plötzlich eine vollgefressene Ratte über den Boden geschlichen wäre. Oder mehrere. Tatsächlich klebte auf einem blechernen Aktenschrank ein verwittertes, gelbes Etikett ›Vorsicht, Rattengift‹. Schnell weg hier.

»Schade, die Zimmerhälfte ist beim besten Willen ungeeignet«, bedauerte Pollack, »ansonsten hätte ich es gar nicht so schlecht gefunden.«

Pollack hätte auch ein verschimmeltes Klo nicht schlecht gefunden, wenn es zur Disposition gestanden hätte. Wir erklommen wieder die Wendeltreppe.

»Tja«, sagte Grützbach zu mir, »wenn die Dame unbedingt alleine sitzen möchte, hätte ich da nur noch unsere Bibliothek anzubieten. Das ist natürlich eigentlich kein eigenständiger Arbeitsplatz. Da kommen auch Besucher rein und unsere Bibliothekarinnen. Da geht es rein und raus.«

»Oh, das hört sich interessant an!« freute sich Pollack.

»Äußerst interessant«, sagte ich lahm.

Durch die Glasfront der Bibliothek konnte jeder, der draußen vorbeiging, hineinsehen wie in ein Aquarium. Wie in einer Bibliothek nicht anders zu erwarten, säumten deckenhohe, bis obenhin vollgestopfte Bücherregale die Wände, und in der Mitte stand ein runder Tisch voller Bücherstapel.

Auf einmal krähte Pollack wie elektrisiert: »Da ist ja sogar ein Fenster!« So schnell sie konnte, lief sie in die hinterste Ecke, um aus dem handtuchgroßen Fenster zu blicken, das direkt in einen Schacht führte. Ich folgte ihr nicht. Mit vor Begeisterung glühendem Mopsgesicht kam sie zurück und nickte mir strahlend zu, als hätte sie eben ins Paradies geblickt.

»Da setzen wir manchmal unsere Praktikanten hin«, erklärte Grützbach, »und die Studenten in den Semesterferien.«

Hinter uns drängte ein Pulk Besucher herein und scharte sich um den Karteikasten.

»Rauchen darf man hier sicher nicht«, wandte ich mich an Grützbach.

»Um Gottes Willen!« sagte er. »Da steht es doch: Rauchverbot.«

»Tja«, meinte Pollack mit schadenfrohem Grinsen, »Sie haben die Wahl ...«

Und so quetschte ich mich mit Schnabel in Raum 101 und wußte im selben Moment, das war der Beginn meines Untergangs. Pollack hätte sich am liebsten noch für ihre Bemühungen feiern lassen, den Kopierer direkt neben unserer Tür auf dem Gang zu parken, wo ich mir jedesmal den Hüftknochen blauschlug, wenn ich hinaustrat.

»Wie wunderbar, daß es nur zwanzig Schritte bis zum Aufzug sind!« schwärmte sie. »Da haben Sie es ja nicht weit. Ich gehe dann mal nach oben und sehe mir mein Zimmer noch mal an. Ich habe da einiges auszumessen.«

Schnabel war mindestens so unzufrieden wie ich, denn: »Frau Landauer war ja schon unerträglich, aber Sie setzen ja allem noch die Krone auf. Wenn ich mir vorstelle, wie Sie mir dauernd auf die Finger gucken und überhaupt. Und dann Ihr Gelabere am Telefon immer. Da kriegt man ja die Krätze.«

Der Bereich, zu dem Zimmer 101 gehörte, lag uneinsehbar hinter dem Foyer und war vom Rest der Firma abgetrennt wie die geschlossene Abteilung in einer Klapse. Außer uns zwei Idioten war keine der anderen Kolleginnen hier untergebracht. Das kam daher, daß sie uns bei der offiziellen Planung vergessen hatten. Wir standen herum wie zwei aufgeplatzte Mülltüten im Regen.

»Ich setze mich auf jeden Fall mit dem Rücken zu Ihnen!« beschloß Schnabel. »Da brauche ich Sie nicht dauernd zu sehen.«

»Ich auch. Wenn ich Ihnen bei der Arbeit zusehen muß, wird mir von Ihrem Tempo schwindelig.«

»Kommen Sie mir jetzt nicht wieder auf die Tour, von wegen wie langsam ich angeblich bin. Das hört jetzt auf, daß Sie mich immer madig machen, das sage ich Ihnen. Von Ihnen lasse ich mir gleich überhaupt nichts mehr sagen. Meine Ansprechpartnerin ist die Frau Pollack und sonst keiner. Das können Sie sich gleich mal merken. Ich finde das echt zum Kotzen, wie Sie sich benehmen. Jetzt muß ich jedesmal rausrennen, wenn ich an den Kopierer will. Was das immer für Wege sind. Und alles nur wegen Ihnen.«

»Können Sie mir vielleicht verraten, wo der hier noch Platz hätte?«

»Ich will den hier drin haben! Da brauche ich mich nur umzudrehen, so, wie ich das gewöhnt bin.«

»Frau Schnabel, mit dem Thema sind wir durch.«

»Sie vielleicht. Ich noch lange nicht. Ich muß da ja jeden Tag hundertmal dran. Sie nicht. Und wo soll ich jetzt mit meinen Regalen hin und meinen Schränkchen? Das haben Sie ja gut hingekriegt.«

»Ich? Was habe ich denn damit zu tun?«

»Hätten Sie sich mal mehr durchgesetzt. Sonst haben Sie doch immer eine Riesenfresse. Jetzt sitze ich hier wie armer Leute Kind und kann mich kaum rühren, und Sie sind daran schuld.«

Mit Schnabel zu diskutieren, war vergeudete Zeit. Das politische Engagement ihres Ehemannes sah ich inzwischen in milderem Licht. Ich rief Dreeßbach an: »Herr Dreeßbach, haben Sie mal das Zimmer gesehen, in das die uns jetzt gepfercht haben?«

»Nee, warum, stimmt was nicht damit?« Ich hörte schon am Tonfall, daß er keinen Bock auf Beschwerden hatte.

»Die haben mir nach dreizehn Jahren mein Einzelzimmer genommen«, klagte ich, »dreizehn Jahre habe ich alleine gesessen und jetzt das. Wenn ich das geahnt hätte, hätte ich mich vor Jahren woanders beworben.«

»Das steht Ihnen ja immer noch frei«, sagte er humorlos, »freuen Sie sich doch, daß Sie jetzt endlich Gesellschaft kriegen.«

»Machen Sie doch keine Witze. Ich bin kurz vorm Heulen.«

»Ja, das höre ich den ganzen Tag. Jeder ist hier kurz vorm Heulen. Da muß noch viel Wasser den Rhein runterfließen, bis sich der erste Sturm der Entrüstung gelegt hat.«

Offenbar hatte er im Moment die Schnauze voll von den Tiraden der Mitarbeiter.

»Die haben mich aber ausgerechnet mit der Schnabel zusammengesteckt«, fuhr ich leidend fort, »wissen Sie, was das bedeutet? Das bedeutet, daß ich in absehbarer Zeit einen gewaltigen Dachschaden kriege.«

Dreeßbach lachte gelangweilt: »Fällt doch hier gar nicht auf. Was haben Sie gegen Frau Schnabel? Das ist doch ’ne nette, alte Dame, immer freundlich, immer höflich und ganz ruhig.«

»Sie sprechen von einer anderen Person.«

»Frau Scott, jetzt tun Sie mir einen Gefallen und fangen Sie nicht auch noch mit Frau Schnabel Theater an. Daß Sie mit der Pollack nicht können, das haben wir ja mittlerweile zur Kenntnis genommen, aber wenn ich mich recht erinnere, hatten Sie ja auch mit Frau Probst ewig Palaver, und wenn Sie jetzt noch mit der Schnabel kommen, kann ich Ihnen sofort prophezeien, was Hübchen dazu sagt, nämlich, daß Sie mit an Sicherheit grenzender Wahrscheinlichkeit eine ziemlich unverträgliche Person sind.«

»Das ist mir scheißegal!« blökte ich sauer. »Was Hübchen von mir denkt, ist mir echt langsam wurscht. Der rührt für mich sowieso keinen Finger.«

»Wenn Sie sich da mal nicht täuschen«, orakelte Dreeßbach mit bedeckter Stimme.

»Was soll das heißen?« wurde ich hellhörig.

»Nichts, ich habe nichts gesagt. Nun entspannen Sie sich erst mal und freunden Sie sich einfach ein bißchen an mit der Schnabel. So 'ne alte Dame will doch nur ein bißchen hofiert werden.«

Pollack hätte jetzt gesagt: ›Wo kommen wir denn da hin, wenn man seine eigenen Mitarbeiter hofieren soll.‹

Ich sagte: »Mit der kann man sich nicht anfreunden. Niemand kann das. Sie auch nicht.«

»Frau Landauer ist zum Beispiel ganz gut mit ihr zurechtgekommen.«

»Ha! Frau Landauer!« rief ich höhnisch. »Die hat mir doch von morgens bis abends in den Ohren gelegen, wie ihr die Schnabel auf den Sender geht. Gequält hat sie sich mit der! Und was die Probst betrifft, weil Sie das eben angesprochen haben, mit der kam ja auch niemand klar außer Rademann, dem Radfahrer.«

Dreeßbach seufzte. Ich hatte den Eindruck, daß er am liebsten den Hörer aufgelegt hätte: »Frau Scott, wenn Sie sonst nirgends der Schuh drückt – ich habe auch noch was anderes zu tun. Was glauben Sie, wie viele sich gerade jetzt im Moment den Finger wund wählen, und wissen Sie, was die mir alle erzählen wollen? Original dasselbe wie Sie.«

»Wie – die haben alle ihr Einzelzimmer verloren?«

»Das natürlich nicht«, räumte er genervt ein, »jeder hat was anderes. Aber das Gejammere ist immer gleich. Jeder lädt seinen Senf bei mir ab. Ja, Kinder, was soll ich denn tun? Seid froh, daß ihr in der heutigen Zeit überhaupt noch einen Arbeitsplatz habt. Draußen vor der Tür stehen Tausende, die würden sich die Finger danach lecken, mit einer Frau Schnabel im Trockenen zu sitzen.«

Ernüchtert beendete ich mein Klagelied. »Eine letzte

Frage noch, Herr Dreeßbach: Wer hat eigentlich die Zimmerfrage entschieden?«

Er überlegte kurz, ob es opportun sei, in einen feuerspuckenden Vulkan eine Ladung Öl zu gießen. Dann sagte er mit bedeckter Stimme: »Hübchen in erster Linie. Also den groben Plan.« Auf dem er mich ja vergessen hatte.

»Und im einzelnen?«

»Im einzelnen, tja, ich denke mal, der Abteilungsleiter.«

»In unserem Fall die Abteilungsleiterin.«

»Mhm.«

Seitdem hatte ich die Bergziege Schnabel am Hals. Da ich mit dem Rücken zur Tür saß, starrte ich durch das Fenster in einen mickerigen Baum, in dem sich gelegentlich zwei Amseln anpfiffen. Der Schreibtisch war für eine Zwergin konzipiert, so daß ich meinen Drehstuhl fast bis zum Boden schrauben mußte, wenn ich meine Beine übereinanderschlagen wollte. Bei jedem Öffnen der Tür zischte Zugluft gezielt auf meine Bandscheiben, und das Aufheulen zweier Kopierer drang melodisch zu mir herein. Die ätzende Unzufriedenheit hatte die asthmatische Schnabel in eine schnaufende Lokomotive verwandelt, die ihren Dampf dadurch abließ, daß sie die Schere etwa zweihundertmal aus einem Meter Entfernung auf die Tischplatte knallte, als müßte sie damit Tote aufwecken.

Schon während der morgendlichen Busfahrt gerieten meine Nerven in den Schleudergang, Stufe 3. Auf dem weiten Weg zum Stadtrand waren drei Schulen mit Schulkindern zu bevölkern, die mit riesigen Apparaten von buntbeklebten Tornistern wie aufgeschreckte Brüllaffen durch die Gänge stoben und einander schrill kreischend über ihre angeblichen nächtlichen Erlebnisse informierten: »Ey, du alte Fotze, gestern zuviel gevögelt, wat?«

»Verpiß dich, du Wichser!«

»Wat willst du? Dich fick ich in den Arsch.«

»Womit denn, du Weichei?«

Gellendes Gelächter, das sich anhörte, als sei dem Zahnarzt der Bohrer ausgerutscht.

Ich fühlte mich neuerdings sehr zartbesaitet. Von oben stieß mir gerade eine Tornisterecke ein Auge aus, links büßte ich eine Rippe ein.

»Ey, Meik, sag dem Wichser da vorne mal, dat er einen Zahn zulegen soll und ob der heute Nacht schlecht gefickt hat, dat der so schleicht.«

»Laß die Frau mal durch hier, die ist noch nicht gefickt worden heute. Ey, Süße, Bock auf Ficken? Um zwölf Uhr kann ich dir's besorgen.«

Kurz bevor ich meine Haltestelle erreichte, legte sich der vollbesetzte Bus in eine Haarnadelkurve, und ich flog über Taschen, Tornister, Sportklamotten und runtergelassene Hosen zur Tür hinaus.

Im Gang brummte der Kopierer, im Zimmer war schon Licht. Auf Schnabels Schreibtisch lag ihr ledernes Brillenetui. Sie selbst war wie üblich samt Brille auf dem Klo. Wahrscheinlich unterzog sie ihr Morgenei einer mikroskopischen Analyse. Ich setzte mich an meinen Zwergenschreibtisch. Aus dem Fensterglas blickte mich mein Spiegelbild an und schleuderte mir giftgelbe Kotze entgegen: Schnauze voll bis obenhin, Alte! Unternimm was, sonst gehst du kaputt. Was muß noch passieren, damit du schnallst, daß *du* das bist, die hier krepiert? Wie lange willst du dir einreden, du hättest nichts damit zu tun, du könntest abends nach Hause fahren und dich aus der Scheiße kratzen wie Frischkäse aus einer verbeulten Schachtel?

Ich fragte mich, ob jemand, der keine besonderen Wünsche ans Leben hat, trotzdem enttäuscht sein kann, wenn sie nicht erfüllt werden. Ich war auf dem besten

Weg, ein frustriertes Arschloch zu werden. Wollte ich bis zur Rente so weitermachen? Bepißte Unterlagen von links nach recht schieben, den geistigen Dünnschiß irgendwelcher verklemmten Ärsche als das Vaterunser akzeptieren und mir von dem sauer verdienten Schotter genügend Alk kaufen, um diese verfluchte, schmerzende Sehnsucht, die mich innerlich zu zerfressen schien wie ein unersättlicher Dämon, Abend für Abend totzuschlagen, und die doch Morgen für Morgen mit höhnischem Grinsen unermüdlich ihr Tagewerk aufnahm, als bedeutete es ihr ein Freudenfest, mir ihre Überlegenheit zu beweisen. Wollte ich weitere fünfundzwanzig Jahre hackevoll im Gang stehen und die Lippen zusammenpressen, damit es keiner roch, wie ein Hamster im Rad immer und immer wieder dieselben Handgriffe machen und dieselbe marode Ecke im Gehirn bedienen, während sich der Rest der Birne siechend verkroch wie in ein geheimes Verlies? Die dilettantisch gemalten Portraits der verblichenen Vorstandsvorsitzenden auf dem Weg zum Klo starrten mich an wie Mörder meiner Individualität. Das Hohe Lied der Werktätigen – ich mochte es nicht mal summen, so sehr kotzte es mich an.

Zukunftsaussicht? Mir morgens schon die Kante geben und mit dem Walkman auf der Glocke in vergilbten Tagebüchern blättern? Falls die Arthrose in den Händen eine solche Beschäftigung noch hergab. Yeah, die Depris tanzten Samba – wie gewohnt auf meine Kosten und ganz ohne musikalische Begleitung.

Im Oktober feierte ich meinen zweiundvierzigsten Geburtstag – ich hatte es weit gebracht. Herzlichen Glückwunsch.

der Erfahrung fest, daß es tatsächlich Menschen gibt, die sich monate-, ja, jahrelang mit der Frage beschäftigen, wie sie einem anderen am besten auf den Zahn gehen können. Lange hatte ich Pollack unterstellt, ihre zermürbende, penetrant wiederkäuende Art, an mir herumzuzerren, mich hereinzulegen und mir Fallen aufzustellen, sei ihrer Gedankenlosigkeit oder ihrem mangelnden Selbstwertgefühl zuzuschreiben, aber allmählich kapierte ich, es war die reine Heimtücke. Landauer hatte recht gehabt: Pollack war eine Schlange.

Mit Probst hatte mich eine wunderbare Feindschaft verbunden. Wunderbar deshalb, weil wir einander aufrichtig haßten. Ebensogut hätte man sagen können, wir liebten uns. Mit Probst hätte ich zwei Flaschen Chablis töten sollen, dann hätten wir uns mit nassen Augen in den Armen gelegen. Wir waren vom selben Schlag.

Pollack gehörte zu einer Gattung, die mir bisher unbekannt gewesen war. Wie ein Monsterpilz knüpfte sie unsichtbar im Verborgenen heimlich, still und leise ihr stetig wuchernden Geflecht, und wenn man endlich schnallte, daß es einem irgendwie die Gurgel abklemmte, war man auch schon fast darunter erstickt. Sie blieb immer in Deckung. Sie brüllte nie, sie ließ sich nicht provozieren. Sie blickte einem mit weit geöffneten Augen ins Gesicht wie ein unschuldiger Säugling und stieß einem lächelnd das Messer ins Kreuz, sobald man ihr den Rücken zuwandte. Normalerweise hätte ich ihr die Fresse poliert und mir hinterher die Hände desinfiziert. Leider aber war sie meine Vorgesetzte.

Ich redete nur das Nötigste mit ihr, und auch sie ließ sich nur selten in meinem Büro blicken. Gelegentlich hatte ich die Hoffnung, sie habe mich vergessen. Die Hoffnung trog.

Die einzige, die mich regelmäßig in meinem abgelegenen Büro besuchen kam, war Zausel. Sie brachte mir morgens die Post herunter, um sich von ihren eigenen Qualen zu erleichtern: »Jetzt ist die Donges schon wieder nicht gekommen heute morgen. Ich bin nur noch für Vogt am springen. Wissen Sie, was der macht, wenn der Kaffee will? Der schnippt mit den Fingern. So.« Sie machte es vor. Ich kannte das bereits, und es war mir auch egal. »Das ist doch irgendwie menschenverachtend, finden Sie nicht, Frau Scott? Und die Pollack sagt immer, ihre Aufträge hätten Vorrang. Aber der Vogt ist doch Geschäftsführer, der ist ihr doch überstellt.«

»Ich würde machen, was der Vogt sagt«, riet ich lahm.

»Aber dann regt sich die Pollack auf«, wandte sie ein.

»Was die Pollack sagt, wäre mir kackegal.«

»Das sagen Sie so. Das ist meine Chefin.«

»Ein Furz ist die.«

Ächzen von der Tür. Windzug. Eintritt Schnabel. Allgemeines Schweigen. Zausel: »Ich geh' mal raus eben.« Ich folgte. Wir drückten uns an der Treppe herum. Schnabel brauchte nicht alles zu hören. Wie ich von Zausel wußte, verstand sie sich neuerdings auffallend gut mit Pollack, lungerte häufig in ihrem Büro herum und kriegte sogar Kaffee serviert. Nach derlei Vertraulichkeiten mit der Hohen Frau trug Schnabel immer das triumphierende Grinsen satter Genugtuung zur Schau, wie die Hüterin eines exquisiten Geheimnisses, das es vor mir Untermensch zu wahren galt.

Zausel fuhr fort: »Der Vogt macht mich immer verantwortlich, wenn dem was fehlt. Dabei ist doch die Donges seine Sekretärin. Ich halte das nicht mehr aus.«

»Die Donges ist ja nie da. Das ist eine Schweinerei, was die mit Ihnen machen.«

»Ja, ich zerreiße mich. Ewig bimmelt die Pollack, und der Vogt tut so, als wäre ich für den alleine da. Und die Pollack hat immer so eine Art, als wäre ich für alles zu blöd. Dauernd kommen von Frenzel Beschwerden, und dann tut die immer so komisch, als wenn ich da schuld dran wäre. Ich möchte nicht wissen, was die Frenzel über mich erzählt.«

»Das kann ich Ihnen zufällig genau sagen«, sagte ich grimmig, »daß Sie doof sind in der Birne, *das* erzählt die dem.«

Zausel fiel vor Entsetzen fast die Brille von der Nase: »M-meinen Sie wi-wirklich?«

Ich warf einen Blick auf ihren Topfblumenschnitt. Eine Frisur von solcher Akkuratesse bekam man selten zu Gesicht. Wahrscheinlich arbeitete ihr Friseur mit einer Schleifmaschine. Sie fuhr sich nervös mit einer Hand durch das graublonde Haar. An ihren Nagelhäuten hatte sie so lange herumgepult, daß sie als wunde Wülste über die Nägel ragten, die mit Rillen und Kratern übersät waren. Auch jetzt friemelte sie unentwegt an der Nagelhaut ihres linken Daumens herum.

Sie war völlig von der Rolle: »Sie meinen wirklich, die Pollack erzählt dem Frenzel daß ich – blöd bin?«

»Fragen Sie doch die Flemming. Pollack quatscht ja von jedem rum, daß er blöd ist. Aber von Ihnen besonders.«

Zausel schwieg erschüttert. Hinten sah ich Schnabel zum Kopierer schlurfen. Mit einer Miene, als wären ihr gerade Haus und Hof abgebrannt, legte sie die beklebten Formulare einzeln in den Kopierschacht. Im Moment sah

Zausel auch nicht besser aus: »Warum macht die denn das?« fragte sie fast weinend. »Ich bring mich doch um für die. Jeden Tag koche ich drei Kannen Tee und lasse den acht Minuten ziehen, und die Pressemappen bringe ich der nach Hause, sogar wenn's regnet, und Überstunden mache ich auch …«

»Ich habe Ihnen immer gesagt, Sie sollen für die nicht den Lakaien spielen. Das nutzt die nur aus. Für die sind Sie ein Fußabtreter, sonst nichts.«

»Das ist ja unverschämt.«

Sie fuhr sich mit der Hand durch das Haar, das jedesmal wieder in die hundertprozentige Akkuratesse zurückfiel. Der Friseur war ein Genie.

»Ausgerechnet die Pollack!« miaute Zausel kläglich. »Wo die keinen Brief schreiben kann, ohne daß Frenzel den radikal umschreibt. Die will mir erzählen, was intelligent heißt. Als ob die das beurteilen könnte.«

»Im Beurteilen anderer ist die Spitze«, sagte ich, »Tag, Herr Grützbach.« Grützbach schoß mal wieder durch den Gang wie ein Wildschwein auf der Flucht. Wahrscheinlich hielt er das für männlich-dynamisch.

»Ich muß das mal mit meinem Mann besprechen, ob man das auf sich sitzenlassen muß. Wann soll die das denn gesagt haben?«

»Dauernd sagt die das. Das erzählt die sogar mir. So blöd ist die ja auch noch. Frau Zausel ist so unglaublich doof, sagte sie neulich, so was wie die dürfte normalerweise nur im Schreibpool sitzen.«

»Wir haben doch gar keinen«, wunderte sie sich.

»Eben.«

Durch das Glasportal kam eine Gruppe junger Anzughirsche getrabt und blickte vor Wichtigkeit dampfend in den Gang: »Hier soll irgendwo eine Bibliothek sein?«

»Geradeaus und bitte rechts anmelden«, gab ich Auskunft.

Während die kommende Elite männlich-zielbewußt vorwärtsschritt, verstrickten wir doofen Schlammfotzen uns weiter in unseren Kleinkrieg: »Frau Scott, was mache ich denn jetzt?« jammerte Zausel ratlos.

»Da können Sie nicht viel machen. Wir sind ja nicht dabei, wenn sie Frenzel Brei um die Fresse schmiert.«

»Daß der das nicht merkt!«

Hinten krebste Schnabel wieder um den Kopierer herum. Jetzt fiel ihr der Stift auf den Boden. Beleidigt schielte sie hinunter, als überlegte sie, ob sie ihn aufheben sollte oder ob er vielleicht von selbst wieder hochflöge. Dann stützte sie sich mit einer Hand am Kopierer ab und bückte sich. Ihr Stöhnen glaubte ich bis zur Treppe zu hören. Danach zog sie sich am Kopierer hoch und zupfte an ihrer braunen Zementhaube, auch Frisur genannt. Sie schob den Gürtel in die ursprüngliche Positon und zerrte den roten Pulli über den Arsch. Schließlich erinnerte sie sich an den Vorgang, der auf dem Kopierer seiner Bearbeitung harrte.

Plötzlich öffnete sich die Aufzugtür im Foyer, und Pollack kam auf uns zugewackelt. Zausel wurde leichenblaß: »O Gott, was will *die* denn hier?«

»Hier stecken Sie!« rief Pollack vorwurfsvoll. »Ich suche Sie schon überall.«

»Ich war nur mal kurz, mal eben eine Sekunde ...«

»Frau Scott, bei Ihnen geht auch keiner ans Telefon!« motzte Pollack.

»Frau Schnabel ist doch da«, entgegnete ich gelangweilt.

»Die geht aber nicht dran. Stellen Sie bitte den Apparat um, wenn Sie das Zimmer verlassen.«

»Auf wen denn? Auf Frau Zausel etwa?«

»Ja, oder meinetwegen auf Frau Donges.«

»Die ist doch sowieso nie da.«

»Heute ist sie aber da. Die war nur beim Arzt. Ist noch was, Frau Zausel?«

»Nein, ich dachte, äh, ich dachte ...«

»Wollen Sie hier Wurzeln schlagen?«

Frau Professor stolperte die Treppe hinauf.

»Ich möchte mir mal ansehen, wie Sie sich so eingerichtet haben, Frau Scott. Sie sollen ja jetzt diesen neuen Computer kriegen. Herr Hübchen hat sicher schon mit Ihnen gesprochen. Guten Morgen, Frau Schnabel. Na, gut eingelebt inzwischen?«

»Das ist alles Käse hier. Hundertmal rein- und rauslaufen und ewig die Tür auf- und zumachen. Frau Scott zieht es am Kreuz. Ich finde das eine Frechheit hier.«

»Ja, wir leiden alle unter der räumlichen Situation«, behauptete Pollack in pietätvoll gedämpfter Tonlage.

»Sie ja wohl nicht!« giftete Schnabel unbestechlich. Vorübergehend setzte sie die jungfräuliche Freundschaft mit Pollack in Klammern. »Ihr Zimmer würde ich auch nehmen.«

»Ha ha, mein Zimmer ist ja viel zu klein für Ihre ganzen Schränke ...«

»Ich würde auch 'ne Hundehütte nehmen, wenn ich die Frau Scott nicht mit drin hätte.«

»Dito«, sagte ich, »wir fühlen uns hier nicht wohl.«

Pollack stellte sich taub und ließ im Geist das Metermaß schweifen: »Hm. Das habe ich ganz vergessen, daß Sie ja jetzt auch einen PC im Zimmer haben, Frau Scott. Der nimmt ja enorm viel Platz weg. Klappt das Schreiben denn jetzt nach dem Lehrgang?«

»Was soll da nicht klappen?«

»Ich weiß nicht, ich habe gar keine Zeit, mich richtig damit zu befassen.«

»Ich auch nicht. Wenn Sie immer abspeichern, kann ja gar nichts passieren.«

»Ja, man muß es dann nur wiederfinden. Tja, die neue Technik, die Sie jetzt kriegen sollen, die nimmt natürlich einen Heidenraum ein. Aber wenn das mal steht, ist das ein Riesenfortschritt. Da braucht dann niemand mehr mit den Mappen herumzulaufen. Sie können dann per E-Mail die Presse direkt an die Abteilungsleiter senden. Das ist doch ein enormer Fortschritt. Und das Auschneiden entfällt komplett. Sogar archivieren können Sie mit dem Ding.«

»Hört sich lernintensiv an.«

»Und ich?« krähte Schnabel alarmiert. »Dann bin ich ja arbeitslos!«

»Nein, nein, Sie gehen Frau Scott natürlich weiterhin zur Hand.«

»An dem neuen Apparat etwa? Da muß ich ja *noch* näher an die ran.«

Pollack grinste schief. Ich nicht. Ich riß ohnehin schon alle fünf Minuten das Fenster auf wegen Schnabels penetranten Achselgeruchs. Demnächst saß ich hier mit einer Wäscheklammer auf der Nase.

Plötzlich hatte Pollacks Adlerauge etwas entdeckt: »Was ist denn das da eigentlich für ein unsortierter Haufen auf der Fensterbank?«

»Das ist Ablage«, erklärte ich.

»Was, die fliegt einfach so herum?« Pollack glaubte es nicht.

»Die kann ich ja nicht auszeichnen, weil Frau Schnabel nicht weiß, wohin damit.«

Pollack war sichtlich erschüttert: »Und da knallen Sie einfach die Sachen so auf die Fensterbank?«

»Ich kann sie ja auch gleich rausschmeißen, wenn Ihnen das lieber ist«, schlug ich vor.

»Ja, aber... Sie müssen doch die Ablage ordentlich unterbringen. Frau Schnabel, stimmt denn das?«

»Wir sitzen hier wie die Ölsardinen«, gab Schnabel pampig Auskunft.

»Sehen Sie mal untern Tisch«, freute ich mich, »da liegt noch mehr. Auf dem Boden ist ja schon kein Platz mehr. Deshalb mußte ich ja auf die Fensterbank ausweichen.«

Pollack beschloß, ihre Erschütterung etwas zurückzufahren. Es bestand sonst die Gefahr, daß sich bezüglich des Platzmangels eine Meinungsgleichheit entpuppte, die es unter allen Umständen zu vermeiden galt. Schließlich sollte die Scott gezwiebelt werden, bis sie endlich das Handtuch warf.

»In ein paar Monaten«, prophezeite ich in gehobener Stimmung, »gehen wir auf dem Zeug spazieren, und nach einem Jahr kommt keiner mehr in das Zimmer rein. Außer ich schmeiße den Kram in den Müll.«

»Das machen Sie nicht!« befahl Pollack streng. »Da muß Hübchen sich was einfallen lassen. In den Garagen ist ja auch noch Platz, vielleicht könnte man da was unterbringen.«

»Da gehen Sie aber selber hin, wenn Sie da was brauchen!« blökte ich entrüstet. »Ich latsche doch nicht jedesmal auf den Hof, wenn hier ein Artikel gesucht wird. Ist mein Arbeitsplatz jetzt in einer Garage oder was? Wird ja immer toller.«

Pollack ignorierte mich. Sie befand sich bereits auf dem Abflug: »Haben Sie meine heutigen Vermerke schon gelesen?«

»Nee, ich war noch gar nicht oben.«

»Sie müssen aber schon täglich zweimal Ihr Fach kontrollieren«, mahnte sie.

»Wenn Sie mir ein Paar Rollerblades spendieren, komme ich gerne vorbeigeschnurrt.«

»Also tun Sie, was ich Ihnen sage. Ich warte da auf eine wichtige Dokumentation.«

Schnabel legte ächzend einen Tesafilm ein: »Das ist Tierquälerei, was hier passiert.«

»Ja«, stimmte ich zu, »das wäre ein Fall für Amnesty International.«

Sie schwieg beleidigt. Wahrscheinlich kannte sie die Organisation nicht. Vorwurfsvoll knallte sie mir die Mittagspost auf den Tisch: »Was reißen Sie eigentlich immer das Fenster auf? Wenn ich hinten die Tür aufmache, kriegen Sie es angeblich im Kreuz, aber vorne sind Sie am Lüften wie ein Weltmeister.«

»Es stinkt hier drin.«

»Wenn hier was stinkt, dann höchstens Sie.«

Ich machte mich auf den Weg in die oberste Etage. Dort herrschte gedämpfte Stimmung: Flemmings Mutter war gestorben. Als ich Zausels Büro betrat, war Pollack gerade dabei, Zausel mit einem Auftrag in die Blumenhandlung zu schicken: »Nehmen Sie was Ordentliches, ich achte da nicht auf die Mark. Frau Flemming hat mein ganzes Mitgefühl.«

Auf Pollacks Schleimspur bewegte ich mich zu meinem Fach neben der Tür. Ich las:

Frau Scott

Bitte Unterlagen zum ersten NATO-Gipfel in der BRD zusammenstellen. Nur aussagestarke Berichte.

Pollack

»Frau Pollack«, sagte ich, »das ist ja historisches Material. Das gibt es doch gar nicht mehr.«

Pollack war irritiert. Ein paar Münzen fielen aus ihrem Portemonnaie und kullerten auf dem Boden entlang. Zausel sprang herbei und klaubte sie kriechend zusammen.

»Was heißt ›Das gibt es nicht mehr‹?«

»Das hat der Hausmeister beim Umzug weggeschmissen.«

Pollack traute ihren Ohren nicht: »Der Hausmeister? Der Wildenbruch?«

»Der und der Hussein.«

»Das ist doch sicher wieder nur einer Ihrer komischen Einfälle.«

»Nee«, sagte ich schadenfroh, »damit habe ich ausnahmsweise gar nichts zu tun. Der Wildenbruch hat gemeint, für den Schrott hätten wir im neuen Gebäude keinen Platz mehr.«

»Das hätten Sie mir doch melden müssen! Da sind Sie doch verantwortlich für.«

»Das hat der mir ja erst hinterher gesagt.«

»Der kann doch nicht eigenmächtig unser ganzes historisches Archiv vernichten! Wo ist denn das jetzt? Das muß doch auffindbar sein!« Pollack war fassungslos.

»Das ist jetzt längst in einer Müllvernichtungsanlage, da springen schon lange die Ratten drauf herum.«

Zausel verdrückte sich ängstlich: »Ich bin dann zum Blumenladen.«

»Moment!« rief Pollack. »Rufen Sie erst noch den Wildenbruch an.«

Zausel kehrte brav um und klemmte sich im Mantel ans Telefon: »Ja, Zausel hier, Abteilung Öffentlichkeitsarbeit. Ich hätte gerne Herrn Wildenbruch gesprochen. Wie bitte?« Zu Pollack: »Ich verstehe den nicht.«

»Geben Sie mal her!« sagte Pollack unwillig. »Pollack hier. Hussein, sind Sie das? Wo ist denn der Wildenbruch? Sprechen Sie mal etwas langsamer. Wie lange denn noch? Vier Wochen? Ja, wer genehmigt denn so was? Und Sie sind jetzt alleine da unten? Herr Hussein, hören Sie mal... Jetzt hat der aufgelegt, also, wo gibt es denn so was.«

Sie wählte erneut die Nummer. Nach einer Ewigkeit wurde abgehoben: »Pollack hier noch mal. Herr Hussein, sagen Sie mal, Sie kennen doch bestimmt unser historisches Archiv, das früher immer auf dem Dachboden war. Bitte? Ja, genau, die alten Klamotten. Wo sind denn die jetzt eigentlich gelagert? Wissen Sie das zufällig? Bitte? Ich verstehe Sie so schlecht. Was für 'n Fall? Abfall? Nein, nein, das kann nicht sein. Das sind doch Unterlagen von eminent wichtiger Bedeutung! Das kann doch nicht sein, daß ... hören Sie mich noch? Herr Hussein? Jetzt hat der wieder aufgelegt. Das ist ein Personal heutzutage, das ist ja katastrophal.«

»Sie brauchen gar nicht lange herumzutelefonieren«, bemerkte ich, »das Zeug ist weg. Wäre ja auch gar kein Platz mehr für gewesen.«

»Das glaube ich erst, wenn Wildenbruch mir persönlich Rede und Antwort gestanden hat. Das historische Archiv ist Frenzels Lieblingskind. Da kann doch nicht einfach ein Hausmeister kommen und ... ja, jetzt können Sie gehen, Frau Zausel. Aber stellen Sie vorher Ihr Telefon um. Und denken Sie daran: keine Nelken.«

Ich schwirrte ab. Lange würde die Freude über Pollacks Nöte nicht währen. Garantiert schaffte sie es auch diesmal mühelos, mir die Schuld in die Schuhe zu schieben – Wildenbruch zu dem Eingeständnis zu bewegen, mich vorab informiert zu haben, war eine Kleinigkeit.

»Übrigens«, sagte Schnabel, als ich unten wieder auftauchte, »ich habe mir jetzt das Rauchen abgewöhnt.«

»Gratuliere. Das tut Ihrem Asthma gut.«

»Ich habe kein Asthma, Sie blöde Gans. Was fällt Ihnen denn ein? Werden Sie erst mal so alt wie ich! Mal sehen, ob Sie dann überhaupt noch leben! Aber Leute mit so einem dicken Fell werden ja steinalt.«

Nach einer Weile meldete sich Schnabel wieder zu Wort: »Jetzt, wo ich das Rauchen aufgehört habe, kann ich das nicht mehr vertragen, wenn da im Zimmer geraucht wird.«

Ich ersparte mir einen Kommentar.

»Das werde ich dem Betriebsrat melden«, fuhr sie wütend fort, »daß ich hier mit einer starken Raucherin zusammensitzen muß.«

Sie wartete auf eine Reaktion. Den Gefallen tat ich ihr nicht.

»Wenn Sie rauchen wollen, können Sie ja aufs Klo gehen«, schlug sie lauter werdend vor, »oder sonst wohin. Das soll mir egal sein. Ich dulde keinen Rauch hier im Zimmer. Und ich bin da im Recht. Ich habe mich erkundigt. Da können Sie überhaupt nichts gegen machen.«

Wo sie recht hatte, hatte sie recht. Fortan traf ich mich mit circa zwanzig anderen Junkies auf dem Klo, wo wir uns von den Stinkern und Strullern böse Blicke gefallen lassen mußten. Nach einigen Wochen landete das Raucherproblem auf dem Schreibtisch von Hübchen, der als begnadeter Süchtling die beste Adresse war. Seine Entscheidung ließ denn auch auf sich warten.

Im Büro verfiel ich in totale Sprachlosigkeit. Weder mit Pollack noch mit Schnabel wechselte ich ein Wort. Zausel hatte mittlerweile die Hosen bis zum Anstrich voll, zu mir herunterzukommen, und Küppersbusch war in einem weit entfernten Gebäude untergebracht. Nach täglich siebenstündigem Schweigen wuchs mir die Zunge am Kiefer an, die Stimmbänder verfaulten, mein Verstand leierte aus, und wenn ich nachmittags in den Bus stieg, schrie ein Achtjähriger: »Ey, Alte, willst du ficken?« Nee, dachte ich, das besorgen meine Depris für mich. Meine Füße wurden größer, mein Rückgrat krümmte sich, und meine Wangen saßen wie Tannenzapfen auf Kinnhöhe. Und dann brannte das Haus, in dem ich wohnte.

Ich erwachte nachts von einem fremden Geruch. Die

Luft war schwarz, und keine Lampe funktionierte. Ich nahm die Ohropax aus den Ohren und tastete mich auf den Balkon vor. Unten auf der Straße sah ich drei Feuerwehrwagen stehen. Als ich auf den Flur hinausging, kamen mir zwei Gestalten mit Gasmasken entgegen: »Bitte im Zimmer bleiben! Wir haben alles unter Kontrolle.«

Das Telefon war im Arsch, der Strom war weg. Kein Fernseher, kein Radio, kein Wecker, kein Licht und die ganze Bude voller Ruß. Als ich mich am Morgen im Spiegel betrachtete, hatte ich unter den Nasenlöchern zwei lange, dünne Rußstreifen. Ich zog mich an und ging zur Telefonzelle, vor der, wie üblich, circa ein Dutzend Asylanten herumlungerten, um sich bei der Großmutter in Timbuktu zu melden. Handys waren zu der Zeit noch kaum verbreitet – ich war sowieso eine der letzten, die sich eins besorgte. Nach etwa einer Stunde war ich an der Reihe: »Marius, kannst du mir vielleicht helfen? Unser Haus hat heute Nacht gebrannt.«

»Ich bin gerade auf dem Sprung, ich muß zum Bogenschießen.«

»Na, und?«

»Außerdem habe ich jetzt definitiv gehört, daß du doch mit dem Willi geschlafen hast. Er hat es mir nämlich selbst gesagt.«

»Hör mal, das interessiert mich so brennend, als wäre in China ein Sack Reis umgefallen. Ich habe keinen Strom und kein Telefon und ...«

»Du hast mich belogen.«

»Der Willi kriegt von mir persönlich eins auf's Maul, wenn der mir wieder unter die Augen kommt. Ich schwöre, ich habe mit dem nichts gehabt. Das ist doch jetzt auch völlig nebensächlich.«

»Für dich vielleicht. Ich habe eine furchtbare Nacht

hinter mir. Und dann kann man dich noch nicht mal telefonisch erreichen. Das kam ja noch dazu.«

»Das Telefon ist doch im Eimer! Mensch, ich bin hier in 'ner Telefonzelle …«

Draußen klopften ein paar Typen gegen die Scheibe. Ich hängte den Kopf hinaus: »Jetzt müßt ihr eben auch mal warten, ihr Schweine. Ihr labert hier drei Stunden, und ich soll nach zwei Minuten wieder raus!«

»Du Schwein«, sagte einer, »deutsches Schwein.«

Ich zog die Tür wieder zu. Einer zog sie wieder auf: »Fertigmachen jetzt deutsches Schwein.« Ich kriegte leichtes Muffensausen und schrie: »Marius, bist du noch dran?«

»Ja, aber nicht mehr lange. Ich muß jetzt zum Bogenschießen.«

»Also, du hilfst mir nicht?«

»Das habe ich ja nicht gesagt.«

Einer der Typen riß an meinem verrußten Mantel.

»Ja, was denn jetzt?« plärrte ich ungeduldig in den Apparat.

»Jetzt geht es nicht«, sagte Marius, »ich muß jetzt dringend weg. Ich überlege mir das noch.«

»Dann leck mich jetzt am Arsch!« brüllte ich und schmiß den Hörer auf die Gabel.

»Ja, Arschloch«, bestätigte einer der Typen. Trotz der herbstlichen Kälte trugen sie alle keine Strümpfe. Der Anblick der nackten Zehen wühlte meine Magensäfte auf. Männerfüße können sehr appetitlich aussehen, vor allem, wenn sie so liebevoll gepflegt waren wie diese.

Deprimiert setzte ich mich in Bewegung. Einer warf einen Gegenstand nach mir. Leider traf er nicht.

37. *Hübchens Fahne roch bis auf den Flur.*

Als ich eintrat, war er wie gewohnt in Action. In dichte Rauchschwaden gehüllt brüllte er stocksauer in den Hörer: »Bringen Sie mir das in Ordnung, Dreeßbach, Sie stehen mir persönlich dafür gerade! Wenn die mir noch einmal vor das Schienbein tritt, trete ich zurück. Da kann die sich drauf verlassen. Damit wir uns da richtig verstehen.«

Er bedeutete mir, Platz zu nehmen.

»Sie haben da meine volle Rückendeckung.« Mit zitternden Händen umklammerte er den Hörer, als müsse er jemanden erwürgen. »Also, ich gehe davon aus, daß Sie das geradebiegen. Bis heute abend muß ich Rückmeldung haben. Kriegen Sie das bis dahin gebacken? Okay, bis siebzehn Uhr. Morgen früh fliegt Frenzel nach Boston. Vorher muß das über die Bühne.«

Er drückte auf einen Knopf am Apparat: »Frau Häßler, machen Sie mir für heute abend noch einen Termin bei Frenzel. Aber lassen Sie sich nicht abwimmeln.«

Häßler-Störzenbach brachte ein kleines Tablett mit Kaffee und Geschirr: »Frau Flemming ist auf der Beerdigung von ihrer Mutter. Und Frau Mooslechner sagt, sie kennt die Termine von Frenzel nicht.«

»Geben Sie mir von Wartenberg. Frau Scott, einen Moment noch. Das ist vielleicht ein Saftladen hier.«

Der Saftladen unterstand seiner persönlichen Führung.

»Ja, Michael, ich bin's. Die Mooslechner hat mal wieder den absoluten Durchblick. Ich brauche heute abend noch einen Termin beim Chef. Kannst du das für mich managen? Zehn Minuten reichen. Danke, Michael. So, Frau Scott, und nun zu Ihnen.«

Ich fühlte mich wie ein mutterloses Lamm. Ich hatte keinen Dunst, was er von mir wollte. Es konnte sich nur um eine Pollacksche Schweinerei handeln.

Hübchen fragte ohne Umschweife: »Sehen Sie eigentlich ab und zu mal auf das Schwarze Brett?«

Ich wußte gar nicht, wo sich im neuen Gebäude das Schwarze Brett befand: »Ja, klar.«

»Und? Ist Ihnen da nichts aufgefallen?«

»Ich wüßte jetzt nicht, was Sie meinen könnten.«

»Also, wenn Sie erlauben, komme ich mal gleich auf den Punkt. Dreeßbach hat mir erzählt, daß es zwischen Ihnen und Frau Pollack immer wieder zu erheblichen Reibereien kommt. Offenbar hat unser letztes Gespräch ja nicht viel bewirkt.«

Hübchens akzentuierte Sprache wunderte mich bei jeder Begegnung. Bei der Superfahne hätte er eigentlich lallen müssen wie Juhnke im Delirium. Sein Blick war zwar gerötet, aber fest, und das Zittern seines ausgemergelten Körpers hinderte ihn keineswegs daran, sich aufzublasen und hochzugehen wie ein wildgewordener Heißluftballon, sobald man an der falschen Stelle den Mund aufmachte.

»Wie soll es zu Reibereien kommen«, ging ich in die Defensive, »wenn wir kein Wort miteinander reden?«

»Und Sie halten das für einen normalen Zustand? Ich finde diesen Zustand schlichtweg unhaltbar.«

»Wieso, ich bin ja nicht die einzige, die mit ihr nicht auskommt. Fragen Sie mal die anderen.«

»Ich frage aber Sie! Ihr Benehmen Frau Pollack gegenüber ist ein Skandal ersten Ranges. In einer anderen Firma wären Sie schon hochkant rausgeflogen! Darüber sind wir uns ja wohl im klaren.«

Hübchen war sich zu keiner Sekunde bewußt, daß der kriecherische Charme, den fast ausnahmslos jeder, der auf diesem Stuhl saß, ungefiltert an den Tag legte, seiner Position zu verdanken war und nicht etwa seinem unwiderstehlichen Charisma. Ehrlicher Respekt vor der Individualität der Mitarbeiter war ihm in den langen Berufsjahren als Personalchef abhanden gekommen. Sein Getöse als Begleitmusik zur Schlachterei von Schwein Scott beeindruckte mich nicht. Ein Arschloch meiner Qualität konnte nichts mehr schrecken.

»Ach, wissen Sie, nach den Demütigungen der letzten Zeit ist mir so ziemlich alles egal hier. Wollen Sie mich jetzt rausschmeißen oder was?«

Mein resignierter Tonfall überraschte ihn. Offenbar hatte er damit gerechnet, mit Pauken und Trompeten einer meiner aufgeregten Aufstände niederschlagen zu können. Seine Segel erschlafften. Er machte eine Pause. Dann fragte er widerwillig: »Was denn für Demütigungen?«

»Das neue Zimmer zum Beispiel«, erklärte ich, »haben Sie mal gesehen, wie ich da unten sitze? Vorher hatte ich einen schönen, hellen Raum mit Kühlschrank und eigener Garderobe. Und jetzt?«

»Kühlschränke sind hier generell verboten!« beschied Hübchen barsch. »Da können wir keine Ausnahme machen. Kommen Sie mir jetzt nicht mit solchen Lappalien. Und Frau Schnabel ist ja mittags verschwunden. Dann haben Sie ja wieder Ihr Einzelzimmer.«

»Sie haben echt keine Ahnung. Frau Schnabel sitzt jetzt jeden Tag bis mindestens fünfzehn Uhr da rum, oft sogar noch länger.«

»Wieso denn? Verstehe ich nicht.«

»Na, die muß doch jetzt die Arbeit von der Frau Landauer mitmachen. Das schafft die nicht früher. Das hätte ich Ihnen gleich sagen können.«

Hübchen zog eine Rothändle aus der zerfledderten Packung. Er war sich nicht einmal bewußt, daß Landauer längst in Rente war.

»Das mit der Frau Schnabel ist zunächst nur ein Probelauf«, ließ er sich spontan einfallen. »Wir wollen erst mal testen, ob das funktioniert.« An Phantasie mangelte es ihm nicht.

»Bis Sie das getestet haben, liegt die unter der Erde. Und ich mit«, orakelte ich finster.

»Unsinn! Das Einzelzimmer können Sie sich jedenfalls abschminken, das kriegen jetzt nur noch die ...«

»... Männer«, ergänzte ich vorlaut.

»Wußte gar nicht, daß Frau Pollack ein Mann ist!« rief er pfiffig.

»Das ist aber auch die einzige«, sagte ich, »alle anderen Einzelzimmer sind von Männern besetzt.«

»Also, Frau Scott, es geht hier nicht um feministische Sichtweisen der Zimmeraufteilung. Da wenden Sie sich meinetwegen an Alice Schwarzer oder wie die heißt, da sind Sie bei mir an der falschen Adresse. Wird ja immer doller hier. Demnächst kommen Sie mir noch mit der Frauenquote bei der Zuteilung der Einzelzimmer. Ich wiederhole noch mal: Haben Sie die Stellenangebote am Schwarzen Brett gelesen oder nicht? Zum Beispiel das von Herrn Wickert.«

»Was sucht der denn?« fragte ich matt.

»Bei Herrn Wickert ist eine hochinteressante Stelle zu besetzen. Frau Blume verläßt uns ja leider, weil sie an ihrem Heimatort was gefunden hat, und wir suchen jetzt eine qualifizierte Nachfolgerin. Mit Englisch und Französisch und vor allem mit gutem Sprachgefühl.«

Ich lauschte mäßig interessiert. Garantiert war hier wieder Sand am Paddel. Hübchen fuhr fort: »Da sind Tagungen und Messen zu organisieren zum Beispiel. Frau

Pollack sagt, Sie seien ein großes Organisationstalent.« Er machte ein aufmunterndes Gesicht. Ich hielt mein Organisationstalent eher für dürftig: »So? Sagt die das?«

»Ja«, bekräftigte er, »das käme dann endlich voll zum Einsatz. Das liegt ja in Ihrem jetzigen Bereich etwas brach. Und vor allem müßten Sie an Texten und Broschüren mitarbeiten – das liegt Ihnen doch. Frau Pollack sagt, Sie hätten das beste Sprachgefühl in der ganzen Firma.«

»Ist mir neu. Was denn für Broschüren?«

»Die geben da immer so Informationsschriften heraus. So ähnlich wie Ihre Rundschau, nur schöner. Richtig gebunden und so. Und die kosten auch Geld. Da müssen die alten regelmäßig aufgepeppt werden, und Sie müßten die neuen dann mit entwickeln. Sprachlich auf Vordermann bringen und so, redigieren, lektorieren, stilistisch aufmotzen, Sie wissen schon. Sie würden da auch eng mit der Druckerei zusammenarbeiten.«

Meine Begeisterung hielt sich in Grenzen: »Hört sich nicht schlecht an.«

»Nicht wahr?« freute sich Hübchen. Er strahlte über das ganze Gesicht. Ich überlegte, ob ich ihn bitten sollte, das Fenster zu öffnen. Es verdichteten sich allerhand Gerüche im Raum, die meiner Konzentration etwas abträglich waren.

»Und ein Einzelzimmer hätte ich da auch?«

Hübchen ärgerte sich kurz über den Knick in seiner Überzeugungslinie: »Ähm, wahrscheinlich, ja, aber das kann ich im Augenblick noch nicht hundertprozentig versprechen. Das ist da alles noch in der Schwebe. Die befinden sich ja mitten in der Umstrukturierung, da werden automatisch mehrere Einzelzimmer frei. Sicher sogar. Doch, ich denke, das kann ich Ihnen zusagen auf lange Frist. Und bedenken Sie, daß Sie da absolute Selbständigkeit hätten. Da legen Sie doch großen Wert drauf, nicht?«

»Einen Chef gibt es da ja sicher auch.«

»Klar, einen Chef haben wir ja alle, haha, ob wir wollen oder nicht, haha.«

Ich kam in den Genuß seiner prächtigen Parodontose. Er drückte kraftvoll die Zigarette im Aschenbecher aus und starrte mich mit seinem Reptilienblick an: »Aber er hieße nicht mehr Pollack!«

Stolz über die Landung dieser Pointe lehnte er sich zurück: »Ich habe hier einen Durchschlag von dem Aushang. Wollen Sie mal einen Blick drauf werfen?«

Ich nahm den Wisch und fing an zu lesen: Sekretärin/Sachbearbeiterin stand obendrüber.

»Herr Hübchen, Sie wissen doch, daß ich nicht als Sekretärin arbeiten will!«

Er beugte sich mit übertriebener Überraschung vor: »Zeigen Sie mal! Steht da tatsächlich immer noch Sekretärin? Ach, das haben die nur vergessen, zu ändern. Dumm. Das ist ja noch die alte Bezeichnung, als Frau Blume das noch gemacht hat. Der Job wird ja jetzt ganz anders gewichtet. Der wird ja jetzt total aufgewertet, vor allem, wenn Sie den übernehmen. Ihre Aufgaben werden ja in einem qualitativ viel anspruchsvolleren Bereich angesiedelt. Dazu wäre Frau Blume bei allem Respekt gar nicht imstande gewesen. Wenn das nicht ein hochqualifizierter Job wäre, würde ich den Ihnen doch nicht anbieten. Ich weiß doch, daß Sie geistig gefordert werden wollen. Aber bitte, ich will Sie nicht breitquatschen, man soll niemanden zu seinem Glück zwingen. Lassen Sie sich das in Ruhe durch den Kopf gehen, und in einer Woche, sagen wir mal, geben Sie mir dann Bescheid, wie Sie sich entschieden haben.«

Breit lächelnd stand er auf. Minutenlang sah er aus wie ein Hai. »Das ist eine einmalige Chance, Frau Scott, aber das brauche ich Ihnen ja wohl nicht extra zu sagen. Und noch was – damit Sie sehen, daß es sich um einen hochklassigen Job handelt: Mehr Geld gibt's auch! Ich wäre bereit, Sie nach einer Einarbeitungszeit von meinetwegen einem Monat als AT-Kraft einzustufen. Das war doch immer schon Ihr Wunsch.«

»Mit Geld läßt sich Zufriedenheit auch nicht erkaufen. Das Einzelzimmer ist mir mindestens genauso wichtig«, blieb ich störrisch.

»Sie können Ihr altes Gehalt natürlich gerne behalten ...«

»So habe ich das nicht gemeint.«

»Also, ich erwarte dann Ihren Bescheid. Mein Angebot steht. Der Wickert hat übrigens schöne Büros – alle mit Blick in den Park und hochmodern ausgestattet.«

Ich ging wieder nach unten und setzte mich vor meinen Vogelbaum. Als ich das Fenster öffnete, flogen die beiden Amseln weg. Schnabel stapelte gerade die Pressemappen, die sie gleich herumtragen würde, bevor sie nach Hause ging. Unter schaurigem Gestöhne schnappte sie sich endlich den Stapel und schlurfte hinaus. Schnabel gehörte zu den seltenen Menschen, deren bloße Anwesenheit eine Atmosphäre von Trübsinn, Einsamkeit und Feindseligkeit erzeugt. Sobald sie im Zimmer war, hängte sich ihre Aura wie eine bleierne Kugel an mein Gemüt. Ich malte mir aus, wie leicht das Leben wäre ohne das keuchende, unfreundliche Schnabeltier und die beschäftigungstherapeutischen Vermerke der Pollack, die in letzter Zeit einen intellektuellen Salto nach dem anderen schlug, sowie ohne das aparte Duett aufheulender Kopiergeräte vor meiner Tür und das Scheppern der Schere auf der blanken Schreibtischplatte. Ich rief Dreeßbach an: »Haben Sie mal einen Moment Zeit?«

»Für Sie doch immer.«

Sonderbarerweise hatte Dreeßbach das Nebenzimmer

von Hübchen bezogen und bediente sich sogar dessen Sekretärin, Häßler-Störzenbach, weshalb die es vorzog, in eine Schwangerschaft zu flüchten, ein Griff in die Trickkiste, der Zausel aus Altersgründen leider verwehrt war. Dreeßbach lümmelte sich wieder hinter dem Schreibtisch herum und hielt die Hände vor dem Bauch gefaltet. Was er genau jobbte, hatte ich nie in Erfahrung bringen können. Stets war sein Schreibtisch blank poliert und leer wie in einem Besprechungsraum. Er stand auf und gab mir die Hand: »Na, wo drückt denn der Schuh?«

»Sie haben doch sicher mit Hübchen gesprochen«, begann ich.

»Worüber?« fragte er listig.

»Über diesen Job bei Wickert.«

»Sie wollen das machen? Das finde ich sehr vernünftig.«

»Das habe ich nicht gesagt. Ich wollte Sie erst mal fragen, was Sie dazu meinen.«

Dreeßbach schob die blasse Unterlippe vor und sagte bedächtig: »In Anbetracht Ihrer jetzigen Situation kann ich Ihnen nur dazu raten.«

»Ist das nun ein Aufstieg oder was ist das?«

»Da gibt's ein altes Gesetz: Wenn's mehr Geld gibt, ist es ein Aufstieg.«

»Mehr Geld gibt es schon, aber auf dem Aushang nannte sich das noch Sekretärin. Das ist ja eigentlich ein Abstieg.«

»Da würde ich mich nicht dran hochziehen. Was interessiert das im Endeffekt, wie der Hund gerufen wird, Hauptsache, er kommt. Vielleicht haben die das erst mal so formuliert, damit die ersten Bewerber durchs Sieb fallen, um den Job für den zu säubern, der ihn kriegen soll. Uralte Methode. Im Ernst, das ist ein Bombenjob mit klasse Aufstiegschancen. An Ihrer Stelle würde ich da nicht lange fackeln. Sonst überlegt Hübchen sich das noch anders. Ich meine, bei dem stehen auch noch andere auf der Matte, die einen Traumjob suchen. Ich finde das schon beachtlich, daß er Ihnen da eine Option einräumt. Das macht der auch nur einmal, das können Sie sich ja denken. Wenn sie das jetzt ablehnen, bleiben Sie bis zur Rente mit der Pollack verwachsen – es sei denn, Sie hätten woanders eine Möglichkeit in Aussicht ...«

»Wo denn? Ab vierzig ist doch Feierabend mit Neueinstellungen.«

»Sehen Sie, das meine ich ja. Also, was gibt es da noch lange zu überlegen? Sie sind doch unglücklich mit der Pollack und mit der Lipinski auch ...«

»Was hat denn die Lipinski damit zu tun?«

Er hustete. Er hatte sich verschluckt: »Schnabel meine ich natürlich, Schnabel. Wie komme ich auf Lipinski. So ein Quatsch. Bin etwas durch den Wind heute. Also, Ihre Situation da unten schreit ja förmlich nach Veränderung. So eine Gelegenheit bietet sich so schnell nicht wieder.«

»Und Sie meinen, ich kann das?«

»Ach, da habe ich überhaupt keinen Zweifel. Außerdem arbeiten Sie ja nicht für Wickert – ich meine, der ist ja manchmal etwas unbequem – sondern für Herrn Sörensen. Das ist ein ganz Lieber. Mit dem verstehen Sie sich blind. Ich kann Sie ja mal zu einem unverbindlichen Gespräch anmelden.«

»Jetzt schon?« Ich fühlte mich überrumpelt.

»Warum denn nicht?« Er griff zum Hörer: »Hallo, Sören. Frau Scott ist gerade bei mir. Hast du mal einen Moment Zeit? Kann sie mal vorbeikommen?«

Sörensen war etwas jünger als ich, mittelgroß mit vollem, dunklem Haar und dicken Lippen. Die obere Zahnreihe, die man nur selten sah, hatte er sauber überkronen lassen. Die untere, die er beim Reden ständig entblößte, war eine von bräunlichen Speiseresten verklebte Ruine. Er hatte kleine, wache Augen und einen kerzengeraden Gang: »Ach, Sie sind das. Nehmen Sie doch Platz. Und Sie wollen also von der allseits geschätzten Frau Pollack weg? Ja, warum *das* denn?«

»Na ja, ich glaube, Sie wissen schon, daß ich mich mit Frau Pollack nicht besonders verstehe.«

»Na, hoffentlich finde ich vor Ihren Augen Gnade.«

Durch den Türspalt sah ich, wie seine Sekretärin, Frau Brandenburg, den Kaffee langsam durch ein handbetriebenes Maschinchen preßte. Sie machte das sehr sorgfältig. Ich hatte solche Dinger nie zuvor gesehen. Bei Zausel und Flemming dröppelten immer die Automaten.

»Ich höre, Sie haben Germanistik studiert«, sagte Sörensen, »genau wie Frau Brandenburg. Die ist ja eigentlich ausgebildete Studienrätin. Und wissen Sie, was ich ursprünglich war? Grundschullehrer. Ja, da staunen sie, was?« Ich staunte allerdings, daß die Studienrätin Kaffee preßte, während der Grundschullehrer den Chef markierte.

»Ich nehme an, Word beherrschen Sie perfekt«, steckte er das Terrain ab.

»Weniger«, sagte ich, »das Tippen längerer Texte übernimmt eigentlich Frau Zausel.«

»Also, Fortgeschrittenenkurs«, notierte er auf einem Blöckchen, »das haben Sie ja ruckzuck intus.«

»Zwischenfrage: Wozu brauche ich das hier?«

Sörensen stutzte. »Ja, also das brauchen Sie natürlich schon, Sie arbeiten ja überwiegend auf dem Computer, nicht? Hat Ihnen Herr Hübchen das denn nicht gesagt?«

»Herr Hübchen hat gesagt, daß ich hier Texte für Broschüren mit entwickle. Meine Texte habe ich bisher ganz primitiv mit der Hand entworfen, und dann hat Frau Zausel die halt abgetippt.«

»Selbstverständlich sind Sie für die Broschüren zuständig. Das ist völlig richtig. Aber dafür ist der PC ja heutzutage unverzichtbar. Ich meine, der ist ja heute generell unverzichtbar. Ich könnte mir die Arbeit ohne PC heute gar nicht mehr vorstellen. Ich schreibe meine Texte auch überwiegend selbst. Sehen Sie hier, ich habe sogar ein Laptop, das nehme ich immer mit nach Brüssel. Ohne PC läuft heutzutage gar nichts mehr. Ja, wo waren wir stehengeblieben? Ah ja, und dann müßten Sie natürlich die Vertretung von Frau Brandenburg übernehmen, das ist ja klar.«

Ich protzte plump: »Bisher habe ich eigentlich die Abteilungsleitung vertreten, nicht die Sekretärin.«

Sörensen sah mich mitleidig an: »Hm, ja, also, das geht bei uns leider nicht. Herr Wickert und ich vertreten uns gegenseitig. Außerdem fehlt Ihnen im technischen Bereich ja jede Erfahrung. Also, jetzt wollen wir das bißchen Vertretung aber nicht gleich zu einem Riesenproblem aufpumpen. Wir kriegen das schon hin irgendwie. Das Zauberwort einer gut funktionierenden Abteilung heißt Kooperation. Schließlich ziehen wir alle an einem Strang. Ich schreibe meine Briefe ja sowieso fast alle selbst. Ansonsten haben Sie ja Ihren eigenen Arbeitsbereich und arbeiten völlig selbständig. Das ist schon deshalb wichtig, weil ich in Brüssel gerade die Dependence hochziehe und kaum an Bord bin. Vielleicht wollen Sie mal Ihren Arbeitsplatz sehen?« Er öffnete die Tür und ließ mir den Vortritt auf den Gang.

Vor der Tür zu meinem künftigen Büro liefen wir Frau Blume in die Arme, die nur darauf gewartet zu haben schien, Dampf abzulassen: »Herr Sörensen, jetzt muß ich Sie aber endlich mal sprechen! Wenn ich die Neue noch einarbeiten soll, dann wird das allmählich höchste Eisenbahn!«

»Darf ich Ihnen Frau Scott vorstellen?« gab er unbeeindruckt zurück. »Die interessiert sich eventuell für den Posten.«

Aus dem Hintergrund warf mir Brandenburg, die gerade auf dem Gang ihr Fach leerte, einen verhalten neugierigen Blick zu. Sie hatte ungefähr mein Alter und trug auf den bleichen Wangen je einen kreisrunden roten Fleck, bei dem es sich vermutlich um Rouge handelte.

»Na, endlich!« rief Blume. »Haben Sie endlich jemanden gefunden! Je eher sie anfängt, desto besser. Vergessen Sie mal nicht, daß ich noch zwei Wochen Resturlaub habe, und den nehme ich auch.« Blume hatte offenbar die Nerven blankliegen. Mit dünnem Argwohn fragte ich mich, ob das vielleicht an dem Bombenjob lag, für den ich mich gerade sparsam interessierte.

»Frau Blume, wenn sie uns jetzt bitte entschuldigen wollen, ich möchte Frau Scott gerne ihren künftigen Arbeitsplatz zeigen.«

»Bitte, bitte«, sagte Blume und zog hinter seinem Rükken eine lange Nase.

Sörensen ging vorweg und öffnete eine Tür: »Das wäre also Ihr Zimmer. Da sitzt ja schon die Frau Vitcovic. Sie kennen sich?«

Vitcovic war eine Jugoslawin von Mitte zwanzig und hatte vor einigen Jahren während ihrer Lehrzeit bei mir als Schnibbeldame gejobbt.

»Ergonomische Möblierung«, dozierte Sörensen, »alle Geräte auf dem neuesten Stand. Sie haben sogar den größten Bildschirm der Abteilung.«

Ich war gerührt. Meine Turnübungen auf dem PC waren zwar bisher über die Rolle rückwärts nicht hinausgekommen, aber den größten Bildschirm der Abteilung zu haben, konnte nicht schaden. Ich reichte Sörensen die

Hand: »Also, ich melde mich bei Herrn Hübchen, wie besprochen.«

»Gerne«, sagte er, »und schönen Tag noch.«

Am nächsten Morgen meldete der CDU-Bonze seine Ehepflaume krank: »Schnabel hier. Meine Frau hat Magenbluten und Atemstörungen. Ich habe sie heute Nacht ins Krankenhaus gebracht. Da bleibt sie jetzt erst mal eine Weile. Leiten Sie das bitte an die entsprechenden Instanzen weiter.«

»Gute Besserung«, sagte ich lahm. Das paßte wie Arsch auf Eimer. Pollack war auf Sylt, Zausel hatte natürlich zwangsfrei, und Frenzel turnte schon hyperventilierend auf sämtlichen Fluren herum. Alle Telefone waren auf meinen Apparat umgestellt, der jetzt zu klingeln begann und bis abends nicht damit aufhörte. Ich ließ ihn klingeln. Die Journalisten mußten denken, wir seien über Nacht gestorben. Ich hatte den Kanal voll bis obenhin. Wenigstens hatte ich das Lektorieren schon erledigt. Ich warf den Kopierer an und sortierte die Formblätter, die Schnabel praktischerweise so ins Regal gelegt hatte, daß exakt jene griffbereit lagen, die man am seltensten brauchte, während man sich für die wichtigen unter den Tisch bücken mußte. Ich legte mit der Schere los, daß die Fetzen flogen.

Nach der Morgenrunde, in der ich wieder einmal als bestinformierte und höchst konzentrierte Chef-Vertreterin aller Zeiten brilliert hatte, rief ich Hübchen an: »Ich mach's.«

»Wunderbar!« rief er begeistert. »Das ist ja phantastisch! Das freut mich für Sie. Ich setze gleich einen Änderungsvertrag auf. Das geht heute noch über die Bühne. Und das gilt dann als mündliche Vereinbarung – Sie treten auch bestimmt nicht mehr davon zurück?«

»Nee nee, da stehe ich schon zu, wenn ich das sage.«

Zwar hatte ich mit meinen spontanen Nägel-mit-Köpfen-Entscheidungen bisher immer ins Klo gegriffen, andererseits konnte es nicht schlimmer werden als hier.

»Wunderbar!« rief er wieder froh. »Dann kann ich also Frau Lipinski direkt zu Ihnen runterschicken.«

Über die prompte Unterstützung war ich platt, zumal ich über Schnabels Erkrankung noch kein Wort verloren hatte. Fünf Minuten später klopfte Lipinski: »Hallo, Frau Scott. Ich soll Ihnen schon mal über die Schulter schauen.«

Ich grinste: »Das wird wohl nicht reichen. Frau Schnabel ist krank. Und zwar für länger.«

Lipinski räusperte sich errötend und stand verlegen herum wie bestellt und nicht abgeholt. Super Hilfe.

Es klopfte erneut. Hübchens Tochter Henriette trat ein: »Morgen. Ich soll hier aushelfen.«

»Wie – zwei Hilfen auf einmal? Die überschlagen sich ja heute in der Personalabteilung, was ist denn mit denen los? Da kann ja eine wieder gehen. Versteh ich nicht, was die sich dabei denken.«

»Ich bin ja keine Aushilfe«, erklärte Lipinski von neuem errötend, »sondern Ihre Nachfolgerin.«

Mir fiel der Filzstift aus der Hand: »Hey, das ging aber schnell. Seit wann wissen Sie denn davon? Das habe ich ja erst vor fünf Minuten beschlossen.«

Lipinski krümmte sich vor Verlegenheit: »Ja, ich weiß nicht, ob ich darüber eigentlich reden darf. Andererseits – es ist ja alles in trockenen Tüchern sozusagen. Also, Frau Pollack bemüht sich ja schon länger darum, mich hier in der Firma in einer festen Anstellung unterzubringen. Mein Praktikum als PR-Assistentin habe ich ja jetzt beendet. Ich meine, Ihr Job ist ja der einzige, der für mich in Frage kommt, und Frau Pollack hat ja immer so ein Mitleid mit uns Praktikanten, Sie kennen sie ja, das ist ja eine

Seele von Mensch. Also, ich bin ihr natürlich unheimlich dankbar…«

»Alles klar!« sagte ich bitter. »Frau Pollack, der Weihnachtsmann.«

Aber der Weihnachtsmann war ich. Ich hatte es nur nicht gemerkt.

38. *Als ich mit Angie am Markt*

in einer Kneipe saß, sprach mich eine Blondine an, deren Stimme mir bekannt vorkam: »Hallo, du alte Eule, lebst du auch noch?« Riemann. Sie hatte Lippen wie zwei fette Schnecken, ein Näschen wie aus Marzipan und die Augenbrauen drei Zentimeter höher als früher. Ihre Haut sah aus wie zu heiß gebügelt, und hätte sie gelacht, wäre wahrscheinlich ihr Gesicht explodiert. Mir war, als säße ich vor einem Karpfen, der plötzlich zu sprechen beginnt. Ich war ziemlich erschrocken.

»Wie siehst *du* denn aus? Ich hätte dich ja fast nicht erkannt«, staunte ich.

»Ja, da guckst du, was? Jetzt hab ich endlich den richtigen Mann an der Hand. Schönheitschirurg. Also, eigentlich ist er Hals-Nasen-Ohren-Arzt, aber der kann alles! Du, das macht der mir alles umsonst. Aus lauter Liebe. Ist das nicht der Wahnsinn? Stell dir vor, wir heiraten im Mai. Die Scheidung von Wolfgang läuft schon.«

»Ist ja irre.«

»Wir haben ja so viele Gemeinsamkeiten. Endlich ein Mann, mit dem man sich unterhalten kann. Ich habe dem erzählt von meinem Wasser im Bauch. Da hat der sofort gesagt, das muß man heute nicht mehr hinnehmen, da kann man was machen. Da muß endlich mal ein Fachmann ran. Und jetzt sieh mal! Ist das nicht ein Traumbauch?«

Sie zog ihr T-Shirt hoch. Ich zog meins auch hoch: »Was sagst du jetzt?«

»Der ist aber nicht fachgerecht gemacht!« mäkelte sie. »Da sieht man ja noch die Falten von früher.«

»Der ist ja auch nicht operiert. Ich mach jetzt Fitness.«

»Um Gottes Willen!« wehrte sie ab. »Das läßt man sich doch heute einfach absaugen. Ist doch viel bequemer. Also, ich muß weiter. Der Florian wartet im Parkhaus auf mich. Bei dir müßte er auch dringend mal Hand anlegen. Du könntest zehn Jahre jünger aussehen. Wenn er mal was für dich tun soll, rufst du mich auf dem Handy an. Hier ist meine Nummer.«

Auf ihren Zwölf-Zentimeter-Absätzen stöckelte sie beschwingt zum Ausgang.

»Was war denn das für 'n Zombie?« wollte Angie wissen. »Die sieht ja aus wie Barbie nach 'nem Verkehrsunfall. Wenn so was schön sein soll – also, ich weiß nicht. Den Männern graut ja vor nichts mehr.«

Nach hürdenreicher Überquerung abgrundtiefer Seen voll ungeweinter Tränen über ihre drei gescheiterten Ehen erklomm Angie soeben das lesbische Ufer und nährte insgeheim die Hoffnung, ausgerechnet von mir an Land gezogen zu werden. Was sie sich dabei gedacht hatte, mich als Versuchskaninchen für ihre homoerotischen Gehversuche zu erwählen, war mir schleierhaft. Jedenfalls legte sie eine Anhänglichkeit an den Tag, gegen die Marius' Verhalten an die Flucht von Alcatraz erinnerte. Eigentlich war ich nur in der Firma vor ihr sicher. Und selbst da bombardierte sie mich fast stündlich mit Vorschlägen zur gemeinsamen Freizeitgestaltung. Angie hatte sich rettungslos in mich verknallt, und da es sich um ihre Premiere handelte, war ich verpflichtet, der einseitig erblühenden Romanze mit dem nötigen Feingefühl zu begegnen, was mir nur deshalb halbwegs gelang, weil sie ihren Hirnriß für sich behielt.

Ich hatte zwar eigentlich von den Kerlen den Kanal voll, aber er war offenbar nicht so voll, daß nicht die eine oder andere Sackratte noch darin Platz gefunden hätte. Im

Fall einer Liebesbeichte hätte ich ihr leider verklickern müssen, daß mein Interesse vorläufig noch der schwanzwedelnden Zunft galt – meine Immunität gegen zarte Versuchungen östrogengesteuerter Frühjahrstriebe war noch intakt.

Wir machten kilometerweite Radtouren, soffen gemeinsam ganze Fässer leer und hingen bis in die frühen Morgenstunden in den dunkelsten Löchern ab, ohne daß auch nur eine Silbe über die Schlagseite ihrer Gefühle fiel. Indem sie meine Meinungen in veränderter Grammatik als die ihren verkaufte, meine Neigungen und Abneigungen angeblich schon lange unentdeckt in ihr geschlummert hatten und sie selbst Scheiße gefressen hätte, wenn Scheiße meine Lieblingsspeise gewesen wäre, wurde sie zu einer mir ausnehmend sympathischen Zwillingsseele. Immer schon hatte ich mir jemanden gewünscht, der mich so kritiklos anbetete, daß er jedes meiner Worte mit Glückseligkeit im Blick inhalierte wie ein Raucher die erste Kippe nach zehn Tagen Entwöhnung. Der schmeichlerische Zustand hätte sich sicher noch eine Weile strekken lassen, wenn Ralf nicht aufgekreuzt wäre.

Wie bei den meisten Singlefritzen war Ralfs Optik nicht gerade zum Niederknien. Genau genommen war er nicht mal Single, denn er war mit der Tochter eines großen Remscheider Delikatessengeschäftes zusammen, aber als er meiner phänomenalen Ausstrahlung erlag, überließ er die delikate Braut eiskalt ihren Quiches und Pasteten, denn er hatte sich auf den ersten Blick unsterblich in mich verliebt.

Ralf trickste mit der immer noch effektvollen, wenn auch riskanten Masche, das Objekt der Begierde so konsequent zu ignorieren, bis es entweder der gespielten Gleichgültigkeit auf den Leim oder woanders an Land geht.

Als ich Küppersbusch auf den konsequenten Ignoranten ansprach, meinte sie: »Auf den sind auch noch andere scharf. Da mach dir mal keine Hoffnungen.«

»Versteh ich nicht, so umwerfend ist er auch wieder nicht.«

»Was fragst du dann nach dem?« kriegte Angie plötzlich lange Ohren. Man konnte sie noch so oft zum Zigarettenholen schicken – immer tauchte sie zur Unzeit wieder auf.

»Eigentlich gehört der gar nicht zu uns«, erklärte Küppersbusch, »den hat der Theo einfach mitgebracht. Frag den doch mal, was das für ein Typ ist. Würde mich auch mal interessieren.«

Von einem Typen, der mich wie Luft behandelte, versprach ich mir nicht viel. Meinetwegen sollte er mit Manuela, Claudia oder Bettina glücklich werden. Mir blieb ja immer noch die treue Angie, hartnäckig flankiert von Willi und Marius.

»Der Ralf ist doch total unter deiner Würde«, fand Angie, »du verdienst was Besseres.« Vorzugsweise sie. »Der ist irgendwie so undurchsichtig, findest du nicht? Einen Bauchansatz scheint der auch zu haben. Und dann die Haare. Der braucht ja zehn Dosen Haarspray für die abartige Frisur.«

»Ach, da brettert man einen Stufenschnitt rein«, sagte ich, »dann ist der Fall erledigt.«

»Was?! Die Mühe würdest du dir mit dem geben?« Angie war entsetzt.

»Ist doch rein hypothetisch«, sagte ich. So viel Aufhebens hatte ich um den Typen auch wieder nicht machen wollen.

»Bei dem stimmt ja nicht nur die Frisur nicht!« regte Angie sich auf. »Hast du dir mal die Fingernägel von dem angesehen? Die feilt der sich wie ’ne Frau. Das sieht ja echt beknackt aus.«

»Mhm. Sieht Scheiße aus«, fand ich auch.

»Der ganze Typ ist Scheiße. Der hat hier gerade noch gefehlt. Sag mal, Theo, wen hast du uns denn da angeschleppt? Gehört der jetzt zu uns oder was?« Sie konnte sich kaum beruhigen.

»Wieso, ist das hier 'ne geschlossene Gesellschaft?« fragte Theo zurück. »Ihr Weiber seid doch sowieso in der Überzahl. Freut euch doch, habt ihr mehr Auswahl.«

Wegen seiner Begabung beim Geschirrabräumen und Abwaschen war Theo auf allen Feten gern gesehen, was er locker seinem zauberhaften Charisma zuschrieb, dem die Frauen angeblich scharenweise erlagen. Bei der Selbsteinschätzung gehen Männer gelegentlich bizarren Halluzinationen auf den Leim, weshalb sich Theo wie Mel Gibson, George Clooney oder Sean Connery fühlte, während sein Charme auf mich die Wirkung eines Mahnbescheids vom Finanzamt hatte.

An den Wochenenden besuchte Theo ein elitäres Aqua-Center, wo jene Düsseldorfer ihren hochprozentigen Schweiß abließen, die sich zur Creme der Gesellschaft zählten. Zum Beispiel hockten dort jede Menge in Düsseldorf unverzichtbare Karnevals-Pappnasen in Eintracht mit ebenso bedeutenden Schützenbrüdern und Eishockey-Halbpromis und baggerten das weibliche Knäckebrot an, das sich mit Hoheitsmiene aufreizend auf den Saunabänken aalte. Inmitten des von Restalkohol geschwängerten Fichtennadelaufgusses schwärmte Theo dem aufmerksam lauschenden Ralf von der leichten Ernte unbemannter Trockenpflaumen vor, an der er seit Jahren erfolgreich beteiligt sei. Und so kam es, daß Ralf seine Delikatesse ins Unglück stürzte, als er der frischgekürten AT-Angestellten Scott auf den ersten Blick verfiel und spontan zu sich sprach: Die oder keine.

Ein solcher Leichtsinn beim Verteilen meiner schimmelnden Herzensknospen war mir fremd. Mein Gefühlsleben war komplett außer Betrieb. Außerdem sah ich keine Veranlassung, auf Angies Schmachtopern zu verzichten, um zu einem fickwütigen Stehpinkler zu wechseln. Daher sagte ich zu Ralf das, was man so in Romanen liest: »Du mußt mir Zeit lassen.« Und Ralf hatte dieselben Schinken gelesen und sagte: »Alle Zeit der Welt.«

Zunächst sollte ich reiten lernen. Als passionierter Reiter kümmerte er sich aufopfernd um meine Lernfortschritte. Das Schwerste am Reitsport war nicht das Reiten, sondern das Auf- und Absteigen. So hoch waren mir Pferde nicht in Erinnerung. Ich hing an der Flanke wie ein Kartoffelsack. Als Ralf meinem Arsch mit der Hand Schwung gab, wäre ich fast auf der anderen Seite wieder hinuntergeflogen. Kaum war ich auf dem Sattel gelandet, latschte der Gaul lustlos so dicht an der Hallenwand entlang, daß mir der grobe Mauerputz die Stiefel aufschrammte. An der Koppel blieb er stehen, um neugierig zu beobachten, was seine Artgenossen draußen auf dem Hof trieben, und ich hockte hoch oben wie eine Portion zerfließenden Sauerrahms.

»Du mußt dem mit den Hacken in die Seiten treten!« rief Ralf. »Sonst macht der den Molli mit dir.«

»Aber ich kann doch dem armen Tier nicht weh tun.«

»Dann bleibst du hier stehen bis zum vierten Advent.«

Ich drückte dem geselligen Tier die Fersen in die Flanken: keine Reaktion. Eine Stute, die gerade in den Stall geführt wurde, fand sein ungeteiltes Interesse.

»Ist das eigentlich ein Hengst hier?« fragte ich.

»Nein, ein Wallach.«

»Was ist denn da der Unterschied?«

»Der Wallach ist kastriert.«

»Vielleicht sagt ihm das mal einer. Der glotzt ja immer noch der Stute hinterher.«

»Das macht der extra. Du mußt dem die Hacken mehr reinhauen, damit der weiß, wer der Herr im Hause ist.«

Ich knallte meine Hacken in sein Fell – keine Reaktion. Draußen kam die nächste Stute hereinspaziert. Leises Schnauben unter mir. Scharren mit dem Vorderfuß. Schwenken des riesigen Kopfes, Wackeln der Reiterin im Sattel.

»Ich glaub, der hat Hanf gefressen«, sagte ich, »der schwankt so komisch!«

»Immer feste reinhauen!« rief Ralf. »Du bist zu zaghaft. Du bist doch sonst so energisch.«

Nachdem ich dem lendenlahmen Romeo die Hacken reingeschlagen hatte, daß ich von meinen Verrenkungen fast heruntergefallen wäre, setzte er sich endlich widerwillig in Bewegung. Wieder kratzte er dicht an der Wand lang.

»Kann der nicht mal mehr Abstand zur Wand halten? Der reißt mir noch das Bein auf, die Wildsau.«

»Immer schön die Fersen tief!« rief Ralf vom Eingang. »Na, bitte, klappt doch. Jetzt geht er doch wie gemalt.«

Mich suchten Erinnerungen heim von meinem ersten Sprung vom Fünfmeterbrett. Mit dem Unterschied, daß Sprungtürme nicht schwanken. Mir war die ganze Zeit nur mulmig. Vom ängstlichen Umklammern der Zügel hatte ich schon Krämpfe in den Fingern. »Das wird schon!« munterte Ralf mich auf.

Inzwischen hatte sich herumgesprochen, daß sich eine unsportliche Vierzigerin erstmals elegant im Sattel wiegte. Diesen sensationellen Anblick wollte sich niemand entgehen lassen. Vor allem die Kinder amüsierten sich wie Bolle und hingen von Lachkrämpfen geschüttelt tränennaß über der Koppel.

»Ich glaub', es reicht mir jetzt«, befand ich, »für den Anfang habe ich erstmal genug.«

»Dann komm runter, ich halte die Zügel«, erbarmte sich Ralf.

Als Publikumsmagnet wollte ich mein sportives Abenteuer mit einem formvollendeten Absprung krönen und schwang, den linken Fuß im Steigbügel abstützend, das rechte Bein über den Pferderücken, um den linken gleichzeitig nachzuziehen und auf beiden Beinen zu landen. Bei der Einschätzung der Steigbügelhöhe fehlte mir das rechte Augenmaß, und ich plumpste, beide Beine in die Höhe gestreckt, rücklings in den Sand. Mit mitleidigem Blick drehte sich das Pferd zu mir um, und die Erheiterung des Publikums erreichte einen neuen Rekord.

»Scheiße«, sagte ich mich aufrappelnd, »was ist der auch so hoch. Was wollen die scheiß Blagen überhaupt alle hier?«

»Was gehen uns die Blagen an«, meinte Ralf gleichmütig, »sollen die doch denken, was sie wollen. Die haben auch alle mal klein angefangen.«

»Zum klein Anfangen bin ich aber irgendwie zu groß, finde ich.«

»Für den Anfang war das schon sehr gut, ehrlich. Du bist 'ne richtige Begabung.« Der Kandidat kriegte zehn Punkte für die richtigen Worte an passender Stelle sowie acht aus purer Dankbarkeit.

Meine zweite Vorstellung war zunächst bedeutend ansprechender. Zwecks professioneller Förderung meines sagenhaften Talents hatte Ralf Atze, den Reitlehrer, engagiert. »Denen werden wir's schon zeigen«, sagte Ralf, »wer zuletzt lacht, lacht am besten.« Weitere zehn Punkte für solidarisches Verhalten in Notsituationen.

Beim Traben an der Lounge machte ich eine hervorragende Figur. Als ich gerade entdeckt hatte, daß man nicht furchtsam auf den Boden starren muß, sondern sich beim

Weitblick über den Pferdehals fühlen kann wie Princess Ann beim Military, schickte der ungehobelte Klotz von einem Reitlehrer das brave Pferd mit einem Schnalzen der Zunge in den Galopp, ohne mich vorzuwarnen, und ich flog mit einem angeschnittenen Salto frontal gegen eine Holzwand. Ich blieb eine Weile wie tot im Sand liegen und hatte bereits mit dem Leben abgeschlossen, als Ralf endlich von der Tribüne geeilt kam, wo er stolzgeschwellt gethront hatte: »Komm, ich helfe dir, das ist nicht so schlimm wie du meinst.«

»Ich glaub', ich hab 'ne Gehirnerschütterung.«

»Ach was, das glaube ich nicht.«

»Am besten, sie steigt sofort wieder auf«, riet Atze.

»Das mache ich garantiert nicht!« schnauzte ich stocksauer. »Ich hab 'ne Gehirnerschütterung, das weiß ich genau! Da steige ich doch nicht gleich wieder auf. Und überhaupt, was schicken Sie das Pferd in den Galopp, ohne mir vorher was zu sagen, da muß man doch drauf vorbereitet werden! Ich saß ja mal gerade fünf Minuten im Sattel, da geht das Pferd in den Galopp. Wie soll man sich denn da noch halten!«

Atze schwieg pikiert. Keinesfalls war er der Meinung, daß er sich als Reitlehrer-Autorität einen derart schroffen Tonfall gefallen lassen mußte. Auch das arme Pferdchen war diese besondere Tonart, eine meiner kommunikativen Spezialitäten, nicht gewöhnt. Ralf klopfte dem sichtlich irritierten Pferdchen auf den Hals: »Ja, du bist ein Braver. Nimm ihn mit, Atze, die steigt heute nicht mehr auf.«

Ich stieg nie mehr auf. Das irritierte Ralf nicht: »Dann fahren wir eben Rad.« Zwanzig Punkte für Belastbarkeit.

Angie schäumte: »Mir hast du gesagt, du ekelst dich vor ihm. Statt dessen gehst du mit dem reiten. Echt konsequent, das muß man dir lassen.«

»Moment mal, das habe ich nie gesagt, daß ich mich vor dem ekele. Seine Fingernägel fand ich Scheiße, mehr nicht. Und die trägt er jetzt kurz, auf meinen besonderen Wunsch. Und vom Reiten habe ich sowieso die Schnauze voll.«

»Warum wohl – weil du vom Pferd gefallen bist. Überzeugt mich kolossal. Was willst du eigentlich von dem Arschloch?«

»Gar nichts. Mach doch nicht immer so 'n Wind.«

»Ich finde den echt Scheiße. Dauernd hängt der bei dir rum. Mir machst du die Tür nicht auf, meinst du, ich wüßte das nicht, daß du dich totstellst, wenn ich klingele, aber der darf bei dir auf der Bettkante rumrutschen! Ein richtiger Schleimscheißer ist das. Der zieht dich voll auf seine Seite, und du merkst das nicht mal. Ein bißchen mehr Geschmack und Stil hätte ich dir schon zugetraut. Kommt bei dem aus dem warmen Bett und gibt mir dann die Hand – kann gar nicht soviel brechen, wie ich kotzen muß.«

»Ich war überhaupt noch nicht mit dem im Bett. Aber bitte, ich kann ja auch wieder gehen.«

»Ja, genau!« tönte Othella, »jetzt mußt du dich entscheiden. Ich laß mich doch hier nicht verarschen! Entweder er oder ich.«

In Gedanken warf ich eine Münze: Kopf für Angie, Zahl für Ralf. Zahl gewann.

Zwar war ich der Meinung, ich hätte in meinem Leben genug gevögelt, aber daß jeder neue Interessent die inwendige Beschaffenheit seiner Angebeteten unbedingt erkunden wollte, konnte ich notfalls nachvollziehen. Schließlich kann, wer eine Wohnung mieten will, sie ja auch vorher besichtigen, obwohl – in meinem Fall hätte eigentlich auch ein ärztliches Attest genügt.

Die farbenfrohe Palette ausgefallener Erotikerlebnisse

bereicherte Ralf durch das Tragen einer Nierenbinde. Als ich das Teil zum erstenmal sah, traf mich fast der Schlag, doch der Albtraum, ein Altersheim zu ficken, war Realität.

»Du kannst doch nicht mit 'ner Nierenbinde zu 'ner Frau gehen, Mensch. Das törnt einen ja total ab«, beschwerte ich mich.

»Wieso, ich habe empfindliche Nieren, und draußen ist es kalt.«

»Sieht ja unheimlich sexy aus, der Lappen. Was ist denn das überhaupt für eine gefriemelte Wurst?«

»Die rollt sich immer so blöd ein, aber wärmen tut sie trotzdem.«

»Und deine Unterhosen hast du wohl von deinem Großvater geerbt oder was?«

Ich ließ den faszinierenden Anblick eines sechsundvierzigjährigen Kerls auf mich wirken, der in weißem Feinripp mit lappigem Eingriff mitten im Raum stand und seine Nierenbinde herunterpellte, während ihm vom Pulloverausziehen die gesprayten zwanzig Haare einzeln zu Berge standen, als hätte er in eine Steckdose gegriffen. Ralf hatte einen kräftigen Rumpf, der, ohne überflüssige Umwege wie zum Beispiel einen Hals, gleich unter dem Kinn begann. Dazu lange, muskulöse Beine und schöne Füße. Anstelle der üblichen Schweißfüße gab es eine Ladung Achselgeruch.

»Schon mal was von 'nem Deo gehört?« rümpfte ich die Nase.

»Brauche ich nicht«, fand er selbstgefällig.

»Das braucht jeder. Jeder stinkt nach 'ner Weile.«

»Ich nicht«, war er sicher.

»Männer stinken immer.«

»Ich nicht. Hier, kannst ja an meinem Pulli riechen.«

Leicht vergrätzt, aber nicht die Bohne in seinem unschuldigen Selbstverständnis irritiert, warf er mir seinen Wollpullover ins Gesicht. Mit dem Gestank hätte man jeden Iltisbau ausräuchern können: »Mann, nimm bloß das Teil weg hier, da erstickt man ja.«

»Was hast du denn für einen komischen Zinken?«

»Ralf, jetzt gehst du bitte erst mal ins Bad und wäschst dich gründlich. Vorher läuft hier gar nix.«

Nach etwa drei Minuten war er zurück.

»Ich habe ja gar kein Wasser rauschen gehört. Du hast doch sicher nur auf dem Klo gesessen«, empfing ich ihn.

»Quatsch. Außerdem bin ich sauber.«

»Aber blasen kannst du dir abschminken!« sagte ich.

Er stellte sich taub und stieg zu mir in die Falle. Sein Achselgeruch verschlug mir erst mal die Sprache.

»Ich finde das echt eine Zumutung, Ralf, du hast dich überhaupt nicht gewaschen unterm Arm. Du stinkst wie 'ne Jauchegrube. So kann ich nicht bumsen, das geht nicht.«

Langgezogenes Seufzen neben mir: »Das fängt ja gut an.«

»Fängt wirklich gut an!« bekräftigte ich sauer. »Wenn das jedesmal so ein Theater gibt mit dir, dann viel Vergnügen. Das ist ja echt die Härte!«

»Man kommt sich vor wie im Schullandheim«, motzte er.

»Da wirst du dich wohl das letztemal gewaschen haben!« setzte ich eins drauf.

»So ein Scheiß!«

Er stand wieder auf und trampelte fluchend ins Badezimmer. Als er wiederkam, hatten sich die Körperausdünstungen um etwa die Hälfte reduziert.

»Sag mal, hast du das Duschgel nicht gefunden?« fragte ich.

»Wieso Duschgel? Ich war ja nicht dreckig.«

»Das kann ja lustig werden mit dir.«

Daß es nicht ganz so lustig wurde, dafür sorgte sein Kolbenfraß. Er ärgerte sich und schämte sich zugleich: »Ist das peinlich. Das ist ja vielleicht megapeinlich.«

Er lag neben mir wie ein sachte verschrumpelnder Luftballon und starrte gegen die Zimmerdecke. Eilfertig kramte ich in der Psychokiste maskuliner Potenzabstürze: »Ist doch nicht so schlimm. Meinst du, ich kann immer? Ich kann auch nicht immer.« So gut wie gelogen.

Er sagte nichts. Er schien tödlich getroffen. Frostige Assoziationen von schneebedeckten Feldern und vereisten Seen flatterten lautlos durch den Raum. Vereinzelt stoben schwarze Krähen davon, die verhangene Luft war feuchtkalt, und in den kahlen Ästen sah man die zerfetzten Reste riesiger, verlassener Vogelnester. Eine uralte, gebeugte Greisin mit Kopftuch zerrte schwergeplagt einen Bollerwagen hinter sich her – es war Kriegsende. In der Ferne schrie einsam ein Käuzchen.

Die abgrundtiefe Trostlosigkeit lendenmüder Männer hatte ich immer für leicht übertrieben gehalten. Aus meiner Sicht gab es keinen Grund für Depressionen oder Vorwürfe, es sei denn, frau hätte generell noch eine Rechnung mit der Zunft der Schwanzadler zu begleichen – aus taktischem Kalkül war das Einklagen von Standvermögen gelegentlich ganz praktisch. Eine Frau von Welt holte sich beim vierten Schnarchgeräusch des überforderten Helden gemütlich einen runter – wozu die Aufregung? Andererseits war ich über Betriebsstörungen meines Schneckchens ja auch nicht begeistert. Appetitzügler zum Beispiel sind als erotische Stimulanz die beste Empfehlung.

»Ich verstehe das nicht«, meldete sich Ralf aus seinem einsamen Grab, »das ist heute zum erstenmal passiert. Ich glaub, ich war zu aufgeregt. Du mußt ja denken, ich bin der letzte Schlappschwanz. Das war heute zum erstenmal, das mußt du mir glauben.«

»Da kann ich mir ja was drauf einbilden.«

Ich wollte mir gerade eine Zigarette nehmen, als er sich zu mir herumrobbte und seinen schweren Kopf an meine flugs in Erinnerung gerufene Brust bettete. Eine leichte Seitenlage förderte die Illusion eines ansehnlichen Dekolletés, indem die höhergelegene Brust die erhoffte Wölbung zeigte. Leider lag sein Kopf auf der unteren. Männerköpfe auf Brusthöhe waren sowieso nicht mein Ding: »Komm mal wieder hoch da, das sieht immer aus wie ein Säugling an der Mutterbrust.«

»Ich liege gerne so. Warum muß der Mann immer höher liegen?« Gute Frage. Ein Mann mit solch natürlich-feministischen Empfindungen gehörte glatt geadelt.

»Ich liege aber lieber bei einem Mann im Arm«, versuchte ich erneut mein Glück.

»Nee, ich bleib jetzt so liegen, ich finde das schön. Da fühle ich mich richtig zu Hause so an der Brust.«

Es war zu bezweifeln, daß die meinige für seine bleierne Glocke über die nötige Polsterung verfügte. Mit gemischten Gefühlen duldete ich den dicken Kürbis an meiner zarten Oberweite. Erinnerungen an medizinische Abhandlungen über Brustkrebs rasten nervös in meinem leicht gelangweilten Gemüt umher. Im allgemeinen schätzte ich Säuglinge nicht besonders, schon gar nicht welche, die neunzig Kilo wogen.

Ralf äußerte nun: »Wenn du mit mir zusammenbleibst, wirst du es nicht bereuen.«

»Warum nicht?«

»Wenn du mich erst mal richtig kennengelernt hast, wirst du gar keinen anderen mehr wollen.« Überzeugende Logik, schlagende Beweisführung.

Für einen erneuten Tapetenwechsel sah ich im Augenblick auch keine augenfällige Veranlassung, zumal dieser Typ hier nach einigen Butterflys im Pool und aromatischen Saunaaufgüssen duften würde wie eine Bergwiese am frühen Morgen.

Auf einmal kam mir die Eingebung, daß sich Männer nicht großartig voneinander unterschieden – frisch geduscht waren sie alle gleich, und es spielte keine Rolle mehr, ob sich einer lieber stundenlang in der Nase popelte oder rülpste, daß einem das Trommelfell platzte, genausowenig, wie irgendwen der Unterschied zwischen Achselschweiß und Fußpilz juckte, und Männerfürze waren nicht wirklich unangenehmer als die typische Überproduktion von Ohrenschmalz. Man mußte die Kerle eben so nehmen, wie sie waren. Weder interessierte die Form ihrer Säcke noch zählte einer die Runzeln und Falten darauf, geschweige denn die Haare und Pocken. Kein Schwein kam auf die Idee, Eichelumfang und Gurkendurchmesser mit dem Zentimetermaß zu vermessen, und noch weniger verglich jemand die Schwanzlänge eines Aborigines mit der eines Nordeuropäers oder die Sackform eines Pygmäen mit der eines Eskimos. Manchmal waren sie nichts als stoßweise röchelnde, menschenähnliche Wesen, vertrauensvoll an eine fremde Brust gebettet wie verlassene Gorillababys, und diffuses Verzeihen legte sich auf mein Gemüt wie sanft schmelzender Morgentau auf die Gänseblümchenwiese unterm derben Schuhwerk der Sennerin.

39. *Als ich mich wegen irgendeinem*

Mückenschiß mit Ralf in die Wolle kriegte, hatte ich mal wieder Bock auf einen heruntergekommenen Laden, in dem kein Hahn danach kräht, ob man nach dem zehnten Wein aussieht wie nach dem dritten Schlaganfall und in dem die Luft so vorteilhaft zugequalmt ist, daß die Gesichter zerfließen wie auf einem Aquarell.

Zu Hause brannte im Moment der Kamin auf Sparflamme. Nicht nur, daß mir Ralfs Anhänglichkeit auf den Zeiger ging – der Tamile, der nebenan eingezogen war, ließ den ganzen Tag mit voll aufgedrehten Bässen abgestandene Chart-Knüller dröhnen, die einem längst zu den Ohren heraushingen wie das Zeug von Charles & Eddie, Ace of Base und Meat Loaf, und wenn ich ihn fragte, ob er nicht die Bässe runterdrehen könnte, stellte er sich doof. Einmal, es war an einem Sonntag, stand ich wieder als HB-Männchen vor seiner Tür, und er steckte seinen Kopf heraus, den Blick auf Halbmast, die Haare kreuz und quer, und ich sagte etwa zum zehntenmal in diesem Monat: »Kannst du vielleicht mal die Bässe runterdrehen? Da kriegt man ja echt die Krise, Mann.« Ich kam mir vor wie der letzte Spießer. Der Typ guckte mich an, als sei er gerade aus dem Fluchtcontainer gefallen. »Außerdem ist Sonntag«, fiel mir ein. »Sunday«, übersetzte ich, »it's sunday today. Would you please be so kind …«

»Sunday?« fragte der Typ. »Sunday? Monday? Monday?«

»No, sunday«, sagte ich.

»Sunday, monday, tuesday.«

Vielleicht dachte er, ich wäre von einer Ausländerbehörde und wollte seine englischen Sprachkenntnisse überprüfen. Er hielt die Tür nur einen kleinen Spalt auf. Von drinnen jaulte Bryan Adams ›Please forgive me‹.

»Sunday, monday, tuesday«, wiederholte der Typ, »wednesday.«

»Thursday, friday, saturday«, ergänzte ich beflissen.

»Saturday«, bestätigte er kopfnickend.

Es war, als spielten wir Spionageabwehr in der Klapsmühle. Nur zehnmal so laut.

Die Zeit der Wohnungsknappheit war vorbei, und in unserem Haus standen etliche Wohnungen leer. Die Eigentümer, die in Berlin, Frankfurt oder München wohnten, waren froh, daß die Stadt die freistehenden Wohnungen mit tamilischen Flüchtlingen besetzte. Daß die sich hinter der Wand an den Sonnenbänken reihenweise einen runterholten, wo sich die fetten deutschen Weiber auf dem Frottier wälzten, war ein harmloser Nebeneffekt multikultureller Begegnung im Vergleich zur Kakerlakenplage, die uns plötzlich heimsuchte. Die rotbraune Pest vermehrte sich schlagartig im ganzen Haus, und wenn man mal kurz die Küche verließ, turnten die Viecher seelenruhig auf der Wurst herum.

»Du säufst zuviel«, meinte Ralf, »ich hab noch keine gesehen.«

»Mach mal nachts das Licht in der Küche an«, sagte ich, »dann siehst du sie flitzen.« Er sah nichts. Ich mußte an Küppersbusch denken, die im Suff manchmal kleine, graue Tiere an der Zimmerdecke laufen sah. Endlich erwischte ich eine mit dem Schuh. Es war nur eine unvorsichtige Jungkakerlake, die im Unterricht geträumt hatte so wie seinerzeit ich.

»Stimmt ja wirklich«, staunte Ralf, »morgen bringe ich

ein Mittel mit. Dann wandern die nach nebenan zum Nachbarn.«

»Das müssen Milliarden sein!« sagte ich. »Die sitzen im ganzen Haus. Das halte ich nicht aus. Ich muß hier weg.«

Jedenfalls ging mir das Ungeziefer, die musikalischen Ohrwürmer des sprachbegabten Tamilen und die Selbstverständlichkeit, mit der Ralf sich bei mir eingenistet hatte, irgendwann total auf die Nerven, und ich fuhr in die Altstadt, die kein Düsseldorfer mehr betrat, der noch eine einigermaßen hohe Meinung von sich hatte. Der Unterschied zwischen der Kneipenszene in München und Düsseldorf besteht hauptsächlich darin, daß sich in München jeder, der die dreißig überschritten hat, am besten gleich erschießt, während in Düsseldorf aus dem Leim gegangene Hausfrauen und jecke Omis auf die Kacke hauen, daß es ihnen vor Lebensfreude die Tränensäcke plissiert.

Ich suchte mir eine der altenfreundlichen Pinten und reihte mich gerade unauffällig in die Bierleichenfront ein, um mich fern jeden ästhetischen Anspruchs an der bitteren Medizin zu berauschen, die sie in dieser Stadt als Bier verkauften, als ich in einer Ecke Küppersbusch entdeckte. Im Sonnenbad der Bewunderung eines abgewetzten Bettvorlegers nur ungern gestört, hielt sich ihre Begeisterung, mich zu sehen, in Grenzen: »Was willst *du* denn hier? Ich denke, du bist mit dem Ralf zusammen.«

»Na und? Kann ich nicht auch mal alleine ausgehen? Mir ist heute nach Gesellschaft.«

»Komm, hör auf, du hast doch sicher Streit mit dem.«

»Wen haben wir denn da?« wandte sich der Bettvorleger an mich. »Bleib mal gleich hier. Schöne Frauen kriegen bei mir immer ein Freibier.«

In seinem Zustand hätte er Peter Maffay für den Eiffelturm gehalten. Auch Küppersbusch mußte mal Luft unter die Perücke lassen. »Hast du deine Schwester dabei?«

nuschelte sie mißmutig. Ich hatte noch nie eine Schwester gehabt.

Küppersbusch sah aus, als hätte sie ihre Haare mit Stacheldraht gebürstet. Sie kam gerade vom Friseur und roch, wie gewohnt, nach Matjeshering mit Zwiebeln. Der Typ nach dreckiger Unterwäsche.

»Gegen einen flotten Dreier hätte ich nichts«, bemerkte er. Zählen konnte er noch. Nach dieser Drohung schob er erst mal aufs Klo ab.

»Supertyp«, sagte ich zu Küppersbusch, »der oder keiner.«

»Nerv jetzt hier nicht rum. Die Traumtypen-Nummer läuft eben in unserem Alter nicht mehr. Und außerdem vögelt Mr. Right nach einiger Zeit genauso beschissen wie die anderen auch.«

»Wenigstens sieht er gut dabei aus.«

»Ich mach sowieso beim Bumsen die Augen zu.«

Ganz offen waren sie schon jetzt nicht mehr. Um ihr Level zu erreichen, mußte ich mich beeilen. Ich gab ihr noch eine halbe Stunde, bis sie umfallen würde wie vom Satelliten gestreift.

»Denkst du auch manchmal darüber nach, warum wir soviel saufen?« bemühte ich mich um Konversation. Gegenüber wurde gerade ein Tisch frei. Wir hagelten auf die Stühle.

»Nee«, gab sie zurück, »das ist ja gerade der Sinn des Saufens, nicht nachzudenken.«

»Ich denke manchmal, man kann die Säcke nur im Vollrausch ertragen«, hielt ich das Gespräch in Schwung.

»Kann ich nicht beurteilen. Ich hab noch nie nüchtern gefickt.«

»Komisch. Wenn ich richtig abgefüllt bin, läuft bei mir überhaupt nichts mehr.«

»Soviel kann ich gar nicht saufen. Ich komm' immer.«

Chapeau!

Küppersbuschs Geilheit war phänomenal. Dumm, daß man es ihr nicht ansah. Mit ihren Öko-Klamotten kam sie nicht gerade daher wie der heißeste Ofen Düsseldorfs. Heute trug sie einen vergammelten Parka, ein labberiges T-Shirt mit der Aufschrift ›Highway to hell‹ und eine garantiert echte Holzperlenkette mit einer halbierten Muschel. Sie hätte einen Button tragen sollen ›Ich kann immer‹, aber irgendwann hatte selbst sie geschnallt, daß kein Schwein mehr mit den Dingern herumlief.

»Ist Tatsache«, fuhr sie fort, »ich bin eigentlich immer geil. Manchmal könnte ich die Kerle auf der Straße anfallen.«

Die Männer wußten gar nicht, was ihnen entging.

»Bei mir ist das eher so, daß ich immer dann Bock habe, wenn gerade keiner da ist«, laberte ich, »das ist mehr so die Vorstellung davon, weißt du. Wenn sich die Vorstellung auf meiner Couch realisiert, stell ich immer fest, die Fantasie war besser. »

»Das ist mir zu intellektuell.«

Der Bettvorleger kam zurück. Unterwegs hatte er einen entzückenden Wischmop aufgegabelt: »Jetzt sind wir zu viert. Ihr könnt euch einen aussuchen. Na, ist das ein Service?«

»Ich bin der Tommy«, sagte das Mitbringsel. Die Haare hingen ihm über die Augen wie bei einem Bobtail. In dem Moment positionierten sich nebenan zwei silberblonde Tittentussis mit Silikoneinlage, damals noch aufsehenerregend wie Pornostars nach Drehschluß. Tommi ließ vor Begeisterung sein Glas fallen. Der Inhalt spritzte einer der progressiven Ladies direkt auf die teuren Melonen. Während Tommi seine Entschuldigungen dazu nutzte, sich bei den beiden Hühnern einzuschleimen, sondierte sein Kumpel das schlagartig wertgeminderte Terrain, also uns: »Was ist mit euch? Geht eine nachher mit oder wie sieht das aus?« Sein militaristischer Ton legte den Verdacht nahe, daß er bei unkorrekter Rückmeldung den Sturzflug an die Seite von seinem Kumpel ins Auge fassen würde.

»Ich ficke heute nicht«, beschied ich ihm, »falls es wider Erwarten das sein sollte, worauf du hinauswillst.«

»Selber schuld. Und du, was ist mit dir? Hast du auch gerade nen Tripper oder was?«

»Verpiß dich!« sagte Küppersbusch kurz und schmerzlos. Damit waren wir die zwei Vögel endlich los, und mir kam spontan der Einfall, demnächst ein Buch zu schreiben mit dem Titel ›Das Leben als Zumutung‹.

Ich sagte: »Wenn man sich das so anguckt mit den Säcken, kann man froh sein, daß man allmählich in das Alter kommt, wo sie einen nicht mehr angraben.«

»So alt kann ich gar nicht werden.«

Sie hatte sich die Zigarette mit dem falschen Ende in den Mund gesteckt. Der angebrannte Filter begann zu stinken: »Scheiße.«

Die Kneipe wurde immer voller. Dauernd drängten Leute herein, alle von dem unbedingten Drang beseelt, bis in den hintersten Winkel des Ladens vorzustoßen, als sei da mehr los als vorne. Mit seinem einarmig balancierten Tablett turnte der Kellner gelenkig zwischen uns herum wie ein Akrobat im Roncalli-Zirkus.

»Im Ernst«, fuhr ich fort, »ich glaube, ich werde allmählich zu faul zum Bumsen, irgendwie wird es mir lästig. Mich hat schon in der Schule das Bodenturnen angekotzt. Man müßte einfach aufhören und sagen, okay, das war's. Wahrscheinlich würde man dann merken, daß einem überhaupt nichts fehlt.«

Küppersbusch schoß gerade das Blei in die oberen Augenlider. Nach dem letzten Rülpser ließ sie den Mund offenstehen. Plötzlich erinnerte sie sich an ihre silberne

Zigarettenspitze und prokelte umständlich die Kippe in das vornehme Teil, um mir anschließend damit vor der Nase herumzufuchteln: »Du laberst mal wieder einen Dünnschiß. Michi hast du mir jetzt auch wieder versaut. Dabei war zwischen uns schon alles klar. Ewig vermasselst du einem die Tour.«

Ich konnte mich nicht erinnern, ihr je die Tour vermasselt zu haben. Ich kippte mir die Medizin in den Schlund und bildete mir ein, es sei bayrisches Weißbier und ich säße nach durchzechter Nacht frühmorgens am Monopterus, und fünf Schritte weiter zupfte ein übriggebliebener Hippie total bekifft auf seiner Klampfe herum, und über den Frauentürmen zeigte sich die fahle Morgensonne, die ersten Hunde tollten über das feuchtschimmernde Gras, und das Leben lag noch vor mir – bittersüße Erinnerung an hoffnungsvolle Jugendjahre.

»Du gehörst doch zu den Frauen, die im Bett überlegen, ob der Bauch schwabbelt, wenn sie oben liegen. So was kann mir nicht passieren«, giftete Küppersbusch mich plötzlich an. Auf dem Weg zum Vollrausch war sie jetzt bei Aggressionsstufe II angelangt. Da hieß es für mich, Toleranz-Reserven anzuzapfen.

»Ich frage mich, woher du das wissen willst«, entgegnete ich.

»Und daß du immer an dein Aussehen denkst«, dozierte sie mit einer Fresse wie nach einem Boxkampf, »das ist dein Kardinalfehler. Im Bett ist das scheißegal, ob du einen Lidstrich hast oder manikürte Fingernägel. Die Säcke haben sowieso kein Auge für so 'n Scheiß. Die interessieren sich nur für eins: Wie lange braucht die Alte, bis sie abgeht wie 'ne Rakete? Das sieht man nämlich vorher schon im Gesicht. Das ist ein ganz spezieller Ausdruck, und den kann 'ne Zwergin genausogut haben wie 'ne Zweizentnerfrau.«

Im Moment sah ihr Gesicht tatsächlich aus wie eine Raketenabschußrampe. Da hätten die Männer ja eigentlich Schlange stehen müssen. Ich überlegte, wie ich sie am besten ins nächste Taxi beförderte. Was mich betraf, so hatte ich eine von den verdammten Nächten erwischt, in denen ich mich nüchtern soff.

»Quatsch, Rakete«, entgegnete ich, während sie mir von allen Seiten in die Rippen stießen, »das, was du meinst, ist die Reduktion von Intelligenz, gemischt mit drei Tropfen künstlichem Anlehnungsbedürfnis, parfümiert mit Umklammerungsfaktor sieben. Das haben wir im Chemieunterricht schon in der fünften Klasse im Reagenzglas gebraut. So was interpretieren die Säcke dann als Talent zur Ekstase. So 'ne Mimik kann man trainieren. Und nach dem achten Glas sieht man von selbst so aus.« Nach dem fünfzehnten sollte man allerdings noch imstande sein, den Weg von der Kneipe ins Bett zu finden.

Küppersbuschs Oberkörper bildete mit der Stuhllehne einen fast perfekten rechten Winkel. Sie sah aus, als wäre sie beim Studium der Tischplatte eingenickt. Das Sprechen stellte sie vorübergehend ein. Nach einer Weile blubberte sie: »Ich brauch noch 'n Bier.«

Ich warf einen hilfesuchenden Blick zu Michi und Tommy, bei denen auch gerade die Lichter ausgingen. Weniger wegen der Tankfüllung als wegen stundenlangen Beißens auf Granit. Die Plastikenten waren zwar zur Besichtigung freigegeben, aber zum Bumsen nicht aufgelegt. Michi blickte abschätzend auf Küppersbusch herab: »Was ist mit der? Tut sie's noch?«

»Was meinst du damit?«

»Ob sie's noch bis zum Taxistand schafft.«

»Du kannst mir ja mal helfen.«

»Okay«, ließ er sich gnädig herab, »die Weiber hier sind sowieso vor die Hose. Ich seil mich ab.«

Wir griffen Küppersbusch unter die Arme und schleppten sie auf die Straße, wo sie plötzlich erwachte und feststellte, daß ihr ein Schuh fehlte. Ohne den Schuh ging sie keinen Schritt weiter.

»Die Schuhe von der gehe ich aber jetzt nicht auch noch suchen!« motzte Michi. »Irgendwann ist Schluß mit lustig. Entweder ich bring sie jetzt zum Taxi oder ich mach 'ne Fliege.«

Küppersbusch flennte wie ein Kind wegen des verlorenen Schuhs. Ich sagte zu Michi: »Warte mal hier. Ich geh noch mal rein.«

In der überfüllten Kneipe einen Schuh zu finden, war ungefähr so aussichtsreich wie zu Hause eine Kakerlake zu erschlagen. Als ich auf dem kippenverseuchten Boden herumkroch, hatte ich zum erstenmal Sehnsucht nach Ralf. Den Schuh fand ich nicht. Draußen war von Michi und Küppersbusch nichts mehr zu sehen.

Am Taxistand erwischte ich versehentlich ein Nichtrauchertaxi.

»Hier wird nicht geraucht!« pflaumte mich der Fahrer an. Ich drückte die Kippe aus. Nach einer Weile meldete er sich erneut: »Das ist ein Nichtrauchertaxi hier. Hier drin wird nicht geraucht.«

»Ich rauche nicht mehr, Mann.«

»Dir werde ich's schon zeigen!« raunzte der Arsch. »Solche Weiber habe ich gefressen. Mir den Wagen vollqualmen hier, das hat mir gerade noch gefehlt.«

»Hören Sie mal, ich rauche nicht. Was wollen Sie überhaupt von mir!«

Im Rückspiegel versuchte ich zu erkennen, um welche Arschgeige es sich da vorne handelte, aber ich konnte sein Gesicht nicht erkennen. Kaum hatten wir die City verlassen, drückte er auf's Tempo. Auf einmal dämmerte es mir: Es war Monsieur Liszt mit der Madonna, den ich vor Jahren mal an der Haustür ausgetrickst hatte. Um zu erschrecken, hatte ich zuviel getankt. Augenblicklich kratzte ich meinen Verstand zusammen.

»Dich mach ich fertig«, erklärte der Typ, »mich hast du nur einmal geleimt. Jetzt paß mal gut auf – ich fahr dich jetzt auf die Felder, und dann mach ich dich kalt. Dann sind wir quitt.«

Mitten auf der Straße warf er das Steuer herum und jagte Richtung Industriegelände. Ich riß die Wagentür auf, und er legte eine Vollbremsung hin. Aus dem Wagen herausschießend erreichte ich auf der Straße meine persönliche Bestzeit im Kurzstreckenlauf. Lange folgte er mir nicht.

Mir hing die Zunge aus dem Hals. Das Bier schwappte in meinen Gedärmen hin und her, meine Raucherlunge brannte wie Stroh, meine Beine fühlten sich an wie Pudding mit Füßen wie Stahlkammern. Super Abend.

Im Aufzug traf ich Martha mit einem mindestens zehn Jahre jüngeren Macker auf dem Weg zu Pia, beide mit leichter Schieflage. »Das ist der Carlo, mein ehemaliger zweiter Mann«, krächzte Martha stolz, »wir leben jetzt wieder zusammen.«

»Da hab ich lange für gebraucht, bis ich gemerkt habe, die Martha ist doch die beste von allen«, erklärte Carlo. Den Rest verstand ich nicht, weil er Krefelder Plattdeutsch sprach. Mit den wilden Gestikulierungen und den aufgerissenen wasserblauen Augen machte er auf mich den Eindruck eines Epileptikers. Unentwegt quasselte er auf mich ein, ohne daß ich einen Satz komplett verstanden hätte.

»Schönen Gruß an Pia«, sagte ich. Martha schob ihren Carlo aus dem Aufzug.

Meine Sehnsucht nach Ralf hatte soeben ihren Zenit erreicht. Ich erinnerte mich blaß, daß wir uns vor ein paar

Stunden gefetzt hatten, wobei ich mich wieder einmal aufgeführt hatte, als sei mir der Verstand weggeflogen. Spontan beschloß ich, ihn ausnahmsweise mit einer Portion Zärtlichkeit zu beglücken. Der Gedanke an die Treue und Duldsamkeit meines Schatzes, vor kurzem noch Grund zur Flucht, wärmte mein Herz.

Ich schloß die Tür auf und betrat das Wohnzimmer. In der Bude war es so still, daß man fast die Kakerlaken fressen hören konnte. Wahrscheinlich lag Ralf längst im Bett.

Das Bett war leer. Auf dem Schlafzimmerschrank fehlte der Zweitfernseher. In den Schränken seine Klamotten. Im Bad die Zahnbürste, die er zu selten benutzte, der Rasierapparat, das Rasierwasser, der Bademantel. Nirgendwo ein Zettel, eine Notiz, ein Brief. Die Realität bröckelte mir wie ein einzeln purzelnder Steinschlag ins Kontor: Er war weg.

Langsam schlich ich ins Wohnzimmer zurück. Auf dem Tisch lag noch das Einwickelpapier der Schokolade, die er abends gerne aß. Daneben das aufgeschlagene Fernsehprogrammheft und eine Schachtel Baldrian. Die Stille wog drei Zentner.

Ich sank auf die Couch wie abgeknallt. Die Erkenntnis erschlug mich wie der Hurrikan die Bananenstaude. Dröhnend drehte sich der Sturm zu einer riesigen Windhose, und im Auge des Orkans saß ich wie Mäxchen auf der ersten Motorradsteilwandfahrt seines Lebens. Die Stille tobte hinter meiner engen Stirn und drohte, meinen Kopf zu sprengen. Händeringend suchte ich nach einem Vehikel, das Ralfs Verschwinden rückgängig machen konnte, nach einer Zeitmaschine, einem Zaubertrunk, einem esoterischen Bewußtseinstrick. Mir war, als säße irgendwo da oben ein alter Rauschebart, blickte bekümmert auf mich herab und sagte: Tja, tut mir leid, aber es war mal wieder Zeit für einen kleinen Genickschlag. Und ich heulte: Ist das alles, was dir einfällt, mich immer nur unglücklich zu machen? Hast du sonst nichts auf Lager? Vielleicht zur Abwechslung mal ein bißchen Glück, verdammte Scheiße? Und der Alte sagte: Bist doch selber schuld, du Dumpfbacke.

Klar hatte ich Ralf behandelt wie einen Fußabtreter, ihn ständig zur Sau gemacht, ihm hier und da eine gescheuert. Klar hatte er prinzipiell alles verkehrt gemacht und trug an allem die Schuld, was gerade schief lief, klar war er immer das größte Arschloch gewesen, was mir je untergekommen war – aber deswegen haute man doch nicht einfach grußlos ab, Mensch!

Ich schneuzte mir die Nase. Das Rotzgeräusch machte mir die Stille noch mehr bewußt. Ich fühlte mich wie in einem großen, leeren Karton. Tiptiptip machten die Kakerlaken, blupblupblup meine Tränen, blonk! ein Gong in meiner Herzgegend. Am Firmament strahlte stahlblau die Erkenntnis: Der Ralf, das isser. Mensch, das isser doch. Scheiße, das isser. Beziehungsweise: Das *war* er.

Ich hatte immer geglaubt, sich in einen Mann zu verlieben und einen Schlag auf den Hinterkopf zu kriegen, sei ungefähr dasselbe: Man stand einem Kerl gegenüber und sah plötzlich nur noch Sternchen. Der Verstand setzte aus, man hörte die Englein singen, und wenn alles vorbei war, blieb ein dumpfer Schmerz. Wie ich gerade feststellte, ging es aber auch ganz anders: Man konnte sich ohne Sterne und Engel ganz einfach an einen Kerl gewöhnen.

Da war einer gekommen, hatte sich nach und nach eingenistet, mir hin und wieder den Rücken massiert, hatte mir glaubhaft versichert, er fände mich schön, schlank, intelligent und witzig, und mir war das ziemlich schlüssig erschienen, obwohl ich mich jahrelang weder für schön noch für intelligent oder witzig und erst recht nicht für schlank gehalten hatte. Da war einer gewesen, der mir nicht dauernd widersprach und mir sogar das letzte Wort ließ, einer, den meine Tobsuchtsanfälle wegen der Klobrille nicht gleich zu Tode erschreckten, einer, der meinte, eigentlich sei ich ein lieber Mensch mit Herz, schnüff, einer, der mir die Fernbedienung überließ und dem mein Salatdressing schmeckte, einer, der sich ganz selbstverständlich mit mir solidarisch fühlte außer während meiner ordinären Blökereien mit unverschämten Radfahrern und Kindern, die direkt neben mir in Pfützen sprangen. Da hatte es einen gegeben, der meine Lampe endlich so aufhängte, daß sie den Tisch beleuchtete statt die Wand, und der mir den Teppich geradezog, damit ich nicht dreimal die Woche auf die Schnauze fiel, einer, der mit mir Möbel aussuchen ging und sie auch noch bezahlte, einer, der mit mir Pläne machte, Pläne für eine gemeinsame Zukunft, heul, und ich dusselige Kuh hatte dieses rare Schmuckstück einfach nicht *gewürdigt*! Doppelschluchz. Wie hätte ich ahnen sollen, daß sie auch so funktioniert, die Liebe? So schlicht und unspektakulär! Die Erkenntnis haute mich fast um. Sie nutzte mir nur nichts.

Ich griff zum Hörer. Bei Ralf lief der Anrufbeantworter. Dann kippte ich mir fünf Bacardi-Cola hinter die Binde und sackte weg.

Am nächsten Morgen rückte Kücklich mit Charlie Dosenkötter an, was mich etwas erstaunte, weil sie mich in den ganzen Jahren höchstens ein halbes Dutzendmal besucht hatte: »Na, heute hast du ja wohl mal Zeit für uns?«

»Ja, klar, kommt rein. Ich bin sowieso alleine.«

Mit vielsagenden Mienen pflanzten sie sich auf die Couch. »Willst du es ihr sagen?« fragte Kücklich Charlie.

»Nee, sach du et ihr«, gab er zurück.

Kücklich lehnte sich gemütlich zurück, als hätte sie den gesamten Brockhaus vorzutragen: »Also, dein Ralf war gestern bei Charlie.«

Ich traute meinen Ohren nicht. Seit gestern spielte das Schicksal absurdes Theater, in dem ich die ausgefallensten Dinge für naheliegend hielt, unter anderem selbst eine erotische Beziehung zwischen Ralf und Charlie Dosenkötter. Wer sich so klammheimlich verzog, war zu allem fähig. In Erwartung übelster Demütigungen straffte ich meine Muskulatur.

»Der arme Mann!« jammerte Kücklich vorwurfsvoll. »Was du dem alles angetan hast! Das is so 'ne Seele von Mensch, der beste Typ, den du je gehabt hast, und du behandelst den wie das letzte Schwein.«

»Ich hab noch eine Flasche Sekt da«, äußerte ich widerspruchslos und tigerte in die Küche. Drei Kakerlaken flitzten hinter die Küchenumrandung. Rachsüchtig sprühte ich rasend vor Wut sogenanntes Vernichtungsmittel hinterher. »Jetzt sag schon, was er gesagt hat!« rief ich aus der Küche. »Der wird ja wohl nicht nur rumgeweint haben, was ich für ein Schwein bin.«

»Aber hauptsächlich!« rief Kücklich. »Das ist so 'ne herzensgute Mensch, der Ralf. So kann man doch nicht umgehen mit 'nem Kerl! Das ist 'ne richtige Perle ist das und dann so was wie du. Ein Drehmäscher bist du.«

»Mähdrescher«, korrigierte ich lahm und stellte Gläser auf den Tisch. Mir war noch schlecht von gestern.

»Werd jetzt bloß nicht spitzfindig!« fauchte Kücklich. »Das sagt der Ralf nämlich auch, daß du einem ewig das Wort im Mund rumdrehst und nie ein Ende findest und was du sonst noch alles zu dem sagst. Das sagt 'ne Dame sowieso nicht.«

»Ich bin keine Dame.«

Charlie sah erstmals Veranlassung, vor Begeisterung zu krähen. Ich schenkte Sekt ein: »Jetzt sag schon, was er sonst noch gesagt hat. Isser jetzt für immer weg oder kommt er noch mal wieder oder was hat er gesagt?«

»Tja«, meinte Kücklich zufrieden, »das kannste dir wohl abschminken. Der hat den Kanal voll bis oben hin, wenn ich das richtig verstanden habe. Er sagt, das kann er mit seinem Stolz und seiner Ehre nicht vereinbaren, daß er sich weiter so behandeln läßt.«

Charlie wieherte vor Glück. Als er sich wieder beruhigt hatte: »Haste noch was zu essen da, sachma, ich hab Kohldampf.«

Ich trottete wieder in das Kakerlakenparadies und förderte ein Stück Appenzeller und ein Glas Peperoni zutage.

»Brot haste keins mehr?«

Ich stellte eine Schachtel Knäckebrot auf den Tisch: »Kalorienarm.«

»Heiraten wollte der dich!« kreischte Charlie und wälzte sich vor Lachen auf der Couch, daß er fast herunterflog. »Heiraten! Der Bekloppte, ey. Der hatte doch echt 'n Rad ab, sachma ehrlich.« Ausgelassen vor Glück bröselte er beim Hineinbeißen das Knäckebrot auf den Teppich.

»Halt doch jetzt mal die Schnauze!« sagte Kücklich zu ihm.

»Wieso soll ich die Schnauze halten? Hat der bei dir gesessen oder bei mir? Jetzt geht es aber langsam los hier«, regte Charlie sich auf.

»Red doch mal leiser, Mensch. Du hast auch überhaupt kein Feingefühl«, schimpfte Kücklich.

»Aber du, was? Da muß ich aber lachen, muß ich da, ey, *sie* und Feingefühl!«

Beim Reden versprühte er Speichel wie ein defekter Rasensprenger.

»Was soll *das* denn heißen?« echauffierte sich Kücklich und kramte vorsichtshalber ein Tempo-Taschentuch aus der Jackentasche. »Mach mich bloß nicht von der Seite an, Charlie, sonst gibt es gleich einen Satz heiße Ohren.«

Langsam wurde ich ungeduldig: »Leute, jetzt streitet euch bitte nicht. Was hat der Ralf denn sonst noch gesagt?«

»Ist doch wahr!« maulte Kücklich weinerlich. »Ich muß mir doch von dem nicht alles bieten lassen. Ein Benehmen ist das einer Dame gegenüber.«

Charlie kreischte wieder wie über den besten Witz des Jahrhunderts. Ich wartete genervt, bis er seine Fassung wiedererlangt hatte: »Charlie, jetzt sag doch endlich, was hat er denn *sonst* noch gesagt?«

»Ja, nix, Mann. Was soll der da noch groß sagen? Es ist eben aus, ne?«

»Das war alles, was der gesagt hat?« fragte ich ungläubig.

Ich verfluchte Ralfs genialen Einfall, ausgerechnet bei Charlie Dosenkötter seinen Weltschmerz abzulassen. Wenn man Charlie interviewte, verpaßte er einem nichts als leere Wundertüten, aber ungefragt quatschte er im ganzen Haus herum.

»Daß es ihm leid tut«, erinnerte sich Charlie dunkel, »das hat er noch gesacht. Und anders wäre es ihm lieber gewesen.«

»Das hast du mir aber anders erzählt!« mischte sich Kücklich aufgebracht ein. »Mir hast du gesagt, er ist froh, daß er sie los ist.«

»Nee, so auch wieder nicht«, widersprach er, »das habe ich nicht gesagt. Er hält es einfach nicht mehr aus. Das hat er gesagt.«

»Mir hast du das anders erzählt«, beharrte Kücklich unzufrieden, »das weiß ich aber ganz genau.«

»Ja, wenn du immer alles ganz genau weißt, was fragt ihr mich dann noch?« kläffte Charlie. »Du weißt ja sowieso alles besser.«

Kücklich seufzte. Dann packte sie eine Schachtel auf

den Tisch: »Ich habe mal das Mensch-ärgere-dich-nicht-Spiel mitgebracht. Ich habe gedacht, das lenkt dich am besten ab.« Bombenidee.

Es klingelte an der Tür. Martha führte ihren Epileptiker herein, der wild um sich schlagend eine Wortsalve abfeuerte, von der ich nicht eine Silbe verstand.

»Was sagt der?« fragte ich Martha.

»Wenn Ralf dich nicht will, nimmt er dich«, übersetzte sie gleichmütig. Mein Befremden über die Informationspolitik in diesem Haus versenkte ich in einem weiteren Gläschen Sekt. Carlo ließ seine blauen Augen in meine Richtung leuchten. Von seinem altruistischen Angebot würde ich demnächst dringend Gebrauch machen.

»Wir wollen gerade mit dem Spiel beginnen«, sagte Kücklich, »einer von euch kann noch mitmachen.«

»Carlo nicht«, entschied Martha, »der regt sich bloß immer auf mit seinem Blutdruck.«

Ich erwog, die sich häuslich einrichtende Gemeinschaft freundlich, aber bestimmt hinauszukomplimentieren. Der einzig funktionierende Trost hieß Ralf, und Ralf war weg. Ich würfelte.

»Pasch!« schrie Kücklich. »Glück im Spiel, Pech in der Liebe!«

Der Kommentar flutete direkt meinen Tränenkanal. Angesichts der sich so nett amüsierenden Meute paßte eine vernünftige Flennerei jetzt nicht mehr ins Bild, war doch der Anlaß des geschätzten Besuches leicht in Vergessenheit geraten. Mein Wissensdurst war noch lange nicht gestillt. Ich wandte mich an Charlie: »Sag mal, hast du den Eindruck gehabt, Ralf würde unter Umständen wieder zurückkommen?«

»Jetzt fängt die schon *wieder* an!« stöhnte Kücklich.

»Wat heißt ›würde‹?« entpuppte sich Charlie als Sprachvirtuose, »Bedingungen hat er jedenfalls nicht gestellt.«

»Also, du meinst, es ist eher aussichtslos«, kramte ich in seinem rapide schwindenden Erinnerungsvermögen.

»Woher soll ich das wissen? Immerhin hatte er seine ganzen Sachen dabei. Das macht einer ja nicht, wenn er es nicht ernst meint, oder?«

»Hast du ihn nicht mal angerufen?« wollte Martha wissen. Carlo fuhrwerkte mit seinen Armen vor meinem Gesicht herum und schnatterte wie ein aufgebrachter Erpel im Frühjahr.

»Ich kann ihn nicht erreichen, der Anrufbeantworter läuft«, gab ich Auskunft.

»Schlechtes Zeichen«, befand Martha würfelnd, »Scheiße, 'ne drei. Fahr doch mal hin zu ihm.«

»Damit sie sieht, wie der mit 'ner anderen im Bett liegt?« wandte Kücklich ein.

Auf die Idee war ich noch gar nicht gekommen. Es hatte mich immer schon ausgezeichnet, die absonderlichsten Umstände für normal zu halten und die nächstliegenden nicht in Betracht zu ziehen. Immerhin trug Ralf jetzt das Bläserdiplom in der Tasche und stellte sich auch beim Fideln nicht ungeschickt an. In Zeiten anspruchsvoller Weiblichkeit war eine solche Ausbildung nicht die schlechteste Empfehlung. Außerdem gehörte er der aussterbenden Zunft der Melonenverächter an – da verdiente er ohnehin einen Orden. Nein, ich war nicht bereit, mich auf den Rivalitätsgedanken näher einzulassen. Ich wählte erneut Ralfs Nummer. Keine Reaktion.

Nachdem er sich monatelang vertrauensvoll unter meine Kontrolle begeben hatte, fand ich seine Aushäusigkeit besonders befremdlich. Es war tatsächlich zu bezweifeln, daß er sich eine Nacht und einen Tag im Reitstall herumtrieb. Die Depris, die sich gerade auf einem Lehrgang in der Abteilung Masochismus befanden, signalisierten den Wunsch, der Grund für Ralfs Abwesenheit möge harmloser Natur sein, damit mir wenigstens die Möglichkeit bliebe, mich weiterhin nach ihm zu sehnen. Vielleicht war aber auch jede Hoffnung einfach nur größenwahnsinnig. Kleinlaut tippte ich auf letzteres.

Gegen Mitternacht, als sich die Mannschaft endlich verzogen hatte, schluchzte ich in cis-Moll etwa fünfmal auf den Anrufbeantworter und fiel wie tot ins Bett.

Auch am nächsten Tag war Ralf nicht erreichbar. Ein Blick in das Fernsehprogramm erinnerte mich daran, daß wir uns gerade mitten in den Osterfeiertagen befanden. Ich haßte Feiertage. Unter anderen Umständen wäre ich über Ralfs konsequente Haltung vor Wut explodiert, aber die hohen Rösser waren gerade alle unterwegs. Stundenlang wetzte ich in der Bude auf und ab. Dann latschte ich am Rhein entlang, ohne einem Menschen ins Gesicht zu sehen.

In meiner Verzweiflung klingelte ich bei Kücklich. Sie hatte schlechte Laune.

»Was ist? Immer noch dein Liebeskummer?«

»Na, hör mal, das ist ja gerade mal zwei Tage her.«

»Meinetwegen komm rein. Aber heul hier nicht rum, ich bin heute selbst nicht stabil. Eigentlich dürfte ich mir das mit dir gar nicht antun, das erinnert mich immer so an den Kalle. Der hat gerade das zweite Kind gekriegt, das Schwein. Und weißt du, was der mir neulich am Telefon sagt? Es war mit keiner so schön wie mit dir. Da soll man nicht das heulende Elend kriegen!«

»Ist ja eigentlich nett von ihm.«

»Ach, scheiß auf nett. Was kann ich mir dafür kaufen – nichts. Für mich zählt nur noch das Business. Und das läuft im Moment beschissen. Ihr Angestellten, ihr könnt euch mit dem ganzen Schmarrn mit den Säcken befassen. Ich habe da gar keine Zeit für. Mir kommt kein Macker mehr ins Haus, und wenn, dann nur einer, der pariert wie ein Hund. Wenn ich mir überlege, was der Kalle mich für

Nerven gekostet hat. Und für was das Ganze? Für was eigentlich? Für was braucht eine Frau einen Kerl? Sag mir das!«

Darauf wußte ich auch keine Antwort. Die Frage nach dem Sinn männlicher Existenz stellte sich mir eher selten. Irgendeine Lebensberechtigung mußten sie ja haben, wenn mir auch im Moment keine einfiel. Zum Glück wechselte sie das Thema: »So 'ne Mieterin wie dich würde ich ja heute gar nicht mehr nehmen. Da wird man ja arm dran. In einem Mietshaus muß das zugehen wie in einer Bahnhofshalle. Je mehr Fluktuation desto mehr Courtage. Langzeitmieter machen mir das Portemonnaie nicht voll. Da freut sich der Eigentümer, aber nicht ich.«

»Ich zieh demnächst wahrscheinlich aus. Ich halt die Kakerlaken nicht aus«, teilte ich ihr mit, »ich hab 'ne Insektenphobie.«

»Erzähl das bloß nicht rum, daß wir hier Kakerlaken haben.«

Als sie die Beine übereinanderschlug, gab der Bademantel ein paar violette Krampfadern frei: »Die lasse ich mir nächste Woche rausziehen. Kommt vom Rauchen, hat der Arzt gesagt. Ich habe gesagt, Herr Doktor, jeder Mensch braucht ein Laster. Da hat er gesagt, nehmen Sie mich. Wenn ich den beim Wort nehme, trifft ihn der Schlag. Jetzt lach doch mal.«

»Jaja. Ich muß eben immer an Ralf denken.«

»Ach, du immer mit deinem Ralf. Hättest ihn eben besser behandeln müssen. Draußen laufen 'ne Menge Hyänen mit Samtpfötchen rum. Ein Kerl ist kein Putzlappen, höchstens ein Waschlappen, haha.«

Ihre Bonmots fand ich heute nicht witzig. Im Augenblick hielt ich es für sehr wahrscheinlich, daß mir das Lachen für immer vergangen war. Mein Gesicht glich einer venezianischen Karnevalsmaske, die in den Gully gefallen ist, in meinem Gemüt spielten die Depris Handball, und bei jedem Treffer läutete eine gußeiserne Glocke hinter meiner Stirn. Die Erkenntnis, daß die gequirlte Kacke aus Reue, Sorge und Untröstlichkeit der Auswurf meiner eigenen Dummheit war, war so hilfreich wie Sauerkrautsaft gegen Dünnpfiff. So lange das Schwein nicht ans Telefon ging, nutzte mir die edelste Einsicht nichts.

Am Abend jaulte ich hemmungslos auf dem Anrufbeantworter herum, bis das Band voll war.

Am nächsten Tag gegen Mittag – ich hechelte gerade an einer Nikotinvergiftung und sah aus wie eine vom Tretboot zerfetzte Qualle – klingelte es an meiner Tür. Draußen stand Ralf mit wachsbleichem Gesicht und tragikumwölkter Miene. In Düsseldorf schien Quallenplage zu sein. Unter den Augen trug er die olympischen Ringe im Leidensrekord.

»Du hast mir da auf Band gesprochen«, sagte er heiser, »da war ich ja, ehm, irgendwie ziemlich erstaunt. Kann ich vielleicht noch mal reinkommen oder so?«

Ich hatte die Tür nur einen winzigen Spalt geöffnet, als müßte ich sämtliche Ganoven Düsseldorfs abwehren: »Ja, klar, ist doch klar.« Vor Schreck hatte ich meine Spucke eingeatmet und mußte husten.

Er setzte sich mir gegenüber in den Sessel, in dem er vorher noch nie gesessen hatte. Nach dem Hustenanfall litt ich unter nervösem Lidzucken.

»Tja«, sagte er, »als ich das Band so abgehört habe, war ich ja ziemlich erstaunt. Das hörte sich ja fast so an, als hättest du ja doch was übrig für mich.«

»Ja, war ein bißchen schwer zu merken in der letzten Zeit«, räumte ich ein.

»Allerdings«, meinte er, »ich dachte erst, du verarschst mich. Dann habe ich mir das noch mal angehört. Und noch mal.«

»War doch nicht nötig.«

»Ja, doch. Man konnt's ja fast nicht glauben.«

»Warum bist du denn nie drangegangen?«

»Ich war für die Feiertage bei meinem Neffen. Alleine zu Hause hätte ich es nicht ausgehalten. Was soll ich alleine zuhause? Da kräht kein Hahn nach mir.«

»Ich schon.«

»Das wußte ich ja nicht. Die ganze Zeit hast du mir beigebogen, was ich für ein Arschloch bin, und dann heulst du stundenlang auf dem Band rum.«

Ich fand, die Erinnerung an das vollgeflennte Band war jetzt genügend breitgetreten. Es gab rühmlichere Taten in meinem Leben.

»Und jetzt?« brachte ich das Gespräch in Schwung. Wenn er nicht langsam das erlösende Wort fand, konnte er gleich den Notarzt rufen. Plötzlich gingen nebenan die Bässe wieder los – Conquest of paradise, Pathos pur. Ich erschrak zu Tode, mein geschwächtes Herz rumpelte im Salon. Ralf schoß aus dem Sessel hoch: »Jetzt reicht es mir mit dem Arsch. Jetzt mach ich kurzen Prozeß. Der geht mir schon zu lange auf den Sack.«

Nach kurzem, heftigem Gebrüll und einigem Gepolter kam er wieder. Nebenan blieb es still. Ich schwamm in Bewunderung: »Wie hast du *das* denn hingekriegt?«

»Ich habe dem die Anlage zertreten. Jetzt kann er sich seine Musik malen. Ich bin ja wirklich ein geduldiger Mensch, aber was zuviel ist, ist zuviel.«

»Ich weiß.«

Er setzte sich wieder in den Sessel. Es wäre mir lieber gewesen, er hätte sich neben mich gesetzt. Aber noch hatte sich das Dickicht zwischen uns nicht gelichtet. Würde es sich überhaupt lichten? O je o je.

»Und wie stellst du dir das Weitere jetzt vor?« fragte er. Und wie ist das Procedere, hätte Lipinski gelispelt.

»Ich weiß nicht«, sagte ich, »das hängt ja nicht von mir alleine ab. Ich meine – würdest du denn überhaupt, äh, noch mal wollen, ich meine, mit mir so?«

Mein Selbstbewußtsein war filigran wie ein Spinnennetz in der Abendsonne, mein Stimmchen zart, aber meine Hoffnung machte sich insgeheim schon startklar.

»Ich schon«, antwortete er, »an mir soll's nicht liegen. Wir haben ja jetzt beide mal eins auf's Auge gekriegt – da werden wir ja wohl wissen, wie wir uns benehmen in Zukunft. Du auch, meine ich.«

Bei dem Wort ›Zukunft‹ hüpfte mein Herz. Das war heute der am meisten beanspruchte Muskel meines armen Körpers. Eine dicke Träne kullerte direkt auf meine Hamsterbacke.

Als er das sah, murmelte er: »Du weißt doch, daß ich dich liebe.« Vielleicht hatte ich auch nur einen momentanen Gehörschaden. Ich wagte nicht, nachzufragen. Die nächste Träne folgte. Wir heulten beide eine Runde, ich mehr, er weniger. Dann stolperten wir um den Tisch herum und sanken einander in die Arme. Und sein Achselgeruch verwandelte sich in ein Aphrodisiakum, seine Augen in kristallklare Bergseen, sein Mund in die Pforte zur Glückseligkeit, und ich hörte neunundneunzig Englein singen. Ab sofort war er der heißeste Typ des Universums und ich endlich, endlich, endlich verliebt!

Brandenburg entgegen, die roten Kreise auf ihren Wangen heute morgen besonders akkurat gemalt: »Wieso sind Sie denn heute hier? Sie haben doch seit acht Uhr Seminar.«

»Seminar? Was für 'n Seminar? Meine Seminare habe ich Gott sei Dank alle hinter mir.«

»Nein, nein, Sie haben heute Seminar, das weiß ich genau.«

»Da hat mich keiner dran erinnert.«

Sie guckte mich an, als hätte ich sie gebeten, mir die Füße zu küssen: »Da müssen Sie schon selbst dran denken. Haben Sie denn keinen Kalender?«

Ich hielt es nicht für sinnvoll, ihr zu erklären, daß es bisher Zausels Aufgabe gewesen war, mir meine Termine durchzugeben. An die Sitten und Gebräuche im Club Sörensen mußte ich mich noch gewöhnen. Ich klopfte an Sörensens Tür. Er bastelte gerade an seinem PC herum: »Guten Morgen, Frau Scott, na, schon gut eingelebt?«

»Es geht. Für's erste bin ich zufrieden. Mit meinen Fortschritten, meine ich. Herr Sörensen, ich muß Ihnen was beichten. Heute morgen war noch ein Seminar, und ich habe nicht dran gedacht, tut mir echt leid.«

Sörensen sah immer aus wie aus dem Ei gepellt und hatte tadellose Manieren. Wenn ich eintrat, sprang er sofort auf und reichte mir die Hand, und jedesmal, wenn ich den Raum verließ, begleitete er mich die paar Schritte zur Tür. Manchmal wirkte er trotz seiner kerzengeraden Haltung fast devot.

»Ich weiß schon«, sagte er freundlich, »jetzt noch hinzufahren, lohnt sich wohl nicht mehr. Na, dann muß ich mal sehen, wie ich das Herrn Wickert beibiege.«

»Was hat *der* denn damit zu tun?« staunte ich.

»Herr Wickert ist doch unser Geschäftsführer«, sagte er genauso erstaunt über meine Unwissenheit.

»Unserer? Wirklich?«

»Unserer und der von der Forschungsgemeinschaft und von der Architektenvereinigung. Jaja, ohne Herrn Dr. Wickert läuft bei uns gar nichts.«

»Und der bezahlt meine Seminare?«

»Das ist sozusagen eine persönliche Vereinbarung zwischen ihm und mir. Dafür erhält Herr Wickert wieder andere Leistungen von mir wie zum Beispiel, daß eine meiner Damen Frau Löbel entlastet. Eine Hand wäscht die andere.«

Löbel war die Sekretärin von Wickert. Daß sie mit ihm bumste, war im ganzen Haus bekannt. Nur ich als geborener Blitzmerker hatte es erst vor einer Woche geschnallt.

»Und sonst?« fragte Sörensen. »Klappt denn alles soweit? Sehen Sie allmählich Land?«

»Wenn ich mir nicht alles haarklein aufgeschrieben hätte, wäre ich aufgeschmissen, das muß ich ehrlich sagen. Die Technik macht nicht immer das, was man ihr sagt.«

Er lächelte nachsichtig. Seine Nägel waren perfekt manikürt, jedes seiner Haare war exakt so lang wie das andere, auf seinem Kragen saß nicht ein einziger Flusen. Ich stellte mir vor, wie er mit seinen dicken Lippen an seiner Frau, einer Rechtsanwältin, herumschmatzte und mit seinem kleinen Knackarsch auf und niederfuhr, während er gegen die Wand guckte. Es gibt Leute, die sehen aus, als benutzten sie zum Essen einer Wurstsemmel ein Besteck. Das sind dieselben, die das Bumsen Geschlechtsverkehr nennen. Komischerweise haben sie zu Hause meistens einen Stall voller Kinder.

»Das wird schon«, meinte er eher befehlend als aufmunternd, »sehen Sie zu, daß Sie das bis in drei Wochen in den Griff kriegen mit den schriftlichen Bestellungen. Danach geht es nämlich mit den Tagungsvorbereitungen los, das wird technisch erheblich anspruchsvoller.«

»Sagen Sie mal, Herr Hübchen sagte mir, ich sollte hauptsächlich an Texten und Broschüren mitarbeiten. Bisher kenne ich die Broschüren nur vom Versenden. Das ist zwar, technisch gesehen, eine aufregende Angelegenheit, aber 'ne besondere Sprachbegabung braucht man ja dafür eigentlich nicht.«

»Das ist ja schön, daß Sie sich so um Ihre Arbeit bemühen«, erwiderte er mit gleichbleibendem Lächeln, »aber die Broschürenbearbeitung habe ich für einen Zeitpunkt nach der ersten Tagung anberaumt, es sei denn, Sie hätten schon vorher Zeit dafür, was ich aller Erfahrung nach nicht glaube. Die Tagungsvorbereitungen werden Sie schon genügend in Anspruch nehmen, das können Sie mir glauben. Sollten Sie aber wider Erwarten doch Zeit dafür finden, können Sie mich jederzeit ansprechen. Die Broschüre X112 hat Frau Blume leider nie ganz in den Griff gekriegt, obwohl sie ja eine ganz hervorragende Kraft war, vor allem auf dem PC war sie ja ein As, also, eine wirkliche Könnerin. Wenn ich da mal ein Problem hatte, brauchte ich nur kurz zum Hörer zu greifen, und das Problem war gelöst.«

Es war schon immer mein Herzenswunsch gewesen, auf dem PC einen doppelten Salto hinzulegen, und ich bedauerte jetzt schon, ihm nicht unter die Arme greifen zu können.

»Und die Tagungsvorbereitung«, erkundigte ich mich, »wie läuft das im einzelnen ab? Da muß ich doch sicher die ganzen Briefe und Einladungen entwerfen und das Programmheft gestalten?«

Er winkte ab: »Da muß nichts mehr entworfen werden. Das ist alles im PC gespeichert. Da nehmen wir immer dieselben Formulierungen. Die werden nur aktualisiert. Müssen Sie mal gucken, das hat Frau Blume alles gespeichert, Briefe und Einladungen unter Word, Adressen und Verteiler in der Datenbank. Da sind wir perfekt organisiert. Sie rufen die Briefe nur auf und ordnen sie den jeweiligen Verteilern zu, ändern das Datum, und dann werden sie per Serienbrief verschickt.«

Ich schluckte kurz. Das einzige, was ich im Kurs nicht gecheckt hatte, waren die Serienbriefe gewesen. Es erschien mir jetzt etwas weltfremd, daß ich der Meinung gewesen war, Serienbriefe nicht zu benötigen.

»Ja, und dann werden die ganzen Briefe eingetütet und versandt. Das müssen Sie natürlich nicht selbst machen, dafür haben wir Hilfskräfte, die wir bei Bedarf anfordern. Studenten und so. Oder die Kinder von Abteilungsleitern, die verdienen sich immer gerne was dazu.«

»Haben die denn dann gerade immer Zeit?«

»Das organisieren Sie dann, wenn es soweit ist. Jetzt sehen Sie erst mal zu, daß Sie Ihre schriftlichen Bestellungen über die Bühne kriegen.«

Ich trottete wieder in mein freundliches, ergonomisches Büro, das so ergonomisch war, daß mir das einzige Fenster, das zu öffnen war, in geöffnetem Zustand gegen die Birne knallte. Ein Schaumschläger namens Blomberg stand hinter Vitcovic und diskutierte mit vor Wichtigkeit dröhnender Stimme über die Schriftgröße von Tischkärtchen, die Vitcovic auf dem PC gestalten sollte. Hin und wieder warf er mir einen beifallheischenden Blick zu. Ich hatte den Verdacht, als sei er auf der Suche nach Frischfleisch, um mal wieder einen hochzukriegen. Was war ich wieder grimmig heute. Zumal bei mir von Frischfleisch wohl kaum noch die Rede sein konnte.

Auf meinem Schreibtisch lagen drei kleine, schwarze Schachteln, größer als Streichholzschachteln, kleiner als Kassetten. Ich hatte keinen Dunst, warum die da lagen und was damit zu geschehen sei. Wahrscheinlich hatte sie jemand liegenlassen. Bevor ich sie in den Papierkorb warf, fragte ich Brandenburg, was es damit auf sich hätte.

»Das sind Diktate von Sörensen«, erklärte sie, »hat er Ihnen denn nichts davon gesagt? Sie waren doch gerade drin bei dem. Wenn ich was nicht schaffe, sollen Sie mir doch unter die Arme greifen. Ich habe Ihnen extra ganz leichte Sachen hingelegt, kein Power Point, kein Excel, nur so kleine Briefe. Er braucht die Sachen bis heute mittag. Sie wissen aber schon, daß Sie mich unterstützen müssen bei meiner Arbeit, oder?«

»Eigentlich nicht.« Ich war gebügelt. Hilfskraft der Abteilungssekretärin – das konnte Hübchen nicht gemeint haben.

»Das ist ja wieder mal Spitze!« echauffierte sie sich. »Da muß ich aber gleich mit Sörensen sprechen. Monatelang habe ich dem in die Eier getreten, daß ich eine Hilfe brauche, und jetzt kommen Sie und sagen, Sie wissen von nichts. Also, wie finde ich denn das?«

»Jetzt entspannen Sie sich mal. Ich kann es ja mal versuchen. Ich hab bloß keine Ahnung, wie das geht. Kommen die Dinger in ein Diktiergerät oder wie läuft das?« Wenn sie unbedingt Hilfe brauchte, wollte ich nicht ungefällig sein. Hübchen um Aufklärung zu bitten, blieb noch Zeit genug.

Sie grunzte ungehalten. Ständig plärrte das Telefon: »Wie war der Name? Ja, habe ich notiert, ja, geht heute noch raus, na ja, den Postweg müsen Sie schon einkalkulieren, bitte, wiederhören.«

Dann drückte sie ein paar Tasten auf dem Apparat und öffnete die Tür zum zweiten Nebenzimmer, dem Sekretariat von Frau Löbel: »Ich bin mal eben bei Frau Scott, ihr was zeigen. Ich habe umgestellt.«

»Alles klar«, flötete Löbel, die mit nebeneinander gelegten Pfötchen an ihrem Schreibtisch hockte wie ein Keramik-Kätzchen auf der Fensterbank. Fehlte nur das Schleifchen um den Hals. Eine Ladung süßlich-würzigen Geruchs strömte herein, im Hintergrund säuselten einschläfernde Meditationsklänge wie in einem Esoterik-Seminar, und auf ihrem Schreibtisch stand ein Blumenstrauß, der mich genauso an Pollack erinnerte wie Löbels ausdruckslose, schwarze Augen. Löbel hatte sich angewöhnt, statt wie ein erwachsener Mensch zu sprechen, zu zirpen wie ein Vogel, aber wenn ihr was nicht paßte, wurde sie auf der Stelle zur schnippischen Zicke. Wie alle Sekretärinnen zischte sie auf dem Gang wild-dynamisch herum wie eine Rakete. Kaum zurück in ihrem Zimmer telefonierte sie stundenlang kichernd und gackernd wie eine zufriedene Henne mit ihrer weitläufigen Verwandtschaft. Ihr Gesicht hatte die Form eines Fernsehapparates, was sie durch einen luftig gefönten Prinz Eisenherzschnitt geschickt betonte, und jedesmal, wenn sie lachte, erschrak ich, weil ich außer Pollack niemanden kannte, der imstande war, eine zuvor völlig unbewegte Visage von einer Sekunde auf die nächste aufzureißen, als sei soeben der Dax explodiert. Genauso plötzlich konnte sie die Frohsinnsmiene wieder einrollen wie ein Schnapprollo, wenn sie merkte, daß ihre künstliche Herzlichkeit ohne Widerhall blieb. Durch den Türspalt warf sie mir einen seltsam stechenden Blick zu, der mir nichts sagte.

»Kommen Sie mal mit«, sagte Brandenburg zu mir, »ich zeige Ihnen jetzt das Diktiergerät.«

Hinter einem kränkelnden Ficus benjaminus zwischen

Vitcovics Schreibtisch und meinem kramte sie einen kleinen, hellgrauen Kasten hervor, der unter dem Tisch so knapp verkabelt war, daß er sich kaum von der Stelle bewegen ließ.

»Das ist aber auch blöd gemacht hier«, fand Brandenburg, »wo sind denn Ihre Ohrstöpsel?«

Bei dem Ausdruck ›Ohrstöpsel‹ zuckte meine Galle kurz auf, hatte ich doch die armen Schweine immer inbrünstig bemitleidet, die nichts anderes zu tun haben, als Gedankengänge einer übergeordneten Person möglichst einwandfrei auf Papier zu bringen, eine Tätigkeit, die sich meines Erachtens von der eines Fliesenleger-Azubis nur unwesentlich unterschied.

Wie sich herausstellte, handelte es sich bei meinen Ohren um mißgeburtliche Kopfschnecken, aus denen die Stöpsel alle drei Minuten herausfielen. Unter dem Tisch befand sich ein Pedal, mit dem man den Vor- und Rücklauf regelte. Da der Rücklauf defekt war, mußte ich ihn manuell am Gerät aktivieren. Ich legte los. Im allgemeinen sprach Sörensen langsam, deutlich und sogar melodiös, außer wenn er bei schönem Wetter das Fenster öffnete und Lkws vorbeidonnerten. Als Brandenburg die Mappe zurückbrachte, meinte sie anerkennend: »Den englischen Brief haben Sie ja schon sehr gut gemacht. Das ist ja Klasse, daß Sie das auch können. Die meisten tun sich ja schwer damit.«

Ich förderte ein dankbares Lächeln zutage. Pollack hätte jetzt gesagt, wo kommen wir denn dahin, wenn wir uns von den eigenen Mitarbeitern loben lassen. Irgendwas lief hier granatenmäßig schief.

»Sörensen hat Sie nämlich mal getestet«, vertraute sie mir an, »weil es ja hieß, Sie könnten auch Englisch. Ich besuche gerade einen Wirtschaftskurs in Englisch. Vielleicht bezahlt Wickert Ihnen auch einen.«

»Den brauche ich nicht«, raunzte ich großspurig, »ich werde ja wohl nicht ewig diese Bändchen hier abtippen.«

»Ich glaube nicht, daß Sie da lange gefragt werden«, sagte sie spitz, »schließlich haben wir Sie ja zu meiner Entlastung geholt.«

Ich rief Dreeßbach an: »Hallo, Herr Dreeßbach. Herr Dreeßbach, ich bin ein bißchen sauer. Wissen Sie, was ich hier den ganzen Tag mache? Bänder abtippen. Das entspricht ja wohl nicht gerade der Vereinbarung, oder?«

»Bänder abtippen?« echote Dreeßbach angeödet. »Wieso *das* denn?«

»Das frage ich *Sie*. Wie ich jetzt höre, bin ich hier eingestellt worden, um Frau Brandenburg zu entlasten.«

»Brandenburg? Ist das nicht die Sekretärin von Sörensen? Die mit den schwarzen Haaren?«

»Korrekt. Das hieße nämlich, daß ich die Hilfskraft von Frau Brandenburg wäre. Also, das kann's ja wohl nicht gewesen sein.«

Dreeßbach machte eine lange Pause. Ich hörte es rascheln. Dann hustete er. »Entschuldigung, Frau Scott, ich bin heute nicht so gut drauf. Kleine Erkältung.«

»Tut mir leid.«

»Ach, ist nicht so schlimm. Das kommt und geht. Moment mal eben.«

Ich hörte ihn mit einem Mann sprechen. Ob es sich dabei um Hübchen handelte, konnte ich nicht erkennen. Dann ließ er sich zu mir herab: »Wo waren wir noch mal ... ah ja. Tja, ich verstehe nicht so ganz den Sinn Ihrer Worte. Also, Frau Brandenburg baucht Unterstützung, das ist mir ja bekannt. Das arme Mädchen bricht ja wirklich bald zusammen. Und Sie wollen ihr also nicht helfen. Wenn ich mich recht erinnere, war Hilfsbereitschaft ja noch nie Ihre Stärke.«

»Das hat doch nichts mit Hilfsbereitschaft zu tun!«

blökte ich. »Es hat geheißen, ich entwerfe hier Texte, kann lektorieren und schreiben und so weiter. Statt dessen bin ich den ganzen Tag am tippen.«

»Am Anfang haben wir alle unsere Schwierigkeiten«, meinte er müde, »das renkt sich schon ein im Laufe der Zeit. Erst mal gibt's Stolpersteine, das ist normal. Das ist wie in einer guten Ehe. Da muß man sich eben zusammenraufen. Waren Sie eigentlich auf der letzten Betriebsratssitzung?«

»Nee«, sagte ich irritiert, »da war ich im Seminar. Ich renne ja nur noch von einem Seminar zum anderen.«

»Dann wissen Sie ja gar nicht, daß ich das Amt des Betriebsratsvorsitzenden niedergelegt habe.«

Ich kippte fast von meinem Gesundheitsstuhl. Dreeßbach, meine Kummerkastentante, hatte mich schnöde verlassen! »Das können Sie mir doch nicht antun!«

Er lachte samtig: »Doch, doch, ist Tatsache. Ich habe das jetzt lange genug gemacht, jetzt soll das mal jemand anders machen. Wie wär's denn mit Ihnen? Mit Ihnen würde ich mich ganz gerne mal fetzen so von Zeit zu Zeit.«

»Warum sollten wir uns fetzen? Der einzige, mit dem ich mich fetzen will, ist Hübchen. Für den Schmarrn, den der mir verzapft hat, muß der demnächst mal geradestehen. Ich habe keine Lust ...«

»Lust! Da haben wir's! Für die Lust werden wir hier nicht bezahlt!« dröhnte Dreeßbach plötzlich autoritär. »Nur, um hier mal die Fakten geradezurücken. Sie kommen mir immer vor wie im Möbelparadies: Das nehme ich, das nicht, das ist mir zu rund und das zu eckig. Was wollen Sie eigentlich? Jetzt sind Sie endlich die Pollack los und ...«

»... die Lipinski hat einen schönen Job ...«

»... den Sie ja nicht mehr wollten ...«

»Der Job war schon o. k.!«

»Tja, das hätten Sie sich vorher überlegen müssen. Wir hatten Ihnen doch Bedenkzeit gegeben. Oder etwa nicht?«

»Wir? Wieso wir?« stutzte ich.

»Das kommt eben davon, wenn man andere nicht aussprechen läßt beziehungsweise nicht genau zuhört. In beiden Disziplinen sind Sie ja Weltmeister. Also, um Ihre Wissenslücke zu schließen: Ich bin jetzt zweiter Personalchef. Hübchen und ich machen das jetzt sozusagen als Tandem. So, und jetzt können Sie mir gratulieren oder auch nicht. Ganz, wie Sie wollen.«

»Gratuliere.«

»Danke.«

Lange Pause.

Sie hatten den alten Fuchs von seinem Edeka-Schild befreit. Nach endlosen Jahren wehender Trenchcoats und resignierter Tränensäcke, nach unzähligen Manövern, Tricks, Manipulationen, Lügen und Verdrehungen hatte er sie endlich von seinem Verhandlungsgeschick als abgewichstem Kanalisationsstrategen überzeugt. Der Hund, der mit dem Schwanz wedelte, während er zubiß, war ihnen zu gefährlich geworden. Da hatten sie eben den Bock zum Gärtner gemacht.

»Was ist?« meldete er sich am anderen Ende der Leitung. »Vom Stuhl gefallen?«

»Ich lebe noch«, sagte ich matt.

»Manche mögen es mir als Verrat auslegen«, leierte er, als hätte er das schon hundertmal erzählt, »gelegentlich wird da so etwas an mich herangetragen. Aber wenn man das so lange gemacht hat wie ich, dann gibt es automatisch Überschneidungen mit den Interessen der Geschäftsführung, das läßt sich auf die Dauer nicht vermeiden. Die Fronten verwischen. Sie sind nicht mehr so klar, wie sie sein sollten. Ich sage das ganz offen. Dazu stehe ich. Wir sind alle nur Menschen. Jetzt kann sich da meinetwegen ein anderer profilieren.«

»Da war ich ja wohl die letzte, die Ihnen noch vertraut hat«, stellte ich fest.

Und die Sie reingelegt haben, fügte ich in Gedanken hinzu.

»Das können Sie auch weiterhin«, meinte er gönnerhaft, »für Sie bin ich auch künftig da. Sofern es meine Zeit erlaubt natürlich.«

»Natürlich. Ja, Herr Dreeßbach, das war ein interessantes Gespräch. Besten Dank.«

Als ich vom Klo kam, lagen zwei neue Bändchen auf meinem Tisch. Ich werkelte mir die Stöpsel in die Ohren und setzte die Pedale in Bewegung.

Das Band war von Wickert, der röchelte und schmatzte, als kriegte er gerade von Löbel unter dem Tisch einen geblasen. Als ich die Mappe bei Löbel abgab, piepste sie: »Haben Sie eigentlich schon in Ihr Fach gesehen heute? Sie müssen regelmäßig Ihr Fach kontrollieren. Da liegen unter anderem die Bestellungen drin für Sie.«

»Mach ich«, sagte ich lahm.

Als gehirnlose Schnecke behandelt zu werden, war eine erfrischend neue Erfahrung.

Ich lud die Bestellungen auf meinem Schreibtisch ab und wandte mich wieder Wickerts gesäuselten Ergüssen zu. Es war immer wieder ein Vergnügen der Extraklasse, den gestammelten Müll sprachgewandter Luftblasenjongleure auf blütenweißem Papier gedruckt zu sehen. Wickert ging garantiert einer fliegen, wenn er seinen Kaiser Wilhelm unter seine gedruckten Geistesblitze schmiß.

Von den gedünsteten Sülzkoteletts akademischer Beweihräucherung würde ich nach spätestens einem Monat die Krätze kriegen. Ich war dabei, jede geistige Orientierung zu verlieren. Mein Gehirn lag brach wie ein umgepflügtes Feld, und meine Selbstachtung dümpelte träge in den Abwässern meiner eigenen Verblödung. Die zu Brei geschmolzene Selbstgefälligkeit der Abteilungshirsche tropfte als grüner Eiter aus meiner Haut, das Geseiere von Wickerts schwächelnder Stimme läutete als Totenglocke zu meinem geistigen Siechtum, und jeder diktierte Hinweis auf die korrekte Plazierung eines Satzzeichens war ein Dolch in das Daunenkissen meines Sterbelagers. Dieser Job war mein Tod.

»Sagen Sie mal, Frau Brandenburg, müssen Sie eigentlich auch das Geröchel von dem Wickert abschreiben?« fragte ich, als ich ihr die Unterschriftenmappe brachte.

»Mhm. Ätzend, nicht? Hört sich an, als ginge ihm gerade einer ab.« Sie lachte. Ohne die roten Kringel auf den Wangen wäre sie hübscher gewesen. Ihr schwarzes Haar lag so glatt am Kopf, als hätte sie es vorher gebügelt.

»Warum schreibt die Löbel nicht sein Zeug? Das ist doch seine Sekretärin. Die hat doch gar nichts zu tun. Jedesmal, wenn ich in ihr Büro komme, quatscht die mit irgendeiner Freundin.«

»Verwandten«, korrigierte Brandenburg, »oder können Sie sich vorstellen, daß mit der einer befreundet sein möchte? Das macht die den ganzen Tag. Die hat 'ne große Verwandtschaft, ein richtiger Clan ist das. Jetzt ist gerade Ausverkauf, da holt die von überall her die Wünsche und Bestellungen ein, was sie alles besorgen soll. Die kann ja hier gehen, wann es ihr paßt. Jeden zweiten Tag ist die weg. Angeblich hat die ja so viele Überstunden, weil sie immer am Wochenende kommt.«

»Was, die arbeitet auch am Wochenende?« Ich traute meinen Ohren nicht.

»So nennt sich das offiziell. Wickert kommt ja auch am Wochenende, und da behauptet er einfach, er braucht sie.

Wahrscheinlich zum Kaffee-Kochen. Und die Personalabteilung stirbt vor Ehrfurcht, daß die sogar am Wochenende arbeiten kommt. Das ist schon toll, was hier so abgeht.«

»Ach, an den Wochenenden sammelt die ihre Überstunden, und in der Woche hat die dafür frei?«

»So ist das. In der Woche muß die gnädige Frau geschont werden. Damit die am Wochenende fit ist. Deswegen dürfen wir die Arbeit von der mitmachen. Die Dame muß ja bei Laune gehalten werden. Wenn die was an Arbeit kriegt, was ihr nicht schmeckt, macht die doch am Sonntag die Beine nicht breit. Aber psst, ich habe nichts gesagt.«

Plötzlich ging die Tür auf, Löbel steckte ihr frisiertes Quadrat herein: »War was?«

»Nichts«, sagte Brandenburg.

»Danke«, flötete Löbel und schloß die Tür.

Nach zwei Minuten ging die Tür wieder auf: »Ich bin mal hinten. Er ist da.« Tür zu.

Ich staunte: »Was is 'n das für 'n Spiel? War was, ist was, er ist da – habt ihr 'ne Geheimsprache?«

»Wir müssen doch die Telefone umstellen, wenn wir den Raum verlassen. Auf wen stellen Sie eigentlich um?«

»Äh ...«

»Sie müssen doch Ihr Telefon umstellen, wenn Sie den Raum verlassen. Entweder auf mich oder auf Frau Münzinger. Mit Frau Münzinger haben Sie doch eine Doppelleitung. Haben Sie das noch gar nicht bemerkt?«

»Doch doch, daß die Anrufe von der immer bei mir landen, habe ich schon gemerkt.«

»Sie sind vielleicht 'ne Pflanze.«

Den Errungenschaften moderner Technik stets aufgeschlossen, hatte ich an meinem neuen Telefon als erstes den Ton abgestellt – was interessierten mich Münzingers Gespräche.

Die Tür ging wieder auf: »War was?«

»Nein«, sagte Brandenburg.

»Danke«, flötete Löbel.

»Das würde mir aber auch auf den Keks gehen mit der Löbel«, äußerte ich.

»Das macht die jetzt natürlich extra, weil Sie hier rumstehen«, sagte Brandenburg. »Das schmeckt der schon wieder nicht, daß wir uns unterhalten. Das steckt die gleich dem Wickert.«

Die Tür flog wieder auf: »Ich bin mal am Kopierer. Er ist kurz hinten.«

Mit ›hinten‹ meinte sie das Klo.

»Ich hab schon resigniert«, sagte Brandenburg, »den Wickert hat die doch voll in der Hand, im wahrsten Sinne des Wortes. Und der Sörensen setzt sich ihm gegenüber nicht durch, weil er Schulden hat bei Wickert. Deswegen kann sich der Wickert ihm gegenüber alles erlauben. Wenn der zu Sörensen sagt, ich brauch mal Ihre Damen, meine arme Frau Löbel ist so überlastet, dann kneift der Sörensen den Hintern zusammen. Sie wissen doch, wie die Männer sind – die haben alle das Gehirn in der Hose.«

Plötzlich stand Vitcovic im Raum: »Ach, hier sind Sie, Frau Scott. Wickert wollte Sie dringend sprechen. Ich wußte ja nicht, wo Sie waren. Sie müssen sich schon bei mir abmelden, wenn Sie das Zimmer verlassen. Sonst kann ich ja keine Auskunft geben.«

Als sie milde entrüstet die Tür geschlossen hatte, sagte ich zu Brandenburg: »Das ist ja schlimmer als bei George Orwell hier. Ich glaub, in dieser Abteilung werde ich nicht alt.«

Wickert war ein unscheinbarer blonder Typ mit schütterem Haar, hoher Stirn, wäßrigen Augen und einem Sprachfehler. Er hatte Probleme mit der Aussprache des ›sch‹ Menschen mutierten zu Männchen, und wenn er

Kirschen aß, hatte er die Wahl zwischen gotischen und barocken. Diese niedliche Schwäche schmückte er mit einem aparten Zungenschlag, indem er mit den Worten gurgelte, als hätte er mehrere Steine im Mund. Als er mich ansprach, siebte er seinen Speichel routiniert durch eine mittelgroße Geröllwüste: »Ah, die Frau Scott. Da ist sie ja endlich. Wir dachten schon, Sie wären verloren gegangen. Nirgends eine Spur von Ihnen. Bitte, nehmen Sie doch Platz. Möchten Sie vielleicht einen Kaffee oder Tee?«

»Nein, danke.«

Prinz Eisenherz schob ihren Kopf herein: »Kaffee oder Tee?«

»Wirklich nicht?« wandte sich Wickert an mich.

»Nein, vielen Dank, sehr freundlich.«

Meinetwegen konnte er gleich zur Sache kommen. Langes Drumherumreden war meine Sache nicht.

»Wie gefällt es Ihnen denn bei uns?« fragte er aufgeräumt. Ich starrte fasziniert auf seine trockenen Lippen. Der Sprache nach zu urteilen hätte seine Spucke eigentlich bis auf den Tisch spritzen müssen. Mir fiel auf, daß er einen ähnlichen Reptilienblick hatte wie Hübchen, nicht ganz so lauernd, aber von ansprechend fischiger Ausdruckslosigkeit.

»Gut«, log ich, »nette Kolleginnen hier.«

Er stutzte kurz, als hätte er woanders etwas Gegenteiliges gehört. Ich ließ mich nicht beirren: »Ja, kollegiale Atmosphäre hier, gutes Betriebsklima.«

Er gab sich erfreut.

»Mit meinen Bestellungen komme ich soweit ganz gut voran«, plapperte ich weiter, »die Technik ist zwar nicht so ganz mein Ding, aber na ja.«

»Also, mit den Kolleginnen kommen Sie gut klar? Das ist ja schön, das freut mich. Ja, für unser Betriebsklima sind wir ja bekannt. Das ist auch wichtig, nicht wahr? So von Klatsch und Tratsch und hinter dem Rücken reden, da halten wir hier nicht viel. Bei uns ist so viel zu arbeiten, da haben wir für so was gar keine Zeit.«

Er spielte auf meine Besuche bei Brandenburg an.

»Ach, wissen Sie«, lachte ich. Tut doch ganz gut, mal hier und da ein bißchen ablästern, finden Sie nicht? Gehört doch irgendwie dazu. Ich meine, solange es nicht bösartig ist.« Ich lachte mich scheckig über sein verdutztes Gesicht. So einen Schmarren hatte er ja noch nie gehört. Er sammelte sich: »Ich habe gehört, Sie schreiben sehr gut auf Englisch. Da sind Sie ja ein richtiger Gewinn für unsere Abteilung. Ich habe zwar mit Frau Löbel eine Spitzenkraft für das Englische – aber die Arme ist ja permanent überlastet.« Für das überquellende Mitleid reichte seine Mimik nicht. Er legte sein Gesicht kurz in schmerzliche Falten und sah aus, als hätte ihn gerade jemand in den Arsch gebissen.

Auf seinem Schreibtisch standen dieselben Blumen wie auf dem von Löbel, davor ein Bild seiner Frau, links und rechts je ein stattlicher Farn. Löbel schien neben einer gut geölten Möse auch über einen grünen Daumen zu verfügen.

»Herr Dr. Wickert, ich wollte sowieso mal mit Ihnen reden«, sagte ich, »seit Tagen schreibe ich Bänder ab ...«

»Das machen Sie für den Anfang schon sehr gut!« lobte er mit Nachdruck. Meine Bereitschaft, mich nach fünfzehnjähriger Firmenzugehörigkeit für das Abtippen von Bändern loben zu lassen, lag allerdings im Tiefschlaf.

»Ehrlich gesagt«, fuhr ich fort, »hatte ich mir unter dem Job was völlig anderes vorgestellt. Sagen wir mal, etwas Anspruchsvolleres. Und dann wollte ich mal fragen, wie es mit den Aufstiegschancen aussieht, die Herr Hübchen mir in Aussicht gestellt hat. Worum handelt es sich da konkret?«

Wickert war verunsichert: »Aufstiegschancen? Hat Hübchen gesagt? Also, da weiß ich ehrlich gesagt nicht, was er damit gemeint haben könnte. Lassen Sie mich mal nachdenken – also, da wären die Schreibdamen, dann die Techniker und Ingenieure – ich gehe doch richtig in der Annahme, daß das nicht gerade Ihre Domäne ist – ja, und dann komme gleich ich. Also, ich wüßte nicht, wo jetzt da noch eine Lücke sein sollte, in die Sie schlüpfen könnten.«

»Finden Sie es denn nicht eigenartig, daß ich mit meinem Gehalt Bänder abtippe? Dafür bin ich doch viel zu hoch bezahlt.«

»Tja, diese Gehaltserhöhung ...« sinnierte er, »das ist ja eine gewaltige Höherstufung, also, das hat mir schon einiges Kopfzerbrechen gemacht, wenn ich mal ehrlich bin. Von den Damen sind Sie die einzige AT-Mitarbeiterin. Ich möchte Sie sowieso bitten, darüber absolutes Stillschweigen zu bewahren. Wissen Sie, da käme ich in Teufels Küche, wenn das hier publik wird.«

»Ist klar«, sagte ich genervt.

»Das ist ja sozusagen ein Gentleman Agreement zwischen Herrn Hübchen und mir, eine Hand wäscht die andere, wenn Sie verstehen, was ich meine.«

»Verstehe durchaus. Aber daß ich deswegen automatisch Aufgaben übernehmen muß, die jeder Azubi erledigen kann – das verstehe ich nicht.«

Er ruckte mit dem Kopf, als hätte er vor sich plötzlich einen Brandherd erspäht: »Ja, aber andere Arbeit habe ich nicht zu vergeben! Was meine Abteilungen betrifft, so handelt es sich bei den Damen primär um Schreibarbeiten. Da allerdings hätte ich noch reichlich Bedarf.«

»Ich frage mich, warum Sie dann keine Schreibkraft engagiert haben.«

»Ja, also, wenn ich mich recht entsinne, habe ich auf dem Aushang doch recht deutlich definiert, was ich hier brauche: eine Sekretärin mit Sachbearbeitungsaufgaben. Frau Löbel kann den Aushang gerne noch mal vorlegen, wenn Sie wünschen.«

»Nicht nötig. Herr Hübchen hat mir wiederholt versichert, daß es sich bei dieser Formulierung um eine veraltete, nicht mehr zutreffende Ausdrucksform handelte. Angeblich befände sich hier alles im Fluß, in der Umstrukturierung. Er hat mir übrigens auch ein Einzelzimmer in Aussicht gestellt.«

Er schlug entsetzt die Arme über dem Kopf zusammen: »Ja, was fällt *dem* denn ein? Wo soll ich denn für Sie ein Einzelzimmer herzaubern? Nein, nein, da muß ein Irrtum vorliegen. Ich habe schon Probleme en masse, für den Herrn Rötlich ein Einzelzimmer aufzutreiben, wenn der am Ersten bei uns anfängt – hier auf der Etage kriege ich den gar nicht unter. Was meinen Sie, wie lange ich Herrn Rötlich gesucht habe, bis ich den endlich gefunden hatte. Da mußte ich sogar über einen Headhunter gehen – so gesucht sind die heute, diese jungen Ingenieure.«

Das Telefon läutete. »Ja, mein Kuchel«, säuselte er leise, wahrscheinlich meinte er ›Kuschel‹, »ja, dann sagst du, ich brauche den Wagen bis morgen früh, und wenn er das nicht schafft, soll er einen adäquaten Ersatz stellen. Mach ihm das klar.«

Er lächelte entschuldigend: »Die Werkstätten heutzutage, das sind die reinsten Service-Wüsten. Wenn wir so arbeiten würden ...«

»Herr Wickert«, unterbrach ich ihn, »wenn ich Sie richtig verstehe, sind Sie also gar nicht in der Lage, Herrn Hübchens Versprechungen auch nur ansatzweise zu erfüllen. Dann muß ich Ihnen aber auch sagen, daß ich fünfzehn Jahre nicht als Schreibkraft gearbeitet habe und dazu auch heute weder Lust noch Eignung verspüre.«

Er lachte: »Aber aber, Frau Scott! Das lernen Sie doch mit links. Sie mit Ihrer Intelligenz!«

»Herr Wickert, irgend etwas stimmt doch hier nicht. Das geht schon damit los, daß Sie mich zum Tippen einsetzen wollen und Herr Dreeßbach gesagt hat, ich hätte mit Ihnen überhaupt nichts zu tun.«

»Herr Dreeßbach hat das gesagt? Ja, das kommt davon, wenn man einen Betriebsratschef zum Personalchef macht. Ich halte das für eine sehr merkwürdige Idee von der Geschäftsleitung, das muß ich schon sagen.«

Langsam verlor ich die Geduld: »Also, da ist was oberfaul, das sehe ich immer klarer. Ich meine, würden *Sie* etwa von heute auf morgen als Schreibkraft arbeiten wollen?«

Er zog ein Gesicht, als sei er die Queen von England und statt auf dem erwarteten Staats-Bankett versehentlich im Bordell gelandet. Um meinen ungeheuerlichen Vorschlag zu verkraften, brauchte er mehrere Minuten. Dann warf er den Blasebalg an: »Sie wollen sich doch wohl nicht mit *mir* vergleichen!«

»Nichts liegt mir ferner«, sagte ich wahrheitsgemäß, »aber ich werde mir wohl einen Termin bei Hübchen geben lassen müssen. Das muß mal geklärt werden.«

»Machen Sie das, machen Sie das!« rief er verschreckt. »Und berichten Sie mir dann, was dabei herausgekommen ist.«

Hastig sprang er auf. Fast wäre sein Stuhl umgefallen. Ich wußte, daß er sich ans Telefon klemmen würde, um mit Hübchen zu reden, kaum, daß ich die Tür hinter mir geschlossen hatte.

Hübchen war angeblich nicht im Haus. Häßler-Störzenbach gab mir einen Termin: »Der früheste ist in zwei Wochen, vorher hat er keine Zeit.«

Ich schrieb einen Vermerk:

Herrn Hübchen

Die neue Stelle als eigenverantwortliche Sachbearbeiterin mit Aufstiegschancen entpuppt sich als Bänderschreiberin der Herren Wickert und Sörensen. Sie haben mir mehrfach zugesichert, daß ich keine Schreibarbeiten zu erledigen habe, sondern meine sprachlichen Ambitionen bei der Gestaltung der Texte und Broschüren einbringen könne. Da sich die qualitative Höherstufung u. a. in einem höheren Gehalt manifestiert, glaubte ich, mich auf diese mündliche Vereinbarung verlassen zu können. Mit der momentanen Aufgabenstellung bin ich nicht einverstanden. Ich bitte dringend um Ihre Stellungnahme. Für ein klärendes Gespräch stehe ich jederzeit zur Verfügung.

Scott.

Von Hübchen hörte ich nichts. Statt dessen rief mich Sörensen zu sich: »Ich habe mir überlegt, daß die Broschüre X112 nun doch keinen Aufschub mehr duldet. Es wäre schön, wenn Sie das noch vor den Tagungsvorbereitungen hinkriegen könnten. Mit Herrn Wickert habe ich vereinbart, daß er Sie so lange mit seinen Diktaten verschont. Die macht jetzt Frau Brandenburg, obwohl die ja vor Arbeit kaum Land sieht.« Aha, Vermerk angekommen.

»Also, das war ja nun nicht meine Absicht, daß Frau Brandenburg darunter leidet, wenn ich keine Bänder schreibe.«

»Wer soll es sonst machen?« fragte er lapidar. »Frau Löbel ist ja sowieso permanent überlastet.«

Das sorgsam gesponnene Lügennetz um die sexuellen Gepflogenheiten des Herrn Wickert ging mir langsam auf den Keks.

»Meinen Sie wirklich, daß Frau Löbel so überarbeitet ist?« fragte ich, ohne eine Antwort zu erhalten. »Was ist denn jetzt bei den Broschüren zu machen?«

»Soviel ich weiß, stehen die Ordner mit den Originalunterlagen bei Ihnen im Schrank. Die Aktualisierungen hat Frau Münzinger. Alles, was Sie tun müssen, ist, die neuen Absätze gegen die alten auszutauschen.«

»Und wie ist das Procedere?« fragte ich gelehrig.

»Da nehmen Sie am besten die Originalunterlagen, kopieren die einmal sorgfältig durch und kleben dann die neuen Abschnitte sauber ein. Und was ganz wichtig ist: Die Institutsstempel auf den Originalunterlagen dürfen nicht verletzt werden und müssen im neuen Text bis auf die letzte Ziffer komplett wieder auftauchen. Noch Fragen?«

In den drei Tagen, in denen ich kopierte Abschnitte und unverletzte Stempelaufdrucke mit dem Klebestift bearbeitete, erinnerte ich mich an meine früheste Kindheit, als ich im Vorschulalter mit Malstiften, Leim und Schere die ersten unbekümmerten Schritte auf dem langen, beschwerlichen Weg zur Selbstfindung getan hatte, unbeleckt von jeder Ahnung, daß ich als alterndes Cellulitis-Schwein noch einmal in den Sümpfen frühkindlicher Erfahrungen würde graben dürfen.

Wickert rettete mich vor dem Kollaps, indem er mich mit einer Kuvertier-Aktion beehrte: »Entschuldigen Sie, Frau Scott, daß ich Sie mit einer solch unqualifizierten Arbeit behellige, aber ich habe niemanden sonst. Und die Umschläge müssen unter allen Umständen heute abend noch raus.« Ich fand diesen Job nicht weniger unqualifiziert als die anderen. Ich tütete etwa dreitausend Umschläge ein und stapelte sie in Kartons. Am nächsten Morgen standen sie immer noch da und Löbel vorwurfsvoll daneben: »Da sind Sie ja endlich! Ich warte schon auf Sie.«

»Die Klamotten stehen ja immer noch hier herum«, wunderte ich mich, »ich denke, die sollten unbedingt gestern noch raus.«

»Im Versand sind zwei Leute krank. Am besten, Sie besorgen sich einen Handkarren und fahren das Zeug selbst hinunter. Sehen Sie zu, daß Sie das irgendwie auf den Postweg bringen, sonst rastet Wickert aus.«

Danach feierte ich eine Woche krank.

Als ich wiederkam, hatte Sörensen im kleinen Besprechungsraum einen Tisch mit Stapeln von Broschüren vollgeknallt, die einzutüten und der Reihe nach in Kartons zu schichten waren. Zu dem Zweck rannte ich den ganzen Tag um den Tisch herum und sammelte die Broschüren ein. Mit intellektuellen Jobs dieser Art hatte ich mir vor über zwanzig Jahren das Studium verdient. Zwischendurch kam Sörensen, um sich von der Zuverlässigkeit meiner Aktion vor Ort zu überzeugen. Er öffnete einen Umschlag und prüfte die Anzahl der Broschüren. Sein Vertrauen in mein Talent für Idiotenjobs ehrte mich. Nach seinem Test dampfte er beruhigt ab. Währenddessen schwebte Löbel mit triumphierendem Lächeln auf dem Gang herum und füllte mein Fach mit Bändern.

Als nächstes startete Sörensen die gefürchteten Tagungsvorbereitungen. Zuerst eruierte ich in der Datenbank die Verteiler, dann schloß ich einen Verteiler aus einem anderen aus, bis die Ehrengäste für immer in den Dickichten der elektronischen Datenverarbeitung verschwunden waren. Als ich den Flurschaden bemerkt hatte, gab ich die Ehrengäste einzeln wieder ein. Damit gingen zwei Tage ins Land. Zusätzlich zu den Ehrengästen, die keinen Eintritt bezahlten, gab es Gäste, die zwar keine Ehrengäste waren, aber dennoch keinen Eintritt zahlten und solche, die keinen zahlen wollten, aber zahlen mußten. Dann gab es Mitglieder, Profs und Referenten und eine Unmenge von Interessenten, die ihre Teilnahme nur in Aussicht stellten, aber noch keine Zusage geben mochten sowie die, die ein Programm anforderten, das es noch nicht gab und nebenbei massenhaft Reklamationen, weil die schriftlichen Bestellungen wegen meines Jonglierens mit den Verteilerlisten liegenblieben, außerdem langatmige telefonische Erklärungen irgendwelcher Technikfreaks, warum gerade das Merkblatt von eminenter Wichtigkeit für sie sei, das im Moment gerade vergriffen war.

Als Sörensen nach deutlichem Argwohn meine Verteiler abgesegnet hatte, machte ich mich an die Aktualisierung des dreispaltigen Programmheftes. Daß mir dabei ständig die Formatierungen verrutschten, hatte ich erwartet. Trotz geduldig, ja, demütig wiederholter Eingabe tauchten, wie von Zauberhand berührt, gelöschte Daten aus der Tiefe wieder auf, Überschriften fühlten sich am Seitenende wohl, Trennungen mitten im Wort und so weiter. Die ersten vorwitzig von mir zum Druck freigegebenen Exemplare stampfte ich heimlich ein. Die zweite Staffel wäre ohne Vitcovics Hilfe nicht zustande gekommen. Anschließend knöpfte ich mir starr vor Angst die Serienbriefe vor.

Ordnete ich einen aktualisierten Brief einem Verteiler vorschriftsmäßig zu, funktionierte das System so vorbildlich, daß es einen fremden, vorher einwandfrei ausgeschlossenen Verteiler aufrief. Stur, mit geradezu selbstgefälliger Blasiertheit stemmte sich die Elektronik in gnadenloser Lust am Widerstand gegen sämtliche Tricks, die mir zur Verfügung standen. Mir brach der Schweiß aus allen Poren. Der Gedanke, für einen Job, den ich lauthals als minderwertig reklamiert hatte, zu doof zu sein, rumorte unablässig in meiner Magengegend. Das Prasseln von Vitcovics Fingernägeln auf der Tastatur nebenan hatte auf mich die Wirkung von Ecstasy, ihr temperamentvolles Wedeln mit in Windeseile bedrucktem Papier stob mir als eiskalte Böe höhnisch um die Ohren. Ständig flitzte sie rein und raus und fabrizierte tonnenweise Schriftstücke, während ich gramgebeugt über meinem PC hing und keinen Millimeter weiterkam. Als ich nach unendlichen Qualen meinen ersten Serienbrief gebar, war mitten im Ausdrucken die Druckerpatrone leer. Die neue war defekt und verrußte mein gesamtes ergonomisches Mobiliar.

Zausel, die mich neuerdings häufig besuchte, fand das alles wahnsinnig spannend: »Was Sie so alles machen müssen jetzt. Mit so was habe ich ja gottlob nichts zu tun. Das hätten Sie sich auch nicht träumen lassen, daß Sie mal so was machen müssen, was?«

»Nein«, knödelte ich gestresst, »hätte ich nicht.«

»Wenn Sie das gewußt hätten, hätten Sie den Job sicher nicht angenommen, was?«

»Stimmt auffallend.«

»Sind Sie sauer?«

»Frau Zausel, wo Sie gerade hier stehen, können Sie mir mal eben zeigen, wie man mitten im Serienbrief wieder anfängt weiterzudrucken?«

»Serienbriefe kann ich auch nicht. Ich muß dann wieder. Tschö, viel Spaß.«

Beschwingt schwirrte sie ab. Um an meinem Anblick festzustellen, wie gut es ihr doch eigentlich ging, lohnte sich ein Abstecher in mein Büro allemal.

Vitcovic rief: »Gehen Sie auf Datei drucken und geben Sie dann die Seitenzahl ein. Das ist ganz einfach.«

»Ja, wenn man's weiß, ist es immer ganz einfach«, sagte ich, »vielen Dank.« Wie gut ich jetzt Frau Flemming verstand.

Endlich bequemte sich Hübchen, mich hochzurufen: »Hallo, Frau Scott, nehmen Sie Platz. Ich habe hier Ihren Vermerk erhalten und habe mir mal ein paar Gedanken gemacht.« Er legte eine Kunstpause ein. Wenn er mir jetzt mitteilte, daß ich für den Job zu blöd sei, würde ich ihm recht geben müssen. Aber er sagte mit sanfter Stimme: »Das geht ja nicht so weiter mit Ihnen da unten. Da gehen Sie mir ja kaputt.«

Die unerwartete Mildherzigkeit trieb mir sofort das Wasser in die Augen. Tränenblind zwinkerte ich ihn an: »Ach, Herr Hübchen!«

»Immer schön Kopf hoch«, sagte er verlegen. Er kam mir vor wie der Heilige Geist. »Das lasse ich doch mit Ihnen nicht machen, daß man Sie da so mißbraucht. Also, da war ich mir ja überhaupt nicht klar drüber, was da unten so abläuft. Der Wickert spielt sich da auf wie der Kaiser in China. Der hat sie wohl nicht alle.«

Meiner Meinung nach lag die Schuld an meiner Betrübnis zwar nicht bei Wickert, aber ich wollte Hübchens seelenvolle Anwandlung keinesfalls stören.

»So, und jetzt stellen Sie mal die Ohren auf: ich hab was anderes für Sie! Jawoll, ich habe einen super Job für Sie in Aussicht! Wie für Sie gemacht! Da staunen Sie, was? Ja, ist doch klar, daß Sie da wieder wegkommen. Der Wickert macht mir doch nicht meine besten Leute kaputt.«

Für meinen Geschmack beschuldigte er Wickert eine Spur zuviel, war das Unglück doch eher Pollacks schleimigen Intrigen und seiner freundlich im Wind flatternden Fahne zu verdanken, und daß ich zu seinen besten Leuten gehörte, war mir auch neu.

»Herr Hübchen, ich wäre Ihnen ewig dankbar.«

»Aber Sie müssen noch ein wenig durchhalten. Noch ist das nicht spruchreif. Und auch nichts verraten. Wenn das erst mal die anderen erfahren, ist der Teufel los. Ich verspreche Ihnen, ich kümmere mich um Sie. Ist das ein Wort?«

»Das ist ein Wort.«

Als ich zu meinem Laserdrucker zurückehrte, leuchete er gerade giftgrün: Error.

Von Hübchen hörte ich sechs Wochen nichts. Dann ließ er mich endlich antanzen: »Frau Scott, ich muß Ihnen eine traurige Mitteilung machen. Das mit der neuen Stelle wird wohl nichts. Das hat sich leider komplett zerschlagen. Aber lassen Sie den Kopf nicht hängen, ich bin schon wieder woanders am Ball. Halten Sie noch ein paar Tage durch. Ich melde mich.«

In der Disziplin des Eintütens legte ich ein Einserdiplom ab, auch das Ziehen des putzigen Handwägelchens gelang mir jetzt so elegant, daß die gläserne Flügeltür heil blieb, und die gelben und grünen Kringel, die ich für den Versandexperten Mehmed auf die Bestellungen malen mußte, weil er kein Deutsch verstand, beherrschte ich im Schlaf. Ich schaffte es sogar, die geraden von den ungeraden Tagen zu unterscheiden, circa dreißigmal täglich zu meinem Fach zu laufen und dem munter klappernden Fax die Bestellungen zu entreißen, und im Aktualisieren des Datums von Formbriefen war ich ein As. Sogar im Abschmirgeln von Wickerts Etüden, Röchelverzeichnis fünfundfünfzig bis zweihundertundacht, war ich eine Koryphäe.

Zwar machte ich nachts kein Auge mehr zu und sah morgens aus wie meine Oma auf dem Sterbebett, aber das wurde durch nervöses Herzflattern in solider Eintracht mit Fußpilz im Gehirn leicht wieder wettgemacht. Daß der Arzt Depressionen diagnostizierte, war der einzige Lichtblick meines Lebens. Ich blieb vier Wochen zu Hause.

Erst kochte ich Kohlrouladen, dann Hirschgulasch, dann Bohnen-Linsen-Erbseneintopf, Ratatouille und Chili con Carne, Zwiebelkuchen und grüne Sauce, und als die Gefriertruhe bis oben hin voll war, zogen wir um, und das ganze Zeug mußte in Windeseile verputzt werden. Ralf und ich nahmen jeder sechs Kilo zu. In der neuen

Wohnung nähte ich zehn Vorhänge, zwanzig Couchkissenbezüge, fünf Hosen und drei Jacken. Ich saß in einem wunderschönen gläsernen Erker, blickte direkt auf den Rhein und wußte nicht ein noch aus.

Plötzlich kam ein Anruf von Dreeßbach: »Na, wie geht's denn so? Wieder einigermaßen auf dem Damm?«

»Es geht«, hielt ich mich bedeckt.

»Es geht Ihnen bestimmt besser, wenn ich Ihnen eine freudige Mitteilung mache: Wir haben einen neuen Job für Sie. Beim Verlag. Eine Bombenstellung. Genau das Richtige für Sie. Verlagsassistentin. Die haben da mächtig Interesse an Ihnen signalisiert. Na, wie klingt das?«

»Gut.« So schnell rappelte ich mich aus meinem Trübsinn nicht auf.

»Gut? Phantastisch ist das! Das ist 'ne einmalige Chance! Die wollen Sie *haben*, Mensch! Aber Sie wissen, ja, wie das ist – jetzt muß auf einmal alles ganz schnell gehen. Wann könnten Sie sich denn frühestens vorstellen?«

Ich war mir nicht sicher, ob er mich in Wickerts Auftrag nur leimte, damit ich wieder am Arbeitsplatz auftauchte oder ob ich ihm noch einmal trauen sollte: »Da müßte ich mal mit meinem Arzt sprechen.«

»Ja, tun Sie das. Unbedingt. Lassen Sie sich das nicht durch die Lappen gehen. Da wären Sie doch wieder im alten Metier.«

»Hört sich gut an, wirklich.«

»Also, ich warte dann auf Ihre Rückkehr. Sobald Sie an Bord sind, melden Sie sich bei Hübchen. Alles klar?«

»Alles klar. Und vielen Dank für den Anruf.«

An meinem ersten Arbeitstag rief die Schwangerschaftsvertretung von Häßler-Störzenbach an: »Ich soll Ihnen von Herrn Hübchen ausrichten, der Vorstellungstermin verzögert sich um zwei Wochen. Im Verlag ist jemand krank geworden.«

Auf meinem Schreibtisch lachten mich fünf Bänder aus. Münzinger kam aufgebracht hereingeplatzt: »Wo bleiben Sie denn? Das Büro ist ja noch zu!«

»Was für 'n Büro? Das Büro ist doch offen.«

»Na, die Brandenburg ist doch ab heute in Urlaub. Sie haben doch die Vertretung!«

Sie hatten mich wieder mal sauber gelinkt. Scheiß Spiel.

Ich trabte nach unten, um die Schlüssel zu holen. Auf der Treppe kam mir Sörensen entgegen: »Schön, daß Sie wieder da sind. Wir warten schon händeringend auf Sie. Ist das nicht ein schönes Gefühl, wenn man so erwartet wird? Bei den Tagungsvorbereitungen müssen wir jetzt natürlich etwas auf die Tube drücken. Ach ja, Sie wissen sicher schon – Frau Brandenburg ist ab heute in Urlaub. Wenn ich dann vielleicht gleich einen Kaffee haben könnte? Und ich habe Ihnen gestern schon mal ein paar Bänder hingelegt. Sie können doch mit dem Scanner umgehen?«

»Bisher nicht.«

»Frau Münzinger soll Ihnen das zeigen. Also, bis gleich.« Flink hüpfte er die Treppen hinauf wie ein Eichhörnchen auf den Baum.

Ich klopfte bei Münzinger: »Sörensen sagt, Sie könnten mir beim Scannen helfen.«

»Sagt der das? Soll er erst mal selber lernen«, sagte sie mit der Stimme von Joe Cocker. Münzinger war Kettenraucherin und in dem Qualm ihrer Zigaretten kaum zu erkennen. Auf ihrem Schreibtisch und auf dem Stuhl lagen mehrere Berge von Heften, Kopien und Akten, hinter denen sie fast nicht zu sehen war.

»Wollen Sie sich setzen?« fragte sie. »Müßte ich aber erst mal was wegräumen.«

»Nein, danke. Ich wollte nur mal fragen wegen des Scanners.«

»Ach, der soll mich doch in Ruhe lassen mit seinem neumodischen Kram. Außerdem steht der Scanner in seinem Zimmer. Das soll er Ihnen mal schön selber zeigen.«

Ich klopfte bei Sörensen: »Ob Sie mir vielleicht mal zeigen könnten, wie das mit dem Scanner geht? Ich muß da so 'n paar Fotos ...«

»Ja, aber nicht jetzt, ich erwarte jeden Moment Besuch. Wichtige Leute. Ob Sie wohl mal so lieb wären, in der Küche Kaffee zu organisieren? Fünf Portionen und für mich Süßstoff. So viel gibt ja unser Maschinchen nicht her. Und übernehmen Sie mein Telefon, ich möchte in den nächsten zwei Stunden nicht gestört werden. Danke.«

Mit dem vollbeladenen Tablett auf den Armen lief ich ausgerechnet Pollack in die Arme.

»Hallo, Frau Scott! Schön, daß wir uns auch mal wieder sehen! Wie geht es Ihnen denn?« säuselte sie mit falscher Lieblichkeit. Zum erstenmal, seit ich sie kannte, hatte ihr Blick einen Ausdruck – den triumphierender Schadenfreude. Daß ich als Kaffeefräulein mindestens den Job einer Geschäftsführerin bekleidete, lag auf der Hand. Bombenkarriere.

»Super!« rief ich im Aufzug verschwindend. Je eher die Tür zuging desto besser. Es bestand sonst die Gefahr, daß ich ihr das Tablett samt Geschirr an den Kopf warf.

Sörensens Besuch war inzwischen eingetrudelt. Lauter alte Säcke. Die Kaffeetante begrüßten sie überschwenglich: »Oh, das ist aber ganz reizend! Frischgebrühter Kaffee und so eine nette Dame. Wer ist sie denn, wenn man fragen darf? Herr Sörensen hat immer die attraktivsten Damen des ganzen Hauses, wie machen Sie das bloß?«

Ich hatte das Gefühl, mein Lächeln sei eine Wunde.

Nach zwei Wochen zitierte mich Hübchen hoch. Ausnahmsweise wedelte er nicht am Telefon herum, sondern saß still, fast versunken über einem Schriftstück und blickte bei der Begrüßung kaum hoch: »Nehmen Sie Platz, Frau Scott. Also, um es kurz zu machen: Ich muß Ihnen eine betrübliche Mitteilung machen. Mit der Verlagsassistentin, also, das wird nichts.« Seine Stimme klang belegt.

Ich sackte auf meinem Stuhl zusammen. Hübchen zog an seiner Kippe und nebelte sich ein: »Der Betriebsrat von denen stellt sich quer. Fragen Sie mich jetzt nicht nach Einzelheiten. Ich hab' mir da selbst 'ne blutige Nase geholt. Der Verlag ist eine eigenständige Organisation, und die wollen ihre eigenen Leute, und da hätten sie genug, die auf so einen Superjob warten und so weiter. Ich muß gestehen, ich hatte da auch nicht den richtigen Durchblick. Neuerdings kocht hier jeder sein eigenes Süppchen, da habe ich gar keinen Einfluß.«

»Mann, das ist aber echt ein Granatenschlag für mich«, äußerte ich kraftlos.

Als hätte er auf ein Kommando gewartet, fuhr er hoch: »Ja, was sind Sie auch dauernd krank die letzte Zeit! Meinen Sie, das ist eine Empfehlung? Wer hat denn Interesse an einer Mitarbeiterin, die dauernd fehlt!«

»Fünfzehn Jahre habe ich nicht mehr gefehlt als andere auch«, wandte ich kläglich ein, »die ungewisse Situation nimmt mich eben unheimlich mit. Ich bin nicht so hartgesotten wie ich aussehe.«

Mir war nicht ganz klar, ob er nur einen schlechten Tag erwischt hatte, oder ob er seine Gereiztheit nur vortäuschte, um wieder mal in seiner Trickkiste zu wühlen. Der ganze Verein bestand aus schauspielerischen Naturtalenten.

Er blaffte: »Ach, was, Sie sind ja kaum noch an Bord! Eine problematische Situation muß man eben durchstehen! Sie haben kein Durchhaltevermögen, Sie sind ja überhaupt nicht belastbar! Da blamiere ich mich ja selbst, wenn ich Sie empfehle. Wer soll Sie schon noch wollen? Wir sind doch hier kein Sanatorium! Und überall, wo Sie auftauchen, gehen die Stänkereien und Intrigen los.«

»Ich wüßte nicht …«

»Stellen Sie sich nicht dumm! Sie brauchen mich nicht für dumm zu verkaufen! Da unten wird doch schon wieder getratscht und geredet. Bevor Sie kamen, war das eine einwandfrei funktionierende Abteilung. Jetzt ist da auch schon wieder der Wurm drin. Sie mischen mir alle Leute auf. So 'ne Revolutionärin kann doch keiner gebrauchen!«

Er paffte wütend und raschelte mit dem Schriftstück, das er mit seinen Blicken durchbohrte. Jedes Wort von mir konnte meinen Rausschmiß bedeuten. Eins war klar: Er hatte die Schnauze voll von mir. Und ich von ihm. Seine monatelangen Tricksereien hingen mir zum Hals heraus. Ich schwieg verstockt. Mal sehen, was er sich noch einfallen ließ, um mich zusammenzufalten.

»Mit der Pollack kamen Sie nicht klar«, schrie er spitznasig, »mit der Probst war ständig Palaver, und jetzt fangen Sie mit dem Wickert auch noch Zoff an …«

»Mit Wickert habe ich keinen Zoff«, stellte ich richtig.

»Mit Sörensen meine ich, mit Sörensen.«

»Mit dem auch nicht.«

»Widersprechen Sie mir gefälligst nicht dauernd!« brüllte er stocksauer. »Ich habe meine Informationsquellen, ja, da brauchen Sie gar nicht so unschuldig aus der Wäsche zu gucken. So was spricht sich im ganzen Haus herum! Die beim Verlag schlafen ja auch nicht. Irgend was ist denen zu Ohren gekommen, warum die Sie nicht mehr wollen. Sie sind ja gar nicht mehr vermittelbar!«

Sein rhetorischer Knüller versetzte ihn in einen wahren Begeisterungsrausch. »Jawohl, nicht mehr vermittelbar sind Sie, damit Sie es nur wissen!«

»Super«, flüsterte ich schwach, »da habe ich es ja weit gebracht.«

Er warf mir einen schrägen Blick zu, um sich zu vergewissern, daß ich ihn nicht verarschte. Dann sagte er knapp: »Also, mehr kann ich nicht für Sie tun. Sehen Sie zu, daß Sie da klarkommen, wo Sie sind, und machen Sie kein Theater. Machen Sie Ihre Arbeit wie die anderen auch und Schluß. Ich bin es wirklich leid mit Ihnen.«

Eine Woche später kam er endlich dahin, wohin er schon seit Jahren gehörte: ins Trockendock.

Am Abend saß ich wild heulend auf der Couch, im Fernsehen lief ›Unglaublich, aber wahr‹, und Ralf saß wie erschlagen neben mir. Eine solche Leidensfähigkeit hatte er mir nicht zugetraut. Ich konnte mich nicht beruhigen: »So ein scheiß Job, ehrlich, ich kann dir gar nicht sagen, was das für eine verdammte Scheiße ist! Ich hab einfach keinen Bock mehr auf diese gequirlte Kacke. Entweder weißt du nicht, wie das geht und keiner kann dir helfen oder es ist so bescheuert, daß du kurz vorm Durchdrehen bist oder du schleppst Kaffee durch die Gegend oder zerrst den scheiß Bollerwagen durch die engen Gänge wie 'ne Kriegswitwe auf der Flucht, und zwischendurch platzt noch die Druckerpatrone und versaut dir die Klamotten, und der scheiß PC macht sowieso nicht, was er soll, ach, Scheiße alles, ich hab jetzt *genau* den Scheißjob, den ich im ganzen Leben nicht gewollt habe. Ich hab so dermaßen die Schnauze voll von dem stupiden Schwachsinn, das kann ich dir gar nicht sagen!«

»So geht das nicht weiter«, sagte Ralf mit bedeckter Stimme, »das gucke ich mir doch nicht länger mit an. Das haben die ja sauber hingekriegt, die Schweine. Jetzt ist Feierabend mit dem scheiß Verein!«

Ich jaulte auf: »Was heißt denn das? Das heißt doch *gar*

nichts! Als wenn ich in meinem Alter noch was anderes kriegen würde!«

»Also, erstens kannst du jederzeit bei mir mitarbeiten. Ja, da hast du natürlich wieder mal überhaupt nicht dran gedacht. Oder, wenn dir das nicht gefällt, bei einem von meinen Kumpels. Da findet sich immer was, das deichsele ich schon. Und zweitens kannst du von mir aus sowieso aufhören zu arbeiten. Wozu läßt du dir da auf den Nerven herumtrampeln, frage ich dich? Ich will in aller Ruhe mit dir die Hochzeit planen, und du heulst mir jeden Abend die Hucke voll. Das kann ja wohl nicht wahr sein.«

Bei dem Ausdruck ›Hochzeit‹ winselte ich wie ein Hund, dem man auf den Schwanz getreten hat: »Hochzeit? Sag mal, tickst du noch richtig? Als wenn ich jetzt keine anderen Sorgen hätte! Du hast vielleicht Nerven!«

Er stellte mir eine frische Weinschorle hin, die ich mit einem Zug in meinen verkümmerten Balg leerte.

»Das kriegen wir alles in den Griff. Jetzt schalte mal einen Gang runter. Wie lange bist du jetzt bei dem scheiß Laden? Fünfzehn Jahre? Da müssen die bluten. Ohne eine satte Abfindung werden die dich nicht los. Die kriegen wir schon dran, die Schweine, warte mal ab, das drehen wir schon. Jetzt hab ich die Faxen endgültig dicke. Wenn die glauben, die könnten dich verarschen, dann sollen die dich kennenlernen. Morgen sind wir beim Anwalt und loten deine Chancen aus. Du lachst ja gar nicht mehr, du zwitscherst nicht mehr, du bist ja nicht mal mehr frech! Die machen dich mir nicht kaputt, da kannst du Gift drauf nehmen!«

Ralf kam mir heute ungeheuer erwachsen vor, fast von väterlicher Autorität. Irgendwie hatte ich diese Seite an ihm bisher nicht recht gewürdigt. Meine Zweifel, ob es sich bei Männern um menschliche Wesen handelte, lösten sich auf wie der Kajal an meinen überfließenden Augen.

Ich heulte Rotz, Wasser, Schleim und saure Sahne. Ich war nichts als ein rollender Furz auf der Gardinenstange, nach einstigem Übermut und mildem Gewürz müde versiechend im Nichts. Help!

bei einem befreundeten Juristen bestand meine erste Amtshandlung darin, mich mit versteinerter Schmerzmiene beim Arzt hinzubrezeln und eine Oscar-reife Darstellung als Leidende hinzulegen. Nachdem ich mein mit weißem Puder gekälktes, vom Wein aufgeschwemmtes Gesicht bei Tageslicht im Spiegel betrachtet hatte, fühlte ich mich so elend, daß ich bei jedem teilnahmsvollen Wort in Tränen ausbrach. In die Rolle des zermobbten, depressiv verstauchten Seelenopfers schlüpfte ich so mühelos wie andere in ihre Unterwäsche. Bald fiel die Grenze zwischen Wahn und Wirklichkeit. Mein Zustand war zum Erbarmen. Beim ersten Termin versetzte ich den Arzt in Angst und Schrecken. Der Stift für die Unterzeichnung des Attests lag zitternd in seiner Hand, schnell folgte die Überweisung zum Seelenklempner, erschüttert begleitete er mich zum Empfang: »Das ist Ihnen schon klar, daß das länger dauert mit uns, gell? Das ist kein Schnupfen, was Sie da haben, das braucht Zeit, viel Zeit.« Das war mir klar.

Von da an genoß ich das Leben. Ich flackte auf der Couch herum, las Illustrierte, guckte Talkshows, fertigte acht Ölbilder, zehn Graphiken und zwei Wandkränze, ich pflanzte apricotfarbene und tizianrote englische Rosen mit den wohlklingenden Namen Acapella, Othello und Abraham Darby, spätblühende, elfenbeinfarbene Clematis, dazu Lavendel und leuchtendrosa Geranien auf meinem Sonnenbalkon, strich Pergolas, Tische und Stühle in Tannengrün und pflanzte mich mit einer Schachtel Zigaretten und einem mit lieblich duftendem Basilikum bestreuten Tomatensalat unter meine dezent gemusterte Markise und hörte die Vöglein zwitschern. Ich badete in Wohlgefühl. An Regentagen bemalte ich sämtliche, im Haushalt vorhandenen Glaswaren, kaufte in den umliegenden Möbel- und Kaufhäusern die Sonderangebote an Wein-, Sekt- und Trinkgläsern auf und erstellte eine Kollektion von handbemalten Kunstwerken, die so kostbar wirkten, daß nie jemand daraus trinken sollte. Anschliessend bemalte ich alle Schränke mit Polyacryl. Zwischendurch laberte ich dem Psychofritzen die Hucke voll, daß ihm die Mütze qualmte und berauschte mich an meiner munter sprudelnden Phantasie – endlich einer, der mir zuhörte und mir nicht mal widersprach!

Im Frühsommer düste ich in frisch entflammter Jugendlichkeit einigermaßen sportlich auf Inlineskatern über den Deich, unterhielt mich mit Rentnern, Hundebesitzern und arbeitslosen Sportskanonen, lernte meine Nachbarn kennen und putzte mein Fahrrad. Ich wienerte die Vitrinen, hinter deren blitzenden Scheiben die bemalten Gläser wertvoll schimmerten, ich putzte die Fenster so pedantisch und geduldig, daß die Nachbarin vor Ehrfurcht erbleichte, ich polierte alle Türen und wischte die Rahmen, ich saugte sogar den Flur vor meiner Haustür. Ich ordnete meine Ablage, ich schrieb lange Briefe an ehemalige Freundinnen und machte meine Steuererklärung, ich surfte sinnlos im Internet, zoffte mich in diversen Foren herum, bis mich einer zu verklagen drohte, kaufte mich in Rentenfonds ein und gab das Rauchen auf. Als sie im Fernsehen die Talkshows wiederholten, fuhr ich zum Fitness-Training. Täglich walkte ich acht Kilometer auf dem Laufband und trampelte mir auf dem Liegefahrrad die Waden stramm, bis ich Muskelkrämpfe bekam. Am Butterflygerät ließ ich die Titten strammstehen, an den

Beinpressen bezwang ich die Cellulitis, und auf meinem Bauch hätte man Eier aufschlagen können. Es war ein Leben wie im Paradies.

Am ersten Arbeitstag rief Dreeßbach an: »Können Sie mal raufkommen, Frau Scott?«

Durchtrainiert und sanft gebräunt schoß ich in sein farbloses Büro: »Hallo, Herr Dreeßbach, schön, Sie zu sehen!«

»Hallo«, gab er tonlos zurück, »na, wieder auf dem Damm?«

»Das wird sich noch herausstellen«, flötete ich, »Sie wissen ja, wie das ist mit psychischen Erkrankungen. So was verliert sich nicht von einem Tag auf den anderen, und Rückfälle sind nie auszuschließen.«

»So depresssiv sehen Sie mir gar nicht aus«, bemerkte er mißgünstig, »eher wie eine Urlauberin.« Er beäugte mich argwöhnisch: »So gut haben Sie ja noch nie ausgesehen.«

»Mein Arzt hat mir empfohlen, viel an die frische Luft zu gehen. Viel Sauerstoff, hat er gesagt. Das gehört sozusagen zur Therapie.«

»Ist schon klar. So gut möchte ich es auch mal haben. Tja, und wie stellen Sie sich jetzt das Weitere so vor hier?« Mit gelbgrauen Augen ohne einen Funken Sympathie blickte er mich starr an.

»Ich? Ich hab mir noch gar nichts vorgestellt. Mein Therapeut hat gesagt, ich sollte total abschalten von der Firma. Gar nicht dran denken, hat er gesagt. Ich bin ja sozusagen nur versuchsweise hier. Sagt mein Therapeut.«

Angeekelt verzog er die Lippen: »Sagt Ihr Therapeut. Soso.« Er lehnte sich zurück, um seinen Vortrag gedanklich vorzubereiten. Als Einleitung wählte er: »Hübchen ist ja nun leider schon seit längerem krank ...«

»Ach, der Ärmste!« heuchelte ich heftig Mitleid. »Hat

es den auch erwischt! Das tut mir aber leid. Was fehlt ihm denn?«

»Äh, nichts. Das heißt, er möchte nicht, daß darüber gesprochen wird.«

»Verstehe.«

Er schwenkte seinen Oberkörper wieder nach vorne und griff nach einem Kugelschreiber, den er zwischen den Fingern rollte: »Ja, das ist dumm. Jetzt liegt die ganze Verantwortung auf meinen Schultern. Jetzt habe ich die unangenehme Aufgabe, für diesen unerfreulichen Zustand eine Lösung zu finden.«

Der unerfreuliche Zustand schlug erwartungsvoll die Beine übereinander.

»Frau Scott«, setzte er wichtig an, »wenn ich Sie recht verstehe, sind Sie respektive Ihr Arzt der Ansicht, daß Ihre, ähm, Erkrankung noch nicht komplett auskuriert ist. Also, es ist praktisch so, daß bei der nächsten Belastung ein Rückfall zu erwarten ist. Soweit ist das doch richtig, nicht?«

Ich nickte unbekümmert.

»Ja, das habe ich mir schon gedacht«, sagte er, »und da habe ich mir mal ein paar Gedanken gemacht. Also, nicht ich alleine, sondern auch die Geschäftsführung natürlich. Es entspricht doch den Tatsachen, daß Sie sich in der Abteilung Wickert nicht wohlfühlen?«

Ich nickte.

»Leider können wir Ihnen nichts anderes in Aussicht stellen. Herr Hübchen hatte Sie ja diesbezüglich in Kenntnis gesetzt?«

»Hatte er.« Ich lauschte gespannt seinen rhetorischen Highlights. Es nahte der Moment, in dem die Strategie des Anwalts aufgehen sollte wie die Rosenblüten meiner Abraham Darby.

»Herr Wickert steht mir nun natürlich auf den Füßen, daß ihm da eine Kraft fehlt, auf die er nicht verzichten kann, auf die er dringend angewiesen ist. Solange Sie krankfeiern, kann die Stelle ja nicht neu besetzt werden. Sie verstehen schon, daß der Mann in großen Schwierigkeiten steckt.«

Ich bemühte mich um eine teilnahmsvolle Mimik. Die Unterredung schien für ihn eine enorme personalpolitische Herausforderung zu bedeuten, was sich in seiner hochkonzentrierten, fast gequälten Miene widerspiegelte – ich mußte aufpassen, nicht plötzlich in Gelächter auszubrechen. Mir fiel gerade ein, daß ich gestern abend vergessen hatte, die Markise einzurollen. Zum Glück sah es nicht nach Unwetter aus.

»Sie müssen auch die Argumente von Herrn Wickert verstehen. Die Tagung mußte jetzt die arme Frau Löbel vorbereiten. Was meinen Sie, was da in der Abteilung los war. Frau Löbel ist ja sowieso schon völlig überlastet. Was die Frau leistet, das geht auf keine Kuhhaut. Die kommt sogar am Wochenende. Das wäre dann die nächste, die uns krank wird.«

Ich gab mich betroffen: »Die arme Frau Löbel. Gott, *die* tut mir aber leid.«

Nicht eine Sekunde kam er auf die Idee, verarscht zu werden. Er blickte aus dem Fenster, um einen großen Gedanken in Worte zu fassen: »Wir haben uns überlegt, der Herr Wickert, Herr Sörensen und ich und natürlich die Geschäftsführung, ob Sie sich in dieser Firma überhaupt noch wohlfühlen, ob Sie hier überhaupt noch Ihre Zukunft sehen oder ob es Ihnen nicht vielleicht lieber wäre, sich in aller Ruhe woanders umzusehen. Bei einer anderen Firma, die Ihnen entsprechend Ihrer Qualifikation mehr Möglichkeiten bieten kann als wir.«

Ich setzte eine stoische Fresse auf und sagte keinen Ton.

Leicht irritiert durch meinen Gleichmut fuhr er fort: »Vorausgesetzt, wir finden eine Einigung. Eine finanzielle, meine ich.«

Na, bitte! Endlich waren die Würfel gefallen. Ich atmete auf: »Sie haben sich ja sicher schon was überlegt. Was wäre das denn für ein Vorschlag, den Sie mir da machen könnten?«

Überrascht blickte er hoch. Mit einer so plötzlichen Verhandlungsbereitschaft hatte er nicht gerechnet. Wahrscheinlich hatte er angenommen, bei der Vorstellung, diesen wunderbaren Verein verlassen zu müssen, würde ich in Tränen ausbrechen. Augenblicklich legte er die Samthandschuhe der feinpsychologischen Gesprächsführung ab und wurde geschäftlich: »Da gibt es ja eine klare Regelung des Gesetzgebers, die da lautet, pro Jahr der Firmenzugehörigkeit ein halbes Nettogehalt.«

Ich tat, als rechnete ich im Kopf nach: »Das ist aber 'n bißchen knapp.«

Er lächelte schmal: »Wir würden eventuell noch eine Kleinigkeit drauflegen. Vorausgesetzt, Ihnen schweben keine märchenhaften Summen vor natürlich.«

»Ja, das wäre gut, wenn Sie noch was drauflegen«, äußerte ich freundlich, »ich hatte da ungefähr an das Doppelte gedacht. Wenn Sie mir da entgegenkommen könnten, würde ich mir das gerne mal durch den Kopf gehen lassen.«

Meine unkomplizierte Zustimmung war offenbar noch nicht einkalkuliert gewesen. Meine Frechheit auch nicht. Dreeßbach gab sich erschreckt: »Das Doppelte ... äh, das Doppelte, also, das ist aber 'n bißchen happig. Das ist verdammt happig! Da muß ich erst mal mit der Geschäftsführung reden, was ich da für Sie herausholen kann. Ob wir da zu einer Einigung kommen können – also, das wird 'ne schwere Geburt. Einfach wird das nicht.

Na, irgendwie kriegen wir das schon gebacken. Im Prinzip wären Sie aber einverstanden?«

»Wenn das Angebot stimmt, bin ich einverstanden.«

Erleichtert stand er auf und gab mir die Hand: »Ich melde mich.«

»Schön«, sagte ich, »aber bitte schnell. Wer weiß, wie ich morgen darüber denke.« Ich lachte künstlich. Dreeßbach lachte nicht.

»Ja ja«, meinte er, »das ist ja ganz in unserem Interesse. Was meinen Sie, was mir der Wickert dauernd Dampf unterm Hintern macht.« Danke, Herr Wickert.

Dreeßbach ließ sich jetzt wahrscheinlich als ausgebuffter Diplomat und routinierter Personal-Abzocker feiern, der mit dieser grandiosen Verhandlung den Zenit seiner Karriere erreichte. Wenn er schlau genug war, holte er bei der Gelegenheit eine satte Gehaltserhöhung für sich heraus

Wieder im Büro reichte ich eine Woche Rest-Urlaub ein. Brandenburg staunte mürrisch: »Was hier alles möglich ist auf einmal. Nicht zu glauben.«

Und aus einer Rauchwolke knarzte Joe Cocker mißgünstig: »Sie haben vielleicht Nerven. Solche Nerven möchte ich auch mal haben.«

Meine Nerven hatten sich rapide erholt. Nachts schlief ich mumiengleich, morgens hüpfte ich wie ein Tischtennisball aus dem Bett, und nachmittags segelte ich auf meinen Rollerblades über den Deich. Nach einer Woche stand der Vertrag, und der Rubel rollte. Die allgemeine Euphorie nutzte Ralf für seinen etwa sechsundzwanzigsten Heiratsantrag, und ich dachte milde gestimmt, irgendetwas muß ja dran sein an der Ehe. (Millionen Fliegen können nicht irren – Leute, ihr müßt Scheiße essen).

An einem wundervollen Hochsommertag im August war ich fällig. Es war soweit: Ich heiratete. Meine tränenblinde Mutter konnte ihr Glück kaum fassen. Leider hatte sie sich kurz zuvor den Knöchel verstaucht, weshalb sie von der Sorge umhergetrieben war, mit dem geschwollenen Fuß nicht so fotogen zu sein wie sonst und nur mit Mühe überredet werden konnte, sich für ein Gruppenbild zur Verfügung zu stellen. Und die verlaufene Wimperntusche brannte ihr dauernd in den Augen, und der Wind kam ausgerechnet von hinten und pfiff ihr die frische Dauerwelle hoch, und (›Moment, Moment, noch nicht knipsen!‹) der Crêpe-de-Chine-Schal, den sie wegen der Falten am Hals um selbigen drapiert hatte, wedelte ihr ins Gesicht und klebte am Lippenstift fest (›Ich hab doch gesagt, ihr sollt vorher sagen, wann ihr knipst!‹), und außerdem kriegte sie eine knallrote Birne von dem ungewohnten Schampus, aber sonst: ein Mann mit Geld, von akzeptabler Bildung, vorausgesetzt, man drückte ausnahmsweise mal ein Auge zu, auf jeden Fall aber lieb wie ein Lämmchen und trotzdem ein gestandener Mann und kein Fuzzi und ich der Mittelpunkt seines Lebens! Unglaublich. Fürwahr. Auf so ein Glück war sie ja gar nicht mehr gefaßt gewesen. Ob sie das überhaupt noch verkraften konnte? Sie konnte.

Ralf hatte sogar einen Kumpel mit schneeweißen Hochzeitstauben aufgetrieben, der leider fast nur Männchen dabei hatte, die sich beim Balzen um die paar Weibchen gegenseitig zu übertrumpfen versuchten und mit geschwollenen Hälsen unermüdlich gurrend umeinander herumwetzten, während sich die Weibchen nach und nach absetzten, um gelangweilt auf dem kleinen Holzverschlag herumzulungern und in die Gegend zu gucken.

Damit die Tauben nach ihrem Überraschungs-Auftritt wieder in den kleinen Holz-Verschlag zurückkehrten, streute der Typ Futter hinein. Manche konnten gar nicht schnell genug durch die runde Öffnung schlüpfen, andere zögerten. Einige flatterten aufgeregt, ja, fast panisch auf der Kiste umher, als stünde eine lebenswichtige Entscheidung an. Es dauerte eine Ewigkeit, bis sie alle drin waren und dann emsig auf dem Holzboden herumscharrten. Schließlich blieb nur noch eine übrig. »Na, was ist mit dir?« fragte der Typ. »Brauchst du 'ne Extra-Einladung? Rein mit dir!« Sie dachte nicht daran. Immer wieder flog sie ein paar kleine Runden, blieb in sicherer Entfernung und schaute uns fragend aus ihren schönen, dunklen Augen an, als hätte sie keinen blassen Dunst, daß sie wie ihre Artgenossen in den Verschlag gehörte. Die Freiheit schien ihr besser zu gefallen als das Gedrängel in der Kiste. Sie sah aus, als erwartete sie eigentlich etwas anderes und wüßte nicht genau, was. Etwas Besseres als die Kiste jedenfalls. Endlich gelang es ihm, sie nah genug heranzulocken, daß er sie mit der Hand einfangen konnte. Nach einigem wehrhaften Gezappel mit gesträubtem Gefieder landete auch sie etwas unsanft in der Kiste, und er schlug den Deckel über ihr zu. »Mistvieh!« sagte er. »Immer dieselbe, die Schwierigkeiten macht.« Eine kleine Seelenverwandte!

Strahlende dreiundvierzig Jahre jung, schlank und fit wie eine Gemse, gab ich im elfenbeinfarbenen Selbstgenähten den Pferden Zucker, die Reiter salutierten, und die Kutschen schossen querfeldein. Die Haare segelten im Sommerwind, Champagner ölte die Kehlen, der Brautstrauß vibrierte sanft auf meinen fitnessgestählten Schenkeln, und ich hörte mich gackern wie ein Huhn nach der Eiablage. Schäfchenwolken am Himmel, schnaubende Rösser, Korkenknallen und Champagnerfontänen, klebrige Finger, Hühneraugen, Pferdekacke am Schuh und Gekreische wie auf der Achterbahn, würzige Landluft, Mückenschwärme als Konfetti, ein begnadeter Lover und Geld auf der Bank – war es das, was ich wollte?

Doch. Ja. Im Augenblick schon.

Inhalt